KB199906

테스

토마스 하디 작·백석 역
방민호·최유찬·최동호 편

방민호: 1965년 충남 예산출생. 시인, 문학평론가, 서울대 국문과 교수
시집으로『나는 당신이 하고 싶은 말을 하고』와 저서로는『감각과 언어의 크레바스』,『일
제말기 한국문학의 담론과 텍스트』,『백석 시 읽기의 즐거움』(편저) 등이 있다.

최유찬: 연세대학교 국문학과에서 대학원과정을 마치고, 현재 교수로 재직하고 있다.
저서로는『리얼리즘이론과 실제 비평』,『한국문학의 관계론적 이해』,『문학 텍스트 읽기』,『컴
퓨터 게임의 이해』,『세계의 서사문학과 「토지」』,『문학의 모험』 등이 있다.

최동호: 1948년 경기도 수원 출생. 시인·문학평론가, 고려학교 국문과 교수.
시집으로『황사바람』,『불꽃 비단벌레』,『얼음 얼굴』 등과 평론집으로『현대시의 정신사』,
『디지털 코드와 극서정시』 등이 있다.

백석문학전집 3
테스

2013년 3월 20일 초판 1쇄 발행

지 은 이 · 토마스 하디
역   자 · 백 석
펴 낸 이 · 김구슬
펴 낸 곳 · 서정시학
편   집 · 최진자
교   정 · 김남규 · 최세운 · 송민규
인 쇄 소 · 서정인쇄

주   소 · 서울시 성북구 동선동 1가 48 백옥빌딩 6층
전   화 · 02-928-7016
팩   스 · 02-922-7017
이 메 일 · poemq@dreamwiz.com
출판등록 · 209-07-99337

ISBN 978-89-98845-05-6 04840
계좌번호 : 070101-04-038256(국민은행)

값 23,000원

백석문학전집 3

테 스

토마스 하디 작·백석 역
방민호·최유찬·최동호 편

서정시학

백석의 『테스』 번역판을 간행하며

최동호

　　백석의 작품에 대해 필자가 적극적인 관심을 가지게 된 직접적인 계기는 『백석 시 읽기의 즐거움』(2005)을 간행할 무렵이다. 이미 오래전 유종호 선생의 글에서 백석의 시에 대한 소개를 처음 접한 바 있지만 고려대학교 대학원에서 이경수(1993), 김영범(2002), 이현승(2004), 박현진(2006), 신철규(2009) 등의 석사논문과 최정례(2001), 이경수(2002), 박순원(2007), 이근화(2008), 이현승(2011) 등의 박사논문 등의 학위 논문을 지도한 필자는 백석의 미발굴 자료를 찾아보고자 하는 의욕도 가지고 있었다. 특히 백석의 연보에는 나타나고 있지만 실물을 확인하지 못한 『테스』를 여러 경로를 거쳐 찾고 있었다. 당시 조선일보사를 그만두고 만주지역을 방랑하던 백석이 1940년 조광사에서 『테스』를 출간하기 위해 서울을 다녀갔다는 기록은 있었지만 그 본문을 누구도 찾아내지 못하고 있었던 것이다. 이런 과정에서 백석의 번역으로 1949년 출간된 숄로호프의 『고요한 돈』을 남경대학교 윤해연 교수의 도움으로 북경도서관에서 발굴한 필자는 계속 중국이나 북한 쪽에 자료를 기대하고 있었는데 『테스』에 대해서는 구체적 성과를 거두지 못하고 있었다.

　　2012년 백석 탄생 100주년을 맞아 이미 국내 최초를 발굴한 『고요한 돈』에 대한 자료와 평문을 계간 『서정시학』 2012년 여름호에 연세대학교 최유찬 교수와 서울대학교의 방민호 교수의 도움으로 공개했다. 그리고 자료를 찾지 못해 아직도 아쉬움이 남아 있는 『테스』를 다시 찾아 나섰다. 우선 다시 국내 고서점과 대학 도서관을 수소문하는 것이 선결과제였다. 고서점에서는 별무 성과를 거두고 국내의 유명대학 도서관을 샅샅이 수소문하는 과정에서 서강대학교 로욜라 도서관에 『테스』가 소장되어 있다는 사실을 알게 되었다. 의외로 등잔 밑이 어두웠다는 사실에 재삼 무릎을 치지 않을 수 없었다. 이를 열람하기 위해 서강대학교 국문과에 재직 중인 황화상 교수에게 간곡히 부탁하여 『테스』의 복사본을 확보하게 된 것은 그로부터 일주일 뒤였다. 오래 찾고 있던 자료를 수중에 넣게 되었을 때 기 기쁨은 이루 말할 수 없다는 것은 이런 작업에 참여해 본 사람은 알 것이다. 처음 서강대학교에 이 자료가 소장되어 있다는 것을 알았을 때 그 기쁨으로 인해 밤잠을 설치고 새벽이 오기를 초조하게 기다렸음을 고백해 두고자 한다.

서강대학교 본은 일부 낙장이 있었으나 첫 표지는 현재 낙장이지만 출판사명과 백석의 이름이 명기되어 있으며 마지막 판권에 출판사명으로 조광사 1940년 9월 30일이라는 간기가 확실히 표기되어 있어 발행인도 방응모 이름이 명기되어 별다른 이의를 제기할 수 없는 것이었다. 백석은 1940년을 전후하여 만주국 신경(新京, 현재 지명 장춘)에서 세관원을 하고 있던 시기이며 1940년 8월 조선일보가 일제 당국에 의해 폐간되고 조선일보사는 월간지와 단행본 사업부만 남아 있던 시기였다. 그로부터 70여 년이 지난 2012년 여름은 필자는 대학원생들과 더불어 이 자료를 놓고 현대어로 교정하고 이를 입력하는 것은 물론 현대어 완역본이라 여겨지는 정종화 역 『테스』(민음사, 2009)와 비교 검토하는 일로 시간이 가는 줄 몰랐다. 이 작업에는 송민규, 김남규, 김나래, 최세운 등 고려대 석·박사 과정 학생들이 적극적으로 참여했으며 최대한 백석의 문장을 살리되 오늘의 독자가 읽을 수 있는 판본을 만들고자 노력했다. 백석의 번역에는 그의 시에 나타나는 것처럼 『테스』 번역에서도 상당수의 방언이 드러나고 있어 그 고유한 특색을 살리면서도 소설에 등장하는 여러 난해어를 수집하고 이를 일목요연하게 정리했다. 이 과정에서 들어가는 노력과 시간 또한 만만한 것이 아니었다.

일차적인 작업이 마무리 된 다음 이를 다시 방민호 교수에게 보내 비판적 검토를 부탁하고 그 결과를 2012년『서정시학』2012년 겨울호에「백석의 테스 번역에 담긴 의미」라는 평문으로 게재했다. 자료 발굴에서 10년 그리고 발굴한 자료를 검토하고 이에 윤문을 가해 한 권의 단행본으로 엮는데 1년이 넘는 시간을 보냈는데 이는 필자 개인의 힘에 의한 것이라기보다는 여러 사람들의 노력과 도움에 힘입어 가능했다고 생각된다. 이 번『테스』의 간행으로 백석의 문학에서 미지의 영역으로 남아 있던 큰 부분이 해결되었다고 생각한다. 앞으로 남은 과제가 있지만 이는 차례차례 극복해 나갈 수 있을 것이라 믿는다.

우리의 이런 노력이 우선 1959년 평양문단에서 추방되어 산간오지 삼수군 관평리에서 36년 동안 양치기로 살아야 했던 그의 외로운 영혼에 조금이라도 위로가 되기를 바라는 마음이다. 그리고 백석의 문학이 식민지시대 후반 한국문학의 풍요로움을 위해서도 크게 도움이 되기를 소망한다.

2013년 1월
최동호 씀

차례

제1편

처 녀

1.

오월 그믐께 어느 날 저녁이었다. 샤스턴으로부터 블레익모어라고도 또는 블랙무어라고도 하는 골짜기에 연닿은 말로트 마을로 가는 한 중년 사나이가 있었다. 몸을 실은 다리가 비틀린 그 걸음걸이에는 몸을 얼마쯤 왼편으로 기웃이 숙이는 버릇이 있었다. 그는 별로 무엇을 골똘히 생각하는 것도 아니었지만 무슨 말을 옳다고나 하는 듯이 때때로 고개를 끄덕였다. 그 한 팔에는 빈 닭알 둥주리가 걸려 있었다. 모자 털은 것부시시 일어서고 모자 차양의 어떤 데는 다 닳아져서 모자를 벗을 때마다 엄지손가락이 이곳에 와서 닿곤 하였다. 이윽하여 그는 잿빛 말을 타고 오는 한 늙은 목사를 만났다. 목사는 말 잔등에 올라앉아 오면서 부질없는 노래를 흥얼거리고 있었다. "목사님 안녕하십니까." 하고 둥주리를 든 사나이는 인사를 하였다. "존 각하(閣下) 평안한가." 하고 목사가 말했다.

걸어가는 사나이는 한두 걸음 가다 말고 멈칫하고 서더니 뒤로 돌아섰다.

"그런데 좀 무엇한 말씀이지만 먼젓번 장날도 이맘때에 바로 여기서 뵈었지요? 그때에 제가 '안녕하십니까' 하고 인사를 했더니 그때에도 목사님은 시방 마찬가지로 '존 각하 평안한가' 하고 말씀하신단 말씀이지요."

"그래 그랬지." 하고 목사는 말했다.

"그리고 한 번은 그보다 먼전데, 아마 한 달포 전인가 봅니다."

"아마 그랬는지 모르지."

"그러면 번번이 그렇게 저더러 존 각하라고 하시는 것은 무슨 곡절이 있습니까. 이런 보잘것없는 행상(行商)이나 해먹고 사는 잭 더비필드를 보시고." 목사는 한두 걸음 말을 더 가까이 대었다. "그것은 그저 내 지나가는 생각에서 그런 것이구나." 하고 잠깐 주저하더니만 "그런데 사실인즉 내가 얼마 전에 새로 우리 고을 역사를 만드느라고 족보를 뒤적거리다가 발견한 것이 있어서 그러는 것이네. 내가 스태그푸트레인의 고물 연구가 트링검 목사가 아닌가. 그런데 더비필드 그래 정말로 그대가 그 노르망디에서 윌리엄 왕과 같이 온 유명한 기사 (騎士) 페이건 더버빌의 피를 이은 오랜 기사(騎士) 집안의 당당한 승중손(承重孫)인 줄을 모른단 말인가."

"듣는바 처음입니다."

"정말이거든. 어디 턱이나 좀 들게, 얼굴 옆이 좀 잘 보이게. 그래 분명히 ― 더버빌 집안의 코와 턱이야 ― 조금 격이 떨어지지만. 자네네 선조는 에스트레마빌 영주(領主)가 글라모건을 정복할 때에 노르망디에서 그를 도운 열두 기사 중 한 사람인 걸. 자네네 집안 여러 갈래가 모두다 잉글랜드의 각처에 영지(領地)를 가지고 있었다네. 그래 그 이름들이 스티븐 왕 시대 재무성에도 올랐다네. 자네네 집안에는 대대로 존 각하로 내려오던 거라네. 옛날에는 아비에서 아들로 대대로 기사가 될 수 있었듯이 시방도 기사라는 것을 준남작(準男爵)과 같이 대대로 물려할 수 있는 것이라면 자네도 시방은 존 각하란 말이야."

"원 별 말씀도."

"긴말 할 것 없이 그런 집안이란 영국에는 다시없다는 것밖에." 목사는 홱하고 채찍으로 제 다리를 후려갈기면서 이렇게 말을 맺었다.

"당치않은 말씀도, 그래 정말일까요." 하고 더비필드는 말했다. "그런데도 저로 말하면 그날이 그날로 어느 때나 이 고장에서 밤낮 이리 굴고 저리 굴고 하지 않아요. 말하자면 여려서 제일 못난 놈 같이…. 그런데 트링검 목사님 제 이야기는 언제부터입니까?"

목사는 못 된다는 것을 설명하였다. 그가 알기 시작한 것은 지난봄부터인데 그때 바로 더버빌 집안의 흥망성쇠의 내력을 더듬어가는 중에 우연히 이 존의 짐수레에 달린 더버필드의 이름을 보고 예서부터 그 아비와 또 그 할아비에 대해서 여러 가지로 조사를 하고 보니 드디어 이제 추호 의심할 것이 없이 되었다는 것이었다.

"처음에는 나도 이런 부질없는 이야기를 해서 공연히 자네 심사를 산란케 하지 않으려고 했었네." 하고 목사는 말하였다. "그러나 사람이란 때때로 자기의 판단에 대해서 세찬 충동을 느끼는 것이거든. 그리고 나는 자네도 이 일에 대해서 얼마큼 아는 것이 있으리라고 생각하였던 것이야."

"하기는 저희 집안이 블랙무어로 오기 전에는 시방보다는 잘 살았다는 것은 한두 번 들은 적이 있습니다. 하지만 시방 한 필밖에 없는 말이 그때에는 두어 필 있었으리라고 쯤 생각할 뿐 별로 마음에 두지도 않습니다. 집에는 오래된 은수저도 오래된 도장도 있기는 합니다. 해도 그 수저나 도장이 다 무엇에 쓰는 거니까. … (그러면서도 저와 이들 훌륭한 더버빌 집안사람들과는 한 일가이라는 것을 생각을 하면 우리 증조할아버지에게 무슨 말 못 할 사연이 있어서 어디로부터 그가 왔는지 도무지 이야기 하지 않았다고들 하지요)…. 그런데 목사님 대체 염체 없는 말씀입니다만 우리는 어디서 연기를 올리고 있는 겁니까. 우리 더버빌 일가 종족이 어데서 사느냐 말씀이지요."

"어디나 사는 데라고 없지. 다 망해버렸으니까ー 고을(州)의 구가(舊家)로서는."

"그거 말이 아닙니다."

"그렇지ー 저 그 거짓말투성이 가계연대기(家系年代記)에서 남자 쪽이 멸망하였다는 건데ー 그건 말하자면 꺼울어져 버린 거지. 몰락해버린 게야."

"그러면 우리 일가 종족이 어디에 묻혔단 말씀입니까."

"'킹스비어 서브 그린힐'이라는 데지. 왜 저 퍼벡 대리석 천정 아래 있는 주론

한 입상(立像)들과 같이 납골당(納骨堂)에 줄줄이 늘어 놓이었지."

"그리고 우리 집안의 저택이며 가대는 어디에 있을까요."

"아무것도 없지."

"아, 가대라곤 조금도 없단 말씀입니까."

"조금도 없어. 하기야 옛날에는 앞서 말한 대로 자네네 집안이 여러 갈래로 된 탓에 가대도 많이 가졌었지. 이 고을만 해도 여러 곳에 자네네 문중 가대가 있었던 거네."

"그런데 다시 한 번 그때와 같이 될 수 있을런지요."

"글쎄, 뭐라고 말할 수 없군 그래."

"그래 어떻게 했으면 좋습니까."

더버필드는 조금 있다가 물었다.

"아, 아무것도 없지 없어. 다만 "아, 용사는 쓰러졌다"라고나 생각하고 단념할 수밖에. 지방 역사가나 족보가(族譜家)에게 얼마큼 흥미 있는 거리가 되는 것뿐이지. 이 고을 농사군들 사이에만 해도 누가 낫고 못하고 할 것 없이 꼭 같이 다 서슬이 푸르던 집안이 대여섯 집이나 있는 거야."

"그건 그렇거니와 도로 돌아가서 맥주나 한 잔 하시지요, 트링검 목사님. 퓨어 드롭 술집에 아주 좋은 술이 있어요. 물론 롤리버스의 것만은 못하지만."

"고맙네만, 오늘 저녁엔 안 되겠는데. 더비필드, 벌써 상당히 했군 그래." 목사는 이것으로 말을 맺고 말을 몰아가면서 이런 이상한 이야기를 많이 벌려 놓은 것이 분별없는 일이나 아니었는가 하고 생각하였다.

목사가 가버리자 더비필드는 깊은 생각에 잠겨서 두세 걸음발을 옮겨놓았다. 그리고는 길 옆 풀 깊은 둔덕에 둥주리를 내어던지며 풀썩 주저앉았다. 그러자 곧 저 멀리로 한 젊은이가 보이더니 더비필드가 걸어온 같은 쪽으로 걸어오는 것이었다. 더비필드는 이것을 보고 손을 들었다. 젊은이는 걸음을 재게 하여 가까이로 왔다.

"어, 이애, 그 둥주리를 들어. 그리고 심부름을 좀 해."

말라깽이 젊은 애숭이는 낯살을 찌푸렸다.

"대체 당신이 누구요, 존 더비필드, 내게 함부로 이래라 저래라 하고 또 나더러 아이라고 부르길 하고. 내가 당신의 이름을 잘 알듯이 당신도 내 이름을 잘 알면서."

"그래그래 내 말 들어볼 테야. 이건 말 내이지 말아, 말 내이면 안 돼. 내가 시키는 대로 해, 내가 이르는 말을 전하기만 해… 어, 프레드, 밖에 나가서 안 될 말이란 내가 귀족의 자손이란 말이야.—바로 오늘 낮 지나서 즉 오후에 내가 발견했거든."

이렇게 늘어놓고는 더비필드는 앉은 자리에서 쓰러져 동둑 위, 들국화 속에 번듯이 나가 누워버렸다.

젊은 애숭이는 더비필드 앞에 선 채로 머리에서 발끝까지 그 몸을 물끄러미 내려다보았다. "존 더버빌 각하—이것이 이 양반이란 말이야." 하고 엎드린 사람은 또 말을 이어서 "글쎄 기사(騎士)가 준남작(准男爵)이라면 말이야—아닌 게아니라 기사는 준남작이거든. 내 이야기가 모두 역사에 올랐다는밖에. 그래, 이 젊은이 킹스비어 서브 그린힐과 같은 고장이나 아는가."

"알아요, 그린힐 장에도 다녀왔는데요."

"그래 그 거리 교회 아래 있거든—"

"내가 그러는 건 거기는 아닌데요. 내가 게 갔을 때는 콧구멍만 한 고장이던데요."

"고장이야 아무렇건 어째, 고장을 말할 게 아니야. 그 고장 교회 아래 우리 조상들이 묻혔단 말야—그 많은 조상들이 갑옷에 금은 보석을 뒤감고—천만 근 무거운 커다란 연관 속에 남(南) 웨섹스 지방에선 나보다 훌륭한 조상을 가진 사람이라곤 한 사람도 없거든."

"예?"

"자 그 둥주리를 들고 말로트 마을로 가, 퓨어 드롭 관(舘)에 가거든 내가 집으로 돌아가게 곧 마차 한 대를 보내도록 일러. 그리고 마차 밑에 조그마한 병에 술을 넣어 보내도록 하고 내 이름으로 치부해두라고 그래. 그걸 다 하고는 둥주리를 가지고 내 집으로 가서 우리 마누라더러 빨래 그만두라고 그래. 빨래

할 것 없다고, 응, 저한테 무슨 전할 소식이 있다고."

젊은이가 어리둥절해서 섰으니까 더비필드는 호주머니에 손을 넣더니 좀 해서 가져보지 못하는 두서너 실링 속에서 한 실링을 꺼내었다.

"자 이 사람 수고하는 값이야."

이것으로 해서 젊은이의 생각은 달라졌다.

"네, 존 각하, 고맙습니다. 또 뭐 그밖에 할 것은 없습니까. 존 각하."

"집에 가거든 이르게, 내가 저녁에 이런 것이 먹고 싶다고— 저, 될 수 있다면 양고기를 기름에 띄운 것을, 응. 안 된다면 납장(臘腸)으로 하라고, 그것도 안 된다면, 저 밸요리도 좋다고."

"네, 그러겠습니다. 존 각하."

젊은이는 둥주리를 들고 떠나자 마을 편으로부터 관현악단의 소리가 들려왔다.

"저건 뭔가, 나 때문이란 법은 없겠지."

"저건 여자구락부 운동회에요, 존 각하. 아 그렇지요, 당신네 따님도 회원이지요."

"참 그렇군— 무슨 대단한 궁리를 하노라고 깜짝 잊어버렸군 그래. 자, 어서 말로트 촌으로 가게. 그리고 마차 말하게. 웬만하면 마차를 타고 구락부 운동회를 시찰해도 좋은데."

젊은이는 가버렸다. 더비필드는 저녁 햇빛 아래 풀과 들국화 우거진 속에 나가 누워서 마차가 오기만 기다리고 있었다. 오랫동안 아무도 지나가는 사람은 없었다. 풀은 산으로 둘러싸인 속에 들려오는 인적이라고는 먼데서 오는 악대의 소리밖엔 없었다.

2.

말로트라는 마을은 블레익모어 혹은 블랙무어라고 하는 아름다운 골짝 안에서 동북으로 물결쳐 나간 지대에 놓였는데 이것은 사방 산으로 꼭 돌라 맥혀서 런던으로부터 네 시간 안에 닿을 수 있는 터이지만 이 지방의 대부분은 아직까지도 여행가나 풍경화가나 발길을 들여놓은 일이 없을 만큼 세상으로부터 떨어진 곳이다.

이 골짝 안에는 세상이 좀 더 작고 그러나 좀 더 오묘한 규모로 되어진 듯하였다. 밭은 말을 먹이는 울안같이 작아서 산(山) 위에 서면 울타리를 이루는 관목(灌木) 우거진 산이 마치 그 연둣빛 풀 위에 펼쳐진 진초록 빛 그물같이 보였다. 산 아래로 노곤해지는 대기, 그것은 온통 단청으로 물이 들었으나 한편 멀리 지평선은 참으로 진한 청천 빛이다. 이곳은 커다란 두던과 골짜기 속에 작은 두던과 골짜기가 감춰지는 것이었다. 블랙무어 골짜기는 이런 것이었다.

이 지방은 지형상으로 그럴 뿐만 아니라 역사상으로도 흥미 많은 곳이다. 이 골짜기는 옛날에 '흰 숫사슴 숲'이라고 알려졌던 것이다. 그것은 헨리 3세 때의 일인데 어느 때 임금이 따라가다가 놓아준 흰 사슴을 토마스 드 라 린드라고 하는 녀석이 잡아 죽였는데 이 때문에 큰 벌금을 물었다는 전설에서 유래한다고 한다. 그때는 물론 비교적 현재까지도 이 지방은 나무가 삐국 들어찼던 것이다. 시방도 오랜 오크나무 숲에서 또 불규칙한 삼림대(帶)에서 그리고 또 목장을 가리고 있는 많은 구새 먹은 나무들에서 옛날의 자취를 더듬을 수가 있다.

수풀은 없어졌으나 그 그늘 아래 벌어지던 옛날 습관은 오늘 아직도 얼마 남아 있는 것이 있다. 그러나 그도 많이 형식이 달라져버렸다. 예를 들면 '오월의 무도' 같은 것도 앞서 말한 오후 구락부의 놀이라든가 또는 '구락부의 운동회'라고 꾸며지고 하는 것을 주의해보면 알 수 있었다.

그것은 비록 이 의식(儀式) 가운데 참예한 사람은 그 흥미라는 것을 모른다 해도 이 말로트 마을에 사는 젊은 사람들에게는 여간 흥미 있는 것이 아니었다. 이 구락부의 운동회 특색은 매양 기념일에는 여러 사람이 쭉 늘어서서 행진을 한다든가 또는 '춤을 춘다든가 하는 습관을 지키는 데 있는 것보다도 이 구락부의 회원들이 모두 여자라는 데 있는 것이다. 참으로 말로트 촌의 구락부만이 이 지방 특유한 호곡제(護穀祭)를 계속해 내려오는 것이다. 그것은 자선구락부와 같은 것은 아니라고 하나 일종의 봉헌부인단체(奉獻婦人團體)로서 몇 백 년을 나려왔고 또 지금도 계속하고 있는 것이다.

이 단체에는 사람들은 모두 소복단장들을 하였다― 그것은 오월이라면 곧 즐거움을 말하던 화려한 옛날의 남은 자태이다.

구락부원들은 먼저 둘씩 둘씩 짝을 지어 마을을 도는 것이었다. 푸른 관목(灌木) 울타리와 담쟁이 엉킨 집 앞을 지나가는 그들의 얼굴에 햇살이 비칠 때는 꿈과 생시가 맞춰 부딪치는 것 같았다. 그들은 모두 소복단장을 하였으나 어느 소복 하나 같은 것이 없었다.

소복만도 눈에 띄는데 그 위에 그들은 또 각각 바른손에는 껍질을 벗긴 버들가지를, 왼손에는 하이얀 꽃다발들을 들었다. 버들가지의 껍질을 벗기는 것이나 꽃다발을 고르는 것이나 다 제멋대로 하는 것이었다.

행렬 속에는 중년 부인도 또 늙은이도 끼여 있어서 그들의 세월과 고생에게 달련을 받아 은빛으로 세어버린 머리며 주름 잡힌 얼굴은 이런 유쾌한 자리에서는 퍽도 이상해 보였고 또 한껏 마음에 슬픈 정을 일으키기도 하였다.

그러나 이 단체의 대다수는 역시 젊은 처녀들이어서 그들의 풍성한 머리털은 햇빛을 받아 혹은 금빛으로 혹은 까맣게 혹은 다갈색으로 빛나는 것이었다. 어떤 처녀는 눈이 맑고 어떤 처녀는 코가 곱고 또 어떤 처녀는 입과 얼굴 모양이 예뻤다. 그 가운데서 이 모든 것이 다 구비한 처녀는 참으로 몇이 아니 되었다.

처녀들은 누구나 다 햇빛을 받아 몸을 따사롭게 하듯이 또 그들은 마음속에 남이 모르는 한 작은 해를 안고 여기에 해바라기를 하는 것이었다.

그들은 퓨어 드롭 관(舘)의 옆을 돌아서 큰길에서 떨어져 바로 그때에 어느 목장으로 가는 작은 문을 나가고 있었다.

한 처녀는 말했다―

"아니, 아니, 어쩌면, 테스 더비필드. 저기 마차를 타고 오는 게 너의 아버지 아니야?"

한 젊은 구락부원이 이 소리에 머리를 돌렸다. 그는 아름답고 어여쁜 처녀였다. 아마 다른 처녀들보다 더 예쁘장스럽다고는 할 수 없으나 그러나 그 감정이 잘 나타난 함박꽃 같은 입과 크고 유순한 눈이며 얼굴빛과 모습에 풍성한 맛을 더하였다. 그는 머리에 붉은 리본을 매어서 이렇게 표가 나는 치장을 한 처녀라 곤 그 하나밖에 없었다. 처녀가 뒤로 돌아다보니 더비필드가 어떤 고수머리 우럭지게 생긴 여자가 팔꿈까지 옷소매를 올려 걷고 몰아오는 퓨어 드롭 관에서 이것저것 잡역을 하면서 때로는 별당(別當)도 되고 때로는 말꾼도 되는 유쾌한 하인이었다. 더비필드는 잔뜩 몸을 잡아 제치고 만족한 듯이 눈을 그느슥이 감고는 머리 위로 손을 내저으면서 뜨즉뜨즉한 곡조로 노래하듯 흥얼거리는 것이었다—

"내게는 킹스 비어에 우리 훌륭한 묘소(廟所)가 있다— 그리고 기사 집안인 우리 조상들이 연관 속에 누워 있는 게야."

테스라는 처녀만 내어놓고는 다른 구락부원들은 모두 킥킥킥 하고 웃어대었다. 테스는 그 아버지가 여럿의 웃음거리가 되는 것을 생각할 때 가슴이 후끈거리는 것을 깨달았다.

"우리 아버지는 몸이 지쳤어 애. 그래 그렇지 머." 하고 그는 조급하니 말하였다. "길에서 말을 얻어 타고 집으로 돌아오는 거야. 우리 말은 오늘 좀 쉬게 해야 되니까 그렇지."

"애, 테스, 너는 아무것도 몰라서 좋은데. 너의 아버지는 오늘 장에서 한 잔 했어. 호호호." 하고 그 동무들은 말했다.

"그래 그래, 우리 아버지보고 또 놀려대면 난 애 너희들하고 조금도 같이 안 갈 테야." 하고 테스는 소리를 질렀다. 뺨에 떠오른 상기된 빛이 얼굴에서 목으로 번져갔다. 곧 그 눈은 눈물을 머금고 그리고 아래로 숙여져버렸다. 그 동무들은 테스를 괴롭힌 것을 알고 그제야 아무 소리도 하지 않았다.

행렬은 또 진행하였다. 테스에게는 자존심이 있어서 다시는 그 아버지가 무슨 생각에 저러는 것일까 하고 뒤를 돌아다보는 일이 없었다. 그는 다른 동무들과 같이 춤을 출 데로 되어 있는 풀밭 위의 울타리 안으로 나아갔다. 그곳에 다다른 때에는 그는 다시 마음이 가라앉아서 버들가지로 옆에 있는 동무를 찌르기도 전같이 지껄이기도 하였다.

테스는 이때까지 세상일에 조금도 물들지 않은 한 감정의 그릇에 지나지 않았다. 그는 마을 여학교에 다녔으나 그 말에는 얼마큼 사투리를 썼다. 그리고 그는 한 말 하고 나서 입을 다물 때에는 언제나 아랫입술이 윗입술을 위로 쳐 닫히는 버릇이 있었다. 그 얼굴 생김새에는 아직 어릴 적 모습이 보였다. 그에게서는 놀랄 만치 어여쁜 자태가 나기는 하나 그러나 오늘도 그가 걸어 다니는 것을 보면 그 뺨에서는 아직 열두 살 적의 그를 볼 수 있고 그 눈에서는 아홉 살 적의 그가 번뜩 튀어나는 것을 볼 수 있다. 그리고 다섯 살 난 그까지도 그의 휘염한 입술로 휙 지나가는 것을 볼 수도 있는 것이다.

이런 것을 아는 사람은 없었다. 그리고 이런 것을 생각하는 사람은 더욱 없었다. 다만 몇 사람만이 그도 낯선 몇 사람만이 그가 옆으로 지나가는 것을 물끄러미 바라보고 그 어딘 듯 신선한 것에 잠깐 마음이 끌려서는 다시 한 번 더 볼 수는 없을까 하고 생각하는 것뿐이다. 그러나 누구에게나 그는 한 아름다운 그림과 같은 시골 처녀에 지나지 않고 그밖에 아무것도 아니었다.

여자 말꾼이 지휘하는 개선차(凱旋車)를 탄 더비필드는 다시 자태도 보이지 않고 또 소리도 들리지 않았다. 그리고 구락부원들이 지정한 장소에 다 모여드니 드디어 춤은 시작되었다. 패당 가운데는 사나이라고는 한 사람도 없어서 처음에는 처녀들 저이들끼리 춤을 추었다. 그러나 일이 끝날 시간이 되니 마을 남자들이 다른 노는 사람들과 또 도보 여행하는 사람들과 같이 그 주위에 모여와서 같이 춤을 추자고 말을 하고 싶어 하는 듯하였다.

이러한 구경꾼 속에 어깨엔 가죽끈을 걸어서 작은 배낭을 걸머지고 손에 굵은 지팡이를 쥔 신분 높은 청년이 세 사람이 있다. 그들은 서로 비슷비슷하고 또 나이가 차례차례로 된 것으로 보아 아마 형제가 아닌가 하고— 그것은 정말 그렇지만— 생각될 만하였다. 맨 나이가 위인 청년은 하이얀 목도리에 목까지 올라오는 조끼에 술가리가 엷은 모자에, 부목사(副牧師)의 정복 정모요, 다음 청년은 순전한 대학생이었다. 셋째 번의 가장 나이 젊은 청년은 용모만을 보고는 그가 어떤 사람인가를 판단할 수는 없었다. 그 눈초리와 옷차림에는 자유롭고 여유가 있어서 그가 아직 자기의 직업을 택하지 않은 것을 말하였다. 억지로 설명한다면 그는 아무런 것이나 막 맞서보는 그런 학생이라고 할 수밖에 없었다.

이 세 형제는 성령강탄제(聖靈降誕祭)의 휴가를 이용하야 블랙무어 골짜기를 도보로 여행하는데 동북편인 샤스턴 거리로부터 서남쪽으로 가는 것이라고 우연히 알게 된 사람들에게 말하였다.

세 사람은 길가에 있는 문에 기대서 무슨 일 때문에 춤을 추며 또 처녀들은 왜 소복단장을 하였는가 하고 물어보았다. 세 형제 가운데서 나이 많은 두 사람은 분명히 오래 머무르려고 하지 않았었으나 처녀 떼가 사나이 없이 춤을 춘다는 광경에 셋째 청년은 퍽 흥미를 느낀 듯이 좀처럼 급히 이 자리를 떠날 듯이는 보이지 않았다. 그는 배낭의 가죽을 풀어서 지팡이와 같이 생나무 울타리 위에 놓고 문을 열었다.

"무얼 하려고 그래 에인절?" 하고 맏형이 물었다.

"가서 저 사람들과 함께 춤이 추고 싶은데요. 우리 다 같이 춰도 좋지 않아요?— 한 일, 이 분 동안만— 뭐 그렇게 오래 걸릴 건 없겠지요."

"안 돼, 안 돼, 쓸데없이 굴지 말아." 하고 맏형이 말했다. "여러 사람들 속에서 말괄량이 시골 처녀 떼거리와 같이 춤을 추다니— 만일 남이 보거나 하면 어떻게 하나! 자 어서 와요, 그렇지 않으면 스타워카슬에 닿기 전에 어두워져. 그보다 가까이는 잘 데라곤 없어. 또 자기 전에 '불가지반박(不可知反駁)'을 한 장 떼어야 하지 않나. 부러 책을 내가 가지고 왔는데."

"다 알았어요— 오 분 못 가서 내 형님과 카스버트 형님을 따라잡을게요. 어서 가세요. 꼭 따라잡을 테요, 펠릭스 형님."

두 형들은 동생이 아무 거침없이 따라오게 하려고 그 배낭을 자기들이 가지고 마지못해 동생을 뒤에 남기고 발길을 옮겨놓았다. 동생은 풀밭으로 들어갔다.

"미안합니다." 하고 그는 조금 춤이 쉬게 되자마자 가장 가까이 있는 두세 처녀들에게 상냥하니 말을 건넸다. "저 짝패들은 어디 있어요?"

"아직 일이 채 안 끝났어요." 하고 그 가운데서 가장 대담한 처녀가 대답하였다. "이제 곧 들어와요. 그동안 같이 추지 않으세요?"

"그럽시다. 해도 이렇게 많은데 사나이 혼자라곤 좀 안 되었는데."

"없는 것보다는 나아요. 여자끼리 서로 맞대고 추기만 하고 조금도 껴안아본다든지 그러안는다든지 하지 않으면 싱겁지 뭐. 자 누구나 골라잡으세요."

"쉬, 그렇게 너무 젠 척하지 말아." 하고 좀 우줄 없는 처녀가 이렇게 말했다.

청년도 이렇게 청을 받자 쭉 여럿을 훑어보고 그 누구를 뽑으려고 했으나 이 처녀들은 모두가 다 그에게는 신기하여 잘 갈라볼 수가 없었다. 그는 맨 처음 손에 닿는 처녀를 붙잡았는데 그는 제가 뽑힐 것을 기대하는 이야기하여 처녀도 아니요 또 이것은 테스 더비필드도 아니었다.

남은 떨어트리고 의기양양한 처녀의 이름은 그 무엇이었든지, 그것은 종래 전하지 않았다. 그러나 그는 그날 저녁 맨 처음으로 사나이 짝을 얻어 몸에 넘치는 행복을 맛보았다고 해서 여럿한테서 부러움을 받았다. 그런데 이제 한 사람이 이렇게 본때를 보자 아직까지 한 사람도 비위를 내어 들어오는 사람이 없을 때에는 바삐 문으로 들어오려고 하지 않던 마을의 젊은이들도 이제는 모두 척척 들어 밀려서 얼마 아니 하여 춤추는 패당 전부에 시골 젊은이들의 기분이 넘쳐흘렀다. 그리하여 이제는 구락부 중에서 아무리 못생긴 여자라도 사나이 편이 되어서 춤을 추지 않아도 좋았다.

교회 시계가 울었다. 그러자 갑자기 학생은 가지 않으면 안 되겠다는 말을 하였다―그는 해 가는 것을 잊어버리고 있었던 것이다―같이 온 패에 끼우지 않아서는 안 됐다. 춤 터를 벗어나올 때에 그는 테스 더비필드에게 눈이 갔다. 그의 커다란 눈은 바른대로 말하면, 왜 자기를 골라잡지 않았느냐고 약간 책망하는 듯한 표정을 띠었다. 그도 또한 테스가 너무 부끄러움을 타서 그를 못 봤던 것을 한탄하였다. 그는 이런 것을 생각하면서 목장을 떠나버렸다.

너무 오래 지체한 탓에 그는 나는 듯이 저편으로 좁은 길을 달려갔다. 그동안에 골짝진 곳을 지나서 그 건너 등성으로 올라갔다. 그는 아직 그 형들을 따라잡지 못했으나 숨을 좀 돌리려고 뒤를 돌아다보았다. 그도 함께 섞여서 여럿이 같이 빙글빙글 돌던 때와 같이 시퍼런 울타리를 두른 춤 터에서는 처녀들의 하이얀 모양이 빙글빙글 돌고 있는 것이 보였다. 그들은 벌써 그를 다 잊어버린 듯하였다.

다들 그러해도 다만 한 사람만은 아니 그런 듯하였다. 그 흰 자태는 혼자 떨어져서 생나무 울타리 가에 서 있는 것이었다. 하지 않은 일이지만 그는 자기가 그만 알아보지 못한 탓에 처녀는 상심을 한 것이라고 직감적으로 생각하였다.

그는 그 처녀에게 같이 춤을 추자고 청을 해보았다면 좋았을 걸 하고 생각해보고 또 그 처녀의 이름이라도 물어두었더면 좋았을 걸 하고 생각하였다. 그 처녀는 아주 얌전하고 아주 표정이 풍부하고 그리고 그 엷다란 흰옷을 입은 것이 어떻게나 부드러워 보이던 것을 생각하고 그는 어리석은 짓을 한 것만 같았다.

그러나 이미 어떻게 할 도리가 없어서 그는 휙 걸음을 돌려 몸을 굽혀 재빠르게 발걸음을 옮기며 그 일을 머리에서 털어버렸다.

3.

테스 쪽으로 보면 그는 이번 일을 그리 쉽사리 머리에서 씻어버릴 수는 없었다. 그는 오랫동안 다시는 춤을 출 힘이 아니 났다. 물론 같이 춤을 추자는 사람은 쌓였으나 그러나 아까 그 낯설은 청년처럼 그렇게 말 한마디라도 알뜰히 하는 사람이 없는 탓도 탓이었으리라. 햇볕이 산 위로 사라져버리며 낯설은 젊은 청년의 모양을 다 빨아들인 때에야 그는 한때의 슬픔을 다 털어버리고 그리고 그의 소위 춤의 짝패에게 춤을 추자고 대답하게 되었다. 그는 동무들과 같이 어두워지도록 있었다. 그리고 얼마큼 재미도 있어서 춤에 끼었다. 그러나 아직 사랑이라는 것을 모르는 탓에 그는 다못 박자에 맞춰서 춤을 추는 그것만으로 춤을 즐기는 것에 지나지 않았다. 사나이가 꾀여오고 그리하여 그 꾀임에 들어간 처녀들의 부드러운 고통, 쓰다란 단맛, 즐거운 고통, 마음 싼 비탄을 볼 때에도 그러한 때 자기는 어떻게 하리라 하는 것 같은 것은 생각지 않았다. 춤을 추면서 그 짝패가 되고 싶어서 젊은이들이 실갱이를 하는 것이나 싸움거리를 하는 것이 다 그에게는 한 재미있는 일이었다— 단지 그것만이었다. 그리고 젊은 군들이 너무 추근거리면 그는 그들을 욕했다.

그는 좀 더 늦게까지 있으려면 있을 수 있었으나 그러나 그 아버지의 이상한 꼴이며 태도가 그 마음에 떠올라서 어떻게 된 일인가 하고 그는 걱정이 되어 춤추는 패에서 튀어나와 그 부모의 집이 있는 마을 끝으로 발길을 향했다.

얼마 많이 가지 않아서 그가 시방 떠나는 소리와는 다른 박자 맞은 소리가 들려왔다. 그가 잘 들어 아는— 참 잘 아는 소리였다. 그것은 집안으로부터 또 닥또닥 규칙적으로 연달아 나는 소린데 돌 위에 요람(搖籃)이 되게 부닥치는 데서 오는 것이었다. 이 요람의 움직임에 맞춰 여자의 목소리는 우렁찬 질주조(疾走調)로 '얼룩 암소'의 노래를 부르고 있었다.

요람의 흔들리는 소리와 노래가 한꺼번에 그치더니 노래 곡조 대신에 목소리를 있는 데로 뽑아내서 외치듯이 기도를 올리는 것이었다.

기도가 끝나면 다시 또 요람이 흔들리고 노래가 시작되어 '얼룩 암소'가 계속되었다. 테스가 문을 열고 안에 신발기에 서서 방안을 바라본 때의 광경은 이러하였다.

테스가 집을 나가던 때와 같이 그 어머니는 여러 아이들 속에 섞인 채로 언제나 그렇듯이 이번 주일로 마지막이 되도록 아직 끝을 못낸 월요일의 빨래통 위에 몸을 굽히고 있었다. 테스는 철없이 풀밭에서 옷깃에 풀물을 들인 시방 떨치고 있는 흰 웃옷도 그 어머니가 빨래통에서 꺼내서 그 손으로 물을 짜서 다림질을 해서 준 것이거니 생각하면 가슴이 바늘이나 박히는 듯이 아팠다.

언제나 마찬가지로 더비필드의 마누라는 앞서도 말한 대로 한 발로는 막내 어린것을 흔들어주느라고 다른 한 발로 몸을 지탱하면서 버지기 옆에 서 있었다. 요람의 흔들개(搖軸)는 돌판 위에서 여러 해째 많은 아이들의 무게에 눌려 고된 일을 해온 탓에 거의 뻔뻔하니 다 닳아져버렸다. 이 때문에 작은 침대가 흔들리는 데 따라 요람이 온통 공중에 뛰었다 내려지곤 하였다. 그래서는 더비필드의 마누라가 노래에 흥이 겨워서는 하루 종일 비누거품 속에 잠겼다 난 뒤 아직도 남은 기운을 모두 내서 흔들개를 집었다 놓는 데 따라 요람 속의 갓난

것은 배틀의 부모양으로 이 귀에서 저 귀로 나가 던져지는 것이었다.

찌걱찌걱 하고 요람이 흔들렸다. 촛불은 확 하고 크게 늘어서서 흐늘흐늘 높았다 낮았다 하기 시작하였다. 물이 그 팔굽에서 뚤렁뚤렁 떨어졌다. 그리고 노래는 끝까지 다 갔다. 이러는 동안에도 더비필드 마누라는 그 딸을 물끄러미 바라보고만 있었다. 어린 권속들의 시름을 탁 지고 있는 시방이라도 그는 노래라면 얼굴을 잃고 좋아하였다. 어디로부터든지 밖에서 블랙무어 골짜기로 노래가 들어만 오면 테스의 어머니는 한 주일이 못 가서 벌써 그것을 배워버리는 것이었다.

이 여자의 얼굴에서는 어딘지 모르게 싱싱한 것이, 아니 젊은 시절의 아름답던 것까지도 가느슥이 빛나고 있었다. 참으로 테스가 자랑하는 그 남다른 아름다움도 많이는 이 어머니의 덕이라고 생각할 수 있을 만하였다. 그러므로 그 얼굴은 기사 가문의 모습도 아니요 또 역사적인 것도 아니었다.

"제가 대신 흔들게요." 하고 딸은 온공하게 말했다. "아니 새 옷 벗어버리고 빨래 짜는 거나 도울까. 전 벌써 다 한 줄 알았어요."

그 어머니는 테스가 이렇게 오래 집안일을 자기 한 손에만 맡겨두었다고 해서 나무라거나 하지 않았다. 참으로 그는 이렇다고 해서 딸을 꾸짖는 일은 없었다. 그는 딸이 손 돕지 않는 것을 별로 생각에 두지도 않고 다만 저도 모르는 상에 어물어물 미루어가며 일을 좀 쉬는 것이었다. 오늘밤은 또 전에 없이 마음이 즐거운 듯하였다. 어머니의 얼굴에는 딸이 알 수 없는 꿈을 꾸는 듯한, 무엇에 마음을 쏠린 듯한 그리고 흥겨운 듯한 것이 있었다.

'잘 왔다' 하고 마지막 곡조가 입에서 사라지자 그 어머니는 곧 말을 하였다. "이제 아버지를 맞으러 가야겠군. 아니 그런데 그보다도 썩 긴한 일이 생겼어. 말해줄게. 애, 너도 알면 아주 좋아할걸."(더비필드 부인은 늘 이 지방 사투리를 썼다. 런던에서 자란 여선생 아래서 소학교 육학년을 졸업한 그 딸은 두 가지 말을 썼다. 집에서는 이럭저럭 사투리로, 다른 데 가서든가 또는 점잖은 사람한테는 예사 영어로 말을 하였다.)

"제가 나간 뒤에요?" 하고 테스는 물었다.

"암!"

"오늘 낮때 지나서 아버지가 마차를 타고 장한 듯이 구시드니 그것과 무슨 관계가 있어요? 왜 글쎄 그러셨을까? 난 어떻게 부끄럽든지 구멍이 있으면 들어가고 싶었어요."

"그것도 다 그 야단이지— 글쎄 우리가 이 고을에서는 제일 지체가 높다는 것 알았구나— 우리 조상은 올리버 그럼블(올리버 크롬웰의 뜻) 때에서도 퍽 더 옛날의— 페이건 시대에까지 미쳤다나— 비석이며 납골당(納骨堂)이며 문장(紋章)이며 문지(紋地)며 별나무 숨었을 때 왕께 충성을 다한 옛일로 연유하여 뽑혔는데 우리네 정말 이름은 더버빌이라고 한다는 구나… 들으니 어째 가슴이 벅차오르지 않니? 아버지가 이륜마차(二輪馬車)를 타고 돌아온 것도 이 때문이란다. 남들이 생각하듯이 뭐 술이 취한 게 아니야."

"아이 참 기쁘네, 그러면 무슨 좋은 일이 있어요?"

"있고말고, 이제 큰일이 생길 텐데. 이 일이 알려지면 으레히 우리와 지체가 같은 사람들은 모두 마차를 타고 올 테지. 아버지가 샤스턴에서 돌아오는 길에 이것을 들었대. 그래서 나한테 이때껏 자초지종 이야기를 다 하는구나."

"아버지는 시방 어디 계세요?" 테스는 급히 물었다.

그 어머니는 대답을 않고 딴말을 어물쩍 해두고 말았다.

"아버지는 오늘 샤스턴 의사한테 진찰을 가셨었지. 폐병은 절대로 아니라는 모양이더라. 심장 근처가 기름이 진다는구나. 글쎄 이렇게." 하고 더비필드의 마누라는 매듭진 엄지손가락과 첫 손가락을 꼬부려서 C자 형상을 만들고 다른 한쪽 손가락으로 그것을 가리켰다.

"'현재로는' 하고 의사가 아버지에게 하는 말이 '당신의 심장은 어디나 다 꼭 막혔소 사방이 꼭 다 막혔소 허나 이곳이 아직 열려 있기는 하오,' 하고 의사는 말한다는구나. '그것이 꼭 맞닿으면 곧, 이렇게.'"—더비필드의 마누라는 두 손가락을 꼭 닫아서 동그란 원을 만들었다.— "'당신은 그림자와 같이 죽어버립니다 더비필드씨' 하면서 '당신은 이제 십 년은 갈지 모르겠소만 또 한 열 달이나 혹 한 열흘 있다 죽을지도 모르겠소' 하더라는 구나."

26 테스

테스는 놀란 얼굴이 되었다— 그 아버지가 이렇게 갑자기 훌륭하게 되니 것도 쓸데없이 이렇게 빨리 그 영원한 구름 뒤로 가버릴지도 모른다고!

"글쎄 아버지는 어디 가졌어요?" 그는 다시 물었다.

그 어머니는 탄원하는 듯한 낯빛을 하였다. "짜증을 내면 안 돼! 글쎄 어쩌겠니— 아버지는 목사님한테서 그 소리를 듣곤 지체가 높아졌다고 아주 어쩔 줄을 모르는구나. 그래 한 반 시간 전에 롤리버스 술집으로 갔단다. 내일은 그 벌통집을 가지고 떠날 텐데 기운을 내겠다고, 이 벌집은 집안 지체가 어떻게 되든지 간에 가져갈 땐 가져가야 한다고, 갈 데가 멀어서 오늘밤 열두시 조금 지나면 떠난단다."

"기운을 낸다고요." 테스는 눈에 눈물이 글썽글썽해지면서 안타까운 듯이 말했다. "아유! 기운을 낸답시고 술집으로 가다니! 그래 어머니도 아버지와 같이 그래도 좋다고 그러세요, 어머니."

그의 타박하는 소리와 그 안타까운 기분은 방에 가득 차고 세간 그릇과 양초와 노는 아이들과 그리고 그 어머니의 얼굴까지라도 무서워 떨게 하는 듯하였다.

"그런 게 아니다." 하고 성이 가신 듯이 어머니는 말했다. "나는 좋다고 하지 않았다. 나는 너의 아버지를 데리려 갔다 오는 동안 너더러 있어서 집을 봐달 생각으로 기다리고 있었다."

"제가 가요."

"아니다, 테스야. 가도 쓸데없다."

테스는 거역하지 않았다. 그는 어머니가 왜 반대하는지 알았다. 더비필드의 마누라는 제가 가리라고 생각한 이 즐거운 길을 언제나 갈 수 있도록 재킷과 모자를 옆 의자에 벌써 걸어놓았던 것이다. 그래 그는 데리러가는 까닭을 부러 더 슬퍼한 것이다.

"'운명통감(運命通鑑)'을 바깥채에 가져다 두어라." 하고 더비필드 마누라는 부산히 손을 닦으며 옷을 주워 입으며 말을 이었다.

이렇게 그 주책없는 남편을 데리러 주막으로 가는 것은 아이들을 기르는 시끄러운 일 가운데 그래도 아직 남아 있는 즐거움이었다. 롤리버스 주막에서 그 남편을 찾아내고 그 옆에서 한 시간이고 두 시간이고 앉아서 이 동안 아이들에 대한 모든 생각과 근심을 잊어버리는 것은 그를 행복하게 하는 것이었다. 그럴 때엔 그 생활에도 후광(後光)과 저녁노을의 남은 빛깔이 비치는 것이었다. 모든 고생이며 또 다른 현실이 스스로 한 형태 없는 보이지 않는 것이 되어서 고요히 생각할 수만 있는 정신적 현상으로 되어버리고 이제는 그 몸과 마음을 못 견디게 구는 그 어떤 통절한 구체적 현실이 아니었다.

어린아이들은 눈앞에 보이지 않고 보니 눈앞에 보일 때보다 복된 부러울 만한 달리개(附屬物)였다. 그는 그 남편이 그에게 논쟁을 하는 때 시방은 그와 부부가 된 이 남자의 곁에서 그의 결점에는 눈을 감고 오직 이상적인 애인으로서만 그를 생각하면서 이 같은 자리에서 느끼는 것을 시방도 약간 느끼는 것이었다.

어린 동생들과 같이 남은 테스는 운명점을 하는 책을 가지고 바깥채로 나가서 지붕 속에 끼워두었다.

이 더러워진 책은 그 어머니의 미신에서 오는 두려움으로 해서 밤 내 집에 두는 길이 없었다. 그래서 언제든지 다 보고는 다시 바깥채로 가져가곤 하는 것이다. 미신과 전설과 사투리와 또 입에서 입으로 전하는 민요라든가 하는 자꾸 없어져가는 것만 아는 그 어머니와 수없이 고쳐진 법령 아래서 상당한 국민교육을 받고 기본적 지식을 갖춘 그 딸과의 사이에는 일반이 알듯이 이백 년의 차이는 있었다. 그들이 같이 있을 때는 자코비안 시대와 빅토리아 시대가 같이 놓인 듯하였다.

테스는 뜨락 좁은 길로 돌아오면서 어머니가 오늘따라 그 책에서 무엇을 알아보려고 하였을까 하고 생각해 보았다. 그는 아까 그 조상을 찾은 일이 여기 관계 있는 것이리라고는 짐작이 갔으나 이것이 오직 테스 자기 몸에 관계되는 일인 줄은 꿈에도 생각지 못하였다. 그러나 이런 것을 생각하지 않고 그는 어린 것들을 가자리에 뉘이고 아홉 살 된 사내동생 에이브라함과 '라이자 루'라고 부르는 열두 살 하고 여섯 달 되는 누이동생 엘라이자 루이사와 같이 낮에 말렸던 속옷 가지에 물을 뿌려 축이느라고 바빴다. 테스와 그 아래 아이 사이에는 네 해나 더 되는 차이가 있었는데 그건 이 사이에 있던 두 아이가 어려서 죽은 까닭이었다. 그래서 테스는 제 손아래 동생들과만 같이 있게 되면 그는 자연히 어머니 대신이 되는 태도를 가지게 된다. 에이브라함 아래로 호프와 모데스티라고 하는 두 계집아이가 있고 그리고는 세 살 난 사내아이와 인제 첫돌이 겨우 지나간 갓난것이 있었다.

이 아이들은 존 더비필드 배의 선객(船客)들이었다. 그들이 쾌락도 슬픔도 건강도 그리고 생존까지도 이 두 어른 더비필드의 생각에 매인 것이 있다. 만일 더비필드 집안의 이 두 윗머리가 곤란과 불행과 주림과 질병과 타락과 죽음의 쪽으로 향하여 배를 띄운다면 갑판 아래 있는 이 여섯 포로(捕虜)들도 꼼짝 못하고 같이 그쪽으로 가지 않아서는 안 되었다─

─이 어떻게 할 수 없는 여섯 생명은 누가 그들더러 그 어떤 조건 아래서라도 살고 싶으냐 어떠냐 하고 물은 적은 없었고 더욱이 이 어찌할 수 없는 더비필드 집에 태어나서 갖은 고생스러운 환경에서라도 살고 싶으냐 어떠냐 하고 물은 적은 더더구나 없었다. 그 노래가 즐겁고 맑듯이 그 관조(觀照)도 오늘에 와서는 깊고 믿는다고 생각되는 시인(워즈워스를 가리킴)이 '자연의 거룩하신 계획'이라는 말을 할 수 있는 권리를 어디서 얻었는가 하고 알고 싶어 할 사람들도 있을 것이다.

밤은 점점 깊어갔다. 그러나 아버지와 어머니는 돌아오지 않았다. 테스는 밖을 내다보며 마음으로 말로트 마을을 돌아다녀 보았다. 마을은 그 눈을 감고 있는 중이었다. 어디서나 촛불이나 램프등이 다 꺼졌다. 그는 그 마음속으로 소등기(消燈器)와 불을 끄려고 내민 손을 볼 수 있었다.

그 어머니가 데리러간다는 것은 데려올 사람이 한 사람 더 느는 것밖에는 되지 않았다. 테스는 오전 한시면 떠난다고 하는 그리 건강이 좋지 못한 사람이 이렇게 늦도록 주막에서 옛 조상의 피를 들추며 좋다고 할 것이 못 된다는 것을 생각하기 시작하였다.

에이브라함하고 그는 동생에게 말했다. "너 모자를 써─ 무섭지 않지?─ 롤리버스 주막에 가서 아버지와 어머니 어떻게 되었나 좀 보고 와."

아이는 얼른 자리에서 일어나더니 문을 열었다. 밤은 그를 삼켜버리었다. 또 다시 한 반 시간 지나갔다. 그러나 지아비도 아내도 또 아이도 돌아오지 않았다. 에이브라함도 어버이들과 같이 그 사람을 꾀이는 듯한 주막한테 끌려 붙잡힌 모양이었다.

"아무래도 내가 가야 하는 게야." 하고 테스는 말했다.

라이자 루도 그때는 침대로 들어간 때였다. 그때 테스는 모두 다 잡아놓고 급히 갈 길은 못 되는 어둡고 굽은 좁은 길 즉 뒷골목을 걷기 시작하였다. 이 거리는 조그마한 땅에는 아직 값이 붙지 않았던 때에 그리고 바늘 하나만 있는 시계로도 곧잘 시간을 알던 때에 된 것이 있다.

4.

이 길다랗고 그리고 인가가 띄엄띄엄 떨어져 있는 마을 맨 끝에 있는 주막이라곤 단 그 한 집뿐인 롤리버스 주막은 반허가(술을 팔기만 하고 술을 먹게 하지 못하는 허가)밖에 받지 못한 집이었다. 그래서 집안에서는 누구나 내어놓고 술을 먹을 수 없는 까닭에 술 먹는 사람들을 위하여 공연히 허락된 설비의 범위라고 하는 것은 마당 울타리에 쇠줄로 붙잡아 매어서 마치 선반같이 된 넓이 여섯 자 길이 두 자의 작은 판장에, 꼭 정해져 있었다. 술 줄기는 낯설은 사람들은 길에 선 채로 술을 마시고는 먼지 이는 길바닥에 찌꺼기는 버려서 폴리네시아의 모양을 그리고는 술잔을 이 선반 위에 탁 놓으며 방안에서 좀 쉴 자리라도 있었으면 좋겠다고 생각하는 것이다.

낯설은 길손들에게는 이러하였다. 그러나 이런 것을 같이 바라는 토박이 술꾼들도 있었다. 그리고 언제나 뜻이 있는 곳에는 길이 있는 것이다.

위층에 있는 넓은 침실─ 그 창은 이 집 주부인 롤리버 마누라가 어제까지 두르다가 버린 커다란 목도리로 탁탁이 가려졌는데 이곳에 오늘 저녁엔 모두

술복을 바라는 사람 한 열두엇이 모였다. 모두들 말로트 마을의 가까운 끝에 오래전부터 살아오는 사람들이고 또 이 피난소에 자주들 오는 패였다.

인가가 뜨문뜨문 널려 있는 이 마을의 먼 끝에 놓여서 완전한 허가를 맡아서 하는 술집, 퓨어 드롭은 꽤 멀리 떨어져 있는 탓에 이쪽 끝에 사는 사람들에게는 별로 소용이 없는데 이뿐만 아니라 술의 질(質)이라는 좀 더 큰 문제가 있어서 넓은 집에서 다른 주인과 같이 먹는 것보다는 지붕 밑 한구석에서 롤리버와 같이 먹는 편이 좋다고 하는 여러 사람들의 의견을 아주 굳히는 것이 되었다.

방안에 놓인 네 다리 달린 침대는 그 세 켠으로 모인 대여섯 사람들에게 앉을 자리가 되었다. 다른 두 사람은 장 위에 올라앉고 또 한 사람은 참나무를 파서 만든 귀중상(貴重箱) 위에 몸을 쉬이고 그리고 두 사람은 세면대 위에 또 한 사람은 교의에 걸터앉고 있었다. 이렇게 좌우간 누구나 다 제 편안한 대로들 하고 있었다. 이때에 그들이 다다른 정신적 쾌락이라는 것은 그 안에서 그들이 넋이 그들의 몸보다 더 크게 불어나서 그 인품을 따사하니 방 하나 가득 퍼지는 지경에 이른 것이다. 이러한 가운데 방이나 세간들이 점점 훌륭하고 사치하게 보였다. 창에 걸린 목도리는 호화한 벽걸이가 되고 창문의 놋손잡이는 마치 금으로 된 방문추(訪問鎚)인 듯이 되었다. 그리고 조각이 새겨진 침대의 발들은 솔로몬 전당의 장엄한 기둥들과 무슨 연분이 있는 듯하였다.

더비필드의 마누라는 테스와 헤어진 뒤에 이쪽으로 급히 걸어와서 앞문을 열고 아주 캄캄한 아래층 방을 지나 그리고는 마치 문빗장의 작간을 잘 아는 손임자처럼 층층대의 문을 열었다. 그는 휘엄하니 구부러진 층층대를 올라오면서 이번에는 전보다 천천히 발을 디디었다. 그리하여 맨 윗단에 있는 불빛 아래 그의 얼굴이 나타났을 때 침실에 모이었던 사람들은 모두 그쪽을 바라보았다.

"구락부의 운동회를 계속해가기 위해서 내가 비용을 들여서 오시라고 한 친밀한 몇 분이신데." 하고 이 집 안주인은 발소리가 들리자 층층대 쪽을 기웃해 보면서 교리문답(敎理問答)을 되풀이하는 아이들처럼 줄줄 늘어놓았다. "아, 누구라고, 더비필드 집 ─ 아이 ─ 어쩌면 그렇게 놀라게 하오! 난 또 법에서 취재하러 나온 사람들로 생각했소"

더비필드네 마누라는 이 밀실에 있는 다른 사람들이 눈인사로 또는 머리를 끄덕하는 것으로 정신없이 콧노래를 부르고 있었다. "나는 여기 저기 누구만 만은 하거든! 내게는 킹스비어 서브 그린힐에 큰 가족납골당이 있고 그리고 웨섹스의 누구네보다도 훌륭한 유골들이 있거든."

"거기 대해서 내가 생각한 것인데 당신한테 좀 이야기 한 것이 있소— 훌륭한 생각이오!" 유쾌한 마누라는 귓속말을 하였다. "아 여보, 날 좀 봐요?" 하고 그는 남편을 유리창으로 들여다보는 것같이 마누라를 들여다보면서 또 외는 것만 계속하는 것이다.

"쉬! 여보 너무 그렇게 큰소리 내지 말아요." 하고 이 집 안주인이 말했다. "만일 법에서라도 지나가다가 알면 우리 허가장 떼이면 어떡해요."

"우리네 이번 일을 아마 우리 애아버지가 이 얘기 했지요?" 하고 더비필드네 마누라는 물었다. "네— 조금. 그래 어디 돈이라도 좀 생길 줄 아오?"

"아 그게 좀 내밀한 말이오." 하고 더비필드네 마누라는 분별이나 있는 듯이 말했다. "그래도 자가용 마차에는 못 탄다 해도 마차에 얼근접절하니 관계만 있어도 좋지요." 그는 여러 사람에게 하는 어태를 낮춰서 낮은 소리로 그 남편에게 대고 말을 이었다.

"난 당신한테서 소문을 듣고는 왜 그 체이스 끝에 트란트리지라는 데 사는 더버빌이라는 돈 많은 과부가 있는 것을 여태껏 생각했다오."

"에— 그래 어쨌단 말이야?" 존 각하는 말했다. 그 마누라는 이야기를 되풀이하였다. "우리가 친척이라는 걸 내세우는 거예요."

"그래 당신이 그러고 보니 참 그런 부인이 있어." 하고 더비필드는 말했다. "트링검 목사님은 그런 것은 미처 생각을 못했군 그래. 해도 그 부인도 우리와 놓고 보면 아무것도 아니야. 노르만 왕 시대로부터 오랫동안 번성해온 우리게서 갈라져나간 집안인 걸."

이 문제를 가지고 의논하느라고 그쪽에 정신이 쏠려서 이 부부는 조그만 에이브라함이 어느 사이 방으로 들어와서 집으로 돌아가자고 조를 기회를 기다리고 있는 것을 누구나 통 몰랐다. "그 부인은 부자예요, 그러니 꼭 딸애의 뒤를 보아줄 것이 분명하다니까요." 하고 더비필드 마누라는 말을 이었다. "글쎄 좀 좋은 일이예요. 한 집에서 잘라져 나간 두 분가에서 서로 오고가고 해서는 안 된다는 법은 없어요."

"그래요, 우리 다들 친척이라고 말해요!" 침상 아래서 에이브라함이 쾌활하게 말했다. "테스가 그 집 여인네 하고 가 있게 되면 우리 집에서 다들 가서 만나보지 뭐. 그러면 우리들은 그 여인네 집 마차를 타고 외출복을 입게 되잖아요."

"어떻게 여길 왔니, 얘? 말도 안 되는 수작을 하는 거야! 어서 저리가, 아버지와 내가 나갈 때까지 저 층층대에 가서 놀고 있어!… 그런데 테스는 꼭 분가에 보내야 해요."

"그 애는 꼭 그 부인의 맘에 들 걸요— 테스면 그렇지. 그리고 어느 훌륭한 신사가 아마 결혼하자고 하기 쉬워요. 입바른 말이지만 난 벌써 다 알고 있어요."

"어떻게?"

"'팔자판단'으로 그 애 팔자를 보았소. 했더니 어김없이 그렇게 나오더라구요… 애도 오늘은 또 얼마나 예쁘게 보이는지, 당신도 좀 보았더라면 좋았을 걸. 살갗도 공작부인처럼 보드라웠어요."

"저기 간다는 걸 그 애는 뭐라구 해?"

"아직 물어보지 않았어요. 그 애는 아직 그런 친척 부인이 있는 것도 모르지요. 해도 이제 그 앤 훌륭한 데 시집갈 건 정해놓았어. 제가 가는 게 싫다구야 하지 않겠지."

"테스는 좀 까다로워서."

"그래도 마음은 착해요. 그 앨랑은 나한테 맡겨요."

이 이야기가 두 사람 사이에 소곤소곤 주고받은 것이지만 그 의미는 옆에 있던 사람들에게도 잘 알려서 더비필드 부처는 시방 다른 사람들보다도 아주 중대하게 이야기를 하고 또 그 어여쁜 맏딸 테스는 앞날 신세가 아주 훌륭한 것도 생각할 수 있게 되었다.

"테스는 참 예쁘고 재미있는 애야. 오늘 다른 애들과 같이 성신이 나서 마을을 뒤타는 걸 보고도 나 혼잣말로도 그랬지만." 하고 나이 많은 취한 사람 하나가 낮은 목소리로 말했다. "'해도 더비필드네 마누라도 마루 위에선 새파란 삯이 나지 못한다는 건 알아두어야만 하지." 이것은 특별한 뜻이 담긴 이 지방 말이기 때문에 누구 하나 대답하는 군은 없었다.

말은 뜻이 넓어져 갔다. 그러자 바로 밑에 방을 지나오는 발소리가 들려왔다. "—구락부를 계속해 가기 위해서 오늘밤 내가 비용을 내어서 오시라고 한 친밀한 몇 분 손님이신데—." 이집 안주인은 새로 들어오는 사람이 테스인 것을 모르고 언제나 허락 없이 이 집으로 들어오는 사람 때문에 준비해둔 그 판에 박은 듯한 말을 또 걸싸게 냅다 쓴 것이다.

주름살이 잡힌 중년 늙은이들의 생김새로서 그리 맞지 않는다고는 할 수 없는 여기 떠드는 이 알코올(酒精)의 분위기 속에 놓고 보는 이 젊은 처녀의 얼굴이 그 어머니의 눈에까지라도 슬프도록 어울리지 않게 보였다. 테스의 새까만 눈에서 책망하는 눈길이 번적 빛나지 않아도 좋게 그 아버지와 어머니는 자리에서 일어서서 먹던 술을 급히 마저 들이키고는 그를 따라 층층대를 내려오는데 뒤에서 롤리버 마누라는 발소리에 또 주의를 주었다.

"좀 소리 내지 말아요. 제발 바래요, 다들. 소리만 났다가 허가장 다 뺏기고 불려가고 어떻게 될지 내가 모르겠소. 잘들 주무세요."

테스가 아버지의 한 팔을 잡고 마누라가 또 한쪽 팔을 잡고 하여 그들은 같이 집으로 돌아갔다. 바른대로 말하면 그는 얼마 먹지 않았다— 술을 늘 먹어오는 사람이면 발을 옮겨 놓는 데나 꿇어앉아 예배를 드리는 데나 조금도 지장이 없이, 일오일 오후에 넉넉히 교회로 갈 수 있는 술 분량의 사분의 하나도 못 되었다. 그러나 체질이 약한 존 각하는 이런 쇠쇠한 허물이 잦은 것이다. 신선한 공기 있는 데로 오자 그는 아주 비틀비틀하니 되어서 금방 런던으로 가는가 하면 다음에는 바스로 가기나 하는 것처럼 하여 세 사람의 행렬이 뒤틀어지게 하였다. — 이것은 어느 집이나 밤에 집으로 돌아가는 때에는 흔히 있는 듯이 우스운 결과를 낳았다. 그러나 우스운 결과라는 것이 대개 다 그렇듯이 그것은 결국은 그리 우스운 것이 되지 않았다. 두 여자는 용감하게도 그들의 힘이 미치는 대로 더비필드에게 이 강행군(强行軍)과 퇴각의 까닭을 숨기었다. 뿐만이 아니라 에이브라함에게도 그리고 심지어 그들 자신에게까지도 숨겼다. 이리하여 그들은 점점 자기네 집문 가까이 왔는데 정작 가까이 닿으니까 이 집 주인은 자기가 쓰고 사는 집이 초라한 것을 보고 정신을 차리는 듯이 갑자기 또 먼저 부르던 노래의 후렴을 불러내는 것이었다. ―

"'킹스비어에 우리 집안 묘소(廟所)를 찾았다."

"쉬― 여보 좀 작작 어리석게 굴어요." 그 마누라가 말했다. "뭐, 당신네 집만 옛날에 훌륭했던 것만도 아닌데. 앤크텔 집안이나 호시 집안이나 트링검 집안이나 다 봐요, 다들 당신만큼 다 기울어지지 않았다. ― 그래 그들보다 당신네 편이 더 훌륭하기는 했을 것은 분명하지만서도, 고마운 일이지, 난 지체 높은 집에 나지 않아서 그런 부끄러워할 일도 다 없어."

"그건 누가 아나. 날 때부터 누구보다도 제일 불성모양이 아니지. 그리고 한때는 왕도 왕후도 다 같은 집안이라고 난 생각하는 거야."

테스는 조상에 대한 생각보다도 시방 그 가슴에 분명히 떠오르는 것을 입 밖에 내어서 화제를 돌렸다.

"아버지는 내일 일찍이 벌집을 가지고 길을 떠나지 못해요."

"나 말이냐? 한두 시간만 지나면 아무렇지도 않다." 더비필드는 말했다.

가족들이 다들 잠자리에 누운 것은 열한시가 되어서였다. 그리고 토요일날 장이 시작되기 전에 캐스터브릿지의 도매상에 벌집을 넘기려면 늦어도 이튿날 아침 두시에는 그것을 가지고 떠나지 않아서는 안 된다. 그쪽으로 가는 길이란 이십 마일 내지 삼십 마일이나 되는 길이 여간 나쁘지 않고 또 말이나 마차가 가장 느린 수단이었다. 한시 반에 더비필드 마누라는 테스와 그 작은 동생들이 자고 있는 넓은 침실로 왔다.

"아버지는 못 가신단다." 하고 그는 맏딸에게 말하였다. 딸의 커다란 눈은 벌써 그 어머니의 손이 문에 닿자 곧 떠졌던 것이다.

테스는 침대에 일어나 앉아서 꿈과 이 소식과의 사이에서 정신없이 나를 잊고 있었다.

"그래도 누구든지 가야지요." 그는 대답하였다. "벌집은 벌써 때가 늦었어요. 벌 세간도 이제 곧 끝날 테고, 글쎄 다음 주일 장까지 못 가져가면 그땐 쓸데없어졌다고 받지 않고 도루 우리 손으로 퇴해올 거예요."

더비필드 마누라는 일이 급해져서 좀 당황해 하였다. "어디 젊은 사내라도 좀 가주지 않을까? 어제 너하고 퍽 춤을 추고 싶어 하는 사람 가운데 누구라도 ―" 그는 곧 이렇게 비치었다.

"아니에요, 어떤 일이 있더라도 나는 그런 짓은 싫어요." 테스는 야무지게 말하였다. "그래 여러 사람들한테 그 까닭을 다 알리고― 참, 부끄러운 일이기도 하지! 난들 못 갈 거 없지 않아요. 에이브라함이 동무만 해주면."

그 어머니도 마침내 이 생각에 찬성을 하였다. 작은 에이브라함은 같은 방 한구석에서 세상 모르고 자다가 잠에 덜 깬 마음은 아직 딴 세상에 있으면서 옷을 주워 입었다. 그러는 동안에 테스는 분주히 옷을 다 입었다. 둘은 초롱을 들고 마구간으로 갔다. 다 찌그러진 짐 싣는 수레에는 이미 짐이 실려 있었다. 처녀는 그 수레보다 별로 나은 것이 없이 비틀비틀 하는 프린스라는 말을 끌어내었다.

가엾은 이 생물은 마치 모든 살아 있는 것들이 제집에서 편안히 쉴 이때에 자기만 밖에 나가서 일을 해야 되는 것을 믿지 못하겠다는 듯이 그는 수상하니 밤과 초롱불과 두 사람의 모양을 둘러보았다. 둘은 초 그루터기를 한 줌 초롱 속에 넣어서 그것을 짐수레 바른쪽에 달고 처음 고개를 올라가는 동안에는 그렇게 힘이 없는 동물에게 너무 짐이 차서는 아니 되겠다고 말 어깨 쪽에 붙어서 걸어가며 말을 앞으로 몰아갔다. 둘은 되도록 기운을 내놓느라고 초롱불과 버터 바른 빵 얼마와 그리고 주고받은 이야기를 가지고 아침을 삼았다. 정말 아침은 아직 올 날이 멀었었다. 에이브라함도 점점 더 잠이 깨어오자 (그는 이때까지 일종 꿈 같은 속에서 움직여 온 탓에) 하늘을 배경으로 하고 여러 가지 어두운 물체가 일으키는 이상한 형상들을 보고는 이 나무는 굴에서 뛰어나오는 노한 범 같다고도 하고 저 나무는 거인(巨人)의 머리와 비슷하다고도 하며 이야기를 하기 시작하였다.

그들이 두터운 다갈색 초가지붕 아래서 끈덕끈덕 잠을 자고 있는 스타워카슬이라는 작은 거리를 지난 때는 좀 지형이 높은 곳에 다다랐다. 왼손 편으로 좀 더 높은 아니 남부 웨섹스에서는 제일로 높을지 모르는 벌배로 혹 빌배로라고 부르는 고지(高地)가 몇 줄기 개천에 돌라쌔워서 하늘을 향해 솟아 있었다. 이 부근에서부터 얼마 동안 긴 길은 꽤 평탄하게 되어 있다. 그들은 마차 앞쪽에 올라탔다. 에이브라함은 무엇을 자꾸 생각하는 듯하였다.

"테스!" 그는 한참 잠잠히 있더니 무슨 말 비슷하니 말했다.

"그래, 에이브라함."

"우리 신사 계급이 되어서 기쁘지 않아?"

"머 그리 기쁠 것도 없지."

"그래도 누나 신사하고 결혼하게 되는데 기쁘지 않아요?"

"뭐야?" 하고 테스는 얼굴을 쳐들며 말했다.

"저, 우리 훌륭한 일가 집이 있어서 게서 누날 신사한테 시집보낸대요."

"내가 우리 훌륭한 일가집? 우린 그런 거 없어. 그래 그런데 어떻게 다 생각했어?"

"내가 아버지 찾으러 갔을 때 롤리버스 주막에서 어머니하고 아버지하고 이야기하는 걸 들었지 뭐. 트란트리지라는데 우리 무엇 되는 부자 부인이 산대요. 그래 어머니가 말하는데 누나가 그 부인에게 친척이라고 내세우면 그 부인이 누나를 신사와 결혼하게 해준다고 그랬어요."

누나는 갑자기 고조곤해졌다. 그리고 무슨 생각에 잠긴 침묵 속에 떨어져버렸다. 에이브라함은 이야기를 듣는 것보다 이야기를 하는 것이 재미있어서 자꾸 이야기를 하였다. 그래서 그 누나가 얼짜 빈 듯이 된 것도 아무 상관이 없었다. 그는 벌집에 몸을 기대이고 얼굴을 위로 제치고는 이 두 인간의 생명과는 아주 깨끗이 떨어져 한 허공 한가운데서 그 차디찬 맥이 뛰노는 별에 대한 생각을 말하는 것이 있다. 그 반짝 반짝 빛나는 것은 얼마나 멀리 있을까, 또 하느님은 별들 저쪽에 있을까 하고 그는 물었다. 그러나 때때로 이 아이다운 쓸데없는 수작은 천지창조의 모든 경이(驚異)보다도 그 공상을 좀 더 깊이 감동시키는 것으로 돌아가곤 하였다. 만일 테스가 신사하고 결혼을 해서 부자가 되면 네틀쿰타우트만큼 가까이 별을 끌어올 수 있는 그런 큰 망원경을 살 만한 돈이 있을까?

벌써 집안에 폭 배인 듯한 이 새로운 말거리는 테스의 마음을 진정치 못하게 하였다.

"시방 그 따위 것 아무려면 어째!" 테스는 빽 소리를 질렀다.

"저 별두 한 세계라고 했지, 테스?"

"그럼."

"우리들이 사는 세계와 꼭 같을까?"

"그건 몰라. 그러나 그렇겠지 뭐. 어떤 때는 능금나무에 달린 능금알같이 보이기도 하고, 그것들은 거의 다들 아주 잘생기고 허물도 없어 — 벌거지 먹은 게 라군 두셋밖에 없고."

"우리는 어디에 살아 — 성한 데 사나, 또 벌거지 먹은 데 사나?"

"벌거지 먹은 데 살지?"

"재수 없이, 성한 놈을 고르지 않았네, 그런 게 얼마든지 있는데."

"그렇다오."

"정말 그래." 테스하고 에이브라함은 이 새로 얻어들은 말을 다시 한 번 생각해보고는 무척 감동이 되어서 누나 편을 보고 말했다.

"성한 것을 골랐으면 어떻게 되었을까?"

"저, 아버지도 그렇게 기침을 하면서 그신그신 다니지도 않고 또 너머 술에 취해서 오늘 갈 데까지 못지도 않고, 또 어머니도 언제나 늘 빨래만 해서 끝날 때가 없는 것 같은 일도 없었을 게야."

"그리고 누난 부잣집 부인으로 태어나서 그래서 신사하고 결혼해서야 부자가 될 것까지도 없었고."

"아 — 애 그만둬 — 이젠 그런 소리 말아요."

에이브라함은 혼자 떨어져서 또 생각에 잠기게 되니까 곧 졸음이 왔다. 테스는 말을 그리 잘 부리지는 못했으나 그러나 그는 당장은 이 짐마차의 지휘를 온통 자기가 맡고 에이브라함은 자고 싶으면 자라고 해도 좋다고 생각했다. 그는 벌집 앞에 에이브라함이 떨어지지 않도록 둥지 같은 자리를 만들어 주었다. 그리고는 고삐를 제 손에 잡고는 앞서와 같이 느릿느릿 갔다. 프린스는 지나치는 운동을 할 만한 기운이 없는 탓에 별로 주의할 필요가 없었다.

이제는 누구 하나 정신을 팔게 할 동무도 없어 그는 벌집에 등을 기대이고 그 어떤 때보다도 더 깊게 무슨 생각에 잠기었다. 그 어깨를 스치고 지나가는 나무와 생나무 울타리의 묵묵한 행렬은 현실 밖의 몽한(夢幻)의 광경에 연닿게 돼 있다. 그리고 때때로 이는 바람 소리는 공간으로는 우주와 시간으로는 역사와 연닿은 그 어떤 거대하고 슬픈 넋의 한숨소리로 되었다.

그리고는 그는 자기가 이때까지 지나오는 동안에 된 여러 가지 그물눈 같은 일들을 생각해보면 아버지의 자랑하는 것도 헛된 것으로 생각되었다. 그 어머니가 공상하는 자기를 기다린다는 신사 구혼자가 보이는 듯하였다. 자기의 가난과 또 자기네의 숨은 기사(騎士) 집안이라는 지체를 비웃으며 얼굴을 찡그린 사람으로 보이는 듯하였다. 모든 것이 다 귀찮게 생각되었다. 그리고 시간은 어떻게 가는 것인지 그는 통 알 수가 없었다.

갑자기 앉은 자리가 덜컥하고 흔들리는 바람에 테스는 어느 사이에 들었던 잠이 깨어났다.

그들은 그가 의식을 잃어버린 때에서보다 퍽 많이 와서 차는 머물렀다. 아직까지 들어보지 못한 궁글은 고함소리가 "아— 저, 저" 하는 소리에 연닿아 앞으로부터 들려왔다.

수레에 달린 초롱불은 꺼졌는데 어인 다른 불이 그 얼굴을 비추었다. — 자기네 불에 비하면 퍽도 밝았다. 어마어마한 일이 일어난 것이다. 마구(馬具)는 그 무엇인지 길을 막은 것들과 엉켜 있었다.

테스는 어찌 할 줄을 모르고 뛰어들었다. 그리고 무서운 사실을 발견하였다. 아까 그 아파하던 소리는 그 아버지의 가엾은 말 프린스가 지른 것이었다. 소리 없는 두 바퀴 달린 아침 우편 마차가 이때도 언제나 마찬가지로 화살같이 이

오솔길을 달려오다가 불도 없는 테스의 짐수레에 부딪쳐버린 것이다. 뾰족한 수레 채는 마치 칼과 같이 불행한 프린스의 가슴에 박히어 있었다. 그리고 그 상처로는 생명의 피가 내를 지어 풍풍 쏟아지는 속에 씩씩 소리를 내이며 길바닥에 나가넘어져 있었다.

테스는 너무나 절망하여 앞으로 뛰어나가서 한 손을 상처에 대어보았으나 다만 새빨간 핏방울을 그 얼굴에서부터 치맛자락까지 뒤집어썼을 뿐이었다. 그는 이젠 어떻게 할 수 없이 그저 우두커니 서서 바라볼 뿐이었다. 프린스도 또한 되도록 오래 꿋꿋이 끄떡없이 서 있더니 그만 갑자기 털컥 하고 쓰러져버렸다.

이때 해서는 우편마차를 부리던 사람도 그와 한켠이 되어서 프린스의 뜨끈뜨끈한 몸뚱이를 끌어당겨서 마구(馬具)를 풀기 시작하였다. 그러나 말은 이젠 죽었다. 어제 당해서 갑자기 어떻게 예서 더 할 도리가 없는 것을 알고 우편 마차의 마부는 아무 다친 데가 없는 자기 말이 있는 데로 돌아갔다.

"당신이 틀린 쪽으로 왔소" 하고 그는 말했다. "나는 우편주머니를 가지고 가지 않으면 안 되니까 당신은 짐과 같이 예서 기다리고 있는 것이 상책이요. 되도록 빨리 내 누구든지 도와줄 사람 하나 얻어 보내리다. 점점 밝아오니까 무서울 것은 없소"

그는 마차에 올라타고 빨리 제 길을 가버렸으나 한편 테스는 서서 기다리고 있을밖에 없었다. 대기는 푸르스름해 오고 새들은 생나무 울타리 속에서 몸을 털고 일어나서 지저귀었다. 오솔길은 그 흰 얼굴을 다 드러내었다. 테스도 좀 더 흰 그 얼굴을 드러내었다. 그 앞에 있는 커다란 피웅덩이는 벌써 구둑구둑 굳어져서 무지갯빛을 띠었다. 그리고 아침 해가 숏자 프리즘을 보는 것과 같은 무수한 빛깔들이 그리로부터 반사되었다. 프린스는 고요히 꿋꿋이 가로누웠다. 눈은 한 절반 뜨고 가슴의 상처 구멍은 이때까지 사려오던 것을 다 쏟아내어 버렸다고는 생각할 수 없도록 적게 보였다.

"다 내 탓이야— 다 내가!" 처녀는 이 광경을 바라보면서 부르짖었다. "아무런 핑계도 없다— 없어. 이젠 아버지나 어머니나 무엇으로 살아가나? 아뻬, 아삐(에이브라함을 생략하여 부름)"하고 그는 이런 불상사가 있는 동안 내내 흠히 자고 있던 아이를 흔들어 일으켰다. "이젠 짐을 가지고 갈 수 없구나― 프린스가 죽었다."

에이브라함이 모든 것을 다 깨달아 알았을 때 이 어린 얼굴에는 갑자기 오십에나 난 사람같이 깊은 주름살이 잡혔다.

"아, 바로 어젠데 내가 춤을 추고 웃고 한 게." 그는 혼잣말을 하였다. "그처럼 어리석은 것을 생각하면."

"이게 우리가 벌거지 먹은 별에 살고 성한 별에 살지 않는 탓이야, 그렇지 않아, 테스?" 에이브라함은 눈물을 떨어트리면서 중얼거렸다.

둘은 잠자코 한이 없는 듯이 오랫동안을 기다렸다. 이슥하야 무슨 소리가 나고 무엇이 가까이 오는 것이 있어서 그때에야 우편마차의 차부가 약속한 대로 한 것을 알았다. 스타워카슬 어디 가까운 근방에서 농삿집 머슴이 단단하니 생긴 단각마(短脚馬)를 끌고 왔다. 이 말을 프린스 대신으로 짐수레에 매었다. 그리하여 짐은 캐스터브릿지로 향하여 옮겨갔다.

같은 날 저녁때 비운 수레가 이 사고가 일었던 곳에 닿았다. 프린스는 아침부터 도랑 속에 누워 있었다. 그러나 피가 괴인 곳은 지나다니는 마차 때문에 짓이겨지기는 했으나 그래도 아직 길 한복판에 보였다. 프린스의 유해(遺骸)는 이제 그가 전에 끌던 수레 속에 끌려 올려졌다. 발굽을 공중으로 향하고 넘어가는 햇빛에 신은 번적번적 빛나서 말로트까지 팔, 구 마일 되는 길을 되돌아갔다.

테스는 그보다도 일찍 집에 돌아갔다. 어떻게 해서 말을 하나 하는 것은 그 생각에 넘는 어려운 일이었다. 부모의 얼굴에서 그들이 벌써 이 소식을 들어 아는 줄을 알고는 자기의 부주의에 대하여 더욱더 자기 스스로 꾸짖는 마음을 더는 것은 아니었으나 그가 힘들여 말할 것이 없이 되어서 좋았다.

그러나 이 집안이 게으른 탓에 다른 어떤 살려고 열심하는 집안에 이런 재난이 생긴 것보다는 덜 무서운 것이 되었다. 물론 현재의 경우로 보아서 이것은 이 집의 파멸이요, 다른 경우에는 오직 불편을 느낀다는 것에 지나지 않는 것이지만. 더비필드 부처의 얼굴에는 그들보다도 좀 더 그 딸의 행복을 갈망하는 부모라면 딸에게 활짝 하고 타오를 불 같은 노여움을 조금도 볼 수 없었다. 그가 자기 자신을 책망하듯 테스를 책망하는 사람이라곤 하나도 없었다.

프린스는 늙은 것이라고 해서 그 폐마상(廢馬商) 겸 가죽장이인 사나이가 그 유해에 이삼 실링밖에 더 주지 않을 것을 알고는 더비필드는 의외로 일을 묘하니 처리해버렸다.

"아니야." 하고 그는 냉정하니 말했다. "난 그 늙은 말의 몸뚱이는 못 팔아. 우리 더비빌 집안이 이 나라에서 기사(騎士)였을 때에는 군마를 고양이 밥으로 팔지는 않았어. 한 이삼 실링쯤 저이들에게 맡겨두지. 이 말인 즉 살았을 때에는 나를 위해 일을 잘도 해주었는데 이제 이것을 내어놓지는 못해."

이튿날 그는 프린스를 위해서 뜨락에 무덤을 파는 데 몇 달 동안 집안 식구를 위해서 곡식을 깎는 것보다 더 열심히 일을 하였다. 구덩이가 다 된 때 더비필드와 그 마누라는 말 몸을 밧줄을 감아 시체를 끌어갔다. 아이들이 장례 행렬을 이었다. 프린스가 구덩이 안으로 굴러 떨어질 때 온 가족이 무덤 주변에 둘러섰다. 식구를 위한 말이 떠난 것이다. 이제 어떻게 할 것인가.

"천국으로 갔겠지요?" 에이브라함이 울다 말했다.

더비필드가 무덤에 흙을 덮었다. 테스를 제외하고 아이들 모두 울었다. 그녀는 스스로를 살인자로 생각하고 얼굴색이 백짓장 같았다.

5.

그런데 테스는 자기가 부모를 이런 곤경에 빠친 탓에 어떻게 하면 그들을 그곳에서 건져낼 수가 있을까 하고 혼자 잠잠히 생각해보았다. 그때에 그 어머니는 자기의 계획을 털어놓았다.

"좋은 일도 있고 나쁜 일도 있는 게란다, 테스." 하고 그 어머니는 말했다. "그리고 네 지체 높은 혈통도 이제만큼 안성맞춤같이 좋은 때에 알려질 수도 없는 일이로다. 너는 너의 친척들이 어떤가 만나보지 않아서는 안 돼. 너 저 체이스 기슭에 사는 그 돈 많은 더버빌이라는 부인을 아나? 그는 분명히 우리 친척이 틀림없단다. 너는 그 부인한데 가서 친척이라고 내세우고 집이 곤고로우니까 좀 도와달라고 청을 하지 않으면 안 되겠구나."

"난 그런 거 하고 싶지 않아요." 하고 테스는 말했다 "그런 부인이 있다면 그이가 우리한데 가까이 해주면 그것으로 좋지 않아요. 그이한테서 도움을 받으려고 바라진 말고."

"애, 너라면 꼭 그 부인의 마음에 들어서 어떤 것이라도 다할 수 있겠구나. 그리고 또 게는 네가 알지 못할 것도 또 있겠고. 애 내가 들은 것이 있어 그런다."

자기가 저질러 놓은 손해에 대한 것을 생각하고 늘 마음이 눌려 있는 탓에 전 같으면 그러지 않았을 테스도 이번만은 그 어머니의 소원에 복종하도록 되었다. 그러나 그 어머니가 왜 이런 자기가 보기에는 믿지 못할 이익을 바라는 계획을 꾸며가지고 만족을 느끼는지 알 수가 없었다. 그 어머니는 응당 많이 알아보고 이 더버빌 부인이 세상에 다시 없이 덕이 많고 인자한 부인인 것을 발견했을는지도 몰랐다. 하나 테스의 자존심은 그에게 가난한 친척의 역할을 하는 것을 무엇보다도 싫게 만들었다.

"난 차라리 일자리를 얻을까 봐요."

"여보, 영감, 이건 당신 아니면 결정할 수 없소." 하고 그 마누라는 뒤에 앉아 있는 남편 쪽을 향하였다. "당신만 가야 한다고 하면 저앤 갈 텐데."

"나는 내 자식이 낯모르는 친척네 가서 신세를 지는 게 좋지 않아." 하고 그는 중얼거렸다. "나는 우리네 문중에서도 제일 높은 갈래의 주인이니까 거기 맞도록 해가야지."

테스에게는 가지 말고 있으라는 그 아버지의 생각이 가라는 데 대해서 제가 반대를 하는 것보다 더 안 됐다.

"저, 어머니 내가 말을 죽였으니까." 하고 그는 서럽게 말했다 "내가 무엇이나 해야겠다고는 생각해요. 가서 그이를 보는 것도 아무렇지도 않지만 도와달라고 하는 것은 나한테 맡겨주세요. 그리고 그이가 나한테 신랑감을 구해주리라는 생각 같은 건 하지도 마세요. 어리석은 일이에요."

"잘 말했다, 테스." 하고 그 아버지는 말하였다.

"내가 그런 거 생각한다고 누가 그러든?"

"어머니가 그렇게 생각하고 있지나 않은가 하고 내가 상상해본 것이에요. 그래도 난 갈 테예요."

그는 이튿날 아침 일찍이 일어나서 샤스톤이라고 하는 산 밑 거리까지 걸어가서 게서 한 주일에 두 번 샤스톤으로부터 동쪽인 체이스버러로 가는 화물마차를 이용했다. 이 마차는 가는 길에 정체(正體) 모를 수수께끼 같은 더버빌 부인이 살고 있는 트란트리지 가까이를 지나가는 것이었다.

이 잊지 못할 오늘 아침 테스 더비필드의 지나간 길은 그가 나서부터 살아온 골짜기의 동북쪽 기복(起伏) 가운데 있었다. 블랙무어 골짜기는 그에게는 한 세계요 그곳에 사는 사람들은 그 세계의 종족이었다. 그는 어린 시절 세상이 모두 이상하니 보이던 시대에 말로트 마을의 집 앞에 있는 문이며 계단에서 그는 온 마을을 내려보곤 하였다. 그리하여 그때 그에게 신비롭던 것은 시방도 그때 못지않게 신비로웠다. 그는 매일 침실의 창으로 답이며 마을이며 희미하니 히그므레하게 보이던 저택들을 바라보았다. 그리고 무엇보다도 당당하니 높은 언덕 밑에 놓인 샤스톤의 거리, 그도 저녁 햇볕을 받아 램프 불같이 번쩍이는 거리의 창들을 본 것이었다. 그가 자세히 보아 아는 곳이란 이 골짜기와 또 그 근방에서도 얼마 되지 않는 탓에 그 거리에 가본 길이 별로 없었다. 그는 별로 골짜기 밖에 나가본 일이라곤 없었다. 사방 돌라 싸인 산들의 윤곽은 모두 그 친척들의 얼굴과 같이 그에게는 친한 것이었다. 그러나 그 너머 무엇이 있는가 하게 되면 그의 판단은 이제로부터 일이 년 전 그가 일등으로 졸업을 한 마을 학교에서 가르쳐준 것에 의할 수밖에 없었다.

어린 시절에 그는 그 연갑 되는 같은 여자 아이 동무들한테서 여간 사랑을 받지 않았다. 그리고 언제나 사즈런이 서서 학교에서 집으로 돌아오는 세 동무 —다 나이가 거의 비슷한—날이어서 무엇이라고 이름 할 수 없는 제삼기(第三

期)의 빛깔로 변한 틸로 싼 웃옷에 고운 바둑판 모양이 있는 분홍빛 갱사(更紗) 앞치개를 걸은— 이상한 풀과 돌을 찾노라고 길바닥이나 동둑에 무릎을 꿇는 탓에 무릎이 다 닳아져서 작고 사닥다리 모양의 구멍이 난 양말을 신고 긴 줄기 같은 다리로 상큼상큼 다니는 것이었다. 이때 그 흙빛 같은 머리는 냄비 거는 갈쿠리같이 늘어져 있었다. 좌우 옆의 두 동무처녀의 팔은 테스의 허리를 싸고 테스는 자기를 받들고 있는 두 동무의 어깨에 팔을 걸었다.

테스가 점점 크면서 집안 형편을 알게 되자 그는 그것들을 봐주고 기르는 것이 이 여간한 괴롬이 아닌데 어머니가 아무 생각도 없이 자꾸 작은 동생들을 낳아놓는 탓에 그는 어머니에게 대해서 정말로 맬서스주의자와 같은 생각을 하였다. 그 어머니의 머리는 마치 즐거운 어린아이 같았다. 더비필드네 마누라는 하느님께 시종을 드는 자기의 그 많은 권속에 하나 더 치는 것밖에 더 되지 못하였다. 그도 맏자식은 못 되었다.

그러나 테스는 어린아이들에게는 따뜻한 정을 다 기울였다. 그리고 될 수 있는 대로 그들이 도움이 되도록 학교를 나오자 곧 근처 농가에서 풀을 말리우거나 추수하는 때에 품을 팔기로 하였다. 또는 즐겨서 우유 짜는 일이나 버터 만드는 일에 품을 들기도 하였는데 이런 것도 그 아버지가 소를 칠 때에 배워두었던 것이다. 그리고 또 그는 손이 쇠로워서 이런 일은 아주 잘하였다.

나날이 집안의 무거운 짐은 자꾸 그 어린 어깨에 얹어지는 듯하였다. 그리하여 테스가 더비필드집의 대표자로써 더버빌 집 저택으로 가게 되는 것은 당연한 일이었다. 이때 더비필드네 집에서는 집안에서 가장 쓸 만한 것을 세상에 내어보낸 것만은 사실이다.

그는 트란트리지에서 화물마차에 내려서 체이스라고 통하는 지방을 향하여 걸어서 작은 산을 올라갔다. 그가 들어 아는 대로는 그 접경 어디 더버빌 부인의 집인, 슬롭스 저(邸)가 있을 터이었다. 그것은 발과 복장과 또 그 자신을 위해 그 가족을 위해 어떤 수단으로라도 그 수입을 착취해내지 않으면 안 되는 불평만 하는 농사꾼이 있는 그런 보통 말 하는 장원(莊園)과 같은 집은 아니었다. 그것은 그 이상의 것, 참으로 그 이상의 것이었다. 그것은 오로지 단순한 향락을 위하여 지은 촌집인데 주택의 목적을 위하여 필요한 땅 얼마와 주인이 직접 차지하고 관리인(管理人)이 돌보는 얼마 안 되는 장난거리로 있는 땅 얼마를 제하고는 한에이커라도 시끄러운 땅이라고는 달려 있지 않았다.

처마까지 상록수가 짐붉어진 빨간 벽돌로 된 문위소(門衛所)가 먼저 눈에 띄었다. 테스는 얼마큼 가슴속이 떨리는 것을 옆에 있는 일각문으로 들어가서 차도(車道)가 구부러지는 곳까지 오자 정말 몸채 집이 보일 때까지는 이것을 저택이라고 생각했다. 그것은 가제 세운 집이었다. ─ 정말로 새집이라고 할 만하였다. ─ 그리고 문위소와 같은 짙은 붉은 빛이 그곳 상록수와 대조가 되었다.

이 알뜰한 집에 있는 모든 것은 화려하고 흥성흥성하고 그리고 다른 규모로 보였다. 꽤 여러 에이커가 될 온실은 경사진 곳을 따라 밑에 잡목 밭이 있는 데까지 뻗어나갔다. 모든 것은 돈과 같이 보였다.─조폐국에서 금방 지어내는 화폐와 같았다. 오스트리아 솔과 상록수 참나무로 반쯤 가리어진 외양간은 분회당(分會堂)과 같이 위엄이 있었다. 널따란 잔디밭에는 치레가락으로 천막을 쳐 놓았는데 그 들어가는 문이 테스 있는 데로 향해 있다.

순박한 테스 더비필드는 한 반쯤 놀랜 모양으로 자갈 깔은 지면 한 끝에서 멍청하니 서 있었다. 그 발은 그가 시방 어디 있다는 것을 깨닫기 전에 이곳까지 그 몸을 옮겨온 것이다. 그런데 시방은 모든 것이 다 뜻밖이다.

"나는 구가집 친척이라고 생각했었지. 했더니 이건 멀쩡한 새집이네!" 그는 솔직하니 이렇게 말했다. 그는 "친척이라고 내세워라." 하던 그 어머니의 계획에 곧 넘어가거나 하지 않고 어디 자기 집 근처에서 도움이라도 받았다면 좋았을 것을 하고 생각하였다.

이 모든 것을 차지하고 있는 더버빌 또는 이 집 사람들이 처음에 자칭해 말하기는 스톡 더버빌은 이 나라 이런 옛적 풍이 있는 지방에서는 드물게 보는 집이었다. 비척비척 하는 우리 존 더비필드가 이 고을이나 그 근처에 있는 오랜 더버빌 집안의 단 하나인 직계 대표자라고 한 트링검 목사의 말은 바른말이었다. 목사는 스톡 더버빌 집이라는 것이 정통 더버빌 집이 아니기는 자기가 아닌거나 마찬가지라고 하는 것을 잘 알고 있는 일이니 그것을 붙여 말했더라도 좋앉을 것이었다. 그러나 이 집은 그렇게 비참하게도 갈아버린 이름을 다시 접을 시킬 만한 밑나무가 되어 있는 것은 사실이다.

얼마 전에 죽은 사이먼 스톡 노인은 북쪽 지방에서 정직한 장사꾼(돈놀이를 하였다고도 한다)으로 돈을 모으고는 그가 장사하는 지방을 아주 멀리 떠나서 남쪽 지방으로 이주를 해야 해서 지방의 명가가 되어 살려고 작정을 하였다. 이 렇게 하는 데 당해서 그는 한때 아주 영리한 장사꾼이었던 자기의 본색이 얼른 드러나지 않을 만한 그리고 또 본래 있던 멋없고 뚝뚝한 이름보다는 좀 아취(雅趣)가 있는 이름을 가지고 다시 나서볼 필요를 느끼었다. 그는 한 시간 동안이나 대영박물관에서 이제부터 그가 영주하려는 영국 그쪽 방면에 속해 있는 아주 없어져버렸든가 또 반쯤 없어져버렸든가 모르게 되었든가 기울어서 버렸든가 하는 집들을 조사하는 데 바친 저서의 장수를 뒤적거리다가 더버빌이란 것이 다른 것들에 못지않게 좋게 보이고 또 좋게 들린다고 생각하였다. 그리하여 더버빌이 그 자신과 또 그 상속자를 위하여 그 본래 있던 이름에 영원히 덧붙기로 된 것이다. 그러나 그는 이런 일을 했다고 해서 별로 엉큼한 인물인 것은 아니었다. 그가 새로운 기초 위에 그의 가계(家系)를 세울 때 다른 집안과 서로 결혼을 하거나 또 귀족과 친척을 맺거나 하는 것은 상당히 사려를 한 노릇이지만 그는 결코 주제 넘게 하나라도 작위(爵位)를 덧붙이지는 않았다.

이렇게 지어서 된 이름을 가엾게도 테스나 그 부모가 알 리가 없었다. 그들은 얼마나 실망하였을 것인가. 참으로 이렇게 가명을 붙여서 만들 수가 있다는 것을 그들은 몰랐다. 그들은 얼굴이 어여쁜 것은 행운의 덕이라고 해도 가명이란 자연이 되는 것이라고 상상하였다.

테스는 물러날까 어쩔까 하고 망설이면서 바로 이제 물로 뛰어들려는 목욕하는 사람같이 주저하면서 서 있었다. 바로 그때 사람의 그림자가 천막의 어두운 세모난 문으로 나왔다. 그것은 담배를 피워 문 키 큰 청년의 자태였다.

그는 얼굴 빛깔이 거의 시커멓고 붉고 편편하나 모양 없이 두툼한 입술에 잘 다듬은 끝이 빳두룩하니 까불어진 새까만 코밑수염을 길렀다. 그러나 나이는 스물서넛을 넘지는 못한 듯하였다. 이 모양에는 이렇게 야만풍의 기맥이 있었으나 그 신사로서의 얼굴과 그 대담한 을롱한 눈에는 이상한 힘이 있었다.

"아, 예쁜 아가씨께서, 무슨 일입니까?" 그는 이쪽으로 오면서 말했다. 테스가 어찌할 줄을 모르고 서 있는 것을 보고 "날 어려워 말아요, 나는 더버빌이오, 날 보러 왔소? 혹은 우리 어머니를?"

이 더버빌 집안의 한 사람, 또는 그와 같은 이름을 가진 사람의 화신은 이 집과 터보다도 더 한층 테스의 생각했던 것과는 달랐다. 그의 일족의 역사의 영국 역사의 몇 세기를 상형문자(象形文字)로 표하는, 많은 구체적 추억으로써 주름 잡힌 더버빌 집안 그 모든 용모의 정화(精華)인, 늙고 위엄 있는 얼굴을.

테스는 꿈꾸고 있었던 것이다. 그러나 그는 이제 당면한 일에서 피해날 수도 없이 된 까닭에 마음먹었던 것을 해버리려고 마음을 잔뜩 단단히 먹었다.

"저는 어머님을 뵈러 왔어요."

"아마 어머니는 뵙기 어려울 줄 아는데요 — 어머니는 병이시니까." 하고 이 가짜 집의 당대 대표자는 대답하였다. 하기는 이게 얼마 전에 죽은 신사의 외아들 알렉이었던 것이다. "나로선 안 될까요? 어머니를 보겠다는 건 무슨 일루요?"

"별다른 일은 아니예요, — 저— 뭐라고 말씀할지 모르겠어요."

"놀려?"

"아니에요, 그래도, 저 말씀드리면 글쎄."

테스는 자기의 심부름에 대하여 우습다는 느낌이 더욱 강하니 들어가서 그는 그 남자가 무섭기도 하고 또 자기가 여기 있는 것이 어째 마음이 놓이지 않기도 하였으나 그래도 그 앵두 같은 입술은 미소를 띠었다. 이것이 또 더욱 얼굴 까만 알렉의 마음을 끌었다.

"참 어리석은 일이예요." 그는 입안엣말로 더듬거렸다. "말씀드릴 수 없을 것 같아요."

"괜찮소이다. 난 어리석은 일을 좋아하니까. 다시 한 번 이야기해요, 글쎄." 그는 천천히 말했다.

"어머니가 가라고 했어요." 하고 테스는 말을 이었다. "그런데 참 저도 그러고 싶었어요. 해도 전 이러리라군 생각지 못했어요. 제가 온건 우리도 당신과 같은 한 친척이라는 것을 말씀드리려는 것 때문이에요."

"호, 가난한 친척이군요?"

"네"

"스톡 집안이요?"

"아니요, 더버빌이에요."

"아, 아, 글쎄 더버빌 말이지요."

"우리 이름은 더비필드로 고쳐졌어요. 그래도 우리도 더버빌 집안이라는 증거는 여러 가지 있어요. 고물학자도 그렇다고 그러고— 또— 또 우리 집엔 방패에 사자가 뛰어오르고 그 사자 위로 성(城)이 있는 낡은 인장도 있어요. 그리고 우리 집엔 또 숟갈 복판이 표주박처럼 우묵 패인 퍽 오래된 은숟갈도 있는데 게도 같은 성(城)표가 있어요. 해도 너머 닳아져서 우리 어머니는 이걸 콩죽을 젓는 데 써요."

"은으로 된 성(城)은 분명히 우리 집 문(紋)이에요." 하고 그는 은근하니 말했다. "그리고 우리 집 문장(紋章)은 뛰어오르는 사자지요."

"그래서 어머니는 우리를 당신에게 알려두고 지나야만 한다고 하세요. 재수 없는 잘못으로 말은 죽어버렸어요. 그런데 우리 집은 문중 가운데서도 제일 오랜 갈래라고요."

"당신 어머님은 대단히 친절하시군요 참. 그런데 나로선 그 처치가 나쁘다고는 생각하지 않는데요." 알렉은 이렇게 말하면서 테스가 낯을 조금 붉히도록 그를 쳐다보았다.

"그러면, 아가씨, 당신은 친척으로써 친하려고 오셨나요?"

"글쎄 그런가봐요." 테스는 다시 불쾌한 낯을 하고 떠듬떠듬 말하였다.

"그렇군요— 괜찮소이다. 어디 사는데? 뭘 하고?"

그는 자세한 이야기를 간단히 말하였다. 그리고는 또 그밖에 더 여러 가지 묻는 것을 그는 지금 태워다 준 같은 운송점 사람한테 다시 데리고 가 달라고 말을 하여야 하겠다고 말했다.

"운송점 사람이 돌아오는 길에 트란트리지를 지날 때까지는 아직 시간이 멀었소. 집 오래나 걸으면서 시간을 보낼까. 누이?"

테스는 되도록 빨리 이 방문을 끝내고 싶었다. 그러나 그 청년이 억지로 권해서 같이 걷기를 승락하였다. 그는 잔디밭과 꽃밭과 화초 온실 쪽으로 인도를 하고 그리고는 또 과수원과 채소며 과실의 온실 쪽으로 가서는 게서 딸기를 좋아하느냐고 묻기도 하였다.

"네." 하고 테스는 말하였다. "그것이 나올 때에는."

"여기는 벌써 나왔다오." 더버빌은 테스를 위하여 본보기로 몇 개 따기 시작하더니 꺾굽어 선 채로 그에게 주었다. 그리고는 '영국 여왕' 종의 유별히 잘된 놈을 하나 고르더니 그는 일어서서 꼭지를 잡아서 테스의 입가로 가져갔다.

"싫어요―싫어요." 테스는 사나이의 손과 자기의 입술 사이에 손가락을 넣으면서 급하니 말하였다. "저는 제 손으로 먹는 게 좋아요."

"못났어!" 하고 그는 듣지 않았다. 그래 조금 거북하지만 테스는 입술 열고 그것을 받았다. 그들은 이렇게 흥글흥글 걸어서 얼마 동안 시간을 보내었다. 테스는 반쯤 즐겁고 반쯤 심심해서 더버빌이 주는 것은 무엇이나 다 받아먹었다. 이제는 더 딸기를 먹을 수 없이 되자 그는 테스의 조고만한 채롱에 그것을 가득히 담아주었다. 그리고는 둘은 장미나무 있는 데로 돌아가서 사나이는 꽃을 따서는 가슴에 꽂으라고 테스에게 주었다.

테스는 꿈속같이 그가 하라는 대로 다하였다. 가슴에는 더 꽂을 수 없이 되니까 그는 자기 손으로 꽃봉오리를 한둘 테스의 모자에다 꽂았다. 그리고는 대단히 마음이 너그럽게 채롱이를 꽃봉오리로 우뚝하니 만들었다. 그러더니 그는 시계를 보고 말했다. "자 샤스톤으로 가는 화물마차를 타고 가고 싶으면 이제 무얼 좀 먹고 나노라면 꼭 떠나기 좋은 때가 되요. 이리 와요. 내가 가서 무얼 먹을 것을 좀 가져와야지."

스톡 더버빌은 테스를 잔디밭으로 다시 데리고 와서 천막 안으로 들어오게 하고는 그를 남겨놓고 나가더니 곧 간단한 점심이 들은 채롱이를 들고 다시 나타나서는 테스 앞에다가 그것을 자기 손으로 놓았다. 분명히 이것은 하인들 때문에 이 마주 앉은자리가 훼방을 당하지 않도록 하는 이 신사의 소원이었다.

"담배를 피워도 좋아요?"

"네 — 조금 더."

그는 천막에 가득 찬 연기를 통하여 테스의 어여쁘게 천진하니 먹는 모양을 주목해 보았다. 그리고 테스 더비필드가 무심코 그 가슴에 꽂힌 장미를 내려다 본 때 그 푸른 잠을 청하는 듯한 안개 뒤에 그 한평생의 슬픈 불행 — 그 청춘의 여러 가지 빛 가운데 분명히 피같이 새빨간 빛이 되려고 하는 슬픈 불행 — 이 숨어 있는 줄을 그는 꿈에도 생각지 못하였다. 그에게는 바로 시방 자기에게 크게 이롭지 못한 특징이 있었다. 알렉 더버빌이 그 눈을 테스의 옷에 멈춘 것도 이것 때문이었다. 그 풍염한 용모, 완숙한 성장, 이것이 그를 실제보다 더욱 완전한 여자로 보이게 하는 것이었다. 그는 그 용모를 어머니한데서 물려받았는데 이 용모가 말하는 듯한 성질은 가지지 않았다. 이것이 늘 그 마음에는 걱정이 되어서 그 동무들은 때가 가면 자연히 낫는다고까지 말을 한 것이었다.

테스는 곧 점심을 다 먹었다. "나는 이젠 집으로 가겠어요." 하고 그는 일어나며 말했다.

"당신 이름은 뭐지요?." 그는 차도를 같이 걸어오면서 집이 보이지 않게 된 때 이렇게 물었다.

"테스 더비필드에요, 말로트 마을에."

"그리고 당신네 집에서는 말을 잃어버렸다고 그랬지요?"

"제가 — 죽였어요!" 하고 그는 대답하였으나 프린스가 죽은 자세한 이야기를 할 때에는 눈에 눈물을 글썽글썽해졌다. "그래서 저는 그 때문에 아버지한데 어떻게 했으면 좋을지 모르겠어요."

"내가 어떻게 할 수 있을는지 좀 생각해보지요. 어머니한테 당신을 위해 무슨 일자리를 하나 내도록 꼭 해보지요. 그러나 존 더버빌인가 문엔가에 대해서 쓸데없는 소리를 하지 말아요. 더비필드면 그만이야. 알았겠지요? — 전연 딴 이름이니까."

"저는 그것에서 더 바라지 않아요." 그는 어딘지 위엄 있게 말했다.

잠깐 동안— 오직 잠깐 동안— 그들이, 문위소가 아직 보이지 않고 키 높은 석남화(石楠花)와 침엽수 사이에 있는 차도가 구부러져 도는 곳에 온 때 그는 테스 쪽에 그 얼굴을 기울이고, 마치— 그러나 안 되었다고 고쳐 생각하고는 테스를 돌려보냈다.

이렇게 해서 일은 시작되었다. 테스가 만일 오늘 이 만났던 의미를 알았다면 그는 혼자 생각에 왜 자기는 오늘 모든 점으로 보아 옳고 소망되는 사람이 아니고 옳지 못한 사람에게 보여지고 탐내지든가 하고 반문할 것이었다.

사랑할 사람은 좀해서는 사랑할 시간과 일치하지 못하는 것이다. 서로 만나 보면 행복하게 될 때도 자연은 그이 가엾은 인간들에게 '맞나 보아라' 하고 하는 때가 드물고 또 인간이 '어디서' 하고 물을 때에도 '여기서' 하고 대답하는 길도 별로 없는 탓에 인간에게는 이 사랑이라는 숨굴막질이 아주 몸 고단한 장난이 되어버리고 마는 것이다.

현재의 경우도 다른 수많은 경우와 같이 이렇게 아주 좋은 때에 서로 만난 것은 완전한 인격의 두 반신이 아니고 이제는 벌써 다 늦었다고 할 때가 되도록 어리석게 우둔하게 서로 각각 헤어져서 이 땅 위를 방황해 다니는 서로 짝을 잃어버린 사람들끼리 만난 것이라고 하면 그만이다. 이 미욱한 지체(遲滯)에서 근심과 실망과 놀람과 재난과 뜻밖의 운명이 튀어나오는 것이다.

더버빌은 천막으로 돌아가 의자에 걸터앉아서 얼굴에 웃는 빛을 띠우고 생각에 잠겼다.

그리고는 그는 크게 한번 웃어대었다.

"흥, 에?, 우스운 것이야, 하, 하, 하, 해도 귀여운 계집애야!"

6.

테스는 언덕을 내려가서 트란트리지 교차로까지 갔다. 그는 체이스버러에서 샤스톤으로 돌아가는 화물마차를 타려고 정신없이 기다리고 있었다. 그는 마차

안에 들어갈 때 물론 대답을 하기는 했으나 다른 승객들이 자기에게 무엇이라고 말했는지 알 수가 없었다. 그리고 모두들 다시 떠난 때에도 그는 밖을 내다보지 않고 자기 마음속만 보면서 차에 실려 간 것이다.

같이 가는 사람 하나가 누가 아직까지도 그렇게 말해보지 못했을 만큼 날카롭게 그에게 말을 했다. "어쩌면, 당신은 마치 꽃다발이로군요! 그리고, 6월 초순인데 이런 장미꽃이!"

그러자 그는 놀란 눈으로 바라보는 사람들 앞에 자기가 어떤 꼴을 하여 보이는가 하는 데 정신이 갔다. ─ 가슴에 장미, 모자에 장미 채롱이 속엔 츨츨 넘도록 장미와 딸기. 그는 얼굴이 붉어지며 어색하여 그 꽃은 누가 준 것이라고 하였다. 승객들이 잠깐 보지 않는 동안에 그는 몰래 모자에서 그중 제일 눈에 띄는 꽃을 뽑아 채롱 안에 넣고 이것을 손수건으로 덮었다. 그리고는 또 그는 생각에 잠기었다. 그러면서 아래를 내려다보니까 가슴에 남은 장미꽃의 가시가 우연히도 그 턱을 꼭 찔렀다. 블랙무어에 사는 농사꾼들이 모두가 그렇듯이 테스는 미상(迷想)이라든가 전조(前兆)로 오는 미신에 깊이 물이 들어 있었다. 그는 이것을 흉조라고 생각하였다. ─ 그날 그가 처음으로 알아차린 흉조였다.

화물마차는 샤스톤까지밖에 가지 않았다. 이 산거리에서 말로트 골짜기까지는 한 오, 육 마일 걸어서 내려가지 않으면 안 되었다. 그 어머니는 그가 너무 곤하여 걷지 못할 것 같으면 이 거리에 있는 잘 아는 농사집 여편네 집에서 묵어오라고 그에게 권했던 것이다. 그래 테스는 그렇게 하고 다음날 낮때 지나서야 집으로 내려왔다.

그가 집에 들어간 즉 의기양양해 하는 그 어머니의 태도에서 자기가 집에 없는 동안에 무슨 일이 있었던 것을 눈치 채었다.

"얘 글쎄 내 다 알았다. 내가 일이 잘 된다구 했지, 그래 시방 그렇게 됐구나."

"제가 간 뒤에요? 무슨 일이예요?" 하고 테스는 좀 귀찮은 듯이 말했다.

그 어머니는 다 알아차린 듯이 그 딸을 아래 위로 훑어보고는 놀리듯이 말했다 "그래 잘 되었지!"

"어떻게 알아요, 어머니?"

"편지가 왔어."

테스는 그때에야 그동안 편지가 올 만한 동안이 되었던 것을 생각했다.

"저쪽 말야 — 더버빌 부인 말이 — 자기가 장난삼아 하는 조고만한 양계장을 너더러 보아달라는구나. 그런데 이건 큰 것을 바라지 않게 하고 너를 오라고 하는 작간에 지나지 않는 게야. 그 부인은 너를 친척으로 삼으려고 그래 — 그게 그런 뜻이야."

"그래도 난 못 봤어요."

"누구를 만나기는 만났겠지?"

"그 아들을 보았어요."

"그래 그 사람은 너를 친척으로 치든?"

"저 — 날보고 사촌동생이라고 부르겠지요."

"글쎄 그럴 줄 알았어! 여보, 애를 사촌 동생이라고 했어요!" 마누라는 남편한테 외쳤다.

"그렇지, 그가 저의 어머니한테 말했지, 꼭 그랬어, 그래 그 어머니가 너를 와달라는 게야."

"해도 저는 닭을 잘 칠지 못 칠지 몰라요." 하고 테스는 마음 없이 말했다.

"그럼 누가 잘할지 모르겠네. 너는 그 일속에서 나서 그 일속에서 자라났어. 그 일속에서 났고 언제나 아무리 오래 배우고 난 사람보다도 더 그 일을 잘 아는 게다, 그뿐 아니라 그건 네가 무엇 하나 한다는 것을 보이는 것뿐이다. 네가 신세지고 있다고 생각하지 않게."

"제가 꼭 가지 않으면 안 된다고는 생각하지 않아요." 하고 테스는 깊은 생각이 있는 듯이 말했다.

"누가 그 편지는 썼을까? 좀 보여주세요."

"더버빌 부인이 썼지. 자 이거다."

편지는 삼인칭으로 쓰였는데 양계장을 돌보는데 딸이 부인에게 크게 소용이 되겠다는 것과 딸이 오게 되면 좋은 배를 주겠다는 것과 그리고 삯은 딸이 부인네 집 마음에 들으면 얼마든지 내겠다는 것을 간단히 더비필드 마누라한테로 통지해왔다.

"아— 이것뿐이야!" 테스는 말했다.

"그러나 그렇게 벌써부터 너를 안고 입 맞추고 끼고 할까."

테스는 창밖을 내려다보았다.

"저는 그래도 아버지와 어머니와 함께 집에 있고 싶어요."

"글쎄 어째 그러니?"

"어째선가 하고요, 그런 말하지 않는 게 나아요, 어머니. 참 정말 어째선지 모르겠어요."

한 주일이 지나서 어느 저녁 때 테스는 그 바로 가까운 이웃에 무슨 조그만 일자리를 얻으러 나갔다가 헛길을 하고 돌아왔다. 그는 여름 동안에 말을 하나 또 살 만한 돈을 모으려고 생각하였다. 그가 문턱을 넘어서자마자 아이 하나가 "신사님이 오셨어!" 하고 춤을 추면서 방을 지나갔다.

그 어머니는 몸뚱이 어디서나 웃음이 터져 나오며 급히 설명을 하였다. 더버빌 부인의 아들이 우연히 말로트 마을 쪽으로 말을 타고 지나다가 잠깐 들렀다고 하였다. 그는 시방까지 닭을 보던 젊은 녀석이 미덥지를 못해 그러니 정말로 테스가 늙은 부인의 양계장을 돌보러 와줄 수가 있는지 없는지 그 여부를 어머니 대신으로 알고 싶다고 하였다. "더버빌씨는 보는 대로는 네가 아주 좋은 처녀라고 하는구나, 그이는 네가 글쎄 네 몸 무게만한 금전만큼 값이 있다는 것을 안다, 얘. 그이는 네게 아주 혹했다— 정말이지."

테스는 스스로 자기를 아주 보잘것없는 것으로 생각하는 때이라 다른 모르는 사람이 그렇게 좋게 생각한다는 것을 듣고 참말로 한동안 기뻐하는 듯하였다.

"그렇게 생각해줘서 대단히 고맙군요." 하고 그는 중얼거렸다. "글쎄 저기 가서 어떻게 있을 것인지만 딱딱히 알면 언제나 가도 좋아요."

"그이는 아주 잘 생겼다, 얘."

"저는 그렇게 생각하지 않아요." 하고 테스는 쌀쌀히 말했다.

"자, 그건 어떻든지 간에 네게 운이 틔었어. 분명히 그이가 금강석 반지를 끼고 왔더라."

"정말이야." 창문 의자에 걸터앉았던 작은 에이브라함이 쾌활하게 말했다. "내가 봤어! 그리고 수염에 손이 갔을 때 번쩍번쩍 빛났어. 어머니 왜 우리집 훌륭한 친척은 언제나 손을 입수염에만 대이고 있는 게야?"

"자 저애 말 좀 들어봐라." 하고 그는 딴 것까지 칭찬하면서 더비필드네 마누라는 외쳤다.

"필시 금강석 반지를 보일려고 그러는 거지." 존 각하는 꿈을 꾸는 듯이 의자에 앉아서 말했다.

"저 좀 잘 생각해봐야겠어요." 하고 테스는 방을 나가면서 말했다.

"글쎄 저애가 우리 분가집 사람을 손안에 넣어버렸어요." 하고 마누라는 남편을 보고 말을 이었다. "저애도 작고 그렇게 하지 않으면 못난 거야."

"난 우리집 아이가 다른 데 간다는 건 꼭 좋지 않아." 하고 행상인이 말했다. "우리가 종갓집인데 분가 것들이 우리한테 와야 옳지."

"그래도 꼭 저애를 보내요." 이 가엾은 지각 없는 마누라는 얼러대었다.

"그이가 저애한테 꼭 반했어요. 가이 그건 당신도 알지 않아요. 그이가 저애를 사촌누이라고 불렀대요. 아마 그이가 저애와 결혼하구 저애를 귀부인으로 만들려는가봐, 그러면 저애도 조상과 같이 될 거 아니에요."

존 더비필드는 정력이나 건강보다도 자존심이 더 많았다. 그래 이 가정(假定)이 아주 마음에 들었다.

"하긴 그래, 그 젊은 더버빌씨도 그럴려고 했을 꺼야." 하면서 그는 옳다고 했다.

"그리고 또 더욱 오랜 인줄과 연을 맺어서 자기의 피를 개량하려고 생각했을는지도 모르지. 테스, 아이, 고 알뜰한 작난바치가! 그래 제가 그 사람들을 찾아보고 일을 이렇게 잘 만들어놓았담."

그러는 동안 테스는 무엇을 골몰히 생각하는 듯이 뜰안 딸기 덤불 사이와 프린스의 무덤 근처를 거닐었다. 그가 집에 들어온 때 어머니는 곧 그 속에 있는 일을 가지고 대어들었다.

"그래, 어떻게 할 작정이냐?"그는 물었다.

"더버빌 부인을 뵈었더라면 좋았을 걸 그랬어요." 테스는 말했다.

"안 보았대도 이 일을 작정하는 데야 마찬가지지. 작정하면 곧 보이게 되겠지."

그 아버지는 의자에 앉은 채 기침을 하였다.

"저는 어떻게 말할지 모르겠어요." 딸은 진정을 못하고 이렇게 대답하였다. "아버지랑 작정해주세요, 제가 말을 죽였으니까 제가 다시 말을 사도록 어떻게 하지 않으면 안 될 줄루 생각은 하고 있어요. 해도─ 해도─ 저 더버빌씨가 와 있어서 싫어요!"

아이들은 테스를 돈 많은 친척(그들은 저쪽 집을 이렇게 상상하였다)네가 데려간다는 것을 말 죽은 뒤의 한 위안으로 삼고 있던 탓에 테스가 시방 싫어하는 것을 보고 그들은 울기 시작했다. 그리고 그가 망설이는 것을 조르고 꾸짖고 하였다.

"테스가 안 간다오, 그리고 귀부인두 안 된다고 해요─ 그래, 정말로 안 간다는데!" 그들은 입을 네모나게 벌리고 떠들썩하니 울었다. "우리는 새 말두 못 사고, 장날 무얼 살 수 있는 싯누런 돈도 못 가지고! 그리고 이젠 테스는 고운 옷 입구 예쁘게도 못 되고!"

그 어머니도 여기에 박자를 맞추었다. 그 아버지만은 중립적 태도를 취하였다.

"가겠어요." 하고 테스는 마침내 말했다. 그 어머니는 딸의 이 승낙으로 해서 떠오르는 혼례의 환상(幻像)을 의식하지 아니하려고 해야 아니할 수 없었다.

"잘했어! 이런 예쁜 처녀한테야 이제 기회거든!"

테스는 쓴웃음을 웃었다.

"나는 이렇게 해서 돈이나 모으게 되면 좋겠어요. 이제 다른 실머리가 되어서는 안 돼요. 어머니는 그런 어리석은 소릴랑 에야 마을에 퍼치지 말아야 해요."

더비필드 마누라는 그러고만 하지 않았다. 그는 그 찾아왔던 사람의 말을 듣고는 여러 말 해도 좋을 만치 의기양양해 하지 않았다고는 꼭 말할 수 없었다.

이렇게 해서 이 일은 작정이 되었다. 그리하여 이 젊은 처녀는 어느 날이고 오라는 때에 갈 준비를 하고 있다는 편지를 썼다. 그는 분명히 자기의 결심을 더버빌 부인이 기뻐한다는 것과 내일 모레는 골짜기 꼭대기로 자기와 가지짐을 맞으려 농수철(彈後) 달린 짐마차를 보낼 터이니까 그때 떠날 준비가 다 되어 있어야 하겠다는 통지를 받았다.

더버빌 부인의 필적은 어쩐지 남자의 것같이 생각되었다.

"짐마차?" 하고 더비필드 마누라는 의아해서 중얼거렸다. "집안사람인데 마차를 보내도 좋음직하건만!"

테스는 드디어 자기 갈 길이 정해진 탓에 전보다 마음도 안정되고 또 정신도 들고 하여 그리 어렵지도 않을 일을 해서 그 아버지에게 새 말을 한필 사도록 하는 것이 꼭 될 것만 같이 생각되어서 제 할일을 열심히 보았다. 그는 학교의 선생이 되기를 바랐으나 운명은 다르게 정해지는 듯하였다. 그는 정신적으로는 그 어머니보다 나이를 더 먹은 탓에 더비필드 마누라가 자기한테 생각하고 있는 결혼에 대한 희망 같은 것은 한시라도 마음으로 생각한 적이 없었다. 이 경솔한 여편네는 그 딸이 나던 해부터 좋은 혼처를 구하였던 것이다.

7.

출발하기로 정해놓은 아침 테스는 밤이 채 밝기 전에 벌써 눈이 떴다. ─ 숲속이 아직 조용한, 어둠이 막 가려는 때이다. 예언자 같은 새 한 마리가 자기만은 적어도 하루의 바른 시각을 알고 있다고 그 맑진 소리로 확신을 가지고 노래할 뿐 다른 것들은 마치 그 새가 틀렸다고 이것도 또 같이 확신을 가지고 침묵을 지키고 있었다. 그는 조반 때까지 이쯤에서 짐을 싸고 있다가 보통 때에 늘 입고 있는 옷으로 내려왔다. 나들이옷은 상자에 정히 개켜 넣은 것이다.

그 어머니는 일렀다. "친척네 집에 가면서 저렇게 몸도 잘 아니 가꾸고 간담?"

"저는 일할 텐데!" 하고 테스는 말했다.

"그래도 그건 그렇지." 더비필드 마누라는 말했다.

그리고 말소리를 낮추어 "처음에는 좀 그렇게 해 보이는 것도 좋지…. 그러나 내 생각엔 남에게는 잘나게 보이는 것이 득책이다!" 하고 그는 덧붙여 말했다.

"참 그렇군요, 어머니가 제일 잘 아시겠지요." 테스는 아무래도 좋다는 듯이 침착하니 대답했다.

그리고 어머니를 기쁘게 하기 위해서 그는 그저 그 어머니 하는 대로 맡겨버리고 이렇게 조용하니 말했다. "어머니 아무렇게나 좋은 대로 하셔요."

더비필드 마누라는 딸이 이렇게 말을 잘 듣는 것이 그저 기쁘기만 했다.

맨 처음 그는 큰 대야를 가져다가 테스의 머리를 감겨주었는데 어떻게나 끈끈이 감겼던지 말려서 빗질을 한 때에는 보통 때의 두 배나 되어 보였다. 그는 언제나 늘 하던 것보다 넓은 분홍빛 리본으로 이것을 매어주었다. 그리고는 그는 테스에게 구락부 운동회날 입었던 하이얀 웃옷을 입혀주었다. 그 풍굴풍굴하니 넉넉한 품은 머리와 함께 그 자라나는 자태를 나이보다 풍만하게 보이게 하고 또 아직 아이를 채 면한 것 같지도 않은 그를 한 다 자란 여자로 만들게 하는 것인지도 몰랐다.

"양말 뒤축에 구멍이 있어요!" 하고 테스는 말했다.

"양말에 구멍이 있는 것쯤 괜찮다. ─ 구멍이 무슨 말하나! 내 처녀시절엔 고운 모자만 쓰면 어느 누구 발뒤축 보지 않더군."

딸의 모양이 어머니에게는 자랑스러워서 그는 화가가 화가(畵架)에서 물러서서 보듯이 그는 몸을 뒤로 끌어서 자기의 제작을 전체로 보았다.

"네가 네 몸을 봐라!" 그는 외쳤다. "다른 날보다 아주 썩 돋보이는구나."

체경이 한꺼번에는 테스의 몸을 조금밖에 더 비치지 못하는 것이기 때문에 더비필드 마누라는 화장을 하려는 촌사람들이 잘 하듯이 외투를 유리창 밖에 걸고 그 유리판을 큰 거울로 하였다. 그리고 마누라는 아랫방에 앉아 있는 남편 한테로 내려갔다.

"내말 좀 들어봐요, 더비필드." 하고 기뻐서 그는 말했다. "사람들은 저애가 마음에 안 들어 할 리야 없겠지요. 해도 다른 건 다 해도 그 사람이 테스를 생각하고 있다는 것과 또 저애가 이번에 얻은 이 기회라든가 테스한테 너무 말하지 말아요. 애도 너무 별하니까 그 사람을 싫어하거나 또 이 시방이라도 가기를 싫어할지 모르니까요. 모든 게 다 잘되면 우리한테 이런 걸 알려준 그 스태그푸트레인의 목사님한테 꼭 무엇으로나 좀 사례를 해야겠어요— 참 좋은 분이시지!"

그러나 딸이 떠나갈 때가 닥쳐오자 옷을 입혀 주던 때의 처음 흥분이 없어지고, 가부여운 근심이 더비필드 마누라의 마음에 자리를 잡았다. 이 때문에 그는 자기도 조금— 골짜기에서 시작한 언덕바지가 다른 마을로 향하여 처음으로 험한 고개턱이 되는 곳까지 같이 가겠다고 말을 하였다. 이 마루턱에서 테스는 스톡 더버빌에서 보낸 농수철 짐마차에 맞이를 받게 되어 있었다. 그때 짐은 벌써 여기 맞도록 젊은 사나이 하나가 짐수레에 실고 이 마루턱으로 먼저 옮겨갔다.

어머니가 모자를 쓰는 것을 보고 아이들은 같이 가자고 야단을 하였다.

"어머니는 조금 누나하고 갔다올게. 누나는 이제 우리 사춘인 신사하고 결혼하고 고운 때때옷 입는단다."

"자." 하고 테스는 낯이 빨개져서 홱 돌아서면서 "듣기 싫어요! 어머니, 어째 그따위 쓸데없는 소리를 애들 머리에 넣어주어요?"

"일하러 간단다, 너희들. 저 부잣집 친척네 집에. 그래서 새 말 사게 돈 버는 걸 도울거야." 하고 더비필드 마누라는 온공히 말하였다.

"아버지 안녕히 계세요." 목에 무엇이 걸리기나 한 듯이 테스는 말했다.

"잘 가라, 내 딸아." 존 각하는 오늘 아침 이번 일을 축하하느라고 한 잔 한 것이 과해서 낮잠을 자다가 깨어나 가슴에서 머리를 들며 말했다.

"헌데, 그 젊은 친구가 저런 자기와 같은 핏줄인 어여쁜 것을 사랑이나 하도록 바라지. 그리고 이렇게 말해, 테스야, 우리는 예전 잘 살다가 이젠 이렇게 아주 기울어졌으니까, 명색은 팔아버리겠다고, 응— 그렇지 명색을 팔아야지 — 그런데 결단코 당치않은 값은 아니라고, 응."

"1000파운드로 떨어지면 안 돼요!" 더버빌 각하 부인께서 외쳤다.

"그렇게 말해—1000파운드면 판다고, 생각하니까, 조금 덜 해도 좋아. 그 사람이면 나 같은 덜난 것보다 더 명색을 빛나게 할 거거든. 100파운드이면 판다고 해라. — 쉰이면 판다고 그래 — 20파운드면! 그렇게, 20파운드 — 여기서 더 내릴 수는 없지. 에잇, 집안 나은 집안 낮이야 여기서 한 낮이라도 덜하면 안 돼."

테스의 눈에는 눈물이 가득하고 목소리는 꼭 막혀서 속에 있는 마음을 다 입에 내어 표할 수 없었다. 그는 갑자기 홱 돌아서서 나가 버렸다.

이렇게 하여 딸들과 그 어머니는 함께 걸어갔다. 테스의 좌우 옆에는 하나씩 아이가 서서 그 손을 잡고 그리고 무슨 큰일이나 하려는 사람을 보듯이 때때로 그를 물끄러미 쳐다보곤 하였다. 어머니는 막내아이를 업고 그 뒤에 서서 갔다. 그들은 자꾸 걸어가서 오르막이 고개가 되는 데까지 갔다. 이곳에서 트란트리지로부터 오는 마차가 그를 맞게 되었다. 가까이 보이는 산들 너머로 저 멀리 낭떠러지 같은 샤스톤의 인가들이 산줄기를 끊어놓았다. 고개를 둘러싼 높은 길에는 테스의 온 재산을 실은 짐수레의 채 위에 걸터앉은, 그들보다 먼저 보낸 젊은 청년 말고는 누구 하나 보이지 않았다.

"여기서 조금 기다려. 으레 곧 짐마차가 올 테지." 하고 더비필드 마누라는 말했다. "아, 저기 보이네!"

짐마차는 왔다. 가장 가까운 고지(高地)의 뒤에서 갑자기 나타나서 짐수레를 놓고 있는 젊은 군의 옆에 닿았다. 그래서 그 어머니나 아이들은 여기서 더, 앞으로는 가지 않기로 하였다. 테스는 여럿에게 급히 인사를 마치고 산으로 발을 옮겨놓았다.

그들은 벌써 테스의 짐을 실어놓은 농수철 달린 짐마차 쪽으로 가까이 가는 그의 하이얀 모양을 보았다. 그러나 그가 아직 채 마차에 미치지 못해서 또 한 대의 마차가 마루턱의 수풀 속으로 튀어나서 그쪽 길모퉁이를 돌아서, 짐마차를 지나 테스의 곁에 와서 멈췄다. 테스는 대단히 놀란 듯이 쳐다보았다.

그 어머니는 처음으로 이 둘째 번 마차가 처음 것처럼 초라한 차가 아니고 아주 훌륭하니 칠도 하고 치장도 한 말쑥한 새로운 두 바퀴 마차인 것을 알았다. 이 차를 몰아온 사람은 스물서넛에 난 청년인데 입에는 담배를 물었다. 그는 말쑥한 모자를 쓰고 담갈색 웃옷을 입고 같은 빛깔의 바지에 흰 넥타이, 선칼라, 그리고 갈색의 운전용 손장갑을 끼었다. — 한 말로 하면 그는 한두 주일 전에 테스의 일로 대답을 들으려 존을 찾아왔던 얼굴 잘난 말을 좋아하는 젊은 하이 칼라였다.

더비필드 마누라는 어린아이같이 손뼉을 쳤다. 그리고 눈을 숙이더니 다시 저쪽을 바라보았다. 그는 이 일을 잘못 생각할 수 있었을까?

"저게 누나를 귀부인 만든다는 우리 친척 되는 신사인가?" 하고 막내아이가 물었다.

그러는 동안에 모슬린 모양을 한 테스가 그 마차의 옆에 무엇을 망설이면서 우두커니 서 있는 것이 보였다. 마차 주인은 그에게 무엇인지 이야기를 걸었다. 그가 무엇을 주저하는 듯이 보이는 것은 사실로, 주저보다 더 한 것이었다. — 그것은 근심이었다. 그는 차라리 그 초라한 마차를 타고 싶었다. 청년은 마차에서 내려서 그를 불러서 타라고 권하는 듯이 보였다. 테스는 그 집안사람들이 있는 산 아래로 얼굴을 돌리고 몇 사람 아니 되는 한 패를 물끄러미 바라보았다. 무언가 결심을 재촉하는 듯이 보였다. 아마 자기가 프린스를 죽였다는 생각일 것이었다. 그러다 갑자기 마차로 올라갔다. 청년은 그 곁에 올라타고 곧 말에 채찍을 날렸다. 볼 동안에 그들은 짐 실은 마차를 지나서 산 어깨 뒤로 사라졌다.

테스의 자태가 보이지 않고 이 연극 같은 일의 흥미도 다 없어지자 곧 아이들의 눈에는 눈물이 괴였다. 막내아이가 말했다 "가엾게도 가엾게도, 테스가 귀부인 같은 게 되러 가지 않았으면 좋았을 걸!" 그리고 입술 귀재기를 끌어내리면서 울음보가 터졌다. 이 새로운 생각은 자꾸 감염되어서 다음 아이도 같이 울고 또 그 다음 아이도 울고 이렇게 세 아이가 다 벅작하고 울었다.

집으로 발길을 돌린 때에는 더비필드 마누라의 눈에는 눈물이 괴었다. 그러나 마을에 다 돌아간 때에는 그는 잠자코 모든 것을 되어가는 대로 맡기게 되었다. 그래도 그날 밤 자리에서 그는 한숨을 지폈다. 그래 그 남편은 왜 그러느냐고 물었다.

"아— 나도 딱히 모르겠어요." 그는 말했다.

"테스가 가지 않았더면 좋았을 걸 하고 생각하던 참이에요."

"그래, 전에 그런 걸 생각해야 할 게 아니야?"

"그렇지, 그 애에게는 좋은 기회야. 그래도 만일 한 번 더 다시 고쳐할 수 있다면 나는 그 신사가 정말로 친절한 청년인지, 또 집안 친척으로서 그 애를 소중히 해줄는지 어쩔지 잘 알아보기까지는 그 애를 보내고 싶지는 않아요."

"그렇지, 당신이 아마 그렇게 했어야 될 걸 그랬어."

더비필드 마누라는 언제나 어떻게 해서든지 위안을 찾도록 하였다. "괜찮아— 종가 집안의 하나인데 머, 제 트럼프장만 잘 쓰면 돼. 그래야 저쪽 집과 잘 지내나갈 테지. 그리고 그 사람 시방 결혼하지 않아도 후에라도 결혼할 테지. 그 사람이 그 애한테 반한 거야 누가 봐도 알 것이니까 말이야."

"그 애의 트럼프 카드란 뭐에요? 더버빌 집 핏줄을 가지고 그러는 거요."

"아니에요, 어리석지. 그 애 얼굴 말이에요— 내 것도 그것이었지만"

8.

알렉 더버빌은 그 옆에 타더니 테스에게 인사의 말을 늘어놓으면서 앞에 놓인 산마루턱을 끼고 빨리 마차를 몰았다. 짐을 실은 마차는 퍽 뒤로 떨어졌다. 좀 더 올라간즉 툭 터진 자연의 경치가 사면으로 두 사람을 싸고 벌어졌다. 이렇게 해서 두 사람은 어느 경사지의 끝에 다다랐는데 여기서부터 길은 한 마일가량 길고 곧은 내리막길이 되어 뻗어나갔다.

아버지의 말이 그런 사고를 일으킨 뒤로는 테스 더비필드는 본래 성질이 퍽 용감하였다고 하나 마차를 타면 퍽 겁나 하였다. 조금만 흔들려도 능큼 놀라곤 하였다. 마차를 모는 사람이 조금 함부로 모는 빛이 보이자 그는 불안해지기 시작하였다.

"천천히 가시지요, 네?" 하고 그는 부러 아무렇지도 않은 듯이 말하였다.

더버빌은 그를 돌아다보고 크다란 하이얀 가운데 이빨 끝으로 여송연 끝을 깨물며 입술이 저절로 벌어지며 슬그머니 웃었다.

"어째 그래요, 테스." 그는 또 한두 모금 빨고서야 대답을 하였다. "그런 것을 묻다니 당신은 용감하고 기운 좋은 처녀야. 뭐, 나는 언제나 전속력으로 달려가는데, 상신의 기운 돋게 하는 데는 이만한 좋은 게 없소."

"그래도 시방 그래야 할 거 없지 않아요?"

"아" 하고 그는 머리를 흔들면서 말했다.

"둘을 생각해야 할 게 있어, 나만이 아니야, 팁도 생각해야 되지, 그것도 여간 이상한 성질이 아니니까."

"누구요?"

"저, 이 암말 말이요. 바로 전에 이놈이 아주 무서운 낯을 하고 나를 돌아다본 모양인데 그걸 몰랐소?"

"놀래주시면 안 돼요." 테스는 새침하게 말했다.

"아, 천만에. 산 사람이 이 말을 부린다면 나야말로 그 사람이오 – 어떤 사람이나 산 사람은 이 말을 못 부리오 – 그래도 만일 그 산 사람이 이런 힘을 가졌다면 나야말로 그 사람이오."

"왜 이런 말을 가지셨어요?"

"아 물을 만도 하지요. 그거야 그렇게 된 게지. 팁은 사람을 하나 죽인 일이 있소. 내가 저것을 사고 얼마 아니 해서 나도 죽을 뻔했소. 그리고 참말이지만, 나도 저놈을 다 죽였다 놓았고 그러나 아직도 저것이 성미가 말러. 여간 말을 듣지 않거든. 저것 뒤에서는 때때로 살았다고 마음을 놓을 수 없다니까."

그들은 바로 고개를 내려가는 길이었다. 말의 마음인지 또는 그 사나이의 마음인지, (아마도 후자 같은 듯한데) 그 어떤 것인지 모르나 분명코 말은 자기한테 바라는 그 허무한 놀이를 잘 알고 있어서 뒤에서 아무런 암시가 없어도 좋았다.

아래로 아래로 그들은 달렸다. 마차는 팽이처럼 우룽우룽 울고 차대(車臺)는 좌우로 뒤흔들리고 차축(車軸)은 전진하는 금에 대해서 조금 기울어졌다. 말 몸뚱이는 앞에서 올랐다 내렸다 하며 기복을 보였다.

때때로 한쪽 수레바퀴는 여러 야드(碼)를 갈 동안 땅에 붙지 않는 듯도 하였다. 때로는 돌멩이가 빙빙 돌아서 담장 너머로 뛰어가고 말발굽에서는 부싯돌에서 나는 불 같은 것이 햇빛보다도 더 세게 빛났다. 꼿꼿한 도로의 광경은 나아가는데 더 넓어지고 양쪽 동둑은 막대를 쪼갠 듯이 갈라지고, 갈라진 하나 하나가 두 어깨를 스치고 지나갔다.

바람은 테스의 흰 모슬린 속을 지나 그 살삼에 닿았다. 그 씻은 머리가 뒤에서 불어 날렸다. 그는 뻔히 무서워하는 것을 보이지 않으려고 작심하였으나 그러나 그는 더버빌의 말고삐 쥐인 팔을 꼭 붙들지 않을 수 없었다.

"내 팔에 닿지 말아요, 그렇게 했단 우리는 날아가버릴 테니까. 내 허리를 잡아요." 그는 그 허리를 잡았다. 그리하여 밑바닥에 와 닿았다.

"살아났어요, 덕분에. 참 쓸데없는 짓도 다 하셨지만" 하고 그는 말했다. 그 얼굴은 불과 같이 달았다.

"테스— 무얼 그래! 그건 가만있는 게야!" 더버빌은 말했다.

"그리고, 이젠 위태로운 것은 면했다고 생각하자 그렇게 고마울 것도 없다는 듯이 나를 놓을 건 어디 있어."

테스는 지금껏 자기가 어떤 일을 했는지 생각해보지 않았다. 그는 자기도 모르는 사이에 그를 잡고 있었으나 그가 사나이였는지 계집이었는지 또 나무때긴지 돌인지도 생각하지 않았다. 그는 다시 진정을 하자 그는 아무 대답도 하지 않고 앉아 있었다. 이렇게 해서 두 사람은 또한 고개턱에 닿았다.

"자 이제 다시 한 번." 더버빌은 말했다.

"싫어요, 싫어요." 하고 테스가 말했다. "제발 그런 맹랑한 짓은 좀 그만두세요."

"허나 이 지방에서 제일 높은 곳에 올라왔으니까 이제는 다시 내려가야지." 하고 사나이는 역습을 하였다. 그는 고삐를 늦추었다. 그리고 다시 또 내려갔다. 한창 흔들릴 때에 더버빌은 테스 옆으로 얼굴을 돌리고 장난하듯 놀려대며 말했다. ─"자, 이제 또 앞서처럼 내 허리를 안아요 네, 여보"

"싫어요!" 하고 테스는 토라져서 말했다. 그리고 그를 다시 잡지 않고 되도록 견뎌 나갔다.

"그, 격청(格靑) 나무 열매 같은 입술에 조금만 입을 맞추게 해줘요, 테스. 싫으면 그 따뜻한 볼에라도. 그러면 그만둘 테니─ 맹세하고 그만둘 테니!"

테스는 말할 수 없이 놀라서 자리에 앉은 채 몸을 뒤로 제쳤다. 이러자 그는 다시 말을 몰아대어서 더욱 테스를 들쳐놓았다.

"그렇게 하지 않고는 안 돼요?" 하고 그는 너무나 기가 막혀 종내 이렇게 부르짖었다. 그 큰 눈은 몇 짐승의 그것과 같이 잔뜩 그 사나이를 쳐다보았다. 그 어머니가 그를 이렇게 곱게 단장해준 것이 이제는 분명히 슬픈 결과가 되었다.

"안 돼, 테스." 사나이는 대답하였다.

"아, 난 몰라요! 자, 좋아요, 괜찮아요." 그는 가이없이도 숨이 차 하였다.

사나이는 고삐를 당기었다. 마차가 천천히 가자 그는 그 바라던 입 맞추는 인사를 하려고 하였다. 바로 그때, 테스는 그 얌전한 것도 다 잊어버리듯이 옆으로 몸을 피해버렸다. 사나이의 팔은 고삐를 잡고 있는 탓에 테스의 이 동작을 막을 힘이 없었다.

"옳지, 요망할 것─ 우리 둘의 목을 다 부러뜨릴 테야!" 이 변덕스럽게 달뜬 사나이는 맹세하듯 말하였다. "그래 그렇게 해서 말한 것을 안 지킨단 말이야, 요 귀신 같은 것아."

"좋아요." 하고 테스는 말했다. "당신이 그렇게 결심했다면 나는 움직이지 않아요. 그래도 난─ 당신이 나한테 친절히 해줄 줄 알았어요. 그리고 친척으로써 잘 봐줄 줄로!"

"친척은 다 무얼 말라죽은 거야. 자!"

"그래도 난 아무나 내게 입을 맞추는 건 싫어요, 여보세요!" 하고 그는 간절히 바랐다. 그 크다란 눈물이 얼굴을 흘러내렸다. 그리고 울지 않으려고 하는 그 입술은 덜덜 떨었다. "이럴 줄 알았으면 난 오지 않았을 텐데!"

사나이는 이 간절한 소원을 들어주지 않았다. 테스는 그대로 가만히 앉아 있었다. 더버빌은 승리를 얻어 입을 맞추었다. 그가 입을 맞추자마자 테스는 부끄러워서 얼굴이 빨갛게 되고 손수건을 꺼내어서 그 입술이 닿았던 뺨을 닦았다. 사나이의 정열은 이것을 보고 더욱 약이 올랐다. 그것은 테스가 아무 의식도 없었던 까닭이었다.

"농삿집 처녀로선 너무 꾀 까다로운데!" 하고 젊은 사나이는 말하였다.

테스는 이 말에는 아무 대답도 아니 하였다. 그는 본능적으로 뺨을 닦은 것으로 해서 사나이에게 모욕을 준 것을 조금도 깨닫지 못했던 탓에 그 말의 뜻을 참으로 이해하지 못하였다. 그는 물리적으로 될 수 있는 대로는 사실로 입맞추었던 것을 다 없이해 버렸다. 마차가 멜베리타운과 윈그린 가까이를 지나오는 때 그는 사나이를 노엽게 하였다는 것을 어렴풋이 깨달으면서 물끄러미 앞을 바라보았다. 한즉 앞에 또 내려가지 않아서는 아니 될 내리막길이 놓인 것을 보고 그는 가슴이 철렁하니 놀랐다.

"후에 한탄하게 만들 테야!" 그는 다시 채찍을 휘두르면서 그 노여운 소리로 또 말을 시작하였다. "그것도 이제라도 다시 한 번 마음 싸게 입을 맞추게 하고 손수건으로 후비지 않는다고 하면 좋지만."

테스는 한숨을 쉬었다. "그래 좋아요!" 그는 말했다. "아— 내 모자를 잡게 해주세요!"

말을 하는 때에 그 모자가 날아가서 길 위에 떨어졌다. 고지(高地)를 달리는 그들의 현재의 속도가 결단코 뜨지 않았던 것이다. 더버빌은 마차를 멈추고 잡아오겠다고 하였으나 테스가 딴 쪽으로 벌써 내려섰다.

그는 뒤로 돌아가서 모자를 집었다.

"모자 벗은 게, 정말, 더 예쁜데, 그럴 수도 있을까." 하고 그는 수레 뒤로 넘석이 테스를 바라보며 말했다.

"자 그럼 어서 타요! 어쩔 셈이야?"

모자는 쓰고 또 잡아매었으나 테스는 가까이 오지 않았다.

"싫어요," 하고 그는 대담한 승리에 눈을 반짝거리고 입에는 빨간 잇몸과 하이얀 잇새를 드러내며 말했다. "다시 안 타요!"

"뭐 어째! 내 곁에 아니 타?"

"네, 걸을 테요."

"트란트리지까지는 아직도 오륙 마일이나 되는 걸."

"몇 십 마일이라도 괜찮아요. 그리고 뒤에 짐마차도 오니까요."

"이 깜직한 망종년 같으니! 자 말해! 너 일부러 모자를 날렸지? 꼭 그랬지 뭐야!"

그의 책략적인 침묵은 사나이의 의심을 더욱 굳혔다.

그러자 더버빌은 그를 막 욕하고 이 꾀를 부린 데 대해서 생각나는 대로 별의별 말을 더 퍼부었다. 사나이는 갑자기 말머리를 돌리더니 테스 쪽으로 돌아와서 마차와 울타리 짬에 그를 끼워 놓으려고 하였으나 이런 남을 다치게 할 일은 차마 하지 못하였다.

"그런 말을 하면서도 부끄럽지 않아요?" 하고 테스는 그가 기어 올라간 울타리 위에서 악을 쓰며 이렇게 외쳤다. "난 조금도 당신이 좋지 않아요, 보기 싫고 밉살스럽고! 어머니한테 돌아갈 테요, 돌아갈 테요!"

더버빌도 테스의 성난 것을 보고는 그만 성이 사그라들었다. 그리고 크게 껄껄하고 웃었다.

"자, 난 당신이 더 좋아졌어." 하고 그는 말했다. "자, 우리 화해해. 이젠 당신이 싫다는 건 또다시 아니할 테니. 정말 이번에 맹세하마!"

테스는 아직도 마차에 오르고 싶은 생각은 아니 났다. 그러나 그는 더버빌이 그 마차를 자기와 나란히 세우고 가는 것에는 반대하지 않았다. 이렇게 그들은 느린 걸음으로 트란트리지 마을까지 나아갔다.

때때로 더버빌은 자기의 무례한 행동으로 해서 걷게 만든 그의 모양을 보고는 대단히 괴로운 빛을 띠었다. 사실 이때만 하면 그는 더버빌을 믿어도 좋았는지 몰랐다. 그러나 시방 이 사나이는 그의 신용을 잃어버렸다. 그는 집으로 돌아가는 것이 옳을는지 모르겠다고 생각이나 하는 듯이 무슨 생각에 잠긴 듯이 길을 걸으며 땅에 떨어지지 않았다. 그러나 그의 결심은 한번 정해졌다. 이제 별로 대단한 이유도 없는데 결심을 버린다는 것은 너무 주책없는 마음이어서 그는 어떻게 부모를 보고 짐을 돌려보내고 이런 감상적인 이유로 해서 집을 다시 일으켜 세우겠다고 모든 계획을 깨트릴 수가 있을까?

몇 분 지나자 슬롭스 저(邸)의 굴뚝들이 눈에 띄고 그 바른쪽 해정한 한구석에 테스의 목적지인 양계장과 촌집도 보였다.

9.

테스가 그 관리인(管理人) 식료 공급자, 간호부, 외과의사 그리고 동무로 임명되어 오게 된 이 닭의 떼는 울타리 안에 있는 낡은 초가지붕이 덮인 촌집을 그 본부로 하고 있었다. 낡은 담쟁이로 뒤덮고 굴뚝은 이 기생식물의 자기로 해서 크게 된 탓에 다 퇴락한 탑같이 보였다. 아래층은 온통 닭의 무리에게 맡겨두어서 그것들은 이 집을 지은 것은 시방은 어느 교회당 묘지의 동쪽과 서쪽에 묻혀서 먼지가 되었을 지주들이 아니고 마치 자기네들이거나 한 듯이 주인 체를 하고 왔다 갔다 하였다. 스톡 더버빌 부인은 법률의 수속으로써 이 집을 자기 손에 넣자 곧 이것을 휩쓸어 닭의 집으로 만들어버렸다.

한때는 많은 아이들이 자라나며 울고 떠들었을 방들에서 시방은 갓 깨난 병아리들이 콕콕 무엇을 쫓는 소리가 울려나왔다. 둥어리 안에서 미친 듯한 암탉들은 한때엔 점잖은 농업가가 앉았던 의자의 자리를 차지하고 있었다. 노변(爐邊)과 한때는 불이 잘도 탔을 난로에는 거꾸로 놓인 벌들이 그득하게 차 있는데 그 가운데 암탉들은 알을 낳았다. 그리고 문밖 대대의 집주인들이 정성을 들여서 호미로 다져놓은 땅뙈기들은 수탉들이 함부로 파헤쳐 놓았다.

이 촌집이 서 있는 뜨락은 돌담으로 돌려 쌓아서 문 하나로만 들어가게 되었다.

테스가 이튿날 아침 한 시간쯤, 양계를 본업으로 하는 사람의 딸인 만큼 숙련한 생각으로 모든 것을 변경하고 개량하고 하느라니까 돌담에 난 문이 열리더니 흰 모자에 앞치마를 한 하녀가 들어왔다. 그는 큰집에서 온 것이다.

"더버빌 마님께서는 전과 같이 닭을 가져오라 하셔요." 그는 말했다. 그러나 테스가 무슨 말인지 못 알아듣는 것을 보고 하녀는 설명하였다. "마님은 나이 많으시고 또 눈이 안 보이신 답니다."

"눈이 안 보이세요!" 테스는 말했다.

이 말을 듣고 미덥지 못하다는 생각이 채 뚜렷해지기도 전에 그는 동무의 지도대로 함부르크종의 제일 고운 닭을 두 마리 팔에 안고 같이 두 마리 닭을 안은 하녀를 따라 옆에 있는 큰 집으로 갔다. 그것은 화려하고 굉장한 집이었으나 집 이쪽 편으로는 그 방들을 쓰는 사람은 누구인지 말 못하는 생물을 사랑한다는 흔적을 도처에 보이고 있었다. ― 즉 정면으로 현관에 날아다니는 터럭이라든가 풀밭에 놓인 둥어리라든가.

밑층 안방에는 햇볕을 잔등에 받으며 안락의자에 푹 빠져서 이 집 소유자이고 또 안주인인 한 육십 못 넘었을, 아니 그보다 퍽 더 젊었을지 모르는 머리가 하이얗니 센 부인이 커다란 술 없는 모자를 쓰고 앉아 있었다. 부인은 오랫동안 눈을 못 본다든가 배안의 소경이라든가 하얀 술 없는 모자를 쓰고 앉아 있었다. 부인은 오랫동안 눈을 못 본다든가 배안의 소경이라든가 하는 사람에게서 보는 침울한 안색이라는 것보다 차츰 시력이 쇠약해가서 애써서 이것을 돌이키려고 해보나 그러나 할 수 없이 그만두어버리었다는 사람들에게 자주 있는 감정이 잘 나타나는 얼굴을 하고 있었다. 테스는 깃 달린 맡은 물건을 가지고― 한쪽 팔에 한 마리씩 앉히고― 이 부인이 있는 데로 걸어갔다.

"아, 이 사람이 우리 닭 시중을 하려온 처녀가?" 더버빌 부인은 듣지 않던 발소리를 들어서 알고 이렇게 말했다. "닭을 좀 친절히 보아주게. 그대가 아주 적임자라고 우리 집사가 그러데. 그래 닭들은 어디 있나? 아― 이건 스트러트 군! 어째 오늘은 전처럼 그리 기운이 없을까, 그렇지? 낯설은 사람이 달래서 놀랐군, 그래, 그리고, 피나도 역시! 그래, 둘 다 좀 놀랐군― 그렇지, 이 사람? 해도 이제 곧 사귀지."

늙은 부인이 이야기를 하는 동안 테스와 다른 하녀는 부인의 손짓에 쫓아서 닭들을 부인의 무릎에 놓았다. 그는 대가리에서부터 꼬리까지 다 어루만져보고는 부리며 볏이며 수탉의 갈기털이며 날개며 그리고 발톱을 다 자세히 만져보았다. 그는 이렇게 손으로 만져보면 어느 닭이 어느 닭인지를 곧 알고 깃털 하나 빠진 것이나 놓친 것이라도 곧 발견할 수가 있었다. 그는 모이집을 만져보고는 그것들이 무엇을 먹었는지, 또 너무 많이 먹었는지 적게 먹었는지도 알았다. 그 얼굴에는 그 마음에 지나가는 모든 비평이 선명하니 말 없는 가운데 다 나타났다.

두 처녀가 가져왔던 닭들은 무사히 다시 계사로 돌아갔다. 이렇게 해서 귀해하는 수탉이며 암탉이 모두 이 늙은 부인의 앞에 놓였다 나기까지 이런 순서가 자꾸 계속되었다. 부인이 그 무릎 위에 닭을 받아놓으며 그 방문객들을 일일이 알아맞히는 것이 틀릴 때가 별로 없었다.

이런 일이 다 끝났을 때에 더버빌 부인은 그 얼굴을 구기고 찌푸리고 기복(起伏)을 짓더니 갑자기 테스에게 물었다. "이 사람, 휘파람 불 줄 아나?"

"마님, 휘파람 말씀입니까?"

"그래 휘파람으로 노래를 하는 게야."

테스는 다른 시골 처녀들과 같이 휘파람을 불 줄 알았다. 물론 점잖은 사람들 있는 데서는 내어놓고 싶지 않은 재간이었지만. 그러나 그는 사실이 그런 것을 온순하니 말하였다.

"그럼 매일 그걸 연습해야 해. 그것을 썩 잘 부는 젊은 녀석이 하나 있었는데 가버렸어. 저 우리 산까치한테 휘파람을 불어주게. 나는 그것들을 볼 수는 없고 우는 소리나 듣고 싶네, 그래 그렇게 우리 집에선 그것들에게 노래를 가르치는 게야. 엘리자베스, 새장 있는 데를 가르쳐줘. 내일부터는 시작해야만 해. 그렇지 않으면 울음이 더 못해질 거니까. 이 며칠 동안 그냥 내버려 두었어."

"마님, 오늘 아침 더버빌씨가 휘파람을 불어주었어요." 엘리자베스가 말했다.

"그것이! 어이없네!"

늙은 부인의 얼굴은 좋아하지 않는 눈치같이 주름이 잡혀졌다. 그리고 부인은 다시 더 대답하지 않았다.

이렇게 해서 테스는 그가 친척이라고 생각해 오던 부인을 만나보는 일은 끝났다. 그리고 닭들은 그들의 집으로 돌아왔다. 더버빌 부인의 태도에 대해서 테스는 그리 놀라지 않았다. 처음 집의 큰 것을 보고 이만한 것쯤은 기대하였던 탓이다. 그러나 그는 이 늙은 부인이 소위 그 친척이 된다는 것에 대해서는 한마디로 듣지 못했다는 것은 조금도 몰랐다. 그는 이 소경부인과 그 아들 사이에 대단한 애정이 흐르지 않는다는 것은 짐작하였다. 그러나 이것도 그의 잘못 생각이었다. 더버빌 부인은 잘 노하면서도 그 아들을 사랑하고 그리고 알뜰히도 귀애하는 세상에 흔한 어머니의 한 사람이었다.

전날 불유쾌한 첫인사에도 불구하고 테스는 그곳에 안정하고 나니까 아침 해가 비칠 때에는 자기의 새 지위가 자유롭고 신기하여 좋았다. 그리하여 그는 그의 지위를 계속해 나가는 기회를 확실히 하기 위하여, 분부를 받은 의외의 방면에 제 힘을 시험하고 싶은 생각이 들어왔다. 돌담으로 돌라세운 뜨락에 혼자 있게 되자 그는 둥어리 위에 주저앉아서 오래 해보지 않은 연습을 하기 위하여 정말로 그 입을 오물이었다. 그는 이전의 재간이 다 줄어져서 이제는 입술을 통하여 헛바람만 나올 뿐으로 분명한 소리가 나지 않는 것을 알았다.

불고 불고 하였으나 종내 헛일이었다. 그는 나면서부터 가지고 난 재간을 어쩌면 이렇게 다 잊어버렸을까 하고 의아하고 있노라니까 바로 그때 이 집과 한가지로 뜨락 돌담까지도 뒤덮은 담쟁이 가지 사이로 무엇이 움직이는 것을 알았다. 그래 그쪽을 바라보노라니까 돌담 꼭대기 돌에서 땅바닥으로 무엇이 뛰어내렸다. 이것은 알렉 더버빌이었다. 그 전날 그가 머문 뜨락 집 문간까지 데려다 준 뒤로는 보지 못했던 것이다.

"참 정말이지!"는 외쳤다. "이때까지 잔잔 속에나 예속 속에나 시방 당신같이 아름답게 보이는 것은 아직까지 없었어 테스, 사촌누이(사촌 누이라고 하는 데는 약간 비웃는 소리가 났다) 나는 돌담 위에서 이때까지 당신을 바라보고 있었는데, 그래 휘파람을 하려고 해도 안 돼서 성이 났지."

"그런지도 모르지요."

"아— 나는 어째서 당신이 그걸 해보는지 알았어— 저 산까치 때문이지! 어머니가 그것들 음악 교육을 시키라는 거지. 어머니는 자기 마음대로야! 저 못된 놈의 암탉 수탉 돌보는 것이 처녀들의 일로서 부족한 거나 같이. 내가 당신이라면 싹 거절해 버릴걸."

"그래도 마님께서는 그것을 하도록, 그리고 내일 아침까지는 잘 준비를 해두라고 특별히 이르셨는데요."

"그러셨어? 자 그러면 내 한두 번 가르쳐주지."

"아니 싫어요! 그만두세요." 테스는 문 있는 데로 물러가면서 말했다.

"못났어, 당신께 다치려고 그러지 않아. 자— 난 쇠그물 이쪽에 서고 당신은 저쪽에 섰어. 그러면 안심하지. 자, 이거 봐, 당신은 너무 세게 입술을 오무라치는 거야. 이렇게 해야지 자!"

그는 노래의 말에 맞추어 동작을 하면서 '따라 따라 그 입술을'의 한 줄을 휘파람으로 불렀다. 그러나 그 의미는 테스에게는 통하지 않았다.

"자 해봐." 하고 더버빌은 말했다.

그는 부러 냉담하니 보이려고 하였다. 그 얼굴은 조각 같은 엄숙을 띠고 있었다. 그러나 사나이는 자꾸만 해보라고 하여 멎지 않았다. 그래 그는 나중에는 사나이를 물리치기 위해서 가르쳐준 대로 입술을 치올리고 분명한 소리를 내려고 하였다. 그러나 그는 가엾이도 웃어버리고 그리고는 자기가 웃는 것이 분해서 얼굴을 붉혔다.

사나이는 "다시 한 번 해봐." 하고 그를 충동하였다.

테스는 이때 해서는 정말로 마음을 먹었다. 이 순간 그는 성공한 기쁨을 이기지 못하였다. 그 눈은 더 커지고 그리고 그도 알지 못하게 얼굴에는 웃음이 터졌다.

"그래 됐어! 자 내가 시작내주지 않았어— 이제는 내내 잘 될 거요. 그리고— 당신 곁에 가까이 가지 않는다고 했지. 아직 누구에게나 와 보지 못했을 듯한 유혹을 나는 느끼지만, 나는 약속을 지킬 테야… 테스, 우리 어머니를 이상한 늙은이라고 생각하지?"

"나는 아직 잘 모르겠어요."

"이제 그렇게 생각할 게야. 산까치한테 휘파람을 가르치라니 그렇지 않고 말해. 나는 시방 어머니가 좋게 생각하지 않지만 그래도 당신은 그치는 것만 잘 보아주면 곧 마음에 들어 할 게요. 잘 실례하오. 무슨 어려운 일이 생겨서 도와 달라고 하고 싶으면 집사(執事)한테 가지 말고 나한테 와요."

테스 더비필드의 첫날 경험은 그 뒤 날마다 계속한 경험을 충분히 대표하는 것이 되었다. 알렉 더버빌이 오는 때 친근해지는 생각—그것은 그 젊은 사나이가 놀려대는 대화며 두 사람이 있는 때면 농담 비슷이 사촌누이라고 부르는 것으로 주의 깊게 그의 마음에 심었다—

이전의 그 사나이 보기를 부끄러워하던 것을 많이 없이 하였다. 그러나 그렇다고 해서 새로운 그리고 전보다 더 온순한 부끄러움을 느끼게 하는 감정은 심지 않았다. 그러나 그는 이 사나이의 손 아래 있는 것으로 해서 다못 동무로 지나는 것보다는 좀 더 순종하였다. 그것은 이 사나이의 어머니에게 의지하지 아니할 수 없는 때문에, 그리고 이 부인이 비교적 미덥지가 않아서 이 사나이에게 의지하지 아니할 수 없는 때문이다.

그는 다시 그 재간을 배우고 나니까 더버빌 부인 방에서 산까치에게 휘파람을 부는 것이 그리 괴로운 일이 아닌 것을 곧 알았다. 그것은 이 명금(鳴禽)들에게 아주 적당한 많은 노랫가락을 음악을 좋아하는 어머니한테서 배워 알고 있는 까닭이었다. 들안에서 연습을 한 때보다도 좀 더 만족한 때는 매일 아침 새도록 옆에서 휘파람을 하는 것이었다. 그 젊은 사나이가 있어도 그는 조금도 긴장하지 않고 그 입을 내어 밀고 새장 가까이 입술을 대고 그리고 귀를 기울이고 듣는 새들에게 유쾌하니 휘파람을 불었다.

더버빌 부인은 무거운 비단 커튼을 단 크다란 네 발 달린 침대에서 잤다. 산까치도 같은 방을 차지하고 어떤 시간에는 자유로이 날아다니며 방세간이나 장식품에 날려 앉아서는 작은 하이얀 점을 이루었다. 한 번은 테스가 새도롱이 조론히 놓인 창가에서 전과 같이 노래 공부를 시키노라니까 침대 위에서 무엇인지 부스럭 부스럭 소리가 나는 것을 들었다. 늙은 부인은 보이지 않고 뒤를 돌아보니 한 켤레 구두 끝이 커튼 술가리로 보이는 듯한 마음이 들었다. 이 때문에 그 휘파람은 곡조가 틀려버려서 만일 누구 듣는 사람이 있었다면 이 사람은 자기가 있는 줄을 분명히 알릴 것이었다. 이런 일이 있은 뒤는 그는 매일 아침 커튼을 살펴보았으나 그 속에는 아무도 있지 않았다. 알렉 더버빌은 분명코 이렇게 숨었다가 그를 놀래주려는 맹랑한 짓을 한다 생각하고 그만둔 것이었다.

10.

어느 마을에나 각각 그 특색과 조직과 그리고 또 종종 독특한 도덕률이라는 것이 있다. 트란트리지 마을 부근의 어떤 젊은 여자들의 경박한 행동은 곧 표가 났다. 그리고 이것은 아마도 그 근처의 슬롭스 집을 지배하던 훌륭한 사람들이 특징일 것이었다. 이 고장에는 좀 더 오래전부터 있어 오는 결점이 있었다. 그것은 술을 되게 먹는 것이다. 그들이 농장에서 늘 하는 이야기란 돈을 모으는 것이 쓸데없다는 것이었다. 노동복을 입은 수학가들은 보습이나 호미에 기대어서 사람이 한 평생 동안 삯전을 받는 속으로 저축을 해두는 것보다는 마을에서 받는 구제금이 늙은 때의 준비로서는 더 넉넉하다는 것을 증명하기 위해서 정확한 계산을 하기 시작하는 것이었다.

이런 철학자들의 제일 큰 기쁨이라는 것은 토요일 밤마다 일이 다 끝나면 이, 삼 마일 떨어져 있는 황폐한 장이 서는 체이스버러로 가는 것이었다. 그리하여 밤중 한시나 두시에 집으로 돌아오는데 한때는 따로따로 해나가던 술집들을 모두 독점한 경영자들이 맥주라고 해서 파는 좀 이상한 혼합물을 사먹고 생기는 소화불량의 결과를 없이 하려 일요일을 종일내 자버리는 것이다.

오랫동안 테스는 이 주일마다 가는 노름 놀이에 끼지 않았다. 그러나 자기보다 그리 나이가 다르지 않은 부인들—밭에서 일하는 사람들은 스물한 살이라도 사십 살과 같은 탓에 이곳에서는 결혼을 일찍하였다. ─이 자꾸 권하는 바람에 그는 종내 가기로 승낙을 하였다. 그는 처음으로 한 번 갔다 왔더니 생각했던 것보다 퍽 재미있었다. 한 주일 내 양계장에서 단조롭게 마음을 쓰던 뒤의 그에게는 다른 사람들의 유쾌한 기분이 곧 물들기 쉬웠던 탓이었다. 그는 그 뒤로 가고 또 가고 하였다. 어여쁘고 매력이 있고 한 위에 바로 여자 하나 구실을 하려는 때이었으므로 그의 모양은 체이스버러 거리의 불량자들의 수상한 눈길을 받지 않을 수 없었다. 그 때문에 때로는 혼자 거리에 갔다가도 밤이 되면 함께 돌아가면서 그를 보호해줄 동무를 늘 찾게 되었다.

이렇게 한두 달이 지나서 장날과 연일(緣日)이 겹친 구월 어느 토요일이 왔다. 그래서 트란트리지에서 놀러가는 패들은 이 때문에 술집에서 더블로 즐거움을 구하였던 것이다. 테스는 이날 일 때문에 늦게 떠난 탓에 그 동무들은 그보다 퍽 일찍 거리에 닿았다.

그것은 바로 해가 넘어가려 하고 누런빛과 퍼런 빛이 서로 어그새어 머리카락을 오리오리 늘이운 것같이 되고 그리고 대기는 무수히 춤을 추는 하루살이 떼밖에 아무 다른 그럴듯한 물체가 없어도 자연히 한 풍경을 이룬 맑게 개인 구월 저녁이었다. 이 어슴푸레한 황혼 속을 테스는 천천히 걸어갔다.

그는 이날이 장날과 연일이 겹친 날인 줄을 황혼이 다 되어 거리에 닿기까지는 몰랐다. 장볼 감은 얼마 되지 않아 곧 끝났다. 그리고는 그는 전과 같이 트란트리지의 촌사람들을 찾기 시작하였다.

처음에 그는 그들을 찾지 못하였다. 그리고 그들은 대부분 그들의 농장과 거래가 있는 건초(乾草) 제조 겸 토탄장수네 집에서 은밀히 여는 조그만 무도회에 갔다는 것을 알았다. 그 상인은 어느 뒷거리의 우측에 사는 탓에 그리고 가는 길을 찾고 있노라니까 그 눈은 우연히 거리모퉁이에 서 있는 더버빌과 마주쳤다.

"어떻게 된 일이야 테스, 이렇게 늦어서 여기는 왜?" 그는 말했다.

그는 단지 집으로 돌아갈 동무를 기다린다고만 말했다.

"다시 뵈어요." 테스는 뒷길로 그냥 가버리니까 그는 그 어깨 너머로 이렇게 말했다.

건초(乾草) 제조를 하는 집에 가까이 간 때 뒤쪽 어느 집으로 릴(스코틀랜드 의 춤)의 곡조를 켜는 양금 소리가 들려왔다. 그러나 춤추는 소리는 조금도 들 리지 않았다―이것은 언제나 발 집는 소리가 음악소리를 눌러버리는 이 고장 에서는 예외의 일이었다. 앞문이 열려 있어서 그는 어두운 밤에 보이는 대로 집 안을 통해서 뒤뜨락을 들여다볼 수 있었다. 문을 두드려도 누구 하나 보이지 않 으므로 그는 집안을 뚫고 지나가서 조그만 길을 쫓아 아까 음악소리가 그 마음 을 끄는 바깥채로 갔다.

그것은 창이 없는 광으로 쓰는 집인데, 그 열려진 문으로 컬컬한 속에 누렇 게 빛나는 안개 같은 것이 흘러드는데 테스는 이것을 처음에는 연기에 불빛이 비친 것이라고 생각하였다. 그러나 가까이 가본 즉 바깥채 안에 켜놓은 촛불 빛 에 비친 먼지가 뭉게뭉게 떠도는 것인 줄을 알았다. 이 안개에 비치는 광선으로 해서 입구의 윤곽이 뜨락의 넓은 어둠 속에 드러났다.

그가 가까이 와서 들여다본 때 어렴풋한 사람들의 모양이 춤 자세를 하고 달 려왔다, 달려갔다 하는 것이 뵈었다. 발소리가 나지 않는 것은 이 광안에 있는 토탄이며 그 밖 물건들의 가루같이 된 부스러기에 구두가 묻힌 때문이었다. 또 발로들 함부로 이것을 뚱둥구질 치는 탓에 이 장소를 뒤싸는 운무 같은 것이 일어나는 것이었다.

때때로 한 짝씩 바람을 쐬려 입구로 가까이 오곤 하였다. 그리하여 안개도 더 그들의 얼굴을 싸지 못하게 되면 이 반신(半神)들도 테스의 옆집에 사는 이 웃사람들의 그 소박한 인물로 되어버렸었다.

이 한 패 가운데서 술에 취한 몇 사람은 바람벽에 붙은 긴 의자나 마른풀더 미 위에 앉아 있었다. 그리고 그 가운데 하나가 테스가 있는 것을 알아차렸다.

"처녀들은 나리꽃집에서 춤추는 것을 부끄럽게 여기거든." 하고 사나이는 설 명하였다.

"그리고 그들은 누가 자기의 정든 사람인지 남한테 알리고 싶어 하지 않는단 말야. 또 그 집에서는 떠들고 노는 것이 신이 날라고 할 때에 문을 닫아버리는 수도 있어, 그래 우리는 일루 와서 술을 사오러 보내는 거거든."

"그대로 당신네들 가운데서 언제 누가 돌아갈는지 몰라요?"

테스는 좀 걱정이 되어 물었다.

"자— 이제 곧 가지. 이게 이젠 마지막 춤이야."

그는 기다렸다. 릴춤도 마지막이 되고 일행 가운데는 돌아가려고 생각하는 사람들도 있었다. 그러나 다른 사람들은 가고 싶어 하지 않아서 또 한 번 춤이 시작되었다. 이것이 정말 마지막이려니 하고 테스는 생각하였다. 그러나 또 이것은 끌리어 다른 춤이 되었다. 그는 진정할 수없이 불안해졌다. 그러나 기왕 오래 기다렸으니 좀 더 기다리지 않을 수 없었다. 연일(緣日)인 때문으로 해서 길에는 여기저기 마음이 좋지 못한 불량자들이 늘어 뇌였을지도 몰랐다. 그래 그는 생각지 못한 위험을 만날까 그것이 두려웠다.

"무엇 땜에 그리 급히 굴어요? 덕분에 내일은 일요일이지요, 예배당에 갈 시간에 자버리면 되거든요, 자 나하고 한 번 안 출 테요?" 하고 땀에 얼굴이 젖은 젊은 사나이가 하나 말했다.

그는 춤을 싫어하지는 않았다. 그러나 그는 여기서 춤을 추고 싶지 않았다. 춤은 더욱 신이 났다. 숨에 찬 사람들은 그냥 빙빙 돌고 또 돌았다.

그들은 짝패에게 마음이 있으면 그것을 바꾸지 않았다. 짝패를 바꾼다는 것은 그 패 가운데 누구나 하나가 만족한 짝을 고르지 못했다는 것을 의미하는 데 지나지 않았다. 그런데 시방은 어느 패나 모두 짝패가 잘 맞았다.

시방이야말로 황홀과 꿈이 시작되는 때였다. 이 속에서는 온 우주가 다못 감정 하나로만 된 듯하였다.

갑자기 땅 위에는 쾅 하는 묵직한 소리가 났다. 한패가 넘어졌다. 서로 엉켜서 가로 뉘이었다. 다음 한 패도 나아가던 걸음을 멈출 수 없어 이 장애물 위에 겹쌓여 넘어졌다.

방안에 자옥한 먼지 속에서 또 그 안쪽으로 한 먼지의 구름이 엎드려진 사람을 싸고 일어났다. 이 속에 팔과 다리가 엉켜서 제치고 뒤치고 하는 것이 보였다.

"이거 봐요, 여보, 집에 가서 봅시다." 사람 더미 속으로 여자의 소리가−몸이 둔해서 이런 변을 일으킨 사나이의 짝패가 된 재수 없는 여자의 소리−가 튀어져 나왔다. 이 여자는 바로 얼마 전에 그 사나이와 결혼한 여자이었다. 결혼한 부부 사이에 애정이란 것이 남아 있는 동안에는 이런 패접도 트란트리지에서는 별로 신기한 일이 아니었다. 그리고 참으로 결혼한 지 오래되는 부부들도 독신자들이 짝을 많이 만들어서 그 가운데서 동정이라도 생길 것을 피하기 위해서 이런 패접은 드물지 않았다.

테스의 등 뒤 뒤뜨락 어두운 속으로 크다란 웃음소리가 나서 방안의 낄낄 하는 웃는 소리와 화했다. 그가 돌아도 본즉 여송연의 새빨간 불이 보였다. 알렉 더버빌 그곳에 혼자서 있었다. 더버빌이 손질을 하므로 그는 싫었으나 그 있는 가까이로 갔다.

"그래, 예서 무엇 하는 게야?"

기나긴 하루 일을 한 위에 또 걸어온 탓에 몸이 피곤한 그는 종내 그 걱정을 다 털어놓았다. 발길이 그에게는 서툴러서 같이 돌아갈 동무를 얻으려고 아까 만났던 때부터 이때까지 내리 기다린다는 것을.

"해도 저 사람들은 아직 그만둘 것 같지 않아요. 난 더 못 기다리겠어요."

"그렇구말고, 기다리지 말아요. 오늘은 여기 말 하나밖에 끌고 오지 않았는데… 저, 나리꽃집까지 와요. 내 게서 마차 한 대 빌려서 같이 집까지 데려다 줄게."

이 말에 테스는 기뻤으나 전부터 그에게 대한 경애가 아직 없어지지 않은 탓에 촌사람들은 으물거리고들 있었으나 그는 이 사람들과 같이 돌아갈 것이 낫다고 생각하였다. 그래서 그는 생각해주서서 대단히 고마우나 더 폐 끼치지 않겠다고 대답하였다. "그 사람들한테 기다린다고 말해놓았고 또 그 사람들도 그렇게 생각하고 있어요."

"그래 좋아, 고집쟁이, 마음대로 해요. 그럼 나도 급히 돌아가지 않을 테야. 거기서 무엇을 저리 야단들이야!"

더버빌은 밝은 데로 나가지 않았으나 그를 본 사람도 있었다. 그의 모양이 보이자 여러 사람들은 잠깐 춤추던 것을 멈추고 얼마나 시간이 갔는가 하고 생각하였다. 그가 다시 담배에 불을 붙여 물고 가버린 뒤에 트란트리지 사람들은 다른 농장에서 온 사람들과 갈라서서 한 패로 모여서는 모두 돌아갈 준비를 하였다. 여럿의 꿍제기와 재래기가 다 모였다. 그리고 한 반 시간 뒤 시계대에서 열한시 십오분을 치자 언덕까지 닿은 길로 그들은 하나둘 띄엄띄엄 서서 집으로 돌아갔다.

그들은 메마른 하이얀 길, 오늘밤은 달빛에 더욱 하이얀 길을 삼 마일이나 걷지 않으면 안 되었다. 테스는 어떤 때는 이 사람 어떤 때는 저 사람 이렇게 일행 속에 들어가는 동안에 마음대로 흠뻑 마신 사나이들이 신선한 밤바람에 비틀거리며 뱀과 같이 구불구불 걸어가는 것을 보았고 또 때로는 사나이들보다는 더 주책없는 여자들 가운데도 그렇게 비틀거리는 걸음을 하는 것을 보았다. ― 말하자면 가제까지라도 더버빌이 좋아하던 스페이드의 여왕이라고 부르는 빛깔이 꺼먼 여장부인 카 다치에 다이아의 여왕이라는 별명이 있는 그 누이 낸시 그리고 아까 넘어진 갓 결혼한 젊은 여자들이 그러하였다. 그들은 자기네들이나 주위의 자연과 한 유기체를 이루어서 그 모든 부분이 서로 사이좋게 즐겁게 교착되어 있다는 전에는 누구나 가져본 일이 없는 깊은 생각에 잠겨서 무엇을 타고 공중으로 솟아오르는 듯한 마음으로 길을 걸어갔다. 그들은 머리 위의 달이며 별과 같이 숭고하고 달과 별은 또 그들과 같이 뜨거웠다.

그러나 테스는 아버지의 집에서 이런 종류의 쓰라린 경험을 한 탓에 그들의 꼴을 보고는 달 밝은 밤길을 걸으며 느끼기 시작한 즐거움도 다 깨져버렸다. 그러나 앞서 말한 이유로 해서 이 일행에서 떠나지는 않았다.

널따란 신작로에서는 삼삼오오로 헤어져서 길을 걸었다. 그러나 길이 바로 밭문을 뻗어나가는 데까지 와서는 맨 앞선 사람이 그것을 열지 못해 하는 동안에 그들은 한 뭉탱이가 되어버렸다.

이 앞장서서 걷던 군은 스페이드의 여왕인 카였다. 그는 그 어머니가 산 잡화며 자기의 천감이며 그 밖에 한 주일 지나갈 다른 장감들이 들은 등나무 채롱이를 들었었다. 채롱이가 크고 무거워서 카는 가지고 가기 좋도록 머리 위에

이었는데 두 손으로 허리를 바집고 가는 탓에 금방 떨어질 듯이 위태로웠다.

"아— 그 등에 흘러내리는 것이 뭐야? 카 다치." 하고 일행 가운데 누가 갑자기 말했다.

모두들 카를 보았다. 그 머리 뒤에서 허리 아래까지 새끼오리 같은 것이 늘어졌는데 그것은 마치 지나 사람의 변발(辮髮) 같았다.

"그건 머리털이 내려온 거지." 다른 사람이 말했다. 그러나 그것은 머리털이 아니었다. 그것은 그 채롱이에서 새어나오는 그 무엇이 시꺼먼 줄이 서서 흘러내리는데 그것이 차고 고요한 달빛에 뱀같이 빛났다.

"그게 당밀(糖蜜)이로군 그래!" 하고 눈 밝은 어느 부인이 말했다.

그것은 당밀이었다.

이때에는 이상한 광경을 띤 카의 잔등을 보고 와 하고 웃음소리가 터져나왔다. 이 탓에 화가 발칵 오른 빛깔 검은 여왕은 자기를 놀리는 것들의 도움을 받지 않고 얼른 떠오르는 생각으로 이 추태를 면하려고 하였다. 그는 방금 건너가려고 하던 밭으로 정신없이 뛰어 들어갔다. 풀 위에 나가자빠져서 목초 위에 뒹굴어보고 또 팔고팽이를 집고 그 위에 몽둥이를 끌어도 보고 하여 되도록 웃웃덜민 곳을 닦으려고 하였다.

웃음소리가 더 커졌다. 그들은 카의 꼴에 웃음이 터져서 몸이 허전허전 하게 된 탓에 밭 문과 기둥에 붙어 서기도 하고 지팡이에 몸을 의지하기도 하였다. 아직까지 잠자코 있던 테스도 이렇게 야단법석을 하는 데는 다른 사람들과 같이 웃지 아니할 수 없었다.

이것이 불행한 일이었다. 하나가 아니라 여러 가지로, 빛깔 검은 여왕은 다른 사람들의 소리에 섞이어 한층 성량의 풍부한 소리를 듣고는 그동안 가슴속에 서리고 있던 사랑의 원수라는 심한 생각이 치밀어서 갑자기 미친 사람처럼 되었다. 그는 벌꺽 일어서서 이 미움의 목표에 바싹 대어섰다.

"잘 웃는다 요 계집년!" 그는 외쳤다.

"난 다른 사람들이 다 웃으니까 참을 수 없어 웃었지요." 하고 테스는 아직도 캑캑 웃으면서 잘못했다고 하였다.

"그래 네가 제일인 줄 알지, 시방은 그 사람과 제일 좋아한다고! 해도 좀 기다려요, 좀 기다려! 너까지껀 둘 달라붙어도 어림없다! 자 이렇게 해주지!"

테스가 놀라기론 이 빛깔 검은 여왕은 벌떡 조끼를 벗으려 들었다. 그것 때문에 사람들한테 웃음거리가 되었다는 이유도 있어서 그는 이것을 벗어버리는 것이 좋기만 하였다— 나중에는 그는 맨살로 두리두리한 목과 두 어깨와 또 두 팔을 달빛에 드러내놓았다. 그리고는 주먹을 부르쥐고 테스한테로 대들었다.

"아이참, 해도 난 싸움은 아니할 테요." 하고 테스는 위엄 있게 말하였다. "그리고 당신이 그런 사람인 줄 알았으면 이렇게 처져서까지 이런 상것들과 같이 오지 않았을 걸 그랬어!"

이 말이 좀 의미가 넓어서 여러 사람까지 거들은 탓에 다른 사람들까지 테스의 머리 위에 욕을 퍼붓게 되었다. 그 중에도 다이아의 여왕은 더버빌과는 카도 수상히 생각할 만한 관계에 있던 탓에 카와 결합을 하여 이 공통한 원수에게 대항을 하였다.

다른 여자들도 한 오륙 인 또 오늘밤과 같이 지랄 발광을 한 뒤만 아니었다면 누구나 보이지 않았을 그런 어리석은 기운으로 맞장구를 쳤다. 그래서 아무 까닭도 없이 위협당하는 테스를 보고 그 여자들의 남편이나 연인들은 테스를 감싸주며 말리려 하였다. 그러나 이 결과는 오히려 더욱 싸움을 크게 하는 것이 될 뿐이었다.

테스는 분하기도 하고 부끄럽기도 하였다, 그는 길이 쓸쓸할 것도 시간이 늦은 것도 다 생각할 것이 없었다. 오직 한 목적은 되도록 빨리 이 패당에서 벗어나 버리는 것이었다. 그는 내일이 오면 이 가운데서도 착한 사람들은 그들의 흥분을 후회할 것을 잘 알았다. 이 패당들은 벌써 모두들 밭 안에 들어가 있었다. 그래서 그는 혼자 달아나 버리려고 슬금슬금 뒤로 물러서노라니까 바로 그때 말 탄 사나이 하나가 길을 에워싼 울타리 한편 구석으로 별로 소리도 내지 않고 나타났다. 알렉 더버빌은 이 패당을 한 번 휙 둘러보았다.

"이게 무슨 지랄들이라는 게야?" 하고 그는 물었다.

이에 대한 대답이 그리 잘 나오지 않았다. 그리고 사실 그는 그것을 조금도 들으려고 하지도 않았다. 그는 얼마쯤 떨어져서 여럿의 소리를 듣고 몰래 말을 몰아온 탓에 어떻게 된 일인지 충분히 알고 있었다.

테스는 패당에서 떨어져서 문 가까이 서 있었다. 사나이는 그에게로 몸을 굽히고 "내 뒤에 타요." 하고 그는 귓속말을 하였다. "그러면 곧 저 시끄럽게 떠드는 떼들을 떨쳐버릴 것이니."

테스는 방금 기절할 것만 같았다. 그렇게도 그의 마음은 이 위기에 당해서 긴장했던 것이다. 그는 그의 평생에 이때 아닌 다른 때라면 어느 때나 지금까지 여러 번 거절해온 듯이 저쪽에서 먼저 도와주겠다든가 말해 오는 도움이나 동행을 거절했을 것이었다. 그러나 시방이라도 오직 외로운 것만이라면 그는 그런 말에 응하지 않았을 것이었다. 그러나 그들 대적에 대한 두려움이나 분함이나 한발 성큼 뛰는 것으로 해서 곧 그들에 대한 승리로 변할 수 있는 그런 특별한 때에 이런 간청이 있는 탓에 그는 그만 충동에 받쳐 분에 올라가서 사나이의 발등을 집고 그 등 뒤의 안장에 기어 올라갔다. 그리하여 싸움하기 좋아하는 술 취한 군인들이 이 일을 알아차린 때에는 벌써 두 사람의 그림자는 멀리 어스름한 어둠속으로 말을 달리었다.

스페이드의 여왕은 조끼의 덜민 것도 잊어버리고 다이아의 여왕과 새로 결혼한 비틀거리는 젊은 여자의 곁에 서 있었다. 그들은 모두들 말발굽 소리가 점점 희미하게 되다가 고요지는 길가 쪽을 한없이 물끄러미 바라보고 있었다.

"무엇을 보고 있어?" 아직도 무슨 영문인지 모르는 한 사나이가 물었다.

"하하하" 하고 빛깔 검은 카가 웃었다.

"히히히" 하고 모주꾼인 색시가 좋아하는 남편의 팔에 몸을 기대인 채 웃었다.

"허허허" 하고 빛깔 검은 카의 어미는 수염을 쓸면서 웃었다. 그리고 간단하게 설명을 부쳤다. "냄비에서 튀어나서 불속으로 들어간다는 게야!"

그들은 밭 가운데 길로 발길을 옮기었다. 그들이 걸어가는 데 따라 그들의 머리 그림자의 주위에는 번쩍번쩍 빛나는 달빛이 비추어서 이루는 젖빛의 두레가 그들과 같이 걸어갔다. 그들의 내뿜는 입김은 밤안개의 한 성분과 같이 생각되었다. 그리하여 풍경의 혼이나 달빛의 혼이나 또 대자연의 혼이나 모두가 다 술의 혼과 함께 녹아 사라져버리는 것 같았다.

11.

두 사람은 얼마 동안 아무 말이 없이 보통 구보로 말을 달렸다. 테스는 아직도 승리의 감격에 허덕이면서 사나이에게 꼭 매달려 갔으나 그래도 한편으론 불안하였다.

그를 꼭 붙잡았는 데도 불구하고 자리는 마음 놓고 앉았을 것이 못 되었으나 말이 사나이가 때때로 타는 그 기운 세인 놈이 아닌 것을 알고는 그 점으로는 조금도 놀라지 않았다.

테스는 말을 천천히 몰도록 청을 하여서 알렉은 그대로 하였다.

"잘됐지, 그렇지 않아?" 테스하고 사나이는 이즉하여 입을 열었다.

"네!" 하고 그는 말했다. "참 고마웠어요."

"정말로?"

그는 대답하지 않았다.

"테스, 어째서 내가 입 맞추자면 싫어하는 게야?"

"그거야 아마 당신을 사랑하지 않는 탓이겠지요."

"참 정말?"

"나는 때때로 화가 나요!"

"음 나도 그러리라고 쯤은 생각했어." 그러나 알렉은 이 고백에 대해서 항의는 하지 않았다. 그는 아무것이나 냉담한 것보다는 나은 것을 알고 있었다.

"그러면 어째서 내가 당신을 노하게 한 때에 그런 말을 하지 않는 게야?"

"어째선지 잘 아시잖아요. 나는 내 마음대루만도 하지 못하니까요."

"그렇게 내가 사랑한다고 해서 종종 화를 낸 일이 있던가?"

"때때로 있었어요."

84 테스

"당신도 아실 걸요, 나와 같이. 몇 번이든지 있었지요."

"내가 달랠 때마다 그랬어?"

테스는 잠잠하였다. 말은 슬렁슬렁 꽤 멀리 걸어와서 저녁 때 우먹진 곳에 가뜩 드리웠던 휘엄허니 밝은 안개가 사방에 퍼지어서 그들을 푹 싸버렸다. 안개는 달빛을 중도에서 멈추어 놓고 공기가 맑을 때보다도 더 널리 퍼지는 것 같았다. 이 때문인지 혹은 정신없이 있던 때문인지, 혹은 잠이 온 때문인지 그는 트란트리지로 오는 작은 길이 길가에서 갈라지는 대목을 벌써 오래전에 지나온 것과 길 인도하는 사람이 트란트리지로 가는 길에 접어들지 않은 것을 몰랐던 것이다.

그는 말할 수 없이 피곤하였었다. 그는 그 주일에 매일 아침 다섯시에 일어나서 어느 날이나 하루 종일 서서 견디고 그리고 그 위에 오늘 저녁은 체이스 버러까지 삼 마일을 걷고 먹지도 않고 마시지도 않고 세 시간이나 이웃사람을 기다리고 돌아오는 길에 일 마일을 걷고 그리고 싸움을 하여 흥분하고 그 위에 말의 걸음이 느려서 그럭저럭 한시 가까이 되었었다. 아무것도 다 잊어버린 이 순간에 그의 머리는 사나이의 몸에 고요히 기대어 버렸다.

더버빌은 말을 멈추고 드딜쇠로부터 발을 끌어서 안장 위에 돌아앉고 그리고 그를 붙들려고 한 팔로 그의 허리를 꼈다.

이 바람에 그는 곧 몸을 강구었다. 그리고 그가 일으키기 쉬운 그 빠른 복수의 충동으로 그를 조금 밀쳤다. 그는 위태한 위치에 있어서 거의 몸을 평형을 잃을 뻔하였으나 말이 힘 센 놈이나 다행히 늘 타 버릇한 가장 순한 놈이었기 때문에 겨우 길바닥에 굴러 떨어지지는 않았다.

"이건 너무 과한 괄셴데!" 사나이는 말했다. "나는 나쁜 마음이 있어 그러는 것이 아니야— 떨어지지 말라고 그러는데."

테스는 의심스럽게 한참 생각하였다. 그리고 결국 그것이 참말인지도 모르겠다는 생각이 들어서 그는 마음이 풀려서 공손하게 말했다. "용서하세요, 네."

"나는 대체 무어란 말인가, 너 같은 계집아이한테 이렇게까지 배척을 당하고? 그럭저럭 벌써 석 달 동안 내 감정을 눌려대고 나를 살살 피해 다니고 그리고 나를 모욕하고, 더 참지 못해!"

"내일 그만 가겠어요."

"안 돼, 내일 그만두지는 못해! 한 번만 더 청인데 내 팔에 안겨. 그래서 나를 믿는다는 증거를 보여줘. 자 누구 아무도 없고 우리 둘만이야. 우리 서로 다 마음을 잘 알지 않아. 그리고 당신은 내가 당신을 사랑한다는 것도 또 당신을 이 세상에서 제일 어여쁜 사람이라고 생각하는 것도 다 알지. 당신을 내 애인으로 생각하면 못써?"

테스는 안장 위에서 불안하게 몸을 비틀면서 싫다는 뜻에 노여운 가쁜 숨을 쉬며 먼데를 바라보고 중얼거렸다. "나는 몰라ー 어떻게 네 라든가 아니라든가 말할 수 있겠어요, 저ー"

더버빌은 소망대로 팔에 꺼안고 이 사건의 결말을 지었다. 테스는 이후에 더 싫다고 하지 않았다. 그리하여 그들은 천천히 걸어갔으나 문득 그는 그들이 어방 없이 오랫동안 걸어오는 것ー 이런 걸음으로라도 체이스버러에서 오는 짧은 노정에서 늘 걸리는 시간보다는 퍽 더 오래다ー과 두 사람이 걸어오는 것은 길가가 아니고 오솔길에 지나지 못하는 것을 알았다.

"아, 여기가 어딜까요?" 테스는 외쳤다.

"수풀 곁을 지나오는 데지."

"수풀ー 무슨 수풀이요? 필시 큰길밖에 나서지 않았어요?"

"체이스 수풀의 한편이야. 영국서도 제일 오랜 수풀이야. 밤도 좋은데 좀 천천히 타고가면 어때?"

"아이, 참 당신은 어쩌면 그렇게도 믿을 수 없는 분일까." 하고 테스는 영리한 듯하게 또는 정말 걱정되는 듯도 하게 이렇게 말했다. 그리고 그는 떨어질 위험을 무릅쓰고 사나이의 손가락을 하나씩 떼어서 그 팔에서 벗어나려고 하였다. "이렇게까지 당신을 믿고 아까 당신을 밀친 것이 미안하여서 당신이 좋도록 했는데, 글쎄! 자 나를 내려주세요, 혼자 걸어가게 해주세요."

"걸어서는 못 가, 하늘이 흐리지 않아도 못 가는데. 정말로 트란트리지로부터 여러 마일 멀리 왔어. 그런데 이런 자욱한 안개 속에서는 제 따위가 몇 시간 동안이고 자꾸 이 수풀 속을 헤매기나 할 걸."

"염려 말아요. 나를 내려주세요, 제발. 어디든지 좋아요. 내려만 주세요, 네 제발."

"그래 그러면 내려주지— 조건을 따라서. 이런 외진 곳에 당신을 데리고 왔으니까 당신이 어떻게 생각하든 간에 나는 집까지 당신을 데려다줄 책임이 있다고 생각하거든. 혼자서 트란트리지까지 간다는 것은 되지 않을 소리야. 바른대로 말하면 이렇게 안개가 깊어서 모든 것이 다 모양이 달라진 탓에 나 자신도 시방 어디 와 있는지 잘 모르겠어. 그러니 이제 내가 수풀을 빠져나가서 길이나 집이 있는 데를 보고 우리가 어디 있는지를 확실히 알고 올 테니 그동안 말 옆에서 기다린다는 약속만 하면 나도 좋아서 여기 내려놓아줄 테야. 돌아와서 길을 잘 알려줄 테니 그때 정말 걸어간다고 하면 그대로 좋고 또 말을 타고 가도 좋아— 그것은 당신 마음대로 해."

그는 이 조건을 승낙하고 가까운 편으로 내렸다. 사나이가 배바쁘게 도적 입을 맞추고 난 뒤의 일이다. 사나이는 딴 쪽으로 내렸다.

"말을 잡고 있지 않으면 안 되지요?" 하고 그는 말했다.

"아니야, 그럴 것 없어." 하고 알렉은 숨이 차하는 말을 쓸어주면서 대답하였다. "오늘 밤은 아주 많이 걸었으니까."

더버빌은 말머리를 수풀 쪽으로 돌려 나뭇가지에다 매고 나서 폭 쌓인 가랑잎 더미에다 테스를 위해서 침상이라고 하기보다는 둥지 같은 것을 만들었다.

"자 여기 앉아 있어." 하고 그는 말했다. "나뭇잎이 아직 젖지 않았군. 조금만 말을 보고 있어— 그러면 되니까."

더버빌은 한 두세 걸음 가다 말고 다시 돌아와서 말했다. "그런데, 테스 당신 아버지는 오늘 단각마(短脚馬) 한 필 생겼어. 어떤 사람이 주었대."

"어떤 사람이? 당신이지!"

더버빌은 고개를 끄덕였다.

"그렇게 해줘서 얼마나 고마운지 모르겠어요?"

그는 바로 이때 이 사람에게 감사하지 않으면 아니 되는 우울을 가슴 아프게 느끼면서 이렇게 외쳤다.

"그리고 아이들은 장난감을 얻었어."

"저는 몰랐어요- 당신께서 그 애들한테 무얼 보내신 걸요." 그는 대단히 감동돼서 중얼거렸다. "나는 당신께서 그렇게 하시지 않았더라면 좋았을 것인데 - 참 그래요, 그러지 않는 게 좋아요."

"어째서 응?"

"테스- 아직 당신은 나를 조금도 사랑하지 않는 게야?"

"대단히 고마워요." 하고 그는 싫은 것을 말했다. "해도 나는 저-" 이런 결과를 가져온 원인인 사나이의 자기에게 대한 정열이 갑자기 환형이 되어 그의 마음을 아프게 하는 까닭에 눈에는 고요히 눈물이 한 방울 괴고 이어서 또 한 방울 괴고 그리하여 드디어 그는 울어버렸다.

"울지 말아, 테스! 여기 앉아서 내가 돌아오기를 기다려." 그는 사나이가 쌓아놓은 가랑잎 위에 앉으라는 대로 앉았다. 그리고 조금 떨었다.

"추워?" 하고 사나이는 물었다.

"그렇게 춥지는 않아도- 조금."

사나이는 손가락으로 그의 몸을 대어보았다. 그것은 잠기듯이 그 몸 가운데로 들어갔다. "보들한 모슬린밖에 더 입지 않았군 그래- 어째 그랬어?"

"이것이 내 제일 좋은 여름옷이에요. 나올 때에는 날이 퍽 따뜻했고 그리고 말을 타게 될 줄이나 밤이 될 줄이나 몰랐어요."

"구월이면 밤은 선선하지. 자, 이렇게." 하고 사나이는 자기가 입었던 가벼운 외투를 벗어서 살포시 그의 몸에 걸쳐주었다. "자, 됐어- 좀 따스하지." 하고 그는 말을 이었다. "자 여기서 한잠 자요, 내 곧 돌아올게."

테스의 어깨에 둘러친 외투의 단추를 채워주고는 그는 이때에는 벌써 나무 사이에 면사를 친 안개의 그물 속으로 뛰어들어가버렸다.

테스는 사나이가 아마 그 옆 둔덕을 올라가느라고 나뭇가지들이 스적이는 듯한 소리를 들었다. 그러자 사나이의 움직이는 소리는 새가 뛰는 것만 한 소리에서 더 크지 못하게 났다. 그리고 나중에는 아주 사라져 버렸다. 달이 기우는

데 따라 푸르스름한 빛이 점점 엷어갔다. 그리고 테스는 사나이가 남기고 간 가랑잎 위에서 꿈속의 세계에 잠겼을 때에는 그 모양은 보이지 않았다.

그러는 동안에 알렉 더버빌은 체이스 수풀 어느 쯤에 자기들이 와 있는지 참으로 의심이 되어 이것을 밝히려 언덕바지를 자꾸 올라가서 마루턱까지 다다랐다. 사실로 그는 이때까지 테스와 조금이라도 더 같이 있고 싶어서 아무런 길모퉁이나 닥치는 대로 잡어 들고 또 길가에 있는 다른 그 어떤 것보다도 달빛에 비치는 테스의 몸에 더욱 마음을 끌리며 되는 대로 한 시간이 넘도록 말을 타고 온 것이었다. 피곤한 말은 잠깐 쉬는 것이 좋은 탓에 그는 급히 땅 풋말을 찾으려고도 하지 않았다. 그 언덕을 넘어서 연닿은 골짜기로 내려서니 그 윤곽을 알 만한 큰 길가의 목책이 나섰다. 이만하면 자기들이 어디 있는가 하는 문제도 해결되었다. 그리하여 더버빌은 발길을 돌렸다. 그러나 이때는 벌써 달은 이미 넘어가고 아침에 멀지는 않았으나 얼마큼 안개의 탓도 있어서 체이스의 수풀은 짙은 안개에 쌓여 있었다. 그는 나뭇가지에 부딪치지 않으려고 두 손을 앞으로 내밀고 가지 않아서는 안 되었다. 그리고 그는 아까 떠나온 곳으로 곧바로 갈 수는 도저히 없는 줄을 알았다. 그는 올라갔다 내려왔다 하며 그곳을 빙빙 돌다가 나중에야 겨우 바로 가까이서 말이 부스럭거리는 소리를 들었다. 그리고 뜻밖에 외투의 소매가 그 구두를 붙잡았다.

"테스!" 하고 더버빌은 말했다.

아무 대답이 없었다. 사방은 어둠 속에 쌓여 있어서 아까 가랑잎 위에 남겨둔 푸르스름한 운무(雲霧) 같은 흰 모슬린의 자태밖에는 아무것도 보이지 않았다. 그 밖의 것은 도무지 새캄하였다. 그리고 더버빌은 허리를 굽혔다. 고요한 괴로운 숨소리를 들었다. 더버빌은 다시 무릎을 꿇고 좀 더 앞으로 몸을 굽혔다. 이제는 그 숨길에 얼굴이 더웠다. 그리고 어느 사이에 사나이의 뺨은 그 뺨과 서로 맞닿았다. 그는 아주 한잠이 들어 자고 있었다. 그리고 그의 눈썹에는 눈물이 남아 있었다.

어둠과 고요함이 사방을 다스리고 있었다.

그들의 머리 위에는 이 체이스 수풀의 태곳적 수송(水松)과 굴밤나무가 높이 솟아 있고 그 위에는 조용한 둥지 안의 새들이 마지막 잠이 들어 있었다. 그들의 주위로는 토끼들이 소리 없이 뛰어다니었다. 그러나 어떤 사람이 있어 말할지 모를 것이다— 테스의 몸을 지키는 천사는 어디 있었던가? 그가 천진하니 믿어오던 하느님은 어디 있었던가, 고, 아마도 그 빈정대기 좋아하는 티시베 사람들 입에 오르내린 다른 하느님들처럼 그는 이야기를 하고 있었는지 모른다. 그는 무엇을 열심히 하고 있었는지 모른다. 그는 또 먼 길을 떠났었는지 모른다. 또 그는 잠을 자고 있어서 눈을 뜨지 않았는지 모른다.

잠자리 날개같이 그렇게 느끼기 쉽고 그리고 눈과 같이 깨끗한 이 어여쁜 여자의 몸주에 어찌하여 이것이 받지 않아서는 아니 되었던 그런 더러운 모양이 찍히지 않아서는 아니 되는가. 어찌하여 그리도 더러운 것이 아름다운 것을, 그릇된 사나이가 계집을, 그릇된 계집이 사나이를 가까이 하는 것일까. 수천 년을 두고 철학은 이것의 분석을 하려고 하였으나 그러나 우리들이 알 만한 설명을 하지 못하였다. 참으로 현재의 이 일에는 인과의 이치가 숨어 있는 것이라고 말할지 모른다. 분명코 전장으로부터 호기가 뻗쳐 돌아오는 투구 쓰고, 갑옷 입은 테스 더버빌의 조상들은 그때의 농사꾼들이 딸에게 이와 같은 또는 이 이상으로 무참한 행동을 하였을 것이었다. 그러나 아비의 죄가 아들에게 미친다는 것은 천국 사람들에게는 좋은 도덕이나 보통 인간들에게는 경멸을 당하는 것이다. 그렇다고 해서 이것은 이 사실을 건지지는 못하는 것이다.

어떤 사회적 간격이 그 뒤의 이 여주인공의 성격을 트란트리지의 양계장에서 그 운명을 시험해보려고 그 어머니의 집 문을 나선 이전의 자신으로부터 분리시키게 된 것이다.

제2편

처녀를 지나서

12.

채롱은 무겁고 보따리는 컸으나 그러나 테스는 짐 같은 것이 무거운 것은 조금도 괴로이 여기지 않는 사람같이 그것들을 들고 갔다. 때때로는 문이나 기둥곁에 기계적으로 머물러서 쉬었다. 그리고 다시 짐을 당겨서 그 투실투실하니 살컬이가 좋은 두 팔에 걸고 다시 천천히 걸어갔다.

그것은 시월이 다간 어느 일요일 아침이었는데 테스 더버빌이 트란트리지로 와서 넉 달이 되고 그 체이스 수풀에 밤 말을 타고 갔던 때로부터 이삼 주일 후의 일이었다. 시간은 날이 밝아서 얼마 되지 않은 때이었다. 등 뒤 지평선에 보이는 황금색 빛은 앞에 뇌인 산마루— 가제까지 그가 딴 고장 사람으로 살아온 골짜기의 경계—그의 고향으로 가려면 아무래도 넘어가야 하는 그 산마루가 밝게 비치었다. 오르막도 이쪽으로 완만하였다. 그리고 지미(地味)라든가 풍경도 블랙모어 골짜기의 그것들과는 대단히 달랐다.

철도가 통한 때문에 모든 것이 서로 융화는 된다고 하나 이 두 쪽 사람들의 성격이며 말투에도 서로 다른 것이 있었다. 그리하여 그가 머물러 있던 트란트리지에서 그의 고향 마을까지는 이십 마일도 못 되나 대단히 먼 곳으로 생각되었다. 그곳에 묻혀 사는 사람들은 북쪽과 서쪽과 장사 거래를 하고 또 북쪽과

서쪽으로 길을 더 내고 그쪽에서 약혼을 하고 결혼을 하고 그리고 생각하는 것
도 북쪽과 서쪽이었다. 이쪽에 사는 사람들은 주로 그들의 정력과 주의를 동쪽
과 남쪽으로 기울이었다.

이 켠들막이는 유월 어느 날 더버빌이 테스를 태우고 막 마차를 몰아 내려오
는 차로 같은 경사였다. 테스는 이 경사면의 남은 길을 쉬지 않고 다 올라갔다.
낭떠러지 끝까지 와서는 안개에 한 절만 가려진 저 건너 쪽의 눈에 익은 푸른
세계를 둘러보았다. 그것은 여기서 바라볼 때는 언제든지 아름다웠다. 더욱이
오늘은 테스에게는 참으로 이유 없이 아름다웠다. 그것은 앞서 이것을 바라본
뒤로 그는 맑은 소리로 새들이 노래하는 곳에도 독한 뱀이 숨어 있는 것을 알
고 이 교훈으로 해서 세상을 바라보는 그의 눈이 아주 닳아져버렸기 때문이었
다. 고향에 있던 때의 단순한 처녀와는 판 다른 여자가 되어 괴로운 생각을 하
면서 우두커니 서서 뒤를 돌아다보았다. 그는 차마 앞에 놓인 골짜기를 볼 수가
없었던 것이다.

테스가 바로 금방 허덕이며 올라온 긴 길을 두 바퀴 마차가 올라오는 것을
그는 보았다. 그리고 그 옆으로 한 사나이가 걸어오면서 손을 들어 그의 주의를
끌었다.

그는 별로 깊이 생각하는 것도 없이 그 신호를 따라 그를 기다렸다. 한 이삼
분 뒤에는 사나이와 말은 그 옆에 멎었다.

"왜 이렇게 몰래 도망을 해 가는 게야?" 하고 더버빌은 숨을 씩씩거리면서
말했다. "그런데도 또 누구나 다 잠자는 일요일 아침에! 나도 우연히 알고 막
죽을 애를 써서 말을 쳐몰아 따라왔어. 이 말을 좀 봐. 왜 이렇게 가는 게야? 간
다고 하면 누가 막을 사람도 없는데. 그리고 글쎄 쓸데없이 공연히 걷고 또 이
런 무거운 짐을 끌고 고생을 하는 게 아니야! 나는 미친놈처럼 달려왔어. 그저
정말로 다시 돌아가지 않겠다면 나머지 길이나 태워다 주려고"

"나는 다시는 돌아가지 않을 테요"

"안 돌아갈 줄 나도 생각했어 — 나도 그렇게 말도 했어! 자, 그러면 채롱이를
얹어요, 내 바래다주지."

그는 덤덤히 그의 채롱이와 봇짐을 마차 안에 넣고 자기도 올라와서 그들은 가즈런히 앉았다. 그는 이제는 조금도 이 사나이가 무섭지 않았다. 그리고 이 무섭지 않게 된 원인 속에 그의 슬픔이 있었던 것이다.

더버빌은 기계적으로 담배에 불을 붙여 물었다. 그리하여 길가에 있는 대수롭지 않은 것들을 가지고 따문따문 흥 안 나는 이야기를 하며 길을 계속 갔다. 그는 지난 첫여름 이 같은 길을 반대의 방향으로 마차를 달리면서 그와 입을 맞추려고 애를 쓰던 일은 벌써 다 잊어버렸다. 그러나 그는 잊지 않았다. 그리고 그는 시방 그 말에 외마디 대답을 하면서 인형과 같이 앉아 있었다. 몇 마일을 더 가서 수풀이 보였다. 이 뒤에 말로트 촌이 있었다. 이때에야 처음으로 그 고요한 얼굴에는 가느슥한 감동이 떠올라서 눈물이 한 방울 두 방울 떨어지기 시작하였다.

"울긴 왜 울어?" 사나이는 쌀쌀히 물었다.

"난 내가 저기서 났구나 하는 것을 생각한 것뿐이에요." 테스는 중얼거렸다.

"그거야― 우리들은 다 어디서든가 세상에 나는 게지."

"나는 나지 않았더라면 좋았을 걸 그랬어요― 저기서나 그 밖에 어디서나."

"흠, 어이없지! 글쎄 트란트리지로 오고 싶지 않았으면 왜 왔던 거야?"

그는 대답하지 않았다.

"내가 그리워서는 오지 않은 것은 분명해."

"정말 그래요. 내가 만일 당신이 그리워서 갔든가 만일 당신을 마음으로 사랑하였다면 만일 당신을 시방까지도 사랑한다면 나는 시방 하듯이 이렇게 내 자신의 약한 것을 싫어하고 미워하지는 않겠어요! 내 앞이 잠깐 동안 당신 때문에 어두워졌어요, 다만 그런 것이에요."

사나이는 어깨를 들먹하였다. 그는 또 말을 이었다.

"나는 당신의 생각하는 것을 몰랐어요, 알은 때에는 이미 늦었어요."

"그건 어떤 여자나 다 하는 소리야."

"어떻게 그런 소리가 나와요!" 그는 발딱 사나이 쪽을 돌아보며 부르짖었다. 그의 눈은 속 안에 숨었던 정신(후일 사나이는 더 많이 이것을 보지 않아서는 안 되었다.)이 깨어나는 데 따라 불꽃같이 빛났다.

"아— 당신 같은 사람은 마차에서 밀쳐 떨어져도 아깝지 않아요! 당신은 아무 여자나 다 입으로 하는 소리를 마음으로 느끼는 여자도 있을지 모른다고 생각해 본 일이 없어요?"

"그것 참." 하고 사나이는 웃으며 말했다. "당신의 마음을 상하게 해서 미안한데. 내가 잘못이야— 참 그래." 그는 말을 계속해가며 얼마큼 역증이 났다. "언제나 그렇게 맞대고 내 앞에 던져댈 것이 뭐 있나. 나는 마지막 한 돈까지라도 다 갚을 생각을 하고 있어. 정말이지 이젠 당신은 밭에서나 착유장(搾乳場)에서 일하지 않고도 될 테니. 자기가 벌어서 사지 않으면 리본 한 감이라도 달리 생기지 않는 것처럼 지금 같이 그렇게 너무 수수한 낮은 감으로 입지 않고 아주 좋은 옷을 입을 수도 있어."

그의 격정적이나 관대한 성격에는 남을 업신여기는 일이란 어떤 때에나 없었으나 이제만은 그의 입술이 뾰족하니 나왔다.

"이전에 더 당신한테서 무엇을 받지 않겠다고 말하지 않았어요, 난 받지 않아요— 받을 수 없어요! 그런 일을 해 나가다가는 나는 당신의 먹여 기르는 짐승이 될 것이에요, 난 참 싫어요."

"당신의 태도를 보면 사람들은 당신을 더버빌 집안뿐만 아니라 그 집 공주님이라고 생각할 걸, 하하! 그런데 테스 난 더 할 말이 없어. 난 나쁜 놈이여— 참 나쁜 놈이여. 난 나쁜 놈으로 나서 나쁜 놈으로 살아왔고 또 나쁜 놈으로 죽을게야. 그러나 난 다시는 그대한테 나쁜 일을 하지 않을 것을 맹세하오. 그런데 무슨 사정이 생겨서— 저— 무엇이 바르거나 또 곤란한 일이 있다면 나한테 한 줄 써 보내요. 그대가 필요한 것은 무엇이나 곧 보내줄 테니. 나는 트란트리지에 있지 않고 잠깐 런던으로 갈 테야, 늙은 부인 때문에 못 견디겠어. 해도 편지는 다 나한테로 돌아올 테니."

그는 이 앞에 더 마차로 바래주는 것이 싫다고 하여 그들은 빽빽 들어선 나무 아래 와서 멎었다. 더버빌이 내리고 그리고 테스를 팔로 안아 내렸다. 그 뒤로 짐을 그의 옆 땅바닥에 내려놓았다. 그는 사나이에게 가부여히 인사를 하고 사나이의 눈가에 조금 눈길을 던졌다가 짐을 들어 올리며 떠나려고 하였다.

알렉 더버빌은 담배를 입에서 빼고는 그쪽으로 몸을 굽히고 말했다.

"이렇게 그대로 싱겁게 헤어지지는 않겠지, 자!"

"소원이라면." 그는 쌀쌀히 말했다. "당신은 나를 마음대로 한 것을 생각해요."

그는 돌아서서 사나이한테로 얼굴을 쳐들었다. 사나이가 그 뺨에ㅡ한 절반 마음에 없이, 한 절반 아직 흥미가 다 없어지지는 않았다는 듯이ㅡ입을 가져다 대는 동안 그는 대리석 흉상과 같이 우두커니 서 있었다. 이 동안 그는 사나이가 무엇을 하고 있는지 통 모르는 듯이 멀리 길 저편 나무들만 정신없이 바라보았다.

"옛날 알고 있는 정으로, 이번엔 저쪽."

사람들이 사생화가나 이발사의 하라는 대로 하듯이 그는 또 앞서 같이 순순히 머리를 돌렸다. 이리하여 이쪽에도 입을 맞추었다. 사나이의 입술이 그의 뺨에 닿을 때 그것은 마치 주위의 뜰에 난 버섯 껍질같이 측은하고 미츳미츳하니 선 듯하였다.

"당신은 나한테 입을 줘서 입 맞추어 주는 법은 없지. 당신은 마음이 싸서 그렇게는 아니야ㅡ당신은 결코 나를 사랑할 수 없을까."

"여러 번 말했지요, 정말 그래요. 나는 한 번도 진정으로 당신을 사랑해본 일이 없어요. 그리고 도저히 사랑할 수 없을 것이라고 생각해요." 그는 슬프게 이런 말도 하였다. "아마 무엇보다도 이런 것에 거짓말을 하는 것이 시방 내게는 제일 이로운 것이에요. 해도 내게는 얼마 되지 않는 것이지만 그런 거짓말은 할 수 없는 염치는 아직 남았어요. 만일 내가 당신을 사랑했다면 당신한테 그런 것을 올리는 가장 좋은 이유가 내게 있을 거예요. 해도 나는 당신을 사랑하지 못하니까요."

사나이는 마치 이 장면이 그 마음에 그 양심에 혹은 또 그 점잖은 체모에 무슨 압박이라도 주는 것처럼 괴로운 숨을 쉬었다.

"그런데 대단히 우울한데, 테스 나는 이제 당해서 당신이 비위를 맞춰 알랑

거릴 필요도 없으니까 밝히 말하지만 그렇게 슬퍼하지 않아도 좋지 않아. 당신은 귀천을 막론하고 이 지방 어느 여자보다도 용모의 어여쁜 것으로 지지 않을 게야…. 그런데 테스 나한테 다시 돌아가지 않을 테야? 참 정말이지 나는 이렇게 보내고 싶지 않아!"

"아니요, 안 돌아가요! 나는 저, 좀 더 일찍 떠났어야 할 것을— 알자 곧 작심했어요. 나는 아무래도 돌아가지는 않아요."

"자 그러면 잘 가요, 넉 달 동안의 사촌— 잘 가."

사나이는 휘뜩 말에 올라타고 고삐를 가다듬었다. 그리고는 새빨간 열매가 달린 생마주 속으로 사라져 버렸다.

테스는 그 뒤를 바라보지도 않고 조용히 구부러진 길을 천천히 돌아 내려갔다. 아직 이른 아침이어서 해는 겨우 산마루를 떠났으나 가까이 사람의 그림자는 보이지 않았다. 슬픈 시월과 더 슬픈 자기가 이 좁은 길을 헤매는 두 존재와 같이 생각되었다.

그러나 그가 걸어가노라니까 그 뒤로 사나이의 발자국 소리가 났다. 걸음은 재어서 사나이는 어느덧 그의 뒤로 가까이 와서 그가 정신도 차리기 전에 "안녕히 주무셨습니까." 하고 말하였다. 그 사나이는 무슨 직공같이 보였다. 그리고 그 손에는 붉은 페인트가 들은 뿌리기 병을 들었다. 사나이는 의무적으로 채롱이를 들어다 줄까 하고 그에게 물었다. 그는 그러라고 하는 대로 내어두고 같이 걸어갔다.

"이런 안식일에 벌써 나다닌다는 건 좀 이른 데요!" 그는 쾌활하니 말했다.

"네." 테스는 대답했다.

"대개는 다 보통 때 일하다 쉬는 땐데."

그는 또 이 말에도 그렇다고 하였다.

"하기는 나는 보통 때보다도 오늘 정말 일을 하기는 하지만."

"그러세요?"

"보통 때에는 내내 사람들의 영광을 위하여 일을 하고 그리고 일요일에는 하느님께 영광을 돌리도록 일을 하지요. 그래 이쪽이 다른 것들보다 더 정말이거든─ 안 그래요? 이 층대에서 조금 할 일이 있는데." 이렇게 말하고 사나이는 목장으로 통한 길가의 공지로 향하였다. "조금만 기다려 주시지 못하겠소?" 하고 그는 말을 더 붙였다. "곧 될 테니까요."

그는 사나이가 채롱이를 든 탓에 그대로 할 수밖에 없었다. 그는 사나이를 바라보면서 기다렸다. 사나이는 채롱이와 뿌리기 병을 내려놓고 병 가운데 있던 붓을 내어서 페인트를 뒤적이더니 판장 셋으로 된 층대 맨 가운데 판장에 크다란 글자를 쓰기 시작하였다. 마치 이 글자를 읽는 사람으로 하여금 잠깐 생각하게 하고 그리하여 그들의 마음속에 깊이 박히도록 하려는 듯이 글자 뒤마다 점을 치면서─

저희, 멸망은, 자지, 않는다. 「베드로 후서 제이장 삼편」

고요한 풍경, 키 밭은 나무들의 창백한 황량한 빛깔, 지평선 위의 푸른 공기 그리고 이끼 낀 층대의 판장을 배경으로 하고 타는 듯한 꼭두서니 빛 글자들은 째듯이 빛났다. 그것들은 혼자 소리치며 주위의 대기를 울려놓는 듯하였다. 어떤 사람은 이 추한 광경─ 한때 흥성할 때에는 교묘하니 인류에게 봉사도 한 신앙개조(簡條)의 마지막 기괴한 모양을 보고는 "아! 비참한 신학(神學)이여!" 하고 외쳤을는지도 모른다. 그러나 이 글자들은 테스의 가슴에 들어박혀서 그를 책망하는 듯한 두려움을 주었다. 마치 이 사람은 그 최근의 사정을 다 아는 듯하였다. 하나 그는 전연 모를 사나이였다.

사나이는 할 일을 다 하고는 채롱이를 집어 들었다. 테스는 또 기계적으로 그 옆에서 걸어갔다.

"당신은 이 자 쓰신 것을 믿으세요?" 그는 나지막이 물었다.

"그 말구를 믿느냐고? 제가 제 존재를 믿는다고 할 수도 있을까!"

"그러나" 하고 테스는 떨리는 소리로 말했다. "만일 당신이 죄를 지었는데 그것이 당신이 구해서 그런 것이 아니라면요?"

사나이는 머리를 흔들었다.

"이런 급박한 문제를 세세히 이야기할 수는 없소." 하고 말했다. "나는 지난여름 이 지방 구석구석 담이란 담 문이란 문 층대란 층대엔 이 글귀를 쓰면서 몇 백 마일을 걸었소. 이 말의 해석은 이것을 읽는 사람에게 맡겨버리세요."

"난 무서운 말이라고 생각해요." 테스는 말했다. "사람의 마음을 짓부수는 —죽이는! 신은 내가 쓰는 제일 혹독한 놈을 읽지 않아서는 아니 되오 — 나는 이것을 빈민굴이나 항구에서 쓰려고 둔 건데. 그것은 당신을 태우듯 구불덕시게 할 것이오! 시골 지방에 쓴다고 해도 좋은 말이 아닌 것은 아니나… 아 — 저기 그냥 쓸데없이 서있는 창고 옆에 꼭 좋은 빈 담이 있소. 저기 하나 써야겠군 —당신같이 위험하게 젊은 여자들이 주의를 해서 좋을 놈을 하나. 아씨 좀 기다리겠소?"

"싫어요." 하고 그는 말했다. 그리고는 채롱이를 집어 들고 무겁게 걸어갔다. 얼마 가서 그는 돌아다보았다. 다 낡은 회색 담은 이때까지 일찍이 그런 요구를 당해본 일이 없는 이상한 낯설은 꼴을 하고 첫 번 것과 같은 격렬한 글자를 나타내기 시작하였다. 그는 그 사나이가 한 절반까지 쓴 글귀를 읽고 그리고 그것이 어떤 글귀가 될 것임을 깨달은 때 그의 얼굴은 갑자기 붉어졌다 —

너는, 범(犯), 하지, 말아라—

쾌활한 길동무는 그가 바라다보는 것을 보고, 붓을 멈추고 외쳤다—

"만일 당신이 이 중대한 일에 대하여 교훈을 받고 싶거든 시방 가는 마을에 오늘 자선설교를 하는 대단히 열심 있는 좋은 이가 있소 — 에민스터 클레어라고 하는 이인데 나는 지금은 그의 신도가 아니지만 그는 퍽 좋은 이오. 그리고 내가 아는 목사치고 그이만큼 설교를 잘하는 이가 없소. 내게 이 일을 하게 한 것도 실상은 그이오."

그러나 테스는 대답하지 않았다. 그는 가슴이 울렁거려 땅만 내려다보면서 다시 걷기 시작하였다. "흥! 하느님이 그런 말씀을 했다고 난 믿지 못해!" 얼굴이 붉어졌던 것도 없어진 때 그는 경멸하듯이 중얼거렸다.

아버지의 집에서 굴뚝으로 희미한 연기가 떠오르는 것을 보고는 그의 마음은 아팠다. 집안에 들어간즉 이 방안의 광경은 더욱 그 마음을 아프게 하였다. 바로 위층에서 날아왔던 그 어머니는 조반 물을 끓이는 주전자에 껍질 벗긴 굴밤나무 가지에 불을 지피다가 인사를 하려고 노변에서 그쪽을 돌아다보았다. 어린아이들은 아직 위층에 있고 그 아버지도 아직 아래로 내려오지 않았다. 일요일 아침이라 한 반 시간 더 자도 좋다고 생각한 것이었다.

"아— 테스!" 어머니는 냉큼 놀라 뛰어들어 딸에게 입을 맞추면서 외쳤다.

"웬일이냐 너? 네 앞에 마주서기까지는 넌 줄 못 알아보았구나! 시집갈 이야기하러 왔니?"

"아니에요, 그 때문에 오지 않았어요, 어머니."

"그럼 쉬려?"

"네— 쉬려요, 오래 쉬려요." 테스는 말했다.

"뭐, 너의 사촌이 좋게 해주려고 아니 해?"

"그는 제 사촌이 아니에요, 그리고 저하고 결혼하려고도 생각지 않아요."

그 어머니는 그를 물끄러미 보았다.

"자 죄다 이야기 해봐라." 어머니는 말했다.

그러자 테스는 어머니한테가 붙어서 그 목에 얼굴을 얹고 모든 것을 이야기하였다.

"그런데도 너는 그 사람에게 결혼하도록 아니 했니?"

그 어머니는 거듭 또 말했다. "그렇게 된 바에야 너 밖에서 어디 누구나 다 그렇게 할 게다!"

"아마 어느 여자나 다 그렇게 했을 거예요, 해도 난 달라요."

"네가 그렇게만 하고 돌아왔더라면 좋은 선물 이야기가 되었을 걸 그랬구나." 더비필드의 마누라는 분해서 울먹울먹하며 말을 이었다. "너와 그 사람과의 일은 이곳에서도 여러 가지 소문이 들리는데 그것이 이렇게 될 줄이야! 너는 네 몸 하나만 생각하지 말고 왜 좀 집에 이득이 되도록 하려고 하지 않았니? 좀 봐라, 나는 이렇게 밤낮 일을 하지 않으면 안 되고 그리고 너의 아버지는 염통이 기름으로 꼭 막히지 않았냐. 나는 꼭 너한테서 무슨 좋은 소식이 올 줄로만 바라고 있었구나. 넉 달 전에 너희들이 함께 마차를 몰아가든 때 너와 그 사람과는 참 어여쁜 부부이기도 하다고 생각했더니! 그 사람이 우리 집에 보낸 것을 좀 봐라— 그것도 다 우리가 그 사람이 친척인 탓이라고 우리는 생각하고 있었다. 그러나 그가 친척이 아니라면 그것은 너를 좋아해서 그런 것이 아니냐, 그런데도 너는 그 사람을 결혼하도록 만들지 않았다니."

알렉 더버빌을 자기와 결혼하도록 만든다! 그 사람이 자기와 결혼한다! 결혼 같은 것에 대해서는 그 사람은 한마디도 입 밖에 낸 일이 없다.

그러나 그 어리석은 어머니는 그 사람에게 대한 이때의 테스의 마음을 조금도 몰라주었다. 아마 그것은 이런 경우에는 좀 드문 마음이어서 불행하여 설명할 수 없는 것이었을 것이다. 그러나 그런 것이 있었다. 그리고 자기도 말하듯이 이것이 자기 자신에 실증을 내게 하는 것이었다. 그는 마음으로 그 사나이를 생각해본 일이 없다. 지금 당해서 그는 그 사나이를 조금도 생각에 두지 않는다. 그는 그 사나이를 무서워하였다. 그 앞에서 외축하였다. 자기의 무력한 것을 교묘히 이용하는 데 굴복하였다. 그리고는 한때 그의 간절한 태도에 눈이 어두워 조금 마음이 흔들리고 그만 아무 영문도 모르고 사나의의 마음대로 되었던 것이다. 이것이 다였다. 그 사나이를 아주 미워한 것도 아니었다. 그에게는 그 사나이는 먼지나 재와 같았다. 그는 자기의 이름을 더럽히지 않기 위해서라도 그와 결혼할 수는 없었다.

"그 사람의 아내가 될 생각이 없었더라면 너는 좀 더 몸조심을 해야만 되었을 걸."

"아— 어머니" 하고 딸은 너무나 안타까워서 그 작은 가슴이 터지기나 하는 듯이 어머니 쪽으로 돌아서서 외쳤다. "제가 글쎄 어떻게 그런 것을 알았겠어요? 넉 달 전에 제가 이 집을 떠나갈 때에는 저는 철없는 아이가 아니었어요. 사나이라는 건 무서운 것이라고 어머니는 왜 일러주지 않으셨어요? 귀부인들은 소설을 읽어서 이런 함정이 있는 줄을 알고 그것을 막을 줄 알지만 제게는 그렇게 해서 알 기회도 없었고 어머니도 제게 그런 걸 넣어주지 않지 않았어요!"

그 어머니는 그만 굴복하였다.

"나는 그 사람의 그 정 많은 마음과 그 때문에 어떻게 될 것인가 하는 것을 네게 말하면 너는 그 사람을 너무 없이 보아서 기회를 놓쳐버리지나 않을까 하고 생각했었구나."

하고 그는 앞치마로 눈을 씻으며 이렇게 중얼거렸다. "뭐, 할 수 없지. 결국 다 자연히 그렇게 나는 걸. 그저 하느님 마음이신 걸!"

13.

테스 더비필드가 그이 가짜 친척 집에서 돌아왔다는 사건은 널리 소문이 퍼졌다. ─ 일 마일 사방쯤 되는 고장에서 소문이란 말이 너무 크게 떠벌리는 말이 아니라면. 그날 낮 지나서는 테스의 옛날 학교 동무들인 말로트 마을의 처녀들 몇이 뛰어난 정복(征服)을 하고 온 사람(그들은 그렇게 상상하였다)을 방문하는 데 어울리도록 풀칠을 하고 다림질을 한 나들이옷을 입고 그를 찾아와서는 모두 신기한 눈으로 그를 바라보면서 방 가운데 빙 둘러앉았다. 그것은 그와 연애에 빠져버린 사람이 시골사람과 달리 신사이고 분별 있는 하이칼라요 여자의 속을 잘 태우는 사람이라는 소문이 트란트리지에 닿은 지경을 넘어서 퍼지기 시작하였던 그 소위 먼 친척이라는 알렉 더버빌이라고 해서 여러 사람이 상상하는 테스의 지위는 냉정함이 있기 때문에 그 반대로 그것이 안전하였더라면 일으킬 수 있었을 것보다도 퍽 더 높은 매력이 있었다.

그들은 대단히 깊은 흥미를 느껴서 그 중에도 더 어린 처녀들은 테스가 뒤로 향할 때면 소군거렸다.

"참 예쁘기도 해. 저 좋은 웃옷이 어쩌면 저렇게 돋보이게 할까! 여간 값이 많은 게 아니야, 그리고 저건 그 사나이가 선물한 게야."

테스는 구석 천장에서 차 그릇을 내리려고 하였던 탓에 이 비평을 듣지 못하였다. 만일 그가 들었더라면 그는 곧 여기 대한 그 동무들의 오해를 풀었을 것이었다.

처녀들이 자자한 이야기며 웃음이며 유쾌한 풍자며 그리고 무엇보다도 때때로 번긋번긋 보이곤 하는 그들의 부러워하는 마음에 끌려서 테스도 도로 기운을 얻게 되었다. 그리고 저녁이 가까워 오는 데 따라 여럿의 흥분에 감염이 되어서 그는 명랑하게 되었다. 대리석과 같은 굳은 맛이 얼굴에서 사라지고 그리고 그는 얼마큼 옛날의 활발한 걸음으로 움직이고 앳된 아름다움이 있는 대로 빛났다.

때때로 깊은 생각에 있는 데도 불구하고 그는 사나이로부터 사랑을 구해오는 데 대해서 얻은 자기의 경험이 얼마큼 부러울 만한 것을 스스로 인정이나 하는 듯이 그는 우월한 태도로써 처녀들의 질문에 대답하였다. 그러나 그는 지나간 옛날을 그리워하는 것은 아닌 탓에 그 환형도 번개같이 지나갔다. 그리고는 차디찬 이성이 살아나서 그의 결정 못하는 약점을 비웃었다.

그리하여 그 이튿날 아침 날이 밝으려 할 때의 테스의 낙담이란 말할 수 없었다. 이제는 벌써 일요일은 아니고 월요일이었다. 제일 좋은 옷도 아니고 웃고 야단하던 방문객들도 다 가고 그리고 그는 옛날대로 있는 그의 침대에서 혼자 잠을 깨었다. 자기의 주위에서는 아무 것도 모르는 천진한 아이들이 고요한 숨을 쉬며 잠을 잤다. 그가 돌아온 대문에 생겼든 흥분과 또 이 흥분이 빚어낸 흥미라는 것은 다 사라지고 그 대신 자기 앞에는 아무 도움도 없이 또 아무 동정도 없이 자기 혼자 걸어가야 할 돌설렝이 길이 보였다. 이때 그는 한없이 우울해져서 무덤이라도 있어서 그럴 수만 있다면 그 안에 몸을 감추고 싶었을 지경이었다.

두서너 주일이 지나가는 동안에 일이 있으면 밖에도 나갈 만치 기운을 돌이킨 그는 어느 일요일 아침 예배당으로 갔다. 그는 자기 혼자의 이유로 해서 되도록 사람의 눈에 띄지 않게 또 젊은 사나이들의 가까이 구는 것도 피하기 위해 아직 아침 종이 울기 전에 떠나가서는 특별석 아래 늙은 영감이나 노파들만이 앉아 있는 곳에 자리를 잡았다. 그러나 예배당 안에서도 그를 본 마을 사람들은 모두 숙덕숙덕 이야기들을 하였다. 그는 그들이 무엇을 숙덕거리는지를 알고 불쾌해졌다. 그리하여 다시는 예배당에도 오고 싶은 생각이 아니 났다.

테스가 아이들과 같이 차지한 침실은 이전보다도 퍽 오래두고 그의 피난소가 되었다. 이 이삼 야드가 될까 한 초가집 한 방에서 그는 바람과 눈과 비와 눈부시게 지는 해와 그리고 달마다 오는 보름달을 바라보았다. 이렇게 그는 언제나 방에만 들어 있어서 나중에는 누구나 다 그가 어디로 가고 없다고 생각하게 되었다.

테스가 이때에 한 운동이라고는 어두워서 하는 산보였다. 그리고 그가 조금도 고독을 느끼지 않는 때라고는 이때 나무 수풀 속에 들어갈 때였다. 살아 있다는 상태가 점점 희박해져서 아주 극히 적어서 벌어지는 때가 이 빛과 어둠이 서로 교착하는 때였다. 그는 어둠이라는 것을 무서워하지 않았다. 그가 애오라지 생각하는 것은 인간이라는 것 — 아니 그것은 차라리 모이면 무서우나 하나하나씩 떼어놓으면 조금도 무섭지 아니한, 불쌍하기도 한 세상이라고 부르는 차디찬 누적물(累積物)을 피하려는 것이었다.

그러나 인습의 부스러기 위에 기초를 두고 그의 마음대로 지은 환경은 그가 질색으로 싫어하는 환형과 소리가 떠나지 않고 있어서 그것은 테스의 공상에서 생긴 슬프고 잘못된 산물이었다. — 그것은 그가 아무 이유 없이 무서워 떨던 도덕의 요귀의 한 떼였다. 현실 세계와 조화되지 않는 것은 그들이고 그는 아니었다. 생나무 울타리 속에서 잠자는 새들의 소근거리는 것을 들으며 달빛 어린 양 토장을 뛰어다니는 토끼를 바라보며 꿩이 앉은 나뭇가지 아래 서면서 그는 자기 자신을 '죄 없는 자'의 집에 들어온 '죄 있는 자'의 모양으로 여겨 경멸하였다. 그러나 그는 아무 다른 것이 없는데 구별을 지었다. 그는 다른 사람과 반대가 된다고 생각하면서도 완전히 조화가 되었다. 그는 세상에서 다 인정하는 사회의 법칙을 억지에 못 이겨 깨뜨려 버리도록 되었으나 그러나 자기 자신을 대단한 이분자(異分子)라고 생각하는 환경에 통용되는 법칙은 조금도 깨트리지 못하였다.

14.

어느 안개 깊은 팔월 새벽이었다. 밤사이의 짙은 안개는 따사한 햇볕의 공격

을 받아서 양의 털처럼 흩어지고 또 줄어들어서 골짜기와 수풀 사이로 밀려와
서는 예서 흔적도 없이 사라지기를 기다렸다.

해는 안개 때문에 신기하니 감정이 있는 사람의 표정을 하고 그것을 적당히
표현하기 위하여 남성 대명사를 요구하였다.

조금 지나서 햇빛은 농가의 덧문 짬으로 숨어 들어가서 찬장과 장과 그밖에
여러 가지 세간 위에 새빨갛게 달은 부젓가락과 같은 광선을 던지고 아직 일어
나지 않은 갈꾼들을 깨워놓았다.

그날 아침 모든 붉게 빛나는 것들 가운데서 가장 빛난 것은 말로트 마을에
가까운 황금빛 밀밭 가에 선 폭넓은 페인트칠한 두 대의 완목(腕木)이었다. 그
것은 그 아래에 있는 두 대의 다른 완목과 함께 오늘 작업의 준비로 전날 밤 이
밭에 가져온 회전하는 말타 십자형의 수확기계를 이루었다. 그것은 칠한 페인
트는 햇빛을 받아서 강렬한 빛깔이 되어 마치 불바다에 잠긴 듯하였다.

밭은 이미 열려 있었다. 즉 말과 기계가 처음으로 지나갈 길을 내려고 밭 옆
술가리로는 밀 속으로 두세 자 너비로 작은 길이 난 것이었다.

동쪽 울타리 꼭대기의 그림자가 서쪽 울타리의 중턱에 칠 때 어른들과 젊은
아이들이 한 패가 되고 여자들이 한 패가 되어서 이 두 패가 발밑은 아직 어뜩
한데 머리에는 햇빛을 받으며 좁은 길로 내려왔다. 그들은 이 소로에 가장 가까
운 발문에 서있는 두 돌기둥 사이로 들어가서 보이지 않았다.

이윽하여 안쪽으로 실솔의 짝을 부르는 소리 같은 씨르륵씨르륵 하는 소리
가 일어났다. 기계는 운전을 시작하였다. 세 마리의 말과 앞서 말한 길다란 덜
컥거리는 기계가 줄을 지어 움직여 나가던 것이 문 너머로 보였다. 수확기계의
완목은 느릿느릿 돌면서 마차 전체가 밭 한쪽을 따라 나갔다. 그리하여 그것은
곧 언덕을 내려가 아주 보이지 않았다. 그러나 볼 동안에 기계는 또 밭 다른 쪽
을 먼지와 같은 속력으로 올라왔다. 먼지를 두들기자 그림자 위로 앞선 말의 이
마에 번득거리는 놋별이 보이고 그 다음에는 빛나는 팔대가, 그리고는 기계 전
체가―.

밭을 둘러싼 드덜기가 보이는 좁은 소로는 수확기계가 한 번 돌아갈 때마다

넓이가 넓어졌다. 그리고 아침이 가는데 딸이 서 있는 밀의 면적은 자꾸 좁아졌다. 집토끼며 멧토끼며 뱀이며 들쥐며 생쥐들이 그곳이 참으로 짧은 동안의 피난소라는 것도 모르고 또 조금 뒤 낮때가 되면 그들을 기다리고 있을 운명이 어떤 것인지도 모르고 마치 성 안으로 들어가듯이 자꾸 밀이나 뒤섞여 쓸어 몰려서 나중에 채 베지 않은 이 몇 야드의 밀도 또 틀림없이 나오는 수확기계의 이빨 아래 넘어가버리고 말아 누구나 모두 갈꾼들의 몽치며 돌에 맞아 죽는 것이었다.

수확기는 그 뒤로 꼭 한 단 되리만큼씩 알맞게 조금씩 밀을 쌓아놓고 지나갔다. 그것을 뒤로 부지런히 묶어가는 사람들이 손에 쥐는 것이다. 이것은 대개는 여자들이 하는데 그 중에는 갱사(更紗) 셔츠를 입은 사나이들도 더러 섞여 있다.

그러나 이 단 묶는 사람들 가운데서 가장 흥미를 자아내는 것은 여자들이었다. 그것은 여자들이 자연의 한 부분이 되고 예사 때와 같이 자연 속에 놓여진 한 개의 물체뿐이 아니 되는 때에 생기는 매력 때문이었다. 벌에 있는 사나이는 밭에서 일을 하는 사람이나 벌에 있는 여자는 밭의 한 부분이다. 그들 여자는 자기의 윤곽을 얼마큼 잃고 그 주위의 요소를 흡수하여 이것과 동화되어 버렸다.

여자들—대개 다들 젊었으나 차라리 처녀들이라고 부르는 것이 났다—은 크다란 해를 가리는 너풀너풀하는 너술개가 달린 무명으로 된 챙 없는 모자를 쓰고 손에는 드덜기에 상하지 않도록 장갑을 끼고 있었다. 연분홍 짧은 웃저고리를 입은 군, 소매통을 좁히린 엷은 누런빛 긴 웃저고리를 입은 군, 수확기계의 팔대처럼 새빨간 치마를 입은 군도 있었다. 그리고 나이 많은 군들은 갈색의 굵은 라샤의 외투를 입고 있었다. 오늘 아침에는 사람들의 시선이 모두 자연히 연분홍 짧은 무명 웃저고리를 입은 처녀 쪽으로 갔다. 그것은 이 여자가 여럿 가운데서도 가장 몸매가 곱고 용모가 어여쁘기 때문이었다. 그러나 눈썹 위에까지 모자를 깊숙이 내려 쓴 탓에 그가 밀단을 묶는 동안에는 얼굴은 조금도 보이지 않았다. 그러나 그 얼굴의 윤기는 모자의 너술개 아래로 한 오리 두 오리 처진 짙은 갈색의 머리칼로도 짐작할 수가 있었다. 아마 그가 때때로 여러 사람들의 주의를 끄는 한 가지 이유는 다른 여자들이 늘 주위를 둘러보는데 이 여자만은 아예 다른 사람들의 주의를 구하려 하지 않는 것인지도 몰랐다.

시계와 같이 단조롭게 그는 단을 묶어갔다. 금방 묶어놓은 단에서 그는 이삭을 한 줌 뽑고 왼손으로 그 우두머리를 살짝 쳐서 가지런히 한다. 그리고는 낮게 굽어 서서 앞으로 나가며 두 손으로 밀을 두릅에 대고 긁어놓고 장갑 낀 왼손을 단 아래로 돌려서 바른손과 저쪽에서 서로 만나게 하여 마치 연인이나 껴안는 듯이 밀단을 안는다. 그는 새끼 끝을 모아서 단을 묶는 동안에 그 위에 무릎을 꿇고 때때로 살랑 바람에 너풀거리는 치마귀를 바로 여미고 한다. 그의 긴 장갑의 가죽과 웃옷의 소매 사이로 벌거숭이 팔이 조금 내다보인다. 그리고 해가 가는 데 따라 그 부드러운 살결이 드딜기에 다쳐서 피가 난다.

때때로 그는 일어서서 조금씩 쉬며 헤적한 앞치마를 다시 모으고 모자를 바로 잡아 당겨 쓰기도 한다. 이때에야 새까만 눈과 닿는 대로 무엇에나 하소하는 듯이 매어 달리려는 듯한 길고 많은 머리 태래를 들이우고 있는 어여쁜 젊은 여자의 닭알같이 개우스름한 얼굴을 볼 수 있다. 그 뺨은 해쓱하고 잇새도 바르고 시골서 자라난 처녀들에게서 보는 것보다도 빨간 입술도 엷었다.

이것이야말로 테스 더비필드, 달리는 더버빌인, 어딘지 달라진─ 같은 한 사람이면서 그러나 같은 한 사람은 아닌, 그 사람이었다. 그가 몸을 붙이고 있는 이 고장은 타관은 아니지만 현재 그의 모양으로 보면 한낱 사람이나 타관 사람으로서 지나는 까닭이었다. 그는 오랫동안 집안에 틀어박혀 있다가 농가로서는 일 년 중 가장 바쁜 기절이 되어서 얼마 동안은 집안에서 하는 어떤 일보다도 벌에서 갈을 하는 것이 벌이가 좋은 탓에 그는 고향의 마을에서 바깥일을 하기로 결심을 한 것이었다.

다른 여자들의 동작도 다소 테스와 비슷하여서 각자가 한 단씩 묶어놓고는 여럿은 네패 무도의 춤을 추듯이 다 모여 서서 서로 자기 단의 끝을 다른 사람의 단에 대어 세우는데 이리하여 열 단 혹은 열두 단의 낟가리, 즉 이 지방 말로는 한 무더기가 되었다.

그들은 조반을 먹으러 갔다가 다시 돌아왔다. 그리하여 일은 또 전대로 진행되었다. 열한시가 가까워오자 테스를 유심히 보던 사람은 그가 단을 묶는 손을 놓지는 않았으나 그 시선을 자로 무엇을 그리워하는 듯이 언덕 꼭대기로 보내는 것을 보았을 것이다. 드디어 그 시각이 다 되자 여섯 살로 열네 살쯤까지의 아이들의 한 패가 드덜기 설렝이의 언덕 두두룩한 곳에 머리를 드러냈다. 테스의 얼굴은 조금 붉어졌으나 그래도 종내 일을 멈추지 않았다.

여기 온 아이들 가운데 제일 나이가 위인 계집아이는 삼각형의 목도리를 걸고 그 끝을 드덜 기슭에 즐즐 끌면서 얼른 보면 인형인 듯이 보이는 것을 두 팔에 안고 오는데 그것은 사실 긴 강보에 싼 갓난아이였다 다른 한 아이는 점심을 가져왔다. 가을하던 사람들은 일을 멈추고 준비해둔 점심을 꺼내놓고 낟가리에 기대 주저앉았다. 여기서 그들은 먹기를 시작하여 사나이들은 흔더분하니 사기병을 주고받고 하며 잔을 돌렸다.

테스 더비필드는 맨 나중까지 일을 하던 사람이었다. 그는 다른 사람들로부터 얼마큼 외면하고 낟가리 끝에 앉았다. 그가 앉아버린 때에 토끼가죽 캡을 쓰고 빨간 손수건을 허리띠에 끼운 사나이가 낟가리 너머로 그에게 맥주잔을 내밀며 먹으라고 권하였으나 그는 받지 않았다. 그는 점심을 펴놓자 곧 동생인 큰 계집아이를 불러서 어린애를 받았다. 그 동생아이는 짐을 내려놓은 것이 좋아서 다음 낟가리로 가서 게서 놀고 있는 다른 아이들 속에 들어갔다. 테스는 묘하니 남의 눈을 끄는 듯한 그러나 또 용감한 동작으로 그러면서도 점점 얼굴을 붉히면서 웃저고리 단추를 열고 어린것에게 젖을 빨리기 시작하였다.

그와 가장 가까이 앉았던 사나이들은 사정 있게 밭 저쪽으로 얼굴을 돌리고 더러는 담배를 무는 사람들도 있었다. 한 사나이는 술을 좋아하는데 정신이 없어서 한 방울도 나오지 않는 병을 슬프게도 두들기고 있었다.

테스를 내어놓고는 다른 여자들은 모두 즐거이 이야기들을 하고 또 헝크러진 머리 매듭을 다스리기도 하였다.

어린아이가 배불리 젖을 먹고 나자 이 나이 어린 어머니는 무르팍 위에 곧추 세우고 물끄러미 먼데를 바라보면서 침울한 얼굴로 거의 미움에 가깝게 냉담하니 아이를 얼렀다. 그리다가 갑자기 아무리 해도 견디지 못하겠다는 듯이 몇 십 번이고 맹렬하니 아이의 입을 맞추었다. 어린아이는 정열과 경멸이 이상하게도 뒤섞여진 이 맹렬한 공격에 그만 울기 시작하였다.

"정말로 아이를 미워하는 듯이 굴고 갓난아이와 같이 무덤 속에 들어가 버리고 싶다기도 하지만 역시 저 사람은 아이가 좋아 그래요." 빨간 치마를 입은 여자가 말했다.

"이제 그런 소리 쏙 들어갈 걸 뭐." 하고 엷은 누런빛의 여자가 대답을 하였다. "이상도 한 일이지, 언제나 사람은 자연히 저런 일에 익숙해버리고 만다는 게 말이야!"

"이렇게 되기까지는 얼마큼 후린 것만도 아니라고 생각되는데. 작년 어느 날 밤에 체이스 수풀 속에서 누가 느껴 우는 소리를 들었다고 하는 사람도 있더만, 해도 그때 어느 동무라도 그곳에 갔었더라면 어떤 양반 하나 좀 혼이 났을는지도 몰라."

"후린 것만 아닌지 어떤지는 고사하구 글쎄 다른 사람도 많은데 저 여자가 이런 경우를 당했다는 건 참 가엾어. 하지만 이렇게 되는 건 언제나 얼굴이 예쁜 것 만인데. 못난 것들이야 예배당처럼 안전하지─어쩨, 제니? 말하던 사람은 여럿 가운데서 그 어느 한 사람을 돌려보았는데 그는 분명히 못생겼다고 해도 할 수 없는 여자였다.

참으로 가이없는 일이었다. 시방 그곳에 앉아 있는 테스를 보고는 그의 원수라고 해도 그렇게밖에 달리 느낄 수는 없었다. 그 꽃 같은 입, 까맣지도 푸르지도 회색빛도 자줏빛도 아닌 큼직하고 부드러운 눈, 차라리 이 모든 빛깔과 또 그에 여러 빛깔을 혼합한 듯한, 누구나 그의 까만 자위를 들여다보면 볼 수 있는─그림자 뒤에 또 그림자가 있는─빛 위에 또 빛이 있는─것이 밑이 없는 눈동자를 싸고 있었다. 그 일족으로부터 물려받은 부주의한 성격만 아니라면 거의 여자의 표본이었다.

그의 마음에 갑자기 떠오른 결심으로 해서 몇 달 만에 이 주일 처음으로 그는 벌로 나왔다. 단 혼자 외로이 아무 세상 경험이 없는 탓에 생각할 수 있던 여러 가지 후회의 수단으로 그의 울렁거리는 가슴을 지치게 하고 약하게 만든 뒤에 곡식이 그의 마음을 밝게 하였다. 그는 다시 쓸데없는 사람이 되는 것이 낫다고 생각하였다― 어떠한 희생을 하면서라도 새롭게 독립한다는 맛을 맛보려고 생각하였다. 일은 지나간 것이다. 그것이 어찌했건 이제 가까이는 있지 않다. 그 결과가 어쨌든 시간이 그를 덮을 것이다. 한 이삼 년 만 지나면 그런 것이 언제 있었더냐 하듯이 되고 자기 자신도 풀 속에 숨어서 잊어버려질 것이다. 그러나 나무는 예대로 푸르고 낯익은 주위는 그의 슬픔 때문에 어둡지도 않고 그의 괴로움 때문에 마음이 병들지도 않았다.

그는 지금까지 이렇게 그의 머리를 숙이게 한 것―자기의 경우에 대한 세상 사람들의 관심을 생각하는 것―이 어떤 환영(幻影) 위에 서있는 것임을 깨달았는지 모른다. 그는 그 자신밖에 다른 사람들에게 대해서는 아무런 존재도 경험도 정열도 감정의 기계도 아니었다. 다른 모든 인간에게는 테스는 오직 한 지나가는 생각에 지나지 않았다. 만일 그가 바로 방금 이름 없는 아이의 어머니로서밖에는 아무 경험이 없는, 남편 없는 어머니로써 태어난다면 이런 경우도 그를 절망하게 할 수 있을까? 아니다, 그는 고요하니 이 경우를 받아들이고 그 속에서 즐거움을 찾을 것이다. 그의 불행의 대부분은 그의 인습적인 마음으로 해서 생기는 것이요 그의 타고난 감정으로부터 생기는 것이 아니었다.

테스는 어떻게 이유를 붙였든지 간에 좌우간 어떤 정신이 그를 예전처럼 옷도 단정히 입게 하고 그리고 바로 이때 갈 하는 손이 대단히 바르고 해서 그를 밭으로 나오게 한 것이었다. 이런 까닭으로 해서 당돌하니 몸을 가지고 어린아이를 팔에 안았을 때라도 때때로 그는 침착하니 다른 사람의 얼굴을 바로 본 것이다.

갈하던 사나이들은 밀 낟가리에서 일어서서 사지를 펴고 담뱃대의 불을 껐다. 마구를 벗기고 여물을 먹고 난 말은 다시 주홍빛 기계에 매였다. 테스는 급히 점심을 먹고는 동생을 불러서 어린아이를 주고 웃옷의 단추를 채우고 다시 가죽 장갑을 끼고 다시 몸을 굽혀서 맨 마지막에 묶은 단으로 다음 단을 묶을 새끼를 빼내었다.

오후에도 저녁에도 오전 중과 같은 일이 계속되었다. 테스는 이 갈꾼들의 한 패와 같이 어둡도록 있었다. 그리고는 그들은 모두 제일 큰 마차 한데에 올라타고 동편 지평선으로 떠오른 쟁반 같은 흐린 달을 길동무하여 돌아왔다. 달은 마치 좀먹은 토스카나 성자(토스카나 시에 있는 교회의 성자)의 낡아빠진 금박한 후광(後光)과도 같았다. 테스의 여자 동무들은 노래를 부르고 그에게 대단히 동정을 하여 그가 다시 문밖에 나타난 것을 기뻐하였다. 하기는 그들은 즐거운 푸른 숲속에 들어가서 모든 것이 달라져서 나온 처녀를 두고 부른 노래를 한두절 장난으로 섞어 부르는 것을 그만두지는 않았다. 동무들이 다들 이렇게 친절하게 해줘서 그는 자연히 자기의 신세를 잊어버리게 되고 동무들의 씩씩한 기운에 물이 들어서 그는 아주 유쾌해졌다.

그러나 이번에는 그의 도덕적 슬픔이 가려고 하는 한편에 사회의 법칙 같은 것과는 아무 관계도 없는 새로운 슬픔이 어머니로 쪽에 생겼다. 그가 집으로 왔을 때 어린아이가 그날 오후부터 갑자기 앓는다는 슬픈 소식을 들었다. 어린아이가 체질이 퍽도 약했던 탓에 이런 일이 있지나 않을까 하고 염려하던 일이었으나 역시 이것은 그에게 큰 타격이었다.

이 젊은 어머니는 갓난아이가 세상에 나옴으로 해서 사회에 대하여 범한 죄를 잊어버렸다. 이 어린아이의 목숨을 오래 보존해서 그 죄를 계속해가고 싶은 것이 그의 마음으로의 소망이었다. 그러나 그가 불안한 마음으로 예상하던 것보다도 이 육신의 죄인이 해방되는 시기가 더 빨리 오리라는 것이 분명하게 되었다. 그가 이것을 안 때에 그는 어린아이를 잃어버렸다는 것보다도 퍽 더 큰 어떤 슬픔에 잠기었다. 어린아이는 아직 세례를 받지 않았다.

그는 자기가 범한 일로 해서 화형을 당하지 않아서는 아니 된다면 응당 화형도 당해야 할 것이리라. 그리하여 만사는 다 끝장이 난다는 생각을 잠자코 받아들일 기분에 끌려들어갔다. 마을의 모든 처녀들과 같이 그도 성경을 잘 읽고 그리고 오홀라와 오홀리바(불의를 행한 음부)의 전기는 의무적으로 잘 읽었다. 그리고 이 이야기로부터 나오는 결론도 잘 알았다. 그러나 그와 같은 문제가 자기의 어린아이와 관련하여 일어난 때 그것은 전연 색채가 달랐다. 그의 어린아이는 시방 죽으려고 하는데 그는 구원을 받지 못하는 것이다.

그럭저럭 잘 때가 되었으나 그는 아래층으로 뛰어 내려가서 목사를 좀 오라고 할 수는 없을까 하고 물었다. 허나 그때는 바로 그 아버지가 자기 집안이 오랜 훌륭한 집안이라는 것을 대단히 생각하는 때여서 테스가 이 훌륭한 집안의 명예를 더럽혔다는 느낌이 가장 드러나는 때였다. 그것은 그가 지금 바로 롤리버스네 주막에서 열렸든 한 주일 한 번씩 있는 술판에서 돌아온 때였던 까닭이다. 시방이야말로 그가 지은 수치로 해서 집안의 사정을 숨기는 것이 전보다도 더 필요한 때이니까 어떤 목사라도 집안에 들어와서 이 꼴을 보면 안 된다고 그는 단언하였다. 그 아버지는 문을 잠그고 열쇠를 자기 호주머니 속에 넣었다.

집안 식구들은 모두 잠자리에 누웠다. 그리고 테스도 한량없이 고민하면서 또한 침실로 들어갔다. 그는 누워서도 조금도 눈을 붙이지 못하였다. 한밤중이 되면서 어린아이는 더 위독해지는 것을 알았다. 분명히 죽어갔다— 고요하니 고통도 없이 그러나 역시 분명히 죽어갔다.

그는 비통에 잠겨 침상 위에서 전전하였다. 시계는 숭엄하니 한시를 쳤다. 그는 세례 받지 못한 것과 정당하게 나지 못했다는 두 겹의 죄로 해서 지옥 밑바닥에 묻힐 어린아이의 일을 생각하였다. 또 마왕이 마치 빵을 굽는 날 아궁을 덮히느라 쓰는 삼지창 같은 것으로 어린아이를 뚜둥구질 치는 것을 마음에 그려보았다. 이 그림에다 기독교 나라에서 아이들에게 가르치는 여러 기괴하고 이상한 가책의 장면을 붙여보았다. 이 처참한 화면은 모두 잠이 들어 고조곤한 집안에서 그의 상상력을 강렬히 자극한 탓에 그의 자리옷은 땀으로 젖고 그의 침상은 가슴이 울렁거릴 때마다 흔들렸다.

어린아이의 호흡은 점점 괴로워가고 어머니의 마음은 점점 긴장해왔다. 이 어린아이에게 암만 입을 맞춘들 쓸데가 없었다. 그는 침대에 그대로 붙어 있을 수도 없어 열에 뜬 사람같이 방안을 왔다 갔다 하였다.

"오, 자비하신 하느님 불쌍히 여기소서, 이 어린것을 불쌍히 여기소서." 하고 그는 외쳤다. "이 저한테는 어떤 미움이라도 더해주십시오, 저는 즐거워 받겠습니다. 그러나 이 어린것만은 불쌍히 여기소서!"

그는 옷장에 기대서 오랫동안 종작없는 타원하는 말을 중얼거리다가 문득 벌컥 일어섰다.

"아— 이 어린것은 어떠한 구원받을지도 몰라! 아마, 그러면 분명히 세례 받은 것이나 마찬가지가 될 게야!"

그는 어떻게나 기쁘게 이야기했는지 그 얼굴은 주위의 음침한 속에서 마치 빛이 난 듯하였다.

그는 촛불을 켜들고 바람벽 아래 있는 둘째 번과 셋째 번 침실로 가서 다들 같은 침실에서 자고 있는 동생들을 모두 깨웠다. 그는 세면대를 잡아 당겨 그 뒤로도 돌아갈 수 있게 하고 물병에서 물을 쏟고 아이들을 뼁 둘러 꿇어앉게 하고 모두 손가락을 곧바로 하고 합창을 하게 하였다. 아이들은 아직 잠이 채 깨지 않아서 그 누나의 이러한 태도에 겁을 집어먹고 점점 더 크게 눈을 떠가며 그 자리에 그렇게 있으려니까 테스는 침대에서 어린아이를 들어올렸다. ─아이의 아이를─그것은 이 아이를 낳은 그가 어머니의 칭호를 받을 수 있도록 충분한 사람이 아닌 때문이다. 테스는 어린아이를 안고 대야 옆에 바로 섰다. 다음 계집아이 동생은 예배당에서 역승(役僧)이 목사의 앞에서 하는 것을 본 대로 기도서를 펴서 그 언니한데 바쳤다. 이렇게 해서 그는 제 어린것에게 세례를 주려 들었다.

땋은 까만 머리채를 잔등에서 허리까지 들이우고 기다란 흰 자리옷을 입고 섰으니까 그 모양은 이상하게도 키가 크고 늠름하니 되었다. 촛불의 희미한 빛 속에 여왕과도 같은 위엄까지 갖춘 듯하였다. 아이들은 잠 오는 충혈한 눈을 깜박거리면서 뼁 둘러 꿇어앉아서 바로 이때는 그들의 몸이 무거워서 놀랍고 이상한 생각을 활발히 펼 수도 없이 어서 그의 준비가 되기만 기다렸다.

그 가운데서도 가장 감동된 아이가 말했다.

"정말 세례 줄 테요, 누나."

아이 같은 어머니는 자못 정중한 태도로 그렇다고 대답하였다.

"이름은 뭐라고 해요?"

그는 아직 이것을 생각하지 못했으나 세례의 의식을 진행하는 동안에 창세기 가운데 있는 어떤 구절로부터 한 이름이 생각났다.

"소로우, 아버지 되시는 하느님과 하느님의 아들이신 그리스도와 성령의 이름으로 내가 너에게 세례를 주노라."

그는 물을 뿌렸다. 사방은 괴괴하였다.

"자 다들 아—멘 해."

아이들은 이르는 대로 작은 귀여운 목소리들로 아멘하고 합창하였다.

테스는 또 이었다.

"우리들은 이 아이를 받고" — 운운 — "십자가의 표로써 너를 표한다."

여기서 그는 그 손을 세숫대야에 담그고 어린아이 위의 공중에 첫손가락으로 굉장히 큰 십자가를 그리고 용감하니 죄와 세상과 악마와 싸우고 그 생명이 다하도록 충실한 하느님의 군병이 되고 종이 되련다는 일정한 문구를 계속하였다. 그는 주기도문을 계속해가고 아이들은 그를 본떠서 가느단 모깃소리 같은 소리로 그럭저럭 그것을 외다가 이즉하야 끝이 되니까 역승과 같은 정도로 소리를 높여서 다시 고요함을 깨트리며 아—멘하고 합창하였다.

그리고는 이 성례(聖禮)의 효과에 대해서 자신감이 깊게 된 그들의 누나는 가슴속으로 흘러나오는 대로 감사의 말을 계속하였다. 그리하여 신앙의 법열 상태로 들어가 그는 하느님과 같이 신성해 보였다. 이 때문에 그 얼굴에는 번듯번듯 빛나는 빛이 보이고 고 두 뺨의 가운데에는 까만 점이 떠올랐다. 아이들은 점점 더해지는 외경하는 생각으로 누나의 얼굴을 물끄러미 쳐다보면서 이제는 더 무엇을 물어볼 생각은 없어졌다. 그는 이제는 그들에게는 누나같이는 아니 보이고 크고 높고 무서운 사람 — 그들과는 아무 공통되는 것이 없는 신성한 사람으로 보였다.

가이없게도 죄와 세상과 그리고 악마와를 상대로 싸운 소로우의 싸움은 그리 화사한 것이 못 될 운명이었다. — 그가 태어난 시초를 생각하면 본인에게는 이것이 오히려 행복이었을는지도 모른다. 하느님의 종인 허약한 군병은 아침날의 파란 빛깔에 마지막 숨을 쉬었다. 그리고 다른 아이들은 깨어나서 모두 슬피 울며 또 하나 어여쁜 어린 애기를 낳아달라고 그 누나를 졸라대었다.

세례를 준 때부터 테스의 마음은 고요하니 되어서 어린아이가 죽은 때에도 다름없이 이런 마음이 계속되었다. 정말로 날이 밝고 본 즉 그는 간밤 제 어린 것의 영혼에 대하여 느낀 공포는 얼마큼 과장되었던 것을 깨달았다. 훌륭한 근거 위에 섰든지 앉았든지는 고사하고 그는 지금 조금도 불안을 느끼지 않았다. 만일 하느님이 이런 세례의 흉내를 내는 행동을 인정하지 않는다 해도 자기만은 의식이 규칙에 맞지 않는 탓에 잃어지는—그 자신을 위해서는 또 그 어린아이를 위해서—따위의 천국 같은 것은 소중히 생각하지 않는다는 것을 생각하였다.

이렇게 하야 귀찮은 소로우는 갔다— 그 침입자(侵入者)인 생물, 사회의 법칙을 무시하는 부끄럼 모르는 자연의 선물인 사생아는 갔다. 영원한 시간도 겨우 며칠에 지나지 않고 또 해라든가 세기라든가 하는 것이 일찍이 있은 것을 몰랐다. 농삿집 안이 온 우주요 한 주일의 날씨가 이 세상의 기후요 갓난 어린아이 시대가 인생이요 젖을 빠는 본능이 인간 지혜의 다였다.

테스는 자기가 준 세례에 대해서 곰곰이 생각해보았으나 교의(敎義)의 점으로 보아서 이 세례가 죽은 어린아이를 기독교식으로 매장을 해도 좋을 만한 힘이 있는가 없는가를 의심하였다. 이것에 대답을 할 사람은 마을의 목사밖에는 없었다. 그는 날이 어두워서 그 목사 집을 찾아가서 문까지 서기는 했으나 그러나 들어갈 용기를 내지 못하였다. 그래서 마침 그가 돌아오려고 하는 때 우연히도 목사가 집으로 돌아오는 것과 마주치지 않았더라면 이 만나보는 일은 단념해버렸을 것이었다. 어두컴컴한 속에서 그는 마음대로 말을 하였다.

"저 뭐 좀 여쭤보겠어요, 목사님."

목사는 좋아서 들으마 하고 하였다. 그리하여 그는 어린아이의 병과 임시로 한 의식에 대한 이야기를 하였다.

"그런데, 목사님." 하고 그는 열심히 말을 이었다.

"저, 제가 한 것이라도 목사님께서 그 아이에게 세례를 주신 것과 같겠어요 — 그걸 좀 말씀해주실 수 없어요?"

자기가 당연히 의뢰를 받아서 해야 할 일을 손님들이 저이끼리 되는 대로 해

치웠다는 것을 듣고 그는 자연히 장사꾼의 마음이 일어나서 아니라고 말을 할까 하였다. 그러나 이 소녀의 위엄과 그 목소리에 숨은 이상한 상냥한 맛이 합하여 좀 더 고상한 충동을 — 즉 사실상의 회의(懷疑) 위에 직업적 신앙을 접하려고 십 년이나 노력해 오는데도 아직 그 마음속에 남은 충동을 자극하였다. 인간과 목사가 그 속에서 싸웠으나 승리는 인간에게로 돌아갔다.

"색시, 그건 꼭 같을 게지."

"그러면 그 아이게 기독교식 매장을 해주시겠어요?"

그는 얼른 물었다.

목사는 대답하기가 난처하였다. 그는 어린아이가 앓는다는 소문을 듣고 의식을 행할 양으로 밤이 되어서 그는 참되게 그 집으로 갔던 것이다. 그가 들어오는 것을 거절한 것이 테스가 아니고 테스 아버지인 줄은 몰랐다. 그는 이렇게 법에 어긋나는 처리를 하고 나서 하는 간절한 청을 들어줄 수는 없었다.

"에 — 그건 또 다른 일이요." 그는 말했다.

"다른 일이에요 — 어째서요?" 테스는 좀 상기해서 물었다.

"그런데 우리 둘 사이에 관계된 일이라면 나는 즐거워 해드리겠소. 그러나 난 할 수 없소 — 좀 까닭이 있어서."

"단 한 번이라도 목사님!"

"참말 못 하겠소."

"아, 목사님!" 그는 또 말을 하며 그 손을 쥐었다.

목사는 머리를 흔들면서 손을 움츠렸다.

"그럼 저는 당신이 싫어요!" 하고 그는 소리를 쳤다. "난 다시는 당신네 예배당에 안 가요."

"그렇게 함부로 말하지 마세요."

"당신이 해주시지 않아도 그 아이에게는 아마 마찬가지겠지요?… 꼭 마찬가지겠지요? 제발 성인이 죄인에게 대해서 말하는 듯이 하지 말고 당신이 이 저한테 — 이 가엾은 저한데 말씀해 주세요!"

목사가 이런 문제에 대해서 그가 주장하고 있는 엄격한 관용과 그 대답과를 어떻게 타협시켰는지는 속인으로써 말할 수 없는 일이나 이런 목사를 용서하는 것은 할 수 있는 일이다.

어쨌건 그는 감동이 되어서 이런 경우에도 이렇게 말했다.

"꼭 마찬가지겠지요."

이리하여 어린아이는 작은 솔나무 상자에 넣고 낡은 여자의 어깨두르게로 덮어서 그날 밤 묘지로 가져갔다. 그리고 무덤지기에게 한 실링과 맥주 한 파인트를 주고 하느님께서 갈라놓으신 누추한 한구석에 등불을 받고 묻어버렸다. 이곳에는 하느님께서 돌삼을 자라는 대로 두게 하시고 또 모든 세례 받지 못한 어린아이와 소문난 주정꾼과 자살자와 그 밖에 모든 지옥으로 가게 될 것들을 묻히게 하시는 곳이었다.

그러나 이런 불편한 곳인데도 불구하고 테스는 용감하니 나뭇가지를 들고 한 오리 실로 조그마한 십자가를 만들고 거기다 꽃을 매어서 어느 날 밤 사람들이 보지 않게 묘로 들어가서 무덤 꼭대기에 세우고 같은 꽃을 한 다발 말라죽지 않도록 물을 넣은 작은 벽에 꽂아서 그 아래 놓았다. 뜻 없이 보는 눈엔 이 병에 킬웰 마멀레이드(會社製 蜜柑糖)라는 글자가 있는 것이 보였기로서니 그것이 어떠하랴? 어미 된 마음의 눈에는 좀 더 높이 보이지 않는 것을 보는 탓에 이런 것이 눈에 들지 않았던 것이다.

15.

그는 겨울 몇 달 동안 닭의 털을 뜯고 칠면조와 게사니에게 모이를 주고 또 더버빌로부터 받은 채로 경멸하여 입으려고도 하지 않고 넣어두었던 좋은 옷으로 그 동생들의 옷을 만들어도 주고 하며 아버지의 집에 머물러 있었다. 더버빌에게 도움을 청하려고 그는 결코 생각하지 않았다. 그러나 열심히 일을 하고 있다고 생각될 때에도 그는 두 손으로 머리 뒤에 깍지를 하고 깊은 생각에 잠기는 때가 많았다.

그는 한 해가 지나가는 동안에 오고가는 하루 하루를 냉정하게 생각하여보았다. 체이스의 어두운 수풀을 배경으로 트란트리지에서 그의 파멸을 가져온 불행한 밤이며 어린아이가 나고 죽고 한 날의 일이며, 자기의 생일날이며 또는 그와 얼마큼 관계가 있는 사건 때문에 각별히 생각되는 날의 일을. 어느 날 오후 그는 거울 속에 비친 자기의 어여쁜 얼굴을 들여다보며 그는 과거의 이러한 날들보다도 그에게는 퍽 중요한 다른 날이 따로 있다는 것을, 이 모든 아름다움도 다 사라져버릴 자기의 죽음의 날이 있는 것을 생각하였다. 그것은 한 해에 한 번은 그와 만나면서도 아무런 표적도 기척도 없이 다른 많은 날 틈에 끼워서 모른 척 하니 숨어 있으나 그러나 역시 분명히 어엿하니 있기는 있는 날이다. 그것은 언제인가? 이렇게 자기와는 차디찬 관계에 있는 이날과 매해 만나면서도 왜 자기는 찬 소름이 끼치지 않았던가?

그는 앞으로 언제나 자기를 아는 사람들이 "오늘은 테스 더비필드가 죽은 날이야." 할 때가 올 것을 생각하였다. 이렇게 말하는 그들의 생각에는 별로 이상할 리 없었다. 이 수많은 세월 가운데 자기의 마지막 날로 정해진 날의 위치가 어느 날, 어느 주일, 어느 시절 그리고 어느 해에 있는지 그는 몰랐다.

그는 이렇게 단순한 처녀에서 한 걸음에 복잡한 여자로 달라져버렸다. 생각에 잠기는 모양은 얼굴에도 나타나고 그리고 슬픈 음조는 때때로 그 소리에도 나타났다. 그의 눈은 전보다 더 커지고 그리고 더 감동하기 쉽게 되어졌다. 그는 아름다운 여자라고 불러도 좋을 만치 되었다. 그의 용모는 아름다워 사람의 눈을 끌만하였다. 그의 성정은 지난 일, 이 년 동안의 그 소란한 경험도 꺾지 못한 만큼 한 여자로서의 성정이 되었다. 만일 세상의 여론이란 것만 아니라면 이 모든 경험도 오직 한낱 자유교육에 지나지 못하였을 것이다.

그는 이때 아주 세상과 떨어져 있었던 탓에 그의 불행은 일반이 아는 배가 아니 되고 말로트 촌에서도 거의 잊어버렸다. 그러나 그는 자기 집이 돈 많은 더버빌 집에 친척 행색을 하려고ㅡ또 그를 통해서 좀 더 친밀한 관계를 맺으려고ㅡ하다가 그만 실패한 것을 다 보고 아는 이 고장에서 다시 참말로 마음 평안하니 살 수가 도저히 없다는 것을 그는 분명히 알게 되었다. 적어도 많은 세월이 가서 이 일에 대한 그의 예민한 마음이 다 썩어질 때까지는 이곳에서 마음이 평안할 수는 없었다. 지금까지라도 테스는 희망에 찬 생명의 맥박을 그 몸 안에 따사하니 느끼었다. 아무런 추억도 없는 어느 구석진 곳에서는 그는 행복하게 살아갈 수가 있는지도 몰랐다. 과거와 그리고 이때까지 자기에게 일어난 모든 것으로부터 도망하는 것은 곧 이것을 박멸해버리는 것이었다. 이렇게 하는 데는 이곳을 탈출할 수밖에 없었다.

한 번 잃어진 것은 영원히 잃어진 것이라는 것은 정조에 대해서도 맞는 말일까 하고 그는 자문하였다. 지나간 것을 덮어버릴 수 있다면 이것이 그릇된 말이라는 것을 그는 증명했을는지도 몰랐다. 모든 유기물(有機物)에 충만한 재생하는 힘이 오직 처녀성에만 없을 리는 없었다.

그는 새로운 출발을 할 적당한 기회를 얻지 못하고 오랫동안 기다렸다. 전에 없이 화창한 봄이 돌아와서 나무 움이 트는 기척이 들리는 듯하였다. 이것은 몇 짐승을 움직이듯이 그도 움직여서 밖으로 나가고 싶어 견디지 못하게 하였다. 드디어 오월 상순 어느 날 오래전에 그가 무엇을 물어보았던 어머니의 옛날 동무—그와는 한 번 만나본 적도 없는— 한테서 그한테 편지가 왔다. 거기에는 이곳으로부터 남쪽으로 멀리 몇 마일 가서 있는 어떤 젖 짜는 집에서 젖을 잘 짜는 여자 하나가 소용되어 그곳 주인은 여름 몇 달 동안 반겨 그를 고용할 것이라고 쓰여 있었다.

그것은 바랐던 만큼 그리 멀리 떨어진 곳은 아니었으나 그러나 그의 행동이나 소문은 극히 작은 범위에 그쳤기 때문에 그만큼 멀면 아마 괜찮으리라고 생각되었다. 좁은 곳에 사는 사람들에게는 마일이라고 하면 경위도(經緯度)의 차(差)요, 교구(敎區) 하면 군이요, 군하면 주나라와 같았다.

어떤 한 점에 대해서 그는 굳게 작심을 하였다. 이번 새로운 생활에서는 꿈에나 행동에나 더버빌의 공중누각을 지어서는 안 된다는 것이었다. 그는 어디까지나 젖 짜는 여자 테스가 되자 그것으로 충분하다. 어머니와 딸과의 사이에 이 문제에 대하여 무슨 말이 오고가고 한 것이 아니었으나 그 어머니는 이 점에 대하여 테스의 마음을 잘 알고 있었다. 그래 그는 기사(騎士) 조상에 대한 이야기를 비치지는 않았다.

그러나 역시 인간의 모순이기는 하였으나 시방 가려는 새로운 고장에 대한 테스의 한 흥미는 이곳이 그의 조상의 영지에 가깝다는 우연한 일이었다. (그의 어머니는 진짜 블랙모어 사람이었으나 그 조상들은 블랙모어 사람은 아니었다.) 그가 고용이 되어가는 탈보트라고 하는 젖 짜는 집은 더버빌 집안의 예전 영지의 어떤 부분으로부터 그리 멀지 않고, 그의 증조모와 그 남편들의 크다란 납골당 가까이 있었다. 그는 이 납골당들을 바라볼 수도 있고 바빌론이 몰락하듯이 더버빌 집안도 몰락한 것을 생각할 수 있을 뿐 아니라 볼 것 없이 된 한 자손의 아무 죄 없는 혼도 그와 같이 고요히 쓰러지는 것을 생각할 수도 있었을 것이다. 그러는 동안에도 그는 그 조상의 옛터에 있는 것으로 해서 무슨 생각 못했던 좋은 일이 생기지나 않을까 하고 생각하는 것이었다. 그리고 마치 나무의 수액이 올라오듯이 어떤 기운이 스스로 그 마음속에 올라왔다. 그것은 한때 막혀도 뒤로 새롭게 솟아올라 바람을 가져와서 자기로써 자기를 즐겁게 하는 본능에 짝해오는 다하지 않는 청춘이었다.

제3편

재생(再生)

16.

트란트리지로부터 돌아온 뒤로 이 년째에서 삼 년째로 넘어가는 오월―이 동안이 테스에게는 고요히 재생하는 세월이었다―사향풀이 향기를 풍기고 새들이 알을 까는 어느 아침 그녀는 두 번째 집을 떠났다.

그녀는 짐을 뒤로 보낼 수 있도록 다 싸놓고 처음 집을 나서던 때와는 정반대의 방향인 이번 가는 길에는 꼭 그리로 지나가야만 하는 스타워카슬이라는 작은 도시로 향하여 마차를 한 대 빌려 타고 떠났다. 가장 가까운 언덕의 첫 모퉁이를 도는 때 그는 그렇게도 뛰어나오고 싶어는 하였지만 그래도 떨어지기 싫은 듯이 말로트 마을과 그 아버지의 집을 바라보았다.

그곳에 사는 동생들은 비록 자기가 멀리 떠나가고 자기의 웃는 얼굴을 볼 수 없게는 되었으나 조금도 그들의 즐거움이 덜었다고는 생각지 않았다. 아마 전과 다름없이 나날이 지나갈 것이었다. 이삼 일 만 지나면 자기가 없어졌다고 해서 별로 섭섭해 하지 않고 언제나 마찬가지로 즐겁게 뛰어놀 것이었다. 그녀는 이렇게도 어린 동생들로부터 떠나가는 것이 무엇보다도 좋은 일이라고 생각하여 그것을 결행한 것이었다. 그녀가 만일 머무른다면 그들은 그녀의 교훈으로 해서 좋게 되는 것보다도 그녀의 본을 받아 좋지 못하게 될 것이었다.

그녀는 스타워카슬에는 들리지 않고 그냥 그곳을 지나가서 큰길과 만나는 곳까지 줄곧 와버렸다. 여기서 기다리고 있으면 서남쪽으로 가는 운송점 마차를 잡아 탈 수 있었다. 철도는 이 지방의 주위를 돌면서도 아직 횡단은 하지 않았다. 그런데 거기서 기다리노라니까 농수철 달린 짐마차를 타고 그녀가 가려고 하는 방향으로 달려오는 농부가 한사람 있었다. 농부는 전연 모르는 사람이었으나 그녀는 자리를 권하는 대로, 그 동기가 오직 그녀의 아름다운 용모 때문인 것을 모르고 그 옆에 있었다. 농부는 웨더베리로 가는 길인데 그곳까지 같이 태워다주면 그 뒤 남는 길은 마차를 타고 캐스터브릿지를 돌아가지 않고도 걸어서라도 갈 수 있었다.

이 긴 마차여행이 끝난 때 테스는 그 농부가 가라고 한 어떤 농가에서 정오때 이상한 식사를 했을 뿐 더 웨더베리에는 멈추지 않았다. 그녀는 바구니를 손에 들고 오늘 여행의 목적지요 또 종점인 착유장이 있는 앞 골짜기의 낮은 목장들과 이 지방을 갈라놓는 히스 나무가 무성한 널따란 고지를 향해서 걸어갔다.

테스는 전에 한 번도 이 지방에 와본 일이 없었으나 그러나 이 지방 풍경들에 친근한 생각이 갔다. 왼쪽으로 그리 멀지 않은 곳에 널따란 시야가 열리고 그 안에 있는 검은 점들을 알아볼 수 있었는데 아마 이것이 킹스비어―이 촌 예배당에는 그 조상, 이제는 아무데도 쓸데없는 그 조상의 뼈가 묻혀 있는―근방을 표시하는 수풀이리라고 상상하면서 남한테 물은즉 그렇다고 하는 것이었다.

그녀는 이제 그 조상을 조금도 숭상하지 않았다. 차라리 그녀를 괴롭힌 일에 대하여 거의 증오를 느꼈다. 조상이 가지고 있는 모든 보배 가운데서 그녀가 물려받은 것이라고는 단지 낡은 인장과 숟가락뿐이었다.

"흥―나는 아버지한테서만 아니라 어머니한테서도 피를 받았는데!" 하고 그녀는 말했다. "내가 예쁘장한 것은 어머니한테서 온 거야, 그런데도 어머니는 젖 짜는 처녀에 지나지 않았어."

그곳까지 와본즉 거리는 실제로 이삼 마일밖에 안 되지만 높은 곳 낮은 곳을 넘어온 탓에 생각했던 것보다 퍽 힘이 들었다. 몇 번이나 길을 잘못 든 탓에 마루턱에 다 올라가기까지는 두 시간이나 걸렸다. 이 마루턱에서는 오래 기다리던 골짝—우유와 버터가 썩어지게 나서 맛은 그의 고향 것보다 못하나 나기는 더 많이 하는 큰 착유장 골짜기가—바강이라고도 프룸강이라고도 하는 강으로 해서 물이 잘 닿는 시퍼런 벌판을 한눈에 바라볼 수 있었다. 이것은 트란트리지에 가서 머무는 불행한 때를 내어놓고는 그녀가 지금까지 알고 있던 다만 하나의 땅, 작은 착유장의 골짜기, 블랙무어 골짜기와는 아주 달랐다. 여기서는 모든 것이 대규모로 되어서 사유지 면적 같은 것도 열 에이커가 아니라 쉰 에이커나 되고 건물 달린 농장도 퍽 더 넓고 가축의 무리도 저쪽 골짝에서는 한 가족 수밖에 안 되었는데 이쪽에서는 한 부락을 이루고 있다. 시야가 다하는 곳에 멀리 동쪽으로부터 멀리 서쪽에 이르기까지 널려 있는 몇 마리인지 셀 수 없이 많은 암소의 무리를 그녀는 도저히 한눈으로는 다 볼 수 없었다.

눈앞에 벌어진 조감도(鳥瞰圖)와 같은 전망은 혹 그녀가 잘 아는 어떤 다른 그것보다 그리 화려하지 못한지 모르나 그러나 퍽 상쾌하였다. 한쪽 골짜기의 그 짙은 쪽빛 공기며 그 살진 지미(地味)에 향기는 없으나 새로운 공기는 맑고 상쾌하고 싱그러웠다. 이 이름 높은 착유장의 풀을 기르고 소를 살찌우는 강까지도 블랙무어의 흐름과는 달랐다. 프룸의 흐름은 생명의 흐름(묵시록)처럼 맑고 구름의 그림자처럼 빠르고 자갈 깔린 얕은 여울은 하루 종일 하늘을 보고 조잘조잘 재깔대었다. 물가에 피는 꽃도 저기는 나리꽃 여기는 금봉화(金鳳花) 이렇게 피었다.

공기가 무거운 데로부터 가벼운 데로 달라진 때문인지 불쾌한 눈으로 자기를 보는 사람들이 없는 새로운 곳에 왔다고 생각하는 탓인지 그녀는 이상하게 기운이 났다. 부드러운 남풍을 얼굴에 받으며 가벼운 발걸음으로 뛰어갈 때면 그녀의 희망과 햇빛이 뒤섞여서 몸을 둘러싸왔다. 그녀는 가느다란 바람이 불 때마다 즐거운 소리를 듣고 새가 지저귈 때마다 기쁨이 그 속에 숨은 듯이 생각되었다.

그녀의 얼굴은 마음의 변화에 따라 달랐다. 유쾌한 생각을 하거나 우울한 생각에 잠기거나 하는 데 따라 부절히 아름답게도 되고 평범하게도 되었다. 어떤 날이면 그녀는 분홍빛을 띠고 아무 흠이 없으나 어떤 날은 해쓱하고 슬픈 빛을 띠었다. 분홍빛을 띨 때는 해쓱할 때보다 감정이 덜 움직이는 때였다. 즉 그녀의 완전한 아름다움은 그리 긴장하지 않는 마음과 합치되었다. 긴장한 마음일수록 그 아름다움은 불완전했다. 지금 남풍을 맞바로 받고 있는 얼굴이 생리적으로 가장 아름다웠다.

이렇게 해서 그녀의 기운과 감사와 그리고 희망은 점점 더 높아갔다. 그녀는 몇몇 노래도 불러 보았으나 모두 적당치 않은 것을 알았다. 그러나 종내 그녀가 아직 지혜나무의 열매를—"오 너희들 해와 달이여…… 오 너희들 별들이여…… 오 너희들 땅위에 푸르른 초목이여…… 오 너희들 공중 나는 새여…… 짐승이여 가축이여…… 사람의 아들들이여! 너희들은 하느님을 축복하라 하느님을 찬송하라, 영원히 하느님을 우러러 받들라……."

그녀는 갑자기 노래를 멈추고 중얼거렸다. "그러나 나도 아직 하느님을 잘 몰라."

한때는 그녀를 몹시도 억누른 경험의 뒤에 테스의 나이로서는 으레 있을 정력과 또 그녀 어머니 일족의 활력이 다시 타올랐다고 말할 수 있을 것이다. 바른대로 말하면—여자는 대개 이러한 굴욕을 지나오며 살아나가고 기운을 회복하고 그리고는 다시 흥미를 가진 눈으로 주위를 둘러보는 것이다. 생명이 있는 곳에 희망이 있다는 이론은 어떤 낙천가가 우리들에게 믿게 하려고 해도 잘 믿어지지 않는 것이다. 이반(離反)을 당한 사람들에게는 그리 전적으로 말려지지 않은 것은 아니다.

그리하여 테스 더비필드는 용기가 나서 인생에 대한 흥미를 가득히 가지고 점점 에그던의 경사면을 내려가서 그 여행의 목적지인 착유장을 향하였다.

두 쪽 골짜기가 현저히 서로 다른 것은 그 마지막 특징을 이제 분명히 나타내었다. 블랙무어의 비밀은 주위의 고지에서 가장 잘 볼 수 있었으나 지금 그녀의 앞에 펼쳐진 골짜기를 바로 보려면 반듯이 그 한가운데로 내려갈 필요가 있었다. 테스가 다 내려간 때 그녀의 몸은 눈이 미치는 데까지 동서로 보료가 깔린 듯한 벌판에 서 있었다.

강은 고원지방으로부터 이 평탄한 땅의 흙을 조금씩 훔쳐서는 이 골짜기로 날라 왔다. 그러나 사방은 기운이 빠지고 늙고 파리하여서 옛날의 약탈물 가운데로 굽이굽이 흐르고 있었다.

테스는 방향도 확실히 모르는 탓에 마치 한없이 넓은 당구대 위에 붙은 한 마리 파리같이 산으로 둘러싸인 널따랗고 시퍼런 벌판에 우두커니 서있었다. 그리고 파리보다 별로 더 큰 변화를 그 주위에 미치지 못하였다. 그녀가 와서 이 조용한 골짜기에 미친 영향이라고는 그녀가 있는 길에서 얼마 멀지 않은 곳에 내려서 목을 쭉 뽑고 그를 바라보는 외톨이 왜가리의 마음을 흔들어 놓은 것뿐이었다.

갑자기 이 낮은 땅에서 사방으로 길게 말끝을 끌어 외치는 소리가 몇 번이고 몇 번이고 일어났다.

"와우! 와우! 와우!"

이 소리는 동쪽 끝에서 서쪽 끝까지 마치 전염이나 하는 듯이 번졌다. 때때로 개 짖는 소리까지 섞였다. 이것은 이 골짜기가 아름다운 테스가 온 것을 알고 내는 소리는 아니었고 언제나 젖 짜는 시각을—착유장의 사나이들이 소를 몰아넣는 네시 반—알리는 것이었다.

능청스럽게 늘어져서 부르는 소리를 기다리던 붉고 흰 소 무리가 커다란 젖주머니를 배 아래 흔들어가면서 뒤에 있는 소외양간 쪽으로 줄레줄레 들어갔다. 테스는 천천히 그 뒤를 따라서서 그들이 그녀보다도 먼저 들어가면서 열어놓은 문으로 뒤뜰에 들어갔다. 기다란 초가집 외양간들이 울안의 주위로 쭉 늘어서고 그 지붕은 성성하니 푸르른 이끼로 덮이고 처마는 전부터 많은 소와 송아지의 옆구리에 닿아 반들반들 닳은 나무 기둥으로 받쳐져 있었으나 사방은 아주 낡아빠져서 있는 듯 없는 듯했다.

외양간 한쪽을 막고 둔 소는 그리 유순하지 않은 소들이었다. 스스로 유순하니 하는 소들은 뜨락 가운데서 젖을 짰다. 이런 행실 좋은 소들이 많이들 서서 차례가 오기를 기다리고 있었다. 그것들은 다 아주 좋은 소들인데 이 골짜기를 나서서는 보기 힘든, 그리고 이 안에서도 그리 많지 않은 소들이었다. 그것은 일 년 중에서도 가장 좋은 이 철에 수분이 많은 것을 먹고 자라난 소들이다. 흰 얼룩점이 있는 소들은 눈이 부시도록 햇빛을 반사하고 그리고 뿔 위에 달린 잘 닦은 놋쇠 구슬은 번쩍번쩍 빛나서 무슨 군장이나 한 것 같았다. 굵다란 힘줄이 선 젖통은 모래주머니같이 무쭐하니 늘어지고 젖꼭지는 집시의 토기에 달린 발 같이 툭 튀어 나왔다. 이 소들이 각각 제 차례가 돌아오기를 기다리는 동안에도 젖이 흘러 나와서 한 방울 두 방울 땅 위에 떨어졌다.

17.

소가 목장으로부터 오면 착유장이며 촌집들에서 젖 짜는 남녀가 다 몰렸다. 여자들은 날씨가 나빠서 그런 것이 아니라 뒤뜰에 깔아놓은 발 위에 구두가 빠지지 않도록 나막신을 신고 있었다. 처녀들은 삼각의자에 걸터앉아서 얼굴을 모로 하여 바른편 뺨을 소에게 대고 그 옆구리에 붙어서 무슨 생각을 하는 듯한 모양을 하고 가까이 오는 테스를 바라보았다. 젖 짜는 남자들은 차양이 늘어진 모자를 앞이마까지 폭 눌러쓰고 땅을 내려다보느라고 그녀를 보지 못했다.

이 가운데 몸이 완장한 중년 사나이가 하나 있었다.─그 하얀 앞치마는 다른 사람들이 겉에 두른 것보다 얼마큼 좋고 깨끗하였고 아래 입은 짧은 양복저고리도 사람 앞에 내어놓기 부끄럽지 않을 만한 물건인 듯했다─이 사람이 테스가 찾던 착유장의 주인인데 엿새 동안에는 젖을 짜고 버터를 만들고 하며 일을 하고 일곱 번째 날에는 번쩍이는 고급 양복을 입고 예배당의 가족 좌석에 나타나는 이중인격자였다.

이 사람은 테스를 보고는 그쪽으로 가까이 갔다.

젖 짜는 사나이들은 젖 짜는 동안에는 대개 기분이 유쾌치 못한 것이었으나 이 크릭씨는 새로 일손이 하나 붙은 것을 기뻐하던 참이라─지금이 한창 바쁜

때라—그녀를 친절히 맞으며 그녀의 어머니며 그밖에 다른 가족들의 안부들도 물었다—(물론 이것은 한 지나가는 형식의 인사였지만. 이 사나이는 더비필드 부인이 있는지도 몰랐다).

"아—그래, 어렸을 때에는 나도 당신네 고장을 잘 알고 있었소" 인사가 끝나자 그는 이렇게 말했다. "그 뒤로 한 번도 가보지는 못했지만. 벌써 오래전에 죽었지만 이 가까이 한 구십 세 되는 늙은 노파가 살았는데 이런 이야기를 나한테 했다오—이제 젊은 사람들은 모르겠지만, 블랙무어에 누군지 당신과 같은 성을 가진 집이 본래 이곳에서 살다 갔는데 이제는 다 망한 거나 다름없는 집안이 있다고. 그러나 천만에, 난 늙은 노파의 대중없는 말을 귀담아 듣지는 않았소. 누가 듣겠소"

"네, 그러시고 말구요—쓸데없는 말이니까요." 테스는 말했다.

그리고는 일에 대한 것만 이야기하였다.

"깨끗이 짤 수 있지요? 이런 때에 젖이 안 나오면 안 되니까." (젖을 말끔히 짜지 않으면 젖이 다시는 잘 나오지 않는 탓에) 그녀는 이 점에 대해서는 안심해도 좋다고 하였다. 주인은 그녀를 아래위로 훑어보았다. 그녀는 오랫동안 집안에만 박혀 있어서 살갗이 고왔다.

"정말 견딜 수 있을까? 좀 거칠게 된 사람들에게는 이곳도 꽤 좋은 곳이지만. 그러나 우리는 온실에서 사는 것이 아니니까?"

그녀는 견딜 수 있다고 맹세하였다. 그리고 그녀가 열심히 즐겨 하고 싶어 하는 것을 보고 이 사람도 만족한 듯하였다.

"그런데 저 차라도 한잔 하든가, 또 뭐 좀 먹어야지? 어? 아직 괜찮아? 그럼 좋도록 하오. 그런데 글쎄 그렇게 멀리서 와서, 나 같으면 마른 나뭇가지 같이 비틀려 버리겠는데."

"손 좀 익히게, 지금부터 짜겠어요."

그녀가 당장 차 대신으로 우유를 조금 먹는 것을 보고 주인인 크릭씨는 놀라고 그리고 조금 업신여기는 빛까지 보였다. 그는 우유가 음료로도 좋은 것이라고는 아직 한 번도 생각해 본 적이 없었다.

"아, 그걸 먹으면 되었어." 하고 그가 빨고 있는 젖통을 붙잡아 주면서 씁쓸히 말하였다. "나는 몇 해 동안 입에 댄 적이 없는걸. 전혀 없어. 이 까짓것 누가 아나. 내가 먹으면 배안에서 납덩이처럼 가라앉을 게야. 시험으로 이걸 한번 짜 봐요." 가장 가까운 곳의 소를 고갯짓하며 말을 이었다. "이놈은 좀 잘 나오지 않는 놈인데. 사람하고 마찬가지로 잘 나오는 놈과 잘 나오지 않는 놈이 있거든. 그것도 곧 알아질게요."

테스는 모자를 수건으로 바꾸어 쓰고 정말로 소배때기 아래 삼각의자에 몸을 걸쳐서 젖이 두 주먹으로부터 젖통으로 쭉쭉 뿜어져 들어갈 적에 그녀는 정말로 자기의 앞날을 위하여 새로운 기초를 세웠다고 생각하는 듯했다. 이 믿음 때문에 마음이 가라앉고 맥이 뛰노는 것도 떨어지고 그리하여 그녀는 주위를 돌아볼 수가 있었다.

젖 짜는 사람들은 마치 남녀로 편성된 한 작은 대대(大隊)와 같아서 남자들은 젖꼭지가 굳은 소를, 처녀들은 순한 소를 맡아 짜는 것이었다. 그것은 규모가 큰 착유장이었다. 크릭이 치는 젖 짜는 소는 전부 한 백 마리 되었는데 그 가운데서 여섯 마리 혹은 여덟 마리는 그가 외출하지 않는 때이면 언제나 자기 손으로 짜는 것이다. 이것들은 그 중 제일 젖이 잘 안 나는 소들이었다. 임시로 고용되는 착유부(搾乳夫)들은 책임 없이 젖을 채 다 짜지 않거나, 손가락 힘이 모자라 같은 실패를 해서는 안 되는 탓에 그들에게도 맡기지 않았다.—이렇게 하는 가운데 소에게서 젖이 말라버릴 것을 염려한 때문이었다. 웬만치만 젖을 짜고 마는 것이 중대한 결과를 낳는 것은 그것이 한때의 손실에만 그치지 않고 젖을 짜는 것이 줄면 젖이 나오는 것도 줄고 나중에는 아주 꼭 멎어버리게 되는 까닭이다.

테스가 젖을 짜러 들어간 뒤로 얼마동안 뒤뜰에는 아무런 말소리도 없었다. 다만 소더러 돌아서라든가 가만히 서 있으라든가 하고 소리를 치는 것밖에는 그 많은 젖통에 젖이 뿜어져 들어가는 소리를 흔들어 놓는 것은 없었다. 움직이는 것이라고는 아래위로 오르내리는 젖 짜는 손과 흔들리는 소꼬리뿐이었다. 이 골짜기의 좌우 경사면까지 뻗어나간 널따랗고 단조한 목장을 주위에 둘러싸고 그들은 모두 이렇게 일을 하고 있었다.

어쩐지 바로 금방 젖을 다 짠 소로부터 일어서며 한손에는 삼각의자를 또 한손에는 젖통을 들고 가까이 있는 또 다른 젖 잘 안 나는 놈에게로 옮기면서 착유장의 주인은 말했다.

"어쩐지 이놈의 소들이 오늘은 예전만큼 젖을 안 내. 윙키란 놈이 이렇게 젖을 내기 싫어하다간 이번 한여름쯤 가서는 이놈의 배 아래로 드나다니긴 글러먹겠는데."

"그건 새사람이 들어와서 그렇지요." 하고 조너선 케일이 말했다. "전에도 내가 저런 놈을 더러 보았어요."

"옳지, 그럴지도 몰라. 그건 생각 못했지."

"그런 때에는 젖이 죄 뿔로 올라 간다구 하지." 하고 젖을 짜던 한 여자가 말했다.

그런데 뿔로 올라간다는 건 아무리 요술이라도 생리적 힘을 어떻게 할 수 없지 않느냐고 하는 듯이 착유장 주인인 크릭은 의심스럽게 말했다.

"난 모르겠는데. 나는 참 모르겠어. 뿔 없는 놈도 뿔 있는 놈처럼 젖을 안 내니까. 나는 찬성 못하겠는데. 어쨌든 이놈들이 오늘은 젖을 내기 싫어해. 자, 여럿이 한두 가락 노래를 불러야 하겠는데. 그밖에 다른 고칠 도리가 없어."

이 고장 착유장에서는 소들이 보통 때 내는 젖을 내기 싫어하는 징조가 보이면 소를 유혹하는 수단으로 때때로 노래를 부르는 습관이 되어 있다. 그리하여 젖 짜는 사람들의 한패는 주인의 요구에 따라서 노래를 부르기 시작하였다. 이것은 순전히 의무적으로 부르는 것이고 스스로 마음으로 우러나와 부르는 것은 아니었다. 그러나 이 결과로 그들이 믿는 대로는 노래가 계속하는 동안에는 분명히 젖 나는 것이 퍽 다르다는 것이었다. 그 몸의 주위에 귀신불이 보인다고 해서 어둠 속에서는 잠자리에 들어가기를 무서워하던 어떤 살인자를 두고 노래한 유명한 속요를 열네댓 절 부른 때에 젖을 짜던 한 남자가 말했다.

"이렇게 허리를 구부리고 부르니까 숨이 차서 죽을 지경인데! 당신 하프를 가져오면 좋겠는데요, 서방님, 그놈의 바이올린이면 제일 좋겠는데요."

듣고 있던 테스는 이 말이 주인한테 하는 말인 줄 생각하였으나 그것은 잘못 생각한 것이었다. "어째서?" 하는 대답이 말하자면 외양간 안에 있을 암갈색 소의 배 밑에서 나왔다. 그것은 소 뒤에 있어서 그녀가 아직 보지 못한 젖 짜는 사람 하나가 말한 것이었다.

"아 그렇지, 바이올린만 한 게 없지." 하고 착유장 주인은 말하였다. "그런데 음악이라면 암소보다도 수놈 편이 더 감동하는 모양이야—적어도 내 경험으로 보면. 저 너머 멜스톡이라는 곳에 예전에 한 늙은 영감이 있었는데—윌리엄 듀이라는 이름이었지만—그쪽에서 상당히 크게 하던 행상 집안의 한 사람이었지만, 조녀선, 잘 듣나?—말하자면 나는 내 형제를 알듯이 그 영감도 잘 알던 터였어. 그런데 이 영감이 어느 달 밝은 밤에 결혼식에 불려가서 바이올린을 켜주고 나서 집으로 돌아오는 길에 가까운 길로 오느라고 저쪽 40에이커 벌판을 건너왔더란 말이야. 그런데 바로 그때 황소가 풀을 뜯어먹으러 나왔거든. 윌리엄을 본 황소는, 자, 뿔을 땅에 대고는 뒤를 따라오지 않나. 그래, 윌리엄은 죽을 기운을 내서 달아났지. 별로 술도 많이 안 먹었건만—결혼식에 한잔 잘하는 사람들만 모였던 것으로 치면, 담장까지 뛰어가서 그것을 타고 넘어 달아나 버리려고 했으나 도저히 그렇게 달아날 짬이 없는 줄을 알았더란 말이야. 그래서 할 수 없어 얼핏 생각에 뛰어가면서 바이올린을 꺼내서 소를 향하고 급한 곡조를 켜면서 구석을 찾아 뒤로 슬슬 뒷걸음을 쳤거든. 황소란 놈이 가만히 있으면서 그냥 바이올린을 켜대는 윌리엄을 뚫어지게 보더란 말이지. 황소 낯에 웃음 같은 게 떠돌더란다. 그러나 이때 윌리엄이 바이올린 켜는 것을 멈추고 담장을 넘어가려고 한즉 이 황소란 놈이 웃던 것을 멈추고 윌리엄의 엉덩이 밑구멍 쪽으로 뿔을 견주고 대들더란 말이거든. 그래서 윌리엄은 또 돌아서서 싫거나 좋거나 바이올린을 또 자꾸 켜댈 수밖에 없었지. 아직 겨우 세시밖에 안 되었으니 몇 시간 동안은 근처에 사람 하나도 오지 않을 것도 알고 배는 고프고 몸은 피곤하고 해서 이 사람은 어떻게 했으면 좋을지 몰랐단 말이지. 그래 그럭저럭 네시까지 바이올린을 켜고는 얼마 못 가서 더 계속해서 켤 수도 없는 것을 생각하고는, 혼잣말을 했더라나. "나와 저 세상과의 사이에는 이 한 곡조가 남았을 뿐이다. 하느님 제발 저를 살려 주십시오. 만일 그렇지 않으면 저는 죽습니다."
하고. 그리고는 그는 강탄전야제(降誕前夜祭)의 밤이 깊어서 소가 꿇어 엎드리는 것을 본 일을 생각했겠다. 이때는 강탄전야제도 아니지만 이놈의 황소를 한번 속일 수밖에 없다고 생각했다 이 말이야. 그래 강탄제의 찬송을 부르는 때와 같이 강탄성가를 켰더니, 자, 어떤가봐, 이놈의 황소는 아무것도 모르고 정말 강탄전야의 그 시각으로 착각한 거야. 돌아서서 이 기도하는 소가 일어서서 따라오기 전에 빠른 사냥개처럼 담장에 달라붙어서 저쪽으로 무사히 뛰어넘었다는 거야. 윌리엄이 늘 이런 말을 했어, 자기도 바보같이 생긴 녀석을 많이 보았으나 그놈의 황소가 제 마음이 그만 속아 넘어가고 강탄제전야도 아무 것도 아닌 것을 알았을 때의 그놈의 낯바닥처럼 얼떨떨한 낯바닥은 보지 못했다고 말이지! 그래 윌리엄 듀아—분명히 그 영감의 이름이 그랬어, 그리고 나는 지금이라도 멜스톡의 묘지에 그 영감이 묻힌 곳을 분명히 말할 수 있어—바로 두 번째 수송(水松)나무와 북쪽 측당(側當)과의 사이에 있지."

"이상한 이야기군요. 그 이야기를 들으니까 중세로 돌아간 것 같아요. 그때의 믿음이라는 것은 생명이 있는 것이었으니까."

착유장의 뜨락에는 어울리지 않는 이 말은 그 암갈색 소 뒤에서 중얼거린 것이었다. 그러나 누구 하나 그 뜻을 알지 못한 탓에 아무의 주의도 끌지 못하였다. 오직 이 말을 한 사람만이 자기의 이야기가 이상하다고 생각되었을지 모르겠다고 생각했을 뿐이다.

"글쎄 어쨌건 참말이오, 서방님. 나는 그 영감을 잘 아니까요"

"아 그렇겠지요, 나는 의심하는 건 아닙니다."

암갈색 소 뒤에 있는 사람이 말했다.

테스의 주의는 이렇게 해서 착유장 주인의 말상대에게 끌렸으나 그 사람은 언제까지나 소 옆구리에 머리를 묻고 있는 탓에 그 몸이 조금밖에 보이지 않았다. 이 사람은 어찌하여 주인한테까지도 서방님이란 소리를 듣는지 그녀는 알수가 없었다. 그러나 또 이 설명이 될 것도 보이지 않았다. 그는 맘대로 잘 안되는지 때때로 혼자 탄식하는 소리를 내며 세 마리는 짰을 만한 시간을 한 마리 밑에서 떠나지 않았다.

"살살 하세요, 서방님. 살살 하세요" 하고 착유장 주인은 말했다. "요령으로 하는 게지 힘으로는 안 되는 겁니다."

"나도 그렇게 생각은 합니다만." 하고 그 사람은 드디어 일어서서 두 팔을 펴면서 말했다.

"그래도 이놈은 하나 끝낸 모양인데. 이 때문에 손가락이 아픈데."

이때에 테스는 처음으로 이 사나이의 전체를 볼 수 있었다. 그는 젖 짜는 사람들이 젖 짤 때 보통 하는 가슴가리개와 가죽 각반을 차고 그 장화에는 뒤뜰의 지푸라기들이 가득 붙어 있었다. 그러나 이 고장 복장이라는 것은 이것이 다였다. 그 아래에는 무엇인지 교육이 있는 겸손하고 민감한, 슬픈 그리고 다른 것이 있었다.

그를 전에 한번 본 일이 있다는 것을 생각하고는 그러나 그녀는 그 모양의 자세한 점에 대해서 얼마동안 관심 가질 수가 없었다.

그 뒤로 테스는 여러 가지 변천을 겪어온 탓에 잠깐 그녀는 어디서 이 사람을 만났었는지 잘 생각이 나지 않았다. 그러나 곧 이 사람은 말로트에서 클럽 무도회에 참가했던 도보 여행자—어디서 왔는지도 모르고 그녀가 아니라 다른 여자하고 춤을 추고 대수롭지 않게 그녀를 버리고 같이 왔던 사람들과 함께 가버린 지나가던 사람이었다는 것이 가슴에 문득 떠올랐다.

그 불행한 사건보다 앞서 일어난 어떤 일이 이렇게 마음에 되살아 온 때문에 여러 가지 추억이 넘쳐서 그녀의 마음은 잠시 암담해졌다. 그것은 이 사람이 또 만일 자기를 알아보고 어떻게 하여 자기에게 일어난 일을 알기나하면 어쩌나 하고 근심한 것이었다. 그러나 이 근심은 그 사람이 자기를 알아보는 눈치가 없는 것을 보고는 사라져 버렸다. 그녀는 처음으로 또 오직 한번 만났던 뒤로 감정이 잘 나타나던 그의 얼굴이 전보다 깊이 생각하는 얼굴이 되고 그리고 청년다운 콧수염과 턱수염이 모양 좋게 난 것을 알았다. 그는 젖 짤 때에 삼으로 짠 입는 조끼 아래 까만 비로드 짧은 저고리와 코르덴바지를 입고, 각반에 빳빳하고 하얀 셔츠를 입었다. 이 젖 짜는 차림새를 하지 않았다면 누구나 그가 누구인 것을 알아볼 수 없었을 것이다. 그는 좀 이상한 지주와도 같아 보이고 또 점 잖은 농사꾼과도 같이 보였을 것이다. 이 사람이 착유장에는 정말 미숙한 사람 이라는 것은 한 마리 소를 짜는 데 허비한 시간으로 보아 그녀는 곧 알 수 있었 다.

이러는 동안에 많은 젖 짜는 여자들은 참으로 너그러운 칭찬하는 마음으로 "저 여자는 예쁘기도 해!" 하고 서로들 이 새로운 사람을 두고 주거니 받거니 하였다. 하기는 듣는 사람이 이 말을 얼마큼 깎아 들어주기를 절반쯤 바라면서 한 말이었다.

—에누리 없이 이야기하면 예쁘다고 하는 것은 테스가 사람의 눈을 끄는 점 에 대한 정확한 정의(定義)는 아닌 까닭에 그들은 혹 그렇게 깎아 들었을는지 모른다.

저녁때가 되어서 젖 짜는 것도 끝이 나자 그들은 다들 집안으로 우르르 몰려 들어갔다. 거기서는 거추장스럽게 젖 짜러 나오지 않고 젖 짜는 여자들이 갱사 (更紗)를 입었다 해서 이 더운 날씨에도 더운 모직 옷을 입고 있는 착유장 주인 의 마누라가 통이며 그 밖에 다른 물건들을 보살피고 있었다.

테스는 이 착유장에 묵는 사람은 자기를 빼고 두세 사람밖에 안 되는 줄을 알았다. 손을 빌린 사람들은 대개 자기들의 집으로 돌아갔다. 아까 주인의 이야 기에 비평을 하던 지체 높은 젖 짜는 사람은 저녁때 보이지 않고 테스는 또 남 은 시간을 침실에서 자기의 자리를 치우는 데 썼기 때문에 그 사람의 일을 물 어보지도 못했다. 침실은 우유창고의 이층인데 300피트나 되는 커다란 방이었 다. 다른 세 사람의 젖 짜는 여자들의 침대도 같은 방에 있었다. 그들도 꽃 같은 처녀들이었는데 한사람을 빼놓고는 모두 그녀보다 나이가 위였다. 잠자리에 들 어갈 때쯤에는 아주 피곤하였기 때문에 테스는 곧 잠이 들어버렸다.

그러나 바로 옆에 닿은 침대에서 자는 처녀 하나는 테스보다 덜 졸음이 왔던 탓에 그는 테스가 갓 들어온 이 농장에 최근에 있는 여러 가지 세세한 일을 다 말하고 싶어 하였다. 이 처녀의 속닥거리는 말은 여러 그림자와 뒤섞여서 테스 의 몽롱한 마음에는 그 말이 떠도는 어둠 속에서 오는 듯하였다.

에인절 클레어씨 말인데—"젖 짜는 것을 배우고 그리고 하프를 켜는 사람인데—우리한테 그렇게 이야기하지 않는다오. 그이는 목사님의 아들인데 혼자 무슨 생각에 골똘해서 젊은 계집애들한텐 정신이 안 간대요. 그이는 이집 서방님의 제자라오—농사일은 무엇이나 다 배운다나. 다른 곳에서는 양 치는 법을 배워 오구 이번에는 젖 짜는 것을 배운대요. 참 그래 그이는 아주 훌륭한 집안사람이고, 그이 아버지는 여기서 몇 십 마일 되는— 에민스터의 클레어 목사님이래요."

"그래—나도 그 어른 이야기면 들었어." 하고 테스가 금방 눈이 깨어 말했다. "대단히 열성적인 목사님이라지?"

"그럼—그 어른은 그래요. 웨섹스에서 제일 열성 있는 이라고들 하지 않아요—또 낮은교회파(低敎會派)의 맨 나중 어른이래요.—이 부근에는 다들 높은교회파(高敎會派)라구 하지만, 여기 클레어씨 말고는 다른 아드님들도 다 역시 목사님이 되었대요."

이때 테스는 지금 여기 있는 클레어씨도 어째서 다른 형제들과 같이 목사가 되지 않았느냐고 물어볼 호기심이 없었다. 그리고 옆 치즈방에서 오는 치즈의 냄새와 아래층 제수기(除水器)에서 박자 맞게 떨어지는 유수(乳水)의 소리와 함께 이야기하는 사람의 말을 들으며 그녀는 점점 다시 잠이 들어갔다.

18.

에인절 클레어는 뚜렷한 자태로서가 아니라 그 듣기 좋은 목소리와 물끄러미 정신없는 듯이 언제나 한곳을 바라보는 눈과 사나이로서는 너무 작고 곱지만 표정이 풍부한 입으로 해서 과거로부터 떠오른다. 그런데도 불구하고 그의 태도와 눈길에는 어딘지 몽롱하고 무엇에 정신을 팔린 듯하고 또 애매하여 장내의 물질적 방면에 대해서는 일정한 방침이나 관심도 없는 사람과 같이 생각되었다. 그러나 세상 사람들은 그를 무엇이든지 하면 할 수 있는 될 성싶은 청년이라고 말하였다.

그는 이 고을 한쪽 끝에서 질소한 생활을 하고 있는 목사의 막내아들인데 몇 몇 다른 곳 농원을 돈 뒤에 여섯 달 동안 이 톨보트헤이즈 착유장에 배우러 온 것이다. 그의 목적은 농사일에 관한 여러 가지 실제기술을 다 얻어서 장래에는 형편에 따라 식민지에서 활동을 하든가 국내에서 농원을 가지든가 하는 것이었다. 그가 농부며 목자의 계급에 들어간 것은 그의 자질이나 다른 사람이나 다 같이 예상하지 못한 경우에 첫 걸음을 내어 짚은 것이다.

늙은 클레어 목사는 딸 하나를 남기고 그 부인이 죽어서 만년에 둘째 부인과 결혼을 하였다. 이 부인은 뜻밖에 아들 삼형제 가운데서 그가 늙어서 본 이 에인절만이 대학의 학위를 받지 못하였는데 그래도 어릴 때에는 형제들 가운데서도 이 아들이 제일 대학교육을 잘 발휘할 것이라고 생각되었던 것이다.

에인절이 말로트의 그 무도회에 나타나기 한 이삼 년 전, 그가 학교를 나와서 집에서 연구를 하고 있을 때 어느 날의 지방의 책방에서 제임스 클레어 목사 앞으로 목사 사택에 소포 하나가 왔다. 목사는 그 소포를 풀은 즉 책 한권이 나와서 두세 장 읽다가 갑자기 의자로부터 일어서서 책을 옆구리에 끼고 다짜고짜로 책방으로 갔다.

"이 책을 왜 우리 집으로 보냈소?" 하고 그는 책을 내어대면서 단호하게 물었다.

"주문하셨으니까요, 목사님."

"나는 안 했소 그리고 다행히 우리 집의 아무도 안 했소"

책방 주인은 주문장을 뒤져 보았다.

"아, 잘못 배달이 되었습니다. 목사님." 하고 그는 말했다. "에인절 클레어씨가 주문하신 건데, 그이한테로 보내드릴 것이었습니다."

클레어 목사는 한대 맞은 사람처럼 쑥 들어가 버렸다. 그는 낯이 해쓱하게 되고 낙담하여 집으로 돌아가서 에인절을 자기 서재로 불렀다.

"애, 너 이 책 좀 봐." 하고 그는 말했다. "이 책이 생각 나냐?"

"제가 주문했습니다." 에인절은 솔직하게 이렇게 대답하였다.

"무슨 까닭에?"

"읽으려고 생각했습니다."

"어째 이것을 읽으려고 생각했어?"

"어째서냐고 말씀입니까? 그런데—이것은 철학서입니다. 이만큼 도의적이고 종교적인 책은 아직 없습니다."

"그래, 도의적인 점은 충분히 있지. 그것을 아니라고 하는 것은 아니야. 그러나 종교적이라! 복음의 전도사가 될 너에게!"

"아버지가 이 문제에 닿으시니까 말씀인데, 아버지." 하고 그 얼굴에 근심스러운 빛을 띠우고 아들은 말했다. "저는 분명히 말씀드리겠습니다. 저는 목사 노릇을 하고 싶지 않습니다. 저는 양심으로 목사가 되지 못할 것 같습니다. 저는 어버이를 사랑하듯이 교회를 사랑합니다. 장래에도 교회에 대해서는 언제나 따뜻한 애정을 가지고 있겠습니다. 교회의 역사에 대해서 가지고 있을 만한 깊은 존경을 다른 기관에 바칠 데라고는 없습니다. 그러나 교회가 그 유지해갈 수 없는 속죄주의(贖罪主義)의 배신설(拜神說)로부터 뛰쳐나오지 않는 한 저는 다른 형님들과 같이 착실한 목사가 될 수는 없습니다."

고지식하고 단순한 목사에게는 제 골육을 나눈 아들 하나가 이렇게까지 되리라고는 조금도 생각지 못한 일이었다. 그는 너무도 어이가 없어 정신을 잃어버렸다. 에인절이 교회에 들어가지 않는다면 그를 케임브리지대학에 보낸댔자 무슨 소용이 있으랴? 이 완고한 사상을 가진 사람에게는 서품 이외의 다른 길로 나아가는 계단으로써 대학을 밟는 것은 본문 없는 서문과도 같았다. 그는 단순한 종교가만이 아니라 경신가요 또 건실한 신자였다. 일천팔백 년 전의 영원하고 신성한 사람들이 생각한 것을 지금도 생각할 수 있는 사람이었다.

에인절의 아버지는 의논도 하고 권면도 해보고 애원까지 해보았다.

"안 되겠습니다. 아버지, 저는 그 제4조(다른 것은 고사하고)를 고시서(告示書)가 요구하는 대로 글자와 같이 그런 의미대로 지킬 수는 없습니다. 그러므로 지금 형편대로는 저는 목사가 될 수는 없습니다." 하고 에인절은 말했다. "종교문제에 대한 제 본심은 이것을 개조하는 데 있습니다."

아버지가 깊이 슬퍼하자 에인절은 그를 보기가 안 되었다.

"하느님의 명예와 영광을 위하여 싸워질 것이 아니라면 너한테 대학교육을 시키기 위하여 너의 어머니나 내가 비용을 절약하고 아낀들 무슨 소용이 있겠니?" 그의 아버지는 되풀이하였다.

"그렇지만 그것은 인간의 명예와 영광을 위하여 싸울 수도 있지 않겠습니까, 아버지."

만일 에인절이 그냥 끝까지 주장을 하였더라면 그는 형들과 같이 케임브리지로 갈 수 있었을는지 몰랐다. 그러나 학교를 성직에 나아가는 징검다리로만 아는 목사의 생각은 이 집안의 전통이 되어 있어서 이 생각은 그 마음속 깊이 뿌리를 박고 있었다. 그런 탓에 이 민감한 아들에게는 자기가 고집을 하는 것은 신뢰를 남용하는 데 가까울 뿐만 아니라 또 그 아버지가 세 청년에게 다 똑같은 교육을 시키기 위하여 전에도 그러했듯이 지금도 또 대단한 절약을 해가지 않으면 안 되는 믿음 많은 두 어버이에게 대하여 그릇된 생각을 가지는 것과 같이 생각되었다.

"저는 케임브리지로 안 가도 좋습니다." 하고 드디어 에인절이 말했다. "사정이 그렇다면 제게는 그곳에 갈 권리가 없는 것같이 생각됩니다."

이 결정적 의논의 결과는 얼마 지나지 않아 실현되었다. 그는 이것저것 연구도 하고 계획도 명상도 하며 몇 해를 보냈다. 그리하여 그는 사회의 형식이며 관례에 상당히 무관심하게 되었다. 지위라든가 재산이라든가 하는 물질적 영달을 그는 점점 경멸하였다. 좋은 구가라도 그 집을 대표하는 사람들 사이에 훌륭한 새로운 결의가 없으면 그에게는 조금도 가치가 없었다. 이런 준엄한 생각에 대한 비교로 세상이 어떠한 것인가를 보고 또 무슨 직업이나 실업에 종사할 생각으로 런던으로 갔을 때 그보다도 나이가 퍽 위인 여자에게 정신을 빼앗기고 하마터면 그 함정에 빠질 뻔하였으나 다행히 빠져나와서 그리 나쁘지 않은 경험을 얻게 된 것이었다.

어릴 적에 고요한 전원과 친하게 자라난 탓에 그는 근대의 도회생활에 대하여 억제할 수 없는 그리고 이성을 잃은 미움을 그 마음속에 길러왔다. 이리하여 그는 성직 대신에 세속적인 직업에 종사하였다면 혹 이루었을지 모르는 성공 같은 것을 단념한 것이다. 그러나 그는 무엇이나 하지 않으면 안 되었다. 그는 귀중한 세월을 많이 허비하였던 것이다. 그런데 마침 아는 사람 하나가 식민지에서 농업가로 발전하고 있어서 이것이야말로 자기의 나아갈 길의 정당한 지표가 되리라고 생각을 먹었다. 식민지거나 아메리카거나 또는 본국에서든가 이 농업이야말로—좌우간 열심히 배워서 이 일에 충분한 자격을 얻은 뒤라면 이 농업이야말로 그가 충분한 재산보다도 더 소중히 생각하는 것 즉 지식의 자유를 희생하지 아니하고라도 독립생활을 할 수 있는 직업이라고 그는 생각하였다.

이리하여 스물여섯 살 난 에인절 클레어는 우유의 연구가로써 이 톨보트헤이즈 목장에 와서 부근에 적당한 하숙이 없는 관계로 착유장 주인네 집에 기숙을 하고 있는 것이다.

그의 방은 착유장 전체에 뻗힌 널따란 지붕 밑 방이었다.

여기에는 치즈 광으로부터 겨우 사닥다리로 올라오는데 그가 와서 자기 방으로 오르기 전까지는 오랫동안 문을 닫아 둔 채로 있었다. 이 클레어의 방은 널찍하였기 때문에 집안사람들이 다 잠든 때 그가 왔다 갔다 하는 소리를 착유장 사람들은 들을 수 있었다. 방 한쪽을 휘장으로 막았는데 휘장 뒤에 그의 침대를 두고 그 밖은 아늑하게 거처를 하는 방으로 설비를 하였다.

처음 그는 꼭 위층에만 있어서 많이 책을 읽고 그가 가지고온 하프를 켜고 하였는데 그러다는 때때로 빈정대는 기분으로 언젠가는 거리에서 이것으로 입에 풀칠을 하게 되는지도 모르겠다고 하기도 하였다. 그러나 그는 곧 아래층 부엌에서 주인 부부며 젖을 짜는 남녀들과 함께 식사를 하면서 인정을 읽는 것을 좋아하게 되었다. 식사 때에는 이 집에서 잠자지 않는 사람들도 끼었기 때문에 퍽 흥성흥성한 단란함을 이루는 것이었다. 클레어가 이곳에 오래 머물수록 다른 가치 있는 사람들을 싫어하는 것이 작아지고 그들과 같이 생활하는 것을 좋아하게 되었다.

자기도 스스로 놀라는 일이지만 그는 이 사람들과 추측하는 것이 마음으로 즐거웠다. 그가 상상하던 재래의 농부들은 전부(田夫)라고 해서 가엾고 어리석

제3편 —— 재생(再生) 137

은 바보들이었으나 이곳에서 이삼 일 지나는 동안에 그런 것은 흔적도 볼 수 없었다. 가까이 접해보면 전부라는 것은 하나도 보이지 않았다. 맨 처음 지금과 반대되는 세계에서 갓 나온 때의 클레어의 머리로는 시방같이 침식을 하는 이 동무들이 분명히 얼마큼 이상하게 보였다. 착유장 주인네 집안사람들과 동등한 한 사람으로써 자리에 앉을 때에는 처음에는 체면에 손상되는 일같이 생각되었다. 그 생각이나 생활양식이나 주위나 모두가 다 퇴보적이요 무의미한 것같이 보였다. 그러나 그곳에 사는 가운데 매일매일 이 민감한 기숙인은 이 광경 가운데 새로운 모양을 알아차릴 수 있도록 되었다. 별로 뚜렷한 변화는 없으면서도 잡다한 것이 단조로움 대신 변화가 있었다. 주인과 그 가족과 그리고 남녀 고용인들의 일이 클레어한테 익숙하게 알려지자 그들은 화학적 변화에서나 마찬가지로 자연 스스로 구별되었다. 전형적인 천편일률적인 전부(田夫)는 존재하지 않았다. 전부는 무수한 각각 서로 다른 사람으로 나뉘어졌다―많은 마음을 가진 사람, 무한한 변화가 있는 사람으로, 어떤 사람은 행복하고 많이는 평온하고 몇몇은 침울하고 여기 저기 천재와 같이 총명한 사람, 우둔한 사람 근엄한 사람. 어떤 사람은 밀턴과 같이 침묵하고 어떤 사람은 크롬웰과 같이 힘을 가지고도 있고, 또 자기 친구에게 대해서 마찬가지로 서로서로 상대 쪽에 대해서 각각 자기의 관점을 가진 사람들과 서로 칭찬하고 욕하고 서로서로의 약점과 사악을 생각하고 재미있어 하고 슬퍼하고 할 수 있는 사람들과. 다 각각 자기들의 길을 걸어서 죽어 먼지가 될 사람들로.

자기가 계획하는 생활과의 관계는 고사하고 그는 뜻밖에 야외생활을 이 생활 자체 때문에 그리고 이 생활이 가져오는 그 어떤 것 때문에 좋아하게 되었다. 자기의 처지를 생각해보면 그는 자비로운 '힘'에 대한 믿음이 쇠퇴하는 데 따라 문명한 인종을 사로잡는 만성 우울증으로부터 이상하게도 탈출할 수 있었다.

그는 점점 낡은 연상으로부터 떠나서 생활과 인간성 속에 새로운 무엇을 보았다. 다음으로 그는 전에는 애매하게밖에 보지 못했던 모든 현상―각각 자기의 기분을 가진 계절 아침과 저녁 낮 각각 다른 기풍을 가진 바람, 나무, 시내와 안개, 그늘과 침묵, 그리고 모든 생명 없는 물건들의 여러 가지 소리―을 잘 알 수 있었다.

이른 아침이면 아직도 여럿이 조반을 먹는 이 넓은 방에는 불을 가까이 하고 싶도록 추웠다. 그리고 또 그는 너무 점잖은 사람이니 여럿과 한 상에서 식사를 하게 할 수는 없다는 크릭부인의 의견으로 식사 때에는 대접 달린 보시기며 대접을 옆으로 붙여놓은 선반 위에 놓고 입을 쩍 벌린 바람벽에 붙은 화롯가에 앉는 것이 클레어의 습관이었다. 그는 마음이 내키면 언제나 그곳에서 독서를 할 수 있었다. 클레어와 창 사이에 테이블이 있어서 그와 동거하는 사람들은 여기 앉았는데 그들의 무엇을 먹는 옆얼굴이 유리창을 배경으로 하고 뚜렷이 비쳤다. 또 한편 옆으로는 우유창고로 열린 문이 있는데 이곳을 통하여 아침 우유로 차서 넘치는 길쭉한 납통들이 줄지어 놓였다. 그리고 저 앞쪽에는 교유기(攪乳機)가 돌아가는 것이 보이고 젖이 처뚱처뚱 떨어지는 소리도 들렸다.

테스가 온 뒤로 며칠 동안 클레어는 바로 그때 우편으로 온 책과 잡지와 악보를 읽노라고 정신이 없어서 테스가 식탁에 있는 것을 몰랐다. 테스는 말이 없는데 또 다른 처녀들이 말을 많이 하는 탓에 클레어는 이 수다스러운 말속에 새 목청이 섞인 데 주의가 가지 않았다. 그러나 어느 날 클레어가 한 악보를 읽으면서 상상의 힘으로 머릿속에서 그 곡조를 황홀하니 듣다가 그만 멍해져서 악보를 화롯가에 떨어뜨렸다. 식탁의 회화는 그의 환상속의 관현악과 뒤섞이었는데 그는 드디어 이렇게 생각하였다—"저 젖 짜는 여자들 가운데 하나는 어쩌면 저렇게 목소리가 고울까! 아마 새로운 사람의 소린가본데."

클레어는 여럿과 같이 앉아 있는 테스를 둘러보았다.

그녀는 클레어 쪽을 보지 않았다. 사실 클레어가 너무 오랫동안 잠잠하게 있는 탓에 그가 방안에 있다는 것을 다 잊어버렸다.

"난 망령(亡靈)이란 건 몰라요." 하고 테스는 말했다. "그러나 우리가 살아 있는 동안에도 자기의 혼을 몸 밖으로 나가게 할 수 있다는 것은 알아요."

주인은 입 하나 무엇을 가득 문 채로 대단히 의심스럽다는 눈을 하고 그쪽으로 향하였다. 마치 교수대의 준비나 시작하듯이 큰칼과 포크를 식탁 위에 곧추세우고 있었다.

"뭐—지금도 그럴까? 그럴까?" 그는 말했다.

"혼이 나가는 것을 쉽게 아는 법은." 하고 테스는 말을 이었다. "밤에 풀밭에 누워서 어떤 커다란 별을 똑바로 올려다보는 것이에요. 그리고 꼭 그쪽에 마음을 두고 있노라면 자기가 몇 백 마일이고 몇 백 마일이고 멀리 몸으로부터 빠져나온 것을 알게 되고 몸 같은 건 조금도 쓸데없이 되어요."

착유장 주인은 물끄러미 쳐다보는 눈을 테스로부터 돌려서 자기 아내한테로 옮겼다.

"자, 그건 좀 이상한 이야긴데, 크리스티아나(아내의 이름)—안 그래? 나는 이때껏 한 삼십 년 여자를 따라다니기도 하고 장사도 하고 의사를 부르러 가기도 하고 간호부를 부르러 가기도 하면서 별 많은 밤에 몇 마일이라도 걸었건만 지금까지 그런 생각은 조금도 안 해보고 또 내 혼이 셔츠 깃에서 한 치라도 올라갔다고 하는 것은 생각해 본 적도 없는데."

주인한테 제자 노릇하는 청년까지 들어서 여러 사람의 주의가 자기한테 쏠린 것을 알고는 테스는 얼굴을 붉히고 그건 오직 한 상상이라고 변명을 하고는 다시 식사를 하였다.

클레어는 그녀를 자꾸 쳐다보았다. 그녀는 곧 식사를 마쳤으나 클레어가 자기를 바라보고 있는 줄 알고는 감시받고 있는 것을 알아차린 가축과 같이 구속을 느끼면서 식탁보 위에 검지로 부질없는 모양을 그리기 시작하였다.

"저 젖 짜는 처녀는 어쩌면 저렇게 신선하고 깨끗한 자연의 딸일까!" 하고 클레어는 혼잣말을 하였다.

그리고는 클레어는 이 처녀에게서 지금같이 자꾸 무엇을 생각하여서 하늘을 잿빛으로 만들어 버리지 않던 예전의 즐겁던 앞날 일을 생각하지 않던 과거로 그를 끌고 가는 친근한 어떤 것을 보았다. 어디선지는 모르나 전에 한번 본 일이 있다고 결론을 내렸다. 분명히 어느 시골을 싸다니다가 우연히 만났을 것이라고 생각하고 별로 이것을 알아보려고 하지 않았다. 그러나 이 사정은 만일 이 사나이가 자기 가까이 있는 여성을 생각하고 싶을 때에는 다른 예쁜 젖 짜는 처녀들을 내놓고 테스를 뽑을 수 있게는 되었다.

19.

대개 우유라고 하는 것은 앞에 오는 대로 젖 짜는 사람들을 가리지 않고 젖을 내는 것이다. 그러나 소에 따라서는 특별히 어떤 젖 짜는 사람의 손을 좋아해서 어떤 때면 그 마음에 드는 손이 아니면 서 있으려고도 하지 않고 낯선 젖통이면 막 차 엎는 일이 있도록 사람 가림을 하는 것도 있었다.

착유장 주인 크릭의 주의는 늘 짜는 손을 가리대어서 이런 편벽된 성미며 몹시 싫어하는 증세를 어디까지나 없애 버리려는 것이었다. 그렇게 하지 않으면 만일 남자나 여자나 젖 짜는 사람이 한사람 다른 데로 가버리는 경우에는 후에 자기가 곤란을 당하는 때문이었다. 그러나 여자들이 은근히 바라고 있는 것은 주인의 주의와는 아주 반대여서 다루기에 익숙해진 여덟 마리고 열 마리의 소를 자기들이 매일 고르려고 하였다. 이렇게 하면 소는 스스로 젖통에서 젖을 내어 주는 탓에 힘도 들지 않고 그리고 놀랄 만큼 능률도 올라가는 것이었다.

테스도 그 또래들과 같이 어떤 소가 특별히 자기를 따르는 것을 좋아하는가를 곧 알았다. 그리고 이 이삼 년 동안 집에 꼭 박혀 있는 탓에 그녀의 손가락이 부드러워져서 이 점으로 소들의 마음에 드는 것을 얼마나 기뻐하였을 것이다. 전체 아흔다섯 마리 가운데서 특별히 여덟 마리 '뚱뚱이,' '멋쟁이,' '키다리', '안개,' '늙은 예쁜이,' '젊은 예쁜이,' '깔끔이' 그리고 '큰 소리'—는 손가락을 조금이라도 대기만 하면 그것으로 벌써 일은 다 끝날 만큼 아주 순순히 말을 잘 들었다. 하기는 그 중에 한두 마리의 젖꼭지는 무청같이 굳었으나. 그래도 주인의 희망을 안 탓에 그녀는 자기가 아직 다룰 수 없는 젖을 내기 싫어하는 소를 제하고는 앞에 오는 대로 어떤 소나 다 성심으로 손을 대기로 노력하였다.

그러나 그녀는 얼마 아니하여 척 보기에는 우연한 일 같으나 소들의 늘어서는 위치와 여기에 대한 그녀의 희망과의 사이에 이상한 일치가 있는 것을 발견하였는데 나중에는 이 늘어서는 순서가 결단코 우연이 아닌 것같이 생각되었다. 착유장 주인의 제자는 소를 늘어세울 때 가끔 손을 도와주었다. 그리하여

다섯 번째인가 여섯 번째인가 날에 소에게 기대면서 그녀는 좀 의심스러운 눈길을 그 사나이한테로 보냈다.

"클레어씨, 당신께서 소를 늘어세우셨지요?" 하고 얼굴을 붉히면서 그녀는 말했다. 그런데 이렇게 꾸짖는 듯이 말을 하면서도 그녀는 자기도 모르게 웃어 보이며 아랫입술은 딱 그대로 있지만 부드럽게 윗입술은 올라가서 잇새 끝이 빼족이 보였다.

"그렇습니다. 아무렇든 관계없지 않아요?" 하고 그는 말했다. "당신은 언제나 이곳으로 짜러 오시지요?"

"그렇게 생각하세요? 꼭 그렇게 됐으면 좋겠지만! 그래도 전 몰라요."

이 사나이가 자기가 이 외딴 곳을 좋아하는 참된 이유를 모르고 자기의 생각을 잘 알고 있는 것이 그녀의 희망의 한 부분이기나 하듯이 너무나 열심을 내어 이 사나이한테 말을 한 까닭이었다. 그녀는 이것이 너무 마음에 걸려서 저녁 때 젖 짜는 일이 다 끝나자 혼자 뜨락을 거닐며 그 사나이의 생각을 에둘러 안 것을 그만 냉큼 그 사나이한테 알려버렸다는 것을 자꾸 후회하였다.

유월에는 늘 있는 여름밤이었다. 대지는 하도 평온하고 또 투명하여서 무생물까지라도 다섯 관능은 다 못해도 그 중 둘이나 세 관능은 받은 듯하였다. 멀고 가까운 것이 없으므로 귀를 기울이며 지평선 안에 있는 만물과 접촉하고 있는 듯하였다. 이 침묵은 단순히 소음이 없다고 생각되는 것보다도 오히려 활동적인 실체가 되어서 그 마음을 울렸다. 이 침묵은 줄을 튀기는 소리에 깨어졌다.

테스는 머리 위에 있는 지붕 밑 방에서 이런 소리가 나는 것을 들은 일이 있었다. 그때 그것은 꼭 닫힌 곳에서 들려오는 때문에 아득하고 낮고 눌린 듯한 소리여서 지금처럼 고요한 공기 가운데를 나체와 같은 숨김없는 소리결로 배회하면서 그녀의 마음에 든 것은 아니었다. 꺼릴 것 없이 말하면 악기나 악기를 타는 것이나 둘 다 빈약하였다. 그러나 모든 것은 주의의 관계에 달려서 지금 듣고 있는 테스는 마치 혼이 빠진 새같이 그 자리를 떠나지 못하였다. 그 자리를 떠나가는 새로 생바주 뒤에 대서 저쪽이 자기의 있는 것을 알지 못하게 탄주자의 쪽으로 가까이 갔다.

테스가 있는 뜨락 변두리는 여러 해째 갈아붙이지 않고 두어서 지금은 축축하고 조금만 닿아도 꽃가루가 안개같이 이는 물기 많은 풀이며 고약한 냄새를 풍기는 꽃이 만발한 키 높은 잡초가 우거졌다. 그녀는 치맛자락에 좀매미의 거품을 묻히며 달팽이를 발 아래로 짓밟으며 삽주와 집 없는 달팽이에 발과 손을 더럽히며 능금나무 줄기에 있을 때는 눈과 같이 하얗지만 살갗에 닿으면 피와 같은 자국을 남기는 진딧물을 팔에서 털어버리며 이 잡초 속을 고양이와 같이 몰래 나아갔다. 이렇게 그녀는 들키지 않고 클레어의 바로 곁까지 갔다. 테스는 시간도 장소도 다 잊어버렸다. 언젠가 그녀가 한번 말한 일이 있는 별을 바라보면 마음대로 생겨 온다는 법열 상태가 지금은 자기가 그렇게 하고자 아니 해도 자연히 온 것이었다. 그녀의 마음은 이 고물 하프의 가느단 소리에 뛰놀았다. 그리고 그 화한 소리는 마치 부드러운 바람결같이 그녀의 몸을 지나가서 눈물을 고이게 하였다. 날아도는 화분은 사나이가 뜯는 악기소리가 눈에 보이는 것이고, 뜨락의 축축한 기운은 뜨락의 다감한 마음이 우는 것 같았다. 이미 날도 저물었건만 냄새 고약한 잡초의 꽃은 일심불란한 나머지 닫히려고도 하지 않고 빛났다. 그리고 빛깔의 물결은 소리의 물결과 뒤섞였다.

아직도 꺼지지 않고 비치는 빛은 서쪽에 걸린 구름장에 뚫린 커다란 구멍으로부터 새어나오는 빛이었다. 그것은 어디나 다 어둠에 싸인 탓에 이 빛만이 우연히 뒤에 남은 낮의 한조각과도 같았다. 그는 그리 큰 기교가 쓸데없는 극히 간단한 슬픈 곡조를 마쳤다. 그녀는 또 다른 곡조가 시작될 줄 알고 기다렸다. 그러나 사나이는 탄주도 지쳐서 정처 없이 담장을 한 바퀴 돌아서 슬금슬금 그녀 뒤쪽으로 왔다. 테스는 그 뺨이 불과 같이 달아서 움직이는 것인지 아닌 것인지 잘 모르게 살그머니 물렀다.

그러나 에인절은 그녀의 가벼운 여름옷을 보고 말했다. 조금 떨어져는 있었지만 그 나지막한 소리가 미치었다.

"어째 그렇게 달아나세요, 테스?" 하고 사나이는 말했다. "무섭습니까?"

"아니에요, 바깥 것이 무서운 게 아니에요. 더욱이 지금은 안 무서워요, 능금

꽃이 떨어지고 모든 게 다 푸르지 않아요!"

"그러나 마음속에 무엇 무서운 것이 있지 않아요—네?"

"네—그래요."

"무엇입니까?"

"딱히 말씀 드릴 수 없어요."

"우유가 시어져서요?"

"아니에요."

"그저 세상이 온통?"

"네, 그래요."

"아—나도 때때로 그래요, 이렇게 어물어물 살아 있는 게 여간치 않은 일이지요, 당신은 그렇게 생각 안 하시오?"

"그렇습니다—그렇게 말씀하시니까."

"그렇다고 해도 당신같이 젊은 여자가 지금부터 그렇게 생각한다고는 뜻밖입니다. 대체 어떤 까닭입니까?"

그녀는 머뭇머뭇하고 대답이 없었다.

"자, 테스, 나를 믿고 다 말씀하세요."

그녀는 세상 물건들이 자기한테 어떻게 보이는가 하는 의미로 묻는 줄 알고 수줍어서 이렇게 대답하였다.

"나무들은 무엇을 묻고 싶은 눈을 하고 있지 않아요—즉 그런 눈을 하고 있는 것 같이 생각되어요. 그리고 강물은 이렇게 말하지요—'너희들은 어째 그런 얼굴을 하여 나를 괴롭히는 게냐'고 그리고 또 내일이란 날이 여럿 한 줄로 늘어서서 그 맨 첫 것이 제일 크고 또 똑똑하고 다른 것들은 멀어가는데 따라 점점 작아가는 듯이 보여요. 그렇지만 어느 거나 모두들 몹시 무섭고 잔인해서 '자 내가 간다! 정신 차려! 정신 차려!' 하고 말하는 것만 같아요! 그러나 당신은 음악으로 꿈을 일으켜서 이런 무서운 것들을 다 몰아낼 수 있으시겠어요!"

클레어는 이 젊은 여자—한낱 젖 짜는 여자에 지나지 못하지만 다른 그 또래들의 부러워할 만한 좀 귀한 점을 가졌다—가 이런 슬픈 상상을 그린다는 것을 알고 놀랐다. 그녀는 자기의 멋대로 하는 말—겨우 소학교 교육의 도움을 받았을 뿐—으로 현대의 감정이라고 불러서 좋을 감정—현대주의의 고뇌(苦惱)—를 표현하였다. 진보된 사상이라는 것은 사실 대개는 세상 남녀가 몇 세기를 두고 막연히 가지고 있던 감정을 최근 유행에 따른 정의요—학(學)이라던가 주의(主義)라든가 하는 말을 쓰는 좀 더 정확한 표현에 지나지 않는다는 생각에 이르렀을 때에는 이 발견도 그를 그렇게 놀라게 하지는 않았다.

그러나 역시 이런 젊은 여자가 이런 감정을 품는다는 것은 이상하였다. 이상한 것은 지나갔다. 감명 깊고 흥미 있고 슬픈 일이었다. 그 원인을 짐작할 수 없는 탓에 경험이란 것은 생활의 긴장에 달린 것이고 그 기간에 달린 것이 아니라는 것을 그에게 생각하게 할 아무것도 없었다. 테스의 이 한때 곁에 나타난 시들어 떨어지는 병은 그녀의 정신적 수확이었다.

또 한편 테스 쪽으로는 목사 집에 태어나서 훌륭한 교육을 받고 또 물질적으로 아무 부족한 것이 없는 사람이 어찌해서 살아 있다는 것을 불행으로 생각하는 것일까 하고 그 이유를 알 수 없었다. 자기와 같은 이런 불행한 인생의 순례자에게도 충분한 이유가 있었다.

그가 지금 자기의 계급을 떠나 있는 것은 사실이었다. 그러나 그것은 조선소(造船所)에 있는 표트르 대제와 같이 알고 싶은 것을 배우는 데 지나지 않는다는 것을 알았다. 그가 소젖을 짜는 것은 소젖을 짜지 않아서는 안 되는 탓에 하는 것이 아니요, 가멸하고 흥성한 착유장의 주인이 되고 지주가 되고 가축을 기르는 사람이 되는 방법을 배우려고 해서 하는 것이었다. 그는 왕과 같이 자기의 양의 무리와 소 무리와 얼룩 점백이와 얼룩 두레백이와 남녀 하인을 호령하면서 아메리카나 오스트레일리아의 아브라함이 될 것이었다. 그러나 때때로 이 책읽기를 좋아하고 음악을 즐기는 사색적인 청년이 부러 농부가 되기를 원하고 그 아버지와 형들같이 목사가 되려고 하지 않는지 그에게는 알 수가 없었다.

이렇게 해서 두 사람은 서로서로 이 비밀을 열 열쇠를 갖지 못하고 각각 곁에 나타내는 것을 풀지도 못하며 서로 서로의 내력을 들여다보려고는 하지 않고 오직 저쪽 사람의 성격이나 기질에 대해서 새로 알아지는 것이 있기를 기다렸다.

　하루하루 한때 한때 이 사나이에게는 그녀의 성질이 조금씩 알려지고 그녀에게는 사나이의 성질이 또 얼마큼씩 알려졌다. 테스는 자기의 생활을 되도록 억눌러가려고 생각하였으나 자기 안에 어떤 활력이 있는 것을 알아채지 못하였다.

　처음에 테스는 에인절 클레어를 한 사람의 사람으로 보는 것보다 차라리 한 지혜로서 보는 듯하였다. 그는 클레어를 이런 것으로 생각하고 자기와 비교하였다. 그리고 저쪽의 그 풍부한 빛나는 지식을 발견하고도 자기의 보잘것없는 정신적 입장과 안데스 산의 높이와 같이 잴 수 없는 저쪽의 입장과의 거리를 발견할 때마다 그는 아주 풀이 죽어서 자기 자신으로서 더 노력도 해볼 기운까지 없어졌다.

　어느 날 사나이가 옛날 희랍 나라의 양을 치는 생활에 대해서 우연히 그녀한테 무엇을 말하던 때 그녀가 기운이 하나도 없는 것을 보았다. 그녀는 사나이가 이야기를 하는 동안 강둑의 나리님아씨라고 불리는 꽃의 봉오리를 따고 있었다.

　"왜 그렇게 갑자기 슬픈 빛을 하십니까?" 하고 사나이는 물었다.

　"아―그저―저 혼자 그러는 거예요." 하고 갑자기 아씨를 벗기기 시작하면서 슬픈 힘없는 웃음을 웃으며 그녀는 말했다. "제가 어떻게 되었을까 하고 생각했어요! 제 평생은 기회가 없어서 망쳐버린 거나 같아요! 당신께서 아시는 것과 읽으시는 것과 보신 것, 생각하시는 것을 알고는 저 같은 것은 아무것도 아니라고 생각이 되어요! 저는 성경에 있는 그 가엾은 시바의 여왕과 같아요. 저는 이젠 아무 기운도 없어요."

　"원, 그런 걸 쓸데없이 생각할 게 아닙니다! 여보시오." 하고 사나이는 얼마큼 열심히 말했다.

　"내가 당신을 도와 드릴 수 있다면 참 좋겠어요, 테스. 역사나 또는 아무거나 당신이 읽고 싶다고 생각하시는 것은―."

　"이번에도 또 아씨예요." 하고 그는 껍질 벗긴 봉오리를 앞으로 내밀면서 말을 끊었다.

"뭐예요?"

"벗기면 나리님보다 아씨가 더 많은 걸 이야기하려고 했어요."

"나리님이건 아씨건 아무래도 좋아요. 당신은 무얼 하나 공부해보시지 않으시려오?—말하자면 역사 같은 것을?"

"때때로 저는 역사에 대해서는 지금 제가 아는 것보다 더 무엇이나 알고 싶지 않아요."

"왜 그래요?"

"글쎄 자기는 기다란 행렬 속에 있는 한사람에 지나지 않는다는 것을 안대야 —어느 오랜 책속에 자기와 꼭 같은 사람의 일이 적힌 것을 발견하든가 또 자기는 이후에 꼭 그 사람이 한 것을 할뿐이라는 것을 안대야 무슨 소용이 있어요. 자기를 슬프게 하는 것밖에는 없어요. 자기의 성질이나 자기의 과거의 일이나 천만 사람의 것과 같다든가, 그리해서 장래의 생활도 역시 천만 사람의 것과 같으리라는 것을 생각하지 않는 게 제일 좋아요."

"그러면 정말로 아무 것도 배우고 싶지 않으시군요?"

"글쎄 배워도 좋아요—해는 왜 옳은 사람이나 옳지 않은 사람이나 똑같이 비치는가 하는 것 같은 것은." 하고 그녀는 목소리가 조금 떨리며 이렇게 대답하였다. "그러나 이런 것은 책이 가르쳐주지 않을 거예요."

"테스, 그런 빈정대는 말은 그만두세요." 물론 클레어는 봉통 있는 의무적인 마음에서 이렇게 말하였다. 이런 종류의 의심은 그의 과거에도 없지는 않았던 것이었다. 사나이는 그녀의 미숙한 입과 입술을 바라보고는 이런 교육 없는 처녀니까 이런 감상을 어디서 들어 둔 것이라고 생각하였다. 그녀는 또 나리님과 아씨를 잡고 벗기고 있었다. 드디어 클레어는 수그리고 있는 그녀의 눈썹이 물결 같은 곡선을 그리며 그 부드러운 눈 위에 처진 것을 한동안 바라보다가 떠나기 싫은 듯이 가버렸다. 클레어가 간 뒤에도 그녀는 무슨 깊은 생각에 잠겨 마지막 봉오리를 벗기면서 우두커니 서 있었다. 그러나 문득 환상에서 깨어난 그녀는 자기의 어리석은 것이 불유쾌해서 내심에 뜨끔하고 뜨거운 것을 느끼며 그녀는 꽃을 땅바닥에 동댕이쳤다.

클레어는 자기를 얼마나 어리석은 것이라고 생각할까! 어떻게 해서든지 이 사나이의 호인 그 기사(騎士) 더버빌 집안과 자기네 집이 한 집이라는 것을 생각하게 되었다. 그것은 아무 소득도 없는 것이었고 또 그 발견은 여러 가지로 그녀에게는 재난을 가져왔으나 킹스비어 교회에 있는 퍼벡 대리석과 설화석고 (雪花石膏)로 새긴 사람들이 정말로 자기의 정통 조상인 것과 트란트리지에 있는 것과 같은 돈과 야심으로 뭉쳐진 거짓 더버빌이 아니고 진정한 더버빌이라는 것을 알면 신사요 또 역사가인 그로써는 충분히 자기를 존경해서 나리님, 아씨를 가지고 논 자기의 아이 같은 장난도 다 잊어버릴 것이라고 테스는 생각하였다.

그러나 아직 의심을 하는 테스는 대담하니 이것을 알리기에 앞서 이것이 클레어씨한테 얼마나 효과가 있을 것인가 하는 것을 간접으로 착유장 주인한테서 알아볼 생각으로 클레어씨는 돈도 영지도 다 없어진 지방의 구가를 상당히 존경하는가 어떤가를 물어보았다.

"클레어씨는." 하고 착유장 주인은 힘을 주어서 말했다. "아직까지 그런 반항심이 센 젊은 사람은 보지 못 했는걸—그 집안사람과는 조금도 같지 않거든. 그리고 그가 세상에서 제일 싫어하는 것은 소위 구가라는 것이거든. 그가 하는 말이 구가라는 것은 옛날에 활동할 힘을 다 써버린 탓에 이제는 아무 것도 남은 것이 없는 것은 당연하다는 거지. 빌레트 가라든가 드렌크하드 가, 그레이 가 그리고 성(聖) 퀸틴 가라든가 하디 가라든가 굴드 가라든가 모두들 이 골짜기 안에 여러 마일 땅을 가지고들 있었지만. 그러나 지금은 옛날 노래 하나 값으로 그것들을 몰아살 수 있게 되었어. 저 우리 집 레티 프리들도 그래 보여도 패리델 집안의 일족인데. 그런데 클레어씨가 이것을 알고 며칠 동안을 두고 아주 업신여기는 듯이 그 처녀 아이한테 이렇게 이야기를 하는 게야. "당신은 좋은 젖 짜는 여자는 못 되겠소. 당신의 재간은 이미 몇 백 년 전에 팔레스타인에서 다 써버렸을 것이오. 이제 무슨 일을 할 힘을 내려면 한 천년 쉬면서 기다리지 않으면 안 될 것이오!" 어느 날 아이 하나가 일자리를 얻으려 와서 이름은 매트라고 하기에 성은 무엇이냐고 물었더니 자기네는 아직 그런 성이라는 것이 있다는 걸 듣지 못했다고 말을 해서 우리가 왜 그러냐 했더니 하는 말이 자기네 집안은 된 지가 얼마 안 되니 그렇다고 하지 않겠소, 했더니 "아—그대야 말로 내가 구하던 소년이군!" 하고 클레어씨는 뛰듯이 일어나 아이의 손을 잡고 흔들지 않겠나. "그대에겐 큰 희망을 붙이네." 하고 이 아이에게 반 크라운을 주었지. 아—천만에 그는 구가 같은 건 딱 질색이지!"

이 클레어의 의견이라는 것을 듣고 나서 그녀는 그 마음이 약해졌을 때에는 자기 집안에 대해서 별로 이야기도 하지 않을 것을 기뻐하기도 하였다.

20.

시절은 익어갔다. 꽃과 잎사귀와 꾀꼬리와 산까치와 그밖에 이와 같은 단명한 생물들은 일 년 전에는 아직 한 움트는 싹이나 무기물(無機物)의 한쪽에 지나지 못하였으나 이 해가 되어서는 한해 전에 다른 것들이 차지하였던 자리를 잡고 있었다. 해돋개의 빛은 새싹을 이끌어내어서 이것을 긴 줄기로 늘이고 미물을 소리 없이 흐르는 물처럼 위로 올리고 꽃잎사귀를 열고 보이지 않는 방사와 호흡 속에 향내를 뿜어냈다.

착유장주인 크릭의 아래 있는 남녀 젖 짜는 사람들은 안락하니 평온하니 그 위에 유쾌하니 세월을 보냈다. 그들의 처지는 몰라도 사회의 모든 처지 가운데서도 제일 행복한 것이었다. 가난이란 것이 끝나는 선 바로 위에 있고 그 위에 그들이 놓여 올라서면 예의작법이라는 것이 자연한 감성을 잃기 시작하고 쓸데없는 유행을 쫓는 필요가 넉넉한 것도 바르게 하는 금 바로 아래 그들이 놓여 있는 까닭이었다.

이렇게 해서 푸른 잎사귀의 시절도 지나갔다. 테스와 클레어는 깨닫지 못하는 사이에 서로 마음을 알아보려고 하였는데 그들은 위태하게도 정열의 가장자리에서 겨우 냉정해지나 그러나 그들은 또 언제나 늘 위험하였다. 그러는 가운데도 그들은 한 골짜기를 흐르는 두 개울같이 틀림없이 막을 수 없는 법칙에 따라 하나로 모여들고 있었다.

테스는 최근 생활 가운데 지금처럼 행복한 때가 없었다. 그리고 몰라도 두 번 다시 이렇게 행복할 것 같지 않았다. 첫째로 그녀는 육체적으로나 정신적으로나 이 새로운 환경에 꼭 맞는 것이었다. 씨를 뿌린 장소에서 해로운 지층(地層)에 뿌리를 내린 풀이 그것보다 좀 더 깊은 흙이 있는 곳에 옮겨 심어진 것이다. 그런데 그녀는 그렇게 클레어도 아직 좋아하는 것과 사랑하는 것과의 분명치 않은 곳에 서 있었다.

깊은 곳에 빠진 것도 아니고 반성하는 것도 아니고, 그저 겁을 먹고 이렇게 생각하는 것이었다. "이 새 흐름은 대체 어디로 나를 끌고 가나? 이것은 내 장래에 대해서 무엇을 의미하나? 내 과거에 대해서 그것은 어떤 관계에 있나?"

그들은 끊임없이 만났다. 만나지 않고는 있을 수 없었다. 그들은 매일 자주로 분홍으로 물들은 새벽녘, 아침 어슴푸레한 빛 속의 그 이상하고 엄숙한 시간에 만났다. 여기서는 일찍들 대단히 일찍들 일어나는 것이었다. 젖 짜는 것은 이른 아침에 하기로 되었고 그 전에는 크림 걷는 일이 있는데 이것이 세시 조금 지나서부터 시작되었다. 여럿 가운데서 누가 맨 처음 종 달린 사발시계가 울어 눈을 뜨면 꼭 다른 사람들을 깨우기로 되어 있었다. 그런데 테스는 제일 새로 오기도 했고 다른 사람들과 같이 종이 우는 줄도 모르고 내 잘 여자가 아니라는 것을 곧 안 탓에 이 깨우는 일은 많이 그녀한테로 돌아왔다. 세시를 쳐 종이 짜라랑 하고 울면 그녀는 방을 나가서 맨 처음 주인 방문으로 뛰어 갔다. 그리고는 사다리를 올라가서 에인절의 방으로 들어가서는 속삭인다기보다는 크게 말을 하여 그를 부르고 그리고는 그녀의 동료 여자들을 깨웠다. 테스가 옷을 다 입고 나는 때면 클레어는 아래층으로 내려와서 축축한 밖으로 나왔다. 남은 여자들이며 주인은 언제나 한 번 더 돌아누웠다가 한 십오 분이 지나기 전에는 자태를 보이지 않았다.

밝아올 녘의 농담 상반하는 잿빛은 해질 무렵의 농담 상반하는 잿빛은 아니다. 비록 그 음영의 정도는 같다고 하지만, 아침 어슴푸레하니 밝을 때에는 빛은 활기가 있고 어둠은 기운이 없는 듯한데 저녁 어슴푸레하니 밝을 때에는 활기 있고 점점 커지는 것은 어둠이요 반대로 빛이 졸리는 듯한 것이다.

자주 자주—늘 우연이라고만 할 수 없지만—이 착유장에서 제일 먼저 일어나는 두 사람인 탓에 그들은 온 세상에서도 제일 먼저 일어나는 두 사람이었다. 이곳에 와서 있게 된 뒤로 처음 얼마동안은 테스는 크림 걷는 일을 하지 않았다. 그리고 일어나면 곧바로 밖으로 나갔다. 거기서 클레어는 늘 기다리고 있었다. 넓은 목장에 가득 찬 희미하고 채 맑지 않고 물기 많은 빛은 그들이 마치 아담이나 이브이기나 한 듯이 세상으로부터 떨어졌다는 느낌을 갖게 하였다. 이 어슴푸레한 하루해가 열리는 때에는 클레어의 눈 위에 비치는 테스가 기품으로나 육체로나 당당하고 훌륭해서 거의 여왕을 연상케 하는 힘을 지니고 있는 듯이 생각되었다. 그것은 아마 이런 이상한 시각에 그녀만큼 아름다운 여자가 그 눈이 미치는 주위 안에서는 들에 나와 거닐 수가 없을 것을, 온 영국을 통해서도 몇 사람이 안 될 것을 아는 때문이었다. 아름다운 사람은 대개 한여름 밝아올 녘에는 자고 있는 것이다. 그들은 서로 가까이 있었다. 그리고 다른 사람이라고는 아무데도 없었다.

그들은 빛깔이 뒤섞인 이상한 어스름한 어둠 속을 소가 있는 곳까지 같이 걸어 갈 때면 클레어는 때때로 예수 부활의 시각을 생각하게 되었다. 클레어는 자기 옆에 막달라 마리아(예수 부활할 때 그 무덤에 왔던 여자)가 있을 수 있다고는 조금도 생각지 못하였다. 모든 풍경은 희미한 빛을 띠었는데 그 눈의 초점이 되고 있던 길동무의 얼굴은 안개의 층에서 떠올라서 그 위에 일종의 린(燐)과 같은 빛을 띤 듯하였다. 그녀는 유령과 같이, 마치 육체를 떠난 혼뿐이듯이 보였다. 사실 그녀의 얼굴은 그렇게 보이려고 하는 것은 아니나 동북쪽으로 오는 찬 햇빛을 받았다. 그리고 클레어의 얼굴도 자기가 그것을 생각하지 못했으나 테스에게는 같은 표정으로 보였다.

앞서도 말해오듯이 그녀가 이 사나이의 마음에 감명을 주는 것은 이때였다. 그는 한 젖 짜는 여자는 아니고 환영 같은 여자의 정(精)—모든 여성의 한 전형적 형태로 결정이 된 것이었다. 클레어는 그를 아르테미스(희랍 신화 중의 목축의 여신)니 데메테르(희랍 신화 중의 농업의 신)니 하고 희롱 삼아 불렀다. 그러나 그 뜻을 모르는 그녀는 이렇게 부르는 것을 좋아하지 않았다.

"테스라고 불러주세요." 하고 그녀는 눈을 흘겨보면서 이렇게 말하곤 하였다. 그래도 사나이는 그렇게 하였다.

그리해서 사방이 점점 밝아지면 그녀의 용모는 단순히 한 여자로 되었다. 그들은 사람에게 축복을 줄 수 있는 천인(天人)의 용모로부터 이 축복을 바라는 인간의 용모로 변하였다.

이렇게 사람 없는 시각에는 그들은 물새의 바로 가까이까지도 갈 수 있었다. 왜가리가 문이며 덧문을 여는 것같이 커다란 떠들썩하는 소리를 내며 두 사람이 자주 다니는 목장 곁에 있는 식림한 나뭇가지로부터 날아났다. 그리고 이것이 물에 날아온 때면 인형이 나사를 틀면 돌아가듯이 천천히 일자로 냉정하니 빙그르 고개를 돌려서 두 사람의 지나가는 것을 바라보면서 겨우 그대로 서서 견디는 것이었다.

그들은 또 몇 겹으로 싸인 엷은 여름 안개가 목장으로 퍼지는 것을 볼 수도 있었다. 잿빛으로 젖은 풀밭 위에는 소가 밤새 누워 있던 자취가 남아 있었다. 그것은 마치 소들의 크기와 같은 유록빛 마른풀의 섬들이 망연한 안개바다에 떠있는 듯하였다. 그런 섬들로는 구불구불한 발자국 길들이 나있었다. 소들은 일어나서 풀을 먹으려고 어슬렁어슬렁 이 길을 걸어간 것이어서 아니나다를까 그 길이 다하는 곳에는 소를 볼 수가 있었다. 소들은 그들이 오는 것을 알고 코를 울려 김을 내뿜으면 그것은 주위에 자욱한 안개 속에 좀 더 짙고 적은 안개를 이루었다. 그러면 두 사람은 소를 목책 안에 도로 몰아넣든가 형편 보아서는 그 자리에 주저앉아서 젖을 짜든가 하였다.

혹은 또 여름 안개가 더욱 자욱하니 둘려서 목장은 하얀 바다와 같이 되고 드문드문 섰던 나무들이 위험한 암초같이 보이는 때도 있었다. 새들은 이것을 뚫고 해밝은 상공으로 높이 솟아올라 햇볕을 쬐며 떠 있기도 하고 또는 목장과 목장 사이로 나눠 놓은 유리 막대같이 빛나는 젖은 가름대에 남아 앉기도 하였다.

바로 이런 시각이 되면 왜 좀 더 일찍 오지 못하느냐고 하며 제집에서 다니는 젖 짜는 사람들에게 책망을 하든가 손을 안 씻는다고 데보라 파이안더 노파를 몰아대는 주인 크릭의 소리를 두 사람은 늘 들었다.

"제발 그 손을 좀 펌프에 대줘요, 댑―런던 사람들이 그대 손과 그 게으른 품을 안다면 우유를 마시는 거나 버터를 먹는 거나 지금보다는 퍽 덜할 거네. 그래 그게 야단 아니야."

젖 짜는 일은 이렇게 되어가서 끝날 때 되면 테스나 클레어도 다른 사람들과 같이 무거운 아침 식사를 올린 식탁이 클레어부인의 손으로 부엌 바람벽 쪽으로부터 끌려나오는 소리를 들을 수 있었다. 이것이 어떤 식사에나 꼭 일어나는 전주곡이었다. 그리고 식탁 위에 음식 그릇이 다 치워지고 다시 제자리를 돌아갈 때에도 이 시끄러운 끄는 소리가 따랐다.

21.

조반이 끝나자 우유고에서는 큰 소동이 일어났다. 교유기(攪乳機)는 예전대로 돌아갔으나 버터는 나오지 않았다. 언제나 이런 일이 있으면 착유장에서는 어떻게 할지를 몰랐다. 우유는 커다란 원통 안에서 씩씩하는 소리를 내었으나 그들이 다 바라고 있는 소리는 통 나지 않았다.

착유장 주인인 크릭과 그 마누라와 젖 짜는 여자들로 테스, 마리안, 레티 프리들, 이즈 휴에트며 부근 농가에서 온 여인네들이며 클레어씨, 조녀선 카일 늙은 데보라 그리고 그밖에 다른 사람들도 모두 한심해서 교유기를 바라보고 있었다. 밖에서 말을 모르고 있는 아이도 달과 같은 눈을 하고 이 광경에 대한 감정을 표하고 우울한 말까지도 한 바퀴 돌아올 때마다 의심스러워하는 절망하는 모양으로 창을 들여다보고 가는 듯하였다.

"내가 에그던의 점쟁이 트렌들의 아들에게 갔던 지가 수년 되는데―수년!" 주인은 기가 막혀서 말했다. "그런데 그 위인이 그 아비에 대면 아무 것도 아니야. 내가 그자를 믿지 않는다는 말을 지금껏 하였다면 분명히 쉰 번은 했어. 하지만 아직 살아 있다면 그자한테 가지 않아서는 안 되겠어. 참 정말이지 이런 일이 언제까지나 계속한다면 안 가고는 안 되겠는 걸!"

클레어씨까지도 주인이 이렇게 기를 쓰는 것을 보고는 슬퍼졌다.

"세상 사람들이 와이드 오—라고 부르는 캐스터브릿지 저쪽에 있는 점쟁이 폴 말이여, 내가 아이일 적에는 아주 잘 했었는데." 하고 조너선 카일이 말했다. "하지만 시방은 인화목(引火木)처럼 썩어져서."

"우리 할아버지는 아울스쿰의 점쟁이 민턴이라구 하는데 잘 가셨지만 할아버지 말씀인즉 아주 영리한 사람이었든 모양이야." 하고 크릭씨가 말을 이었다. "하지만 이제 이 부근에 그런 상당한 자는 없어!"

크릭부인은 좀 더 가까운 데서 일을 생각하고 있었다.

"아마 이 집안에 누가 정분난 사람들이 있는 게야." 하고 그는 떠보노라고 이렇게 말했다. "그런 일이 있으면 이렇게 된다는 말을 나 아이일 적에 들었어. 여보, 크릭, 몇 해 전에 우리 집에 있든 계집아이 말이오. 그걸 아시겠소, 그때 어떻게 해서 우유가 안 나왔던 걸!"

"응, 그래 그래! 하지만 그건 그 때문이 아니야. 그게 무슨 정분나는 것과 상관이 있담! 나는 그 일을 다 잘 알고 있지만—이건 교유기에 고장이 생긴 거야."

주인은 클레어 쪽으로 향했다.

"잭 돌이라고 애비 없는 놈을 한때 우리 집에 젖 짜는 사람으로 쓴 일이 있는데, 글쎄 서방님, 이놈이 멜스톡에 있는 젊은 계집을 하나 건드리고는 여러 계집을 속여먹든 버릇으로 그 계집도 속였단 말이지요, 그랬는데 이놈이 이번에는 좀 흐트로 못 볼 계집과 붙었구려. 그런데 이게 그 본판 계집은 아니거든요. 자 그런데 일 년 삼백예순 하고 많은 날인데 하필 예수 승천하신 목요일에 우리가 지금처럼 예서 이렇게 있노라니까, 하기는 그때 교유(攪乳)는 하지 않고 있었지만, 글쎄 그때 황소라도 처음일 듯한 커다란 놋 장식을 한 양산을 들고 그 계집년의 어미가 문가로 오더니 "잭 돌이 댁에서 일을 해요? 좀 보려구 그

럽니다. 그 녀석하고 단단히 좀 할 이야기가 있어요, 진짜로 있어요!" 한단 말이지요. 또 그 어미 뒤에 조금 떨어져서는 잭과 어쨌다는 계집년이 손수건에 낯바닥을 묻고 섧게 울면서 걸어오는구려. "야단났다, 큰일인데! 저 할미가 나를 죽일지도 모르겠네! 어디로 달아날까? 어디로? 내가 간 곳 이르지 말아요!" 하고 잭이란 놈은 창으로 두 사람의 모양을 보고는 이렇게 말한단 말이지요. 이러구는 그놈은 들어 열게 된 뚜껑을 열고 교유기 속으로 들어가서 안으로 뚜껑을 닫자 젊은 계집의 어미가 우유고로 달려들었습니다. "이 죽일 놈─이놈 어디 있어? 이놈의 상판대기를 올려붙여 줘야지, 그저 이놈 잡히기만 해라!" 하고 그 어미가 야단이지요. 그리고 이것이 잭이란 놈에게 갖은 악담을 다 퍼부으며 샅샅이 뒤졌습니다. 잭이란 놈은 교유기 안에서 숨이 막힐 지경이고 가엾은 처녀─라기보다는 젊은 계집은 눈이 울어 터질 듯이 자꾸 계속 울기만 합니다. 나는 그때 일이 잊히지 않습니다. 잊힐 리가 있어요! 돌덩이라도 감동되었을 겁니다! 허나 그 어미라는 것은 종내 어디서나 그놈을 못 찾아내고 말았지요."

주인이 잠깐 말을 끊자 듣고 있는 사람 가운데서 두세 마디 비평 비슷한 말이 나왔다. 주인 크릭의 이야기는 실상 아직 끝이 안 났는데도 다 한 듯이 생각되는 때가 종종 있다. 그래서 처음으로 듣는 사람들은 속아서 이야기 마지막에 쓰려던 감탄사를 이때 써버리곤 하는 것이다. 물론 이야기를 늘 들어 귀에 익은 패들은 그러지는 않았지만. 주인은 그 뒤를 이어서 말을 했다.

"그런데 이 노파가 이렇게 그것을 알아차릴 지혜가 나왔는지 도무지 알 수 없지만 그놈이 교유기 안에 들어 있는 줄을 알았단 말씀이요. 아무 말도 하지 않고 노파는 들어 올리는 기계(그때에는 손으로 돌렸지요.)를 잡고 그놈을 횡횡 잡아 내둘렀지요. 그래 이놈 잭은 안에서 디글디글 굴기 시작을 하고 야단이 났거든요. 그래 이 녀석이 "아─죽겠어! 기계 멈춰 줘요! 나가게 해줘요! 나는 개구리가 돼요!" 하고 머리를 밖으로 내밀고 말을 합니다(이 작자가 속은 퍽 겁쟁이였지요, 그런 작자들에 한해서 그렇듯이). "멈추기는 왜, 우리 딸 흠집 내놓은 것 다 갚아 놔야지 안 된다!" 노파가 이렇게 나오지요. "기계 멈춰, 이 귀신같은 할미야!" 하고 이 녀석이 소리를 지르니까 "나를 망할 할미라고 부르기를 하고,

흥, 이 도둑놈! 이 다섯 달 동안 나를 장모라고 불러야 옳을 텐데!" 하고 노파가 말합니다. 그러는 동안에도 교유기는 자꾸 돌아가고, 잭의 몸뚱이는 또 우적우적 소리가 나기 시작하지요. 그래도 우리들 가운데서는 누구 하나 그 난리통에 끼려고도 하지 않았어요. 했더니 나중에는 잭 녀석이 다 갚아놓으마 하는 약속을 하겠지요. "아—좋아요—꼭 약속대로 할게요!" 하고 말합디다. 그래 이날은 이것으로 끝장이 났지요."

듣고 있던 사람들이 웃는 것으로서 그 비평을 하고 있을 때에 그들의 등 뒤에서 갑자기 몸을 움직이는 소리가 나서 다들 돌아다보았다. 테스가 낯이 해쑥해져서 문 있는 데로 갔다.

"오늘은 덥기도 해!" 그녀는 거의 들리지 않게 이렇게 말했다.

날씨는 더웠다. 그러나 그녀가 뛰어간 것과 이 주인의 회고담과 관련지어서 생각한 사람은 없었다. 주인은 앞으로 가서 그녀에게 문을 열어주면서 은근한 농담말로 말했다.

"왜 그래, 이 꼬마 처녀(그는 종종 이렇게 다정하니 불렀다). 우리 집 젖 짜는 여자들 중에 제일 예쁜 양반, 이제야 겨우 여름으로 들어가면서 이렇게 야단이다간 큰일이야, 이러다는 한여름에 가선 그대가 없어서 참 야단나겠으니 말이지, 그렇지 않아요, 클레어씨?"

"저는 까무러칠 것 같아요—그래—밖에 나오면 좋을 듯해서요." 그녀는 기계적으로 이런 말을 하고는 밖으로 사라졌다.

그녀에게는 일이 잘되느라고 그랬는지, 이때해서 돌아가는 교유기 속에 든 우유가 씩씩 하는 소리로부터 분명히 철철 하는 소리로 변했다.

"자 나온다—." 하고 크릭부인이 외쳐서 여러 사람의 주의는 테스로부터 떠나서 이리로 몰렸다.

이 아름다운 고민하는 여자는 얼마 안 돼 겉으로는 다 나왔으나 그러나 그날 오후 내내 우울하게 지냈다. 저녁 젖 짜기가 끝났을 때에는 여러 사람들과 같이 있고 싶지 않아서 자기도 어딘지 모를 데로 작정 없이 밖으로 나와 헤맸다. 그녀의 동료들은 아까 그 주인의 이야기의 슬픔을 아는 것 같지는 않은 것을 생각하고 그녀는 비참하였다―아, 참으로 비참하였다. 분명히 누구나 그 이야기가 얼마나 그녀의 경험의 아픈 곳에 닿았는지를 알지 못하였다. 이제는 저녁 해도 그녀에게는 공중에 생긴 커다란 염증이 생긴 상처 같아서 더럽게 보였다. 다만 쓸쓸한 목소리가 썩쉬한 갈새만이 강가의 풀숲에서 그녀에게 인사를 하였을 뿐이다. 그리고 그 소리는 기계가 갈리는 듯한 슬픈 청이어서 이제는 그 우정에도 지친 옛날 친구의 목소리와도 같았다.

이 유월의 기나긴 날에는 우유가 많이 나오게 되면 젖을 짜기 전에 하는 아침 일이 퍽 일찍 시작되고 또 고되어서 젖 짜는 여자들이며 또 이 집에 있는 사람들이 거의 다 해가 질 때나 또 그보다 더 일찍 자리에 드는 것이었다. 테스도 늘 같이 있는 동료들을 따라 이층으로 올라갔다. 그러나 오늘밤엔 그녀는 누구보다도 먼저 공동 방에 가서 다른 여자들이 들어올 때에는 어렴풋이 잠이 들었다. 그녀는 다 넘어간 해의 밀감 빛 속에서 옷을 벗으며 전신을 이 빛깔로 붉게 물들이는 여자들을 보았다. 그녀는 다시 잠이 들었으나 그들의 소리에 다시 눈을 떴다. 그리고 고요히 그 눈을 그들 있는 쪽으로 돌렸다.

한 방에 있는 세 동료는 아직 누구나 자리에 들지 않았다. 그들은 잠옷을 입고 맨발로 창가에 무리지어 서 있었다. 서쪽 하늘에 아직 남은 새빨간 빛이 그들의 얼굴과 목과 그 주위의 바람벽에까지 따스하게 비쳤다.

세 사람은 쾌활하고 둥그런 얼굴, 새까만 머리의 해쓱한 얼굴, 금빛머리의 빛깔인 얼굴의 세 얼굴을 가까이 모으고 뜨락에 누가 있는 것을 모두들 재미있게 바라보았다.

"밀지 말아요, 다들 잘 보이면서." 하고 금빛 머리를 한 그 중에서 제일 어린 처녀가 창에서 그 눈을 떼지 않으며 말했다.

"당신이 아무리 저이를 사모해도 나와 같이 쓸데가 없어요, 레티 프리들." 하고 쾌활한 얼굴을 한 제일 나이든 처녀가 빈정대며 말했다. "저이는 당신 말고 다른 사람의 뺨을 생각하고 있어요."

레티 프리들은 그래도 보고 있었다. 다른 두 사람도 다시 보았다.

"저 봐 또 나왔어." 하고 까만 숱 많은 머리를 한 입모양이 야무진 이즈 휴에트가 소리쳤다.

"당신이 말하지 않아도 다 알아요, 이즈." 레티가 대답하였다. "난 당신이 그의 그림자에 입 맞추는 것을 봤으니까."

"뭐 하는 것을 봤어?" 마리안이 물었다.

"저—그이가 유수(乳水)를 버리려고 유수통이 있는 데 서 있었어. 그런데 그이의 그림자가 이즈의 바로 옆에 있는 바람벽에 비쳤거든. 이즈도 통에 유수를 채우면서 서 있었어. 글쎄 애가 바람벽에다 입을 대고 그이의 입 그림자에 입을 맞추었어요, 그이는 보지 못했지만 난 봤어요." "아—이즈 휴에트!" 마리안은 말했다.

장밋빛 점이 이즈 휴에트의 뺨 가운데 나타났다.

"그래, 그래도 조금도 나쁠 게 없지 않아." 하고 그녀는 일부러 냉정하게 말했다.

"그리고 내가 그이를 생각한다면 레티도 그래요. 그리고 또 마리안, 당신도 그렇지, 뭐."

마리안의 둥그런 얼굴은 그 타고난 분홍빛보다 더 붉어지지는 않았다.

"내가!" 하고 그녀는 말했다. "그런 소리 말아! 아—저기 그이가 또 나왔네—귀여운 눈—귀여운 얼굴—귀여운 클레어씨!"

"저것 보게—쟤가 말해버리고 있네!"

"너도 말했자—우리 다 말했지." 하고 마리안은 남의 생각 같은 건 전연 모른다는 듯이 아주 담담하게 말했다. "다른 사람한테 말할 건 없어도 우리 사이에선 그렇지 않은 듯이 해 보이는 건 어리석은 짓이오. 나는 내일이라도 그이하구 결혼하구 싶어."

"나도 그러고 싶어—그것뿐만 아니야." 이즈 휴에트가 종알거렸다.

"그리고 나도," 하고 다른 사람들보다 수줍은 레티가 속삭였다.

이것을 듣고 있는 사람은 점점 흥분했다.

"우리들이 다 그이하고 결혼하지는 못해요." 하고 이즈가 말했다.

"우리들하고 결혼하지 않을 거야—우리들 가운데 누구하고라도 더 속상하는 일이지만," 하고 제일 나이가 들은 처녀가 말했다. "그가 또 나왔어." 그들 세 사람은 다들 말없이 그 사나이한테로 키스를 보냈다.

"어째서 그래?" 레티가 급하니 물었다.

"그는 테스 더비필드를 제일 좋아해."

마리안은 소리를 낮추어서 말했다. "나는 매일 그이를 유심히 보았는데 그런 걸 알았어."

다들 무엇을 생각하느라고 조용하였다.

"그래도 테스는 그이를 조금도 마음에 안 두지 않아?" 한참 만에 레티가 작은 소리로 말했다.

"그래, 나도 때때로 그렇게 생각해."

"그래도 이게 무슨 어리석은 일이야!" 하고 이즈 휴에트가 답답하다는 듯이 말했다. "물론 그는 우리들 가운데 누구하고라도 또 테스하고라도 결혼하지 않을 거야—신사계급의 아들인데 그리고 외국 가서 큰 지주나 농업가가 되려고 하는 이 아니야! 그것보다도 일 년에 얼마로 농장 일꾼으로나 와 주지 않겠느냐고 물어나 주는 게 옳겠지!"

하나가 한숨을 쉬고 또 하나가 한숨을 쉬고 그리고 마리안의 투실하니 살진 찐 몸이 제일 크게 한숨을 쉬었다. 바로 옆 침상에 누워 있는 사람도 한숨을 쉬었다. 아름다운 금빛 머리의 제일 어린 레티 프리들—향토사(鄉土史)에서는 가장 저명한 패리들 집안의 마지막 봉오리—의 눈에는 눈물이 고였다. 세 사람은 아직도 좀 더 묵묵하니 뜨락 쪽을 보고 있었다. 세 얼굴은 전과같이 서로 붙었고 세 가지 머리털은 서로 뒤섞였다. 그러나 아무것도 모르는 클레어는 방안으로 들어가 버려서 그들은 다시 그를 보지 못하였다. 어둠은 점점 깊어지기 시작해서 그들도 각각 자기네 잠자리로 기어들어가 버렸다. 이삼 분 뒤에 그가 자기 방 사닥다리를 올라가는 소리를 들었다. 마리안은 곧 코를 골았으나 이즈는 오랫동안 모두 잊어버리고 잠들 수가 없었다. 레티 프리들은 울다가 잠이 들어버렸다.

세 사람보다도 더 깊은 생각에 잠긴 테스는 그때까지라도 잠을 이룬다는 데서는 대단히 멀었다. 이 처녀들의 이야기는 그녀가 오늘 삼켜 버리지 않으면 안될 쓴 알약의 하나였다. 질시의 감정은 그녀의 마음에 조금도 일어나지 않았다.

이 문제에 대해서는 자기에게 우선권이 있는 것을 알았다. 세 사람의 그 누구보다도 얼굴이 예쁘고 교육도 더 받고 제일 어린 레티를 빼고는 제일 나이도 젊었지만 다른 여자들보다 좀 더 여자라는 것이 되어 있었으므로 조금만 주의를 하면 이런 솔직한 처녀들과 대항을 해서 에인절 클레어의 가슴속에 자기라는 것을 세워 놓을 수 있다고 그녀는 생각하였다. 그러나 과연 그렇게 할 것인가 아닌가가 중대한 문제였다.

참으로 세 처녀에게는 그런 기회의 그림자도 없었으나 테스로서는 클레어에게 한때라도 애착을 느끼게 하고 클레어가 여기 있는 동안이라도 남달리 친절히 대해주는 즐거움을 즐길 기회는 있고 또 오늘까지 있었던 것이다. 이러한 짝이 기우는 연애로도 결혼이 된 예는 많았다. 그리고 그녀는 크릭부인의 입으로 어느 날 클레어가 웃으면서 식민지로 가서 일만 에이커의 목장을 관리하고 가축을 치고 곡식을 베고 하여야 할 자기가 훌륭한 귀부인과 결혼하기로 무슨 소용이 있느냐고 한 이야기를 들은 일이 있었다. 그에게는 농가 여자가 제일 어울릴 아내인지도 몰랐다. 그러나 클레어가 본심으로 그랬건 말았건 자기는 이제 양심을 속이지 않고는 결혼을 할 수 없는 것과 또 그러한 유혹에는 들지 않기로 거의 신앙적으로 굳은 결심을 하고 있는 이 자기가 클레어가 톨보트헤이즈에 있는 동안이라도 그의 사랑을 받는다는 덧없는 행복을 위해서 어떻게 다른 여자들로부터 클레어의 주의를 떨쳐버릴 수 있을까.

22.

그들은 이튿날 아침 하품을 하면서 아래층으로 내려왔다. 크림 뜨는 것과 전과 같이 다 진행되고 나서 그들은 조반을 먹으러 집안으로 들어갔다. 농장 주인 크릭이 발을 구르면서 집안을 왔다 갔다 하는 것을 보았다. 그는 어떤 거래처로부터 버터에 떫은맛이 있다고 나무라는 편지를 받은 탓이었다.

"큰일 났어, 참 그렇거든!" 하고 버터를 한 덩어리 묻힌 나무 주걱을 왼손에 쥐고 주인은 떠들었다. "참말 그래—다들 제각기 맛 좀 봐."

몇 사람이 주인의 주위에 모여왔다. 그리고 클레어씨도 맛을 보았다. 테스도 맛을 보았다. 그리고 그밖에 이 집에 있는 젖 짜는 여자들과 한두 사람 젖 짜는 남자들도 그리고 준비가 다 된 아침 식탁 있는 데서 나온 크릭부인도 다들 맛을 보았다. 분명히 떫은맛은 있었다.

좀 더 정확히 맛을 보고 어떤 독초가 이 원인이 되었는가를 알아내려고 그는 골똘히 생각을 하다가 갑자기 외쳤다.

"마늘이야! 저 목장엔 한 이파리도 남겨 놓지 않은 줄로 아는데!"

그러자 오래전부터 있던 사람들은 이즈음 소를 두세 마리 들여보낸 어떤 마른 목장이 몇 해 전에도 이렇게 해서 버터를 못 쓰게 된 것을 생각하였다. 그때에 주인은 그 맛을 못 알아내고 버터에 귀신이 붙은 게라고 생각하였다.

"그 목장을 검사 해봐야겠어." 하고 그는 말을 이었다. "이런 게 그대로 가면 큰일 나지!"

누구나 다들 끝이 뾰족한 작은 칼들을 쥐고 일제히 나갔다. 이 독초는 대단히 작은 범위에 나서 보통 눈에는 벗어나는 탓에 눈앞에 널따랗게 우거진 풀밭에서 그것을 찾는다는 것은 그리 쉽지 않은 일 같았다. 그러나 이 수색은 중요한 일이기 때문에 모두들 돕겠노라고 한 줄로 쭉 늘어섰다. 주인은 클레어와 같이 선두에 서고 다음에는 테스, 마리안, 이즈 휴에트 그리고 레티, 그 다음으로 빌 루엘, 조너선 그리고 남편 있는 젖 짜는 여자들 그리고는 농가에 사는 여인들의 순서로 늘어섰다.

꼭 땅만 보고 그들은 일대의 풀밭을 건너서 천천히 전진하고 조금 갔다가 다시 돌아온다는 꼴이었으므로 나중 다 끝날 무렵에는 한 치만 한 땅이라도 그들 가운데 누구의 눈에라도 들어가지 않고는 배기지 못할 것이었다. 온 풀밭에서 겨우 반 다스의 마늘종밖에 더 찾지 못했으니 그것은 참으로 심심한 노릇이었다. 그렇지만 이 독초의 매운맛이라고는 소 한 마리가 한입만 이것을 먹어도 그날 하루 동안 착유장에서 나는 물건 전체의 맛을 변하게 할 수 있는 것이다.

그들은 성질이나 기분이나 서로 퍽 달랐지만 그래도 그들은 다 같이 허리를 굽히면서 이상하게 정돈된 기계적이고 조용한 열을 지었다. 그래서 다른 곳 사람이라도 가까이 있는 길을 지나다가 이 광경을 본다면 그들을 다 같이 전부야인(現夫野人)이라고 일괄(一括)해버려도 무방하였다. 그들은 독초를 찾아내려고 낮게 엎드려 살살 걸어갔다.

무슨 일이나 다른 사람들과 같이 하려는 자기의 주의를 꼭 지켜오는 에인절 클레어는 때때로 머리를 들어 보았다. 그가 테스의 뒤에 서서 간 것은 우연한 일은 아니었다.

"그래, 기분이 어떻소?" 클레어는 속삭였다.

"고맙습니다, 대단히 좋아요." 그녀는 진심으로 대답하였다.

둘은 여러 가지 자기들의 신세 이야기를 주고받고 한 것이 겨우 한 삼십 분밖에 안 되었으므로 이런 인사치레로 하는 말은 좀 새삼스러운 것같이 생각되었다. 그러나 그들은 그때에는 이만큼밖에 더 이야기를 하지 않았다. 둘은 엎드려서 자꾸 나아갔다. 때로는 테스의 치마 기슭이 클레어의 각반에 닿고 클레어의 팔꿈치가 테스의 팔꿈치와 스쳤다. 그 뒤로 따라오는 주인은 이 일을 더 해낼 수가 없었다.

"못해먹겠는데, 이렇게 굽어서 있다가는 등골이 쪼개져 버리겠는 걸!" 하고 그는 대단히 괴로운 듯이 천천히 등을 펴서 겨우 바로 섰다. "어, 테스, 그댄 하루인가 이틀 전에 몸이 좀 아프다고 했지, 이런 일하면 머리 아플 테지. 피곤하면 그만둬요, 뒤엣것은 다른 사람들께 맡겨두면 좋아."

주인인 크릭이 물러나고 테스가 뒤에 떨어졌다. 클레어도 열에서 떨어져 자기 혼자 독초를 찾기 시작하였다. 테스는 클레어가 자기 가까이 있는 줄을 알고는 전날 밤에 들은 것이 마음에 걸려서 자기가 먼저 말을 걸었다.

"저 사람들 예쁘지 않아요?" 그는 말했다.

"누구 말이요?"

"이지 휴에트와 레티요."

테스는 이 두 처녀의 어느 편이나 얌전한 농부의 아내가 되리라는 것과 그녀는 그들을 칭찬하고 자기의 불행한 아름다움 같은 것은 덮어 버릴 것이라고 지나가는 마음으로라도 작정을 하였다.

"예쁘냐고? 참으로—다들 예쁘지요—싱싱해 보이고, 나도 가끔 그렇게 생각했어요."

"가엾은 일이지만 예쁜 것은 오래 가지 못해요."

"물론 못 가지, 불행한 일이야."

"둘 다 아주 훌륭한 젖 짜는 여자들이에요."

"그렇지요, 당신만은 못하지만."

"다들 나보다 크림 걷기가 나아요."

"그래요?"

클레어는 언제까지나 그들을 바라보았다. 그들 쪽에서도 이 클레어를 보지 않은 것이 아니었지만.

"저 여자는 얼굴이 붉어 와요." 하고 테스는 대담하게 말을 계속하였다.

"누구 말이요?"

"레티 프리들요."

"아! 그건 어째서요?"

"당신이 보시니까."

테스는 기분으로는 자기를 희생할 것을 생각하였을지 모르나 더 그보다 나아가서 이렇게 외치지는 못하였다. "당신이 진정으로 귀부인을 바라지 않고 젖짜는 여자를 고르신다면 저 사람들 가운데서 누구 하나하고 결혼하세요. 그리고 나와 결혼할 생각은 그만두세요." 하고, 그녀는 주인 크릭의 뒤에 쫓아갔다. 그러면서 클레어가 뒤에 떨어진 것을 알고 슬픈 만족을 느꼈다.

이날부터 그녀는 일부러 클레어를 피하려고 마음먹었다.—어떻게 해서 참으로 우연히 만난 경우라도 결코 전과 같이 함께 오래 있지 않았다. 그녀는 모든 기회를 다른 세 사람에게 주었다.

테스는 이미 완전한 한 여자가 되어 있는 탓에 그들의 자백을 듣고는 이 젖 짜는 여자들이 모두 클레어에게 사랑을 바치고 있는 줄 알았다. 그리고 그들 가운데 누구의 행복이라도 조금이나마 상하지 않으려고 하는 그의 마음을 알아차린 그녀는 옳든지 그르든지 이 사나이의 태도에 나타난 자제하는 의무감이라고 그녀가 생각한 것, 즉 남성에게서 발견하리라고는 생각지도 못했든 한 특질—만일 이것이 없었더라면 그와 같이 있는 단순한 마음을 가진 여자들로 하여금 눈물에 젖은 한 평생을 지나게도 할 수 있었던—에 대하여 존경하는 생각을 일으키게 되었다.

23.

칠월의 더운 날씨가 어느 사이 슬그머니 찾아들어서 평탄한 이 골짜기 안에 대기가 젖 짜는 사람들과 소와 나무 위에 마취제가 되어서 무겁게 덮였다. 몇 번이고 자주 더운 안개 같은 비가 와서 소를 먹이는 풀밭의 풀을 더욱더 우거지게 하고 다른 목장에서는 이때에 하는 풀 말리는 일에 힘을 썼다.

어떤 일요일 아침이었다. 젖 짜는 일은 끝나고 집에서 다니는 착유부(搾乳夫)들은 다들 돌아가고 없었다. 테스와 다른 세 처녀는 이 착유장으로부터 삼사 마일 떨어진 곳에 있는 멜스톡 교회에 같이 가기로 약속을 하였던 탓에 급히 옷들을 입고 있었다. 그는 톨보트헤이즈에 온 뒤로 이미 두 달이 되지만 멀리 나가는 것은 이것이 처음이었다.

전날 오후로부터 밤 동안에 목장에는 우레번개를 하며 폭우가 쏟아져서 마른풀을 얼마 강으로 떠내려 보냈다. 그러나 오늘 아침은 큰비 뒤라 해는 더 눈부시게 빛나고 공기는 향긋하고 맑았다.

이쪽으로부터 멜스톡으로 가는 꼬부라진 오솔길은 어떤 곳에 가면 제일 낮은 땅을 지나갔다. 그리하여 이 처녀들이 그곳까지 와서 본즉 비 때문에 한 오십 야드쯤 가량이 구두가 잠길 만큼 물에 잠긴 것을 알았다. 보통날이면 이런 것쯤은 그리 큰 지장도 아니었다. 굽 높은 나무구두로 아무렇지도 않게 여기고 건너갔을 것이다. 그러나 오늘 이 허영의 날에는, 즉 겉으로는 정신에 관한 볼일이 있는 듯이 해보이면서도 사실은 육신이 육신과 희롱을 하고 싶어 나가는 이 해님의 날에는 흙탕이 조금만 튀어도 곧 눈에 띄는 흰 양말과 굽 얕은 구두를 신고 분홍빛과 흰빛, 보랏빛 웃옷을 입은 이 경우에는 이 웅덩이는 귀찮은 장해물이었다. 사람을 부르는 교회의 종소리를 그들은 들었다.

"여름인데 이렇게 강에 물이 올라올 줄이야 누가 알았어야지!" 하고 길섶에 있는 둑의 꼭대기에서 마리안이 말했다. 그들은 둑에 기어 올라가서 웅덩이를 다 지나오도록 이 비탈에 붙어 기어갈 생각으로 위태로운 발걸음을 옮겨놓고 있었다.

"웅덩이 속을 건너가든가 국도(國道)를 돌아가든가 하지 않고서는 아무리해도 저기 못 가요, 그렇게 하면 여간 늦지가 않겠고!" 레티는 멈칫거리며 서서 이렇게 실망하듯이 말했다.

"그리고 난 늦게 예배당에 들어가서 사람들이 자꾸 돌아다보면 낯이 화끈 화끈 달아올라." 하고 마리안이 말했다. "글쎄, 그래서는 당신의 마음에 맞으시도록(기도의 마지막 구절)까지 오기 전에는 식지 않지요."

그들이 둑에 붙어 서 있으니까 길모퉁이 고지에서 철벅철벅 물 튀는 소리가 들렸다. 곧 물을 건너서 길을 이쪽으로 향하여 걸어오는 에인절 클레어의 모양이 보였다.

네 사람의 가슴은 다함께 크게 울렁거렸다. 그의 모양은 독단적인 목사의 아들이 그렇게 보이듯이 안식일 같은 것은 지키지 않는 것 같았다. 착유장의 노동복에 기다란 장화를 신고 머리를 식히노라고 베지의 잎을 하나 모자 안에 넣고 풀 베는 낫까지 들어서 아주 제격이었다.

"저이는 교회에 안 가." 마리안이 말했다.

"글쎄—갔으면 좋겠어!" 테스가 중얼거렸다.

사실 에인절은 그것이 옳고 그른 것은 고사하고, 좋은 여름날 교회나 예배당의 설교를 듣는 것보다 돌의 설교를 듣는 것이 좋았다. 그래서 오늘 아침 그는 홍수에 마른 풀이 얼마나 피해를 입었는지 알려고 떠났던 것이다. 그래서 걸어오는데 그는 퍽 멀리서 그들이 여기 있는 것을 보았지만 그들은 길가가 사나운데 정신이 팔려서 그를 알아보지 못했다.

그곳에 물이 차니 그들이 더 가지 못하는 것을 그는 잘 알았다. 그래서 어떻게 그들—그 중에도 더욱 한사람을 건너 놓아줄까 하고 어렴풋한 생각을 하며 급히 온 것이었다.

장미꽃 빛의 뺨과 맑은 눈을 가진 네 처녀가 가벼운 여름옷을 입고 지붕 비탈에 앉은 비둘기같이 둑에 붙어 있는 것은 참으로 예뻐서 그는 가까이로 오기 전에 잠깐 발길을 멈추고 서서 바라보았다. 처녀들의 엷은 사(紗)와 같은 치마가 풀을 쓸면 파리와 나비가 수없이 날아다녔다. 날아 헤매던 이 벌레들은 투명한 천 안에 마치 커다란 새장 안에나 든 것처럼 그대로 갇혀버렸다. 에인절의 눈은 결국 넷 중 제일 뒤에 있는 테스의 위에 떨어졌다. 그녀는 자기들이 이 광경에서 웃음이 나는 것을 참고 있던 터라 에인절의 눈길을 해쭉 웃으며 받았다.

사나이는 그 긴 장화가 잠기도록 깊지는 않은 물속을 건너서 그들의 바로 아래까지 왔다. 그리고 갇힌 파리와 나비를 물끄러미 보며 서 있었다.

"당신들 교회에 가려고?" 하고 그는 맨 앞에 있는 마리안 보고 말했다. 이 말 가운데는 그 다음에 있는 두 사람까지 들었으나 일부러 테스는 빼놓았다.

"네, 그런데 늦어질까 봐서요, 늦어지면 난 빨갛게 되어서—."

"내가 웅덩이를 건너놓아 드리자—한 사람씩 다."

네 사람 전체는 마치 한 심장이 울렁거리는 것처럼 한꺼번에 얼굴이 붉어졌다.

"못 건너 놓으실 것 같아요." 마리안이 말했다.

"저쪽으로 가려면 그렇게 할 수밖에 없지 않아요, 가만히 서 있어요, 아무것도 아니야, 무겁기는 뭐 무거워! 네 사람 다 한꺼번에 옮겨놓을까요, 자 마리안, 정신 차려요." 하고 그는 말을 이었다. "자 내 어깨에 두 팔을 걸어요." "자! 꽉 잡아, 잘 해." 마리안은 하라는 대로 클레어의 팔과 어깨에 몸을 맡겼다. 그리하여 에인절은 그녀를 업고 성큼 성큼 걸어갔다. 뒤로 본 이 사나이의 자세는 그를 한 큰 꽃다발로 보면 거기 달린 줄기와 같이 보였다. 그들은 길모퉁이를 돌아가서 보이지 않게 되었다. 오직 사나이의 물을 건너는 발자국 소리와 마리안의 모자 위에 달린 리본만이 그들이 어디 있는가를 알렸다. 이삼 분 지나서 사나이는 다시 나타났다. 이즈 휴에트가 둑 위에서 다음 차례에 있었다.

"저이가 오네." 하고 그녀는 속삭였다. 그녀의 입술이 흥분으로 해서 메마른 것을 다른 두 사람은 알았다. "그래, 이제 나도 마리안이 하듯이 팔로 그의 목을 안고 그 얼굴을 들여다보아야지."

"그러면 어째요?" 테스가 얼른 말했다. "아무것이든 때가 있어." 하고 테스는 대담하게 말했다. "껴안을 때와 껴안기는 것을 피할 때가 있다오. 내가 이제 할 것은 앞의 거야."

"흥—그건 성경 말씀 아니야, 이즈!"

"그래요." 하고 이즈는 말했다. "나는 좋은 말은 언제나 교회 와서 들어둬."

이런 일의 사분의 삼은 평범하고 친절한 행동에 지나지 않는다고 생각하며 에인절 클레어는 이즈한테로 가까이 왔다. 이즈는 조용하게 그리고 꿈꾸는 듯이 그에게 안겼다. 사나이가 세 번째 걸어오는 소리가 들렸을 때 레티의 가슴은 세차게 뛰놀아서 몸까지 흔들리는 듯하였다. 사나이는 머리 빨간 소녀에게로 가서 그녀를 업으려고 할 때 테스에게 흘긋 눈길을 주었다. 그의 입술이라도 이렇게 분명히 이제 곧 당신과 나와 단 둘이 됩니다, 하는 뜻을 표하지는 못했을 것이다.

테스도 다 알았다는 빛을 그 얼굴에 나타내었다. 그녀는 그렇게 하지 않을 수 없었다. 둘 사이에는 서로 이해하는 것이 있었다.

이 가엾고 작은 레티는 누구보다도 퍽 가벼웠으나 클레어에게는 가장 힘든 짐이었다. 마리안은 막 부은 보리쌀부대 같아서 이 부글부글 살이 진 몸집 무게에 클레어는 글자 그대로 비틀비틀 하였다. 이즈는 얌전하니 조용하게 건너갔다. 레티는 히스테리 덩어리었다.

그러나 클레어는 이 가만히 있지 못하는 소녀를 업고 건너가서 내려놓고 다시 돌아왔다. 클레어가 내려놓은 저쪽 언덕에 세 사람이 한 덩어리가 되어서 서서 있는 모양을 테스는 멀리 울타리 너머로 볼 수 있었다. 이제는 그녀의 차례였다. 클레어의 숨과 눈이 가까이 올 때 다른 동료들이 이런 때 흥분하는 것을 경멸하던 그녀도 역시 맹렬히 일어나는 흥분을 어찌할 줄 몰랐다. 그리고 자기의 비밀이 드러나는 것을 두려워나 하는 듯이 마지막 순간이 되어서야 어름어름 이런 말을 했다.

"난, 이 둑에 올라서 꽤 갈 것 같아요. 난 다른 사람들보다 잘 올라갈 수 있어요. 퍽 피곤하시지요. 클레어씨!"

"아니요. 내가 데려다 드리지요, 테스" 하고 클레어는 빠른 말로 말했다. 그리고 자기도 모르는 사이에 그녀는 사나이의 팔 안에 들어가서 그 어깨에 몸을 기댔다.

"한 라헬을 얻으려고 세 레아를 건너 준거요" 하고 사나이는 속삭였다.

"그녀들은 다 저보다 나아요" 하고 그는 어디까지든지 자기의 결심을 지켜서 이렇게 대답했다.

"내게는 그렇지 않아." 에인절이 말했다.

이 말을 듣고 그녀가 흥분하는 것을 사나이는 알았다. 그들은 몇 걸음 잠자코 나아갔다.

"제가 너무 무거울 거예요." 그녀는 수줍은 듯이 말했다.

"아니요, 마리안을 들어 보세요. 참 어지간한 몸집이야. 당신은 햇살에 따사해지고 굼실거리는 물결 같군요. 그리고 몸에 감은 폭신한 모슬린 털은 물거품이고."

"참 대단히 예쁘군요—제가 당신한테 그렇게 보인다면."

"나는 오로지 네 번째 때문에 나머지 사분의 삼의 수고를 했다는 걸 아십니까?"

"천만에."

"나는 오늘 이런 일이 있을 줄은 몰랐어요."

"저도요—물이 갑자기 불어서."

사나이가 한말을 물이 불어난 것으로 안다는 듯이 말한 그녀도 그 숨길만은 그렇지 않은 것을 말하였다. 클레어는 우뚝 서서 제 얼굴을 그녀의 얼굴 쪽으로 기울였다. "오 테스!" 그는 외쳤다.

처녀의 뺨은 사나이의 숨길을 깨닫고 타올랐다. 그녀는 부끄러운 듯이 사나이의 눈을 바로 보지 못했다. 이것을 본 에인절은 우연한 경우를 옳지 못하게 이용한다는 생각이 들어서 다시는 더 어떻게 하려고 하지 않았다. 아직 사랑한다는 말이 분명히 그들의 입에서 나오지는 않은 탓에 이만하고 멈추어 두는 것이 좋았다. 그러나 클레어는 남은 거리를 되도록 길게 하려고 천천히 걸어갔다. 그러나 드디어 그들은 모퉁이까지 와서 이제는 나머지 길이 다른 세 사람들 눈에 빤히 보이게 되었다. 마른땅이 나와서 사나이는 그녀를 내려놓았다.

그 동무들은 둥그런 생각 많은 눈으로 그녀와 클레어를 보고 있었다. 그녀는 그들이 자기 이야기를 하고 있었던 것을 알 수 있었다.

클레어는 급히 간다는 인사를 하고 물에 잠긴 길을 절벅 절벅 소리를 내며 돌아갔다.

네 처녀는 아까처럼 가지런히 걸어갔다. 곧 마리안의 말에 먼저 침묵이 깨어졌다. "틀렸어―암만해도, 우리들 이 사람한텐 못 견디겠어!" 하고 그녀는 샘을 내듯이 테스를 보았다.

"그게 무슨 말이야?" 하고 테스는 물었다. "그이는 당신을 좋아한다나―누구보다도 제일! 그가 당신을 데려올 때에도 다 알았어. 당신이 그래 조금이라도 그를 충동했으면 곧 그가 입을 맞추었을 거야."

"아냐, 그렇지 않아요!" 테스는 말했다.

떠날 때에 그들이 품었던 즐거움은 어떻게 어디로 가 버렸다. 그러나 그들 사이에는 또 적개심(敵愾心)이라든가 악의라든가는 없었다. 그들은 마음 선선한 젊은 처녀들이었다. 팔자밖에는 없다는 생각이 깊이 박힌 쓸쓸한 시골구석에서 자라난 사람들이었다. 그러므로 그들은 테스를 나무라지 않았다. 이렇게 자기들의 입장이 뒤바뀌는 것도 그들에게는 한 팔자였다. 테스의 마음은 아팠다. 다른 사람들이 다 클레어를 사랑하는 줄을 알 때 그녀는 더욱 더 뜨겁게 이 사나이를 사랑한다는 것을 자기 자신에게 숨길 수는 없었다. 이런 감정은 특별히 여자들 사이에서는 전염되기 쉬운 것이었다. 그러나 그녀의 이 같은 안타까운 마음은 그 동료들을 동정하여 생각하기도 하였다. 테스의 정직한 성질은 이 감정에 반항하였으나 그 힘은 너무 약했다. 그리하여 자연스럽게 이런 결과를 낳았다.

"난 당신네들의 방해는 아니 할 테야. 당신들 가운데 그 누구나의 방해도 아니 할 테야." 하고 그날 밤 침실에서 그녀는 눈물을 흘리면서 이렇게 레티에게 맹세를 하였다. "나는 하려고 해도 못해, 레티! 난 그이가 조금이라도 결혼할 생각이 있는 것 같이는 생각이 안 돼. 그러나 만일 그이가 나한테 그런 청을 해도 난 거절할 테야. 다른 어떤 사람에게도 그러하겠지만."

"오! 정말이야? 왜 그래?" 레티는 의심스러워 말했다.

"그럴 수는 없어! 그래도 나는 바른대로 말할 테야. 나를 따로 떼어놓고 생각해도 그이가 당신네들 가운데 누구나 고를 것 같지가 않아."

"나는 그런 걸 바라지도 않았어! 생각해보지도 않았어!" 레티는 슬프게 말했다. "그래도 난 죽었으면 좋겠어."

자기도 잘 모를 감정에 찢긴 이 가엾은 아이는 그때 바로 위층으로 올라온 다른 두 처녀들 쪽으로 돌아누웠다.

"우리 다 이 사람하고 친구가 되어, 응?" 하고 레티는 그들에게 말했다. "그녀는 우리들과 같이 그이한테 뽑힐 것을 생각하진 않아."

그리하여 서로 서먹해졌던 것도 없어지고 서로 터놓고 이야기도 하고 친밀해졌다.

"난 이제 아무래도 괜찮을 것 같은 마음이 들어." 하고 마리안이 말했다. 그녀의 기분은 아주 기운이 없어졌다. "나는 두 번씩이나 청혼을 받아서 스티클포드의 젖 짜는 사나이하고 결혼하려고 했어. 그래도 천만에─난 그런 사람의 아내가 된다면 차라리 죽어버리는 것이 좋다고 생각해! 왜 그렇게 아무 말이 없어? 이즈?"

"그래, 정말 말하면." 하고 이즈는 나지막이 말하였다. "난 오늘 그이가 안아 줄 적에 꼭 입을 맞추어 줄 줄로 알고 있었어. 그래 그이의 가슴에 꼭 붙어서 조금도 움직이지 않고 꼼짝 않고 있었어. 그런데도 그이는 해주지 않았어. 나는 이제 더 여기 톨보트헤이즈에 있고 싶지 않아. 난 집으로 돌아갈지 모르겠어."

침실의 공기는 이 소녀들의 절망적인 감정에 따라 떨리는 듯하였다. 그들은 잔인한 자연적 법칙이 억지로 지우는 감정—그들이 기대하지도 바라지도 않는 감정—에 눌려서 미칠 듯이 고민하였다. 이날 뜻밖에 일어난 사건은 그들의 가슴 안에 타는 불길을 부채질해서 이 고통은 거의 참을 수 없을 만하였다. 그들을 한 사람 한 사람씩 특색 짓던 여러 가지 차이도 이 감정으로 하여 다 없어지고 그들은 각각 성(姓)이라고 부르는 유기체의 한부분에 지나지 않았다. 이미 희망이 없는 그들인 탓에 그들은 서로 터놓고 이야기하고 질투 같은 것은 그림자도 없었다. 어떤 처녀나 다 상당한 상식을 가진 탓에 헛된 자긍심에 공연히 잘난체하는 일도 없고 자기의 사랑을 아니라고 숨기는 일도 없고 또는 다른 사람을 차 떨어뜨리고 뽐내는 일도 없었다.

그들은 그들의 작은 침대에서 이리 돌아눕고 저리 돌아눕고 하였다. 아래층 치즈 짜는 기계에서는 치즈 방울이 처뚱처뚱 떨어지고 있었다.

"깨어 있어, 테스?" 한 반 시간 뒤에 누가 물었다. 이것은 이즈 휴에트의 소리였다.

테스는 그렇다고 대답하였다. 그러자 레티도 마리안도 갑자기 이불들을 차버리며 한숨을 쉬었다.

"우리들도 그래!"

"어떤 여자일까! 그의 집에서 그이를 위해 택했다는 여자는!"

"글쎄 말이야." 이즈가 말했다.

"어떤 신부를 구했대?"라면서 테스는 숨이 찬 듯이 말했다. "난 그런 소리 못 들었어."

"아, 글쎄 그래요—그런 소문이 돌아, 그의 집 지체와 같은 집 딸인데 그 집에서 택했다나. 에민스터의 그 아버지 있는 마을 가까이 사는 신학박사의 딸이래. 그이는 그리 마음에 두지 않는다고들 그래. 그래도 그이는 꼭 그 사람과 결혼할거야."

그들은 이 일에 대해서 별로 드러나는 것이 없었지만 어두운 밤 속에서 비참한 꿈을 쌓아올리기에는 이것으로 족하였다. 그들은 클레어가 이야기에 넘어가는 모양이며 혼례 준비며 신부의 행복이며 그 옷장이며 클레어와 같이 이룬 그녀의 축복에 찬 가정이며 자세히 그려보고 이때이면 이 사나이와 자기들의 사랑과의 관계된 추억 같은 것도 잊히리라고 생각하였다.

이렇게 해서 그들은 잠에 그 슬픔이 끌려 들어갈 때까지 이야기하고 마음 아파하고 그리고 흐느껴 울었다.

이런 알지 못하는 이야기를 듣고 난 뒤로 테스는 클레어의 자기에게 두고 있는 마음 가운데 그 어떤 참된 깊은 의미가 숨어 있거니 하던 어리석은 생각을 버렸다. 그것은 자기의 아름다운 얼굴에 대한 한때의 지나가는 여름날의 사랑을 하기 위한 사랑이었다.—그밖에 아무것도 아니라는 것을 생각하면 괴로웠다. 그리고 클레어가 다른 여자들을 다 제치고 택해준 자기가 그리고 자기 자신으로도 다른 사람들보다 좀 더 정열적인 성질을 가지고 좀 더 영리하고 좀 더 아름답다고 자랑하는 자기가 사실로 체면이라는 눈으로 보면 그가 무시하는 한층 낮은 여자들보다도 오히려 그에게는 어울리지 않는 자기인 것을 생각하고는 더욱 괴로워했다.

24.

칠월은 그들의 머리 위로 지나가고 그 뒤를 따라온 혹서(酷暑)의 기후는 톨보트헤이즈 착유장에 있는 어떤 가슴과 가슴을 붙잡아 매려는 자연의 노력과 같이 생각되었다. 봄철과 첫여름에는 그렇게 신선한 이 고장 공기도 이제는 침울하고 기운 없어 보였다. 그 무거운 향기는 그들의 위에서 누르는 것 같고 한낮에는 모든 풍경이 다 기절해 넘어진 것 같았다. 아프리카와 같은 질질 타는 듯한 햇볕은 목장의 비탈 위쪽을 까마득하니 물들여 놓았다. 그러나 물줄기가 돌돌 흘러내려가는 곳에는 새파랗니 빛나는 풀이 우거졌다. 클레어는 밖으로 더위에 시달리면서 또 마음속으로는 그 보드라운 말없는 테스를 생각하고 안타까운 정열이 타는 듯하였다.

비 때가 지난 뒤라 고지(高地)는 말랐다. 착유장 주인의 농수철 짐마차의 바퀴는 주인이 시장에서 급히 돌아오는 때면 큰길의 먼지 낀 바닥을 다 핥아버리는데 그 뒤로 불이 붙은 탄약 열차 같은 하얀 모지의 띠를 끌고 갔다. 소는 쇠파리에게 놀라서 조바심을 내고 가로대가 다섯 개나 있는 농장의 뒷문을 막 뛰어넘었다. 주인 크릭은 월요일부터 토요일까지 언제나 늘 셔츠의 소매를 걷어올리고 지냈다. 이런 때에 사람들이 하는 이야기란 으레 일사병의 이야기였다. 또 버터의 제조는, 더욱이 버터의 저장은 절망적이었다.

서늘하고 또 편리한 탓에 그들은 소를 몰아넣지 않고 목장에서 젖을 짰다. 낮에는 해가 도는 것과 같이 그림자가 나무줄기의 주위를 도는데 소들은 아무리 작은 나무의 그림자라도 따라 돌았다. 그리고 젖 짜는 사람들이 와도 파리 때문에 가만히 서 있을 수가 없었다.

이러한 어느 날 오후의 일인데 우연히도 아직 젖을 짜지 않은 소 네 마리가 무리에서 떨어져서 울타리 구석 쪽에 서 있었다. 그 가운데는 다른 어느 처녀보다도 제일 테스의 손을 좋아하는 '뚱뚱이'와 '늙은 예쁜이'가 있었다.

테스가 젖을 다 짠 소의 옆에 놓인 의자에서 일어선 때 이제까지 얼마동안 그녀를 보고 있었던 클레어가 다음에는 앞에 말한 두 마리 소도 짜려는가 물었다. 그녀는 잠자코 그렇다고 고개를 끄덕거리고는 쭉 편 팔로 의자를 들고 젖통을 무르팍에 대고 두 마리 소가 서있는 곳으로 갔다. 얼마 아니하여 '늙은 예쁜이'의 젖이 통 안에 쭈룩 쭈룩 기운 있게 떨어지는 소리가 울타리를 통하여 들려왔다. 에인절도 곧 그 한구석에 가서 그곳에서 어물어물 하는 젖이 잘 안 나는 소를 마저 끝을 내버리려고 생각하였다. 그도 이제는 주인이나 다름없이 이런 일을 할 수 있도록 되었다.

사나이들은 모두 다 그리고 여자도 더러는 젖을 짤 때면 이마를 소의 아랫배에 박고 물끄러미 통을 들여다보는 것이다. 그러나 두세 사람은—그도 젊은 사람들은—머리를 갸웃이 기울이는 것이었다. 테스 더비필드의 버릇도 이러하였다. 그녀는 꼭대기로 소 옆구리를 눌러대고 고요한 생각에 잠긴 사람처럼 눈을 목장의 먼 끝으로 보내는 것이었다. 그는 이렇게 '늙은 예쁜이'의 젖을 짜고 있었다.

클레어가 자기의 뒤를 따라 돌아온 것도 또 이 사나이가 소 아래 앉아서 자기를 바라보고 있는 것도 그녀는 몰랐다. 그녀의 머리와 얼굴은 조금도 움직이지 않았다. 그녀는 혹은 몽환 속의 세계에 있어서 눈을 뜨고도 아무것도 보지 않고 있었는지 모른다. 이 한 폭 그림 속에 움직이는 것이라고는 오직 '늙은 예쁜이'의 꼬리와 테스의 분홍빛 손뿐이었다.

이 사나이에게는 그 얼굴이 얼마나 사랑스러웠을 것인가. 그러나 거기는 천녀(天女)와 같은 것은 조금도 없었다. 모든 것이 눈앞에 있는 활력이요, 눈앞에 있는 온정이요, 눈앞에 있는 육체를 가진 신(神)이었다. 더욱이 그 모든 아름다움의 극치(極致)는 그 입이었다. 지금까지 이 사나이는 그와 같이 깊고 말하는 듯한 눈을 본 일이 있었다. 아마 이만큼 예쁜 뺨도 이만큼 예쁜 활 같은 눈썹도 이만큼 모양 고운 턱이며 목을 보지 못하지는 않았다. 그러나 이 땅 위에서 그녀의 입매에 필적할 만한 것을 이 사나이는 아직 보지 못했던 것이다. 주홍색 윗입술이 가운데서 조금 착 처들은 모양은 그 어떤 아무리 정열이 없던 사나이라도 마음이 끌리고 정신을 빼앗기고 미치고 할 만하였다. 이런 입술과 잇새를 아직 보지 못하였던 것이다. 이 사나이는 애인으로서라면 그 자리에서 곧 이것을 완전하다고 불렀을지 모른다. 그러나 아니다―그것들은 결코 완전하지는 않았다. 쾌감을 낳는 것은 소위 완전한 것 위에 불완전한 것이 낳는 때문이다. 불완전한 것이야말로 인간적인 미를 낳는 것이니까.

클레어는 이때까지 여러 번 이 입술의 곡선을 익숙하게 본 탓에 이제는 아주 쉽게 마음속으로 그것을 생각해 낼 수 있었다. 그런데 지금 그것이 빛깔과 생명에 싸여 다시 눈앞에 나타난 때문에 이것은 그의 몸에 일종의 현기증을 일으키고 그의 온 신경에 가벼운 바람을 지나가게 하고 이리하여 그것은 구역이 나게 하였다. 그리고 어떤 이상한 생리작용은 이때 대단히 경우 없는 재채기를 나게 하였다.

테스는 이때 곧 클레어가 자기를 바라보고 있는 줄을 알아챘다. 그러나 그녀는 몸을 돌리거나 해서 자기가 알아챈 것을 겉에 보이려고 하지 않았다. 그래도 자세히 보면 그 얼굴의 장미꽃빛이 점점 짙어가서 이제는 그 빛이 날고 그리고 나중에는 다만 그 흔적밖엔 남지 않은 것을 볼 수 있었을 것이다.

공중에서부터 날아온 자극과 같이 클레어의 마음속에 들어가 박힌 감흥은 조금도 죽지 않았다. 결심, 침묵, 근신, 두려움, 이런 것들은 패전한 군세같이 다들 물러났다. 클레어는 자리에서 일어났다. 그리고 젖통을 소가 찰 테면 차라고 그대로 내버려두고 재빠르게 그 눈이 바라는 곳으로 나아갔다. 그리고는 그녀 옆에 무릎을 꿇고 두 팔 안에 그녀를 꼭 껴안았다.

테스는 불의의 습격을 당하여 반성할 겨를도 없이 반항할 수도 없이 그에게 안겨버렸다. 자기의 가슴에 온 것이 분명한 그녀의 애인이요 다른 아무런 사람도 아닌 것을 알자 그녀의 입술은 열려서 그 순간 너무나 기쁜 나머지 황홀한 외침과도 가까운 소리를 내며 그 품안에 쓰러졌다.

클레어는 이 유혹이 센 입술에 금방 입을 맞추려고 하였으나 착한 그의 양심은 그를 억제하였다.

"용서해요, 네, 테스" 하고 그는 귓속말을 하였다. "허락을 맡을 걸 그랬어. 나는―내가 무엇을 하고 있는지 몰랐소. 나는 그저 지나가는 마음으로 이런 건 아니요. 나는 내 마음을 당신한테 다 바쳤소. 테스, 참 내 진심으로써!"

이때 '늙은 예쁜이'는 이상해서 주위를 둘러보았다. 그리고 자기가 기억하고 있는 습관으로는 사람 하나밖에 없었던 것 같은 자기 배 아래에 사람 둘이 쭈그리고 있는 것을 보고 화를 내서 뒷다리를 들었다.

"소가 노했어요―우리가 무엇을 하는지 모르니까―젖통을 차 엎을는지도 모르겠어요." 가만히 사나이의 품안에서 빠져나오려고 하면서 그녀는 말했다. 그 눈은 소의 동작에 팔려 있으면서도 마음은 자기와 클레어에게 더 깊이 쏠렸다.

그녀는 자리로부터 일어섰다. 클레어는 아직도 그녀를 안은 채 둘은 같이 서 있었다. 먼데를 바라보는 테스의 눈에는 눈물이 고였다.

"어째서 울지?" 사나이는 물었다.

"아! 저도 모르겠어요!" 그녀는 종알거렸다.

지금 어떤 위치에 자기가 있는가를 분명히 깨닫자 그녀의 마음은 흔들려서 물러나려고 하였다.

"저, 나는 끝끝내 마음을 다 보였소, 테스." 하고 사나이는 말하고 이상하게도 절망하는 듯한 한숨을 쉬었다. 그것은 그의 마음이 이지를 넘어섰다는 것을 알지 못하는 가운데 드러내보였다.

"내가—당신을 진심으로 굳세게 사랑하는 것은 더 말할 나위가 없는 일이오. 그러나 나는—이것으로 그만두겠소—당신을 괴롭게만 하자—당신도 놀랐지만 나도 놀랐어. 내가 당신이 어떻게 할 수 없는 것을 틈타서 그랬다고—너무 그리 급히 또 아무 반성 없이 했다고 생각하지는 않겠지요?"

"아뇨—난 모르겠어요."

클레어는 그녀가 하는 대로 몸을 놓아주었다. 그리고 일이 분 지나서 둘은 또 각각 젖 짜기를 시작하였다. 누구나 이 두 사람이 하나로 끌렸던 것을 본 사람은 없었다. 그 뒤 또 이삼 분 지난 뒤에 착유장 주인이 이 병풍을 친 듯한 그 구석으로 돌아보려 왔을 때는 멀찍이 떨어져 있는 이 두 사람이 이제 서로 단순한 아는 사이는 지나갔음을 말하는 아무 흔적도 없었다.

날은 벗어져버렸다. 그 뒤로 두 사람의 시야에는 새로운 지평선이 열리게 되었다.—짧은 동안이나 혹은 오랫동안.

제4편

결과(結果)

25.

클레어는 자기의 마음을 붙잡아버린 테스가 제 방으로 돌아간 뒤 마음을 진정할 수가 없어 저녁때가 되자 컴컴한 밖으로 나갔다.

밤은 낮과 같이 무더웠다. 어두워서 풀밭 위에라도 가지 않으면 조금도 서늘하지 않았다. 한길도 오솔길도 집도 담도 다 난로와 같이 달아서 이 몽유병자와 같은 클레어의 낯에 낮과 같은 뜨거운 기운을 반사하였다.

그는 착유장 뒤뜰에 있는 동편 문에 가서 앉았다. 그러나 그는 지금 자기를 어떻게 생각해야 좋을지 몰랐다. 사실 이날은 감정이 분별을 눌러버린 것이었다.

세 시간 전에 갑자기 껴안았다 난 뒤로 두 사람은 헤어져 버렸다. 테스는 이 돌연한 일에 말이 안 나오고 깜짝 놀란 모양이었다. 또 클레어도 오늘 일이 너무 신기하고 뜻밖이고 또 마음대로 된 탓에 마음이 가라앉지 않았다. ─그는 본래 깊이 생각하는 성질이었으나 가슴이 울렁거렸다. 그는 아직도 자기들의 진정한 관계와 또 이제 앞으로 제 삼자 앞에서 서로 어떤 태도를 가질 것인지를 알 수 없었다.

에인절은 이곳에서 한때 생활하는 것은 자기의 한평생에 곧 지나가버리고 곧 잊어버려질 한 삽화에 지나지 않을 것이라는 생각으로 이 착유장에 제자로 들어온 것이었다.

창이란 창은 다 열려있어서 클레어는 뜨락 건너로 자기들 방으로 돌아가는 사람들의 조그마한 소리까지도 다 들렸다. 그에게는 대단히 초라하고 보잘것없고 다만 한때의 거처에 지나지 않는 탓에 그는 주위의 풍경 가운데서 특별히 무슨 특색 있는 것으로서 답사할 만한 것이라고는 한 번도 생각해본 일이 없는 이 착유장, 그것이 이제는 어떤 것이 되었나? 낡고 이끼 낀 벽돌담들은 "머물러라!" 하고 나지막이 말하였다. 창은 웃고 문은 열리며 손짓하여 부르고 담쟁이도 얼굴을 붉혔다. 이 집 가운데 있는 한 개성(個性)이 미치는 영향은 벽돌에도 시멘트에도 내려덮인 온 하늘에도 벌어져서 타는 듯한 감동으로 이것들을 뛰놀게 하였다. 이 위대한 개성은 누구의 것이었나? 그것은 한 젖 짜는 여자의 것이었다.

이 외진 착유장의 생활이 그에게는 얼마나 중대한 것이 되어버린 것은 참으로 놀랄 만한 일이었다. 그리고 이것은 절반은 새로 생긴 사랑 때문이라고도 할 수 있으나 그것 때문만도 아니었다. 에인절 밖에도 많은 세상 사람들은 생활이 위대하다는 것은 겉에 일어나는 변화에 달린 것이 아니고 주관적인 경험에 달린 것인 줄을 알았다. 다감한 농부가 부피 종족의 제왕보다 더 크고 충실한 극적생활을 보내는 것이다. 이렇게 보는 탓에 생활은 이곳에서도 다른 곳과 마찬가지로 큰 것으로 보였다.

이단설과 결점과 약점은 있었으나 그래도 클레어는 양심 있는 사나이다. 테스를 가지고 장난하거나 버려도 좋을 만한 그런 보잘것없는 인간은 아니었다. 고귀한 생활—그녀가 고통하거나 즐거워하거나 그녀에게는 가장 위대한 사람의 생활에 못지않게 큰 생활을 하는 여자였다. 테스에게는 온 세계라는 것이 그녀의 느끼는 데 달린 것이었다. 그녀가 생존하는 탓에 모든 인간과 동료들이 있는 것이다.

클레어가 어떻게 테스를 자기보다 보잘것없는 인간으로 생각하는가, 애무도 해보고 싶어져도 보고 할 수 있는 예쁜 장난감으로 생각하든가 할 수 있을까. 또 자기도 알다시피 테스의 마음에 자기가 깨어놓은 애정—그가 억누르기는 하나 그렇게 뜨겁게 타오르고 그렇게 닿으면 터질 듯한 애정. 이것이 그를 괴롭히거나 그를 파멸로 몰아넣지 않도록 가장 참된 마음으로 거들어 주어서 안 될 것이 어디 있을까?

늘 하는 대로 그녀를 매일 만나는 것은 싹트기 시작한 것을 더욱 북돋는 것이 되었다. 이렇게 가까이 지내면 만난다는 것은 곧 서로 사랑하게 되는 것이 되었다. 살이 있고 피가 뛰는 이상 이것을 막을 수 없었다. 그러나 이렇게 되다가는 나중에 어떻게 될 것인가 하는 데 대해서는 분명한 결론에 이르지를 못한 탓에 그는 둘이 서로 도와 해야 할 일에서는 초연하려고 결심하였다.

그러나 테스에게 가까이 가지 않으려는 결심을 실행한다는 것은 그리 쉬운 일이 아니었다. 그는 맥이 뛰놀 때마다 테스에게로 끌려가곤 하였다.

클레어는 친근한 사람들한테로 가보려고 하였다. 이 일에 대해서 그들의 의견을 알아볼 수도 있을 듯하였다. 이곳에서의 기한도 다섯 달이 채 못 가서 끝날 것이고 이제 다른 농장에서 두석 달만 더 있으면 농업에 대한 지식은 충분해져서 혼자서 넉넉히 일을 시작할 수 있게 될 것이었다. 그리고 농부에게는 아내가 필요치 않을까, 또 농부의 아내는 응접실의 납 인형 같은 것이어야 할까, 또는 농사일에 대한 것을 잘 아는 여자이어야 할까. 클레어는 잠자코 있어도 만족한 대답을 얻을 수 있음에도 불구하고 가볼 길을 가려고 결심하였다.

어느 날 아침 톨보트헤이즈의 착유장에서 여럿이 아침상을 대했을 때 젖 짜는 여자 하나가 이날 클레어씨가 통 보이지 않는다고 말했다.

"아, 참 그렇지." 하고 주인 크릭이 말했다. "클레어씨는 한 이삼 일 집안 가족들과 지내려고 에민스터의 집으로 가셨어."

식당에 둘러앉아서 가슴이 뛰던 네 사람에게는 아침 햇볕이 한 번에 꺼지고 새들도 노래를 멈추어버렸다. 그러나 누구 하나 말이나 행동으로 그들의 어쩔 줄 모르는 심사를 나타내지는 않았다.

"우리와 같이 있을 기한도 거의 끝나가니까." 하고 주인은 그것이 혹독하니 들리는 줄은 모르고 이렇게 냉담하게 말했다. "그러니까 어디 다른 곳으로 갈 생각을 세울 것이겠지."

"얼마나 더 이곳에 계세요?" 하고 이 비관하고 있는 네 사람 가운데서도 목소리를 떨지 않고 물어볼 수 있다고 자신하는 이즈 휴에트가 물었다.

다른 사람들은 마치 자기들의 생명이 주인의 대답 하나에 달리기나 한 것처럼 그것을 기다리고 있었다. 레티는 입을 벌린 채 식탁보를 바라보았다. 마리안은 본래 빨간 얼굴이 더 상기되었다. 테스는 가슴을 울렁거리면서 바깥 목장 쪽을 바라보았다.

"글쎄 비망록을 안 보면 확실한 날짜는 모르겠는데." 역시 사람의 애를 태우는 냉담한 태도로 크릭은 말했다. "하지만 그 날짜라는 거야 조금 달라질지도 모르지. 아마 헛간에서 송아지 낳는 것을 배울 테니까. 또 여기 계시게 되지 않을까. 어쨌건 금년 일 년은 계실 터이니까."

그와 같이 지낼 괴로우나 즐거운 사랑의 심뇌—괴로움의 띠를 두른 즐거움의 넉 달 남짓한 세월. 그 뒤의 말 못할 캄캄 어두운 밤.

이날 아침 바로 이 시각에 에인절 클레어는 이곳으로부터 한 십 마일 떨어진 오솔길을 에민스터에 있는 아버지 목사의 집을 향하여 말을 달리고 있었다. 그는 크릭부인이 친절한 안부와 같이 그 부모에게 보내는 흑납장(黑臘腸)과 밀탕수(密糖水) 병이 들은 작은 바구니를 되도록 조심해서 가지고 가는 길이었다. 앞에는 하얀 길이 뻗어나가서 그는 이곳에 눈을 던지고 있었다. 그러나 그 눈은 잔뜩 내년을 바라보고 있던 탓에 길은 보지 않았다. 그는 테스를 사랑하였다. 그러나 그녀와 결혼할 수 있을까? 그 어머니와 아버지가 뭐라고 말할까? 결혼한 지 이 년 뒤에 자기 자신은 무어라고 말할까? 그것은 이 한때의 감정 아래 믿을 만한 우정의 싹이 숨어 있는가 또는 이 감동이란 그녀의 자태에 대한 관능적인 쾌락이어서 영구히 갈 기초가 없는 것인가 그 어느 하나에 달린 것이다.

아버지가 사는 언덕으로 둘러싸인 작은 지리와 튜더 왕조식의 붉은 벽돌로 된 교회의 탑과 목사 주택에 가까운 무성한 나무 같은 것이 드디어 그 눈 아래 보였다. 그는 낯익은 문 쪽을 향하여 말을 몰았다. 집에 들어가기 전에 교회 쪽을 잠깐 본즉 거기에는 법의실(法衣室) 문 곁에 열두 살에서 열여섯 살 사이의 소녀들이 서서 분명히 누구인지 다른 사람을 기다리고 있었다. 얼마 안 돼서 챙 넓은 모자를 쓰고 풀이 잘 먹은 흰 모시 아침 웃옷을 입은 이 기다리던 사람이 손에 책을 두 권 들고 나타났다.

클레어는 그를 잘 알았다. 그가 자기를 보았는지 어쨌는지는 잘 모르나 되도록은 그가 보지 않았으면 좋겠다고 생각하였다. 그는 별로 나무랄 여자는 아니었으나 일부러 가서 말을 붙이기가 싫었던 탓이었다. 이 여자와 인사하기가 참으로 싫었던 탓에 그는 그 여자도 자기를 보지 않은 것이라고 결정을 해버렸다. 이 젊은 규수는 머시 찬트라고 하여 그 아버지의 이웃 사람이자 친구의 외딸인데 그의 부모는 앞날에 그와 이 처녀를 결혼시키려고 속으로 생각하고 있었다. 이 처녀는 신앙 만능론과 성경의 강의에 아주 열심이었는데 지금도 분명히 이 강의에 나가는 것이었다. 클레어의 마음은 바 골짜기에서 정열에 찬 여름 대기에 흠뻑 배인 이단자(異端者)들, 소똥으로 단장을 한 장미꽃 빛의 얼굴들, 그 가운데서도 제일 정열에 찬 한사람에게로 날아갔다.

그는 순간적인 생각으로 에민스터로 오게 된 탓에 미리 그 부모에게 그 일을 기별하지 않았다. 그러나 그들이 교구의 일로 나가기 전인 아침 식사 때에 닿으려고 생각하였다. 그는 조금 늦어져서 그들은 벌써 아침상을 대하고 있었다. 그가 들어가자 식탁에 있던 일동은 벌떡 일어서서 그를 맞았다. 그곳에 있던 사람들이란 그의 부모가 인접한 마을 어느 거리의 부목사로 두 주일 이내의 예정으로 집에 돌아온 형인 펠릭스 목사와 그리고 케임브리지 대학으로부터 오랜 휴가를 받아가지고 집에 와 있는 고전학자(古典學者)이요, 분과대학(分科大學)의 특별교수이고 수석인 다음 형 커스버트 사(師)였다. 어머니는 챙 없는 모자를 쓰고 은테 안경을 쓰고 있었다. 그리고 그 아버지는 참으로 진실한 하느님을 위하는 사람같이 파리한 예순다섯쯤의 나이인데 그 핏기 없는 얼굴에는 깊은 생각과 결심이 주름 잡혀 있었다. 또 그들의 어머니 위에는 이 집안의 맨 맏이로 에인절보다는 열여섯 해나 나이가 위인 어떤 선교사의 부인이 되어서 아프리카에 가 있는 그 누님의 초상이 걸려 있었다.

늙은 클레어씨는 지난 이십 년 사이에 현대 생활로부터는 아주 떨어져 버린 종류의 목사였다. 그는 위클리프, 후스, 루터, 칼뱅 같은 사람들 직계의 정신적 후예로 복음파(福音派) 가운데의 복음파이고 개종권유자이고 생활이나 사상이 다 사도(使徒)다운 검소한 사람인데 그 청년 시대에 인생의 존재 문제에 대해서 한번 결심한 뒤로는 다시 이 문제에 대해서 그 이상의 논의를 하려고 하지 않았다. 같은 시대 같은 사상의 유파 사람들로부터도 그는 극단적이라고 생각되었다. 그러나 또 한편 그와 전혀 반대의 사람들도 그의 철저한 지조와 주의를 실행하는 힘으로 이 주의에 대해서 일어나는 모든 의문을 다 버리는 데 보인 현저한 위력에 대해서는 칭송하지 않을 수 없었다. 타르수스의 바울을 사랑하고 성 요한을 좋아하고 용기가 있는 대로 성 야고보를 미워하였다. 신약 성경은 그의 생각으로는 그리스도의 글이라기보다 바울의 글이었다.

그 아들 에인절이 이즈음 바 골짜기에서 경험한 자연의 생활과 상상한 여성에 대한 탐미적인 관능적인 이단적인 쾌락에 대하여 만일 이 클레어씨가 연구로나 혹은 상상력으로 이것을 이해할 수 있었다고 해도 기질적으로 대단히 싫어하였을 것이었다. 한때 에인절은 갑자기 성이 나는 김에 현대문명의 근원인 종교의 근원이 희랍이고 팔레스타인이 아니었다면 인류에게 퍽 더 좋은 결과를 가져왔을 것이라고 말해서 그 아버지를 슬프게 한 일도 있었다.

에인절은 자리에 앉았다. 그리고 내 집에 돌아왔다는 것을 느꼈다. 그러나 그는 전처럼 그렇게 자기도 이곳의 모인 가운데 하나이라는 생각을 가지지 못하였다. 언제나 그는 이 집에 돌아올 때면 이렇게 소격해지는 것을 느꼈다. 그리고 마지막으로 마사주태의 생활을 나눈 뒤로는 이것은 전에 없이 더 뚜렷하니 그와 맞지 않는 것 같았다. 그들의 초월적인 생각—언제나 무의식적으로 지구를 중심해서 세상 물건을 생각하는 것, 즉 하느님 위에 천당이 있다든가 땅속에 지옥이 있다든가 하는 생각은 딴 성곽에 사는 사람들의 꿈인 듯이 그의 생각과는 생소한 것이었다. 최근에는 그는 오직 인생이라는 것만을 생각하였다. 예지(叡智)가 즐거이 조절하려는 것을 함부로 막으려고 하는 신앙개조에 굽히지도 않고 휘지도 않고 속박도 당하지 않는 생존의 커다란 정열적인 맥박만을 느꼈다.

그들 쪽으로 보면 그는 많이 달라졌다. 이전의 에인절 클레어와는 대단히 차이가 있게 달라졌다. 그들이 더욱이 그 형들이 본 것은 그의 태도의 변화였다. 그는 농부와 같은 거동을 하였다. 그는 공연히 다리를 흔들었다. 그 얼굴의 근육은 좀 더 윤기 있게 보였다. 그의 눈은 입으로 말하는 이상으로 말을 하였다. 배운 사람 같은 태도는 거의 없어지고 응접실에 있는 청년의 태도는 더욱 찾을 수 없었다. 점잔을 빼는 사람은 그가 교양을 잃어버렸다고 하였을 것이고 얌전을 떠는 여자는 그를 비열해졌다고 하였을 것이었다. 톨보트헤이즈의 처녀들이며 젊은 사나이들과의 교류는 이렇게 그를 물들였던 것이다.

아침 식사 뒤에 그는 두 형과 같이 산보를 나갔다. 복음전도자의 냄새도 나지 않고 높은 교육을 받은 하나도 흠 잡을 데 없는 청년들이어서, 꼭대기에서 발끝까지 단정하였다. 조직적 교육이라는 선반(旋盤)에 매어 생산되는 나무랄 데 없는 틀에 잡힌 인간들이었다. 그들은 다들 근시여서 줄 달린 외알박이 코안경을 쓰는 것이 세상의 풍속인 때면 그들도 줄 달린 외알박이 코안경을 쓰고 두알박이 코안경을 쓰는 것이 유행이라면 그들도 역시 두알박이 코안경을 썼다. 그러나 또 보통안경을 쓰는 것이 유행이라면 그들도 곧 보통안경을 썼다. 이렇게 그들은 자기들의 시력에 다른 사람과 다른 결함이 있는 것을 조금도 생각하지 아니하였다. 워즈워스가 평판 높은 시인이 되면 그들은 그 포켓판을 갖고 다니고 셸리가 업신여겨질 때는 그 책을 책상 위에서 먼지가 앉는 대로 버려두었다.

이 두 형들이 에인절이 사회와 어울리지 않아 가는 것을 알아차렸다면 에인절 쪽에서는 그들의 지력이 점점 제한되어 가는 것을 알아차렸다. 에인절에게는 펠릭스는 교회의 물건과 같이 커스버트는 대학의 물건과 같이 생각되었다. 한 사람에게는 관구종교회의(管區宗敎會議)와 성모방문제(聖母訪問祭)가 다른 한 사람에게는 케임브리지대학이, 세계를 움직이는 커다란 탄력이었다. 어느 형이나 다 문명한 사회에는 대학 출신자도 아니요, 교회 사람도 아닌 있으나 없으나 한 문외한들이 있다는 것을 인정하였다. 그러나 이것들은 인간으로써 생각하거나 존경하거나 하느니보다 차라리 묵묵히 용인해 둘 것이라고 하는 것이었다. 이 두 형들은 다 부모에게 효도하고 또 부모를 위하는 아들들이어서 부모 앞에 오는 것도 꼭꼭 빠지지 않고 실행하였다.

그들이 언덕 중턱을 걸어갈 때에 에인절에게는 예전의 감정—자기와 비교해서 이 두 형들이 어떻게 유리한 위치에 있다고 해도 그들 가운데 누구나 하나도 인생이라는 것을 사실 살아가는 대로 보지도 못하고 또 표하지도 못한다는 감정이 살아났다. 그들이 목사로 또는 학자로써 말할 때에 그들의 안 세계가 말하는 것은 바깥 세계가 생각하는 것과는 전연 다른 것이었다.

"너는 이제 와서는 농사밖에 할 것이 없구나." 하고 펠릭스는 여러 가지 이야기를 하다가 슬픈 모양을 하고 안경 너머로 먼 들 끝을 바라보며 이렇게 말하였다. "그러니까 우리들도 그것으로 좋다고 단념했어. 그렇지만 되도록 도덕적 관념을 떠나지 않도록 바라는 거야. 농업이라는 것은 겉으로는 거친 일이지만 그렇지만 고상한 생각은 또 평범한 생활과 어울려 나갈 수도 있으니까."

"물론 그렇지요." 하고 에인절은 말했다. "그것은 일천구백 년 전에 증명된 게 아닙니까.—잠깐 형님의 세계를 침범하지만, 펠릭스 형님, 어째서 제가 고상한 생활과 도덕적 이상을 버릴 것같이 생각하세요?"

"흥, 그거야 너한테서 온 편지와 같이 이야기를 하는 때의 태도로 미루어서—혹은 단순한 공상인지는 모르나—네가 어쩐지 지적인 파악력을 잃는 것같이 생각될 때가 있기 때문이지. 커스버트, 넌 그렇게 생각 안 돼?" "저, 펠릭스 형님"하고 에인절은 무뚝뚝하니 말했다. "우리들은 아주 잘 이해하는 사이가 아니에요, 아시다시피. 한데 우리들은 다 각기 정해진 길을 가는 게지요. 그러나 지적인 파악력이라는 데 대해서는 형님은 혼자 옳다는 독단가로써 제 파악력은 고사하고 형님 자신의 것을 추궁해 보는 것이 좋지 않을까 생각합니다."

그들은 언덕을 내려와서 식사하러 돌아왔다. 이 식사는 교구내의 그 부모의 아침 일이 끝나는 대로 일정하지 않게 시작되는 것이다. 그들은 산보를 해서 배가 고팠다. 착유장의 주부가 막 늘어놓은 분량 많은 요리를 먹어 버릇한, 바깥 일을 하는 노동자인 지금의 에인절은 더욱 심하였다. 그러나 아직 두 늙은이들은 돌아오지 않았다. 그리해서 아들들이 아주 기다리기에 지쳤을 때에야 그들은 왔다.

가족들은 식탁을 싸고 앉았다. 앞에는 질소한 식은 음식이 놓였다. 에인절은 크릭부인이 준 흑납장(黑臘腸)을 찾으러 돌아갔다. 그것을 그는 착유장에서 다른 사람들이 하듯이 맛나게 구울 수가 있었다. 그리해서 자기가 맛본 듯이 이 놀라운 풀 향기를 그 부모도 맛보아주기를 생각하였던 것이다.

"아, 너 그 흑납장을 찾니?" 클레어의 어머니가 말했다. "하지만, 이제 이유를 알면 너의 아버지나 내가 아무렇지도 않게 생각하듯이 너도 그것이 식탁에 놓이지 않는 것을 아무렇지도 않게 여기겠지. 크릭부인이 고맙게도 보내주신 선물은 방금 정신착란병에 걸려서 조금도 밥벌이를 못하는 사람 댁의 아이들한테 가져다주자고 너의 아버지한데 말했구나. 너의 아버지도 그렇게 하면 아이들이 대단히 기뻐할 것이라고 찬성하셨단다. 그래, 그렇게 했다."

"두말 있겠습니까." 하고 에인절은 이번에는 밀탕수를 찾으며 쾌활하니 말했다.

"그 밀탕수는 대단히 독해서." 하고 그 어머니는 말을 이었다. "그것은 음료수로서는 적당치 않아. 그러나 급한 경우에는 럼이나 브랜디와 같이 귀한 것이니까 약장에 넣어두었다."

"우리는 원체 이 식탁에서는 술 종류는 먹지 않기로 했으니까." 하고 아버지가 말했다.

"그러나 착유장 집 주인마누라께는 어떻게 이야기 할까요?" 에인절이 말했다.

"물론, 사실대로 말해야지" 그 아버지가 말했다.

"사실 저는 밀탕수와 흑납장을 잘 맛있게 먹었다고 이야기하고 싶었습니다. 그 마누라는 아주 친절하고 유쾌한 이인데 아마 으레 제가 돌아가면 곧 물어볼 것입니다."

"사실 먹지 않은 것을 먹었다고는 못해." 하고 늙은 클레어는 분명히 말했다.

"참 그렇습니다. 그래도 그 밀탕수는 약간 좀 센 놈이 되어서."

"좀 뭐라고?" 하고 커스버트와 펠릭스는 같이 말을 했다.

"아, 그건 저 톨보트헤이즈에서 쓰는 말입니다." 하고 얼굴을 붉히면서 에인절은 말했다. 인정미가 없는 것은 잘못이지만 실행하는 점은 부모들이 옳다고 그는 생각한 탓에 더 아무 말도 하지 않았다.

26.

가족들의 예배가 끝나서 저녁때에야 에인절은 겨우 한두 가지 큰 문제를 그 아버지한테 꺼내놓을 기회를 찾았다. 형들 등 뒤의 깔개 위에 무릎을 꿇고 그들의 구두 뒤축에 있는 작은 못을 바라보면서 이 문제를 골똘하게 생각한 것이었다. 예배가 끝나자 형들은 어머니와 같이 밖을 나가고 늙은 클레어씨와 그가 방에 남았다.

이 청년은 먼저 영국에서나 혹은 식민지에서나 대규모로 농부로서의 지위를 잡을 계획부터 노인에게 꺼내놓았다. 그래서 그 아버지는 에인절을 케임브리지로 보내는 비용을 대지 않은 때문에 그가 자신만을 부당하게 업신여겼다고 생각할까봐서 그 대신으로 장차 토지를 사든가 얻든가 하는 데 쓰라고 그를 위해 해마다 얼마큼씩 저축해두는 것을 자기의 의무라고 생각해온 것을 말하였다.

"세상에서 말하는 재산이라는 점에서는." 하고 그 아버지는 말을 이었다. "한두 해 안에 어김없이 너는 네 두 형들보다 퍽 나을 것이다."

이렇게 아버지가 사정을 봐주는 데 힘을 얻은 에인절은 다른 이보다 좀 더 요긴한 문제로 말을 내었다. 그는 자기가 벌써 스물여섯 살이 되어서 이제 농사를 시작하게 되면 자기의 등 뒤에서 여러 가지 일을 돌보아줄 눈이 필요한 것을 말하였다―즉 자기가 들에 나간 동안 집에 있어서 사람을 감독할 사람이 필요하다. 그러니 결혼을 하는 것이 좋지 않을까? 하는 것이었다.

그의 아버지는 이 생각을 옳지 않다고는 생각하지 않는 것 같았다. 그때 에인절은 물어보았다.

"검소하고 부지런히 일하는 농부인 저에게 어떤 아내가 제일 적당하겠습니까?"

"참된 예수교인인 여자여야지. 그런 여자라야만 집 밖에 나설 때나 집안에 있을 때나 네 도움이 되고 위안이 될 게다. 그밖에는 아무려나 괜찮지. 그런 여자가 없는 것도 아니야. 참말, 내 진정한 친구요 또 이웃사람인 찬트 박사—."

"그러나 무엇보다도 먼저 우유를 짜고 좋은 버터와 훌륭한 치즈를 만들 줄 몰라도 좋을까요, 암탉과 칠면조를 둥지에 들어가게 하고 병아리를 까고 급한 때에는 들에 나가 일꾼들을 지도하고 양과 송아지의 값을 따질 줄 몰라도 좋겠습니까?"

"그렇지, 농부의 아내로는, 그래 분명히 그래, 그랬으면 좋지." 늙은 클레어 목사는 이때까지 이런 것을 조금이라도 생각해보지 않았다. "나는 지금." 하고 그는 말을 붙였다. "순결하고 성스러운 처녀로는 너도 일찍이 마음이 있어 하던 네 동무인 머시보다 더 네게 이롭고 또 너의 어머니나 내 마음에 맞는 여자는 없을 것이라고 말하려고 하였다. 하기는 이웃에 사는 찬트의 딸도 이즈음에는 이 부근 젊은 목사들의 본을 따서 성찬식의 탁자를 제례 때에는 꽃 같은 것으로 장식하는 것은 사실이지만 그것은 다만 처녀들의 지나가는 마음이고 언제나 그럴 것은 아니야."

"그렇습니다. 그렇습니다. 머시는 착하고 아주 믿음이 깊은 줄은 압니다. 그래도, 아버지 찬트 양과 같이 순결하고 정숙한 젊은 여자인데 이제까지 말한 그 여자의 종교에 대한 소양 대신에 농장에 대한 일을 농부 자신과 같이 잘 아는 여자 쪽이 제게는 퍽 더 적당하지 않겠습니까?"

그의 아버지는 인간에 대해서 사도(使徒)와 같은 견해를 가지는 데 비교하면 농부의 아내로서의 이에 대한 지식이 있다는 것은 다음으로 가는 것이라는 신념을 고집하였다. 격정적인 에인절은 그 아버지의 감정도 존중하고 또 그와 동시에 자기의 마음에 먹은 문제를 진전시키려고 그럴듯한 이야기를 하게 되었다. 그는 운명이나 혹은 섭리(攝理)가 그를 위해서 농부의 아내가 될 만한 자격을 모두 갖추고 또 마음씨가 진실한 여자를 하나 내려 주었다는 것을 말하였다.

그는 그 아버지가 속해 있는 완전한 저교회(低敎會)파인지 아닌지는 별로 말하지 않았으나 그 점에 대해서는 쉬이 가슴을 열고 신앙을 받아들일 것이라는 것과 단순한 신앙을 가지고 있어서 교회에도 규칙적으로 출석하고 정직하고 감수성이 풍부하고 총명하고 어느 정도까지 품위가 있고 여신과 같이 순결하고 용모며 자태는 드물게 아름답다는 말도 하였다.

"그래 그 처녀는 네가 결혼해도 좋을 만한 집 사람이냐—즉 숙녀(淑女)야?" 하고 둘이 이야기를 하는 중에 은근히 서재로 들어온 그 어머니는 냉큼 놀라서 이렇게 물었다.

"그는 세상에서 말하는 그런 숙녀는 아닙니다." 하고 에인절은 겁을 내지 않고 말하였다. "그것은 제가 자랑스럽게 말씀드립니다만 농가의 딸입니다. 그러나 그런데도 불구하고 숙녀입니다—감정으로나 성질로나."

"머시 찬트는 대단히 훌륭한 집안사람이야."

"흠! 그것이 무슨 소용이 있습니까, 어머니?" 하고 에인절은 곧 말하였다. "저와 같이 지금이나 장래에나 거친 일을 하는 사람의 아내에게 집안의 지체라는 것이 무슨 소용이 됩니까?"

"머시는 아주 예법이 있어. 예법이란 게 여자에게서는 아름다운 게다." 그 어머니는 원체 안경 너머로 그를 쳐다보면서 이렇게 말을 받았다.

"겉에 나타나는 예법 같은 것이란 그것이 제가 하려고 하는 생활에 무슨 소용이 있습니까?—그런데 그 여자의 독서는 제가 지도할 수 있어요. 부모님께서도 그녀를 아시면 그렇게 말씀하실 텐데, 아주 총명한 학생입니다. 그 여자의 가슴에는 시가 가득 차 있어요—실제 현실에 화한 시입니다. 이런 말이 있다면, 말뿐인 시인이 붓으로 쓰는 것을 그녀는 생활해갑니다. 그리고 그는 흠잡을 데 없는 예수교도입니다. 아마 부모님께서 퍼트리려고 하시는 부족이요 종족이요 또 민족에 속하는 사람입니다."

"아, 에인절. 사람을 놀리고 있구나?"

"어머니, 용서하세요. 하지만 그 여자는 참으로 매주일 아침 교회에 나가는 훌륭한 기독교 신자인 처녀입니다. 이 점을 생각해서라도 그녀의 모든 사회적 결점은 용서하실 줄 압니다. 그리고 또 제가 그 여자를 택하지 않으면 더 좋지 못하게 될 것같이 생각됩니다." 에인절은 사랑하는 테스의 정교주의(正敎主義)에 대해서 열성적으로 말하였다. 이런 신앙인즉 테스며 그밖에 다른 젖 짜는 여자들이 실행하는 것을 보고는 본질적으로 자연한 신앙 속에서는 이것은 분명히 한 허위라는 이유 아래 그는 경멸하기 쉬웠던 것이다.

클레어씨 부부는 아들이 알지 못할 여자를 위해서 명언하는 정교도의 신앙이라는 명칭에 대해 그 아들이 그것을 요구할 권리가 얼마라도 있을 것인가 하는 어두운 의심을 품기는 하였으나 그 여자가 건전한 생활을 가졌다는 것은 그대로 간과할 수 없는 좋은 일이라고 느꼈다. 더욱이 두 사람의 결합은 하늘의 섭리의 하신 일에 어김없는 까닭이었다. 그들은 나중에 그리 급히 서둘 것은 없고 그 여자를 한번 만나보는 데는 반대하지 않는다고 말하였다.

그리해서 에인절은 이제 그 이상 더 자세한 것을 말하지 않았다. 그 부모는 마음이 단순하고 또 자기희생적이기는 하나 중산계급으로써 갖는 편견이 잠재해 있으므로 이것을 정복하는 데는 어떤 기교가 필요한 것을 깨달았다.

그는 테스의 생활에 나타나는 우연한 일을 마치 그것이 가장 중요한 특징이기나 한 듯이 오래 이야기를 하는 자기의 모순을 알아차렸다. 그가 테스를 사랑한 것은 테스 그 자신을 사랑하는 때문이다. 그녀의 혼을, 그녀의 마음을, 그녀의 본질을 사랑하는 것이고 그의 젖 짜는 기술이라든가 학생으로서 민감한 성질이라든가 그리고 더욱이 그녀의 단순한 형식적인 신앙의 고백을 사랑하는 때문은 아니었다. 그녀의 세상에 닦이지 아니한 양성적인 존재는 클레어의 마음에 들게 하는 데 조금도 세상의 법칙대로 탈을 쓸 필요는 없었다. 그는 교육이라는 것이 가정의 행복이 좌우되는 감정과 충동에 별로 영향을 주지 않는다는 주장을 갖고 있었다. 시대가 자꾸 지나가는 데 따라 점점 진보되는 덕육과 지육의 제도가 인간성의 뜻하지 아니한, 또 깨닫지 못한 본능을 인정할만한 정도로 또는 현저한 정도로 향상시킨다고는 할 수 있을 것이다. 그러나 오늘까지 보면 자기가 아는 대로는 교양이라는 것도 이 영향을 받은 사람들의 정신적 표피에만 작용을 한 것이었다. 그는 사실 자기의 경험으로 보아 같은 사회계층이나 계급의 착한 사람과 악한 사람과라든가 어진 사람과 어리석은 사람의 차이보다 한 사회계층의 착하고 어진 여자와 다른 사회계층의 착하고 어진 여자 사이에 있는 차이가 진정 작은 줄을 알았다.

그가 떠나는 날 아침이었다. 형들은 벌써 목사주택을 떠나서 북쪽으로 도보 여행을 하고 있었다. 그리고는 한사람은 자기의 대학을 또 한사람은 자기의 교회로 돌아가게 되어 있었다. 에인절은 두 형과 같이 갔어도 좋았지만 그것보다도 그는 톨보트헤이즈의 애인 있는 데로 돌아가고 싶었다. 형들과 같이 갔다고 해도 재미없었을 것이었다. 그의 사각으로 된 본질이 그들을 위해서 준비된 동그란 구멍에는 맞지 않는다는 것을 아는 탓에 소격한 마음이 늘어난 탓이었다. 그는 펠릭스에게나 커스버트에게 테스의 이야기를 하지 않았다.

그 어머니는 샌드위치를 만들어주고 그 아버지는 암말을 타고 얼마큼 바래다주었다. 자기의 일은 그만하면 잘 진행이 된 탓에 에인절은 그늘진 오솔길을 천천히 가면서 그 아버지가 교구의 일이 힘들다는 이야기며 자기가 친절히 해주는 데도 다른 목사들이 냉담하다는 이야기를 그는 잠자코 잘 듣고 있었다. 그는 또 가난한 사람 사이에서만 아니라 가멸고 넉넉하게 지내는 사람들 사이의 악한 사람들도 자기가 그 기계 노릇을 하여 이상하게도 개심을 시킨 이야기며 또 숨김없이 실패한 이야기도 많이 하였다.

실패한 이야기의 한 예로 그는 한 사십 마일 밖에 있는 트란트리지 근방에 살고 있는 더버빌이라는 젊고 건방진 지주의 경우를 말하였다.

"킹스비어며 그밖에 다른 땅들을 차지하였던 더버빌이라는 구가 사람이 아닙니까?" 하고 아들은 물었다. "저, 그, 사두마차에 있다는 귀신 이야기가 전해오는 그 괴상한 역사가 있는 몰락한 집안의?"

"아, 아니지, 정통 더버빌 집안은 한 육십 년이나 팔십 년 전에 몰락해서 망해버렸자─나는 그렇게 믿지. 지금 것은 새로 일어선 것인데 그 이름만을 쓰나 보더구나. 그 옛날 기사(騎士)집 줄기의 명예를 위해서라도 그것들이 가짜가 되어주길 바라지만. 하지만 네가 구가에 대해서 흥미가 있는 듯이 말하는 것은 이상한 일이구나. 나는 네가 나보다도 더 그것을 대수롭게 생각하지 않는 줄로만 알았지."

"그건 저를 오해하시는 겁니다. 아버지. 가끔 그러시지만." 하고 에인절은 좀 초조하여 이렇게 말했다. "정치적으로 보아서 저는 그 오래 되었다는 것의 가치를 의심합니다. 그들 가운데서도 총명한 사람은 햄릿이 말하듯이 가문의 대를 잇는 데 반대하는 것입니다. 그러나 서정시적으로, 극적으로, 역사적으로는 저는 구가에 대해서 애착을 갖습니다."

이 구별은 그리 미묘한 것도 아니었으나 늙은 클레어 목사는 너무 미묘해서 잘 알지 못하였다. 그리하여 그는 자기가 아까부터 이야기하려던 것을 다시 이었다. 그 이야기라는 것은 그 소위 더버빌이라고 하는 선대(先代)가 죽은 뒤로 상속자인 청년은 그 어미가 소경인 탓에 좀 정신이 들었어야 할 것인데도 불구하고 아주 난봉을 부렸다. 때마침 그 지방에 전도를 갔다가 늙은 클레어 목사는 이 청년의 품행에 대한 것을 듣고 대담하게도 기회를 찾아서 죄 많은 사람에게 그 정신 상태에 대해서 설교를 하였다.

비록 그는 다른 사람의 설교단에 서 있는 낯선 사람에 지나지 않으나 이렇게 하는 것을 자기의 의무로 느꼈다. 설교의 제목으로는 누가복음 가운데 있는 말을 썼다―'너, 어리석은 사람아, 네 혼이 오늘밤 너로부터 요구되리라' 그랬더니 이 청년은 이 정면으로 하는 공격에 대단히 분개하여 그들이 서로 낯을 대한 때에는 말싸움이 일어나서 늙은 클레어 목사의 희게 센 머리털도 돌아보지 않고 여러 사람 앞에서 목사를 모욕하기에 주저하지 않았다는 것이었다.

에인절은 마음이 아파서 얼굴이 붉어졌다.

"네, 아버지." 하고 그는 슬프게 말했다. "그런 부랑자들한테서 아무 이유 없는 고통을 받으려고 그렇게 몸을 내어대지 마세요."

"고통?" 하고 그 아버지는 주름살 잡힌 얼굴을 극기(克己)의 정열에 번득이면서 말했다. "내게 당해서 한 가지 고통은 그 청년의 일을 생각하는 고통뿐이다. 너는 그 청년이 노해서 한 말이 또는 나를 때렸기로서니 내게 고통을 줄 줄로 생각하니? '욕을 먹을 때는 축복하고 학대를 받을 때는 이것을 참고, 시비를 들을 때는 권한다. 우리는 오늘까지 세상의 때요 또 만물의 쓰레기니라'한 코린트 사람들에게 보낸 이 오래고 귀한 말씀은 이때까지라도 진리이다."

"때리다니요, 아버지? 그 청년이 때리지는 않았겠지요?"

"암, 때리지는 않았지. 취해서 미친 것같이 된 놈에게서는 얻어맞기도 했지만."

"그래서요!"

"여러 번 있었다, 얘야. 그래, 어떤가 봐. 나는 자기 스스로 제 살과 피를 죽이는 죄에서 그들을 구한 것이다. 그래 그들은 오래 살면서 나한테 감사하고 하느님을 찬송하게 되었단다."

"이 청년도 그렇게 했으면 좋을 텐데!" 하고 에인절은 열심히 말했다. "그래도 아버지의 말씀으로 보면 그렇지 못할 것같이 생각됩니다."

"그래도 그렇게 되기를 바라야지." 클레어 목사는 말했다. "그리고 이 세상에서 다시 그 청년을 보기는 어려울 것이나 나는 그 사람을 위하여 영원히 복을 빌 테다. 결국 언제든지 내 변변치 못한 말의 하나라도 그 사람의 마음속에서 좋은 씨가 되어서 싹이 틀지도 모르니까."

클레어의 아버지는 언제나 그렇지만 지금도 어린아이 같은 낙천가였다. 그러므로 아들은 아버지의 편협한 독단은 받아들이지 못했지만 그 실행을, 이 경신가(敬神家) 속의 영웅을 인정하지 않을 수 없었다. 그리고 그는 바로 조금 전보다도 더욱 그 아버지를 존경하였다. 그것은 테스를 자기의 아내로 하려는 문제가 일어났을 때에 아버지가 그 여자가 부유한지 또는 한 푼 없이 가난한지를 한번이라도 생각을 좇아 물은 일이 없는 것을 알아챈 때문이었다.

사실 에인절은 자기가 이단설(異端說)을 품고 있으면서도 가끔 인간으로서는 그 형들의 누구보다도 자기가 좀 더 아버지한테 가깝다는 것을 느끼는 것이었다.

27.

쇠리쇠리하니 빛나는 한낮의 대기 속을 이십여 마일이나 언덕을 올라갔다 골짜기로 내려왔다 하며 말을 달리고 나서 그날 오후 톨보트헤이즈에서 일, 이 마일 저쪽으로 떨어진 언덕에 닿았다. 그는 여기 또 물기 많고 눅눅한 시퍼런 구유 같은 프롬 골짜기를 내려다보았다. 그가 고지에서 아래 살진 충적토의 지층으로 내려가자 곧 대기는 무거워졌다. 여름 과실과 안개와 마른 풀과 꽃들의 황홀할 만한 향기가 커다란 향기의 웅덩이가 되어서 이 시각이 되면 모든 동물과 벌과 나비까지도 다 졸리게 하는 듯하였다. 클레어는 이제는 이 땅에 아주 익숙해져서 목장에 여기저기에 있는 소들을 먼 밖에서 보아도 일일이 그 이름을 알 수 있었다. 그는 학생 때에는 전연 몰랐던 태도로 이곳에서 인생이라는 것을 그 안쪽에서 바라볼 수 있는 힘이 있는 것을 알 때 그는 유쾌하였다. 또 그는 부모를 퍽 위하였으나 집 생활을 경험하고 난 뒤에 이렇게 이곳으로 올 때 그는 부목(副木)을 댄 붕대를 집어던져 버린 듯한 느낌을 아니 가질 수 없었다. 톨보트헤이즈에는 거주하고 있는 지주가 없기 때문에 영국 어느 전원생활의 한가한 기분을 늘 구속하는 그런 것도 없었다.

착유장에는 누구 하나 문밖에 나선 것이라곤 보이지 않았다. 이곳 사람들은 여름이면 퍽들 일찍 일어나는 때문에 꼭 필요한 한, 두 시간의 낮잠을 자고 있는 것이었다.

에인절은 안으로 들어가서 괴괴한 복도를 통해 뒤쪽으로 갔다. 거기서 잠깐 그는 귀를 기울였다. 사나이 몇이 누워 있는 짐마차 칸에서 계속하여 코고는 소리가 들려왔다. 돼지가 더워서 끽끽 꿀꿀 하는 소리가 좀 더 먼데서 들려왔다. 잎사귀 큰 대황(大黃)과 양배추까지도 잠이 들어서 그 넓은 잎사귀의 거죽을 햇볕에 쏘이면서 반쯤 덮인 양산같이 늘어져 있었다.

그는 마구(馬具)를 벗기고 말에게 풀을 주었다. 그리고 다시 집에 들어온 때는 시계가 바로 세시를 쳤다. 세시는 오후 크림 걷는 시각이었다. 세시 치는 소리와 함께 클레어는 머리 위에서 마루가 갈리는 소리가 나고 뒤이어 내려오느라고 사다리에 발 짚는 소리가 들렸다. 그것은 테스의 발 소리여서 다음 순간에는 그녀는 벌써 클레어의 눈앞에 내려와 섰다.

테스는 클레어가 들어오는 소리를 듣지도 못하고 그곳에 있는 줄도 미처 몰랐다. 그녀는 하품을 하였다. 클레어는 이때 뱀의 입과 같이 새빨간 그 입안을 보았다. 그녀는 한쪽 팔을 따 올린 머리채 위로 쭉 편 탓에 클레어는 볕에 그을리지 않은 수자(繻子)같이 매끄러운 살결을 볼 수도 있었다. 얼굴은 잠을 자서 발그레해지고 눈썹은 눈동자 위에 깊이 내려덮였다. 테스다운 특질이 그 몸에서 발산하는 것 같았다.

그러자 두 눈은 얼굴의 다른 쪽들이 아직 채 깨기 전부터 무거운 휘장 같은 것을 통해서 반짝반짝 빛났다. 기쁨과 부끄러움과 놀람을 함께한 듯한 눈초리로 그녀는 외쳤다―.

"아, 클레어씨! 어쩌면 그렇게 저를 놀라게 하세요, 나는―."

처음에는 클레어가 사랑을 고백한 뒤부터 두 사람의 관계가 달라진 것을 미처 생각할 여유가 없었다. 그러나 사다리의 맨 밑층으로 가까이 오는 클레어의 그 부드러운 눈길에 마주칠 때 그녀의 얼굴에는 이 관계를 다 알았다는 마음이 떠올랐다.

"사랑하는 테스!" 하고 클레어는 그녀를 안고 그 상기한 뺨에 제 낯을 대고 속삭였다. "제발 이제는 나에게 '씨'를 붙여 부르지 말아요. 나는 당신 때문에 이렇게 급히 돌아왔소!"

테스의 흥분하기 쉬운 심장은 사나이의 심장에 그 뛰노는 것을 전하여 대답을 대신하였다. 그리하여 두 사람은 입구의 붉은 벽돌을 깔은 곳에 서 있었다. 클레어가 그를 꼭 껴안고 있는 때 햇볕은 창문으로 비껴들어서 이 사나이의 잔등을 여자의 갸웃한 얼굴과 관자놀이의 새파란 정맥을, 그녀의 맨 팔을 그리고 그 목을 또 그 머리털 안속까지도 비추었다. 그녀는 옷은 입은 채로 잔 탓에 해바라기를 한 고양이처럼 따스하였다. 처음에 그녀는 바로 사나이를 쳐다보지 않으려고 하였으나 곧이어 그녀의 두 눈은 그를 올려다보았다.

"저 크림 걷으러 가야겠어요." 하고 그녀는 말하였다. "오늘은 뎁 노파밖엔 손을 도와줄 사람이 없어요. 주인나리하고 마나님은 장에 가고 레티는 몸이 아프고 그리고 다른 사람들은 다 어디들 가서 젖 짤 때까지는 돌아오지 못할 거예요."

194 테스

그들이 우유고까지 물러갔을 때 데보라 파이안더가 사다리 층층대에 나타났다.

"나 돌아왔어요, 데보라." 하고 클레어는 위를 바라보고 말했다. "테스가 크림 걷는 걸 도와줄 수 있어요. 당신도 대단히 곤할 테니까, 젖 짤 때까지 내려오지 않아도 좋아요."

아마도 이날 오후 톨보트헤이즈의 우유는 잘 걷히지 못하였을 것은 틀림없었다. 테스는 꿈속에 있는 듯하여서 친히 익숙한 모든 것들이 빛과 그림자와 자리는 갖고 보였으나 조금도 뚜렷한 윤곽은 없었다. 그녀는 크림을 걷으려고 먼저 주걱을 식히기 위해서 펌프 아래에 댔으나 마치 너무 뜨거운 햇볕을 받는 초목같이 그의 열정 아래서 무서워 움츠리고 있었다.

그러자 클레어는 또 그녀를 옆에 꼭 끼었다. 그리고 그녀가 크림이 흘러내린 가장자리를 훑으려고 연 그릇의 안쪽을 검지로 저어 돌리자 그는 그 손가락을 입으로 빨아서 정리하였다. 그것은 톨보트헤이즈 착유장의 자유로운 풍습이 이런 때에 아주 좋은 탓이었다.

"언제 해도 같은 말이니 지금 말해버리겠소." 하고 클레어는 조용하게 입을 열었다. "나는 퍽 실제적인 문제를 당신한테 물어보고 싶소. 이것은 지난 주일 목장의 일이 있던 그날부터 생각해온 것이지만 나는 기꺼이 결혼하려고 생각을 하오. 그리고 나는 농부이니까 농장 경영에 대한 것을 잘 아는 여자를 아내로 택하고 싶소. 당신이 이 여자가 되어주지 않겠소, 테스?"

클레어는 자기가 이성이 승인하지 않는 충동을 이기지 못한 것이라고 그녀한테 생각되지 않게 이야기를 하였다.

그녀는 퍽 근심스러운 모양이었다. 그녀는 가까이 접촉하는 데서 생기는 피할 수 없는 결과, 즉 사나이를 사랑하지 않을 수 없는 결과에 굴복을 하였다. 그러나 그녀는 이렇게 갑자기 일어나는 자연한 결과를 예측하지는 못하였다. 사실 클레어도 이렇게 빨리 이야기를 하려고 한 것은 아니었으나 어떻게 이렇게 그녀 앞에 다 말해버렸다. 그녀는 살을 에는 듯한 고통을 느끼면서 억센 여자가 되어서 이 피하지 못할 그리고 맹세하는 대답을 하였다.

"아, 클레어씨—저는 당신의 아내는 못 되어요—저는 될 수 없어요!"

자기의 이 결심을 말하는 소리는 테스 자신의 심장을 터트리는 듯하였요. 그리하여 그녀는 너무나 슬퍼서 얼굴을 숙였요.

"그러나, 테스!" 하고 사나이는 그 대답에 놀라서 더욱 그 몸을 껴안으면서 말하였요. "싫다고 말하는 게요? 분명히 당신은 나를 사랑하오?"

"네, 해요, 해요. 세상의 누구 것보다도 당신의 것이 되고 싶어요." 괴로워하는 처녀의 아름답고 정직한 말소리는 이렇게 대답하였요. "그러나 저는 결혼할 수 없어요!"

"테스." 하고 사나이는 팔을 벌려서 그녀를 붙들면서 말했요. "당신은 어떤 다른 사람하고 약혼을 했소?"

"아니에요, 아니에요!"

"저는 결혼하고 싶지 않아요! 저는 아직 그런 것을 생각해보지 못했어요. 저는 못해요. 저는 그저 당신을 사랑하고만 싶어요."

"그래도 어째서?"

그녀는 무슨 핑계를 대야 할지 몰라서 머뭇거렸다.

"당신의 아버지는 목사이시지요. 그리고 당신의 어머니는 저 같은 것과 결혼하는 것을 싫어하실 것이에요. 어머니는 당신을 숙녀(淑女)와 결혼시키고 싶어하실 거예요."

"별 소리 말아요—나는 부모들한테 다 말했어요. 내가 집에 간 것도 하나의 이유는 거기 있었던 것이오."

"저는 할 수 없다고 생각해요—아무리 해도, 아무리 해도!" 그녀는 되풀이하였요.

"너무 급히 굴었소, 이렇게 청을 하는 것이, 네?"

"네, 저는 그런 걸 생각지도 못했어요."

"만일 당신이 두었다 이야기하자고 하면, 테스, 얼마큼 유예를 드리지요." 하고 사나이는 말했요. "돌아오자마자 곧 당신한테 말해버린 것은 내가 너무 성급했소. 이 일에 대해서는 얼마동안 아무 이야기도 아니 할 테요."

그녀는 다시 번득번득하는 크림 주걱을 들고 펌프 아래 대고 새로 일을 시작하였다. 그러나 아무리 해보아도 보통 날과 같이 잘 되지 않았다. 어떻게 하면 우유 속에 찔러 넣어버리고 또 어떤 때는 허공을 치고 하였다. 그녀는 아무것도 보이지 않았다. 슬픔 때문에 솟아나는 두 방울의 눈물이 눈에 고여서 시선을 흐리게 한 탓이었다. 이 슬픔을 그녀는 그의 가장 친한 동료요, 또 소중한 옹호자에게도 결단코 고백할 수는 없었다.

"못 걷겠어—, 못 걷겠어!" 하고 그녀는 클레어로부터 얼굴을 돌리면서 말했다.

더 그녀의 마음을 흔들거나 또 일을 방해하거나 하지 않으려고 생각이 깊은 클레어는 평범하게 다른 이야기를 시작했다.

"당신은 우리 부모를 오해하고 있소. 이 세상에 살아 있는 사람 가운데서 제일 단순하고 또 전연 야심 같은 것은 없는 이들이오. 지금은 얼마 되지 않는 복음파 중의 두 사람이라오. 테스 당신은 복음파인가요?"

"저는 몰라요."

"당신은 교회에 아주 규칙적으로 잘 다니지 않아요. 이곳 목사는 고교회(高教會)의 주의는 따르지 않는다고 하던데."

테스의 교회 목사의 의견에 대한 생각은 매주일 그 설교를 들으면서도 전연 들어보지 못한 클레어의 생각보다도 더 막연하였다.

"저는 그곳에서 듣는 이야기에 지금보다 좀 더 꼭 마음을 붙였으면 좋겠어요." 하고 그녀는 쓸쓸하게 말해버렸다. "그렇지 못해서 저는 가끔 슬퍼지곤 해요."

그녀는 자연스럽게 말을 하여서 에인절은 그녀의 주의가 고교파(高教派)든지 저(低)교파든지 혹요 또 광(廣)교파든지 그것은 모른다 해도 자기 아버지는 종교에 관한 문제로써는 그녀를 반대하지 않으리라고 마음에 꼭 믿었다.

클레어는 그 외에도 이번 집을 방문한 중에 일어난 일이며 그 아버지의 생활 태도며 또 그 주의에 대한 열의 같은 것을 말하였다. 테스는 점점 마음이 진정되어서 크림을 걷을 때 떨리던 것도 멈추었다. 그녀가 다음다음 하나씩 연 그릇을 끝내가면서 클레어는 그 뒤로 마개를 뽑고 우유를 나가게 하였다.

"당신이 들어오실 때에 좀 풀이 죽으신 듯이 생각했어요." 하고 테스는 자기의 화제에서 떠나고 싶어서 꺼리지 않고 이렇게 말하였다.

"아, 그랬을 게요. 사실 아버지로부터 걱정하는 일이며 괴로워하는 일이며 많이 들었는데 이것은 언제나 늘 나를 괴롭히는 문제거든요. 아버지는 너무 열심이시니까 그와 생각을 달리하는 사람들로부터는 많은 모욕과 주먹까지라도 받거든요. 그래, 나는 노인이 그런 모욕을 받는다는 이야기는 듣기 싫어요. 더더구나 진실한 것도 이렇게까지 되면 조금도 쓸데가 없다는 것을 생각하면 더욱 그렇지요. 아버지는 바로 최근에 그가 관계한 아주 불유쾌한 장면을 나한테 말씀하셨는데 어떤 전도단체의 대리로 여기서 한 사십 마일 떨어져 있는 트란트리지 부근에 설교를 가셨었는데 그때 그 근방에 아주 젊은 난봉꾼 녀석 하나를 만나시고는 직무상 그것에게 충고를 하셨다나요—무슨 소린지 소경 어머니를 둔 그 근방 지주의 아들이라든가 하더군요. 우리 아버지는 그 신사와 마주대고 말씀을 하신 데에 야단이 일어났지요. 안 될 줄 알면서 알지도 못하는 사람한테 부득불 충고를 한 것은 어리석은 일이라고 나는 생각해요. 하지만 아버지로서는 자기의 의무라고 생각하신 것은 경우가 맞든가 아니 맞든가 가리지 않고 꼭 하시거든. 그러니까 나쁜 사람들 사이에만 아니라 시끄럽게 구는 것을 싫어하는 느리고 마음 좋은 사람들 사이에도 원수를 많이 만들고 계신다오. 그런 욕을 보시면서도 아버지는 광영이라고 하시지요. 그리고 그것이 간접적으로는 어떤 이익이 된다고 하시거든. 그러나 나는 점점 늙어가는 아버지가 그렇게 해서 몸을 해하시지 않으셨으면 좋겠어요. 그런 돼지들은 마음대로 하게 내버려두었으면 참 좋겠어."

테스의 표정은 점점 굳어지고 생기가 없어졌다. 그리고 그녀의 발갛게 익은 듯한 입술도 슬프게 보였다. 그러나 그녀는 조금도 떨거나 하지는 않았다. 아버지의 생각이 다시 마음에 떠올라서 클레어는 테스를 특별히 주목하지 못하였다. 이렇게 하는 동안에 다음 통에서 다음 통으로 옮겨가서 어느 사이에 우유를 다 내었다. 바로 그때 다른 젖 짜는 여자들이 돌아와서 젖통을 들었다. 데브 할머니도 새 우유를 채우려고 연 통을 더운물로 씻으러 돌아왔다. 테스가 소들이 있는 목장으로 가려고 할 때 클레어는 부드럽게 말을 건넸다.

"그리고 내 말은, 테스?"

"아, 안 돼요, 안 돼요!" 알렉 더버빌의 이야기를 하는 동안에 자기의 지나간 날의 소란한 일을 새로이 생각하고는 슬픈 절망감에서 이렇게 대답하였다. "아무래도 안 돼요!"

그녀는 이 슬픈 기분을 바깥 공기로써 쓸어버리려고나 하는 것처럼 다른 젖 짜는 여자들과 함께 목장 쪽으로 급히 가버렸다. 처녀들은 몇 야생동물과 같은 대담한 꼴을 하고 멀리 목장에서 소 무리가 풀을 먹고 있는 곳으로 점점 가까이 갔다.

28.

클레어는 테스한테서 거절을 당하리라고는 꿈에도 생각지 못하였으나 그렇다고 해서 언제까지나 상심하지는 아니하였다. 그의 여자에 대한 경험은 지금 거절도 승낙의 전제에 지나지 않는다는 것쯤은 알 만큼은 넓었다. 그러나 또 좁다면 좁은 것이어서 이번 이 거절의 태도에는 부끄러워서 하는 주저와는 대단히 다른 것이 있는 것을 알지 못하였다. 그는 테스가 자기의 사랑을 받아주는 것이 더욱 확실한 것에 힘을 가하는 것이라고 생각하였다. 그러나 들이나 목장에서는 '값없이 사랑하는 것'(셰익스피어의 말)도 결단코 쓸데없는 헛짓이라고는 생각지 아니하였다. 그것은 다른 지방과 달라서 이곳에서는 종종 다만 되는 대로 사랑을 속삭이는 것의 달콤한 맛 때문에 처녀들이 사랑을 받아주는 일이 있는 줄을 그는 잘 알지 못하였다.

"테스, 당신은 어째서 그렇게 분명히 싫어요, 하고 말했소?" 한 이삼 일 지나서 클레어는 이렇게 말하였다.

테스는 냉큼 놀랐다.

"제게 묻지 말아주세요. 이유를 말씀드리지 않았어요—대강 저는 네하고 대답할 만큼 좋은 것이 못 되어요—그런 자격이 없어요."

"어떻게? 훌륭한 숙녀가 아니란 말이지요?"

"네, 그렇습니다." 하고 테스는 나직이 말했다. "당신 댁 어른들께서 저를 낮춰 볼 거예요."

"참 당신은 그이들을 오해해요—우리 아버지와 어머니를. 내 형들은 아무래도 관계없어요." 클레어는 그녀가 빠져 나갈까봐 그녀 잔등에서 손가락을 마주 잡았다. "자! 진심으로 그런 건 아니지? 그런 줄로 알지만. 나는 당신 때문에 불안해져서 책도 읽을 수 없고 놀 수도 없고 아무 일도 할 수 없소. 나는 그리 급하지는 않지만, 테스, 그저 알고 싶소—당신 그 따스한 입술에서 듣고 싶소—어느 때에나 내 것이 되어준다는 것을—언제나 당신이 좋은 때에 좋지만. 그러나 언젠가는 되어주지?"

테스는 오직 머리를 흔들고 그에게서 눈길을 딴 데로 옮겼을 뿐이다.

클레어는 그녀를 자세히 바라보았다. 그 얼굴의 표정을 마치 상형문자이기나 한 듯이 잘 음미하여 보았다. 거절은 정말인 듯하였다.

"그러면 내가 이렇게 당신을 안고 있어서는 안 되자—그렇지요? 나는 당신에게 대해서 아무런 권리도 없어요—당신이 있는 데를 찾아다니고 당신과 같이 걸어 다니고 할 권리가 조금도 없어요. 바른대로 이야기해요. 테스, 당신은 누구 다른 사람을 사랑하오?"

"어떻게 그런 것을 물으실 수 있어요?" 하고 그녀는 어디까지나 자기를 억누르고 말을 하였다.

"당신이 그러지 않을 줄은 대략 알아요. 글쎄 그러면 왜 나를 거절하오?"

"저는 거절하는 게 아니에요. 나는 당신께 말씀이 듣고 싶어요—나를 사랑한다는. 그리고 저와 같이 걸으실 때 당신은 언제나 늘 그렇게 말씀해주셔도 좋아요—저는 결코 언짢게 생각하지 않아요."

"허나 나를 남편으로 삼지는 못한단 말이지요?"

"네, 그것은 달라요—당신을 위해서예요. 정말로. 저를 믿으세요. 오직 당신을 위하는 것뿐이에요! 저는 그렇게 해서 당신의 것이 되겠다고 약속을 해서 저에게 커다란 만족을 주고 싶지 않아요.—그것은—그것은 저는 그렇게 할 수가 없어요."

"아, 그렇게 생각하시지요, 그래도 당신은 몰라요."

지금과 같은 때에는 그녀의 거절의 근거가 사교와 예의에 관한 일에 지식이 없다는 겸손한 마음에 있다고 짐작하고 클레어는 언제나 그녀를 보고 놀랄 만큼 많은 것을 알고 있고 또 재간이 많다고 말하였다. 이러한 다정한 논쟁에 있어서 테스가 승리를 한 뒤에 그녀는 언제나 혼자서 만일 젖을 짜는 시간이면 제일 먼 곳에 있는 소 아래로 만일 쉬는 때라면 왕골 덤불 아래로 또 자기 방으로 들어가서 겉으로는 냉정히 거절을 한 뒤 일 분도 지나지 못해 고요히 슬픈 눈물을 흘리는 것이었다.

마음의 싸움은 대단히 격렬하였다. 그녀의 마음은 어디까지나 이 사나이에게로 쏠렸다—타는 마음이 한 약한 작은 양심과 겨루는 듯이—그래 그녀는 힘이 미치는 대로 여러 가지 수단을 써서 자기의 결심을 굳게 지키려고 하였다. 그녀는 어떤 작심을 하고 톨보트헤이즈로 온 것이었다. 아무것도 모르고 자기와 결혼한 남편이 뒤에 이 때문으로 해서 쓰라린 한탄을 하게 될 일을 그녀는 어떤 일이 있어도 선택하지 못하였다. 그리고 그녀는 자신의 마음이 기울어지지 않았을 때에 양심이 결정한 것을 지금까지도 버려서는 안 된다는 생각을 가지고 있었다.

"어째서 누가 내 사정을 다 이 사람한테 말하지 않을까?" 하고 그녀는 생각했다. "겨우 사십 마일밖에 아니 되는데—어째서 이곳까지 소문이 오지 않을까? 누구든지 꼭 아는 사람이 있을 텐데!"

그러나 아무도 아는 것 같지 않았다. 아무도 이 사나이에게 말하지 않았다.

이삼 일 동안은 별로 더 말이 없었다. 한 방에 있는 동료들의 슬픈 낯빛을 보고 자기가 클레어의 마음에 든 것만 아니라 택해진 것을 알아차렸다고 짐작하였다. 그러나 그들은 자기가 이 사나이의 바라는 대로 되어주지 않는 것도 스스로들 알고 있는 듯이 생각되었다.

테스는 자기의 생명의 끈이 분명한 쾌락과 분명한 고통의 두 가닥으로 이렇게 뚜렷하게 꼬여진 때를 아직 알지 못하였다. 다음 치즈 만드는 때 그와 클레어는 또 두 사람만 남게 되었다. 주인이 손을 거들어주었다. 그러나 크릭씨도 그 부인과 같이 이즈음에 와서는 이 두 사람 사이의 관계를 눈치 챈 듯하였다. 그들은 아주 주의를 해서 다닌 탓에 이 주인의 의심이란 것도 아주 박약한 것이었다. 어쨌든 주인은 그들만 남기고 가버렸다.

그들은 굳어진 우유 덩어리를 통에 넣기 전에 먼저 잘게 부쉈다. 이 일은 큰 규모로 빵을 부수는 것과 같았다. 조금도 더럽히지 않고 하얗게 엉긴 우유 속에서 테스의 두 손은 자연 장미꽃의 분홍빛을 띠었다. 에인절은 한 움큼씩 집어서 통을 채우다가 갑자기 그것을 멈추고 자기의 두 손을 그녀의 두 손 위에 얹었다. 그녀는 옷소매를 팔꿈치 위까지 걷어 올렸던 탓에 에인절은 낮게 굽어 서서 그녀의 보드라운 팔의 정맥에 입을 맞출 수 있었다.

구월 초순의 기후는 무더웠으나 엉긴 우유 덩어리 속에 잠겼던 그녀의 팔은 사나이의 입에는 갓 딴 버섯같이 산뜻하고 촉촉하게 느껴졌다. 그리고 유정(乳精)의 냄새가 났다. 그러나 감수성의 묶음과 같은 그녀는 사나이의 입이 닿자 곧 차가웠던 팔도 달아올랐다. 그리고는 그녀의 심장이 '좀 더 망설일 필요가 있을까? 사나이와 사나이 사이에서와 마찬가지로 사나이와 여자의 사이에서도 진실한 것은 진실한 것이다'하고 말이나 한 듯이 그녀는 눈을 들었다. 그 눈길은 다정하니 한 반쯤 웃으며 입술을 움직일 때 사나이의 눈길로 향했다.

"내가 어째서 그렇게 했는지 알겠소, 테스?" 하고 에인절은 말했다.

"당신이 저를 퍽 사랑하시니까 그렇지요!"

"그렇소. 그리고 새로운 부탁의 전제로서."

"다시는 싫어요!"

테스는 자기의 욕구가 자기의 저항력을 무너트리지나 않을까 하고 갑자기 두려워졌다.

"오, 테스!" 하고 그는 말을 이었다. "나는 당신이 어째서 나를 그렇게 안타까웁게 하는지 모르겠는데 어째 나를 그렇게 실망하게 하오? 당신은 매소부(賣

笑婦)와 같아. 분명히 그렇게 보여! 거리에서도 일류의 매소부와 같이! 그들은 지금의 당신같이 변덕스러워. 톨보트헤이즈와 같은 시골구석에서 그것을 보리라고는 생각지 못한 일이야. 그러나 테스" 하고 그는 자기 말이 테스의 마음을 상하게 한 것을 알고 급히 말을 붙였다. "나는 세상에서 아직 당신같이 정직하고 깨끗한 여자는 없는 줄로 알아. 그러니까 글쎄 어떻게 당신을 변덕쟁이라고 생각할 수 있겠소? 테스, 당신은 나를 사랑하는 듯이 보이면서도 어째서 내 아내가 된다는 것을 싫어하오?"

"저는 싫다고 말한 적은 없었어요, 그리고 저는 그런 말을 할 수 없어요. 그것은 제 본심이 아니니까!"

이제는 더 참을 수 없어서 그녀의 입술은 떨렸다. 그리고 뛰쳐나가지 않을 수 없었다.

클레어도 무한 괴롭고 또 당황해서 그녀를 쫓아가서 복도에서 붙잡았다.

"말해요, 말해요!" 하고 사나이는 흥분하여 손이 엉긴 우유투성이가 된 줄도 잊고 그녀를 껴안으면서 말했다—"꼭 말해요 나밖에 다른 사람의 것은 안 된다는 것을!"

"말할 거예요, 말해버릴 거예요!" 그녀는 외쳤다. "그리고 시원한 대답을 할 거예요, 만일 지금 저를 놓아주면. 저는 제 모든 경험을 말할 터이에요—제 모든 것을—모든 것을!"

"당신의 경험을, 그래, 좋아요. 얼마든지." 사나이는 그녀의 얼굴을 들여다보면서 다정하게 비양음하야 승낙을 하였다.

"나의 테스는 꼭 뜨락 울타리에 오늘 아침 처음으로 핀 냉초꽃과 같이 많은 경험이 있을 것이야. 아무것이나 다 말해요, 해도 그 나한테 어울리지 않는다는 그 실없는 말은 말아요"

"네, 마음먹겠어요.—그러지 않도록! 그리고 제 이유를 말씀드리지요, 내일—돌아오는 주일."

"네. 일요일에."

드디어 그녀는 그 자리를 떠나버렸다. 그리고는 아무도 보지 못하는 뒤뜰 나직한 구석 가지를 다듬은 버드나무 수풀 속으로 물러가버릴 때까지 한 번도 멈추어 서지 않았다. 여기서 테스는 마치 침대 위에나 같이 살랑살랑 소리가 나는 풀밭에 몸을 내던지고는 울렁거리는 가슴으로 고민을 계속하며 언제까지나 쭈그리고 앉아 있었다. 이 고민은 앞날의 결과를 두려워하는 마음으로도 누를 수 없는 북받쳐 오르는 기쁨으로 해서 개어지는 것이었다.

사실 그녀는 잠자코 허락을 하자는 곳으로 불려 들어갔다. 그녀의 한번 나드는 숨결이나 한번 높았다 낮아지는 혈액이나, 귀에 들리는 고동이란 고동은 본능과 함께 그녀의 의심하고 망설이는 데 대한 반항의 소리였다. 분별없이 생각 없이 사나이의 청을 받아들여서 아무것도 밝히지 않고 알게 되면 될 대로 되라 하고 제단 앞에서 손을 맞잡아 버리고 고통이라는 무쇠 이빨이 닫혀서 들여놓지 않기 전에 다 익은 쾌락을 탐하여 잡아라! 이것이 사랑이 가르치는 것이었다. 그리고 거의 무서움에 가까운 기쁨에 빠져서 테스는 이렇게 생각하였다. 몇 달이고 몇 달이고 쓸쓸하게 자기를 책망하여 보았으나 또 장내에는 엄숙하게 고독을 지켜가려고 노력하고 생각하고 계획하여 보았으나 결국은 사랑의 가르치는 것이 승리를 얻을 것이라고.

오후 시간이 자꾸 가도 그녀는 풀설렁이에 남아 있었다. 젖통을 내려놓는 소리며 소를 몰 때 일어나는 "워, 워." 하는 소리를 듣고도 그녀는 젖 짜러 나가지 않았다. 사람들이 모두 자기의 진정 못하는 마음을 알아볼 것이고 주인은 이것을 사랑 때문이라고 짐작하고 마음 좋게 자기를 놀려줄 것이다. 그러면 자기는 이 괴로움을 참지 못하게 될 것이다.

그녀의 애인이 그녀의 흥분한 모양을 살피고 그녀가 보이지 않는 데 대하여 무어라고 핑계를 대 준 것이 틀림없었다. 그녀를 별로 찾지도 않고 또 부르지도 않은 때문이었다. 여섯시 반이 되니까 해는 공중에 놓인 커다란 용광로와 같은 모양이 되어서 지평선으로 넘어갔다. 그리고 얼마 지나지 않아 한쪽에는 기괴한, 호박 같은 달이 올라왔다. 늘 다듬어 키워서 자연의 모습을 잃어버린 가지 잘린 버들이 달빛에 뚜렷이 떠오르니까 마치 바늘 같은 머리를 한 괴물이 되어버렸다. 그녀는 집안으로 들어가서 불빛 없이 이층으로 올라갔다.

그것이 수요일이었다. 목요일이 되었다. 에인절은 멀리서 많은 궁리를 하며 그녀를 바라보았으나 무법하게 쫓아오거나 하는 일은 없었다. 마리안이며 그밖에 집에 있는 젖 짜는 여자들이 침실에서 그녀에게 억지로 무슨 말을 걸지 않는 것으로 보면 그들은 무슨 확정한 이야기가 진행되고 있다고 짐작하는 듯하였다. 금요일이 지나갔다. 토요일이 왔다. 내일은 일요일이었다.

"나는 질지 몰라—나는 '네'하고 대답하고 그 사람과 결혼해 버릴지도 몰라. 나로서는 어떻게 할 수 없어!" 그날 밤 그녀는 뜨거운 낯을 베개에 꼭 대고 다른 여자 하나가 자면서도 그 사람의 이름을 부르는 것을 듣고 질투를 느끼면서 초조해 하였다. "나밖에 다른 사람한데 그이를 내어줄 수는 없어! 그리고 그것은 그이를 위해서 옳지 못해. 또 그이가 이런 줄 알면 죽을지도 몰라! 아—이 가슴—아, 아—!"

29.

"자, 그런데 내가 오늘 아침 누구 소문을 들었다고 생각하나?" 이튿날 아침 식사 때에 주인 크릭은 수수께끼라도 내는 듯한 눈으로 식탁에 앉은 일동을 둘러보며 말했다. "자, 누구의 일이라고 생각해?"

한사람이 대답해 보았다. 다른 사람도 대답해 보았다. 크릭부인은 대답하지 않았다. 그는 이미 다 알고 있었던 탓이다.

"사실은." 하고 주인은 말했다. "저 그 못난 아비 없는 자식인 잭 돌의 일이야. 그 녀석이 이즈음 어떤 과부한데 장가를 들었대."

"잭 돌이요? 고약한 놈이에요—생각해 보면!" 하고 젖 짜는 여자 하나가 말했다.

이 이름은 테스 더비필드의 귀에 얼른 들어왔다. 그것은 자기의 정부를 속이고 뒤에 그 젊은 여자의 어미한테 착유기 속에서 봉변을 하던 사나이의 이름인 까닭이었다.

"그래, 그 사람이 약속한 대로 그 기세 찬 어미의 딸과 결혼했어요?" 하고 에인절 클레어는 신분이 점잖다는 이유로 크릭부인에게 언제나 쫓겨나 있는 작은 탁자에 기대서 읽고 있는 신문을 뒤적거리면서 정신없이 물었다.

"천만에, 그런 마음이 있었을 리가 없지요." 주인은 대답하였다. "그것은 한 과부래요. 돈이 있는 여자인데 아마 일 년에 한 오십 파운드쯤 들어온다든가. 그래 녀석이 그것을 바라고 했지요. 둘은 아주 급작스럽게 결혼을 해버렸지요. 그랬더니 이 과부는 결혼한 것 때문에 일 년에 오십 파운드 들어오는 것이 없어진 것을 말했지요. 자, 이 소식을 듣는 이 작자의 마음을 좀 생각해보세요. 그 뒤로 그것들의 사는 것을 보면 꼭 개하고 고양이란 말이요. 그 녀석은 좋지만 가엾은 것은 과부라, 아주 말국을 먹었단 게요."

"어리석은 계집년이지, 죽은 남편의 혼이 침노를 한다고 진작 말하면 좋지." 하고 크릭부인이 말했다.

"암, 아." 하고 주인은 어리벙벙하게 대답하였다. "그렇지만도 또 알 만한 일이지. 계집은 살림을 하고 싶었던 탓이지. 그랬다가 그 사내를 잃어버리든가 하면 야단이라고 생각한 모양이지. 그렇게 생각되지 않아, 다들?" 하고 주인은 처녀들이 나란히 앉은 데를 보았다.

"식을 치르러 교회로 가기 전에, 즉 사나이가 이제는 달아날 수가 없이 된 때에 털어놓고 이야기를 했으면 좋지." 하고 마리안이 외쳤다.

"참 그래, 그랬다면 좋았을 걸 그랬어." 하고 이즈도 여기 동의했다.

"사나이가 무엇을 바라는지 못 뚫어 보았을 리 없지 않아. 그러니까 거절하는 것이 옳았지요." 하고 레티가 갑자기 신이 나서 이렇게 말했다.

"그리고 그대는 어떻게 생각하나?" 하고 주인은 테스에게 물었다.

"저는 그 여자가—바른대로 다 이야기 하든가—그렇지 않으면 거절하는 것이 옳다고 생각해요—저는 잘 모르지만" 버터 묻힌 빵이 목에 걸린 채로 테스는 대답하였다.

"그 어느 것이나 하게 되면 죽어버리지." 하고 농가에서 품을 도우러 온 남편 있는 벡 닙스가 말했다. "사랑과 전쟁에는 어떤 짓을 해도 괜찮아. 나 같으면 그 여자처럼 결혼할 테야. 그리고 나중에 앞서 남편의 말을 하지 않았다고 해서 사내 녀석이 무어라고 하면 몽둥이로 두들겨주자—그따위 간들간들하는 조그만 자식 같은 게야! 아무런 여자나 그렇게 못할 게 어디 있어."

이 농담 끝에는 웃음소리가 따라 일어났으나 테스는 마지못해 웃는 시늉을 하기 위해서 조금 슬픈 웃음을 지어보였다. 그들에게는 희극으로 생각되는 것도 그녀에게는 비극이었다. 그녀는 얼마 안 있다가 식탁에서 일어서서 클레어가 뒤따라오리라고 생각을 하여 고불고불한 길을 걸어가서 바강의 언덕에 섰다. 사나이들이 상류 쪽에서 풀을 베고 있었다. 풀 더미가, 그 위에 타면 꽤 탈 수도 있을 푸르른 금봉화의 섬이 그녀 옆으로 둥둥 떠내려갔다. 기다란 풀 타래가 소가 건너가는 것을 막으려고 박아놓은 울에 걸려 있었다.

그렇다, 거기에 그 고통이 있는 것이다. 한 여자가 자기의 신세타령을 한다는 문제—그 여자에게는 가장 무거운 십자가이다—다른 사람에게는 한 흥미에 지나지 않는 것이나. 그것은 마치 사람들이 순교자의 행위를 비웃는 것과 다른 것이 없다.

"테스!" 하는 소리가 등 뒤에서 나고 클레어가 도랑을 건너뛰어 그녀 발밑에 내려섰다. "나의 아내—이제 곧!"

"안 해요, 안 해요, 저는 못해요. 아! 클레어씨, 당신을 위해서 말해요. 저는 아니에요!"

"테스!"

"저는 역시 아니라고 말해요!" 그녀는 되풀이 하였다.

클레어는 이렇게 대답하리라고는 생각지 못하였던 탓에 말을 건네고 나서는 곧 그 늘어진 머리 바로 아래 허리에 팔을 돌려보냈던 것이다(일요일이면 이곳 젖 짜는 처녀들은 교회에 가느라고 머리를 특별히 높이 틀어 얹기 전에 한번 풀어 헤치는 것이다). 만일 그녀가 아니라고 하는 대신에 좋다고 말했더라면 클레어는 테스에게 분명히 입을 맞추었을 것이다. 그는 그러할 심사이었다. 그러나 테스의 단호한 거절은 그의 냅뜰성 없는 마음을 끝내 멈춘 것이다. 클레어는 한때 잡고 있든 허리를 놓고 입 맞추려던 것을 거두어들이지 않을 수 없었다.

모든 것은 이 손을 놓는 데서 요절이 났다. 이때 테스에게 거절할 힘을 준 것은 오직 주인이 말한 과부의 이야기였다. 그러므로 이 힘은 다음 순간에는 눌려 버렸을는지도 몰랐다. 그러나 에인절은 다시 더 말하지 않았다. 그는 얼굴에 당황한 빛을 띠었다. 그리고는 그 자리를 떠나버렸다.

날마다 그들은 만났다.─전보다 얼마큼 빈도수는 적어졌다. 이렇게 해서 두세 주일 지나갔다. 섣달그믐도 가까워 와서 테스는 사나이의 눈에서 다시 말해올 것 같은 기세를 보았다.

이번에 진행 순서는 전과는 달랐다. ─마치 테스의 거절은 결국 자기의 구혼한 것이 너무 신기해서 이것에 놀란 젊은 여자의 수치심의 결과에 지나지 않는다고 마음을 작정하였다. 이 문제가 이야기에 오를 때마다 한때 한때 피해가는 그 태도가 이 생각을 옳다고 묵인하였다. 그리해서 클레어는 이번에는 좀 더 여자의 마음을 솔깃하게 할 방법을 써서 결단코 지나치는 행동이 없이 즉 끌어안는 것 같은 것을 다시 또 하려고 하지 않고 다만 말로 최선을 다하였다.

이렇게 해서 클레어는 몇 번이고 몇 번이고 끈기 있게 그녀에게 구혼을 하였다─어떤 때에는 소 옆구리에서, 어떤 때에는 크림을 걷으며 또 어떤 때에는 치즈를 만드는 때든가 알을 깨우는 가금(家禽) 사이에서 그리고 혹은 돼지가 새끼를 낳는 때에도, 어떠한 젖 짜는 여자라 해도 이렇게까지 사나이에게 구혼을 받아본 적은 없었을 것이었다.

테스는 자기가 끝내 지고 말 것을 알았다. 그녀는 에인절을 뜨겁게 사랑하였다. 그녀의 눈에는 이 사나이가 신과 같이 보였다. 그리고 교육은 받지 못했다고 하나 본래 품위 있고 아름다운 그녀의 성질은 이 사나이의 보호자로서의 지도를 간절히 구하였다. 이렇게 해서 테스는 혼잣말로는 '나는 그의 아내는 아무리 해도 될 수 없어.' 라고 되풀이해도 이 말은 쓸데없었다. 그녀가 마음이 약한 증거는 별로 힘을 안 들이고도 할 수 있는 말을 힘을 들여 말하는 데서도 볼 수 있었다. 오래된 문제를 가지고 말하는 에인절의 말소리 하나하나가 모두 무서운 행복감을 가지고 그녀를 흔들어 놓았다. 그리고 그가 고쳐 말할 것을 두려워하면서도 도리어 자꾸 바랐다.

이 사나이의 태도는—사나이로써 누가 그렇지 않을까—바로 어떤 상태, 어떤 변화, 어떤 공격, 어떤 폭로 아래서도 그녀를 사랑하고 위하고 보호하지 않고는 못 견디는 사람의 태도였으므로 이것에 접해 있을 때는 그녀의 근심도 적어지는 것 같았다. 시절은 그러는 동안에 추분(秋分)에 가까워졌다. 아직 날씨는 쾌청하나 해는 퍽 짧아졌다. 착유장에서는 아침 오랫동안을 촛불을 켜고 일을 하게 되었다. 어느 아침 세시부터 네시 사이에 클레어의 탄원은 새로 또 시작되었다.

그녀는 잠옷차림으로 전처럼 클레어를 깨우러 그 문간에 뛰어올라갔다. 그리고는 옷을 갈아입기도 하고 방에 있는 여자들을 일으키려고 생각하고 자기 방으로 돌아갔다. 한 십 분 지나서 촛불을 한손에 잡고 계단 쪽으로 걸어갔다. 바로 그때 클레어가 셔츠바람으로 위에서 내려왔다. 사나이는 팔을 벌려서 계단을 막았다.

"자, 이 변덕쟁이 아가씨. 내려가기 전에." 하고 그는 거만하니 말했다. "지난 번 내가 말한 뒤로 두 주요, 이대로는 더 못 가겠어. 당신은 본심을 다 말하지 않으면 안 돼요. 그렇지 않으면 내가 이 집을 떠나지 않으면 안 될 것이니까. 바로 아까 내 방문이 열린 데로 나는 당신을 보았소. 당신 몸의 안전을 위해서라도 나는 가야 하겠어. 당신은 몰라. 그래, 이젠 네라고 말할 거요?"

"저는 이제 일어나는 길이에요, 클레어씨. 저를 단련시키기에는 너무 이르셔요!" 하고 그녀는 입을 쫑긋하였다. "저를 변덕쟁이라고 하시지 않아도 좋지 않아요. 너무 혹독해요, 맞지 않아요. 조금 더 기다려 주셔요. 제발 부탁인데 조금만 더 기다려주셔요. 이제로부터 짬짬이 진지하게 이 일에 대해서 생각해보겠어요. 아래로 내려가게 해주셔요."

그녀가 촛불을 옆에 들고 그가 참되게 한 말을 웃어버리려고 한 때에는 얼마큼 방금 클레어가 말한 변덕쟁이의 모습을 보였다.

"그러면 나를 에인절이라고 불러요. 클레어라고 하지 말고."

"에인절."

"사랑하는 에인절—이래도 좋지 않아요?"

"그러면 제가 찬성한 것이 되게요, 그렇지 않아요?"

"다만 나를 사랑한다는 것이 돼요, 만일 나와 결혼 못 한다고 해도, 그런데 그거야 오래전에 벌써 당신도 그렇다고 하지 않았소."

"그럼 좋아요, 사랑하는 에인절, 꼭 하지 않으면 안 된다면." 하고 그녀는 촛불을 바라보면서 속삭였다. 그리고 불안에 가슴을 떨면서도 입가에는 방긋이 웃음이 떠올랐다.

클레어는 그녀의 약속을 받기까지는 결단코 입을 맞추려고 하지 않았다. 그러나 테스가 크림 걷기와 젖 짜기가 끝나서 틀어 올릴 틈이 생기기까지는 머리를 되는 대로 막 땋아 얹은 채 젖 짜는 옷을 귀엽게 걷어 올리고 그곳에 서 있는 탓에 어떻게 된 셈인지 그만 그는 결심을 깨치고 잠깐 그 입술을 테스의 뺨에 가져다 댔다. 테스는 돌아다보지도 않고 아무 말도 없이 급히 계단을 내려가 버렸다. 다른 처녀들은 벌써 다들 내려가 있었다. 그리하여 이 문제는 그만하고 말았다. 바깥 밤이 밝는 차디찬 첫 신호의 빛과는 다른 아침 촛불이 헤치는 쓸쓸한 둥그런 빛에 싸여서 마리안을 제외한 다른 사람들은 모두 뜻 깊게 또는 의심스럽게 이 두 사람을 바라들 보았다.

크림 걷는 일이 끝난 때—이 일은 가을이 되면서부터 우유가 덜 나는데 따라 나날이 줄어들어갔다—레티며 그 밖 다른 사람들은 모두들 밖으로 나왔다. 두 사랑하는 사람도 그들의 뒤를 따랐다.

"우리들의 감격스러운 생활과 저 사람들의 생활과는 아주 달라. 그렇지 않아요?" 밝아올 녘의 산뜻한 푸르스름한 빛 속으로 자기들의 앞에 서서 종종 걸음을 쳐가는 세 사람의 모양을 바라보면서 클레어는 감개가 깊은 듯이 그녀에게 이렇게 말했다.

"그렇게 다르다고 저는 생각지 않아요." 하고 테스는 말했다.

"어째서 그렇게 생각하오?"

"거의 없지요—감격하지 않는 여자의 생활이란 것은." 하고 테스는 이 새로운 말에 마음이 움직이기나 하는 듯이 멈칫하고 생각하면서 말했다. "저 세 사람들에게는 당신이 생각하시는 것보다 더 많은 것이 있어요."

"저 사람들 가운데 무엇이 있어요?"

"세 사람이 아마 다." 하고 그녀는 말했다. "나보다는 좋은 아내가 될—아마 될 것 같아요. 그리고 저 사람들은 나 못지않게 당신을 사랑해요."

"아, 테스"

그녀는 너그러운 마음으로 사랑을 다른 사람한테 양보할 결심을 하고 있었으나 지금 이 사나이가 참을 수 없이 기가 막혀 하는 소리를 듣고는 아주 마음을 놓는 듯한 모양을 보였다. 그리고 이제는 다시 자기희생을 할 용기는 일어나지 않았다. 농가에서 온 착유부가 그들 사이에 낀 탓에 두 사람은 깊은 이야기를 더 하지 못하였다. 그러나 테스는 오늘이야말로 이 문제가 어떻게든지 결정이 날 것을 알았다.

오후에 주인 가족과 또 품 돕는 사람들이 전과 같이 착유장에서 퍽 떨어진 목장으로 내려갔다. 그곳에서는 많은 소들을 집으로 몰아넣지 않고 그대로 젖을 짜는 것이다. 그러나 송아지가 느는 데 따라 젖의 분량은 점점 줄어갔다. 그리하여 물기 많은 풀이 무성할 철에 썼다가 일이 없어진 착유부들은 내보내었다.

일은 천천히 진행되었다. 가득 찬 젖통들은 그 자리에 끌어다 놓은 농수철 짐마차에 실린 높은 통속에 들이부었다. 소들은 젖을 다 빨리고는 어슬렁어슬렁 돌아갔다.

납빛 저녁 하늘에 작업복이 이상하게도 희게 빛나는 주인 크릭은 다른 사람들과 함께 그곳에 와서 있다가 갑자기 자기의 무거운 회중시계를 보았다.

"어, 어, 생각했던 것보다 늦었는데." 하고 그는 말했다. "어물어물 하다가는 이 우유가 차 시간에 못 미칠지 모르겠어. 오늘은 이놈을 부쳐 보내기 전에 집으로 가지고 가서 많이 있는 놈과 섞을 시간이 없군 그래. 여기서 곧바로 정거장에 가지고 가야 하겠는데. 누가 좀 달려가 줄 사람 없나?"

클레어는 자기가 가겠다고 자청하였다. 물론 이런 것은 자기의 일이 아니었다. 그는 테스더러 같이 가지 않겠느냐고 물었다. 그날 저녁 해는 이미 넘어갔으나 이 시절치고는 무더웠다. 테스는 젖 짜는 수건을 쓰고 팔도 드러내놓고 재킷도 입지 않고 나와 있었다. 멀리 마차를 타고 갈 차림새는 아니었다. 테스는 자기의 엷은 옷을 돌아보는 것으로 대답을 대신하였다. 그러나 클레어는 조용히 가기를 권하였다. 테스는 자기의 젖통과 의자를 집에 가지고 가주도록 주인한테 부탁하고 농수철 달린 짐마차에 올라 클레어와 가지런히 앉았다.

30.

두 사람은 황혼 속을 모든 것이 잿빛으로 보이는 수마일 저쪽까지 뻗어서 제일 먼 끝에서 에그던히스의 어두컴컴한 가파른 경사를 배경으로 하고 있는 목장 가운데 있는 평탄한 마차 길을 쫓아서 갔다. 이 고지의 꼭대기에는 전나무가 물커니로 나기도 하고 또 쭉 늘어서기도 하여서 마치 톱날같이 된 것이 정면이 검은 마궁(魔宮)을 장식하는 벽형흉벽(壁形胸壁)의 탑과 같이 보였다.

두 사람은 서로 가까이 있다는 생각에 잠겨버려서 오랫동안 아무 말도 없었다. 오직 등 뒤의 높은 통 안에서 출렁거리는 우유의 소리만이 고요한 것을 깨뜨렸다.

그들이 가는 길은 아주 외져서 굴밤 열매는 껍질에서 저절로 떨어질 때까지 나뭇가지에 남아 있고 검은 딸기는 무거운 송이째로 늘어져 있었다. 때때로 에인절은 채찍의 가죽오리를 날려서 딸기에 걸고 낚아채서는 옆 사람에게 주었다.

흐릿한 하늘은 얼마 안 돼 빗방울을 떨어뜨렸다. 그리고 터분하던 이날 공기는 변덕스러운 바람이 되어서 그들의 얼굴에 부딪쳤다. 강과 웅덩이의 수운과 같은 광채는 사라졌다.

"저는 오지 않았다면 좋았을 걸 그랬어요." 하고 테스는 하늘을 쳐다보면서 종알거렸다.

"비가 와서 미안한데." 하고 클레어는 말했다. "그래도 당신이 여기 있어서 나는 얼마나 기쁜지 모르겠어요."

멀리 에그던은 비 망사의 뒤에서 점점 사라져버렸다. 저녁은 점점 어두워오고 길은 이곳저곳 문이 가로막히고 해서 발걸음보다 더 빨리 말을 몰 수는 없었다. 공기는 찬 편이었다.

"팔도 어깨 잔등도 다 내놓아서 감기가 들지 않을까." 하고 사나이는 말했다. "나한테 바싹 붙어요. 그러면 비에 그리 몸이 다치지 않을 것이니. 비가 나를 도와준다고 생각하기에 그렇지 나도 퍽 야단날 뻔했어."

테스는 살짝 가까이로 붙었다. 그리고 사나이는 우유통에 덮어 해를 가리는 커다란 범포(帆布)로 둘의 몸을 둘러쌌다. 테스는 클레어의 손이 놓지 않는 것을 보고 그것이 자기의 몸만 아니라 클레어의 몸에서도 미끄러져 떨어지지 않도록 붙잡고 있었다.

"자, 이젠 되었어. 아, 잘 안 되었어! 내 목에 조금 떨어지오. 그러니 당신 쪽에 으레 더 떨어질 거야. 그래, 그게 좋아. 당신의 팔은 젖은 대리석 같아, 테스. 이 천으로 닦아요. 자, 이제는 움직이지만 않으면 비 한 방울도 안 맞아. 그런데, 저, 그 내 문제 말이오—오랫동안 엉거주춤하고 있는 문제 말인데?"

잠깐 동안 클레어가 들을 수 있는 대답이라고는 젖은 길바닥에 나는 말 발굽소리와 등 뒤의 통에서 출렁거리는 우유 소리뿐이었다.

"당신의 말한 것을 알지요?"

"네. 알아요." 테스는 대답하였다.

"그럼 집에 가기 전으로, 알지요."

"되도록 생각해 보겠어요."

클레어는 다시 더 말하지 않았다. 마차가 달리는 데 따라 캐롤라인 시대의 오랜 장원풍(莊園風)의 집이 한 부분 공중에 높이 솟아 있는 것이 보였으나 얼마 지나지 않아 곧 지나가서 뒤에 남아버렸다.

"저것은." 하고 사나이는 테스의 흥을 돋우려고 말했다. "흥미 있는 곳이오. —어떤 오래된 노르만 집안의 몇몇 저택 가운데 하나인데 이 집안이란 옛날 이 지방에서 큰 세력을 가지고 있던 더버빌 집이라는 거요. 나는 언제나 그 어느 하나 저택이라도 지날 적이면 반드시 그 집 사람들을 생각하오. 비록 아주 흥맹

하고 권세를 부리고 봉건적인 명성이라고 해도 좌우간 명성이 높았던 그런 일족이 망한다는 것은 어쩐지 비참하니까."

"참 그래요." 하고 테스는 말했다.

두 사람은 작은 정거장의 거맹쓰른 램프로부터 오는 가느스름한 불빛 있는 데로 가 닿았다. 그것은 보잘것없는 땅위의 한 별이라 하늘의 별에 대해서는 아주 부끄러운 존재이지만 그러나 어떤 의미에서는 톨보트헤이즈의 착유장과 사람들에게는 퍽 중요한 것이었다. 새 우유통을 빗속에 날라 오고 테스는 가까이 있는 동청나무 그늘에서 잠시 비를 그었다.

이때쯤 해서 식식 하는 기차 소리가 나고 그것은 아주 조용하니 비에 젖은 선로 위에 머물렀다. 우유는 빨리 한통씩 덮개가 없는 짐차에 실렸다. 기관차의 불빛이 한동안 나무 아래 움직이지 않고 선 테스의 모양을 환하니 비추었다.

그녀는 정열적인 사람에게는 가끔 있는 일이지만 아무 말 없이 하라는 대로 다시 그 애인의 옆에 올라탔다. 그리하여 그들은 다시 머리도 귀도 온통 범포 (帆布) 속에 싸여버려서 지척을 분간 못할 어두운 밤으로 돌아갔다. 테스는 참으로 민감하여서 기차에 한 이삼 분 접했을 뿐이지만 그 정경이 마음에서 떠나지 않았다.

"런던 사람들은 내일 아침에 저것을 먹겠지요, 그렇지 않아요?" 하고 테스는 물었다. "우리가 한번 보지도 알지도 못하는 사람들이."

"그렇지―아마 먹겠지요. 우리가 보낸 대로는 아니지만. 머리에 오르지 않도록 묽게 타서 말이지."

"소를 한 번도 본 적도 없는 귀족과 귀족 부인들과 대사와 백인대장(百人隊 長)과 숙녀와 상점 여주인들과 그리고 어린아이들이."

"그럼, 그렇지, 참말 그래. 그 중에서도 더욱 백인대장이 그래."

"우리들의 일은 조금도, 또 어디서 오는지도 모르고 또 우리들이 시간에 대려고 이 비 오는 밤중에 어떻게 해서 몇 마일이고 몇 마일이고 벌판으로 마차를 달렸는지 생각도 못하는 사람들이겠지요?"

"우리들은 런던 사람들을 위해서만 마차를 달린 것이 아니지요. 우리들 때문에는 좀 달랐지—그 걱정되는 문제 때문도 있었지요, 그것은 꼭 결정지어 주겠지요, 테스. 저, 내가 이렇게 말하는 것 용서하오. 당신은 이미 내 것이니까. 그렇지. 당신 마음은 그렇다는 말이오, 그렇지 않아?"

"당신은 저와 같이 잘 아시면서. 네 그래요—그래요!"

"그러면 당신의 마음이 그런데, 당신의 손은 왜 그렇게 하면 안 되오?"

"제 이유는 다만 당신 때문이에요—문제가 하나 있어서 그래요. 당신한테 말씀드릴 게 있어요—."

"그렇지만 그것이 다만 내 행복을 위해, 내 처세의 편의까지도 위해서라고 하면?"

"네, 그렇습니다. 만일 당신의 행복과 처세하는 편의를 위해서라면 좋겠어요. 하지만 제가 여기 오기 전의 신세를—그것을 말씀드리고 싶어요."

"그렇지요, 그것이 내 행복을 위하는 것도 되고 내 편의를 위하는 것도 되지요. 만일 내가 이 영국에서나 식민지에서 큰 농장을 가지게 되면 당신은 아내로써 나한테 얼마나 귀중하게 될지 몰라요. 그것은 이 지방에서 제일 큰 저택에서 자라난 여자보다 퍽 나아요. 그러니까, 제발, 제발, 당신이 내 방해가 되리라는 생각은 버려줘요."

"그러나 제 신세 이야기를 당신께서 알아주시면 좋겠어요—당신은 제게 이것을 다 털어놓고 이야기하게 해주셔야 해요—그러면 당신은 지금과 같이 그렇게 좋아하시지 않을 것이에요!"

"이야기하고 싶으면 해요. 그러면 그 귀한 신세타령이라는 것을. 자 나는 이러이러한 곳에서 낳았습니다, 기원(紀元)—해에."

"저는 말로트에서 낳았습니다." 사나이의 말은 농담으로 한 것이지만 테스는 이것에 말꼬리를 잡아서 뒤를 이었다 "그리고 그곳에서 자라났어요. 초등학교 육학년에서 학교를 그만두었지요. 대단히 총명해서 훌륭한 선생이 되리라고들 해주었답니다. 그러나 집에 곤란한 일이 있었어요. 아버지는 그리 일을 하지 않고 또 술을 좀 잡수셨어요."

"그것 참, 그것 참, 가엾게도! 별로 신기할 거 없지 않아." 사나이는 그녀를 좀 더 옆으로 바싹 껴안았다.

"그리고는—제 신세에는—아니, 제게는—대단히 이상한 일이어요. 저는—저는—저—."

테스의 숨길은 빨라졌다.

"그래요, 테스, 괜찮으니까 말해요."

"저—저—는 더비필드가 아니라 더버빌이에요—아까 지나온 그 오랜 집을 차지했던 사람들과 같은 집안의 자손이에요. 그리고—우리는 모두 망해버렸어요!"

"더버빌이라! 그렇군! 그래, 걱정이라는 건 그것뿐이오, 테스?"

"그렇습니다." 그녀는 가느다랗게 대답했다.

"그런데—그것을 내가 안다고 해서 어째 당신을 지금보다 덜 좋아하게 된단 말이오?"

"저는 당신께서 구가는 싫어하신다는 것을 주인한테서 들었어요."

클레어는 웃었다.

"그렇지요, 어떤 의미로는 참으로 그래요. 나는 귀족들의 세습주의(世襲主義)를 무엇보다도 싫어해요. 그리고 이론상으로 우리가 존경할 만한 가계(家系)는 다만 한 육신상의 가계에는 관계없이 현명하고 덕이 높은 정신적 가계뿐이라고 생각해요. 그리고 당신의 그 소리를 듣고 아주 유쾌한데—내가 얼마나 기뻐하는지 당신은 생각도 못할 것이오! 당신은 이런 유명한 가계의 한사람이라는데 당신으로서 흥미를 느끼지 않소?"

"아니에요. 저는 그것을 슬픈 일이라고 생각하고 있어요.—이곳에 와서 눈에 보이는 언덕이며 전답은 레티의 조상 것이었고 또 다른 언덕과 전답은 마리안네 조상 것이었는지도 모르니까 저는 그것을 별로 존중하지 않아요."

"그렇지요. 지금 땅을 갈아 먹는 사람들이 얼마나 많이 한때에는 그 소유자였던가, 하는 것을 알고 보면 놀랄 만하지요. 나는 때때로 이상하다고 생각해요, 왜 정치가 가운데서 이런 여건을 이용하는 자가 없을까 하고. 그러나 그들은 이런 것을 몰라요. 나는 왜 당신의 이름이 더버빌과 비슷한 것을 진작 알아차리지 못했을까, 이 당연한 말의 와전(訛傳)을 왜 알아보지 못했을까? 이상한 일이야. 그래, 걱정된다는 비밀이 이것이오?"

테스는 끝내 말하지 않았다. 최후의 순간에 그 용기가 꺾이고 말았다. 왜 좀 더 일찍 말하지 않았느냐고 하는 사나이의 비난이 무서웠던 것이다. 그리고 자기를 보호하려는 본능이 고백하려는 용기보다 더 세었다.

"물론." 하고 아무것도 모르는 클레어는 말을 이었다. "나로서는 당신이 순수하게 영국 국민 가운데서도 오랫동안 고통을 받으며 묵묵하게 있어 역사에 오르지 않은 한 필부의 피를 받은 사람이고 다른 사람을 희생하여 자기들의 세력을 편 소수의 자기욕심만 채운 사람들에게서 내려오지 않았다는 것을 알면 그것이 더 기뻤을 것이오. 그러나 나는 당신에 대한 사랑 때문에 그런 것은 다 문제가 안 되고 말았소. 나는 당신을 위하여 당신의 혈통을 기뻐하오. 당신의 혈통이 이렇다면 내가 생각하고 있는 대로 당신을 지식 있는 여자로만 만들어 놓으면 세상에서도 내 아내로써 당신을 보는 태도에 퍽 다른 것이 있을지 모르오. 우리 어머니만 해도 이것으로서 당신을 퍽 좋게 생각할 것이오. 테스, 당신은 당신의 이름을 바른대로 고치지 않으면 안 돼요—더버빌이라구—곧 오늘부터라도"

"저는 그렇게 하지 않는 것이 좋아요."

"그러나 그렇게 하지 않으면 안 돼요. 테스! 어이없는 일이지, 어인 까닭으로 글쎄 졸부 된 놈들이 이런 가명을 가져보겠다고 덥석덥석 뛰어오르는 게야! 하기는 그렇지 그 성을 쓰는 친구가 하나 있어—어디라던가?—아마 저 체이스 숲 근방이었다고 생각하오. 언젠가 당신한테 말한 우리 아버지와 말다툼을 하였다는 바로 그 사람이오. 이 무슨 묘한 합치요!"

"에인절, 저는 어쩐지 그 성을 쓰고 싶지 않아요! 불행한 것 같아요!"

그녀는 흥분하였다.

"그러면 테레사 더버빌 양, 내가 지어드리지. 내 성을 써요, 그러면 당신의 성은 피할 수 있지 않아요. 이젠 비밀은 다 밝혀졌는데 왜 나를 거절하오?"

"저를 아내로 하는 것이 확실히 당신을 행복하게 하고 그리고 당신이 아무래도, 아무래도 꼭 저와 결혼하시고 싶다고 생각하신다면—."

"물론 그렇게 생각하지!"

"저는 이렇게 생각해요. 당신이 저를 바라서서 제게 어떤 죄가 있다 해도 저 아니면 세상을 살아갈 수가 없는 정도라면 그렇다면 비로소 저는 당신의 말씀을 들어드리지 않아서는 안 되겠다고 생각해요."

"들어주지요—들어준다고 하지요! 당신은 영원히 내 것이 되어주겠지요?"

클레어는 그녀를 꼭 껴안고 입을 맞추었다.

"그러겠어요."

이렇게 말을 하자마자 그녀는 갑자기 눈물도 안 나오는데 심하게 흐느껴 울기 시작하였다. 너무나 격렬하여서 그것은 그녀를 찢는 것 같았다. 테스는 히스테리성의 여자는 아니었으므로 클레어는 놀랐다.

"왜 울어, 응?"

"저는 모르겠어요—정말! 생각하면 저는 참 기뻐요—당신의 것이 되어서 당신을 행복하게 할 것을 생각하면!"

"그러나 이것은 그리 기뻐하는 것 같지 않은데, 테스!"

"저는 이래요! 제 맹세를 깨트려버린 탓에 울어요! 저는 죽도록 결혼하지 않는다고 말했던 것이에요!"

"허나 만일 당신이 나를 사랑한다면 내가 당신의 남편이 되는 것을 좋아할 것이 아니오?"

"그거야 그렇지요, 그래요, 꼭 그래요! 하지만 아, 저는 때때로 세상에 태어나지 않았다면 좋았다고 생각해요!"

"그런데, 테스, 당신이 퍽 흥분하고 또 사람의 마음은 잘 모른다는 것을 내가 아니까 괜찮지만 이제 그 말은 그리 기쁘지 않은 말이오. 당신이 나를 좋아한다면 어떻게 그런 것을 바라지요? 당신은 나를 좋아해요? 어떻게든지 그 증거를 보여주면 좋겠는데."

"제가 보이지 않았어요? 그 이상 더 어떻게 해요?" 하고 그녀는 미칠 듯이 외쳤다. "그럼 이렇게 하면 좀 더 좋은 증거가 되어요?"

그는 클레어의 목을 껴안았다. 그리하여 클레어는 처음으로 마음과 혼을 다 바쳐 사랑하는 사람의 입술에 하는 정에 타는 여자의 키스가 어떤 것인지를 알았다.

"자! 이제는 믿으세요?" 하고 테스는 얼굴을 붉히고 눈에 눈물을 닦으면서 물었다.

"믿어요. 마음으로 의심한 것은 아니었으니! 결코, 결코!"

그들은 이렇게 범포(帆布) 안에서 한 덩어리가 되어서 어둠 속을 달려갔다. 말은 저 갈대로 가고 비는 세차게 그들을 때렸다. 그녀는 승낙을 하였다. 이럴 것이면 그녀는 처음에 승낙했던 것이 좋았을 것이었다. 즐거움을 구하는 욕망 —마치 밀물이 떠도는 잡초를 밀고 흐르듯이 인간을 그 목적으로 향하여 밀어가는 무서운 힘—은 사회상의 규약을 막연하니 생각하는 것쯤으로는 도저히 억제할 수가 없었다.

"어머니한테 편지할게요." 하고 그녀는 말했다. "그렇게 해도 괜찮지요?"

"물론 괜찮지요, 어린 아기. 당신은 내게 댄다면 어린 아기야 테스, 이런 때에 어머니한테 알려드리는 것이 얼마나 옳고 또 내가 반대하는 것이 얼마나 잘못인 것을 모르니까. 어머니는 어디에 사시지?"

"같은 곳—말로트에. 블랙무어 골짜기 저쪽 편이에요."

"아, 그러면 언젠가 여름에 당신을 만난 일이 있군—."

"네, 풀밭에서 무도회가 있었을 때에. 당신은 나하고 춤추려고 하지 않았어요. 아, 그것이 지금에 와서 우리들에게 무슨 흉조가 아니었으면 좋겠어요!"

31.

테스는 이튿날 곧 어머니한테 꽤 뜨겁고 급한 편지를 썼다. 그랬더니 이에 대하여 그 주일 끝에 더비필드 마누라의 이미 지나간 시대의 찌그러진 필적으로 쓰인 회답이 왔다.

사랑하는 테스 보아라.—나는 지금 하느님 덕분으로 무사히 지낸다. 내게서 떠나가는 이 편지가 무사히 지내는 네 앞에 가닿을 것을 바라며 몇 줄 적는다. 네가 미구(未久)에 결혼하겠다는 소식을 듣고 집에서는 모두 기뻐한다. 그러나 네가 물어본데 대해서는 우리 둘만 아는 일이지만 네 지나간 날의 허물을 그 사람한테 조금이라도 이야기해서는 안 된다는 것을 극히 은밀하니 그리고 굳게 말해둔다. 높은 지체를 막 뽐내는 너의 아버지한테는 모든 것을 다 말하지 않았다. 아마 너의 신랑도 그렇게 지체가 높을 것이다. 많은 여자들아—그 가운데는 이 지방에서 제일가는 여자들도 몇몇이 다—다들 한때에는 고생이 있었단다. 그리고 다른 사람들이 그것을 떠벌이지 않는데 하필 너만 그렇게 떠벌일 것은 없다. 그런 어리석은 계집애가 어디 있겠나? 더욱이 그것은 오래전에 지나간 일이요, 또 조금이라도 네 잘못은 아니었으니까. 네가 백번 물어도 나는 그렇게 대답할 것이다. 그리고 마음에 있는 것은 무엇이나 다 말해버리는 것이 네 철없는 아이 같은 성질인 줄을 알고 나는 네 행복을 생각해서 그 일에 대해서는 말로나 행동으로나 밖에 나타내지 않도록 너한테 약속을 받았지. 네가 이 집을 떠날 때에도 굳게굳게 맹세하였지. 이것을 명심하기 바란다. 나는 아직 네가 이 물어본 일에 대해서나 또 가까워오는 결혼에 대해서나 너의 아버지에게 말하지 않았다. 그 양반은 좀 고지식해서 어디 가서나 꼭 이것을 떠들어댈 것이니까.

사랑하는 테스야, 기운을 내라. 그리고 너의 혼례를 축하하는 뜻으로 사과주를 큰 통으로 한 통 보내려고 한다. 너 있는 고장에는 그리 많지 못하고 또 있어도 맥하고 시름한 것밖에 없다는 것을 들은 탓이다. 그러면 이만한다. 네가 좋아하는 그 사람에게 안부 전해라.

-네 사랑하는 어미

J. 더비필드

"아, 어머니, 어머니!" 하고 테스는 입안엣소리로 되뇌었다.

테스에게는 가장 고통스러운 이 사건도 그 어머니 더비필드의 흐물흐물한 정신에는 별로 대수롭지 않게 생각된 것을 알았다. 그 어머니는 테스와 같이 인생을 보지 않았다. 그 지나간 날의 이야기도 그 어머니에게는 다만 한때의 사건에 지나지 않았다. 그러나 그녀의 이유는 어찌되었건 이 뒤의 방침으로서는 아무래도 어머니의 말이 옳은 것 같았다. 잠자코 있는 것이 그 사랑하는 사람의 행복을 위해서도 제일 좋은 듯이 생각되었다. 아무래도 잠자코 있어야 될 것이었다.

이렇게 해서 테스는 세상에서 자기의 행동을 지배할 권리를 조금이라도 가진 오직 한 사람이 준 명령으로 마음이 굳세져서 점점 침착하게 되었다. 그녀는 책임을 벗어 버려서 몇 주일 만에 처음으로 마음이 거뜬해졌다. 그녀가 승낙을 한 날로부터 그 뒤로 시월달이 되면서 시작하는 며칠은 그녀 평생의 그 어느 때보다도 황홀한 상태에 가까운 정신 상태로 산 시절이 되었다.

클레어에 대한 그녀의 사랑에는 조금도 속된 점이 없었다. 완전히 신뢰하는 그녀에게는 이 사나이가 이유 없이 착한 성질의 소유자로 보였다. 지도자로서, 철학자로서, 친구로서 알지 않아서는 안 될 것을 모두 다 아는 사람으로 보였다. 이 사나이의 몸의 윤곽을 이루고 있는 모든 선은 남성미의 완성이고 그의 혼은 성인의 혼이요, 그의 지혜는 예언자의 지혜라고 생각하였다.

클레어는 이따금 크고, 무엇인지 숭배하는 듯한 그녀의 눈과 부딪칠 때가 있었다. 그것은 헤아릴 수 없는 밑바닥으로부터 그녀 앞에 무슨 멸하지 않는 것이나 보는 듯이 물끄러미 쳐다보는 것이었다.

그녀는 과거를 다 버렸다—마치 불이 채 꺼지지 않아 위험한 석탄을 짓밟아 끄는 것처럼 그것을 짓밟아 꺼버렸다.

그녀는 사나이가 한 여자를 사랑하는데 이렇게 무욕하고 정중하고 보호하는 태도로 나아가는 줄을 몰랐다. 에인절 클레어는 이 점에서는 자기가 생각하던 사람과는 아주 달랐다. 이 사나이는 동물적인 것보다도 정신적이었다. 자기를 잘 억제하여서 비열한 것은 멀리 떠나버렸다. 냉정하지는 않았으나 열광적인 것보다는 명랑하였다.

두 사람은 솔직하게 서로 같이 있기를 바랐다. 정직하게 믿고 있는 탓에 테스는 클레어와 같이 있고 싶은 마음을 누르지 않았다.

약혼한 동안에는 서로 밖에서 마음대로 교제할 수 있는 시골 습관만이 테스가 아는 오직 하나인 습관이어서 그녀에게는 이것이 조금도 이상하게 생각되지 않았다. 그러나 클레어로 보면 다른 젖 짜는 여자들과 같이 테스가 그것을 얼마나 당연한 일로 여기고 있는가를 알기까지는 좀 너무 서두르는 일이라고 생각이 되었던 것이다. 이렇게 해서 오후에는 활짝 날씨가 개곤 하는 시월 동안 두 사람은 돌돌 물이 흐르는 시내 기슭에 붙은 오솔길을 따라서 때로는 작은 다리를 건너 저쪽에 뛰어넘었다가 다시 이쪽으로 돌아왔다 하면서 목장을 한가롭게 거닐었다. 들에서는 이곳저곳에서 사람들이 일을 하고 있었다. 클레어는 사람들 앞에서 장난을 하는 데 익숙한 사람 모양으로 이 사람들이 볼 수 있는 곳에서도 늘 그 팔로 테스의 허리를 끼고 있었다.

"저 사람들 앞에서 저를 당신의 것이라고 보이는 게 부끄럽지 않으세요!" 하고 테스는 기쁜 듯이 말하였다.

"천만에!"

"그래도 만일 당신이 이렇게 저하고 함께 다니는 것이 에민스터에 계신 댁 여러분의 귀에 들어가면 불과 젖 짜는 계집하고—."

"세상에서 제일 예쁜 젖 짜는 여자하고."

"여러 분은 아마 체면이 상한다고 생각하실 거예요."

"여보! 더버빌 집안사람이 클레어집 체면을 상하게 한단 말이오! 당신이 그런 집안사람이라는 것은 여간한 힘이 아니에요. 그래서 나는 우리들이 결혼을 하고 트링검 목사한테서 당신네 집안 지체에 대해서 그 증거를 얻은 때 여러 사람을 한번 놀래주려고 생각하고 있다오. 그것은 어떻게 되든지 좋다고 하고, 내 장래는 우리 가족과는 관계가 없어요. 그것은 그 사람들의 생활에 영향을 끼치지 않을 것이오. 우리는 아마 영국을 떠나게 될 것인데 세상 사람들이 이곳에서 우리를 어떻게 보든지 무슨 관계요? 당신도 가는 걸 좋아하겠지, 그렇지?"

테스는 클레어의 친한 짝이 되어 같이 세계를 여행할 것을 생각하면 마음에 커다란 감격이 솟아올라서 겨우 그렇다는 대답을 할 수 있었다. 그녀의 감정은 물결소리같이 귀에 차오고 나중에는 눈에까지 밀려왔다. 그녀는 자기의 손을 클레어의 손에 맡기었다.

클레어에게 대한 테스의 애정은 이제는 그녀의 생존에 달리는 호흡과 생명이었다. 그것은 광구(光球)와 같이 그녀를 둘러싸고 비추어서 그녀를 닳져보라고 여러 가지 꾀로써 지긋지긋하니 달려드는 우울한 망령들, 의심, 두려움 우울, 근심, 부끄러움 같은 것을 억누르고 과거의 슬픔을 잊어버리게 하였다. 그녀는 이 망령들이 마치 승냥이와 같이 자기 주위의 바로 밖에서 자기를 기다리고 있는 줄을 알았다. 그러나 그녀에게는 이것들을 배를 곯게 해서 굶어죽이고야 말 길게 뻗힌 힘이 있었다.

정신적으로는 잊어버리나 지식으로는 동시에 기억이 움직였다. 그녀는 밝은 빛 속을 거닐었으나 그러나 그 등 뒤에는 늘 어둠의 그림자가 가득하게 들이친 것을 알았다. 이 그림자는 매일 조금씩 물러가는 듯도 하고 조금씩 가까이 오는 듯도 하였다. 그 어느 하나였다.

어떤 날 저녁 집에 있는 사람들이 모두 밖에 나가고 없어서 테스와 클레어는 집안에서 집을 보지 않으면 안 되었다. 둘이서 이야기를 하다가 테스는 깊은 생각을 하는 듯이 클레어를 쳐다보았다. 그녀는 그만 팔리운 듯한 두 눈을 마주쳤다.

"나는 당신한테 어울리지 않아요—그래요, 어울리지 않아요!" 그녀는 클레어가 자기에게 보여준 경의에 대해서, 그것으로 해서 기쁨이 북받쳐 오르는 탓에 마치 놀란 듯이 낮은 의자로부터 성큼 뛰어 일어나며 외쳤다.

"그렇게 말하는 것은 좀 그만두어 주어요, 테스! 경멸할 만한 인습을 손쉽게 이용하는 것이 훌륭한 것이 아니고 다만 진실하고 정직하고 공평하고 순결하고 그리고 사랑스럽고 그리고 남이 좋게 이르는 사람 가운데 들 수 있게 되어야 비로소 훌륭한 것이오—마치 당신 같이. 테스"

그녀는 목에서 나오려는 오열을 참으려고 애를 썼다. 이 훌륭한 덕을 내리꼽는 것이 이 몇 해 동안 교회에서 얼마나 여러 번 그녀의 어린 가슴을 아프게 하였던가. 그리고 이제 또 이 사나이가 그것을 인용하는 것은 얼마나 이상한 일인가.

"왜 당신은 그때 돌아가지 말고 있어서 저를 사랑해주지 않았어요? 제가 열여섯 살이고 동생들과 같이 살고 있을 때에. 그리고 당신이 그 풀밭에서 춤을 추실 적에? 아, 왜 그렇게 해주시지 않았어요, 왜 그렇게 해주시지 않았어요!" 그녀는 그의 두 손을 꼭 맞쥐면서 말했다.

에인절은 진심으로 어떻게 기분이 잘도 변하는 여자일까, 그러므로 그녀가 온 행복을 오직 자기에게만 걸고 있을 때 자기는 얼마나 잘 돌보아 주어야 할까, 하고 혼자 생각하면서 그녀를 위로하고 안심시키려 들었다.

"아! 왜 내가 돌아가지 말고 안 있었을까!" 하고 그는 말했다. "나도 참으로 그렇게 생각해. 그런 걸 알았더라면! 하지만 그렇게 몹시 후회하는 것이 아니야 ―그렇게 후회할 이유가 어디 있소?"

우기려는 여자의 본성으로 그녀는 급히 말끝을 돌렸다.

"당신의 마음을 지금보다 사 년만큼 더 일찍부터 제 것으로 할 수 있었을 것이에요. 그러면 이때처럼 그렇게 제 시간을 쓸데없이 보내지는 않았을 것이에요.―저는 좀 더 좀 더 오랫동안 행복을 얻었을 것인데!"

이렇게 마음을 괴롭히는 것은 그 등 뒤에 길고 컴컴한 추잡한 추억을 가진 성숙한 여자는 아니었다. 그것은 아직 성숙하지 않았을 때에 작은 새와 같이 덫에 걸린 스물한 살도 못 되는 천진스러운 한 소녀였다. 좀 더 마음을 진정하려고 그녀는 작은 의자에서 일어나서 방을 나갔다. 나갈 때 그 치마로 의자를 넘어트렸다.

"당신은 자기를 조금 변덕스럽다고는 생각 하지 않소, 테스?" 하고 클레어는 그녀를 위하여 의자 위에 방석을 깔아주고 자기도 그 옆 긴 의자에 걸터앉으며 기분이 좋아서 말했다.

"나는 당신한테 좀 물어볼 것이 있었는데. 바로 그때 당신은 달아나 버렸어."

"네, 저는 변덕스런지도 몰라요." 하고 그녀는 가만히 말하면서 갑자기 사나이 쪽으로 가까이 와서는 그 두 팔에 제 손을 얹었다. "아니에요, 에인절, 제 본

성은—." 그렇지 않다는 것을 좀 더 확실히 하려고 그녀는 긴 의자에 앉은 사나이에게로 바싹 붙어서 클레어의 어깨에 제 머리 둘 곳을 찾는 듯이 하였다. "무엇이나 다 들어주세요. 저는 꼭 대답하겠습니다." 그녀는 공손하니 말을 이었다.

"그럼 말할 텐데, 당신은 나를 사랑하고 나와 결혼할 것도 다 승낙했지요, 그럼 그 다음으로는 결혼 날짜라는 셋째 문제로 들어가요."

"저는 이렇게 살고 싶어요."

"그러나 나는 새해가 되면 곧, 혹은 조금 늦어서 독립해서 사업을 시작할 것을 생각하지 않아서는 안 돼요. 그러니까 새로운 환경에서 생기는 여러 가지 시끄러운 문제 속에 휩쓸려 들어가기 전에 내가 배우자를 완전히 얻어두고 싶소."

"그러나." 하고 그녀는 겁을 먹은 듯이 말했다 "아주 실제적으로 말씀드리면 그것이 다 지나간 뒤에 결혼하는 것이 제일 좋지 않아요?—하기는 제가 이곳에 남고 당신 혼자만 다른 데로 가실 것을 생각하면 참지 못하겠지만!"

"물론 못 참을 게요—그리고 이런 경우에 제일 좋은 방법은 아니오. 내가 일을 시작 하는 때 여러 가지로 당신의 손을 빌고 싶어요. 언제로 할까? 이제로부터 한 두어 주일 뒤면 나빠?"

"안 돼요." 하고 그녀는 아주 정색을 하며 말했다. "먼저 저는 여러 가지 좀 생각하지 않아서는 안 되겠어요."

"그래도—."

클레어는 그녀를 좀 더 가까이로 끌어당겼다.

실제로 결혼을 한다는 것이 이렇게 가까이 와서 보이게 될 때 그것은 한 놀라움이었다. 이 문제에 대한 의논이 좀 더 나아가기 전에 긴 의자의 끝을 돌아서 화로의 불빛이 방 하나 환한 속에 주인 크릭과 그 부인과 그리고 두 젖 짜는 여자가 들어왔다.

테스는 탄력 있는 공처럼 사나이의 곁에서 발딱 뛰어 일어났다. 그 얼굴은 새빨갛게 되고 두 눈은 화로의 불빛을 받아서 빛났다.

"저이 옆에 가까이 앉았다가는 어떻게 될 것을 저는 알았어요!" 하고 테스는 분한 듯이 외쳤다. "사람들이 와서 꼭 볼 것이라고 혼잣말을 했어요. 하지만 실상 저는 무릎에 앉았던 것은 아니에요. 그렇게 보였는지는 몰라도!"

"그래―만일 자네가 그런 걸 우리들한테 말하지 않았다면 이 불빛 아래서야 자네가 어디에 앉아 있었는지 우리들이야 알 수 없었을 뻔했는데." 하고 주인은 대답하고 결혼에 관한 감정 같은 것은 조금도 이해하지 못하는 사나이처럼 그 아내에게 이야기를 계속하였다. "자, 크리스티아나, 다른 사람이 아무렇게도 생각하지 않는데 지레 짐작할 것이 아니라는 것은 이것으로도 알 수 있지 않아. 만일 이 사람이 나한테 이야기만 하지 않았더라면 어디 앉아 있었는지 조금도 생각도 못했을 게야―생각을 어떻게 한담?"

"우리들은 곧 결혼하려고 해요." 하고 클레어는 적적한 김에 시치미를 떼고 말했다.

"아! 당신네들! 그 소리를 들으니까 대단히 기쁩니다. 서방님, 그런데 언젠가는 그렇게 될 줄은 미리 생각했습지요. 이 색시는 젖 짜는 여자로는 좀 아까우니까요―나는 처음 만나보고 그렇게 말했거든요―어떤 사나이들이라도 다 탐낼 만하지요. 그런데도 서방님 농부의 마누라로서야 아주 꼭 되어먹은 훌륭한 여자지요. 이 색시를 옆에 두기만 하면 서방님이 집사(執事) 같은 것한테 매여 지낼 리는 없습지요."

어떻게 되든지 테스는 자태를 감춰버렸다. 그녀는 크릭이 마구 추어주는 것이 부끄러운 것보다도 크릭을 따라온 처녀들의 낯빛에 더 놀란 것이었다.

저녁이 끝나서 침실로 가니까 같이 있는 동무들이 침상 위에 앉아 있었다. 그 모양은 복수를 하려고 나란히 앉은 망령들 같았다.

그러나 그녀는 한 이삼 분 지나는 가운데 그들의 마음에 조금도 악의가 없는 것을 알았다. 그들은 가져보려고 조금도 기대하지 않았던 것을 잃어버렸다고 해서 그것을 손해라고는 생각할 수 없었다. 그들의 위치는 방관적이고 또 비평적이었다.

"그이가 이 사람하구 결혼한대요!" 레티가 테스에게서 눈을 떼지 않고 나지막이 말했다. "이 사람 얼굴에 나붙었어!"

"당신, 그이와 결혼한다지요?" 하고 마리안이 물었다.

"그래요." 하고 테스가 대답했다.

"언제?"

"언젠가는."

그들은 이것을 다만 슬쩍 피하는 말로만 여겼다.

"그렇대요─결혼한대요, 그이와─신사와!" 하고 이즈 휴에트가 되뇌었다.

세 처녀들은 무엇에 끌려드는 것처럼 야금야금 침상에서 기어 나와서는 맨발로 테스의 주위에 모여 섰다. 레티는 그런 기적이 있은 뒤의 동료의 몸을 지키는 것처럼 테스의 어깨에 두 손을 얹고 다른 두 사람은 그녀의 허리에 팔을 감고 물끄러미 그 얼굴을 들여다보았다.

"참, 얼굴빛도 어쩌면! 생각할 수 없는 정도야!" 하고 이즈 휴에트가 말했다. 마리안은 테스의 입을 맞추었다. "그래." 하고 입술을 떼면서 말했다.

"그건 이 사람이 사랑스러워서 한 거야, 혹은 지금 바로 그곳에 어떤 이의 입술이 닿았던 탓에 그러는 거야?" 하고 레티는 쌀쌀맞게 말을 이었다.

"난 그런 건 생각도 안 했어." 하고 마리안은 태연하게 말했다. "나는 그저 이상하다는 생각이 들어서 그래─이 사람이 그이의 아내가 된다는 것을, 그리고 다른 아무도 아닌 것을. 나는 그것을 안 된다고 하지 않는 게야. 우리들 누구나 다 그렇지. 우리들은 결혼이라고는 생각지 않았던 거 아니야─그저 그이를 사랑한 것뿐이야. 그래도 글쎄, 세상에서 그이와 결혼하는 사람은 다른 아무도 아니고─훌륭한 숙녀도 아니고 비단과 공단을 휘감은 아무도 아니고 우리와 같이 지나는 이 사람이니까 말이야."

"그 때문에, 당신들은 정말로 나를 미워하지 않겠어요?" 하고 테스는 낮은 소리로 말했다.

그들은 마치 대답이 그녀의 얼굴 속에나 있다는 듯이 대답을 하기 전에 모두 하얀 잠옷채로 그녀에게 바짝 다가섰다.

"몰라요, 몰라요." 하고 레티 프리들은 종알거렸다. "난 당신을 미워하고 싶어요, 그래도 미워할 수 없어!"

"내 마음도 그래." 하고 이즈와 마리안이 토를 달았다. "난 이 사람을 미워할 수 없어. 어쩐지 이 사람은 미워하지 못하도록 하는걸!"

"당신들은 다들 나보다 퍽 나아요."

"우리들이 당신보다 나아요?" 처녀들은 나지막이 따깃따깃 이렇게 속삭이었다. "아냐, 아냐, 테스."

"그래요!" 테스는 얼른 반대하였다. 그리고는 그들의 매달린 팔들을 뿌리치고 장롱 위에 엎드려서 히스테릭하니 울기 시작해서는 자꾸 "그래요, 그래, 그래요!" 하고 되뇌는 것이었다.

이렇게 한번 무너지고 나니 그녀는 울음을 멈출 수가 없었다.

"그이는 당신네 가운데 누구 하나를 아내로 맞았어야 옳을 거야." 하고 그녀는 울며 외쳤다. "당장이라도 난 그이한테 그렇게 하도록 해야 옳아요! 그이를 위해서는 분명히 당신들이 나으니까—난 내가 무슨 말을 하는지 몰라! 아! 아!"

그들은 테스 쪽으로 달려가서 그녀를 끌어안았다. 그러나 그녀는 몸을 떨며 흐느껴 울었다.

"물을 좀 가져와요." 하고 마리안이 말했다. "이 사람은 우리들 때문에 정신이 뒤집혔어, 가엾이도, 가엾이도!"

그들은 가만히 그녀를 침상으로 이끌어 갔다. 그리고 거기서 따스하게 입을 맞추었다.

"그이에게는 당신이 제일 나아요." 하고 마리안이 말했다. "우리보다 퍽 숙녀답고 글도 읽고 하지 않아요. 그런데다 또 그이가 많이 가르쳐 주었으니까. 그러니까 당신도 뽐낼 만하지 않아? 당신은 분명히 뽐내고 있어요!"

"네, 그래요." 하고 그녀는 말했다. "그래 난 이렇게 울며 쓰러진 것이 부끄러워!"

그들이 다른 자리로 들어가고 불도 꺼진 때 마리안은 제자리에서 테스 쪽을 건너다보며 속삭였다.

"그이의 아내가 되어서도 우리들을 잊지 말아요, 테스. 그리고 또 우리들도 얼마나 그이를 생각했던 것과 얼마나 당신을 미워하지 않으려고 한 것과 또 미 위하지도 않고 미워할 수도 없었던 것과 그것도 다 당신이 그가 골라잡은 사람이고 또 우리들은 조금도 그이한테서 뽑히려고 바라지도 않았던 탓이라는 것을 생각해주겠지?"

이런 말을 들을 때 괴로운, 살을 찌르는 듯한 눈물이 새로이 테스의 베개를 적신 것과 또 무너지는 듯한 가슴을 안고 그의 어머니가 이르는 말에도 불구하고 자기의 신세를 모두 에인절 클레어에게 고백해서, 그이에게 충실치 못한 것으로도 생각되고 또는 이 처녀들한테도 옳지 않은 것같이 생각되는 침묵을 지키는 것보다 차라리 자기가 위하여 살아오고 호흡을 하여온 그이한테 경멸을 당하면 경멸을 받고 어머니한테 바보라는 말도 들으려고 결심을 한 것을 그들은 알 수가 없었다.

32.

이 뉘우치는 마음으로 해서 그는 결혼 날짜를 정하지 못하였다. 십일월에 들어서도 그 날짜는 아직 결정이 되지 않았다. 물론 클레어는 적당한 기회가 있는 때마다 그녀에게 이것을 재촉한 것이다. 그러나 테스의 바라는 것은 모든 것이 언제나 지금과 같이 계속 되어갈 영원한 약혼자로 있고 싶었던 것이다.

목장은 차츰 달라져갔다. 젖 짜기가 시작되기 전의 이른 오후는 아직도 얼마 동안은 늘어져서 놀 만큼은 따스하였다. 그리고 일 년 중에도 이 철에는 착유장의 일도 잠깐 동안 산보를 할 만한 겨를이 있었다.

햇살이 비치는 쪽의 축축하게 젖은 잔디밭에는 작은 거미줄의 물결무늬가 마치 바다 위를 비추는 달빛의 흔적과 같이 번득번득 빛나는 것이 그들의 눈에 보였다. 쇠파리는 자기들의 덧없는 영화도 모르고 마치 그 안에 빛이라도 품은 듯이 빛나는 이 오솔길을 붕붕 날아 넘었다. 그리고는 곧 이 빛깔 속을 벗어나서 아주 보이지 않아버렸다. 이런 것들을 보는 동안에도 사나이는 그녀한테 날짜가 아직 정해지지 못한 것을 생각하도록 하였다.

혹은 때로 밤이 되어 크릭부인이 이 클레어에게 기회를 주려고 지어낸 어떤 일로 해서 테스와 같이 갔을 때에도 역시 이것을 물었다. 이 일이라는 것은 대개 이 골짜기 위쪽 언덕바지에 있는 농가에 가서 헛간에 옮겨둔 산기(産期) 가까운 소들의 형편을 알아오는 것이었다. 이때는 소들의 세계에 큰 변화를 가져오는 철인 탓이었다.

이러한 어두운 밤중의 산보가 여러 번 되풀이 되다가 한번은 돌아오는 길에 클레어가 테스에게 물었다

"오늘 크릭이 겨울 몇 달 동안은 별로 그리 품이 드는 일 없다고 당신한테 말하지 않아요?"

"아뇨."

"소는 자꾸 젖이 말라가요."

"네, 어제는 여섯 마린가 일곱 마리, 그제는 세 마리 헛간으로 갔으니까 아마 그럭저럭 이십 마리 가까이 되었을 거예요, 아! 그럼 송아지를 낳는데 내손은 쓸데없이 된다고 하는 게 아니에요? 아! 저는 이젠 이곳에서는 쓸데없는 사람이에요! 그런데도 저는 아주 힘을 다 내서—"

"크릭은 이젠 당신은 쓸데없다고 그렇게 분명히 말한 것은 아니지요. 다만 우리들의 관계를 알고 있으니까 내가 강탄제(降誕祭)에 이곳을 떠날 때에 당신을 데리고 갈 줄로 생각하고 있었다고 아주 기분이 좋아서 점잖이 이야기 합디다. 그래 당신이 없으면 어떻게 해나가겠느냐고 물었더니 크릭은 사실 지금은 여자 손이 조금만 있으면 된다고 말한 것뿐이지요. 나는 죄 되는 일이지만, 크릭이 당신에게 어쩔 수 없이 결혼을 승낙하게 한 것을 차라리 기뻐해요."

"저는 당신이 그렇게 기뻐하는 게 옳다고는 생각하지 않아요, 에인절. 쓸데없다는 것은 동시에 이쪽으로도 마침 잘되었다고 할 경우라고 해도 늘 슬픈 일이니까요."

"그렇지, 마침 잘 되었어—당신도 인정했지요." 클레어는 손가락으로 그의 뺨을 찔렀다.

"아!" 하고 그는 말했다.

"왜 그러세요?"

"말끝을 채서 얼굴이 붉어졌지요! 그러나 왜 내가 이렇게 실없이 굴까! 우리는 실없지는 않아―인생은 너무나 참되니까."

"그래요, 그것은 아마 제가 먼저 알았을 거예요."

그녀는 그때 이것을 알게 되었던 것이다. 결국 이 사나이와 결혼할 생각을 그만두고―어젯밤의 감정을 쫓아서―이 착유장을 떠난다는 것은 어떤 착유장이 아니고 어느 낯선 곳으로 가는 것이었다. 소가 송아지를 낳을 때가 가까워 온 탓에 젖 짜는 여자는 소용이 없는 탓이었다. 그것은 또 에인절 클레어와 같은 신(神) 같은 사람이 없는 어느 농장으로 가는 것이었다. 그녀는 이런 생각을 하면 싫어졌다. 그렇다고 고향으로 돌아가는 것은 더욱 싫었다.

"그러니까 진정으로 말하는데, 테스." 하고 클레어는 말을 이었다. "강탄제에는 떠나지 않아서는 안 될 테니까 그때 나는 여러 가지 점으로 보아 당신을 내 아내로써 들이고 가고 싶고 또 그것이 편키도 할 것 같소. 그런 것을 내어놓고라도 당신이 세상에서 제일 생각이 없는 여자가 아니라면 우리가 언제까지든지 이렇게 지나갈 수는 없는 것을 알지 않겠소?"

"저는 이렇게 하고 있을 수 있었으면 좋겠어요. 언제나 여름이나 가을이어서 언제나 당신은 나한테 구혼을 하고 그리고 언제나 지난여름같이 저를 생각해주셨으면!"

"나는 언제나 그렇겠지요."

"네, 그럴 줄은 알아요!" 테스는 갑자기 이 사나이를 믿는 열정이 북받쳐 외쳤다. "에인절, 저는 영원히 당신의 것이 되는 날을 정하겠어요!"

이렇게 해서 드디어 좌우로 들리는 게 물소리뿐인 어둠 속에서 집으로 돌아가는 동안에 날짜는 두 사람 사이에서 정해져 버렸다.

착유장에 닿자 곧 크릭 부부에게 이것을 알렸다. 그리고 이것은 은밀히 해달라는 부탁을 하였다. 결혼은 되도록 널리 알리지 않고 하려는 것이 두 사람의 희망이었다. 주인은 얼마 안 돼서 테스를 내보내려고 생각하고 있었으나 지금 와서는 그들을 내놓는데 퍽 마음을 썼다. 크림 걷는 것은 어떻게 할까? 앵글베리와 샌드본의 귀부인들한테 보내는 장식 버터는 누가 만들 것인가?

테스에게는 이제 의사(意思)라는 것이 전혀 없고 오직 시간의 날개를 타고 자꾸 끌려갈 뿐이었다. 약속은 해버렸다. 어느 날이라는 것도 이미 씌워진 것이다. 그녀의 총명한 천성은 농부와 또 같은 동료들보다는 자연현상과 더 널리 사귀는 사람들에게 공통한 숙명관(宿命觀)을 인정하기 시작하였다. 그리하여 그녀의 사랑하는 사람이 바라는 것은 모두 그대로 응하였다.

그러나 그녀는 겉으로는 결혼 날짜를 알리기 위하여 사실은 다시 한 번 어머니의 조언을 구하기 위하여 새로이 어머니한테 편지를 썼다. 자기를 뽑아 고른 사람은 신사인데 어머니는 이런 것을 충분히 생각하지 않았을 것이라는 것과 결혼 후의 고백도 그것이 하등 사람이라면 별로 대단하게 생각지 않고 들어 버릴 것이지만 그 사람은 이와 같은 심정으로 받아줄 것 같지는 않다는 것을. 그러나 이 편지에 대해서 더비필드 부인은 아무 회답도 없었다.

에인절 클레어는 자기 자신에게나 테스에게나 곧 결혼을 하는 것이 실제로 필요하다고 그럴듯하게 말을 하기는 하였으나 사실인즉 이 진행에는 뒷날 분명하게 되었지만 좀 너무 서두른 흠이 있었다. 아직 그는 자기의 장래의 나아갈 길을 분명히 보지는 못하였다. 그리고 완전히 세상을 출발하였다고 생각하기까지는 아직 일이 년이 더 지나야 하였다.

"당신이 영국 중부의 농장에 완전히 자리를 잡을 때까지 기다리는 것이 우리들에게 상책이 아닐까요?" 하고 테스는 한번 겁을 먹고 물어보았다(영국 중부의 농장이라는 것이 바로 그때 클레어가 생각하고 있던 것이었다).

"바른대로 말하면, 테스, 당신을 내 보호와 사랑으로부터 떼어서 어느 곳에나 남겨두고 싶지 않아요."

이것만이라면 그 이유는 옳았다. 클레어가 그녀에게 끼친 감화는 커서 그 태도와 습관 그 말과 어태와 그 좋아하고 나빠하는 것까지 그에게 배어버렸다. 그런데 이제 그녀를 농장에 혼자 버려둔다는 것은 자기와 보조가 일치된 것을 다시 물레걸음 치게 하는 것이었다. 또 다른 이유로서도 클레어는 그녀를 자기의 수하에 두고 싶었다. 클레어의 부모는 사람의 사정으로 해서라도 테스를 영국이나 식민지나 먼데로 데리고 가버리기 전에 적어도 한번은 보고 싶어 하였다. 부모가 어떤 생각을 가졌다 해도 자기의 의사를 변할 수는 없었던 탓에 그는 이렇게 판단을 하였다. 즉 어떤 유리한 일을 시작할 기회를 찾으면서 자기와 같이 두 달 동안 하숙생활을 하노라면 혹시 그녀가 퍽 싫은 일로 생각하고 있을지도 모르는 저 목사주택에서 어머니와 만나는 것도 나아지리라고 클레어는 생각하였다.

다음으로 클레어는 보리 기르는데 이용할 수 있을 것 같다는 생각에서 가루 빻는 물방앗간 일도 좀 보아두고 싶다고 생각하였다. 한때는 수도원 물방앗간이었던 웰브릿지의 크고 오래된 물방앗간의 주인은 언제든지 오고 싶은 때에 오면 그 옛날대로의 작업 방법을 보여주고 또 이삼 일 간 마음대로 일에 손을 대어보아도 좋다고 말하였다. 클레어는 이때 어느 날 자세한 것을 물어보려 이삼마일 떨어진 그곳을 방문하고 저녁때에야 톨보트헤이즈로 돌아왔다. 테스는 그가 얼마동안 웰브릿지의 물방앗간에서 지내려고 결심한 것을 알았다. 대체 무엇이 그에게 이 결심을 하게 하였을까? 그것은 가루를 빻는 것과 체질하는 것을 살피는 기회라는 것보다도 차라리 이렇게까지 머지않았을 옛날에는 더버빌 일족 분가(分家)의 저택이 되었던 그 농가에 하숙을 잡을 수 있는 우연한 사실이었다. 그리하여 그들은 결혼하면 곧 거리와 여관을 싸다니는 것을 그만두고 이곳에서 두어 주일쯤 묵기로 작정하였다.

"그 뒤에 우리 전에 들어둔 런던 저쪽에 있다는 농장을 보러 떠납시다." 하고 클레어는 말했다. "그리고 삼월이나 사월쯤 우리 아버지와 어머니를 찾아봅시다."

이와 같은 선후의 문제가 일어났다가는 또 지나갔다. 그리하여 테스가 클레어의 것이 되어 버리는 날, 이 믿지 못할 날이 가까운 앞날에 뚜렷이 나타났다. 섣달 그믐날의 제야(除夜)가 그날이었다. 그이의 아내, 하고 테스는 혼잣말로 중얼거려 보았다. 정말일까? 두 몸이 하나가 된다, 이것을 갈라놓을 것은 아무 것도 없다. 어떤 일이든지 둘이서 나누어 맡는다. 어째서 안 될까? 그러나 또 어째서일까?

어떤 일요일 아침 이즈 휴에트가 교회로부터 돌아와서 테스에게 몰래 말했다.

"당신, 오늘 아침 결혼 예고를 하지 않았지?"

"뭐?"

"오늘은 당신이 처음으로 예고할 때인데." 하고 그는 침착하니 테스를 보면서 말했다.

"당신은 그믐날 결혼하려고 했지, 그렇지?"

그녀가 얼른 그렇다고 대답하였다.

"그런데 세 번 예고해야 되는데 그때까지 일요일은 이제 두 번밖에 없지 않아?"

테스는 뺨이 해쓱해지는 것을 느꼈다. 이즈의 말이 옳았다. 물론 세 번 예고를 해야 한다. 아마도 그이가 잊어버렸을 것이다. 만일 그렇다고 하면 한주일 연기하지 않아서는 안 되나, 어쨌든 불길한 일이었다. 어떻게 하면 애인에게 그것을 생각나게 할 것인가? 이때까지는 그렇게도 주저했던 것이 자기의 중한 보배를 잃어버려서는 안 되겠다고 갑자기 덤비며 놀라하였다.

자연히 어떤 일이 생겨서 테스의 걱정을 걷어주었다. 이즈가 이 결혼예고의 광고가 없는 것을 크릭 부부에게 말한 것을 크릭부인이 기혼여자의 특권을 가지고 이 점에 대해서 에인절에게 말한 것이다.

"그걸 잊어버리셨소, 클레어씨? 결혼 예고 말이오?"

"아니요, 나는 잊어버린 게 아니에요." 하고 클레어가 말했다.

아무도 없는 데서 조용히 테스를 만나자 그는 곧 이렇게 말을 하여 안심을 시켰다.

"결혼예고에 대해서 다들 무어라고 성화를 시켜도 마음에 두지 말아요. 결혼 허가가 우리들에게는 시끄럽지 않고 좋을 것 같아서 당신한테 의논도 없이 그 쪽으로 정해 버렸으니까. 그러니까 일요일 아침 교회에 가서 당신의 이름을 들으려고 해도 들을 수 없을게요."

"저는 그런 거 듣고 싶지 않아요." 하고 테스는 당돌하게 말했다.

이렇게 일이 순서대로 잘된 것을 알고는 아닌게아니라 누가 자기의 신분을 탓잡아서 방해를 놓고 결혼을 못하게 하지나 않을까 하고 걱정하고 있던 테스는 크게 안심이 되는 것이었다. 얼마나 일은 운 좋게 잘 되어가는 것인가!

"아직 아주 안심은 할 수 없어." 하고 테스는 혼잣말을 하였다. "이 모든 행운도 뒤에 화가 미쳐서 다 빼앗겨 버릴지도 몰라. 하느님이 하시는 일이 대개 그러니까. 역시 남들처럼 결혼예고를 했던 것이 좋았을 걸 그랬어!"

그러나 모든 일이 순조롭게 진행되었다. 테스는 그이가 지금 자기에게 있는 제일 좋은 하얀 웃옷으로 결혼을 하는 것을 좋아할는지 혹은 새 옷을 한 벌 지어야 할 것인지 몰라서 방황하였다. 그러나 이 문제는 테스한테 여러 개 큰 소포가 온 때에야 알아진 클레어의 깊은 생각으로 해서 해결되었다. 소포 안에는 두 사람이 생각하고 있던 약식(略式) 결혼식에 어울리는 모자로부터 양말까지 옷 전부가 들어 있고 또 낮에 입는 예복까지도 딸려 있었다. 클레어는 이 소포가 닿은 뒤에 얼마 지나지 않아 집에 들어왔다. 그리고 위층에서 테스가 그것을 푸는 소리를 들었다.

한 일 분 지난 뒤에 테스는 얼굴이 상기되어 눈에는 눈물이 글썽글썽하며 아래로 내려왔다.

"어쩌면 그렇게 꼼꼼하세요!" 하고 그녀는 뺨을 클레어의 어깨에 놓고 속삭였다. "장갑과 손수건까지도! 제 사랑하는—참 살뜰하고 참 친절도 해요!"

"원, 원, 테스, 저 런던 여상인한테 주문한 것뿐인데—아무것도 아니오."

그리고는 그녀가 너무도 고맙다는 말을 하는 것을 돌리려고 클레어는 위층으로 올라가서 천천히 옷이 몸에 잘 맞나 보라고, 그래서 만일 잘 안 맞으면 마을에 있는 여자 재봉사에게 부탁해서 좀 고쳐달라고 하도록 말을 하였다.

테스는 위층으로 돌아와서 웃옷을 입어보았다. 혼자서 그녀는 한참 동안 거울 앞에 서서 비단옷을 감은 자기의 모양을 바라보았다. 그러나 그 머리에는 그 어머니가 잘 부르던 예복에 관한 노래가 떠올랐다.

한번 잘못된 아내에게는

그것은 결코 맞지 않을 것이네

이것은 더비필드의 부인이 테스의 아직 아이일 적에 요람에 한 발을 올려놓고 노래에 맞추어 흔들어가면서 잘도 즐겁게 그녀에게 불러주던 것이었다. 만일 이 옷이 노래에 있는 옷이어서 귀너비어 왕비(중세기에는 정조를 깨친 여자는 어떤 이상한 옷을 입으면 그 신분이 드러난다고 하였는데 귀너비어 왕비는 아서왕의 후비이면서 다른 사나이와 사랑에 빠진 여자)를 속이고 배반하듯이 빛깔이 변하여 자기를 속이고 배반한다면. 그녀는 이 착유장에 온 뒤로 아직까지 한 번도 이 노래를 생각한 적이 없었다.

33.

에인절은 그들이 아직 다만 사랑하는 사람으로서 하는 작은 여행의 뜻으로 이 착유장에서 얼마큼 떨어져 있는 어떤 곳에서 그녀와 함께 결혼하기 전의 하루를 즐겁게 보내고 싶었다. 그것은 그들의 바로 앞에서 웃고 있는 다른 더 큰 하루와 같이 다시 되풀이 할 수 없는 사정에 있는 로맨틱한 하루였다. 그리하여 앞서 한주 동안에 그는 가까운 거리에 가서 장을 좀 보아오자고 언급해두었던 것이 있어서 약속대로 그들은 같이 떠났다.

착유장에서 클레어의 생활은 자기와 같은 계급 사람들의 세계로 보면 은둔자(隱遁者)의 생활이었다. 몇 달 동안 그는 한 번도 거리 가까이 가지 않았고 또 마차도 필요하지 않은 탓에 이것을 불러두지도 않았다. 만일 말을 타든가 마차를 달리든가 할 때면 주인의 단각마(短脚馬)나 혹은 이륜마차를 빌려 타곤 하였다. 그날도 그들은 이륜마차로 갔다.

두 사람은 평생 처음으로 한 가지 일에 서로 의논하는 친구로서 장을 보았다. 바로 강탄제 전날이어서 동청목과 기생수(寄生樹)가 이곳저곳 산더미처럼 쌓여 있었다. 이런 날이므로 거리에는 사방 부근에서 모여든 낯선 사람들로 들끓었다. 테스는 아름다운 얼굴에 또 행복하게 걸어 다니는 벌로 클레어의 팔에 매달러서 사람들 속으로 움직이고 갈 때는 여러 사람들의 바라보는 눈초리를 만나는 것이다.

저녁때가 되어서 두 사람은 앞서 잡아놓았던 여관으로 돌아갔다. 그리고 에인절이 마차와 말을 문 쪽으로 끌어오는 것을 보러 나간 쯤에 테스는 입구에서 기다리고 있었다. 큰 객실은 손님들로 가득 찼다. 그들은 끊임없이 나가고 들어오고 하였다. 사람들이 나고 들고 할 때마다 문이 열렸다 닫혔다 하는 데 따라 객실의 불빛이 테스의 얼굴을 환하니 비추었다. 두 사나이가 나오더니 그녀 옆으로 지나갔다. 그 중 한 사나이가 깜짝 놀라서 그를 아래위로 훑어보는데 이때 그녀는 이 사나이가 트란트리지 사람인지도 모르겠다는 생각이 들었다. 이 마을은 이곳과 여러 마일 떨어져 있어서 트란트리지에서 오는 사람은 극히 드물었으나.

"미인인데 저 색시." 하고 다른 한사람이 말했다.

"참. 상당히 예쁜데. 그래도 내가 그리 잘못되지 않았다면―." 그리고는 이 사람은 곧 말끝을 흐려버렸다.

클레어는 바로 그때 외양간으로부터 돌아와서 문턱에서 이 사나이와 마주쳐서 이 말을 듣고 또 테스가 흠칫하고 숭굴어치는 것을 보았다. 테스에 대한 이런 모욕을 본 클레어는 갑자기 화가 차올라서 전후를 생각할 사이 없이 그 사람의 턱에 힘껏 주먹을 먹여서 복도에 비틀비틀 뒷걸음질을 치게 하였다.

바로 일어선 사나이는 다시 달려들려고 하였다. 클레어는 문밖으로 나가서 막을 자세를 취하였다. 사나이는 테스의 옆을 지나가면서 다시 한 번 그녀를 쳐다보고는 클레어에게 말했다.

"실례했소이다. 아주 잘못 알아보았소. 나는 저이를 예서 한 사십 마일 떨어져 있는데 있는 다른 여자로 생각했던 것이오."

클레어는 그때에야 자기가 너무 경솔했던 것과 또 더욱이 테스를 여관 복도에 세워 놓아두었던 것을 깨닫고 이런 때에 으레 하는 사죄를 하고는 때린 곳에 바를 약값으로 오 실링을 그 사나이에게 주었다. 그리하여 그들은 서로 좋게 인사를 하고 헤어졌다. 클레어가 마정(馬丁)에게서 고삐를 받아 잡고 이 두 젊은 사람이 마차를 달려버리자 곧 두 사나이는 그들과 딴 쪽으로 가버렸다.

"그래 잘못 알았어?" 하고 둘째 사나이가 말했다.

"조금도 잘못 알지 않았어. 그래도 그 신사의 기분을 나쁘게 하고 싶지 않았어—그러고 싶지 않아."

이러는 동안에 두 사랑하는 사람들은 앞으로 마차를 몰아가고 있었다.

"저 우리들의 결혼을 좀 물릴 수는 없어요?" 하고 테스는 냉정하게 맥 빠진 소리로 물었다.

"아니오, 테스, 진정해요. 그녀석이 고소라도 할 줄로 생각하오?" 하고 클레어는 기분이 좋아서 말했다.

"아니요—저는 다만—물리지 않아서는 안 된다면 말이에요."

그러나 테스는 집으로 돌아가는 길에 내내 우울하였다. 퍽도 우울하였다. 그리고 종내 '저 멀리, 이 고장에서 몇 백 마일 떨어져 있는 머나먼 곳으로 둘이 달아나자. 그리하여 다시 이런 일이 일어나지 않을 것이고 과거의 망령도 그곳까지는 올수 없을 터이니까' 하고 생각하게 되었다.

그날 밤 두 사람은 계단에서 섭섭하게 헤어져서 클레어는 자기의 지붕 밑 방으로 올라갔다. 테스는 결혼 날까지 한 이삼 일밖에 안 남았으므로 그때까지 믿지 못해서는 안 되겠다고 생각하고 몇 가지 세세한 것을 정리하노라고 앉아 있었다. 그러는 동안에 머리 위에 있는 클레어의 방에서 무슨 소리가 나는 것을 들었다. 마루를 구르고 또 고민도 하고 하는 소리였다. 집에서는 모두 잠이 들었다. 클레어가 혹 앓지나 않는가 하는 걱정을 하면서 그녀는 급히 뛰어올라가서 방문을 두드리고 어떻게 된 일인가고 물었다.

"아, 아무렇지도 않아요." 하고 클레어는 안에서 말하였다. "놀라게 해서 미안하오. 그래도 재미있는 이유가 있어—내가 잠이 들어서 꿈을 꾸었는데 아까 당신을 모욕하는 녀석하고 싸움을 하는 꿈을 꾸었어. 당신이 들은 소리는 오늘 짐을 싸려고 내어놓은 여행 가방을 주먹으로 내려친 소리였소. 나는 자면서 이런 미친 짓을 가끔 잘하는 버릇이 있어요. 아무 걱정 말고 가서 잘 자요."

이것은 테스의 결단하지 못한 저울을 기울게 하는 추였다. 그녀는 자기의 과거를 입으로 말할 수는 없었다. 그러나 다른 길이 있었다. 그는 앉아서 편지지 네 장에 삼사 년 전에 있던 일을 간단히 말하고 그것을 봉투에 넣고 그리고 이것을 클레어에게 보내는 것으로 썼다. 그리고는 다시 마음이 약해지기 전에 하노라고 그는 맨발로 살금살금 위층으로 올라가서 방문 아래로 그 편지를 밀어 넣었다.

그날 밤은 말할 것도 없이 선잠을 잤다. 그리고 머리 위에서 처음으로 희미한 소리가 나는 것을 귀를 기울이고 들었다. 소리는 전과 같이 들리고 그리고 그 사람은 전과 같이 내려왔다. 그녀도 내려갔다. 그 사람은 계단 밑에서 그녀를 만나 입을 맞추었다. 역시 분명히 그 뜨거운 키스였다.

클레어는 얼마큼 불안하고 맥 빠진 것같이 보인다고 그녀는 생각하였다. 그러나 클레어는 그녀의 고백에 대해서는 둘만 있을 때에도 한마디 말이 없었다. 편지를 보았을까? 클레어가 먼저 이 문제에 대하여 입을 열기 전에는 테스 자기는 아무 말도 할 수 없었다. 그리해서 그날은 지나갔다. 이 사나이가 무엇을 생각하고 있든지 그것을 그 가슴에 감추어 두려는 것은 분명하였다. 그러나 그는 전과 같이 솔직하고 다정하였다. 테스의 의심은 어린아이 같은 것이었을까? 그리고 자기를 그러한 자기로써 사랑하고 이 자기의 불안한 몽마(夢魔)를 웃어 버리듯이 웃어버릴까? 편지를 정말로 보았을까? 테스는 그의 방을 슬쩍 들여다 보았으나 편지 같은 것은 아무것도 보지 못하였다. 자기를 용서해주었을는지도 모른다. 그러나 만일 클레어가 편지를 받지 않았다 해도 그는 분명히 자기를 용서해줄 것이라는 뜨거운 신뢰를 갖게 되었다.

매일 아침 매일 밤 클레어는 언제나 태도가 같았다. 이렇게 해서 제야(除夜)는, 결혼 날은 밝았다.

이 착유장에 체류하는 마지막 한주일 동안 두 사람은 손님 같은 대우를 받고 테스는 다른 방까지 받는 광영을 입고 있을 탓에 젖 짜는 시각이 되어도 그들은 일어나지 않았다. 아침 식사 때에 아래층으로 내려가 보니 전날 보던 것과 달리 그들을 축복하기 위해서 그 큰 부엌의 모양이 활짝 달라진 것을 보고 놀랐다. 새벽 컴컴한 때에 벌써 주인은 하품을 하는 듯한 굴뚝의 한쪽 구석을 하얗게, 또 벽돌 난로를 붉게 칠하게 하고 그리고 타는 듯한 진한 노란빛 단자(緞

子) 휘장을 지금까지 그곳에 걸었던 낡고 때묻은 푸른 무명 커튼 대신 아치에 걸게 하였다. 음침한 겨울 아침, 이 방의 초점이 되었던 것을 모두 새롭게 한 이 광경은 방 전체에 웃는 듯한 모양을 만들었다.

"축하하노라고 무엇 좀 하려고 했소" 하고 주인은 말했다. "실상은, 옛날 이 지방에서 한동안 잘한 것처럼 호궁과 사현금을 갖고 한번 떠들고 놀까 하고도 생각했으나 당신이 듣고 싶지 않으실 터이니까 그저 이렇게 소리 안 나는 것으로 한다고 해서 힘껏 한 것이 이 모양이로구려."

테스의 집안사람들은 퍽 멀리 살고 있어서 비록 초대를 했다고 해도 불편한 탓에 한 사람도 혼례식에 참석할 수는 없었다. 그렇기도 하려니와 사실 말로트에서는 누구나 초대를 받지 않았다. 에인절의 집에는 그가 편지를 하고 시각을 정식으로 알리고 그리고 와 줄 호의가 있으면 이날 적어도 한 사람은 참석하여 주면 대단 기쁘겠다는 말까지 하였다. 그 형들은 그가 하는 일을 분개한 듯이 회답이 없었다. 그런데 그 부모한데서는 좀 슬픈 편지가 왔는데 생각 없이 너무 급작스럽게 서두른 결혼을 했다고 한탄하고 비록 젖 짜는 여자 같은 것을 며느리로 얻을 줄은 조금도 생각지 못하였지만 너도 이제는 네 자신의 일은 누구보다도 네가 제일 잘 판단할 나이에 이르렀으니까 믿고 단념한다는 말이 들어 있었다.

클레어는 그 집안사람들의 이러한 냉정한 태도에도 머지않아 내어 주고 놀라게 할 굉장한 카드를 갖고 있는 탓에 그리 비관하지 않았다. 착유장을 갔다 온 테스를 더버빌가의 후손이요 숙녀라고 내세우는 것은 좀 무모한 일이요, 또 위험한 일이라고 생각하였다. 그러므로 그녀는 자기와 같이 두서너 달 동안 여행도 하고 또 독서도 해서 세상의 풍습에도 익은 뒤에 부모를 찾아보고 그런 명문의 자손으로써 부끄럽지 않은 사람이라고 의기양양하니 내어대며 사실을 전하게 될 때가 오기까지는 테스의 혈통은 숨겨두었다. 적어도 그것은 아름다운 애인의 꿈이었다. 아마 테스의 혈통은 클레어에게는 세상의 그 누구에게보다도 더욱 귀중하니 생각되었을 것이었다.

테스는 직접 편지를 알린 것이 있는데도 에인절의 자기에게 대한 태도는 여전히 전과 같고 조금도 다른 것이 없는 것을 보고는 안 된 일인 줄 알면서도 그이가 편지를 받았을까 의심하게 되었다. 그는 클레어가 아직 끝나기 전에 먼저 아침 식탁에서 일어나서 급히 위층으로 올라갔다. 그녀는 오랫동안 클레어의 거처하는 방이요 혹은 차라리 둥지가 되어 있는 이상한 쓸쓸한 방을 다시 한 번 들여다볼 생각이 갑자기 떠올랐다. 그녀는 계단을 올라가서는 열려 있는 문가에 서서 잘 살펴보고 우두커니 생각해보았다. 그녀는 문턱 너머로 허리를 숙였다. 카펫은 문턱까지 닿아 있었다. 이 카펫 아래로 그녀는 그 사람한테 보낸 편지가 들어 있는 봉투의 흰 가장자리를 보았다. 그녀는 너무 굳은 탓에, 봉투를 급히 문 아래로 뿐만 아니라 주단 아래로까지 밀어 넣었던 탓에 클레어는 이것을 보지 못했던 것이었다.

테스는 상심한 듯이 편지를 뽑아냈다. 그것은 자기의 손을 떠날 때와 꼭 같이 그대로 붙어 있었다. 산은 아직 넘지 못하였다. 준비로 집안이 북적하는 탓에 그녀는 이제 이것을 그 사람더러 읽어달라고는 할 수 없었다. 그녀는 자기 방으로 달려가서 편지를 찢어버렸다.

클레어가 다시 그녀를 보고는 그 얼굴이 너무 해쓱해진 탓에 걱정이 되었다. 이 편지를 잘못 놓은 사건이 마치 고백을 방해한 것처럼 속단해 버렸다. 그러나 그녀의 양심으로는 그렇게 할 필요가 없는 것을 알았다. 아직 시간은 있었다. 그리고 모든 것은 혼잡하였다. 나오는 사람이 있으면 들어가는 사람도 있었다. 모두 옷들을 갈아입어야 하였다. 주인과 그 부인은 증인으로써 그들과 같이 가도록 청을 받고 있었다. 그러므로 무엇을 깊이 생각한다거나 천천히 이야기를 한다거나 할 수는 없었다. 테스가 클레어와 단 둘이 만날 수 있었던 순간은 그들이 계단에서 만났던 때뿐이었다.

"저는 꼭 당신한테 이야기하고 싶은 것이 있어요.—저는 제 모든 잘못한 것과 허물을 다 고백하고 싶어요!" 하고 그녀는 부러 태연한 듯이 꾸미며 말했다.

"아니야—잘못한 것 같은 것을 말할 수는 없어요.—당신은 적어도 오늘만은 완전하다고 생각하지 않으면 안 돼요, 여보!" 하고 클레어는 외쳤다. "이 뒤로 우리들에게는 우리들의 결점을 서로 이야기할 시간이 얼마든지 있을게요. 나는 그때 내 결점도 다 말하려 해요."

"지금 그렇게 하는 것이 제게는 좋을 것 같아요, 뒤에라도 당신이—."

"그럼, 이 기인(奇人), 아무거나 다 말해 봐요—네, 우리들이 여관에 닿으면 곧 말이요, 당장은 말구, 그때에는 나도 잘못한 것을 말할 테니까. 그러나 그런 것들로 해서 오늘이라는 날을 망쳐버리면 안 돼요. 언제 심심한 때에는 훌륭한 이야깃거리가 될 것이니까."

"그럼 저한테 말하게 하고 싶지 않으셔요?"

"그래요, 테스, 정말로."

옷을 갈아입느니 떠나느니 하느라고 바빠서 이 외에는 더 시간이 없었다. 그가 한 말을 잘 생각해보면 테스는 안심이 되는 듯이 생각되었다. 다음 절박한 두 시간 동안 아무것이나 다 정복하고 마는 그를 향한 뜨거운 사랑의 밀물에 떠밀리면서 그녀는 이 외에 더 잠잠히 생각에 잠길 수는 없었다. 오랫동안 억누르고 있던 자기가 그이의 것이 되고 그를 자기의 남편이라고 부르고 자기의 것으로 하고 싶은—그리고 필요하면 목숨을 바치려고 한—그녀의 한 가지 소원은 드디어 걸음 무거운 생각의 길에서 그녀를 끌어 올렸다.

교회는 멀리 떨어져 있고 또 겨울이라 그들은 마차를 타지 않으면 안 되었다. 길가의 여관에 덮개 마차를 한대 꾸미도록 말하였다. 이것은 역전마차(驛傳馬車)로 여행을 하던 옛날부터 오늘까지 그 집에 간직되어 있는 것인데 이것을 중풍 환자인 육십 난 노인이 부렸다. 이 말썽부리는 삐걱삐걱 갈기는 마차 안에, 그리고 이 노쇠한 몰이꾼의 등 뒤에 즐거운 네 사람—신랑 신부와 크릭 부부가 자리를 잡았다.

테스는 이때 시간의 힘에 떠밀려서 이런 것에는 조금도 정신이 가지 않았다. 아무 것도 보지 않았다. 교회로 가는 길도 몰랐다. 그녀는 에인절이 자기 옆에 있는 줄만 알았지 그 밖의 모든 것은 번쩍거리는 안개에 지나지 않았다. 그녀는 둘이 함께 산보를 할 때 에인절이 언제나 잘 이야기해주던 저 어느 한 고전적 신, 즉 시(詩) 가운데 나오는 천인(天人)과 같았다.

이 결혼은 결혼허가로 거행되는 탓에 교회에는 한 열두어 사람밖에 없었다. 천 사람이 있었던들 그녀에게는 이보다 더 큰 영향은 주지 못하였을 것이었다.

그들은 그녀의 현재의 세계에서는 별의 거리만큼이나 떨어져 있었던 것이다. 그녀가 그에게 정절을 맹세한 때의, 그 나를 잊어버린 숭엄한 정신 안에서는 성(性)의 감각 같은 것은 가볍기 짝이 없는 것이었다. 모든 절차는 끝났다. 그들이 교회를 나올 때에 종을 울리는 사람은 그 걸려 있는 곳에서 종을 흔들어 움직였다. 그리하여 세 박자의 잔잔한 울림이 울려나갔다. 테스는 이 음파가 주위의 공기를 흔드는 것을 깨닫지 않을 수 없었다. 그것은 이제 그녀가 그녀 안에서 살고 있는 긴장한 마음의 분위기와 겨루고 있었다.

교회의 종소리도 사라지고 결혼식의 감동도 가라앉았다. 그녀는 이제야 분명히 세세한 것들을 볼 수가 있었다. 크릭 부부는 자기 집 이륜마차로 자기네를 맞으러 오게 하라고 명령하고는 타고 온 마차를 젊은 부부한테 맡겼다. 이때에야 테스는 처음으로 이 마차의 구조며 특징을 보았다. 잠자코 앉은 채로 그녀는 오랫동안 이것을 물끄러미 바라보고 있었다.

"울적해 하는 듯이 보이는구려, 테스." 하고 클레어는 말했다.

"네." 하고 테스는 이마를 찌푸리며 말했다. "저는 여러 가지 것을 보고 감동해요. 어떤 것이나 모두 삼엄해요, 에인절. 그런 가운데 이 마차는 어디서 한번 본 듯해서 잘 알 것 같은 마음이 들어요. 참 이상해요—분명히 꿈에라도 보았을 것이에요."

"아—당신은 더버빌 집안의 마차에 대한 전설을 들은 일이 없소—그들이 한창 인기가 있었을 적에 당신네 집안에 대한 이 지방의 유명한 미신인데. 이 덜 컹거리는 마차를 보고 당신은 그것을 생각한 거야."

"저는 아직 그런 것들은 기억이 없어요." 하고 그는 말했다. "그 전설이라는 게 뭐예요, 좀 들려주시지 않겠어요?"

"글쎄—지금은 자세히 이야기하고 싶지 않아요. 무슨 소린지 십육, 칠세기 때 더버빌 집안 어느 누구가 자기 집 마차 안에서 아주 큰 죄를 지었다는 건데. 그때부터 이 집안 일족이 이 낡은 마차를 보든지 그 소리를 듣든지 하면 언제나—하나 훗날이야기 합시다—좀 음산한 이야기가 되어서. 분명히 이에 대한 희미한 기억이 이 낡은 마차를 보자 마음에 떠오른 것이오"

"그런 이야기 들은 적이 없어요." 하고 그녀는 속삭였다. "우리 집안 일족이 그것을 보는 것은 죽으려고 할 때에요, 에인절, 그렇지 않으면 죄를 범한 때에요?"

"자, 테스"

클레어는 입을 맞추어서 그녀를 잠자코 있게 하였다.

그들이 집에 돌아갔을 때는 테스는 후회하는 마음으로 기운이 없었다. 그녀는 참으로 에인절 클레어부인이었다. 그러나 그녀는 이 이름에 대하여 얼마큼이라도 도덕상의 자격을 갖고 있었을까? 알렉산더 더버빌 부인이라는 편이 좀 더 정당하지 않았을까? 사랑의 강렬한 힘이란 옳고 바른 사람들로서는 질책할만한 죄를 감춘다고 볼만 한 일도 옳다고 할 수 있을 것인가? 테스는 이러한 때 여자란 어떤 태도를 가질 것인지 알 수 없었다. 그리고 의논할 사람도 아무도 없었다. 그러나 한 이삼 분 사이에 자기 방에 저 혼자 있는 것을 알고는―이 방에 들어오는 것도 이것이 마지막이다―그녀는 꿇어 엎드려 기도하였다. 그녀는 신(神)한테 빌려고 애를 썼다. 그러나 참으로 그녀의 애원을 받은 것은 그의 남편이었다.

"아, 사랑하는 당신, 사랑하는 당신, 어찌해서 저는 이렇게 당신이 그립습니까!" 그녀는 그 자리에서 혼자 중얼거렸다. "당신께서 사랑하시는 여자는 여기 있는 저는 아닙니다. 제 모양을 한 여자입니다. 한때 제가 그러했을는지 모르는 여자입니다!"

오후가 되어서 떠날 시각이 되었다. 그들은 웰브릿지 물방앗간 가까이 낡은 농가에서 이삼 일을 묵으려는 전부터 생각하는 계획을 실행하려고 하였다. 가루 찧는 작업을 연구하는 동안 그곳에 있을 생각이었다. 두시가 되면 떠날 것밖에는 없었다. 착유장에서 일하는 사람들은 전송을 하려고 붉은 벽돌 입구의 안쪽에 서 있었다. 주인과 그 부인은 문간까지 따라 나왔다. 테스는 나올 것을 의심하였던 한방에 있던 세 동료 처녀들이 한 줄로 늘어서서 슬픈 듯이 머리를 숙이고 마지막까지 참고 견디며 흔들림 없이 그곳에 자태를 보였다. 그녀는 어째서 그 다정한 레티가 이렇게 약하게 보이고 이즈가 이렇게 슬프게 보이고 또 마리안이 이렇게 얼빠진 듯이 보이는지, 그 이유를 잘 알았다. 그녀는 이렇게 그들의 불행을 생각하는 동안 어디까지나 달려오는 자기 자신의 불행을 잊어버리고 있었다.

그녀는 문득 생각이 떠오르는 대로 클레어에게 속삭였다.

"처음이요 또 마지막으로 한번만 저이들한테 다 키스해 주지 못하시겠어요, 참, 가엾어."

클레어는 이러한 이별이 형식을 취하는 데 반대하지 않았다. 그리하여 처녀들의 앞을 지날 때에 한 사람 한 사람씩 다 입을 맞추고 "잘 있으오." 하는 말을 하였다. 그들이 문가에 이른 때에 테스는 여자답게 그 정으로써 한 키스의 효과를 보려고 흘금 뒤를 돌아다보았을 때 그녀의 눈에는 승리의 빛이 있어도 좋았으련만 그런 것은 없었다. 이 키스는 그들이 애써서 누르려고 해왔던 애정을 깨어 일으켜서 분명히 나쁜 결과를 가져왔다.

클레어는 이 모든 것을 조금도 알아차리지 못하였다. 쪽문 쪽으로 나가면서 그는 주인과 그 마누라와 악수를 하고 그들의 후대에 대한 마지막 고맙다는 인사를 하였다. 이 뒤에는 그들이 떠나기까지 잠깐 동안 침묵이 있었다. 이것은 수탉의 우는 소리에 깨어졌다. 볏이 붉은 흰 수탉이 와서 집 앞 그들 있는 데서 한 이삼 야드 떨어진 곳에 있는 울타리 위에 올라가 있었다. 그 소리는 그들의 귀를 쩌렁하게 울리고 골짜기 밑에 나는 산울림처럼 사라져 버렸다.

"오?" 하고 크릭부인은 말했다. "낮닭이 울어!"

두 사나이가 뜨락 문 옆에 서서 문을 열어 잡고 있었다.

"좀 좋지 않아." 한 사나이는 쪽문 쪽에 있는 사람들한테 이 말이 들리는 것도 생각지 않고 옆에 있는 사나이한테 중얼거렸다.

수탉은 이번에는 클레어 쪽을 똑바로 향하고 울었다.

"저런!" 하고 주인이 말했다.

"저, 저것 듣기 싫어요!" 하고 테스는 그 남편에게 말했다. "마차가 가게 차부한테 말씀해요. 안녕히 계세요. 안녕히 계세요!"

수탉은 또 한 번 울었다.

"쉬, 저리가, 이놈, 안 가면 모가지를 비틀어 버린다!" 하고 주인은 좀 성이

.나서 닭 있는 쪽을 향하고 쫓으면서 말했다. 집으로 들어간 때 그는 그 마누라를 보고 "그런데, 하필 오늘 따러 왜 그럴까! 난 원 일 년 가야 그놈이 낮에 우는 걸 들은 일이라곤 없어."

"무어, 날씨가 변하려고 그러는걸." 하고 마누라는 말했다. "당신이 생각하는 그런 게 아니오. 별소리를!"

34.

골짜기를 끼고 탄탄한 길을 2-3마일쯤 가서 웰브릿지에 닿자 마을에서 왼편으로 꺾어서 커다란 엘리자베스 시대의 다리를 건넜다. 바로 이 뒤에 두 사람이 머물기로 한 집이 있었다. 이집 외관은 프룸 골짜기를 지나가는 여행객들에게는 낯익은 것인데 한때에는 훌륭한 장원저택의 한 부분이고 더버빌 집안 어느 분가의 소유지고 또 주택이기도 하였던 것이다. 그 한쪽이 허물어진 뒤로는 농가가 되어 내려왔다.

"옛 조상의 저택에 어서 오세요!" 하고 클레어는 테스를 붙들어 내리면서 말했다. 그러나 이 농담을 곧 후회하였다. 그것은 너무 빈정대는데 가까웠던 것이다.

집안으로 들어간즉 그들은 두 방만을 빌리기로 약속하였건만 주인은 그들이 온다는 것을 이용하여 앞으로 며칠 동안 친구네 새해인사를 떠나 버리고 그들은 얼마 안 되는 일을 돌보도록 근처에 농가의 부인을 한사람 데려다 둔 것을 알았다. 그들은 집을 전체로 차지한 것이 기뻤다. 그리고 자기들만의 마루(棟) 밑에서 맛보는 경험의 첫 기회로 여겼다.

그러나 클레어는 이 케케 낡은 집이 그 신부의 마음을 침울하게 만드는 것을 알았다. 마차가 돌아가 버리자 그들은 이 고용부(雇傭婦)의 안내로 위층에 손을 씻으러 올라갔다. 바로 계단 중턱에 온 때 테스는 멈칫하고 그곳에 서서 깜짝 놀랐다.

"왜 그러오?" 하고 클레어는 물었다.

"아유, 저 무서운 여자들?" 하고 그녀는 웃는 낯으로 대답하였다. "저는 깜짝 놀랐어요."

클레어는 쳐다보았다. 그리고 돌로 된 바람벽에 만들어 놓은 경판 위에 실물과 같이 큰 초상화 두 장을 보았다.

이 집을 찾아오는 사람들은 누구나 다 알다시피 이 두 장 그림은 한 이백 년 전의 중년여자를 그린 것인데 그 인상은 한 번 보면 다시 잊어버릴 수 없었다. 한사람은 길쭉하고 뾰족한 얼굴에 작은 눈과 지어 웃는 웃음이 사정없이 간교한 것을 나타내고 다른 한쪽의 매부리코와 커다란 이빨과 부리부리한 눈은 무서울 지경으로 거만함을 나타내서 뒤에 이것을 본 사람의 꿈에까지 출몰하는 것이었다.

"저것이 누구의 초상이오?" 하고 에인절은 고용부에게 물었다.

"늙은이들한테서 들은 말이지만 저것은 이 장원의 옛날 주인이던 더버빌 집 숙녀(淑女)분들이라더군요." 하고 그는 대답했다. "바람벽에 만들어 붙인 탓에 떼려고 해도 뗄 수도 없지요."

이 초상이 테스의 마음에 상처를 낸 외에 더욱 또 불쾌한 것은 그의 어여쁜 용모를 이 과장된 인상 속에 분명히 찾아볼 수 있는 것이었다. 그러나 에인절은 여기에 대해서는 아무 말도 아니 하고 신혼 때를 보내는데 이런 집을 고른 것을 후회하면서 옆방으로 들어갔다. 그 방은 그들을 위하여 갑자기 준비를 해 놓은 것인데 두 사람은 한 대야에서 손을 씻었다. 클레어는 물속에서 테스의 손을 만졌다.

"어떤 것이 내 손가락이고 어떤 것이 당신 거요?" 하고 사나이는 얼굴을 들면서 말했다. "아주 섞어버렸어."

"다 당신 거예요." 하고 테스는 간드러지게 말을 하면서 지금보다 좀 명랑해지려고 애를 썼다.

클레어는 테스가 이런 때에 생각에 잠기는 것으로 해서 불쾌하지는 않았다. 그것은 분별 있는 여자라면 누구나 다 그렇게 해 보이는 것이었다. 그러나 테스는 자기가 너무 지나치게 생각에 잠기곤 하는 것을 알고, 그러지 않으려고 안달이었다.

해는 그해 맨 마지막 짧은 오후도 퍽 기울어져서 그 볕이 작은 틈으로 비쳐
들어서 황금 막대의 형상을 하고 그녀의 치마에까지 미쳐서는 그곳에 페인트
자국 같은 무늬를 지었다. 그들은 차를 마시러 오래된 응접실로 들어갔다. 그리
고 이곳에서 처음으로 둘뿐인 식사를 하였다. 그들은, 아니 차라리 클레어는 어
린아이같이, 그녀와 함께 빵 접시를 쓰고 또 그녀의 입술에 붙은 빵부스러기를
자기 입술로 털어주면서 재미있어 하였다. 사나이는 그녀가 자기와 같은 태도
로 이런 장난에 흥이 나지 않는 것을 얼마큼 수상하니 생각하였다.

그들은 차타자를 싸고 앉아서 착유장 주인이 어둡기 전에 보내준다고 한 짐
이 닿기를 기다리고 있었다. 그러나 날은 저물어도 짐은 아직 닿지 않았다. 그
들은 몸만 오고 아무것도 더 가지고 온 것은 없었다. 해가 넘어가자 겨울날의
조용하던 기분이 달라졌다. 문밖에는 명주가 스치는 듯한 소리가 났다. 가을에
진 조용한 낙엽이 노한 듯이 일어나서 마음 없이 휘돌며 덧문을 두드리곤 하였
다. 곧 비가 내리기 시작하였다.

"그 수탉이 날씨가 변할 줄 알았어." 하고 클레어는 말했다.

고용부(雇傭婦)는 자기 방으로 자러 갔다. 그러나 상 위에 초를 몇 자루 놓아
두고 가서 여기 불을 켰다. 촛불들은 난로 편으로 쏠렸다.

"이런 낡은 집은 틈으로 바람이 잘 들어와." 하고 에인절은 불꽃과 옆으로
녹아 흘러내리는 촛농을 바라보며 말을 이었다. "짐은 어디 있을까. 솔도 빗도
없는데."

"저는 모르겠어요." 하고 테스는 정신없이 말했다.

"테스, 오늘 저녁은 조금도 기운이 없어 보이는구려.—조금도 전과 같지 않
아, 위층 경판(鏡板)에 있는 그 귀신 같은 할미들이 당신의 마음을 썰렁하게 해
놓았어. 이런데 데리고 온 것이 잘못이오, 그런데 대체 당신은 나를 사랑하는지
몰라?"

클레어는 테스가 자기를 사랑하는 줄 알았다. 그러므로 이 말을 진심으로 한
것은 아니었다. 그러나 테스는 가지가지 생각이 올라서 가슴이 벅차왔다. 눈물

을 보이지 않으려고 애를 쓰나 한 방울 또 한 방울 떨어트렸다.

"정말로 그런 게 아니오!" 하고 클레어는 미안해서 말했다. "짐이 안 와서 걱정이 되어서 그러지 어째 조너선 영감이 짐을 가져오지 않을까, 까닭을 모르겠는데. 벌써 일곱시가 아닌가? 아! 이제야 왔어, 영감이!"

문을 두드리는 소리가 났다. 누구 대답할 사람이 없어서 클레어가 나갔다. 그는 손에 작은 소포 하나를 들고 방으로 돌아왔다.

"조너선이 아니야." 하고 그는 말했다.

이 소포는 특별 배달이 가지고 온 것인데 에민스터의 목사관에서 톨보트헤이즈에 닿자 결혼한 부부는 금방 떠난 뒤라 두 사람밖에 누구의 손에라도 넣어서는 안 된다는 명령을 받은 탓에 그들의 뒤를 좇아 이곳까지 온 것이다. 클레어는 그것을 불빛 아래로 가지고 왔다.

그것은 기리한 풀도 못 되는 범포 천으로 싼 것인데 아버지의 도장이 찍힌 붉은 봉랍(封蠟)이 붙어 있었고 그리고 아버지의 필적으로 "에인절 클레어부인에게"라고 쓰여 온 것이었다.

"이것은 당신한테 오는 조그만 혼례선물이오, 테스" 하고 클레어는 테스에게 소포를 주면서 말했다. "꽤 찬찬한 분들인데!"

테스는 이것을 받아들고 얼마큼 어리둥절해 하였다.

"당신이 풀어 주시면 좋겠어요, 네, 여보세요." 하며 테스는 소포를 뒤집어보면서 말했다. "저는 이런 큰 봉인(封印)을 떼기 싫어요. 어쩐지 무서워요. 자, 제 대신 풀어 주세요, 네?"

클레어는 싼 것을 풀었다. 안에는 모로코 가죽 상자가 들어 있고 그 위에 편지와 열쇠가 놓여 있었다.

편지는 클레어에게 보낸 것인데 다음과 같은 말이 있었다.

잘 있느냐. 너는 아마 잊어버렸을지 모르나 네가 아직 아이일 적에 네 교모(敎母) 피트니 부인이 돌아가시면서 자기의 보석 상자 가운데 든 물건의 한부분을 나한테 맡기시어 네가 훗날 아내를 얻을 때 너와 네가 선택한 사람에 대한 친애의 표시로

네 아내 되는 사람에게 주어달라고 남기고 가신 일이 있다. 나는 이 부탁을 받은 뒤
로 이때까지 다이아몬드를 거래하는 은행가에게 엄중하니 맡겨두었던 것이다. 사정
을 생각하면 좀 유감인 처사라고 할 수 있으나 너도 알다시피 이제는 보석의 사용권
이 평생 정당하게 돌아가는 부인에게 이 물건을 보내지 않으면 안 되게 되었다. 그
리하여 곧 보내는 것이다. 엄밀히 말하면 이 물건은 네 교모의 유언장의 조건에 쫓
아서 상속동산(相續動産)이 된다고 믿는다. 여기에 대한 조항(條項)의 자세한 말은
속에 넣어 두었다.

"그래 그런 일이 있었어." 하고 클레어는 말했다. "난 통 잊어버리고 있었어."

상자를 열고 보니까 그 가운데는 목걸이와 거기 달린 장식과 팔걸이와 귀고
리와 그리고 또 그 밖에 작은 장식품들이 들어 있었다.

테스는 처음에 여기 닿는 것을 무서워하는 듯하였으나 클레어가 그것들을
펼쳐놓았을 때에는 잠깐 동안 그녀의 눈이 보석과 같이 빛났다.

"이것이 제 거예요?" 하고 테스는 믿기 어렵다는 듯이 물었다.

클레어는 난로의 불을 물끄러미 바라보았다. 그가 열다섯 살의 소년일 적에
그의 교모인 지주의 아내—자기가 지금까지 알아온 오직 한사람의 부자였다—
가 어떻게나 자기의 성공을 믿고 자기의 훌륭한 출세를 예언하였던가를 생각하
였다.

갑자기 그는 신이 나서,

"테스 그것을 껴 봐요—껴 봐요!" 그리고는 테스가 걸어보는 것을 도와주려
고 불 있는 데서 얼굴을 돌렸다.

그러나 마술에나 걸린 듯이 테스는 벌써 그것들을 다 몸에 끼고 있었다.—목
걸이도 귀고리도 팔찌도 그리고 모두 다.

"그러나 여기엔 긴 웃옷이 본식이 아닌데." 하고 클레어가 말했다. "저런 보
석의 일습을 걸치는 데는 가슴이 열린 것이 아니면 안 돼요."

"그래요?" 테스가 말했다.

"그래요." 하고 그가 대답했다.

그는 대략 야회복과 비슷하게 되도록 흉의(胸衣)의 위쪽을 어떻게 접어야 좋은가를 테스에게 가르쳤다. 그리하여 테스가 그렇게 해서 목걸이에 달린 장식이 목의 하얀 곳에 대레궁하니 늘어진 때 그는 뒤로 물러서서 바라보았다.

"됐어." 하고 클레어는 말했다. "참 예쁜데!"

클레어는 아직까지 테스의 이런 화장한 자태의 뛰어나게 아름다운 용모와 지체를 본 적이 없었다.

"당신이 그렇게 하고 무도회라도 나타난다면!" 하고 그는 말했다. "그래도, 아니야, 아니야, 테스, 나는 차양 달린 모자를 쓰고 무명 웃옷을 입은 당신이 제일 좋은 것 같아─그래 이런 것보다 그편이 더 좋아. 이렇게 해도 역시 품위가 떨어지거나 하지는 않지만."

테스는 자기가 지금 화려한 몸치장을 하고 있다고 생각하니 흥분되어서 얼굴이 붉어졌다. 허나 이것이 행복이라고는 생각지 않았다.

"저는 다 벗겠어요." 하고 테스는 말했다. "조녀선이 보면 어떡해요. 제게는 어울리지 않아요. 저는 팔아버렸으면 생각하는데요."

"조금만 더 그대로 하고 있어요. 팔아요? 안 돼요. 그것은 신뢰를 저버리는 일이 되어요."

테스는 고쳐 생각하고 다소곳이 따랐다. 그녀는 이야기할 것이 있었다. 그리고 이렇게 차리고 있다는 것이 무슨 도움이 될 듯도 싶었다. 그녀는 보석을 걸친 채로 앉았다. 그리고 두 사람은 또 대체 조녀선은 짐을 가지고 어디로 갔을지 여러 가지 추측에 잠겼다. 그가 오면 마시게 하려고 부어놓은 맥주는 오래되어서 김이 다 나갔다.

그 뒤로 조금 있다가 그들은 옆 탁자(사이드 테이블)에 준비해 놓은 저녁을 먹기 시작하였다. 식사가 채 끝나기 전에 난로의 연기가 갑자기 물큰하고 흔들리더니 마치 장수의 손으로 굴뚝 구멍을 막기나 하는 것처럼 방안에는 소용돌이치며 올라가는 연기가 자욱하게 꼈다. 그것은 바깥문이 열린 때문이었다. 무거운 발소리가 복도에서 났다. 에인절이 나가보았다.

"아무리 두드려도 누구 하나 듣지 못해서서." 하고 조녀선 케일은 변명을 하였다. 발소리가 난 것은 이 사람이었던 것이다. "그리고 밖에는 비가 오고 해서 마음대로 문을 열었는걸요. 서방님, 짐을 가져왔습지요."

"무사히 가져와서 잘 되었군. 그런데 너무 늦었는데."

"네, 그렇게 되었군요, 서방님."

조녀선 케일의 말소리는 낮과 달라서 어딘지 침울한 것이 있었다. 또 이마에는 나이로 해서 생긴 주름살 위에 걱정으로 생긴 주름살도 잡혀 있었다. 그는 말을 이었다.

"서방님과 부인—이젠 이렇게 말씀합지요—께서 오후 떠난 뒤인데, 착유장에서는 아주 불측한 변이 하마터면 생길 뻔했습니다 그려, 그래 다들 혼들이 났습니다. 아마 낮닭이 운 것을 잊어버리시지 않았겠습지요?"

"예, 무어—."

"한데, 그것은 뭐 이런 징조거니 저런 징조거니 하고 여러 말이 있었지만, 생긴 일이란 가엾이도 레티 프리들이 물에 빠져 죽으려고 했단 말씀이지요."

"아, 저런! 그래도 그녀는 다른 사람들과 같이 잘 가라는 인사까지 했는데—."

"그랬었지요. 그런데, 글쎄 서방님네 두 분이 떠나시자 레티와 마리안이 모자들을 쓰고 밖으로 나가더군요. 섣달그믐이라 별로 일도 없고 또 사람들은 모두 세상 좋게 얼큰하니 되었던 탓에 누구 별로 주의도 하지 않았지요. 둘이서는 유에버라드 펍으로 가서 술을 좀 먹고 그리고는 드리 암드 크로스 펍으로 가서 헤어진 모양이더군요. 레티는 집으로 가는 듯이 하고는 질척질척한 목장을 건너 질러가고 마리안은 이웃마을에 있는 다른 술집으로 갔다는군요. 그래서는 그 뒤로 레티는 어떻게 되었는지 통 몰랐는데 뱃사공이 집으로 돌아가는 길에 큰 소 옆에 무엇이 있는 것을 보았다지요. 그것은 그 처녀의 모자와 목도린데 꽁꽁 뭉쳐 놓았다나요. 물속에서 그 처녀를 찾았대요. 그래 이 사공하고 또 다른 사람 하나하고 둘이서 다 죽은 줄 알고 집까지 날라 왔다는 게지요. 점점 살아나더군요."

에인절은 문득 테스가 이 우울한 이야기를 엿듣고 있는 것을 알고 복도와 테스가 있는 안쪽 방을 잇는 문을 닫으려고 그쪽으로 갔다. 그러나 그의 아내는 벌써 목도리를 두르고 바깥방으로 나와서 짐과 그 위에서 빛나는 빗방울에 정신없이 시선을 던지며 이 사나이의 이야기를 듣고 있었다.

"그런데 또 마리안, 이 처녀는 버드나무 숲 진창에서 곤죽이 되어 취해 넘어진 걸 보았지요. 얼굴만 보아도 알듯이 이 처녀는 늘 입맛이 좋았으나 술 종류라고는 1실링짜리 맥주밖에는 손에 댄 적도 없다고 알려졌지요. 아마 처녀들이 다들 마음들이 이상해졌던가 봐요!"

"그리고 이즈는?" 하고 테스가 물었다.

"이즈는 전과 같이 집에 있지요. 그런데 어째 이렇게 되었는지 자기는 안다고 그러지, 자 이걸 생각하구 아주 새침한 것 같더군, 가엾게도, 하기는 그럴 법도 하지만. 그래, 바로 집은 이런 일이 생겨서 늦었지요."

"그렇게 되었군. 그런데 조너선, 그 가방을 위층으로 좀 올려다 주고, 맥주나 한잔 하고 되도록 빨리 돌아가야 해요. 저쪽에서 무슨 일이 있을지도."

테스는 안방으로 들어가 난롯가에 앉아서 심란하니 불을 들여다보고 있었다. 그녀는 짐을 다 치우도록 올라갔다 내려갔다 하는 조너선의 무거운 발소리를 들었다. 그리고는 자기 남편이 내어준 맥주와 또 받은 돈에 대해서 고맙다는 인사를 하는 것도 들었다. 곧 조너선의 발소리가 문에서 사라지고 마차의 갈리는 소리도 멀어져갔다.

에인절은 굵은 굴밤나무로 문을 잠그고 난롯가에 앉은 테스한테로 들어와서 등 뒤에서 두 손으로 그녀의 빰을 꼭 쥐었다.

에인절은 그 아내가 쾌활하게 일어서서 곧 그렇게 기다리던 화장도구를 열리라고 생각하였으나 그녀는 일어나지 않으므로 자기도 난로 불빛이 비치는 그녀의 옆에 앉았다. 저녁 식탁에 놓인 촛불은 이 난로 불빛을 방해하기에는 너무나 희미하고 껌벅껌벅 켜 있었다.

"잘못했어. 당신에게까지 그 처녀들의 슬픈 이야기를 들려주어서." 하고 클레어는 말했다. "그것으로 해서 우울해하지 말아요. 레티는 본래부터 병적이니까."

"조금도 원인이 없는데." 하고 테스가 말했다. "그런데 그럴 원인이 있는 사람은 그것을 감추고 그런 것이 없는 듯이 꾸미고 있어요."

이 사건은 테스의 마음의 저울을 일변하게 하였다. 그들은 단순하고 천진한 처녀들이었는데 그만 아무 보수 없는 사랑의 불행을 짊어졌다. 이 여자들이야말로 운명의 손에서 좀 더 우대를 받아도 좋을 만하였다. 자기야말로 좀 더 학대를 받을 것이었다. 그러나 그녀는 선택된 몸이 되었다. 갚는 것이 없이 모든 것을 취하는 것은 죄 되는 일이다. 자기는 갚자, 마지막 일리(厘)까지라도, 자기는 이곳에서, 지금 바로 말하리라. 남편에게 손을 잡히고 난로의 불을 들여다보는 때 이런 마지막 결심에 그녀는 이른 것이었다.

"오늘 아침 우리들의 잘못한 것을 다 서로 말하자고 한 것을 잊지 않았소?" 테스가 아직도 몸을 움직이지 않고 그대로 있는 것을 보고 클레어는 이렇게 갑자기 물었다. "그것은 농담으로 말했지. 그리고 당신도 역시 농담으로 했을 게요. 하지만 내게는 이만 저만한 약속이 아니었소. 나는 당신한테 고백하고 싶소, 여보."

그한테서 이러한 말이 나오기는 참으로 뜻밖에 잘된 일인데 테스에게는 이것이 하늘이 중간에서 돕는 것으로 생각되었다.

"무엇을 고백하시지 않으면 안 되신다구요?" 하고 테스는 얼른 기쁜 듯한 살아났다는 듯한 빛을 보이면서 말했다.

"생각 밖의 일이지요? 그렇지, 당신은 나를 너무도 크게 생각해요. 자 들어보오. 머리를 그곳에 대고, 나는 당신한테, 신한테 용서를 빌어야 하겠으니까. 그리고 먼저 말하지 않았다고 노하지는 말아요. 하기는 먼저 다 말했어야 옳을 것이지만."

얼마나 이상한 일인가! 이 사람은 또 하나의 자기인 듯하였다. 테스는 잠자코 있었다. 그래서 클레어는 말을 이었다.

"내가 지금까지 그것을 말하지 않은 것은 당신이라는 내 일생에 가장 큰 보배를 손에 넣을 기회를 잃어버리지 않으려고 한 때문이었소. 말하자면 이것은 나의 특대교우자격(特待校友資格)이거든. 내 형의 특대교우자격은 대학에서 얻었지만 내 것은 톨보트헤이즈의 착유장에서 얻은 것이지요. 그래서 그것을 잃고 싶지 않았소. 나는 한 달 전에 당신이 내 것이 되어주겠다고 약속했을 때 말하려고 했으나 끝내 말하지 못했소. 그것을 말해버리면 당신은 놀라서 달아나리라고 생각하고 미루었지요. 그리고는 어제 또 이야기를 하려고 생각했는데 그러면 당신한테 또 달아날 기회를 주게 되었을 것이오. 그러나 나는 말하지 않았어. 그리고 오늘 아침도 계단 중턱에서 만나 서로 허물을 다 말하자고 당신이 먼저 말을 내었을 때에도 나는 말하지 않았어. 나는 사실 죄지은 사람이오. 그러나 이제 당신이 이렇게 숭엄하니 앉아 있는 것을 보니까 말하지 않을 수 없구려. 당신은 나를 용서해 줄지 몰라?"

"네, 용서해 드려요. 꼭 용서해 드려요."

"그럼 그렇게 해주오. 당신은 몰라. 먼저 처음에서부터 말하지요. 우리 아버지는 내 주의가 주의니까 나를 영원히 잃은 놈이나 아닌가 하고 생각하고 계시지만 그러나 테스, 나는 물론 당신이나 못지않게 도덕을 믿는 사람이오. 나는 사람을 가르치는 사람이 되려고 언제나 바랐지요. 그런 때문에 교회에 들어갈 수 없는 것을 알고는 참으로 크게 낙담하였소. 나는 비록 그것을 요구할 권리는 없다고 하지만 청정무후(淸淨無垢)한 것을 찬미하고 지금도 그러려고 생각하듯이 불순한 것을 미워했던 것이오. 로마의 어떤 시인의 말에도 말하고 있어요.

허물없이 바르게 살아가는 사람은 무어 사람의 창과 활도 쓸데없다.

글쎄 그런데 이런 것들을 깊이 마음에 깨달았던 탓에 다른 사람들을 위해서라도 훌륭한 목적을 지닌 채 내가 넘어졌을 때 얼마나 후회하는 생각으로 괴로워했을지 당신도 알아주겠지요."

그는 그리고는 런던에서 회의와 곤란에 쫓겨서 물에 뜬 코르크 마개처럼 유랑을 할 때 어떤 수상한 여자하고 이틀 낮 이틀 밤 방탕한 생활을 하던 때의 일을 테스에 들려주었다.

"행복이라고 할까 나는 곧 내 어리석은 것에 눈이 뜨였어." 하고 그는 말을 이었다. "그 여자와 더 말도 하기 싫어서 나는 집으로 돌아왔지요. 다시는 그런 허물을 짓지 않았소. 그런데 나는 어디까지나 솔직하니 또 예의를 다하여 당신과 접촉하고 싶었어요. 그러는 데는 이런 것을 말하지 않을 수 없어요. 용서해주겠소?"

테스는 대답 대신 남편의 손을 꼭 쥐었다.

"그럼 이제는 이런 것은 곧 그리고 영원히 다 잊어버립시다! 이런 때에 너무나 불유쾌한 일이니까. 그리고 무슨 재미있는 이야기나 합시다."

"아, 에인절. 나는 기뻐요. 이번에는 당신이 저를 용서해주실 차례니까요. 저는 아직 제 고백을 하지 않았어요. 저도 고백할 것이 있어요. 잊지 않으셨어요? 그렇게 말한 걸?"

"잊기는 왜! 그럼 이제는 그것을, 심술꾸러기 양반?"

"당신은 웃으시지만 이것도 당신 것만큼 중대한 일이에요. 어쩌면 그보다 더 할지 몰라요."

"좀 더 중대할 수는 없지, 테스."

"그럴 리가 없어. 참으로 그럴 수가 없어요!"

테스는 희망을 안고 기뻐서 뛰어 올랐다. "참으로, 꼭 그보다 더 중대할 리가 없지요." 하고 테스는 다시 앉았다.

두 사람의 손은 아직도 서로 얽혀 있었다. 불판 아래 있는 재는 바로 위에서 난로의 불빛이 비추어서 불탄 벌판 같았다. 상상의 눈에는 이 밝게 타는 석탄 불빛이 마지막 심판 날의 기괴한 빛으로 보였을지도 몰랐다. 그것은 클레어의 얼굴에 손에 또 테스에게도 내리고 그 이마의 몇 오라기 흩어진 머리털에 들어와 쏘이고 또 그 아래 보드라운 살결을 쪼였다. 테스의 커다란 그림자가 바람벽과 천장에 닿았다. 그녀는 앞으로 몸을 굽혔다. 그러면 목에 걸은 금강석들이 모두 두꺼비가 눈을 깜박이듯이 음험하게 반짝거렸다. 그리고 그녀는 앞이마를 사나이의 관자놀이에 대고 알렉 더버빌과 알게 된 일과 그리해서 그 결과에 이르기까지의 신세타령으로 들어갔다. 겁도 안 내고 말을 속삭이면서 그리고 눈썹을 풀 없이 축 늘어뜨린 채.

제5편

여자는 갚는다

35.

　그의 이야기는 끝났다. 되풀이도 하고 설명도 보태었다. 테스의 목소리는 처음 이야기를 할 때보다 더 높아지지 않았다. 조금도 변명 비슷한 말도 없었다. 그리고 그는 울지도 않았다.

　그러나 그의 고백이 나아가는 데 따라 외계의 물건들까지도 표정을 변하지 않을 수 없다는 듯이 보였다. 불판의 불도, 난로 가리개도, 물병에서 반사하는 빛도! 주위의 모든 것이 이 무서운 이야기의 되풀이에는 책임이 없다는 것을 말하였다. 사실 클레어가 그녀의 입을 맞추던 순간으로부터 무엇 하나 달라진 것이 없었다. 그러나 물건들의 정수(精髓)는 이미 달라져 버렸다.

　클레어는 당치않은 동작이지만 난로의 불을 뒤적이었다. 그에게는 이야기의 뜻이 아직 그의 머리에 들어가지 않았던 것이다. 그는 불꼬치를 뒤적이고는 우뚝 일어섰다. 이제야 테스의 고백이 힘차게 그에게로 전해진 것이었다. 그의 얼굴은 해쓱하니 되었다. 그는 생각을 집중하노라고 간간히 마룻바닥을 굴렀다. 아무리 애를 써야 좋은 생각이 나지 않았다. 멋없이 머뭇거리는 것도 이 때문이었다. 그는 가장 평범한 소리로 말했다.

"테스!"

"네."

"나는 이것을 믿어야 하오? 당신의 태도로 보면 나는 이것을 정말이라고 인정할 수밖에 없소. 아, 당신은 미쳤을 수는 없지! 으레 미쳤어야 할 것이지만 그래도 미치지는 않았어…… 나의 아내, 테스, 당신에게는 이런 상상을 증명할 만한 것이라고는 아무것도 없지 않소?"

"저는 미치지 않았어요." 하고 테스는 말했다.

"그래도—" 하고, 그는 멍하니 테스를 쳐다보며 어릿한 마음으로 말을 이었다.

"왜 당신은 그것을, 미리 말하지 않았소? 아, 그렇지, 전에 말하려고 했어, 하기는—그러나, 내가 막았지, 잘 알고 있어!"

이러한 말 또는 그 밖의 다른 말들은 모두, 속은 마비된 강물의 그 표면에 나는 허튼소리들에 지나지 않았다. 그는 돌아서서 저만큼 가더니 의자에 기대었다. 테스는 그가 있는 방 가운데쯤 따라가서 머물러선 채로 눈물도 아니 나는 눈으로 그를 물끄러미 들여다보았다. 이윽하여 테스는 밑으로 날 듯이 그의 발부리에 꿇어 엎드려서 그대로 그 위치에 무루룩하니 쭈그려 버렸다.

"우리들의 사랑에 맹세해서 용서해 주세요!" 하고 테스는 마른입으로 속삭였다. "같은 일에 저는 당신을 용서했어요!" 그리고 그가 아무 대답이 없으므로 그녀가 다시 말했다.

"당신이 용서를 받은 것처럼 저를 용서해 주세요! 저는 당신을 용서했어요, 에인절."

"당신은—그렇소, 당신은 용서해 주었어."

"그러나 당신은 저를 용서해 주시지 않나요?"

"아—테스, 용서가 이때에는 당치 않소, 전에는 당신이란 사람이 있었으나 그러나 시방은 당신은 그와 다른 사람이요. 허—어떻게 용서라는 것이 그런 기괴한 요술에 응할 수 있겠소!"

그는 말을 멈추고 이 요술이라는 정의를 한참 생각해 보았다. 그리고는 갑자기 지옥에서 나는 웃음소리같이 부자연하고 괴망스러운 소리를 내어 웃었다.

"그만두세요, 그만두세요! 저는 그것을 듣고는 괴로워 죽겠어요!" 하고 테스는 높이 부르짖었다.

"불쌍히 여겨 주세요—, 불쌍히 여기세요!"

클레어는 대답이 없었다. 테스는 아주 해쓱해져서 뛰어 일어났다.

"에인절, 에인절, 어째서 그런 이상한 웃음을 웃어요?" 하고 그는 부르짖었다.

"제 몸이 되어 보면 어떻겠는가 알겠어요?"

클레어는 머리를 가로저었다.

"저는 지금까지 당신이 행복하기만을 바라고 원하고 빌었어요! 그렇게 하는 것이 얼마나 즐거운 일이고 그렇게 하지 않으면 얼마나 부족한 아내가 될 것인가 생각했어요! 참으로 저는 이렇게 생각하였어요! 에인절."

"그건 알아요."

"에인절, 당신은 저를 사랑해주시는 줄로만 여겼어요—저를, 바로 이 저를! 그 사랑하시는 것이 나라고 하면 어떻게 그런 얼굴을 하시고 그런 말씀을 입 밖에 낼 수가 있어요? 저는 무섭습니다! 당신을 사랑하게 되었으니까, 저는 영원히 사랑해요—어떻게 변해도, 어떤 부끄러움을 당해도, 당신은 어디까지나 당신이시니까. 저는 그 밖에 더 바라지 않아요. 그러면 어떻게 당신이, 제 남편인 당신이 저를 사랑해 주시지 않을 수 있어요?"

"다시 말하지만 내가 사랑하던 여자는 당신은 아니요."

"그러면 누구예요?"

"당신의 모양을 한 다른 여자지."

이 말을 듣고는 테스는 전부터 염려하는 예감이 들어맞은 것을 알았다. 그는 자기를 일종의 사기꾼으로, 천진한 여자의 탈을 쓴 죄 많은 여자로 보고 있는 것이다. 이것을 본 테스의 해쓱한 얼굴에는 공포의 빛이 떠돌고 뺨은 후룬해지고 입은 작고 동그란 구멍처럼 되었다. 그가 자기를 그렇게 보는가 하고 생각하고는 그만 무서워져서 테스는 정신없이 비틀비틀 하였다. 그러나 테스가 넘어질 듯하는 것을 보고 그는 앞으로 다가갔다.

"앉아요, 앉아요." 하고 그는 조용히 말하였다. "당신은 기분이 나빠져서 그래요. 그러는 것도 당연하지만."

테스는 자기가 어디에 있는지도 모르고 또 그 긴장한 얼굴이 아직도 자기의 얼굴을 바라보는 줄도 그리고 또 자기의 눈길이 클레어의 몸뚱이를 그닐그닐하게 하는 것도 모르고 그녀는 앉았다.

"그러면 저는 이제는 당신의 것이 아니구먼요, 네, 에인절?" 하고 테스는 기가 막혀서 물었다. "내가 아니고 나와 같은 다른 여자라구요, 당신이 사랑하는 것은. 그렇게 당신은 말씀했지요?"

테스는 그 환영을 머릿속에 떠올려 보고는 학대를 받은 사람처럼 자기의 신세를 가엾이 생각하였다. 자기의 현재의 처지를 다시 생각하니 눈에는 눈물이 가득 고였다.

그는 휙 돌아서서 그만 왁하고 울음이 터져 버렸다. 자기 신세를 가엾이 여기는 이 눈물은 그냥그냥 흘러서 멎을 줄을 몰랐다.

클레어는 늑적 참고 냉정하게 테스의 터져 오는 듯한 슬픔이 자연히 삭여지고 그의 북받치는 울음이 때때로 느끼게 될 때까지 기다리고 있었다.

"에인절." 무서움에 찬 미친 듯한, 윤기 없는 소리는 이제는 없어지고 자연스러운 소리로 테스는 갑자기 말을 했다. "에인절, 저는 아주 악한 사람이 되어서 당신과 저와 둘이서는 살 수 없지요?"

"나는, 어떻게 했으면 좋을지 생각이 안 나요."

"저는 당신더러 꼭 같이 살게 해달라고 하지는 않아요, 에인절. 제게는 그런 자격이 없으니까요! 저는 제 어머니와 동생들한테 둘의 결혼을 알리려 한다고 말했으나 그것도 그만두겠어요. 그리고 이 집에 묵는 동안에 말라서 만들려고 했던 바늘쌈지도 다 걷어치워 버리겠어요."

"하지 않으려오?"

"네, 저는 당신께서 하라고 하시지 않으면 아무것도 하지 않겠어요. 그리고 당신이 제게서 달아나신다고 해도 저는 따라가지 않겠어요. 이밖에 다시 저한테 말씀을 아니 하셔도 물어보아도 좋다고 하시기 전에는 저는 그 까닭을 묻지 않겠어요."

"그렇지만 아무거나 하라고 내가 명령하면?"

"그러면 저는 불쌍한 종처럼 복종하지요. 비록 넘어져 죽으라는 명령이시라도."

"참 고맙군요. 그러나 현재의 자기를 잊는 마음과 과거의 자기를 지켜가려는 마음과의 사이에는 조화가 없는 것같이 생각되는군요."

이것은 반발을 의미하는 첫 말이었다. 테스에게 대해서 이런 세련된 비수를 먹이는 것은 개와 고양이에 대고 던지는 것과 같았다. 이 말의 미묘한 매력은 알려지지 못하고 테스의 귀를 지나갔다. 테스는 이 말을 다만 노여움을 품은 미움의 소리로만 알았다. 테스는 사나이가 자기에게 대한 애정을 억지로 누르고 있는 줄은 모르고 잠자코 있었다. 테스는 사나이 뺨에 눈물이, 현미경의 확대 렌즈와 같이 그 피부의 모공(毛孔)을 확대했을 때, 큰 눈물이 고요히 흘러내리는 것을 알지 못하였다. 그러는 동안에 테스의 고백이 자기의 생활과 세계와에 일으킨 무섭고 큰 변화에 대한 뚜렷한 의식이 다시 그에게 돌아왔다. 그리하여 그는 현재 자기가 서있는 새로운 경우 속을 나아가려고 죽을 애를 썼다. 여기에 따르는 어떤 행동이 필요하였다. 그럼 그것은 어떤 것인가?

테스하고 클레어는 되도록 부드럽게 말하였다. "나는 가만히 있을 수 없어— 이 방안에—바로 시방은. 좀 산보나 하고 오려오."

그는 조용하게 방을 나가버렸다. 그들의 저녁을 위해 부어놓았던 두 잔의 포도주—한 잔은 테스에게 그리고 또 한 잔은 자기에게—는 맛도 안 본 채로 식탁 위에 남아 있었다.

클레어는 나가면서 문을 조용히 당겼으나 그 닫히는 소리에 테스는 혼수상태에서 깨어났다. 그가 나가고 없는 것을 보고는 자기도 가만히 있을 수 없었다. 급히 외투를 걸치고는 이제는 다시 돌아오지 않을 것이나처럼 촛불을 끄고 그의 뒤를 따랐다. 비는 멎고 밤은 맑게 개어 있었다.

테스는 곧 그의 뒤에 다가섰다. 그것은 클레어가 천천히 별로 지향도 없이 걷고 있기 때문이었다. 그는 테스의 발소리를 듣고 홀쩍 돌아다보았다. 그러나 테스가 따라오는 것을 알고도 조금도 다른 기색이 없었다. 그는 집 앞에 놓인 큰 다리에 있는 입을 벌린 다섯 개의 아치(拱門)의 위를 넘어갔다.

그들이 오늘 지나온 고장은 톨보트헤이즈와 같은 골짜기에 있었으나 몇 마일쯤 강 하류 쪽에 있었다. 그리고 주위가 탁 터진 탓에 테스는 그의 모양을 잃어버릴 리는 없었다. 집에서 떨어지자 길은 목장 안을 구불구불 돌아나갔다. 테스는 이 길을 쫓아서 그를 따라 잡거나 그의 주의를 끌거나 하지도 않고 다만 묵묵히 까닭도 없이 충실히 그의 뒤를 따랐다.

그러나 정신없이 걷는 가운데 테스는 종종 그의 옆에까지 오게 되었다. 그래도 역시 그는 아무 말이 없었다. 정직한 마음이 이때까지 속았던 것을 알고 나는 때엔 한층 잔혹해지는 것이다. 그리고 시방 클레어의 마음에는 이것이 굳세게 움직이었던 것이다.

클레어는 아직도 골똘히 생각에 잠기었다. 테스가 옆에 있다는 것도 이제는 그의 긴장한 사색을 깨치거나 헝클어 놓을 힘이 없었다. 그에게는 테스의 존재가 참으로 약하디약한 것이 되어버린 것이 분명하였다.

테스는 그에게 말을 걸지 않을 수 없었다.

"제가 어떻게 했어요—제가 대체 무엇을 했다는 말씀이에요! 저는 당신에게 대한 제 사랑을 방해하거나 속이거나 하는 일은 아무것도 말씀 드리지 않았어요. 당신께서는 그래도 제가 부러 꾸민 것으로 생각하시지는 않으시겠지요? 당신이 노하시는 것은 당신 마음대로 생각하시는 데 있는 것이에요. 에인절, 제게 있는 것이 아니에요. 아, 제게 있는 것이 아니에요, 그리고 저는 당신이 생각하고 계시는 듯한 그런 사람을 속이는 여자는 아니에요!"

"흥—그렇겠지요. 속이는 여자는 아니지. 해도 같은 여자는 아니야. 암, 같은 여자일 리가 있나. 그러나 내가 당신을 꾸짖지 않도록 해주어요. 나는 꾸짖지 않기로 맹세했으니까. 꾸짖는 것을 피하려고 아무것이나 할 테요."

그래도 테스는 미친 듯이 되어서 자꾸 변명을 하였다. 그리고 잠자코 있는 편이 나았을는지 모르는 것까지도 아마 다 말했을 것이었다.

"에인절! 에인절! 저는 아이였어요—. 그런 일이 있었을 때에는 아이였어요! 사나이라는 것을 전연 몰랐었어요."

"당신은 스스로 죄를 점하지 않고 범해졌다는 것은 나도 알아요."

"그러면 용서해 주시지 않으세요?"

"용서는 하오, 하지만 용서한다는 것이 다는 아니지요."

"그리고 사랑해 주세요."

클레어는 여기에는 대답하지 않았다.

"네, 에인절, 그런 일은 흔히 있다고 어머니가 말해요. 저보다 더한 경우를 어머니는 여럿 알고 있어요. 그런데도 그 여자의 남편들은 이런 것을 별로 마음에 두지도 아니 해요. 그리고 여자 쪽에선 제가 당신을 사랑하듯이 그렇게 그 남편을 사랑하지도 않아요."

"그런 말 말아요, 테스, 싱갱이는 그만두어요. 사회가 다르면 습관도 다르지요. 그것은 마치 당신을 세상 일반의 조화(調和)라는 것은 조금도 모르는 무지한 농삿집 여자라고 나한테 말하게 하려는 것 같군요. 당신은 자기가 무슨 말을 하는지 몰라."

"저는 신분으로는 농삿집 여자예요, 해도 성질은 그렇지 않아요."

테스는 갑자기 우울해져서 말했으나 곧 깔아졌다.

"그러니까 더욱 야단이라는 거요. 당신네 집 가게를 찾아낸 그 목사가 차라리 잠자코 있었으면 좋았을 것이라고 생각해요. 나는 당신네 집안의 기울어져 망해버린 사실을 당신에게 주심이 없다는 사실과 붙여 생각하지 않을 수 없어요. 노쇠한 집안은 노쇠한 행동을 의미하는 것이 되어요. 어째서 당신은 나한테 당신의 혈통을 알려주어서 더욱 당신을 경멸할 끝터구를 준 것이오! 내 쪽에서는 당신을 새로 움트는 자연아(自然兒)라고 생각하고 있었건만 그것은 기운이 다한 귀족의 때늦은 움이었어."

"그런 점으로서야 우리 집안과 같이 나쁜 집안이 많지 않아요! 레티네 집안만 해도 한때에는 큰 지주였었고, 낙농장 주인 빌레트도 그러했지요. 그리고 시방 짐마차의 말꾼 노릇을 하는 데비하우스의 집안도 한때에는 드 베이유의 일족이었어요. 저와 같은 것은 어디나 있어요. 그것이 이 고장 특징이에요. 할 수 없는 일이지요."

"그러니까 그만치 이 고장이 야단이요."

테스는 이런 시비를 그대갈량 의미만 듣고 자세한 것은 생각하지 않았다. 클레어는 이때 것처럼 그렇게 테스를 사랑하지 않았다.

그리고 사랑하는 것밖에는 테스에게는 아무런 것이 그 어떻게 되어도 좋았다.

그들은 또 잠자코 헤맸다. 뒤에 들리는 소문에는 이날 밤 늦게 이사를 청하러간 웰브릿지의 어떤 농삿집 사람 하나가 목장에서 이 두 사람을 만났는데, 두 사람은 마치 장식의 행렬과 같이 하나는 앞서고 하나는 뒤에 서서 서로 이야기도 없이 천천히 걷고 있는데 얼굴들을 얼핏 보니까 무슨 근심이나 있는 듯이 슬픈 빛을 띠었더라고 하는 것이었다. 얼마 지나서 그 사람이 돌아오는 길에 또 같은 들에서 이 두 남녀를 만났는데 여전히 천천히 시간이나 쓸쓸한 밤이나 다 모르는 듯이 걷고 있더라는 것이었다.

농삿집 사람이 갔다 돌아오는 그동안에 테스는 그 남편에게 말했다.

"저는 당신이 일생을 참으로 불행하게 하는 원인이 되지 않을 수 없다고 생각되어요. 저기 큰 강물이 있으니까 저는 저기라도 빠져서 죽어도 좋겠어요."

"그러지 않아도 어리석은 짓을 많이 했는데 또 사람을 죽이는 것까지는 하고 싶지 않아." 하고 클레어는 말했다.

"제가 저 혼자 물에 빠졌다는 표를 무엇이고 남겨 놓지요—자기가 부끄러워서 한 것으로 그러면 세상에서는 당신을 욕하지는 않을 것이에요."

"그런 되지 못한 소리 하지 말아요—듣고 싶지 않아요. 이런 경우에 그런 생각을 가진다는 것은 어리석은 일이야. 그것은 비극이라기보다도 오히려 조소(嘲笑)라는 것이야. 당신은 이번 이 불행의 성질을 조금도 알지 못해요. 만일 이것이 세상에 알려지면 십중팔구는 웃음거리로 볼 게요. 제발 집으로 돌아가서 자 주어요."

"그러면 돌아가겠어요."

테스가 집으로 돌아오니까 화로의 불도 아직 꺼지지 않고 모든 것은 나갈 때와 같았다. 그는 일 분 동안도 아래층에 있지 않고 짐을 가져다 둔 위층 자기 방으로 올라갔다.

여기서 그는 침대 끝에 앉아서 멍하니 주위를 살피다가 곧 옷을 벗기 시작하였다.

사나이가 마음이 풀릴 기미가 없는 것같이 생각된 탓에 테스는 이제는 더 무서워할 것도 없고 또 아무 희망도 없어져서 귀찮은 듯이 탁 누워버렸다. 슬픔 속에서 깊이 생각을 하다가 시진하면 으레 잠이 짬을 엿보는 것이다. 안정이라는 것보다 더 즐거운 탓에 이것을 막는 많은 기분 가운데서 이 슬픔만이 안정을 반가이 맞는 것이다. 그리고 이삼 분 지나는 사이에 쓸쓸한 테스는 한때는 아마도 자기네 조상들이 혼례를 이루는 방이었던 듯한 이 방의 향기로운 정적 속에 싸여서 나를 잊어버리고 말았다.

그 밤이 늦어서 클레어도 집으로 돌아왔다. 조용하니 방으로 들어가서 불을 켜놓고 방침을 생각해둔 사람의 태도로 그곳에 놓은 낡은 말 털 안락의자에 자기가 보료를 펴고 이것을 그런대로 침대의자로 꾸미었다.

자기 전에 그는 맨발채로 위층에 올라가서 테스의 방 문가에 서서 동정을 살피었다.

테스의 한결같은 숨소리는 그가 깊은 잠에 떨어진 것을 말하였다.

클레어는 발길을 돌려서 내려오려고 하였다. 그러나 어쩔까 하여 결단을 못 하고 다시 테스의 방문 쪽으로 향했다. 이러는 즈음에 그에게는 더버빌 집안의 숙녀 하나가 힐끗 눈에 띄었다. 그 초상은 테스의 침실 입구 바로 위에 걸려 있었다. 촛불 빛에 보이는 이 초상은 불쾌한 것을 넘어선 것이었다. 음험한 계획이 이 여자의 용모에 잠겨 있었다. 그것은 이성에 대하여 단단히 마음을 먹은 복수심—이때 이 사나이에게는 그렇게 보였다.

그를 막는 것은 이것으로 넉넉하였다. 그는 다시 물러서서 아래로 내려왔다.

그의 태도는 침착하고 냉정하였다. 그의 꼭 다문 입은 자제(自制)의 힘을 나타냈고 얼굴에는 아직 테스의 고백을 듣자 퍼졌던 무서운 쌀쌀한 표정이 남아 있었다. 그것은 이제는 정욕의 종은 아니나 그러나 아직 그것에서 해방된 자리에는 이르지 못한 사람의 얼굴이었다. 그는 자기 방의 그 침대의자에 비스듬히 누워서 불을 껐다. 밤은 아무 관심 없이 냉정하게 들어와서 자리를 잡았다.

36.

마치 죄라도 지은 것처럼 살근히 몰래 들여 비치는 잿빛 새벽 햇볕을 받으며 클레어는 일어났다. 난로는 다 꺼진 불 그루터기를 남긴 채 그의 앞에 서 있었다. 벌려놓은 저녁 식탁에는 두 잔에 가득히 부어 놓은 입도 대보지 못한 포도주가 이제는 김도 다 나가고 맛도 없어져 있었다. 테스의 빈 의자, 또 자기의 빈 의자, 그 밖 모든 세간들은 대체 어떻게 되는 거냐고 하는 잠자코 있을 수 없는 질문을 하지 않고는 못 견디겠다는 듯한 영원히 다름없는 표정을 하고 있었다. 위층으로는 아무 소리도 없었다. 그러나 이삼 분 지나자 문을 두드리는 소리가 들렸다. 두 사람이 이곳에 머물러 있는 동안 그들의 잔일을 보살피기로 된 이웃 농가의 부인일 것이라고 그는 생각하였다.

시방 이집에 딴 사람이 나타난다면 대단히 계면쩍을 것이었다. 그래 마침 그는 옷도 다 입고 있던 탓에 창문을 열고 오늘 아침은 자기네들 손으로 그럭저럭 지날 것 같다고 이 고용부에게 말했다. 이 여자는 손에 우유통을 들고 있었다. 그래서 그는 그것을 문가에 놓고 가라고 일렀다. 고용부가 가버리자 그는 집 뒤편에서 장작을 얻어다가 재빨리 불을 피웠다. 찬장에는 달걀도 버터도 빵도 그 밖 다른 것들도 다 많이 있었다. 그래서 그는 곧 아침 식사 준비를 하였다. 낙농장에서 얻은 경험으로 해서 그는 이런 세간살이 일을 솔갑게 잘하였다. 장작이 타면서 나는 연기가 연꽃관이 달린 둥굴기둥 같은 굴뚝으로 무럭무럭 올라갔다. 지나가는 이 고장 사람들은 이것을 보고 신혼부부를 생각하고 그 행복을 부러워하였다.

에인절은 한번 휘 주위를 살펴보고 계단 밑으로 가서 시원치 않은 소리로 불렸다.

"아침 식사 다 되었어요."

그는 앞문을 열고 아침 공기 속에 두세 발자국 내어짚었다. 조금 지나서 그가 돌아오니까 테스는 벌써 아랫방에서 기계적으로 아침 식사 식기를 고쳐놓고 있었다. 그가 부른 뒤로 한 이삼 분밖에 더 지나지 않았는데 옷을 다 입은 것을 보면 그가 부르기 전에 옷을 다 입고 있었든가 또 거의 다 입어가고 있었던 것에 틀림없었다. 머리는 뒤로 꿍꿍 묶어서 틀어 올리고 옷은 하얀 주름 장식이 달리고 풀빛 모직 천으로 만든 새 드레스를 입고 있었다. 손과 얼굴은 찬 듯이 보였다. 아마 옷을 갈아입고 나서 오랫동안 불도 없는 침실에 앉아 있었던 모양이었다. 자기를 부르는 클레어의 말소리가 대단히 은근한 탓에 테스는 잠깐 동안 새로운 희망이 번쩍이는데 기운이 나는 듯하였다. 그러나 클레어를 한 번 보자 곧 이것도 사라지고 말았다.

정말로 이 두 사람은 한때는 불이었던 것이 재가 된 것과 같았다. 간밤의 아픈 슬픔은 아직도 무겁게 계속되었다. 이제는 아무것도 이 두 사람의 어느 쪽에나 정열을 불붙여 놓을 수는 없는 듯하였다.

그는 테스에게 은근하게 말을 하고 테스도 같이 조심스럽게 대답을 하였다. 드디어 테스는 자기의 얼굴도 남의 눈을 끌 만하게 된 것은 전혀 모르는 사람처럼 쭝긋하니 노한 그의 얼굴을 들여다보면서 그 가까이로 다가갔다.

"에인절!" 하고 테스는 말하고 멈춰 섰다. 그리고는 한때에는 자기의 사랑하는 사람이 그곳에 몸뚱이를 갖추고 있다는 것을 믿지 못하겠다는 듯이 가느다란 바람같이 살포시 손가락으로 그를 어루만졌다.

테스는 어디까지나 깨끗해 보였다. 자연은 그 부질없는 장난으로 테스의 용모에 처녀의 화인을 찍은 탓에 클레어는 어이없다는 듯이 그녀를 물끄러미 바라보았다.

"테스! 그건 사실이 아니라고 말해요! 참으로 사실이 아니라고!"

"사실이에요!"

"말, 말이 다?"

"말말이 다요."

클레어는 그런 줄 알면서도 테스의 입으로 반겨 거짓말이라고 말하게 하여서 어떤 궤변술에 의해서 그것을 정말 부정하는 것으로 만들려고 생각하는 것처럼 탄원하는 듯이 테스를 쳐다보았다. 그러나 테스는 그저 이렇게만 되풀이할 뿐이었다.

"사실이에요."

"살아 있소?" 하고 그때 에인절은 물었다.

"어린 것은 죽었어요."

"그렇지만 그 사나이는?"

"살아 있어요."

마지막 절망의 빛이 클레어의 얼굴을 스치었다.

"영국에 있소?"

"네."

"클레어는 정신없이 두세 걸음발을 떼었다.

"내 입장은—이러해요." 하고 그는 갑자기 말하였다. "나는 이렇게 생각했어요—아무도 그렇겠지만—사회적 지위도 있고 재산도 있고 세상을 알기도 하는 아내를 얻으려는 모든 야심을 다 버리고나면 분명히 빨간 뺨이 얻어지듯이 전원의 천진한 것이 얻어지리라고 생각했소. 그러나—나는 당신을 나무랄 수 있는 사나이는 아니고 또 나무려고도 하지 않아요."

테스는 이 앞에 것은 더 들을 필요가 없도록 클레어의 입장을 잘 깨달아 알았다. 바로 그곳에 그의 입장의 괴로움이 있었다. 테스는 그가 모든 것을 다 잃어버린 것을 알았다.

"에인절—, 저는요 나중 이렇다 하는 경우에 당신에게는 마지막 빠져 나갈 길이 있다는 것을 몰랐다면 이렇게 결혼을 하게 되는대로 있지는 않았을 것이에요. 하지만 저는 어떤 일이 있어도 당신께서는 결코—"

테스의 목소리는 쉬어버렸다.

"마지막 길?"

"저를 버리시는 것 말씀이에요. 당신께서는 저를 버리실 수가 있으니까요."

"어떻게요?"

"저와 이혼하시면."

"되지 않은 말 말아요―당신은 어쩌면 그렇게 단순해요! 내가 어떻게 당신과 이혼할 수 있어요?"

"안 돼요―제가 다 말했는데요? 제 고백이 충분한 이유가 된다고 저는 생각했어요."

"아, 테스―당신은 너무 너무 아이 같아서―채 되지 못해서―미숙했다고나 할까! 당신이 어떤 사람인지 나는 알 수가 없소. 당신은 법률이라는 걸 몰라. 당신은 몰라요."

"어째요―안 돼요?"

"참말 안 되는 거요."

비통과 수치가 뒤섞인 빛이 곧 이 말을 듣는 사람의 얼굴에 나타났다.

"저는 생각했어요―생각했어요." 하고 테스는 속삭였다. "아, 제가 얼마나 나쁜 계집으로 당신께 보일는지 이제야 알았어요! 믿어주세요, 제발 저를 믿어주세요. 저는 참으로 당신께서 그렇게 하실 수가 있다고만 생각했었어요. 저는 당신이 그렇게 해주시지 않으셨으면 하고 바라기는 했으나 그러나 당신께서 한 번 결심하시면 그리고 또 조금도 조금도 저를 사랑하시지 않으신다면 버리실 수 있다는 것을 조금도 의심하지 않고 믿고 있었어요!"

"그것은 당신이 잘못 생각한 것이지요." 하고 그는 말했다.

"아, 그런 거라면 저는 어젯밤, 그렇게 해버렸더라면 탁 해버렸더라면 좋았을걸! 해도 제게는 용기가 없었어요. 그것이 역시 저 다운 데에요!"

"무엇을 하는 용기란 말이요?"

테스가 대답이 없으니까 사나이는 그 손을 잡았다.

"무엇을 하려고 생각하고 있었다는 거요?" 하고 그는 물었다.

"죽어버리려고 했어요."

"언제?"

테스는 이렇게 자꾸 캐묻는 그의 태도에 겁이 나서 "어제 저녁예요." 하고 대답하였다.

"어디서요?"

"당신의 겨우살이 아래서요."

"허! 그래 어떻게?" 그는 날카롭게 물었다.

"저, 만일 노하시지 않으시면 말씀드리겠어요!" 하고 테스는 몸을 움츠러들면서 말했다. "제 상자의 노끈으로 하려고 했어요. 그러나 하지 못 했어요─정작 마지막에 가서! 이렇게 해서 당신의 이름을 더럽히면 어쩌나 하고 생각했어요."

자발적으로 한 것이 아니고 억지로 짜낸 이 고백이 뜻밖의 것이 되어서 클레어는 눈에 띄도록 몸을 떨었다. 그러나 그는 아직 테스를 잡고 눈을 그 얼굴에서 떨어쳐서 아래를 내려다보며 말했다.

"자, 내말을 잘 들어요. 당신은 결단코 그런 무서운 일을 생각해서는 못써요. 어떻게 그럴 수가 있어! 이제는 다시 안 그런다고 남편으로서의 나에게 약속을 해요."

"즐거이 약속하겠어요. 그것이 얼마나 옳지 못한 일인지 알았어요."

"옳지 못하고 말고! 어떻다고 말할 수 없이 당신답지 않은 생각이거든."

"그래도, 에인절!" 하고 테스는 침착한 무관심한 태도로 눈을 크게 뜨고 사나이 쪽을 보며 변명을 하였다. "그것은 전혀 당신을 생각하고 한 일이에요. 아무래도 당신이 이혼했다는 욕을 들으시게 될 것 같아서, 저는 그런 욕을 듣지 않고 자유로이 되시게 하려고요. 저 때문으로 해서 이런 것을 하려고는 꿈에도 생각지 못했어요. 그러나 제 손으로 한다는 것은 아직도 제게는 아까울 정도에요. 이 매는 당신께서 날이 서야 해요. 저는 아주 값없는 인간으로 생각되어요. 대단히 당신에게 장애가 되는 것 같고요!"

"쉬!"

"네, 그만두라고 하시면 아니 하지요. 당신께 거역하고 싶지는 않으니까요."

클레어는 이것이 진실한 줄 알았다. 어젯밤 절망을 하고 난 뒤로는 테스는 기운이 쪽 빠졌다. 그러니 이제 다시는 그런 생각 없는 짓을 할 염려는 없었다.

테스는 다시 아침 식사 식탁의 준비를 분주히 하였다. 그리고 두 사람은 서로 눈길이 마주치지 않도록 한쪽으로 앉았다. 서로 마시고 먹고 하는 소리를 듣는 것은 처음에는 좀 어색한 일이었으나 할 수 없는 일이었다. 그런데 또 먹은 분량은 둘이 다 얼마씩 되지 않았다. 아침 식사가 끝나자 그는 일어서서 점심이 돌아올 시간을 말하고는 이곳에 온 오직 하나의 실제적 이유이었던 물방앗간의 일을 연구한다는 계획을 기계적으로 실행하기 위해서 그곳으로 가버렸다.

클레어가 나가버리자 테스는 창문가로 와서 섰다. 금세 물방앗간 터 안으로 통한 큰 돌다리를 건너가는 사나이의 모양을 보았다. 그는 그 뒤에 잠기고 그 앞의 철도 길을 건너서 사라져 버렸다. 그러자 테스는 한숨 한번 아니 쉬고 주의를 방안으로 돌려서 식탁을 훔치고 치우고 하였다.

시중하는 여자가 얼마 안 돼서 왔다. 그가 있는 것이 처음에는 거북하였으나 그러나 뒤에는 한 위안이 되었다. 열두시 반이 되자 테스는 시중하는 여자만 부엌에 남겨두고 방안으로 돌아와서 에인절의 모양이 다시 다리 뒤에 나타나기를 기다렸다.

한시쯤 되어 그의 모양이 나타났다. 아직 400미터쯤 저쪽에 있는 데도 테스의 얼굴은 붉어졌다. 그가 들어올 때까지 식사의 준비를 다해놓으려고 생각하고 부엌으로 달려갔다.

에인절은 먼저 어제 둘이 같이 손을 씻은 방으로 갔다. 그리고 그가 방으로 들어가자 접시 뚜껑은 마치 그 자신의 행동에나 따르는 것처럼 접시에서 들어 올렸다.

"아주 시간을 잘 지키는구려!" 하고 사나이는 말했다.

"네, 당신께서 다리를 건너오시는 걸 보았으니까요" 하고 테스는 대답했다.

식사는 그가 아침 곁에 수도원 물방앗간에서 하던 일이며, 가루 모으는 법이며, 새로 개량된 방법에 대해서는 별로 그를 개발할 것 같지도 못한 구식기계에 대한 것이며, 평범한 이야기 속에 지나갔다. 한 시간쯤 되어서 그는 또 집을 나갔다가 저녁때에 돌아와서는 저녁내 서류를 뒤적이느라고 바빴다.

테스는 방해가 될까 싶어서 시중하던 여자가 가자 부엌으로 가서 한 시간 넘도록 분주히 일을 하였다.

클레어의 모양이 문가에 나타났다.

"이렇게 일하지 말아요." 하고 그는 말했다. "당신은 내 하인이 아니요, 내 아내니까."

테스는 눈을 들었다. 그리고 얼마큼 낙락해졌다.

"제가 그렇게 생각해서 좋아요, 정말로!" 하고 테스는 측은하니 해학(諧謔) 투로 쏭알거렸다. "이름만이란 말씀이지요! 하기는 저도 그 이상 더 바라지 않아요."

"당신이 그렇게 생각해서 좋으냐구요, 테스! 사실로 당신은 그렇지요, 그건 무슨 소리요?"

"몰라요." 테스는 우는 소리로 빠르게 말했다. "저는 이렇게 생각했어요. 저는 적당한 사람은 아니라고 한 것이에요. 제가 말씀 드리지 않았어요, 벌써 오래전에. 저는 그렇게 적당한 사람은 아니라고 생각한다고—그러니까 저는 당신하고 결혼하고 싶지 않았어요, 다만 다만 당신이 자꾸 서두르신 탓에!"

테스는 느껴 울기를 시작하였다. 그리고 사나이에게 등을 돌렸다. 에인절 클레어가 아니었다면 누구나 여기 끌려들었을 것이었다. 클레어의 소질로 말하면 대체로 부드럽고 다정하였으나 그 밑바닥에는 마치 부드러운 옥토(沃土) 속에 광맥이 들어 있듯이 굳은 논리적 침전물이 숨어 있어서 이것을 뚫고 나가려는 어떤 것의 끝도 휘어놓지 않는 것이 없었다. 그것이 그에게 교회의 신조를 받아들이는 것을 막았고 또 테스를 받아들이는 것도 막았다. 그 위에 그의 애정이라는 것은 불이라기보다는 광휘(光輝)이어서 이성에 대한 경우에라도 그가 믿지 않게 되면 동시에 따르지도 않았다. 이 점에서 그는 머리로서는 경멸하나 감정으로 빠지는 세상에 많은 다감한 사람들과 반대였다. 그는 테스의 느껴 우는 것이 멎을 때까지 기다렸다.

"영국의 여자의 한 절반만이라도 당신같이 품이 있었으면 좋겠소." 하고 그는 일반 여자에 대하여 비양을 퍼붓는 듯이 말했다. "그것은 품격의 문제가 아니라 주의 문제야!"

이날 저녁도 밤도 아침도 전날과 같이 지나가 버렸다. 한번 단 한번 테스는 앞서까지 자유롭고 자주적이든 테스가—사나이를 좀 끌어보려고 하였다. 그것은 식사가 끝나고 세 번째로 그가 가루 모으는 물방앗간으로 가려던 때이었다. 식탁에서 일어서면서 그는 "자 그럼." 하고 말했다. 테스도 같은 말로 대답을 하고는 그와 동시해서 입을 사나이 쪽으로 향하였다. 그는 이끌음에는 응하려고도 하지 아니하고 얼른 옆을 보고 이렇게 말했다.

"시간 맞추어서 돌아오리다."

테스는 얻어맞기나 한 사람처럼 옴츠러들었다. 사나이는 이때까지 몇 번이고 수없이 테스가 듣지 않는데도 불구하고 이 입술에 닿으려고 한 것이었다. 당신의 입과 숨길은 버터와 달걀과 우유와 꿀맛이 나니까 자기도 이 입과 숨길에서 자양분을 취한다든가 하는 이런 농담을 그는 즐겁게 자주자주 말한 것이었다. 그러나 시방 당해서는 그는 이것을 돌아다보려고도 하지 않았다. 그는 테스가, 옴츠러드는 것을 보고 이렇게 은근히 말했다.

"그런데 이것 봐요, 나는 장래의 방침을 생각하여야 하겠소. 우리가 시방 갑자기 헤어진다면 세상에서는 으레 당신에게 대해서 시비가 끓어오를 것이니까. 그것을 피하기 위해서는 얼마동안 이렇게 같이 있을 수밖에는 없지요. 그러나 이것은 다만 형식 때문이라는 것을 알아줘야 해요."

"네." 하고 테스는 정신없이 말했다.

사나이는 밖으로 나갔다. 물방앗간으로 가는 길에 우둑하니 서서 좀 더 다정하니 해주었으면 좋았을 걸, 적어도 한번쯤은 입을 맞추어 주었어도 좋았을 걸 하고 잠깐 생각하였다.

두 사람은 이러한 절망적인 날을 하루 이틀 한집에서 지냈다. 그러나 서로 사랑하는 사이가 되기 전보다 더 멀어졌다. 사나이가 자기로서도 말한 대로 이 뒤로 취할 방침을 골똘히 생각하는 탓에 그의 활동력이 둔해진 것은 테스에게도 잘 알 수 있었다. 척 보기에는 유순한 그의 마음속에 이런 결심이 있는 것을 알고 테스는 절망하지 않을 수 없었다. 그의 시종일관 하는 태도는 참으로 지나치게 혹독한 것이었다. 테스는 이제 더 용서를 바라지 않았다. 그리고 사나이가 물방앗간으로 가고 없는 짬에 몇 번 도망을 하려고 생각하였으나 만일 이것이 세상에 알려지면 그를 위하는 일이 되지 않을 뿐만 아니라 오히려 그에게 더 번민과 굴욕을 주는 것이 되지나 않을까 하고 저어한 것이었다.

클레어 쪽으로도 참으로 깊이 묵상에 잠기었다. 그의 생각은 지정을 못하였다. 생각하는 것으로 해서 그는 병에 걸리게 되었다. 생각하는 일로 몸과 마음이 침식을 당하고 생각하는 탓에 피로하였다. 그는 전날의 생기 있는 변화 많은 가정 취미로 해서 마음이 괴로웠다. "어떻게 할까―어떻게 할까?" 하고 그는 혼잣말을 하면서 헤매며 다녔다. 우연히 이 소리가 테스에게 들렸다. 이 때문에 테스는 시방까지 지니어온 장래에 대한 침묵을 깨쳐 버렸다.

"저―당신은 오래 저와 같이 살지는 않으시겠지요―그렇지는, 에인절?" 하고 테스는 물었다.

"나는 할 수 없소." 하고 에인절은 말했다. "나 자신을 업신여기지 않고 또 더욱 안 된 것은 당신을 업신여기지 아니하고는. 나는 물론 보통 의미에서 당신하고 같이 살 수 없다는 말이요. 시방은 내가 어떻게 생각을 하든지 당신을 업신여기지는 않겠소. 내가 이렇게 솔직하니 말을 하게 해요, 만일 그렇지 않으면 내 괴로워하는 것을 모를 터이니까. 그 사람이 살아 있는 동안 어떻게 우리가 같이 살 수 있어요? 그 사람이야 말로 당신의 정말 남편이지요. 나는 아니요. 그가 죽었다면 별문제지만…… 그리고 더욱 괴로운 점은 그것만이 아니지요. 그것은 딴 쪽으로 생각해도 있지요―우리 아닌 다른 사람의 장래에 관계 있는 일이 그거지요. 세월이 지구 위에 어디나 아무도 나가지도 않고 또 아무도 다른 데서 들어오지도 않는 곳이라고는 결코 없으니까. 자, 우리들의 피와 살로 낳은 가엾은 아이들이 그 조롱 밑에서 자라나며 나이를 먹음에 따라 점점 그 압박을 세차게 느낄 것을 생각해봐요. 그들에게는 이 무슨 환멸일까? 이 무슨 전도일까! 이런 일이 있을 수 있는 것을 생각하고도 당신은 또 '같이 있어요.' 하고 말할 수 있어요? 우리들은 이제 또 다른 불행으로 날아가는 것보다 현재 지고 있는 불행을 참는 것이 낫지 않아요?"

테스의 눈썹은 괴로운 마음의 무게에 눌려 여전히 축 늘어졌다.

"저는, 같이 있어요." 하고 말 못해요." 하고 테스는 대답했다. "저는 말 못해요, 저는 그렇게까지는 생각지 못했어요."

테스의 여자다운 희망은―이것을 바른대로 말하면―언제까지나 자꾸 되살아나서 함께 오래 살아가노라면 생기고야 말 친밀한 정이 그의 분별과는 어긋나면서라도 냉정한 마음을 없이할지 모른다는 은근한 몽상으로 부활하는 것이었다. 테스는 보통 의미로는 달라진 사람은 아니었으나 여자로서 불완전한 것이 있는 것은 아니었다. 남녀가 접근하는데 대단히 큰 이의가 있는 것을 그가 본능적으로 몰랐다고 하면 이것은 그에게 여자다운 것이 부족하다는 것을 보이는 것이 되었을 것이다. 만일 이것이 실패로 돌아간다고 하면 그때는 그가 힘입을 것은 아무것도 없다는 것을 그는 알았다. 그러나 시방 클레어의 마지막 말이 있었다. 그리고 그것은 새로운 생각이었다. 사실 테스는 그렇게까지는 생각지 못하였다. 그리고 그는 장래에 낳아서 자기를 경멸할 아이들을 분명하게 사나이가 그려놓은 바람에 그의 어디까지나 인도적인 정직한 마음에는 큰 확신이 생겼다. 그는 오직 경험만으로서 어떤 경우에는 선량한 생활을 하는 것보다도 좋은 것이 하나 있다는 것을 배워 알았다. 그것은 어떤 생활이라도 하지 않고 지나가는 것이었다. 이런 까닭에 테스는 사나이의 의논에 반항하지 않았다.

이렇게 범연하게 된 뒤로 사흘째 되는 날이었다. 클레어에게 좀 더 동물성이 있다면 좀 더 고상한 사람이 되었을는지 모른다는 기괴한 역설을 말할 사람이 있을 수도 있으나 우리들은 그렇게는 말하지 않는다. 그러나 클레어의 사랑은 이것이 그의 결점이 되도록 의심할 나위 없이 탈속을 하였고 너무 공상적이어서 실행이 힘들었다. 이러한 성질을 가진 사람에게는 눈앞에 보이는 육체가 때로는 보이지 않는 때보다 하소하는, 힘이 약한 적이 있다. 이 뒤에 것이 마침 잘되노라고 실물의 결점을 숨기는 이상적 자태를 낳아 놓는 까닭이다. 테스는 자기의 자태도 생각했던 것만큼 굳세게 자기를 변호하지 못하는 것을 알았다. 그 형용한 말로는 거짓이 아니었다. 정말로 테스는 클레어의 욕망을 자극한 여자와는 다른 여자였다.

"저는 당신께서 하신 말씀을 잘 생각해 보았어요." 하고 테스는 식탁보 위에

다 집게손가락을 만지작거리며 시방은 두 사람을 비웃고 있는 반지 긴 한쪽 손으로 앞이마를 짚으면서 그에게 말했다. "모두가 다 옳아요. 그렇게 안 되면 안 될 것이니까요. 당신께서는 제게서 떠나시지 않으면 안 되세요."

"그러나 당신은 어떻게 하려오?"

"저는 집에 가도 좋아요."

클레어는 그것을 생각하지 못하였다.

"꼭 그렇소?" 하고 그는 다짐을 두었다.

"꼭 그래요. 우리들은 헤어져야 해요. 맺고 끊어버리는 것이 좋아요. 언젠가 당신께서 한번 말씀하신 적이 있지요. 저는 사나이의 훌륭한 분별 같은 것은 무시하고 그를 끌어당긴다고요. 그러니까 만일 제가 언제나 당신 눈앞에 있다면 당신의 이성과 희망에 배반해서 당신의 계획을 변하게 할는지 모를 거예요. 그러면 나중에 당신의 후회나 내 슬픔이나 다 얼마나 심할 것이겠어요."

"그래 당신은 집으로 가고 싶단 말이지요?" 하고 클레어는 물었다.

"저는 당신과 떠나서 집으로 가고 싶어요."

"그럼 그렇게 합시다."

테스는 사나이를 쳐다보지 않았으나 흠칫 놀랐다. 말하는 것과 약속하는 것 사이에는 어떤 거리가 있었다. 테스는 이것을 너무나 빨리 깨달았던 것이다.

"이렇게 되지나 않을까, 저는 걱정을 하고 있었어요." 하고 테스는 얼굴을 온순하니 가지고 말하였다. "저는 아무 불평도 말하지 않아요, 에인절. 저는 그것이 제일 좋다고 생각해요. 당신께서 하신 말씀을 아주 잘 깨달았어요. 참 그래요, 우리들이 같이 지낸다고 해도 누구도 저를 욕할 사람은 없어도 세월이 가는 동안에 어느 때에든가 무슨 하찮은 일에 당신께서 저한테 화를 내시고 제 과거를 현재 아시는 만큼 알아두시고는 당신 자신도 모르게 나쁜 말을 하시게 되고 그것이 어떻게 되어서 제 아이들의 귀에 들어갈지도 모를 일이에요. 그렇게 되면 시방은 단지 마음이 좀 상하는 일이 그때 가서는 다 저를 괴롭혀서 죽여 버릴지도 몰라요! 저는 가겠어요—내일."

"그럼 나는 여기 안 있을 테요. 이런 말을 먼저 내고 싶지는 않았지만 서로 갈라지는 것이 제일 상책이라고 생각했던거요―적어도 얼마 동안은 좀 더 분명히 이때까지 된 형편도 알고 당신한테 편지를 하게 되도록까지 말이요.”

테스는 살짝 그 남편을 한번 쳐다보았다. 남편은 해쓱해지고 떨기까지 하였다. 그래도 전과 같이 테스는 자기가 결혼한 이 음전한 사나이의 마음속에 나타난 굳은 결심―소잡한 감정을 오묘한 것에게, 물질을 개념에게, 육체를 정신에게 굴복시키는 의지를 알고는 어이가 없었다. 성벽이라든가, 경향이라든가, 습관이라든가 하는 것들은 모두 마치 이 사나이의 공상이라는 강한 바람결에 떨어진 가랑잎과도 같았다.

클레어는 테스의 모양을 알아차렸는지 이렇게 설명하였다.

“나는 사람을 떠나 있을 때 그를 친절히 생각해요.” 하고 말하고는 비수를 먹이면서 말을 더했다. “알 수 없지요. 아마 고생을 하다 지쳐서 언제고 둘이 같이 되겠지요. 세상 사람들이 많이들 그러니까!”

그날 사나이는 짐을 묶기 시작했다.

테스는 위층으로 올라가서 또 짐을 묶기 시작했다. 이튿날 아침, ‘헤어지면 영원히 헤어지는 것이 되지나 않을까’ 하고 서로 생각하는 것을 두 사람은 알고 있었다.

37.

자정은 고요히 왔다, 고요히 갔다. 프룸 골짜기에는 이것을 알릴 것이라고는 아무것도 없었던 때문이었다.

한시를 조금 지나서 한때에는 더버빌 집안의 저택이었던 캄캄한 이 농가 안에서 가느슥히 무엇이 갈리는 듯한 소리가 났다. 위층에 있던 테스는 이 소리에 잠을 깼다. 그것은 못이 드놓은 계단 한구석에서 났다. 테스는 자기 침실의 문이 열리는 것을 들었다. 그리고 남편의 모습이 이상하게도 주의 깊은 걸음으로 달그림자를 가로막았다. 그는 셔츠와 바지밖엔 입지 않았다. 섬광같이 느낀 테스의 처음의 기쁨도 그의 눈이 부자연하니 허공을 물끄러미 바라보는 것을 알고는 그만 사라져버렸다. 남편은 방 가운데쯤 오더니 조용하니 서서 형언할 수 없는 슬픈 청으로 중얼거렸다.

"죽었다! 죽었다! 죽었다!"

어떤 것이든지 마음을 헝클어 놓는 힘의 침노를 받으면 클레어는 때때로 자면서 걷기도 하고 이상한 활극까지도 연출하는 수가 있었다. 결혼하기 조금 전 장판에서 둘이 돌아온 밤 테스를 모욕한 사나이와의 격투를 자기의 침실에서 재연한 것이 그 한 예이다. 테스는 쭉 계속된 정신적 고통이 지금 또 그런 몽유병자의 상태에 그 남편을 몰아넣은 것인 줄 알았다.

그에게 대한 충실한 신뢰는 테스의 가슴에 깊이 잠겨 있는 탓에 그는 자나깨나 테스에게 그의 몸이 위태롭다는 생각을 조금도 일체 하지 않았다. 그가 만일 권총을 가지고 들어왔다고 해도 그는 자기를 보호해준다는 신뢰를 동요시키지는 않았을 것이었다.

클레어는 가까이 다가와서 테스의 위에 몸을 구부렸다. 그리고 "죽었어, 죽었어, 죽었어." 하고 중얼거렸다.

그는 측량할 수 없는 슬픔이 깃든 눈으로 잠깐 동안 테스를 물끄러미 보다가 그는 좀 더 몸을 굽혀서 아내를 두 팔에 껴안고 마치 수의에 싸듯이 홑이불로 그를 둘둘 쌌다.

그리고 그는 삶이 사체에 대하는 때와 똑같은 경의를 가지고 침대에서 테스를 들어 올려서는 이렇게 중얼거리면서 방안을 걸었다.

"나의 가엾은 테스—나의 가장 사랑하는 귀여운 테스! 참으로 사랑스러운, 참으로 착한 참으로 진실한!"

깨어 있을 때는 그렇게 엄중히도 금하였던 이런 친애한 정이 가득한 말은 테스의 그 버림을 받은 주린 가슴에 말할 수 없이 달콤하게 들렸던 것이었다. 만일 그것이 피곤한 그의 생명을 구해주는 것이 되었다고 해도 그는 움직이거나 발버둥을 치던가 해서 자기 몸이 놓인 위치를 깨치려고 하지 않았다. 이렇게 그는 아주 조용하게 거의 숨도 아니 쉬고 몸을 가로 빗기고 있었다. 그리고 어떻게 할 모양인지 의심을 하면서도 계단 위로 안긴 채 가는대로 맡겼다. "아내는 —죽었어, 죽었어!" 하고 사나이는 말했다.

사나이는 피곤한 것을 쉬려고 얼마 동안 테스를 안은 채 난간에 기대었다. '내던지려고 그러나?' 자기 몸을 보호해야겠다는 생각은 테스의 가슴에서 다 사라져버렸다. 그리고 밝은 날 아침에 떠나는 아마 영원히 떠나려는 사나이의 계획을 알고 있는 탓에 그녀는 사나이의 팔 안에서 이렇게 불안한 위치에 있으면서도 공포라기보다는 차라리 향락이라는 마음을 가졌던 것이다. 만일 둘이 같이 떨어져 둘이 다 같이 가루가 되어버린다면 얼마나 알맞고 얼마나 바라고 싶은 일일까.

그러나 사나이는 그를 떨어뜨리려고도 하지 않고 난간의 지주(支柱)를 이용해서 그의 입술에 입을 맞추었다. 낮에는 업신여긴 그 입술에. 그리고는 사나이는 그를 새로이 꼭 껴안고 계단을 내려갔다. 드놀은 마루의 삐걱거리는 소리에도 사나이는 깨지 않았다. 그리하여 그들은 무사하게 밑층까지 다 내려왔다. 테스를 안은 한쪽 손을 잠깐 놓고 문의 빗장을 가만히 밀고 밖으로 나갔다. 밖은 환했고 가로막힌 것 없이 넓었다. 그는 걷기 쉽게 테스를 이번에는 어깨 위에 올려놓았다. 옷을 입지 않아서 퍽 무게가 덜하였다. 이렇게 해서 그는 집 구내를 지나서 몇 미터 떨어져 있는 강 쪽으로 테스를 지고 갔다.

'대체 어떻게 하려나.' 무슨 목적이 있다고 해도 그것이 과연 무엇인지 테스는 추측할 수 없었다. 선선하게 자기 온몸을 사나이에게 내어 맡긴 탓에 그는 남편이 어디까지나 자기를 그의 생각하고 마음먹은 대로 처치하려고 한다고 생각하니 기뻤다.

아! 이제야, 남편이 꾸는 꿈이 무엇인지를 알았다. —만일 그럴 수가 있다고 해도 테스가 자기는 인정할 수 없는 일이지만 자기가 사랑하는 것과 같이 이 사나이를 사랑하는 낙농장의 다른 처녀들과 함께 그를 업고 물을 건너가던 그 일요일 아침의 일을 꿈꾸는 것이었다. 클레어는 그를 어깨에 업은 채로 다리를 건너가지 않고 같은 쪽으로 가까이 있는 들방앗간 옆으로 대여섯 걸음 나와서 드디어 강기슭에 우뚝하고 섰다.

강물은 부근 몇 야드의 목초지를 완만하기 흘러서 때때로 두 줄기로 논이었다가 구불구불 휘돌아서 이름도 없는 작은 섬들을 싸고 이즉하야 또 앞으로 가서 밑줄기에 합쳐서는 널따란 원줄기가 되었다. 바로 클레어가 테스를 안고 간 곧바로 건너편에 이런 물이 합치는 곳이 있었다. 그리고 강도 그곳은 비교적 넓고 깊었다. 거기에는 좁다란 도보로나 건너갈 수 있는 다리가 놓여 있었다. 그러나 그것도 이번 가을 큰물에 난간이 떠내려가 버려서 맨 판장만이 남아 있을 뿐이다. 그리고 그것도 급류에서 겨우 한 5, 6센티미터 떨어진 위에 놓여 있어서 어지러워할 줄 모르는 사람들도 눈이 돌아갈 만한 위태로운 길이 되어 있었다. 테스는 낮 동안 젊은 사람들이 날파람을 부려서 그것을 건너가는 것을 집 창문으로 보았다. 그 남편도 아마 이 같은 광경을 보았을 것이었다. 좌우간 남편은 시방이 판장을 타고 한 발을 앞으로 내짚고 그것을 건너갔다.

그는 자기를 빠뜨려 죽이려고 하는 것인가? 아마 그럴지도 모른다. 외딴곳이고 강은 깊고 넓어서 이런 목적을 이루려고 하면 아주 쉬웠다. 서로 갈라져 살기 위하여 내일이면 헤어지는 것보다 그쪽이 더 나았을는지 몰랐다. 만일 둘이 같이 이 급한 물살에 떨어지면 팔을 서로 꼭 감은 탓에 구해낼 수는 없었다. 그렇게 되면 그들은 아무 괴로움도 없이 이 세상을 떠나가 버리고 다시는 그에게 대한 시비도 없고 그와 결혼을 하였다고 해서 이 사나이에게 대한 비난도 없어질 것이었다.

두 사람이 같이 깊은 물속에 거꾸로 떨어져 버리도록 몸을 움직여 볼까 하는 충동이 솟아올랐으나 그러나 테스는 이것에 빠지지는 않았다. 그는 자기의 목숨 같은 것은 어떻게 되어도 좋다는 것은 이미 다 아는 일이나 그 남편의 목숨은—그에게는 그것에 간섭할 권리는 없었다. 남편은 자기를 업고 무사히 저쪽까지 가 닿았다.

이곳은 수도원의 터 안이 되어 있는 농터 가운데였다. 남편은 새로 한번 그를 고쳐 업고는 두세 걸음 나가서 수도원의 다 낡아빠진 성가대석으로 갔다. 뒤쪽 바람벽에는 기괴한 성벽을 가진 여행가들이 잘 그 안에 들어가서 잔다고 하는 수도원장의 빈 돌관이 놓여 있었다. 클레어는 그 안에 테스를 정침히 눕혀

놓았다. 테스의 입술에 둘째 번 입을 맞추고는 그 남편은 마치 소원이 이루어진 듯이 깊이 안심하는 한숨을 내쉬었다. 클레어는 그리고는 땅 위에 돌관과 가지런히 나가 누워서 곧 깊은 잠으로 떨어져서는 통나무처럼 꿈쩍 하지도 않았다. 지금까지 노력을 기울여오던 마음의 흥분이 그 타오르는 것을 멈춘 것이었다.

테스는 돌관 안에서 일어섰다. 밤은 계절에 비해 메마르고 따스했으나 얇은 옷을 입은 채로 오래 이곳에 있는 것은 남편에게 위험할 만큼 추웠다. 만일 그대로 이 사람을 내버려둔다면 내일 아침에는 꼭 얼어 죽을 것이다. 몽유보행을 하고 나서 그렇게 죽는다는 것을 테스는 들은 일이 있었다. 그러나 남편이 꿈속에 자기에게 한 어리석은 짓을 알면 그는 얼마나 부끄러워할 것인가. 그것을 알면서 이렇게 그를 깨우고 지금까지 그가 한 일을 알릴 수 있을까? 그러나 테스는 돌관에서 나와서 가만히 그를 흔들어보았다. 그러나 흔들지 않으면 도저히 그를 깨울 수는 없었다. 홑이불 한 장으로 몸을 가린 그녀는 우들우들 떨려 와서 어떻게 하지 않으면 안 됐다. 흥분된 탓에 이삼 분 동안의 모험을 하는 사이에는 얼마큼 몸이 더웠으나 곧 황홀한 순간도 지나가 버렸다.

테스에게는 입으로 달래어 볼 생각이 갑자기 들어갔다. 그래 그는 마음을 단단히 먹고 남편의 귀에다 대고 속삭였다.

"자, 걸읍시다, 여보세요." 이와 동시에 암시를 하듯이 그의 팔을 잡았다. 그는 별로 저항도 하지 않고 순순히 말을 들어서 테스는 한숨 놓았다. 그는 테스의 소리를 듣고 또 꿈으로 돌아간 듯하였다. 그 꿈은 테스가 영혼으로서 새로 회생해서 그를 천국으로 인도하는 것으로 생각하는 듯하였다. 이렇게 해서 테스는 그의 팔을 잡고 집 앞 돌다리를 건너서 저택의 문가에까지 왔다. 테스는 맨발인 탓에 돌에 상처가 나고 또 뼛속까지 얼어 들어왔으나 클레어는 털양말을 신은 탓에 별로 마음이 나빠지도 않았다.

그 뒤에는 별로 어려운 일은 없었다. 테스는 그를 이끌어서 침대의자의 침대에 가만히 눕히고 이불을 따뜻이 덮어주고 그의 몸에서 습기를 말릴 양으로 잠깐 동안 난로에 불을 지폈다. 테스는 그가 이런 소리에 깨어나지나 않을까 하고 생각하였다. 그리고 그래주었으면 하고 은근히 바라기도 하였다. 그러나 그는 몸과 마음이 극도로 피로한 탓에 아무것도 모르고 숙면하였다.

이튿날 아침 두 사람이 만나자 곧 테스는 에인절이 비록 조용하게 자지는 않았다는 자신의 일을 깨달았는지는 몰라도 간밤의 몽유보행에 자기가 얼마나 관계하였는지를 조금도 아니 전혀 깨닫지 못한다는 것을 알았다. 클레어는 그날 아침 죽은 것이나 다름없는 깊은 잠에서 깨어났다. 그리고 처음, 이삼 분 동안은 어렴풋이나마 간밤의 이상한 행동을 생각해 보았으나 자기의 현재의 입장에 관한 현실 문제가 곧 그의 추리의 힘을 다른 문제로 옮기어 갔다.

클레어는 마음의 표준이 될 것을 찾아내려고 마음으로 기다렸다. 만일 자기가 지난밤에 결심한 것이 아침 날 빛 속에서도 꺼지지 않는다면 비록 그것이 한때의 감정의 자극에서 시작한 것이라 해도 그것은 순수한 이성에 가까운 기초 위에 선 것이어서 충분히 신뢰를 해도 좋다고 그는 생각하였다. 이렇게 해서 클레어는 푸르스름한 아침 날 빛 속에서 테스와 헤어지려는 결심을 하였다.

아침 식사 때에도 그리고 둘이서 몇 가지 남은 짐을 싸는 동안에도 사나이는 간밤의 노력 때문에 오는 피로를 보였다. 그래 테스는 자칫 했더라면 간밤에 된 일을 모두 다 털어놓고 이야기를 할 뻔하였다. 그러나 상식으로는 인정하지 않는 자기에 대한 애정을 본능적으로 알지 못하는 동안에 나타낸 것과 또 이성이 잠자는 동안에 그의 본심이 위엄과 타협을 한 것을 알게 되면 그것은 분명히 그를 노하게 하고 슬프게 하고 또 우롱할 것이라고 다시 한 번 생각을 하고는 말을 내지 않았다. 그것은 사람이 술에서 깨어난 때에 그의 취중의 망발을 조소하는 짓과 별로 다를 것이 없었다.

클레어는 편지로 제일 가까운 거리에서 탈 것이 오도록 말해 두었다. 아침 식사가 끝나자 곧 그것이 온 것을 보고는 테스는 마지막—적어도 한동안의 마지막이 가까워 왔다고 생각하였다. 그것은 간밤의 일로 해서 그가 아직 자기를 사랑한다는 것이 나타난 탓에 앞날에 또 그와 같이 살 수 있는 때가 있을지도 모른다는 공상으로 온 것이었다. 짐을 마차 꼭대기에 싣자 마차꾼은 두 사람을 싣고 차를 달리었다. 물방앗간 주인과 시중하는 노파는 이 갑자기 떠나는 것을 보고는 놀라는 말투였으나 클레어는 물방아의 기계가 자기의 연구하려는 신식 것이 아닌 줄을 알았기 때문이라고 변명하였다. 그 점은 사실이었다. 이 밖에는 두 사람의 떠나가는 모양이 두 사람의 생활이 실패를 하였다는 것을, 혹은 두 사람이 같이 친척을 방문하러 가는 것이 아니라는 것을 비치는 것은 아무것도 없었다.

그들의 가는 길은 낙농장 가까이로 지나갔다. 그리고 클레어가 크릭씨와 사무의 결별을 내고자 하는 탓에 테스도 또 두 사람의 불행한 현상에 의심을 품게 하지 않으려고 아무리 해도 그와 같이 크릭부인을 인사로 찾아보지 않을 수는 없었다.

이 방문을 되도록 눈에 띄지 않도록 하기 위해서 큰길가에서 낙농장으로 뚫린 물대문 옆에서 마차를 세우고는 가지런히 좁은 길을 걸어서 들어갔다. 버들은 다 베여서 그 드덜기 너머로 클레어가 테스의 뒤를 쫓으면서 아내가 되어달라고 조르던 곳이 보였다. 왼편으로는 테스가 클레어의 하프 소리를 황홀하게 듣던 울안이 있고 또 소외양간 뒤로 저쪽에는 둘이 처음으로 끌어안던 목장이 보였다. 여름의 광경을 칠하던 황금 빛깔은 시방은 잿빛이 되어서 빛은 낡고 살진 땅은 감탕이 되고 강물은 말랐다.

낙농장 주인은 뒷대문 너머로 그들을 보자 신혼부부가 다시 보일 때는 톨보트헤이즈와 그 부근에서는 무방히 여기는 장난하는 웃음을 얼굴에 띠면서 나왔다. 그리고 크릭부인이 집에서 나왔다. 그리고 뒤따라 오래 낯익어 아는 고용인 대여섯 명도, 마리안과 레티는 그곳에 없는지 보이지 않았다.

테스는 여러 사람의 희롱하는 공격과 친한 농담을 용감하게 참아냈다. 그것들은 여러 사람이 이야기한 것과는 퍽 달리 그에게 들어왔다. 두 사람의 소견을 비밀로 하자는 남편과 아내의 합의 속에서 두 사람은 아무 일도 없는 듯이 행동을 하였다. 그러나 그 문제에 대해서는 한 말도 듣고 싶지는 않았으나 테스는 마리안과 레티의 이야기를 자세히 듣지 않으면 안 되었다. 레티는 아버지한테로 돌아가고 마리안은 이곳을 떠나서 다른 곳에 일자리를 찾으러갔다. 그들은 그렇게 해도 쓸데없으리라고 들 하였다.

이 이야기를 듣고 우울해진 테스는 마음을 풀려고 자기가 사랑하는 소들 곁으로 한 마리를 손으로 쓸어 주면서 떠나는 인사를 하였다. 그리고 그와 클레어는 마치 몸도 마음도 다 녹아 합친 듯이 함께 가지런히 서서 떠난다는 인사를 할 때 그 진상을 아는 사람이 있다고 하면 그들의 모양에는 이상하게 슬픈 데가 있는 것을 알았을 것이었다. 사나이의 팔은 아내의 팔에 닿고 아내의 치마는 사나이에게 닿고 두 사람이 함께 낙농장 전체를 향하여 떠나는 인사에도 '저이'라고 하고, 이렇게 해서 다른 사람의 눈에는 한 생명의 두 가지로 보였으나 그러나 두 사람의 사이에는 남북 양국과 같이 떨어져 있었다. 두 사람의 태도에는 젊은 부부에게 흔히 있는 수줍어하는 것과는 이상하게 부자연한 당황한 데가 또 부부의 친애한 정을 밖에 나타내는데도 어떤지 거북스러운 데가 아마 보였을는지 모른다. 아닌게아니라 둘이 가버린 뒤에 크릭부인은 그 남편에게 이렇게 말했다. "색시의 눈이 어쩌면 그렇게 어색하게 빛날까. 그리고 꼭 밀랍 인형들같이 이야기도 꿈을 꾸는 듯이 하지 않아요. 당신은 그렇게 안 생각했소? 테스는 본래부터 좀 다른 데가 있었지만 아직도 점잖은 이의 틀진 신부 같지는 않아요."

두 사람은 다시 마차에 올라서 웨더베리와 스태그푸트레인을 향하여 가도를 쫓아가서 이즉하여 레인에 닿자 클레어는 마차와 마부를 돌려보냈다. 여기서 잠깐 쉬어서 골짜기에 들어가자 이번에는 두 사람의 관계를 모르는 낯없는 사람에게 테스의 고향을 향하여 차를 달리게 하였다. 웨더베리도 지나고 십자로 중간까지 온 때 클레어는 마차를 멈추고 만일 그가 어머니한테로 돌아가려거든 이곳에서 헤어지자고 말했다. 차부가 있는 앞에서는 마음대로 말을 할 수가 없는 탓에 클레어는 어느 갈림길을 도보로 좀 같이 걷지 않겠느냐고 테스한데 물어보았다. 테스는 그러자고 하였다. 그리하여 차부에게 이삼 분 기다려 달라고 말을 하고는 두 사람은 슬근슬근 걸음을 옮겼다.

"자, 그러면 서로 잘 이해해야 되오" 하고 사나이는 은근하게 말했다 "시방 내게는 도저히 참을 수 없는 것이 있기는 하나 우리들 사이에는 조금도 노했다거나 하는 것은 없어요. 나는 이것을 참도록 해보려고 해요. 나는 내가 어디 가서 안정하면 곧 주소를 알리지요. 그리고 내가 그것을 참을 수 있게 되면—만일 그것이 그래 주었으면 하고 생각되면, 또 될 수 있으면—나는 당신한테로 돌아오지요. 그러나 내가 당신한테로 오기까지 당신이 나한테로 오려구는 하지 않는 것이 좋아요."

이 혹독한 선고는 테스에게는 치명적인 듯하였다. 그는 사나이가 자기를 어떻게 생각하고 있는지를 충분히 알았다. 자기에게 대해서 심한 사기를 친 사람이라고 보는 것을 떠나서는 사나이는 그녀를 보지 못하였다. 그러나 그가 저지른 것과 같은 것을 저지른 여자는 이런 책임을 다 져야 할 죄가 있는 것인가? 그러나 그녀는 사나이하고 이 문제에 대해서 더 싸울 수가 없었다. 테스는 사나이를 따라서 그의 말을 되풀이할 뿐이었다.

"당신께서 저한테로 오시기까지 제가 당신께로 가려고 해서는 안 돼요?"

"그렇지요."

"편지는 올려도 좋아요?"

"아 좋지요—만일 몸이 편치 않든가 혹은 무엇이 소용된다든가 하면. 물론 그런 일이 생기지 않으면 좋지만. 그러니까 대개 내가 먼저 편지를 하게 되겠지요."

"저는 다 잘 알았어요, 에인절. 제가 어떤 벌을 받아야 할 것은 당신께서 잘 알고 계시니까. 다만—다만—제가 참을 수 없을 만큼은 해주시지 마세요!"

테스가 이 문제에 대해서 말한 것은 이것뿐이었다. 만일 테스가 간교한 여자여서 그 외진 길에서 한바탕 연극을 해서 기절을 하고 히스테리컬하게 느껴 울었다면 사나이가 제 아무리 무섭게 완고한 판이라고 해도 아마 그에게 저항을 하지는 못했을 것이었다. 그러나 그의 참을성 많은 마음은 사나이의 갈 길을 쉽게 가게 하였다. 그리고 그야말로 사나이의 둘도 없는 변호자였다. 자랑도 굴종 속에 들어가 버렸다.

그밖에 두 사람 사이에 오고가고한 이야기는 실제적 문제에 대해서였다. 클레어는 상당히 많은 액수의 돈이 들은 꿍제기를 그에게 주었다. 그것은 이 때문에 미리 은행에서 찾아다 두었던 것이었다. 그 보석은 이것에 대한 테스의 소유권이 그 일생 동안만 한정되어 있는 탓에(유서의 글귀를 잘 해석해보면) 안전히 하기 위해서 사나이는 그것을 은행에 맡기게 하여 주었으면 좋겠다고 권하였다. 그리하여 테스도 즐거이 동의를 하였다. 이러한 일이 다 정해지자 클레어는 테스와 같이 마차까지 돌아와서 손을 잡아서 그녀를 태웠다. 차부한테 삯을 주고 그가 가는 곳도 말했다. 그리고 클레어는 자기의 가방과 양산을 들고 그에게 잘 가라는 인사를 하였다. 두 사람은 그곳에서 서로 헤어지게 되었다.

경마차(輕馬車)는 언덕을 올라갔다. 클레어는 테스가 잠깐이라도 창으로 내다보았으면 하고 갑자기 떠오른 희망을 안고 멀어져가는 경마차 뒤를 물끄러미 바라보았다. 그러나 테스는 한 절반 죽은 사람처럼 정신을 잃고 차안에 나가 누워서 그런 것을 할 생각도 또 그렇게 할 기운도 없었다. 이렇게 해서 사나이는 테스가 멀어져 가는 것을 바라보았다. 그리고 가슴이 너무나 아파서 어떤 시인의 한구를 마음대로 기묘하게 수정을 하여 인용하였다.

하느님은 하늘에 계시지 않는다
세상은 모든 것이 다 잘못되었다

테스가 언덕을 마루턱을 넘어가자 클레어는 자기의 갈 방향을 걸음을 향하였다. 그리고 자기는 아직도 역시 그녀를 사랑하고 있다는 것은 거의 알아차리지 못하였다.

38.

블랙무어 골짜기로 들어가서 소녀시절에 본 풍경이 사방으로 열려져 오는데 따라 테스는 실신상태에서 자연히 깨어났다. 그의 맨 처음 생각은 어떻게 부모의 낯을 대할까 하는 것이었다.

그는 마을로 들어가는 큰길가에 있는 통행세 징수문까지 왔다. 여러 해 그곳에서 문지기 노릇을 하여 그를 아는 늙은이는 아니고 전혀 보지도 못하던 사람이 문을 열어 주었다. 그 늙은이는 이런 교대가 있곤 하는 정월 초하룻날 떠나버린 모양이었다. 이즈음 집에서 아무 기별도 받지 못한 탓에 그는 이 문지기에게 무슨 별다른 일이나 없는지 물었다.

"아, 아무것도 없는뎁쇼" 하고 그는 대답하였다. "말로트는 그저 언제나 말로트지요, 누구누구가 죽었다든가 하는 그런 것뿐이지요. 존 더버필드는 이번 주일에 그 딸을 어느 신사농부한테 시집을 보냈는데요, 존네 집에서 한 게 아니에요, 어디 다른 데서 했다고 하더군요. 그 신사라는 사람이 아주 양반이어서 거기 끼우려면 존네 가족은 너무나 잘살지 못 한다구요. 그 신랑이란 사람은 존이 오랜 귀족의 피를 이어서 재산은 로마 적에 다 없어졌지만 오늘까지 그 집안 납골당에는 대대의 유골이 어엿하니 남아 있는 것을 알아낸 경로를 모르는 모양이더군요. 하지만 존 경은, 우리는 그 사람을 이렇게 부르지만 힘 가는 데까지 그 결혼 날을 지켜서 마을사람들에게 온통 잔치를 해 겪었는데요. 그리구 존네 마누라는 퓨어 드롭에서 열한시가 지나도록 노래를 부르구 야단을 했습니다."

이 말을 듣자 테스는 마음이 어지러워서 짐을 갖고 경마차로 뻐젓하니 집으로 들어갈 결심이 서지 않았다. 그는 짐을 잠깐 맡길 수는 없느냐고 문지기에게 물어본 즉 관계치 않다고 대답을 하여 마차를 돌려보내고 뒷길로 해서 혼자 마을로 들어갔다.

아버지의 집 굴뚝을 보고는 어떻게 집으로 들어갈까 하고 자기 자신에 물어보았다. 그 농가 안에서는 그의 가족들이 그를 아주 얼싸하게 거들어 줄 신세로 만들라고 하는 상당히 돈이 많은 사람과 그가 먼 곳에 신혼여행을 갔으리라고 생각하고 있었다. 그러나 시방 그는 같이 오는 사람도 없이 오직 단몸으로 세상에 갈 데라고는 이곳보다 나은 곳은 없어서 그 낡은 문으로 몰래 가는 것이었다.

집에 닿도록 그의 모양은 사람의 눈에 띄지 않을 수 없었다. 바로 뜨락 울타리에서 학교 시대에 의좋던 동무 처녀를 하나 만났다. 동무는 테스더러 어떻게 돌아왔느냐고 두세 마디 묻고 나서는 그의 슬픈 낯은 몰라보고 갑자기 이렇게 말했다.

"그런데 너의 남편은 어디 있어 테스?"

남편은 볼일이 있어서 다른 곳으로 갔다고 테스는 얼른 설명을 하였다. 그리고는 이 말하던 사람과 헤어져서 뜨락 생바주를 올라 넘어갔다. 이렇게 해서 그는 집을 향하여 간 것이다.

뜨락 길을 쫓아가노라니 뒷문 쪽에서 어머니가 소리하는 소리가 들리고 그것이 보이는 곳까지 오자 문턱에서 홑이불을 짜는 모양이 눈에 들어왔다. 그 어머니는 테스를 보지 못하고 집으로 들어갔다. 테스도 그 뒤를 따라갔다.

"아니, 테스! 너, 너는 결혼한 줄로만 생각하구 있었더니! 이번에는 정말로 결혼한 줄로만, 능금주(林檎酒)를 보냈는데……"

"네, 어머니, 저는 그랬어요."

"이제 하려고?"

"아뇨, 벌써 결혼했어요."

"결혼했어! 그럼 남편은 어디 있나?"

"아, 그이는 잠시 다른 데 갔어요."

"다른 데로 갔어! 그럼 언제 결혼했니? 네가 말한 날이냐?"

"네, 화요일 날이에요, 어머니."

"그런데 이제 겨우 토요일이 아니냐, 그런데 그는 가버렸어?"

"네, 갔어요."

"그게 무슨 소리냐, 대체? 네가 얻는 서방 같은 것들은 썩어져 버리라고 그래!"

"어머니!" 테스는 어머니 곁으로 다가가서 그 가슴에 얼굴을 묻고 흑흑 느껴 울기를 시작하였다. "저는 어떻게 말해야 할지 모르겠어요, 어머니! 그 사람한테 말해서 안 된다고 말씀도 하시고 또 편지에도 써 보내셨지만. 해도 저는 그 사람한테 말해버렸어요, 어떻게 할 수 없었어요, 그래서 그 사람은 가버렸어요!"

"아 이 바보야, 이 바보야!" 하고 더비필드 마누라는 너무 흥분해서 테스에게도 제게도 물을 끼얹으며 떠들었다. "기가 막혀서! 살아가노라면 이런 말을 다 하지 않으면 안 되다니, 그래도 한 번 더 말해야겠어, 이 바보야!"

테스는 몸을 들썩거리며 울었다. 여러 날 동안의 긴장이 드디어 풀어진 탓이었다.

"저도 알아요, 알아요, 알아요!" 하고 그는 느껴 울면서 숨이 찬 듯이 말하였다. "해도, 아, 어머니, 저는 할 수 없었어요! 그이는 퍽 사랑해 주었어요, 그래 지난 일을 그이한테 숨겨둔다는 것은 나쁜 일이라고 생각했어요! 만일, 만일, 이제 다시 하게 된다고 해도 저는 역시 같은 것을 할 것이에요. 저는 할 수 없었어요, 차마 할 생각이 없었어요, 그런 죄를, 그이에게 짓는다는 것은!"

"하지만, 너 그 사람과 결혼한 것이 벌써 죄를 지은 게 아니냐?"

"그래요! 그래요, 저는 그것이 슬퍼서 못 견디겠어요! 그러나 그이가 아무리 해도 그 일을 용서해주지 않을 결심이라면 법률로 완전히 저와 이혼할 수가 있으리라고 생각했어요. 그리고 제가 그이를 얼마나 사랑했는지, 얼마나 그이를 남편으로 하고 싶었는지, 그리고 그이를 사모하는 마음과 그이한테 숨기는 것이 없이하고 싶은 소원과의 두 짬에 끼여서 제가 얼마나 마음을 괴롭혔는지를 어머니가 하다못해 절반만이라도 알아주신다면!"

테스는 퍽도 격동을 해서 이외에 더 말이 나가지 않았다. 그리고 이제는 어떻게 할 수 없는 물건처럼 의자에 털썩 넘어져 버렸다.

"알았어, 알았어. 한 번 된 일이 다시 돌아가나! 참말로 내가 길러내는 아이들은 왜 남의 집 아이들과 달라서 이렇게들 이것도 저것도 다 멍텅구리들만이람, 알아도 그때는 어떻게 할 수 없이 될 때까지 잠자코 있었으면 좋을 것을 이쪽에서 쓸데없이 수작을 하다니, 그런 미욱한 게 어디 있어!" 여기서 더비필드 마누라는 가엾은 어미라는 듯이 자기를 생각하고 눈물을 흘리기 시작하였다. "아버지가 들으면 뭐라고 할지 난 모르겠다." 하고 어머니는 말을 이었다. "아버지는 그 뒤로 매일 롤리버스네 집과 퓨어 드롭에서 혼례이야기를 떠벌리고 네 덕분에 우리 집도 옛날의 훌륭한 지위에 돌아갈 것이라고 떠들어댔으니, 가엾고 어리석은 양반이야, 그것을 네가 이렇게 망쳐 버렸구나! 참 이걸 어떻게!"

마치 사건을 어떤 초점으로 가져오는 듯이 테스의 아버지가 이때 가까이 오는 소리가 들렸다. 그러나 그는 곧장 들어오지 않았다. 더비필드의 마누라는 테스를 잠깐 자리를 떠나게 하고 자기로부터 이 흥보를 그한테 알리자고 말하였다. 그의 어머니는 뜻밖의 실망에 빠졌다가 이번 일도 테스의 처음 실수와 같이 재난으로 생각하였다. 노는 날에 비가 왔다든가 감자농사가 잘 안되었다든가 하는 것쯤으로 여겼다.

테스는 위층으로 물러갔다. 침대의 위치가 달라진 것이 눈에 띄었다. 자기의 옛날 침대는 끝으로 두 아이들의 것이 되었다. 이제는 그곳에 그가 잘 곳도 없었다.

아래층 방에는 천장이 없었으므로 아래서 되는 일을 대부분 위에서 들을 수 있었다. 이즉하여 그 아버지가 들어왔다. 산닭을 한 마리 가지고 오는 듯하였다. 둘째 번 말도 할 수 없이 팔아먹고 이제는 그저 도보행상이 되어서 둥주리를 팔에 걸고 걸어 다니는 형편이었다. 이 닭은 언제나 그럴 때가 많듯이 오늘 아침도 또 그 아버지가 자기는 일을 한다는 것을 사람들에게 보이기 위해서 들려 다니는 것이었으나 실상은 한 시간 남아 발을 동여서는 롤리버스 집 탁자 아래 누워 있었던 것이다.

"바로 시방도 이야기가 나왔어, 저……" 하고 더비필드는 말을 꺼냈다. 그리고는 마누라에게 대고 딸이 목사 집에 시집을 간 사실이 실마리가 되어서 목사에 대해서 술집에서 시작된 의논을 자세히 늘어놓았다. "저쪽 집안도 예전에는 우리 집과 같이 '경'이라고 불렀대." 하고 그는 말했다. "하기도 시방은 그저 목사라고만 하지만." 이번 일은 세상에 내놓고 떠들지 말아달라고 테스가 부탁을 해서 그는 자세한 것은 말하지 않았다는 둥 빨리 입을 열게 해주었으면 좋겠다는 둥 새 부부는 테스의 본래 성대로 더버빌로 부르는 것이 남편의 성을 다는 것보다 낫다는 둥 늘어놓고는 오늘 딸한테서 무슨 편지가 오지 않았느냐고 물었다.

그때 더비필드의 마누라는 편지는 아니 왔으나 불행히도 테스 자신이 왔다고 말했다.

드디어 실패의 자초지종을 설명하는 것을 듣고는 더비필드는 전에 없이 침울한 근심이 생겨서 흥미 나던 술기운도 간 데가 없어졌다. 그러면서도 이 사건의 진상은 다른 사람들이 옆에서 이것저것 추측한 정도로 그의 민감한 감수성을 움직이지는 않았다.

"이제 당해서 이런 꼴이 돼버린 것을 생각하면." 하고 존 경은 말했다. "그래도 내게는 저 킹스비어 사원 아래 시골 신사 졸라드네 맥주광만한 큰 묘소가 있어. 우리 일족은 기록에 오른 그 어느 누구에게도 떨어지지 않는 진짜 이 고을 유골이 되어서 뒤섞여 누웠거든. 그리고 또 으레 저 롤리버스 집에서나 퓨어드롭에서들 그 놈들이 나한테 뭐라고들 할게야! 곁눈질을 하면서 눈을 갑삭거리면서 뭐라고 할게야, '이건 당신네게는 대단한 혼 틀이야. 이것으로 당신네는 노르만 왕 시대의 당신네 조상들과 같은 지위로 돌아갔어.' 하고 말이요. 이래서는 나는 못 견디겠어 여보, 나는 칵 죽어버려야겠어, 작위(爵位)도 무엇도 모두 함께, 나는 더 못 견디겠어…… 해도 저쪽이 그 애와 결혼을 했다니까 여편네로는 해주겠지?"

"하기야 그렇지요. 해도 그 애가 그렇게 하려고 하지 않을 게요."

"당신은 저쪽이 그 애하고 정말 결혼했다고 생각하시오? 혹시 또 전번처럼 된 게지?"

테스는 더 듣고 있을 수 없었다. 자기의 말이 이곳에서까지 바로 자기의 부모의 집에서까지 의심을 받는다면 이웃사람들이나 아는 사람들은 더욱 자기를 의심하지 않을 것인가? 아, 자기는 더 오래 자기 집에 있을 수는 없다!

이리하여 그는 이삼 일밖에 더 이곳에 머물러 있지 않으려고 했는데 바로 그 기한이 다 되어서 클레어한테서 짧은 편지가 있어서 어떤 농원 시찰로 북부지방에 가 있다는 것을 알려왔다.

이 사나이의 아내로서의 참으로 빛나는 지위를 사모하는 나머지, 또는 두 사람 사이의 넓게 벌어진 소격을 부모에게 감추기 위해서 그는 이 편지를 이용해서 예서 떠나가는 이유로 하고 남편과 같이 있기 위해서 가는 것으로 그들이 생각하게 하였다. 그리고 남편이 자기에게 너무나 불친절하다는 시비를 받지 않게 하기 위해서 클레어한테서 받은 50파운드 중에서 25파운드를 내어서 에인절 클레어의 아내쯤 하고야 이것쯤의 여유는 있다는 듯이 그 돈을 어머니의 손에 주면서 몇 해 전에 부모에게 끼친 걱정과 부끄러움과에 대한 얼마 되지 않은 사례라고 말하였다. 이렇게 자기의 위엄을 보이고는 그는 그들과 작별을 하였다. 그 뒤로 더비필드의 집에서는 한동안 테스의 선물 덕택으로 굉장한 활기를 띠었고 그 어머니는 젊은 부부 사이에 일어난 불화는 둘이 서로 헤어져서든 못 사는 강한 감정에 좌우되어서 자연히 없어지는 것이라고 말했고 또 참으로 그렇게 믿었다.

39.

결혼한 지 삼 주 뒤에 클레어는 그 유명한 아버지의 목사관으로 가는 언덕길을 내려가고 있었다. 길을 내려가는데 그 사원의 높은 탑이 너는 왜 돌아왔느냐고 묻는 듯이 저녁 하늘에 높이 솟아 있었다.

황혼의 거리에서는 누구 하나 그에게 눈을 멈추는 사람은 없는 것 같았다. 더욱이 그를 기다리는 빛 같은 것은 없었다. 그는 망령과 같이 가까이 나아갔다. 그리고 자기의 발소리까지도 걷어치우고 싶은 장애물로 생각이 되었다.

그에게는 인생의 모양이 달라져 버렸다. 이때까지는 그는 인생을 다만 사색하는 것으로서 알았지만 시방은 실제의 인간으로써 알게 된 듯이 생각하였다. 고금의 위인과 성현이 권한 가르침을 따라서 자기에게는 아무 비상한 일도 일어나지 않았다는 듯이 자기의 농업상의 계획을 기계적으로 실행하려고 해본 뒤에 그는 이런 위인 성현들도 자기들의 가르침이 실제로 행할 수 있는가를 시험할 만한 정도로 자기를 초월한 사람은 거의 없다는 결론에 이르렀다. "이것이야말로 가장 으뜸가는 일이니라. 마음을 어지러이 말라." 하고 이교(異敎)의 도덕학자는 말했다. 그것은 바로 클레어 자신의 의견이었다. 그러나 그는 마음을 어지러이 하였다. "마음을 괴롭히지 말라, 또한 두려워하지 말라." 이렇게 나사

렛 사람 그리스도는 말했다. 클레어는 마음으로 이것에 공명하였다. 그러나 그의 마음은 역시 괴로웠다. 그는 이 두 위대한 사상가와 친히 만나서 범인이 범인에게 대하는 태도로 열심히 그들에게 하소하고 그리고 그들의 방법을 말해달라고 청하고 싶어 했는지 모른다.

이렇게 마음이 쓸쓸한 것도 테스가 더버빌 집안의 한 사람이라는 우연한 사실에서 온 것이라고 생각하면 더욱 그 마음은 괴로워졌다. 테스는 그 힘이 시진한 오랜 혈통에서 온 사람이고 자기가 좋아서 몽상하는 하층의 새로운 종족으로 온 사람이 아니라는 것을 알 때 자기의 주의를 충실히 지켜서 왜 냉정하게 그를 버리지 않았는가? 이것이야말로 자기가 변절(變節)로 해서 얻은 것이었다. 그리하여 그의 벌은 당연하였다.

이렇게 해서 그는 피곤하고 불안해지고 하였다. 그리고 근심은 더 늘어갔다. 테스에게 대해서 취한 태도가 옳지 못했는가 하고 의아하였다. 먹는 줄을 모르고 먹고 맛을 모르고 마시었다. 시간이 가는 데 따라 지나간 날의 그 많은 행동의 동기가 하나씩 모르는 사이에 눈앞에 나타나는 데 따라 사랑하는 소유물로써 테스를 가지고 싶은 생각이 얼마나 밀접하니 모든 계획과 말과 수단과 섞이었는가를 알게 되었다.

이곳저곳 떠돌아다니는 가운데 작은 거리의 교외에 이주(移住) 농업가의 활동지로써 브라질 제국이 얼마나 유리한가를 늘어놓은 붉고 푸른 광고에 그 눈을 멈추었다. 그곳에서는 특별 유리한 조건으로 토지를 주었다. 브라질은 새로운 생각으로써 얼마큼 그를 끌었다. 테스와 결국 그곳에서 함께 될 수도 있고 그리고 토지의 상태나 주민들의 사상이나 습관이나 모두 서로 반대되는 그 나라에서는 이곳에서는 테스와의 동서생활을 실행하지 못하게 하는 인습도 그리 힘이 큰 것은 아닐지 몰랐다. 간단히 말하면 그는 브라질을 연구해볼 생각으로 쑥 기울어졌다.

더욱이 그곳으로 갈 시기가 박도했던 것이다.

이런 생각을 가지고 그는 시방 그 부모에게 이것을 말하려고 에민스터로 돌아오는 길이었다. 그리고 테스하고 같이 오지 않은 것은 현재 그들이 소격해 있는 때문이라는 사정을 알리지 않고 이렇게 잘 설명을 하려고 하였다. 문어귀까지 오자 초승달이 그의 얼굴을 비치었다. 그가 팔에 그 아내를 안고 강을 건너서 수도사들의 무덤이 있는 곳에 갔던 그 밝아올 녘의 시각에도 초승달은 그의 얼굴에 비치었던 것이다. 그러나 시방 그 얼굴은 퍽도 수척하였다. 클레어는 이 방문을 미리 그 부모에게 기별하지 않았다. 그래서 그의 도착은 마치 물총새가 풀에 뛰어들어 고요한 못을 흔들어 놓은 것처럼 목사관의 고요한 공기를 흔들어 놓았다. 아버지도 어머니도 응접실에 있었으나 형들은 누구도 집에 없었다. 에인절은 안으로 들어가서 조용히 문을 닫았다.

"그런데, 색시는 어디 있니, 에인절?" 하고 그 어머니는 외쳤다. "깜짝 놀랐구나!"

"그는 저의 어머니한테 가 있어요, 한동안. 저는 좀 급히 돌아왔어요, 브라질로 가려고 결심을 했기 때문에."

"브라질! 해도 그쪽 사람들은 다 로마 구교도들이 아니야!"

"그렇습니까? 저는 그런 건 생각지 못했어요."

그러나 그가 로마교의 나라로 간다는 신기한 흥미와 불안한 마음도 아들의 결혼에 대한 이 늙은 부부의 관심을 오래 제쳐놓아 두지는 못하였다.

"식을 지냈다는 간단한 네 편지는 삼 주 전에 받았다." 하고 클레어부인은 말했다. "그래서 그와 같이 네 대모의 선물을 아버지가 신부한테 보낸 거다. 물론 이쪽에서는 누구나 참례하지 않았던 것이다. 더욱이 신부집이 어디에 있든지 간에 그곳에서는 하지 않고 낙농장에서 한다는 것이 소원이었으니까. 참례해서도 너한테 장애가 되고 또 우리도 그리 기쁠 것이 없었으니까. 너의 형들은 그것을 더욱 심하게 생각했던 게다. 다 지나간 일이니까 우리는 아무 불평도 말하지 않는다. 더욱이 복음의 사도가 되려는 것이 아니고 네가 고른 사업에 그 색시가 아주 합당하다니까!…… 해도 나는 먼저 그 색시를 보고 싶었다, 에인절. 그렇지는 못해도 나는 그의 일을 좀 더 알고 싶었다. 우리는 신부한테 별로 선물을 안했는데 무엇을 해야 신부가 좋아할지 몰라 그런 게다. 해도 그저 늦어진 것으로 너는 생각하지 않으면 안 돼. 에인절, 나나 아버지나 이번 네 결혼으로 해서 너한테 노한 것은 아니다. 해도 우리가 직접 신부를 보기까지 네 아내를 사랑하는 것은 좀 서서히 하는 것이 좋다고 생각했다. 그런데 시방 너는 같이 오지 않았구나. 좀 이상한 생각이 드는구나. 무슨 일이 있었니?"

그는 자기가 이곳에 와 있는 동안 아내는 자기 집 부모한테 가 있는 것이 좋겠다고 둘이 생각한 것이라고 대답하였다.

"사실은 이런 생각입니다, 어머니." 하고 그는 말했다. "즉 저는 본래부터 그가 어머니의 마음에 든다는 제 확신이 서기까지는 이곳에서 그를 멀리 해두려고 한 것입니다. 그런데 이 브라질을 생각한 것은 최근의 일이에요. 만일 간다고 해도 이번 저의 첫 여행에는 그를 데리고 가지 않는 것이 좋으리라고 생각합니다. 제가 돌아오기까지 그는 제 어머니한테 있게 될 것입니다."

"그럼 네가 떠나기 전에는 나는 그를 볼 수 없겠군?"

아마 그렇게 될지도 모르겠다고 그는 생각하였다. 그러나 시방 곧 떠난다고 해도 일 년 안에는 다시 집에 돌아오지 않으면 안 될 것이니까 아내와 같이 둘째 번 출발할 때에는 그전에 꼭 그를 소개하겠다고 말했다.

갑자기 만든 저녁이 들어왔다. 그리하여 클레어는 자기의 계획을 좀 더 설명하였다. 어머니의 마음에는 신부를 보지 못하는 실망이 아직 남아 있었다. 클레어의 테스에 대한 결혼 바로 전까지의 정열은 늙은 클레어부인의 어머니로의 동정에 쑥 배어들어서 나중에는 좋은 것이 나사렛에서도 나올 수 있으니 아름다운 여자가 톨보트헤이즈의 낙농장에서도 나올 수 있으리라고까지 상상하게 되었다.

아들이 식사를 하는 동안 늙은 부인은 그에게서 눈을 떼지 않았다.

"너는 색시를 입으로 그려볼 수는 없니? 아마 퍽 예쁘겠지, 에인절."

"그거야 말할 것도 없지요." 하고 그는 그 아픈 데를 뒤싸는 묘미를 가지고 말했다.

"그리고 그가 순결하고 정숙한 것도 또다시 말할 것도 없겠지?"

"순결하고 정숙하고, 물론이지요, 그는."

"나는 분명히 눈에 그가 보이는데. 너는 전에 이런 말을 했지. 그는 아주 자태가 예쁘고 두리두리한 몸매고 큐피드의 활과 같은 선을 한 도까운 새빨간 입술이고 눈썹과 살눈썹은 까맣고 머리털은 굵은 닻줄과 같이 탐스럽고 자줏빛에 푸른빛에 꺼먼빛을 한 큼직한 눈을 하였다고."

"네, 말했습니다. 어머니."

"내게는 분명히 보여. 그런 궁벽한 곳에 있었으니까 자연 너를 만나기까지 바깥세상의 젊은 남자라고는 거의 한사람도 만난 일이 없겠지."

"네, 거의."

"너는 그 색시의 첫 번째 연애였니?"

"물론이지요."

"세상에는 이런 순진한 빨간 입술을 한 건강한 농촌 처녀들보다 마음이 고약한 여편네들도 있지. 정말로 나는 이렇게 생각하는 것이 옳았어. 저, 내 아들이 농업가가 되려고 하니까 그 아내도 바깥 생활에 익숙해야만 되겠다고 하는 것은 당연한 일이니까."

그의 아버지는 이렇게는 캐묻지 않았다. 그러나 저녁 기도 전에 언제나 읽기로 되어 있는 성경 한 장을 읽을 시각이 되니까 목사는 부인에게 향해서 말했다.

"에인절도 왔으니까 오늘 저녁은 늘 우리 낭독하는 과목이 되어 있는 장보다 잠언(箴言) 제삼십일장을 읽는 것이 적당하다고 생각을 하는데 어떻소?"

"네, 참 그렇게 하지요." 하고 클레어부인은 말했다. "애, 너의 아버지는 정숙한 아내를 찬미한 잠언의 그 장을 읽어주시기로 정하셨다. 그 말씀은 물론 이곳에 있지 않은 사람들을 두고 한 것이다. 하느님, 어떠한 일에나 그를 보호해 주옵소서!"

클레어는 목이 메는 듯하였다. 옮겨가지고 다닐 수 있는 독경대(讀經臺)를 방 한구석에서 들어내서 난롯가 복판에 놓았다. 늙은 두 하인도 들어왔다. 그리고 에인절의 아버지는 앞서 말한 장(章)의 제십절을 읽기 시작했다.

'누가 어진 여자를 찾을 수 있으랴? 그 값은 홍보석보다 귀하니라. 그는 밝기 전에 일어나 그 집안사람들에게 양식을 나누어 주느니라. 그는 그 힘을 허리에 띠고 그 팔을 힘세게 하느니라. 그는 상품이 이익 있는 줄을 알고 그 등불은 밤새도록 꺼지지 아니하느니라. 그는 집안일을 잘 보살피고 그리고 게으른 밥을 먹지 아니하느니라. 그 아들들은 일어나서 그를 축복하고 그 남편 또한 그러하여 그를 칭송하느니라. 많은 딸들이 다 어질게 일을 하여도 너는 그들 모두들보다 나으리라.'

기도가 끝나자 그 어머니는 말했다.

"나는 시방 너의 아버지께서 읽으신 장(章)이 특별히 몇몇 점에서 네가 고른 여자에게 잘 들어맞는다고 자꾸만 생각이 되는구나. 완장한 여자라는 것은 일하는 여자를 이르는 것이다. 게으른 여자나 어여쁜 여자가 아니고 자기의 손도 머리도 마음도 다른 사람을 위해 쓰는 여자를 말하는 것이다. 나는 정말로 그애를 보았으면 한다, 에인절. 그 애는 순결하고 정숙하다고 하니까 내게는 그것으로 만족이다."

클레어는 더 참을 수가 없었다. 그의 눈에는 눈물이 가득 고였다. 그것은 녹은 납 방울 같았다. 그는 자기가 마음으로 사랑하는 이 성실하고 단순한 마음을 가진 사람들에게 급하니 잘 주무시라는 인사를 하였다. 그들은 세상도 인성(人性)도 그리고 그들의 마음속에 있는 악마도 모르는 사람들이었다. 그는 자기 방으로 갔다.

그 어머니가 뒤를 따라와서 문을 두드렸다. 클레어가 문을 여니까 어머니가 근심스러운 눈으로 밖에 서 있었다.

"에인절." 하고 그를 물었다. "너 이렇게 빨리 헤어져 온다고는, 무슨 좋지 못한 일이라도 있지 않았니? 아무래도 너는 보통 때와 다르구나."

"정말 그렇습니다, 어머니." 하고 그는 말했다.

"그 애 때문이지? 애, 나는 안다, 그 애 때문이라는 걸 나는 알아! 이제 삼 주도 못 지나서 너 싸움이라도 했니?"

"아니에요, 꼭 싸움을 했다는 건 아닙니다." 하고 그는 말했다. "좀 의견이 맞지 않는 것이 있어서……"

"에인절, 그 애는 내력을 조사해 봐도 조금도 관계치 않을 여자냐?"

어머니로서의 직감으로 클레어 노부인은 그 아들의 마음을 산란하게 하는 불안의 원인이 되는 근심을 손가락으로 짚어낸 것이다.

"그 사람에겐 흠이라곤 조금도 없어요." 하고 그는 대답했다. 그리고 곧 그 자리에서 영원한 지옥으로 떨어진다 해도 역시 이런 거짓말을 했을 것에 틀림 없으리라고 그는 생각하였다.

"그럼 그런 것은 걱정할 것 없다. 무엇 무엇해도 흠 없는 시골 처녀보다 깨끗한 것은 그리 없는 게다. 처음에는 좀 더 교육이 있는 너의 마음에 거슬리는 무법한 거동이 있어도 너와 같이 있어서 가르침을 받아가는 동안에는 자연 그런 것도 없어질 것이니까."

마음의 동요가 진정이 되면 때때로 그는 그 부모를 속이지 않으면 안 될 처지에 자기를 이르게 하였다는 이유로 그 가엾은 아내에게 화를 낸 적이 있었다. 그는 너무도 노해서는 그 아내가 마치 방에 있기라도 하는 듯이 말을 걸 때도 있었다. 그러면 그 아내의 슬프게 어르는 듯한 소리가 어둠을 흔들고 그 입술의 벨벳 같은 촉감이 앞이마 위를 스치고 지나갔다. 그리고 아내의 따스한 호흡을 방안의 공기 속에서 분명히 느낄 수가 있었다.

이날 밤 그가 업신여기고 못마땅하게 생각하는 여자는 그 남편이 얼마나 훌륭하고 착한가를 생각하고 있었다. 그러나 이 두 사람의 위에는 어느 쪽에나 에인절 클레어가 본 그림자 말하자면 자기의 약점의 그림자보다 깊은 그림자가 덮여 있었다. 그의 이 젊은 아내도 죄악을 싫어하는 성정을 타고난 다른 그 어떤 여자만 못지않게 잠언(箴言)에 있는 칭찬을 받을 만한 사람이었다.

진실한 테스 아닌 것을 생각하는 가운데 그는 진실한 테스를 보지 못하였다. 그리고 결점 있는 것이 완전무결한 것보다 나을 수 있다는 것을 잊어버린 것이었다.

40.

아침 식사 때에는 브라질이 이야깃거리가 되었다. 그곳에 이주하였다가 일 년도 못 되어서 돌아온 농업 노동자들의 비관할 만한 보고가 있는 데도 불구하고 모두들 클레어가 제안한 그곳 지질의 실험이 애써 유망하다고 해석하였다. 아침 식사가 끝나자 클레어는 자기에게 관계된 여러 가지 세세한 일을 모두 결말을 짓고 또 자기가 예금한 것 전부를 은행으로부터 찾으려고 작은 거기로 갔다. 그 돌아오는 길에 그는 교회당 옆에서 머시 찬트 양을 만났다. 그는 마치 그 바람벽에서 쑥 솟아나온 것 같았다. 자기 반 학생들에게 빌려줄 성경책을 한 아름 안고 있었다. 그리고 다른 사람에게는 마음의 아픔을 줄 만한 일도 자기에게는 행복한 웃음을 가져온다는 것이 그의 인생관이었다. 에인절의 생각으로는 비록 이것이 신비교(神秘敎) 때문에 인정을 이상하게도 부자연스럽게 희생을 시켜서 얻은 결과라고는 하지만 부러운 생각이었다.

그는 클레어가 영국을 떠난다는 것을 알고 있었다. 그리고 그것은 아주 훌륭하고 유망한 계획같이 생각된다고 말하였다.

"그래요, 상업이라는 의미로 보면 상당한 계획 같아요." 하고 클레어는 말했다. "그러나 머시씨, 가면 생존의 줄이 똑 끊어져요. 아마 수도원이 더 나을지 모르지요."

"수도원! 아, 에인절 클레어!"

"어째서요?"

"참 바쁘신 이야 수도원이라면 수도사란 말이 아니에요, 그리고 수도사라면 로마 구교란 말이 되지요."

"그리고 로마 구교는 죄악, 죄악은 지옥이란 말이지요. 너는 위태로운 데 있도다, 에인절 클레어란 말이지요."

"이 저는 신교(新敎)를 자랑해요."

그러자 클레어는 오직 비참한 마음으로 해서 사람이 자기의 진정한 주의까지도 경멸하게 되는 악마적 기분으로 떨어져서 그를 자기 가까이로 오게 한 뒤에 자기가 생각할 수 있는 데로는 극도로 이단적인 관념을 악마와 같이 그의 귀에다 속삭였다. 이 여자의 아름다운 얼굴에 떠오르는 공포를 보고 클레어는 갑자기 하하 하고 웃었으나 그것도 자기의 행복을 생각하는 근심과 고통 속에 잠겨서 사라져버렸다.

"여보, 머시." 하고 클레어는 말했다. "용서하세요. 나는 시방 미칠 것 같아요."

그럴 것이라고 머시는 생각했다. 이렇게 해서 그들이 만났던 것은 끝났다. 그리고 클레어는 다시 목사관으로 들어갔다. 그는 좀 더 행복한 날이 솟아올 때까지 그 보석을 그 고장 은행가에게 맡겨두었다. 그는 또 30파운드쯤 은행에 맡겼다. 이것은 테스가 필요한 것이니까 이삼 개월 안에 그한테로 보내려고 한 것이다. 그리고 블랙무어 골짜기의 부모한테 있는 그한테 그렇게 하였다는 것을 편지로 알렸다. 이 금액과 먼저 그한테 준 금액 약 50파운드를 합치면 당분간은 그의 필요에는 충분하리라고 생각하였다.

더욱이 급한 경우에는 자기 아버지한테 그런 말을 하도록 미리 일러두었으니까.

클레어는 부모들이 테스와 서로 편지 거래를 하지 않는 것이 상책이라고 생각한 탓에 그의 주소를 알리지 않았다. 부모들도 두 사람의 소격해진 진정한 까닭을 모르는 탓에 그 아버지나 어머니나 그렇게 해야 한다고는 말하지 않았다. 그는 결말을 지을 것은 빨리 끝내어 버리려고 생각해서 그날로 목사관을 떠났다.

영국의 이 고장을 떠나는 마지막 의무로써 신혼 뒤 사흘 동안을 테스와 같이 보낸 웰브릿지의 농가를 방문하여 얼마 안 되는 집세를 내고 그들이 쓰던 방의 열쇠를 돌려주고 떠날 때 남겨놓고 온 두세 개의 짐을 가져오지 않으면 안 되었다. 이때까지 던져진 가운데 제일 깊은 그림자가 그 얼굴을 그들의 위에 편 것도 이 지붕 밑에서였다. 그래도 그가 방문을 열고 그 안을 들여다볼 때 맨 처음으로 그에게 되살아난 기억은 이와 같은 오후에 둘이 행복하게 도착하던 것이었다. 한몸이 되어서 한집에 산다는 신선한 감각이었다. 처음으로 둘이 함께

한 식사였다. 손을 서로 맞잡고 주고받은 난롯가의 농담이었다.

그가 찾아간 때에는 농부네 부부는 들에 나가고 없었다. 클레어는 얼마 동안 혼자 방안에 있었다. 그 가슴에는 아주 예기하지 못했던 감정이 넘쳐 와서 그는 위층 테스의 침실로 올라가지 않을 수가 없었다. 그것은 한 번도 자기의 침실이 된 적이 없었다. 방에 서서 그는 처음으로 이번 경우에 그의 처치가 현명하였던가 가혹하였던가 하고 의심에 들어갔다. 자기는 잔혹하니 눈이 어두웠던 것이 아닌가? 그는 이런 부질없는 감정이 가슴에 차올라서 눈물 어린 눈으로 침대 옆에 꿇어앉았다. "아―테스! 당신이 조금만 빨리 말을 하였다면 나는 당신을 용서했을 것인데!"

아래서 발소리가 나서 그는 일어나 계단 위쪽으로 가보았다. 계단 밑에 한 여자가 서 있었다. 그 얼굴을 드는 것을 보니까 가는 낯빛이 해쓱한 눈이 꺼먼 이즈 휴에트였다.

"클레어씨" 하고 그는 외쳤다. "저는 당신하고 부인을 찾아왔어요. 평안들 하신가 알고 싶어서. 두 분이 이곳에 돌아오셨으리라 생각해서요."

클레어에게는 이 처녀의 비밀이 대강 짐작이 되나 저쪽에서는 아직 이쪽의 비밀을 짐작하지 못하는 처녀였다. 그것은 그를 사랑한 정직한 처녀, 테스만큼 혹은 거의 못하지 않게 실제적인 농부의 아내가 될 처녀이었다.

"나는 혼자 여기 왔습니다." 하고 그는 말했다. "우리들은 시방 여기서 살지는 않습니다." 자기가 어째서 이 집에 온 것을 말하고 나서 "어느 쪽으로 돌아가오, 이즈?" 하고 물었다.

"저는 이젠 톨보트헤이즈의 낙농장에 있지 않아요." 하고 이즈는 말했다.

"어째서요?"

이즈는 아래를 내려다보았다.

"그곳은 너무 쓸쓸해서 저는 나와 버렸어요. 저는 시방 이쪽에 와 있어요." 하고 그는 반대 방향을 가리켰다. 그것은 클레어가 가려는 방향이었다.

"그렇군요, 그래 시방 그리로 가려오? 타고 가고 싶으면 데려다 드리지요."

올리브빛의 그 얼굴은 빛을 더했다.

"고맙습니다, 클레어씨." 하고 그는 말했다.

클레어는 곧 농부를 만나서 집세 회계를 하고 갑자기 이 집을 떠나기 때문에 생긴 몇 가지 일도 다 끝내었다. 클레어가 마차 있는데 돌아오자 이즈는 그 옆에 뛰어올랐다.

"나는 이제 영국을 떠나요, 이즈." 하고 마차를 달리면서 그는 말했다. "브라질로 가려고 해요."

"그래 부인도 그런 먼데 가는 것을 좋아해요?" 하고 이즈는 물었다.

"그는 이번에는 안 가지요, 아마 한 일 년이나 그쯤. 나는 시찰하러 가니까 —그쪽 생활이 어떤가 보러."

그들은 상당한 거리를 동쪽으로 달렸다. 그동안 이즈는 아무 말도 하지 않았다.

"다른 사람들은 다 어떻게 되었소?" 하고 그가 물었다. "레티는 어떻게 되었소?"

"요전에 만났을 때 보니까 신경쇠약인가 봐요. 아주 바짝 마르고 볼도 들어가고 폐병쟁이 같아요. 이제는 그와 누가 연애할 사람은 없을 거예요." 하고 이즈는 힘없이 말했다.

"그리고 마리안은?"

이즈는 소리를 낮추었다.

"마리안은 술을 먹어요."

"참말!"

"네, 그래서 낙농장에서 내보냈어요."

"그리고 당신은!"

"저는 술도 안 먹고 폐병도 아니에요. 해도, 이제는 아침 식사 전에 노래를 부르지는 않아요!"

"아침 젖 짤 때에는 '큐피드의 동산에서'와 '재봉사의 바지' 같은 것을 당신은 멋지게 뽑지 않았소?"

"네, 그랬어요. 당신이 처음 그곳에 오셨을 때쯤에는. 해도 조금 지나서는 그렇지 못했어요."

"어째서 그만두어 버렸소?"

대답 대신에 꺼먼 그의 눈이 생긋 하고 클레어의 얼굴을 향하고 빛났다.

"이즈, 당신은 어떻게 그렇게 약하오. 나 같은 사람을 위해서 말이요." 하고 그는 말했다. 그리고 깊은 생각에 잠겨 버렸다. "그러면 만일 내가 당신한테 결혼하자고 했더라면?"

"당신께서 그러셨다면 저는 '네.' 하고 대답했을 것이에요. 그리고 당신도 당신을 사모하는 여자와 결혼하셨을 것이에요!"

"참으로!"

"참 말이에요!" 하고 이즈는 열심히 말하였다. "아이참! 당신은 아직도 그것을 조금도 알아차리니 못하셨어요!"

얼마 아니해서 그들은 어느 마을로 가는 갈림길에 왔다.

"저는 내려야 하겠어요. 저 건너 살아요." 이즈는 자기 마음에 있는 것을 다 고백한 뒤로 잠자코 있다가 갑자기 이렇게 말했다.

클레어는 말을 늦추었다. 그는 사회의 법칙에 통렬한 반감을 갖고 자기의 운명에 격노하였다. 사회 법칙이라는 것이 정당한 진로가 없는 구석으로 그를 몰아넣은 까닭이었다. 이렇게 올가미에 걸린 듯이 되어 있으면서 도덕적 인습의 초달을 달게 받지 말고 마음대로 장래의 가정을 꾸미면서 사회에 복수할 수 없을 리도 없었다.

"나는 나 혼자서 브라질로 가요." 하고 그는 말했다. "나는 항해한다는 이유가 아니라 일신상의 이유로 아내와는 헤어졌지요. 나는 다시 그와 같이 살 수는 없을 것이요. 나는 당신을 사랑할 수는 없을는지 몰라도, 그래도 그 사람 대신 나와 같이 가줄 수는 없소?"

"당신께서 정말 같이 가 주었으면 하세요?"

"정말이오. 나도 어지간히 고통을 받아서 좀 마음을 쉬어야겠소. 그런데 당신만은 적어도 이해 막론하고 나를 사랑해주지요?"

"네, 저는 가겠어요!" 하고 조금 사이를 두었다가 이즈는 말했다.

"갈 테요? 이것이 어떤 것이라는 것도 알지요, 이즈?"

"그거야 당신께서 저쪽에 가 계실 동안만 저와 같이 산다는 것이지요. 저는 그것으로 만족이에요."

"하지만 알아두어요. 당신은 이제는 도덕이라는 점에서 나를 신뢰하지는 못해요. 이것만은 말해두는데 그것은 문명의 눈으로 보면 옳지 못한 행동이 되는 것이요. 즉 서양 문명의 눈으로 보면."

"저는 그런 것은 가리지 않아요. 여자가 고통의 절정에 오면 그런 것은 가리지 않는 거예요! 그리고 그밖에 다른 길이 없어요!"

"그럼 내리지 말고 그대로 앉아 있어요."

십자로를 지나서 1마일, 2마일 그는 별로 애정 같은 것을 보이지 않고 마차를 몰았다.

"당신은 정말로 대단히 나를 사랑하오, 이즈?" 하고 그는 갑자기 물었다.

"네, 아까도 그렇다고 말씀드렸어요! 낙농장에 같이 있는 동안 저는 늘 사랑했어요."

"테스보다 더?"

이즈는 머리를 흔들었다.

"아뇨." 하고 이즈는 송알거렸다. "그이보다 더는 아니었어요."

"어째서요?"

"해도 누구나 테스보다 더 당신을 사랑할 수는 없으니까요! 그는 당신을 위해서는 목숨이라도 내던졌을 것이에요. 저 같은 것은 더하지 못해요!"

이즈 휴에트는 이런 때 테스를 쳐서 말하고 싶었으나 테스의 매력이 그로 하여금 칭찬하는 말을 하지 않고는 못 견디게 하였다.

클레어는 아무 말이 없었다. 이런 솔직한 말을 듣고 그의 가슴은 뛰놀았다. 목에는 울음이 괴서 굳어 버린 듯한 것이 있었다. 그의 귀는 바로 전에 이즈가 한 말이 자꾸 되풀이되었다.

"우리 이전에 말한 쓸데없는 이야기는 잊어버려요, 이즈." 하고 그는 갑자기 말머리를 돌리면서 말했다. "나는 대체 지금까지 무슨 이야기를 했는지 모르겠어! 자, 당신 돌아가는 길이 갈라지는 데까지 데려다 드리지."

"이렇게까지 당신한테 정직하니 했는데! 아, 제가 어떻게 참을 수 있어요, 어떻게 있어요, 어떻게 있어요!"

이즈 휴에트는 막 울음이 터져 나왔다. 그리고 자기가 한 일을 알게 되자 그는 제 이마를 쳤다.

"당신은 이곳에 있지 않는 사람에게 대해서 한 자그마한 선행(善行)을 후회하오? 자, 이즈, 그 선행을 후회해서 값없이 만들지 말아요!"

이즈는 점점 전정되었다.

"알았어요, 저는 무슨 말을 했는지 모르겠어요, 가겠다고 말씀했을 때! 저는 바랐어요! 될 수 없는 일을!"

"내게는 사랑하는 아내가 있으니까."

"그래요, 그렇지요, 계시지요."

한 반시간 전에 지나온 소로길 모롱고지에 그들은 와 닿았다. 이즈는 뛰어 내렸다.

"이즈 제발, 제발 내 한때의 경솔했던 것을 잊어버려 주어요!" 하고 그는 외쳤다. "너무나 분별이 없었어, 너무나 어리석었어!"

"잊어버려요? 천만에, 천만에! 아 제게는 경솔한 일이 아니었어요!"

그 상처받아 외치는 소리가 전하는 이 욕을 어디까지나 먹어 싸다고 생각하였다. 그리고 말할 수 없이 슬퍼서 그는 뛰어내려 이즈의 손을 잡았다.

"자, 그래도, 이즈 우리 사이좋게 헤어져요. 얼마나 괴로운 것을 내가 참고 왔는지 당신은 몰라요!"

이즈는 참으로 너그러운 처녀였다. 이 위에 더 원한을 품고 작별을 상하게 하지 않았다.

"저는 용서해 드려요!" 하고 이즈는 말했다.

"자, 이즈" 하고 그는 이즈가 옆에 서있는 동안에 생각에도 없는 교훈자의 자리에 억지로 자기를 올려놓고 말했다. "다음에 마리안을 만나면 좋은 여자가 되도록 어리석게 몸을 망치지 않도록 하라고 좀 전해주어요. 그것을 약속해요.

그리고 레티에게는 이렇게 말해줘요, 세상에는 나보다 더 훌륭한 사람들이 많으니까 나를 위해서 현명하게 그리고 선량하게 행동을 하지 않으면 안 된다고, 이 말을 잊어버리지 마요. 현명하게, 선량하게. 나를 위해서 나는 죽어가는 사람이 죽어가는 사람에게 보내듯이 이 말을 그들한테 보내는 거요. 나는 다시 그들을 볼 수 없을 것이니까. 그리고 당신 이즈, 당신은 내 아내에 대해서 한 정직한 말로 어리석은 짓과 믿음 없이 되는 짓으로 향했던 추한 충동에서 나를 건져준 것이요. 여자는 죄가 깊은 것인지 모르나 이런 일에는 남자가 더 죄가 깊은 것이요. 이 하나의 일로 해서 나는 영원히 당신을 못 잊겠소. 당신은 이제껏 그러했듯이 착하고 성실한 처녀가 되어 주어요. 그리고 애인으로서는 값이 없으나 충실한 동무로서 나를 늘 생각해 주어요. 약속해 주어요."

이즈는 약속하였다.

"하느님께서 당신을 축복하고 보호해 주시기를 빕니다. 안녕히 가세요."

클레어는 마차를 몰아 가버렸다. 그러나 이즈는 소로길로 들어서 클레어의 모양이 보이지 않을 때까지 바쁘게 찢어지는 듯한 고통이 치밀어서 그만 동둑에 나가 넘어졌다. 그날 밤이 늦어서 어머니의 집에 돌아간 때 이 처녀는 시진하여 부자연한 얼굴을 하였던 것이다. 에인절 클레어와 헤어져서 자기 집에 돌아오기까지 그 어두운 몇 시간을 이즈가 어떻게 보냈는지는 누구 하나 아는 사람이 없었다.

클레어도 또한 이 처녀와 헤어진 뒤로 가슴이 아프고 입술이 떨리었다. 그러나 그의 슬픔은 이즈 때문에는 아니었다. 그날 저녁 그는 근처 정거장으로 가는 길을 버리고 자기와 테스의 고향을 갈라놓는 남 웨섹스의 높은 산마루턱을 넘어갈 뻔하였다. 그를 멈춘 것은 테스의 성질에 대한 경멸도 아니요 또 그 마음이 어떨까 하는 의심도 아니었다.

그날 밤 클레어는 런던으로 가는 차를 탔다. 그리고 닷새 뒤에 그는 배를 타려는 항구에서 두 사람의 형들과 작별하는 악수를 하였던 것이다.

41.

클레어와 테스가 헤어진 뒤로 여덟 달이 조금 지난, 시월 달로 가기로 하자. 테스의 경우는 변하였다. 그는 아직 색시가 되기 전처럼 둥주리와 꿍제기를 자기가 가지고 다니는 쓸쓸한 여자이었다. 이 시련(試鍊)하는 동안 평안히 지내라고 남편한테로 충분히 생활비를 받았지만 그의 주머니는 점점 편편해갔다.

다시 고향인 말로트를 떠난 그는 봄과 여름 동안을 고향으로나 또 톨보트헤이즈로나 똑같이 먼 블랙무어 골짜기의 서쪽에 있는 포트브레디 근방에 있는 낙농장에서 헐한 임시 일을 하며 지낸 탓에 그리 체력을 과로하는 일이 없었다. 그는 남편의 보내주는 것으로 생활하는 것보다 이편이 좋았다. 그러나 그의 마음은 늘 우울하였다. 그의 의식은 저 다른 낙농장에 저 다른 시절에 그와 얼굴을 마주한 다정한 애인의 앞에 가 있었다. 자기의 것으로 하려고 꼭 붙잡은 순간에 환상 속에 나타난 형상같이 사라진 사람의 앞에. 낙농장의 일은 우유가 점점 적게 나오는 때까지밖에 더 없었다. 그는 임시 고용으로 있었기 때문이다. 그러나 차츰 추수가 시작되는 탓에 그는 다만 목장에서 밭으로 옮겨 서기만 하면 앞으로도 일은 많이 찾을 수가 있었다. 그리고 이것은 추수가 끝날 때까지 계속되었다.

지금까지 끼친 걱정과 비용의 값으로 그 부모에게 준 50파운드의 절반을 제하고도 클레어에게서 받은 돈은 아직 25파운드쯤 남았는데 이것은 아직 거의 손을 대지 않았던 것이다. 그러나 이즈음에는 운수 사납게도 비가 계속해 와서 그동안 그는 할 수 없이 가지고 있는 금화에 의지할 밖에 없었다.

그는 그것을 차마 내놓기 어려웠다. 그것은 에인절이 친히 그 손에 쥐어준 것이어서 말하자면 남편의 기념물이었다. 그러므로 그것을 내놓는다는 것은 유품을 잃어버리는 거나 다를 것이 없었다. 그러나 그는 그렇게 하지 않을 수 없었다. 그리하여 금화는 하나씩 하나씩 그의 손에서 떠나 버렸다.

그는 때때로 자기의 주소를 어머니한테 알리지 않으면 안 되었으나 그 경우는 숨기었다. 가졌던 돈도 다 떨어진 때에 그 어머니한테서 편지가 왔다. 시방 대단히 곤란하다, 초가지붕에는 가을비가 새는 탓에 이엉을 온통 새로 해놓지 않으면 아니 되겠으나 먼젓번에 이엉 놓는 값을 아직 풀지 못해서 그렇게 할 수가 없다. 널레도 새로 깔고 위층 천장도 새로 해야 하겠는데 그것과 먼젓번 금액과 합쳐서 25파운드가 된다. 네 남편은 돈 있는 사람이고 이때쯤 해서는 돌아왔을 터이니 그 돈을 네가 어떻게 해서 보낼 수는 없겠느냐? 하는 사연이었다.

테스는 곧 에인절의 거래하는 은행에서 30파운드쯤 오게 되어 있었다. 그리고 경우가 너무 딱하여서 그 돈을 받자마자 요구해 온대로 25파운드를 보냈다. 그 나머지로 겨울옷을 사지 않으면 안 되는 탓에 가까이 닥쳐온 기후 불순한 계절의 준비로는 겨우 명색만이 금액이 남았을 뿐이었다. 마지막 파운드가 없어진 때 그는 이후에 더 돈이 필요한 때에는 언제나 그 아버지한테 의뢰를 하라고 한 에인절의 말이 생각나서 어떻게 할까 하고 고려하게 되었다.

그러나 이 수단을 생각하면 생각할수록 그것을 취하고 싶지는 않았다. 클레어의 부모는 벌써 자기를 경멸하고 있을 것이었다. 이제 또 구걸하는 태도를 보이면 이후에 또 얼마나 경멸을 할 것인가! 이렇게 생각한 결과 목사의 며느리치고 어떻게 지금 자기의 경우를 시아버지한테 알릴 수 있으랴 하고 생각하였다.

그러는 동안에 그 남편이 보내는 세월도 결코 시련에서 빠져난 것은 아니었다. 브라질 정부의 약속과 영국 고지에서 경작에 종사하면서 모든 기후의 변화에 견디어 온 체질은 브라질 평원의 기후라도 못 견딜 것이 없으리라는 뿌리 없는 공상에서 그곳으로 속아 들어온 영국의 농업가며 농업 노동자들과 한가지로 큰비에 젖고 또 여러 곤란 속에 고생을 하다가 바로 이때 그는 브라질의 쿠리티바 가까운 고장에서 열병에 걸려서 신고를 하고 있었다.

이야기는 뒤로 돌아간다. 테스가 마지막 금화를 써버린 뒤에는 이것을 보충해 줄 것은 없었다. 그리고 계절 관계로 일자리를 얻는 것도 더욱 어려워졌다. 그는 도회와 큰집과 돈 있고 입을 까놓고 그리고 시골티가 나지 않는 사람을 두려워하였다. 그런 신분 있는 방면으로 심뇌가 온 것이었다. 그리하여 그의 본능은 이런 사정 가운데서 그 주위에 가까이 하는 것을 피하였다.

봄과 여름 동안 임시로 착유부 노릇을 한 포트브레디를 지나서 서쪽에 있는 작은 낙농장에서는 더 일이 없었다. 오직 동정에만 매달린다면 톨보트헤이즈에도 그를 위해 자리를 낼 수는 있었을 것이나, 그곳에서 보낸 생활이 그 얼마나 유쾌하였다고 해도 그는 다시 돌아갈 수는 없었다. 그의 뒤집힌 신세를 도저히 참을 수 없었다. 그리고 그가 돌아가면 숭배 받는 그의 남편에게 욕을 가져오게 될는지도 몰랐다. 그는 그들의 연민과 또 그의 수상한 경우에 대한 자기네들끼리의 속삭임을 도저히 참을 수는 없었다.

그는 시방 이 고을 복판에 있는 어떤 고지의 농장을 향해서 가는 도중이었다. 그곳은 이곳저곳 돌고 돌은 끝에 그의 손에 들어온 마리안이 한 편지로 천거를 받은 데였다. 마리안은 테스가 남편과 헤어진 것을 어떻게 들어 알았다. 아마 이즈 휴에트를 통해서였겠지만, 그리고 이 마음 좋은, 시방은 술꾼이 된 처녀가 테스가 고생할 것을 생각하고 자기도 그전 낙농장을 나와서 이 고지에 와있는데 이곳에서 꼭 만나고 싶으니 예전처럼 아직 일을 한다는 것이 정말이라면 이곳에서는 다른 사람도 쓰게 될 것이니까 하는 뜻을 급히 그의 옛날 동무한테 알려왔다.

그러나 그는 시방 가려는 고지의 농장보다도 브릿강 서쪽에 있는 지방으로 가고 싶었다. 그것은 그 지방이 남편의 아버지네 집에 더 가까운 탓에 언젠가는 목사관을 방문하려는 마음이 들어갈지도 모른다는 생각에서 남이 알아차리지 못하게 그 부근을 방황할 수 있다는 것이 그에게 기쁨을 주었다. 그러나 좀 더 높고 메마른 평지에서 일을 해보려고 결심한 탓에 그는 동쪽으로 다시 돌아가서 초크뉴턴이라는 마을을 바라고 터벅터벅 걸어갔다. 그곳에서 그는 하룻밤을 지낼 작정이었다.

오솔길은 길고 단조하였다. 그리고 그때는 해가 점점 짧아지는 때라 어느 사이에 어둠이 그 위에 내렸다. 그는 어느 언덕 꼭대기에 이르렀다. 그 아래로 작은 길이 구불구불 뻗은 것이 보였다. 바로 그때 그의 등 뒤에서 발소리가 났다. 그리고 조금 있는 동안에 어떤 사나이한테 따라 잡히었다. 사나이는 테스의 옆으로 와서 말했다.

"안녕하시오, 색시." 이 말에 테스는 깍듯이 대답하였다.

주위의 풍광은 거의 어두워졌으나 공중에 아직 남아 있는 빛이 그의 얼굴을 환히 비치었다. 사나이는 돌아서서 그를 뚫어지게 쳐다봤다.

"아, 분명히, 이게 얼마동안 트란트리지에 있든 처녀애가 아닌가—더버빌 집 젊은 서방님의 좋아하든? 나는 시방은 있지 않지만 그때에는 그곳에 있었어."

이 사나이는 그에게 야비한 말을 썼다고 해서 에인절이 여관에서 때려눕힌 그 유복한 농부였다. 쩌릿한 아픔이 그 가슴을 찔렀다. 그리고 그는 아무 대답도 하지 않았다.

"바른대로 그렇다고 말해요, 그 거리에서 내가 한말이 옳았지, 당신의 좋아하는 사람은 화가 잔득 났었지만. 어째, 이 깜찍한 양반? 생각해보면 그 사람이 때린 것을 당신이 잘못되었다고 빌지 않으면 안 될걸."

테스는 그래도 대답이 없었다. 이 쫓겨 배긴 혼의 달아날 수단은 하나밖에 없는 듯이 생각되었다. 그는 갑자기 뒤로 안 돌아보고 바람같이 빠르게 달아나서는 길을 그냥 내달려서 드디어 나무숲으로 통한 문이 있는 데까지 왔다. 그는 안으로 뛰어들었다. 그리고는 쉬지도 않고 아무런 일이 있어도 들켜날 염려는 없을 만큼 숲을 그늘로 깊이깊이 들어가 배겼다.

발아래 가랑잎은 말랐었다. 그리고 낙엽수 사이에 난 동청나무 숲의 잎새는 조금도 바람 들어올 곳이 없도록 무성하였다. 그는 가랑잎을 긁어모아서 높게 쌓아올리고 그 가운데 둥지 같은 것을 만들었다. 테스는 이 속에 잠겨버렸다.

이곳에서 자는 잠은 자연 깨었다 말았다 하게 되었다. 그는 무슨 이상한 소리를 들었으나 그것은 바람 소리라고 생각하였다. 그는 자기는 이렇게 추운데 있지만 어딘지 분명치 않은 지구 저쪽의 따뜻한 기후 속에 있을 자기 남편을 생각하였다. 이 세상에 자기처럼 불쌍한 것이 또 있을까 하고 그는 자신에게 물어보았다. 그리고 자기의 헛되이 보낸 인생을 생각하고 '모든 것은 헛되다' 하고 말했다. 허나 모든 것이 다 헛되다고 하면 누가 이것을 마음에 둘 것인가 아, 생각하면 모든 것이 헛된 이상으로 나쁜 것이다. 불의, 벌, 강제, 죽음. 에인절 클레어의 아내는 손을 이마에 대고 그 곡선과 부드러운 피부 아래 만져지는 눈두덩 가장자리를 더듬어 보았다. 그리고 이렇게 하면서 그는 이 뼈가 드러날 때가 앞으로 오리라고 생각하였다. "그것이 지금이라면 좋으련만." 하고 그는 말했다.

이런 부질없는 생각을 하고 있는 가운데 그는 나뭇잎 사이에서 새로이 이상한 소리가 나는 것을 들었다. 그것은 바람인지 몰랐으나 바람은 별로 없었다. 때로는 울렁울렁 뛰노는 것 같기도 때로는 푸떡푸떡 나래치는 것 같기도 또 때로는 씩씩 숨이 찬 것도 같고 꼴꼴 꼴꼴 물이 흐르는 소리 같기도 하였다. 그는 곧 이 소리가 어느 동물에게서 오는 소리인 줄을 확실히 알았다. 그것은 머리 위의 나뭇가지 사이에서 나서 뒤이어 땅 위에 무거운 몸집이 떨어지는 소리로 되었을 때 더욱 틀림없다고 생각하였다. 보통 때 같으면 깜짝 놀랐을 그도 이때는 사람 같은 생각을 하지 못한 탓에 조금도 무서워하지 않았다.

마침내 햇볕이 하늘을 쏘았다. 높은 하늘에서 날이 밝아서 얼마 지나 나무 사이에도 날은 밝았다. 밝아오자 그는 곧 가랑잎 더미에서 기어 나와서 대담하니 사방을 둘러보았다. 그는 간밤에 끊임없이 자기를 불안하게 하던 것이 무엇인지를 알았다. 그가 하룻밤의 피난소로 한 이 식림(植林)은 이곳에서 바로 급한 고개턱이 되었다. 나무 그늘에는 몇 마리 꿩이 넘어져 있었다. 그 깃털은 선지피에 젖어 있었다. 죽은 놈도 있고 기진맥진하여 나래를 비트는 놈도 있고 눈을 부릅뜨고 하늘을 쳐다보는 놈도 있고 가슴이 넘노는 놈도 있고 몸뚱이를 움츠린 놈에 길게 뻗은 놈도 있었다. 어제 밤에 고통을 끝낸 복 좋은 놈을 제하고는 어느 것이나 다 죽음의 고통 속에서 태치듯 하는 것뿐이었다.

테스는 곧 이 까닭을 알았다. 새들은 전날 어느 사냥꾼들에게 쫓겨서 이 구석으로 몰려든 것이었다. 총알을 맞아서 죽어 떨어진 놈이나 어두워지기 전에 죽은 놈은 다 찾아서 가져가 버리고 심하게 다친 새들은 도망을 해서 어디가 숨든가 또는 무성한 나뭇가지 위에 올라가서 겨우 몸뚱이를 지탱하는 동안에 마침내 그 밤 동안에 피를 많이 쏟고 점점 기운이 빠져서 간밤 그의 귀에 들리듯이 한 마리 또 한 마리 떨어져 버린 것이다.

같은 생물의 괴로워하는 것에 대해서도 마치 자기 자신에 대한 것과 같이 느낄 수 있는 사람의 충동으로 테스가 처음 생각한 것은 아직 살아 있는 새를 그 고통에서 건져내주는 것이었다. 그리하여 이 목적을 다하기 위하여 그는 자기의 손으로 보이는 새는 모두다 그 목을 비틀어 놓았다.

"가엾은 것들, 너희들과 같이 이렇게 비참한 광경을 눈으로 보면서 자기를 이 세상에서 제일 비참한 것이라고 생각을 하다니!" 하고 그는 외쳤다. 정다운 마음으로 새를 죽이면서 그는 눈물을 흘리었다. "그리고 내게는 꼬집힌 아픔 하나도 없는데! 나는 다치지도 않았다. 또 나는 피도 안 난다. 그리고 내게는 먹고 입을 두 손도 있다." 자기는 다만 대자연의 법칙 속에는 아무런 근거도 가지지 못한 사회의 임의로운 법칙의 책망을 받았다는 것 그것뿐으로 해서 간밤처럼 우울한 생각을 한 것을 스스로 부끄러워하였다.

42.

시방은 대낮이 되었다. 그는 조심스럽게 큰길가로 나서서 다시 길을 떠났다. 가까이 사람 그림자도 없는 길을 테스는 다부진 마음을 먹고 걸어갔다. 고통의 밤을 고요히 견디는 새들의 참을성을 생각하면 슬픔에도 여러 가지 층이 있는 것과 또 자기의 슬픔 같은 것은 만일 자기가 세상 사람들의 생각을 경멸할 만한 용기를 낼 수만 있으면 참을 수 있는 성질의 것이라는 것을 그는 깊이 느꼈다. 그러나 클레어가 역시 세상 일반과 같은 생각을 가지고 있는 이상 그는 이것을 경멸할 수는 없었다.

그는 초크 뉴턴에 닿아서 어느 여관에서 아침 식사를 먹었다. 그곳에 있는 젊은 사람들은 그의 아름다운 용모에 성가시게 추근거렸다. 그는 어떤지 가슴에 희망이 떠올랐다. 그러나 그는 이 뜬 마음의 연인들을 피하지 않으면 안 되었으므로 마을을 나서자 곧 수풀이 무성한 곳으로 들어가서 채롱이에서 가장 오랜 들옷을 한 벌 꺼내었다. 이것은 낙농장에서도 입지 않은 것인데 말로트의 밭에서 일하는 뒤로는 한 번도 입어본 적이 없는 것이었다. 그리고 그는 또 좋은 생각이 떠올라서 꿍제기에서 손수건을 꺼내어서는 이를 앓는 사람같이 턱과 뺨의 절반과 꼭대기가 가려지도록 얼굴을 싸고 모자 아래서 이것을 매었다. 그리고 이번에는 회중거울을 보면서 작은 가위로 사정없이 눈썹을 잘라버렸다. 이렇게 해서 그는 까닭 있는 칭송에 대한 방비를 하고 불안한 길을 걸어갔다.

"괴상한 처년데!" 하고 다음 만난 사나이는 그 동무에게 말했다.

이 말을 듣자 테스는 자기 몸이 가엾이 생각되어서 눈에 눈물이 고였다.

"그래도 괜찮아!" 하고 그는 말했다. "아 그렇구 말고, 괜찮아! 에인절이 여기 있지 않고 또 누구 하나 그 뒤를 봐줄 사람이라곤 없는데 나는 이제로는 늘 밉게 하구 있을 테야. 내 남편이든 사람은 가버리고 다시는 나를 사랑하지 않을지 몰라. 해도 나는 전과 다름없이 그를 사랑하고 모든 사람들을 미워해. 그 사람들이 나를 비웃게 하고 싶어!"

이렇게 하고 테스는 계속 걸어갔다. 주위의 풍경의 한부분이 된 자태였다. 겨울 차림을 한 순결하고 소박한 농부의 자태였다. 그가 걸친 낡은 옷이란 실은 비를 맞고 볕에 타고 바람에 불려서 빛은 낡고 가늘어졌다.

이튿날은 날씨가 나빴으나 비바람에 놀라지 않고 무거운 발길을 옮겼다. 그의 목적은 겨울에 할 일과 겨울에 있을 집이었으므로 한때라도 늦잡을 수 없었다. 농장에서 농장으로 그는 이렇게 마리안이 알려온 곳을 향하여 갔다. 이틀째 되는 저녁 곁에야 그는 골짜기와 골짜기 사이에 벌어진 높고 낮은 대지(臺地)인 고원에 닿았다.

이곳은 공기가 메마르고 찼다. 그리고 긴 차도(車道)는 비온 뒤 두세 시간 만 지나면 바람에 하얗게 말라서 먼지가 일었다. 나무는 드물었다. 그보다도 아주 없었다. 앞으로 중앙에는 벌배로와 네틀쿰타우트의 꼭대기가 보였다. 모두 반가웠다. 그가 아직 어렸을 때 반대쪽의 블랙무어에서 바라다볼 때는 하늘 높이 솟아오른 성과 같더니 이 고지에서 보니 낮고 겸손한 모양을 하고 있었다. 남쪽으로는 여러 마일 밖에 해안선으로 언덕과 산마루를 넘어서 그는 닦아놓은 강철과 같은 표면을 볼 수 있었다. 그것은 영국 해협인데 멀리 프랑스 쪽으로 내민 한 부분이었다.

그 앞에 얼마큼 지점이 낮은 곳에 어떤 마을이 명색만 남기고 있었다. 그는 정말로 마리안이 머물러 있는 플린트쿰애시였다. 이렇게 될 수밖에 없는 듯이 생각되었다. 이곳에 오도록 된 것이 그의 운명이었다. 그 주위에 갈기 힘든 땅을 보고라도 벌써 이곳에서 일손을 구하는 노동이 제일 거친 종류라는 것을 분명히 알 수 있었다. 그러나 시방은 일을 구하러 다니는 것을 그만두어야 할 때이고 또 더욱이 비까지 오기 시작해서 그는 그대로 이곳에 머물기로 마음을 먹었다. 마을 어귀에 박공이 큰길가로 쑥 나온 농가가 한 채 있었다. 그는 이곳에서 하룻밤 묵자는 말도 하기 전에 먼저 그 처마 아래 서서 저녁이 찾아드는 것을 물끄러미 바라보았다.

"내가 에인절 클레어부인이라고 어느 누가 생각할까?" 하고 그는 말했다.

바람벽이 잔등과 어깨에 따뜻하게 느껴졌다. 그것은 박공 바로 안쪽이 이 집 난로가 되어서 그 열이 벽돌을 통해서 나오는 때문인 줄 알았다. 그는 두 손을 대고 녹였다. 그리고 빗방울에 맞아 빨갛게 젖은 뺨까지도 이 벽에 댔다. 그에게는 바람벽만이 오직 하나뿐인 동무같이 생각되었다. 그리고 그곳을 떠나는 것이 싫어져서 그곳에서 온밤을 날 수 있을 듯이 생각하였다.

테스는 이 농가에 살고 있는 사람들이 하루의 노동을 끝내고 다들 같이 모여서 방안에서 서로 이야기들을 하는 것을 들었다. 그리고 저녁 그릇이 달가닥거리는 소리도 들었다. 그러나 마을의 큰길가에는 아직 사람 그림자는 보이지 않았다. 이 고요한 것도 이윽하야 한 여자의 모양이 가까이 오는 것으로 깨어졌다. 그 여자는 추운 저녁인데도 여름철의 날염포 천으로 된 겉옷을 입고 해 가리개가 달린 모자를 쓰고 있었다. 테스는 즉각적으로 그것이 마리안이 아닌가 하고 생각하였다. 그리고 어두컴컴한 속에서 분명히 모양을 알아볼 수 있게끔 가까이 오는 것을 본즉 그것은 바로 마리안이었다. 마리안은 전보다 더 완장해지고 얼굴빛도 더 붉어졌으나 몸차림은 확실히 전보다 초라했다.

마리안은 정중하니 여러 가지를 물었으나 테스가 처음보다 별로 나은 환경에 있지 못하는 것을 알고 퍽 동정이 되는 듯하였다. 하기는 테스가 별거한다는 말은 어렴풋이 듣고 있었다.

"테스, 클레어부인, 사랑스러운 그이의 사랑스러운 아내, 그런데도 이렇게 참으로 고생이요? 여보? 어여쁜 얼굴은 왜 그렇게 동여매었소? 누가 때렸어? 그이는 아니겠지?"

"아냐, 아냐, 아니에요! 단지 귀찮게 구는 성화를 받기 싫어서 그런거요, 마리안." 그는 이 붕대가 탁 싫어져서 풀어버렸다.

"그리고 깃(칼라)도 안 달았네."

"그래, 마리안."

"오다가 잃어버렸군."

"잃어버린 게 아니야. 사실은 나는 외양은 어찌 되었든 관계 안 해요. 그래 안 달았어."

"그리고 또 결혼반지도 안 끼지 않았어?"

"아냐, 끼고 있어요. 해도 내어놓지는 않아요. 리본에 매여서 목에 걸고 있어요. 나는 결혼해서 어떤 사람이 되었다든가 또는 심지어 결혼했다는 것까지라도 다른 사람들한테 알리고 싶지 않아요. 내가 이런 생활을 하고 있는 동안에는 남들이라도 알면 퍽 거북스러운 노릇이니까."

마리안은 멈칫하였다.

"그래도 당신이야 신사의 아내가 아니요. 그런데 이렇게 살아간다는 건 아무리 생각해도 당치 않게 생각 돼요!"

"아니에요, 옳아요. 하기야 나는 불행하지만."

"글쎄, 글쎄. 그이가 당신하구 결혼을 하고, 그리고 당신이 불행하다는 건!"

"남의 아내라는 건 때로는 불행할 적두 있는 게요. 남편의 죄가 아니라, 자기들의 죄로 말이야."

"당신한테는 죄가 무슨 죄야, 글쎄 내가 잘 알아요. 그리고 그이한테도 있을 리 없지. 그러니까 무슨 당신들 두 사람과 관계없는 데서 생긴 건가 봐요."

"마리안, 마리안 아무것도 묻지 말고 내게 친절히 해주지 않겠소? 내 남편은 외국으로 가구. 나는 어떻게 해서 주고 간 돈을 따 써 버렸어요. 그래 얼마 동안은 전과 같이 일을 하지 않으면 안 되게 되었어. 나를 클레어부인이라고 부르지 말고 전처럼 테스라고 불러주어요. 예서는 일손을 구할까?"

"구하고 말고, 여기는 잘 오려고 하지 않으니까, 사람은 언제든지 써요. 여기는 땅이 척박해요. 보리와 무청밖에는 안 돼요. 나 같은 것이니까 이곳에 있지만 당신 같은 사람은 참 안 되었어."

"글쎄 당신도 나와 같이 훌륭한 착유부가 아니었어?"

"그래, 해도 난 술을 먹기 시작한 뒤로 그건 그만두었어. 아! 시방 내 낙이라곤 술밖엔 없어! 당신이 일하면 무청 캐는 걸 하게 될 거요. 나도 그걸 하구 있어. 해도 당신은 그런 일 좋아하지 않을 게야."

"아, 아무런 거라도! 나 대신 좀 말해줄 테야?"

"자기가 말하는 것이 더 나아요."

"그래 그럼 마리안 잊지 말아요. 만일 내가 일해도 그 사람 이야기는 하지 말아요. 그의 이름을 더럽히고 싶지 않으니까."

마리안은 테스보다는 좀 거칠었으나 신뢰할 만한 처녀이어서 부탁받은 것은 다 약속하였다.

"오늘이 월급날이야." 하고 마리안은 말했다. "나와 같이 가면 곧 형편을 알 수 있어요. 당신이 행복하지 못하다는 건 참 안 되었어. 그것도 다 그이가 없는 탓이 아니요. 그이만 여기 있다면 불행할 리가 없지 않아. 원 돈은 당신한테 안 준다고 해도, 비록 종같이 부린다고 해도"

"참말 그렇지. 불행할 리는 없어."

두 사람은 같이 걸어가서 어마어마하니 쓸쓸한 농가에 와 닿았다. 눈길이 미치는 데는 나무 하나 없었다. 가뿐하게 휘여 재운 낮은 울타리로 칸을 막아놓은 넓은 벌에는 계절이 계절이라 푸른 목장 하나도 보이지 않았다.

테스는 노동자들의 한 떼가 삯을 다 받을 때까지 문밖에서 기다렸다. 그러자 마리안이 그를 소개하였다. 주인은 없었으나 오늘 밤 그 대리를 보는 주인 마누라는 테스가 구력고지절(舊曆古知節—三月二十五日)까지 있겠다는 계약을 받고는 두말없이 그를 쓰기로 하였다.

계약서에 서명을 하고 나니 테스에게는 숙소를 정하는 것밖에 더 일이 없었다. 그래 아까 그 박공이 있는 바람벽에 몸을 녹인 집에서 방을 하나 얻을 수 있었다. 그가 얻은 생계의 길은 이렇게 구차한 것이었으나 좌우간 이 겨울을 날 만한 거처는 얻어 놓았다.

그날 밤 그는 혹 남편한테서 편지가 말로트로 오기라도 하면 하고 그 부모한 테 새 주소를 알렸다. 그러나 자기 형편이 참혹하다는 건 알리지 않았다. 알리 면 남편이 욕을 먹을지도 모르니까.

43.

플린트쿰애시의 농장을 박토라고 한 마리안의 설명에는 조금도 과장이 없었 다. 이 땅에서 오직 하나 살진 것이라고는 마리안 뿐이었다. 그 마리안도 외지 인이었다. 그러나 테스는 일을 붙들었다.

테스와 마리안이 캐기 시작한 무청 밭은 돌 많은 백악질(白堊質)의 언덕바지 가 된 이 농장 가운데서도 제일 높은 땅 한판에 쭉 늘어 있는 100에이커 좀 남 짓한 지면이었다. 무청의 위쪽 절반은 가축들이 다 잘라 먹어서 그 아래 절반 말하자면 땅속에 든 절반을 이것도 먹을 수 있도록 곡괭이로 파내는 것이 이 두 여자의 일이었다.

누구 하나 그들 가까이 오는 사람은 없었다. 그들의 동작은 기계적으로 꼭 일정해 있었다. 두 사람은 주위의 풍경 속에 자기들의 자태가 쓸쓸하게 놓여 있 는 것도 모르고 또 자기들의 운명이 정당한 것인지 부정당한 것인지도 생각해 보지 않고 줄곧 일만 하였다. 그들과 같은 처지에 있으면서도 꿈을 안고 살아갈 수는 있었다. 오후가 되면서 비가 왔다. 마리안은 이제는 일을 하지 않아도 좋 다고 말했으나 일하지 않으면 삯을 못 받는 탓에 두 사람은 그대로 일을 계속 하였다. 이 같은 퍽 높은 곳에 놓인 탓에 비는 곧추 떨어지지는 않고 설레는 바 람을 타고 옆으로 들이차서 마치 유리조각 같이 그들을 찌르는 탓에 둘은 함박 젖어버렸다. 이렇게 해서 그들은 밭에 선 채로 납 같은 뿌연 빛이 희미해져서

해가 진 것을 알려올 때까지 일을 하는 것은 분명히 얼마큼의 고행과 용기까지도 요구하는 것이었다.

그러나 그들은 옆에서 생각하듯이 비에 젖는 것을 마음에 두지 않았다. 둘은 다 젊고 또 그들은 톨보트헤이즈의 낙농장에서 같이 살고 같이 연애하는 그때의 일을 끝없이 이야기하였다. 그들은 이 낮이 지나서부터는 푸르고 햇볕 바르고 꿈같은 톨보트헤이즈의 추억에 잠겨 있었던 것이었다.

"날이 맑을 때는 프룸 골짜기로 2, 3마일밖에 안 되는 언덕이 예서 가느슥히 보인다오." 하고 마리안은 말했다.

"아! 보여?" 하고 테스는 이 고장에 새로이 취할 점이 있는 것을 알고 말했다.

그리하여 이곳에서도 다른 곳과 같이 향락하려는 내부의 의사와 그것을 방해하려던 외계의 의사와 이 두 힘이 서로 움직이고 있었다. 마리안은 오후 시간이 점점 지나가자 호주머니에서 흰 넝마로 마개를 한, 반 리터짜리 병을 꺼내서 기운을 돋우는 법을 알고 있었다. 그는 그것을 테스더러 마시라고 권하였다. 그러나 테스는 조금 빠는 시늉만하고 퇴하였다. 그리고는 마리안이 한 모금 쭉 들이키었다.

"나는 이제는 버릇이 되었어." 하고 그는 말했다. "그래 이제는 그만둘 수 없어. 내게는 이것밖에 낙이 없으니까, 글쎄 난 그이를 잃어버렸어. 당신은 잃어버리지 않았으니까 이런 것 없이도 될 거야."

테스는 자기가 잃어버린 것도 마리안이 잃어버린 것과 같이 크다고는 생각하였으나 비록 이름뿐이라도 에인젤의 아내란 위신에 생각이 미쳐서 마리안이 지은 구별을 그대로 받아들였다.

이런 광경 가운데서 테스는 아침에는 이슬을 밟고 저녁에는 비를 맞으며 종과 같이 일을 하였다. 무청 캐기를 아니하면 무청에 손질을 하였다. 그것은 그 뿌리를 뒤에 쓰도록 저장하기 위하여 먼저 낫으로 흙과 가는 뿌리를 다듬는 것이다. 이 일을 할 때에는 만일 비라도 오면 그들은 이엉을 올린 어리가리에서 비를 피할 수도 있었다. 그러나 서리라도 되게 오는 때면 두터운 가죽 장갑이라도 그들이 다듬는 얼음 덩어리로 해서 손가락이 어는 것을 막을 수는 없었다. 그래도 아직 테스는 희망을 버리지 않았다. 관대한 클레어는 조만간 다시 자기와 함께 살아줄 것이라는 신념을 그는 갖고 있었다.

그들은 물론 보이지는 않지만 프룸 골짜기가 있는 데를 가끔 바라다보곤 하였다. 잿빛 안개가 덮인 곳에 눈길을 멈추고는 그곳에서 지난 지나간 날들을 추상하였다.

"아!" 하고 마리안은 말했다. "우리 옛날 동무가 하나나 둘 더 여기 오면 얼마나 좋을까! 그렇게 되면 날마다 톨보트헤이즈를 이 밭에 가져와서 그이며 그곳에서 보낸 즐겁던 날이며 그리고 우리들이 잘 알던 옛날 일을 서로 이야기도 하구 모든 것을 다 돌아오게 할 수 있을 텐데!" 마리안의 눈은 눈물을 머금고 과거의 환상이 돌아오는 데 따라 말소리도 어눌해졌다. "나는 이즈 휴에트한테 편지를 낼 테야." 하고 그는 말했다. "그는 시방 집에서 아무것도 안 하고 있대요, 그러니까 우리들이 여기 있다고 알려주고 오라고 말해볼게. 그리고 레티도 시방은 다 나았을 거야."

테스는 이 제안에 아무런 반대도 하지 않았다. 그리고 이삼 일 지나서 마리안이 물어본 데 대하여 이즈로부터 형편이 되면 간다는 편지가 왔다.

몇 해 만에 처음 있는 겨울이 왔다. 그것은 체스를 두는 것같이 슬근히 그러나 일정한 보조로 왔다. 어느 아침 두세 그루의 쓸쓸하게 선 나무와 생바주의 가지는 마치 식물성의 외피를 동물성의 것으로 바꾸어 입은 듯이 보였다. 가지라는 가지는 모두 밤사이에 나무가죽에서 나돋은 털과 같은 하얀 무엇에 싸여서 전보다 네 곱절이나 더 굵어졌다. 주위에 있는 모든 풀덤불이며 나무들은 하늘과 지평선의 음침한 잿빛 위에 새하얀 선으로 그려진 사생화같이 보였다.

이런 습기가 얼어붙는 계절이 지나간 뒤에는 마른 서리의 시기가 왔다. 이때는 북극 쪽으로 이상한 새의 무리가 플린트쿰애시의 고지에 조용하니 내려앉았다. 그것은 파리한 괴이한 생물인데 슬픈 눈을 하고 있었다. 이런 이름 모를 새들은 테스와 마리안의 바로 가까이까지 왔으나 인간은 도저히 볼 수 없는 그들의 보고 온 광경에 대해서는 조금도 설명을 하지 않았다. 이 방문객들은 자기들이 식료로써 맛나하는 이것저것을 파내느라고 곡괭이를 갖고 흙덩이를 들추는 두 처녀의 이 하찮은 동작에 정신을 기울였다.

그런 뒤로 어느 날 이상한 것이 이 나무 없는 이 지방 공기에 침입해 들어왔다. 그것은 비를 가진 것도 아닌 습기와 서리가 될 것도 아닌 추위가 온 것이었다. 그것은 둘의 눈알을 시리게 하고 이마를 아프게 하고 뼛속에 스며들고 이렇게 해서 몸의 겉보다도 그 속을 건드는 것이었다. 눈이 올 것을 그들은 알았다. 그리고 그날 밤 눈이 내렸다. 테스는 여전히 따뜻한 박공이 있는 농가에 묵고 있었다. 밤중에 눈이 깬즉 이엉 덮은 지붕 위에 소란한 소리가 나는 것을 들었다. 그것은 지붕이 바람이란 바람의 경기장이 된 것을 알리는 듯하였다. 아침이 되어서 램프를 켜고 일어나보니 창 덧문 짬으로 눈이 안으로 들어차서 마루 위에는 구두창이 잠길 만큼 쌓여 있었다. 그가 그 위로 걸어가면 발자국이 났다. 문간에는 부엌에 눈안개가 일 만치 눈포래를 세게 하였으나 아직 어두워서 아무 것도 보이지 않았다.

테스는 무청 캐기를 계속할 수는 없을 줄 알았다. 작은 쓸쓸한 램프 옆에서 아침 식사를 끝낸 때에 마리안이 와서 날씨가 달라지기까지 허텅에 가서 다른 여자들과 같이 보리 훑기를 하도록 되었다고 알려주었다. 바깥에서 어둠이 잿빛으로 변하자 곧 두 사람은 램프를 끄고 제각기 맨 두터운 두건(頭巾)을 쓰고 털목도리를 감고 허텅으로 갔다. 눈은 흰 구름기둥이 되어서 북극에서 온 새들을 쫓아온 것이었다. 폭풍은 빙산과 북극의 바다와 고래와 흰곰의 냄새를 풍기며 눈을 몰아왔으나 땅 위에 쌓이지는 않고 핥고 지나갔다. 그들은 몸을 깨우두룸이 하고 풀솜 같은 밭 가운데로 될 수 있는 대로 울타리의 그늘에 대어서서 무거운 발걸음을 옮겨놓으며 갔다. 그러나 그 생바주는 평풍보다는 체 노릇을 하였다. 공기는 무색한 혼돈의 세계를 보여주는 듯하였다. 그러나 이 두 젊은 여자들은 유쾌하였다.

"이, 아, 그 영리한 북국서 오는 새는 날씨가 이럴 줄 알고 있었어요." 하고 마리안은 말했다.

"확실히 그 새들은 북극성으로부터 쭉 그 앞장을 서서 왔어. 당신 남편은 이

때쯤은 분명히 찌는 듯한 더위를 만날 게요. 참, 이때 어여쁜 부인의 얼굴을 보여드릴 수 있었으면! 이런 기후라고 당신의 어여쁜 얼굴이 못되어질 까닭은 없고, 참말 더 좋아져요."

"내게 그이의 이야기는 하지 말아줘요, 마리안." 하고 테스는 맵게 말하였다.

"그래, 그래도 당신은 그 이야기가 좋지요, 그렇지 않아?"

대답은 하지 않고 테스는 눈에 눈물을 먹이면서 생각난 듯이 남아메리카가 있으리라고 상상되는 방향으로 얼굴을 돌리고 그리고 입술을 내밀어서 눈포래에 대고 뜨거운 정에 타는 키스를 보내었다.

"그래, 그래 그럴 줄 알았어. 해도 참으로 부부 치구는 이상한 생활이야! 자이제는 내 더 말 아니할 테요! 그런데 날씨 말이야, 보리 곡간에 있으면 별루 몸에 나쁠 것이 없어요. 그러나 보리 훑기란 참 무섭게 힘 드는 일이라우. 무청 캐기보다 더 고되어. 나는 완장하니깐 견디어가지만 당신은 나보다 가냘파서. 글쎄 왜 당신을 이런 일을 하게 하는지 당신 주인 일도 모르겠어."

그들은 보리 곡간에 닿아서 안으로 들어갔다. 긴 건물의 한구석은 보리로 가득 찼다. 가운데서 보리 훑기를 하는데 그곳에는 낮 동안 여자들이 훑기에 넉넉할 만한 보릿단을 전날 밤에 미리 보리 훑기 기계에 넣어두었다.

"아유, 이즈가 와 있어." 하고 마리안이 말했다.

과연 이즈였다. 그는 두 사람의 앞으로 나왔다. 이즈는 전날 오후 어머니의 집으로부터 이곳까지 줄곧 걸어왔다. 그리고 그렇게 먼 줄로 생각하지 못했던 탓에 늦어졌으나 바로 눈이 내리기 시작하기 전에 닿아서 주막에서 묵었다. 농장 주인은 만일 그가 오늘 오면 써도 좋다고 어머니와 장거리에서 벌써 계약을 한 것이었다. 그는 늦어져서 주인을 실망케 하지나 않을까 하고 걱정을 하고 있었다.

테스, 마리안 그리고 이즈 밖에 이웃 마을에서 온 여자가 또 둘이 있었다. 이둘은 전에 트란트리지에서 밤중에 싸움이 일어났을 때 자기에게 대들던 스페이드의 여왕인 빛깔 꺼먼 카와 그 동생인 다이아몬드의 여왕이라는 여장부네 두 자매인 것을 알아보고 테스는 깜짝 놀랐다. 그들 자매는 테스를 알아보는 눈치를 보이지 않았다. 사실로 알아보지 못하였을 것이다. 그것은 그때에는 그들이 술이 취해 있었고 또 이곳과 같이 그곳도 잠시 있다가 간 탓이었다. 이 자매는 우물파기 바주 얽기, 도랑파기 그리고 길 뚫기 같은 사나이들의 할 일을 자청 맡아 하면서 그래도 조금도 지칠 줄을 몰랐다. 또 보리 훑기에도 선수여서 어딘지 거만한 태도로 세 사람을 둘러보는 것이었다.

장갑들을 끼고는 여럿은 보리 훑기 기계 앞에 쭉 한 줄로 늘어서서 일을 시작하였다.

광선이 공중으로부터 아래로 내려쬐이는 것이 아니고 눈으로부터 위로 곡간 문으로 들어 쬐이는 탓에 쨋쨋하게 밝았다. 처녀들은 기계로부터 한 줌씩 한 줌씩 훑어갔다. 그러나 다른 여자들이 있는 탓에 마리안도 이즈도 생각했던 대로 지나간 이야기를 할 수 없었다. 그런데 이윽하여 투벅투벅 말발굽 소리가 들리더니 농부가 말을 타고 곡간 문으로 왔다. 이 사나이는 말에서 내려서 테스한테로 가까이 오더니 그 얼굴 옆을 물끄러미 바라보았다. 테스는 처음에는 거들떠보지도 않았으나 너무도 뚫어지게 보는 탓에 한번 돌려보았다. 이때 그는 이 주인이 자기의 지나간 일을 비치는 탓에 큰길가로 도망을 쳐서 떨어져 놓았던 트란트리지 땅 사람인 것을 알았다.

사나이는 테스가 다 훑어놓은 단을 바깥 더미에 나를 때까지 기다리고 있다가 이 일이 끝나자 말했다.

"글쎄, 자네가 내 친절을 몰라보고 노했던 여자로군 그래. 자네가 고용되었다고 듣고 으레 없이 그러리라고 생각했었지! 그래 처음에 자네 좋아하는 사나이하구 여관에 있을 때나 둘째 번에 그 큰길가에서 달아났을 때나 다 나를 한목 눌렀다고 생각했을 테지만 이번에는 내가 한목 누른 모양인데." 하고 사나이는 냉소하는 웃음소리로 말끝을 맺었다.

테스는 여장부들과 농부의 짬에 끼어 마치 그물에 걸린 새같이 되어서 아무 대답도 못하고 보리짚만 잡아 다니고 있었다.

테스는 이제는 사람의 성격을 잘 읽을 수 있는 탓에 이 주인이 은근하니 군다 해도 조금도 무섭지 않았다. 무서운 것은 차라리 클레어에게 욕을 본 원한으로 자기를 학대나 하지 않을까 하는 것이었다. 그는 오히려 사나이의 이런 감정이 좋았다. 그리고 이런 것을 넉넉히 참아갈 용기가 있다고 생각하였다.

"자네는 내가 반하기나 한 줄로 생각하는 게지? 세상에는 사나이가 조금만 쳐다보아도 벌써 진정으로 여기는 어리석은 계집들도 있어. 하지만 젊은 계집 년들의 머리에서 그런 망한 생각을 빼 버리는 데는 한겨울 밭에서 일을 시키는 것같이 좋은 것은 없어. 그래 자네는 고지절까지 계약이 되었지. 자 나한테 잘 못되었다고 빌 테야?"

"당신이야말로 나한테 빌어 마땅해요."

"그러면 좋아, 좋을 대로 해. 허나 여기서는 누가 주인인가 봐. 이 단이 오늘 자네가 한 게야?"

"그래요."

"이게 어디 볼품이 있나. 저 처녀들 한 걸 좀 봐." (완장한 두 여자 쪽을 가리키면서) "다른 사람들도 자네보다는 다들 잘들 했어."

"그 사람들이야 전에 다 배웠으니까 그렇지만 나는 해 본 적이 없어 그래요. 그리고 이건 도급일이 아니에요. 우리가 일한 만큼 삯을 받으니까 당신께는 관계없지 않아요."

"어, 그래도 관계있지. 나는 곡간을 어서 다 치워 버리려고 하니까."

"다른 사람들과 같이 두시에 가지 않고, 나는 오후에도 내 일을 할 거예요."

사나이는 좋지 않게 그를 보고는 나가버렸다. 테스는 세상에 이보다 더 할 데는 없을 몹쓸 곳에 왔다고 생각하였다. 그러나 사나이들의 추근대는 것보다 는 나았다. 두시가 되자 보리 훑기를 본업으로 하는 사람들은 각각 입 좁은 병 에 남은 마지막 반 리터의 술을 들이키고는 갈고리를 그곳에 놓고 마지막 단을 묶고는 나가버렸다. 마리안과 이즈는 그렇게 하였을 것이었으나 테스가 다른 사람보다 오래 남아 있어서 자기의 익숙하지 못한 것을 채우겠다는 말을 듣 고는 그를 혼자 버리고 갈 수 없었다. 아직도 내리는 눈을 바라보면서 마리안은 떠들었다. "자 이젠 우리뿐이야." 이리해서 마침내 이야기는 낙농장의 지나간 일로 옮아갔다. 그리고 물론 에인절 클레어에 대한 그들의 애정에서 생긴 사건으로 들어갔다.

"이즈, 마리안!" 하고 에인절 클레어부인은 정중하게 입을 열었다. 그러나 그 정중한 것은 그가 얼마나 아내 같지 않은 것을 알 때 측은하니 생각되는 것이 었다. "나는 시방은 클레어의 일을 전과같이 당신들과 함께 이야기할 수는 없어요! 내가 할 수 없지 않아. 글쎄 아무리 그이가 시방은 나와 떨어져 있지만 역시 내 남편이니깐 말이에요."

클레어를 사랑한 네 처녀 가운데서도 이즈가 제일 밝고 또 빈정대기를 잘하였다.

"그이는 애인으로선 훌륭했어, 분명히." 하고 이즈는 말했다. "해도 그렇게 빨리 달아나버려서는 정다운 남편이라곤 생각할 수 없어요."

"그이는 꼭 가지 않으면 안 될 일이 있었어, 할 수 없이 갔어요, 그쪽 땅을 보려고," 하고 테스는 변명을 하였다.

"당신을 이 겨울이나 나도록 하게 해서도 좋았지."

"응. 그건, 어떤 일이 있어서…… 오해를 한 때문이라오. 이러쿵저러쿵 말하고 싶지 않아." 하고 테스는 눈물먹인 소리로 대답했다. "그이를 위해서 할 말은 많아요! 그이는 다른 남편들처럼 나한테 아무 말도 없이 달아나지 않았어. 그러니까 나는 그이가 어디에 있는지 늘 알고 있어요."

그 뒤로 그들은 꽤 오랫동안 일을 하면서 묵상에 잠겨 있었다. 곡간 안에는 보리짚을 훑는 소리와 무엇을 자르는 듯한 낫 소리가 날 뿐이었다. 그러자 테스는 갑자기 기운이 없어져서 발밑 보리싹 더미 위에 펄썩 주저앉았다.

"당신은 못 견뎌 낼 줄 내 알았어!" 하고 마리안이 외쳤다. "이 일을 하는 데는 당신 같은 사람보다 퍽 든든하지 않아 가지고는 안 돼요."

바로 그때에 농장 주인이 들어왔다. "자, 내가 없으면 자네는 그 꼴이야." 하고 그는 테스를 보고 말했다.

"하지만 내가 손해를 볼 뿐이에요." 하고 테스는 변명을 했다. "당신께는 손해 없어요." "나는 어서 다 걷어치우고 싶거든." 하고 주인은 곡간을 지나가서 다른 쪽 문으로 나가면서 똑똑하게 말했다.

"그 사람 말하는 건 꺼려하지 마요." 하고 마리안은 말했다. "난 전에도 예서 일한 적이 있어. 저, 저기 가서 누워있어요. 이즈하고 나하고 당신의 몫만큼 다 해놓을게."

"당신네들한테 그렇게 해 달래서 미안해 어떻게 해. 나는 당신네들보다 키도 큰데."

그러나 그는 퍽도 지쳤던 탓에 잠깐 동안 누워 있기로 하고 곡간 한 끝에 있는 북데기 더미 위에 기대어 있었다. 그가 넘어지게 된 것은 과격한 노동 때문이기도 하였으나 그와 동시에 남편과 헤어져 있는 것이 또 문제가 되어서 그 때문에 생긴 흥분 때문이기도 하였다. 그는 아무 의욕도 없이 그저 멍하게 보고 들으며 누워 있었다. 그리고 두 사람이 훑고 있는 짚의 스적이는 소리와 이삭을 자르는 소리도 제 몸을 누르는 듯하였다.

그는 자기가 있는 구석으로 이런 소리들에 섞여서 그들의 송알송알 하는 말소리를 들을 수가 있었다. 그들은 이미 말문이 열린 이야기를 계속하고 있는 것을 그는 확실히 알았으나 이야기 소리가 너무 낮아서 무슨 말인지 알아들을 수가 없었다. 마침내 테스는 두 사람이 무슨 이야기를 하는지 점점 알고 싶어 견딜 수가 없었다. 그래 그는 억지로라도 다 나았다고 생각을 하고는 일어나서 다시 일을 잡았다.

그러자 이즈 휴에트가 쓰러졌다. 그는 전날 저녁 결에 12말일 넘는 길을 걷고 밤중에야 자리에 들어가서 아침 다섯시에 일어났던 것이다. 마리안 혼자만이 술병과 완장한 체질의 덕으로 괴로운 줄 모르고 잔등과 팔에 받는 과로에도 견디어 나갔다. 테스는 이즈에게 자기는 다 나았으니까 그의 힘을 안 빌리고도 오늘 일을 다 맞추고 단수도 갈도록 할 터이니까 일을 그만두라고 권하였다.

이즈도 고맙게 이 말을 들었다. 그리고 큰 문을 나서서 자기의 하숙으로 가는 눈길로 들어서서 보이지 않았다. 마리안은 술김으로 오후 이만한 때쯤 되면 언제나 그렇듯이 꿈 같은 기분에 잠기기 시작하는 것이었다.

"나는 그이가 그러리라고는 전혀 생각할 수 없었어—참으로!" 하고 마리안은 꿈꾸는 듯한 소리로 말하였다. "나는 그이를 참 사모했어! 그이가 당신을 아내로 한 것은 조금도 상관하지 않았어. 해도 이즈에게 대한 그런 일은 너무 심해!"

테스는 이 말을 듣고 깜작 놀라서 하마터면 낫으로 손가락을 베여 떨어뜨릴 뻔하였다.

"내 남편에 대한 말이야?" 하고 그는 말을 더듬었다.

"응, 그래. 당신한테는 말하지 말라고 이즈는 그랬어, 해도 난 말 안 하곤 못 견디겠어! 그건 그이가 이즈한테 청한 것 말이야. 그이가 그 애더러 브라질로 같이 가달라고 하더래요."

테스의 얼굴은 바깥 풍경과 같이 해쓱하게 되고 얼굴의 선이 경직되었다. "그래 이즈는 가지 않겠다고 했어요?" 하고 그는 물었다.

"난 모르겠어. 어떻게 되었든지 그이는 마음이 변했대."

"흥—그러나 정말로 그러지는 않았어! 사나이들이 잘 그러는 농담이었든 게지!"

"아니야 정말 그랬대요. 글쎄 그이가 꽤 멀리까지 그 애를 마차에 태우고 정거장으로 갔다고 그래요."

"그이는 그 애를 데리고 안 가지 않았어!"

둘은 잠자코 보리 훑기만 하다가 테스는 먼저 그런 눈치를 보이질 않고 갑자기 소리를 내어 울었다.

"이런!" 하고 마리안은 말했다. "그러기에 당신한테 그런 말하지 않을 것을 그랬어!"

"아니야, 그런 말을 해줘서 대단히 좋아요! 나는 그이한테 자주자주 편지를 했어야 옳을 게야. 그이는 내가 자기한테 올 수는 없다고 했어도 편지는 내가 하고 싶은 대로 얼마든지 자주해서 안 된다고는 하지 않았어요. 난 이렇게 어물거리고 있지 않을 테야! 모든 것을 다 그이만 맡겨 두는 것이 다 내가 잘못이고 등한해요!"

곡간 안의 어둑시근한 광선은 더욱 어두워졌다. 두 사람은 잘 보이지 않아서 더 일을 할 수 없었다. 테스는 그날 밤 숙소로 돌아가서 하얗게 칠한 작은 방에 들어가서 혼자 있게 되자 급히 클레어에게 편지를 썼다. 그러나 그만 의심 속에 떨어져서 그것을 다 쓸 수 없었다. 그 뒤로 그는 무엇보다 소중하니 몸에 지니고 있는 리본에 끼워둔 반지를 꺼내서 자기 몸을 지키라고나 하는 듯이 밤새 그것을 손가락에 끼고 있었다. 자기와 헤어진 지 얼마 되지 않아서 이즈를 외국으로 데리고 가려고 말을 낼 수 있는 알 수 없는 애인이나 그러나 자기는 사실 그의 아내라는 생각을 하고 그러한 것이었다. 그런 것을 알고 보니 어떻게 그한테 동정을 구할 수가 있을 것인가 또 그를 사모하고 있다느니 하고 제 마음을 보일 수 있을 것인가?

44.

곡간에서 들은 이야기로 해서 그의 생각은 최근 여러 번 그 마음이 끌린 방향 먼 에민스터 목사관 쪽으로 끌리었다. 만일 클레어한테 편지를 내고 싶거든 그 부모를 거쳐서 내도록 또 곤란한 경우에는 직접 그 부모한테 편지를 하도록 그는 남편으로부터 명령을 받고 있었다. 그러나 더 이상으로 클레어에 대해서 아무것도 요구할 권리가 없다는 생각으로 테스는 언제나 이런 편지를 내려는 충동을 멈춰 버렸다. 그리하여 목사관의 가족에게 대해서는 결혼한 뒤에 자기 부모에 대한 것과 같이 사실상 존재가 없었다. 그는 서나 넘어지나 자기 힘으로 하고 알지도 못하는 가족의 한사람이 다만 한때의 지나가는 마음으로 교회의 장부에 그의 이름과 가지런히 자기의 이름을 썼다는 천박한 사실로 해서 그를 위해 설정된 그 가족에 대한 명의상의 권리 같은 것은 던져버리려고 마음을 먹고 있었다.

그러나 시방 이즈의 이야기를 듣고 열이 오르도록 가슴을 찔린 그는 언제까지나 그냥 자기를 말살해 갈 힘은 없었다. 어찌하여 남편은 편지가 없나? 남편은 적어도 자기가 여행하는 곳만은 그한테 알리겠다고 분명히 말하지 않았나. 그러나 남편은 주소를 알리기 위해서도 한줄 써 보내지 않았다. 정말로 냉담한

가? 혹 어디 병이라도 앓는가? 자기가 먼저 편지를 내었어야 할 것인가? 그는 용기를 내어서 목사관을 찾아가서 소식을 알고 남편의 소식이 없어서 슬프다는 말을 하려면 할 수도 있었다. 만일 에인젤의 아버지가 세상에서 말하듯이 선량한 사람이라면 자기의 애정에 줄인 처지를 알아줄 수도 있을 것이었다. 자기의 생활의 곤란 같은 것은 숨길 수도 있었다.

보통날에 농장을 떠나는 것은 그의 자유로 할 수 없는 일이었다. 일요일만이 다만 하나인 기회였다. 플린트쿰애시는 아직 철도가 놓이지 않은 백악질의 고원 중앙에 있는 탓에 걸어가지 않으면 안 되었다. 그리고 길은 가는 데만 15마일이나 되는 탓에 퍽 일찍 일어나도 긴 하루가 걸렸다.

그 뒤로 두 주일이 지나서 눈은 사라지고 이어서 된 꺼먼 서리가 내리는 때에 그는 길이 좋은 것을 이용해서 길을 떠날까 하고 생각하였다. 그 일요일에는 아침 네시에 아래로 내려와서 별빛 속에 걸음을 걸었다. 날씨는 아직은 좋았으나 땅은 발아래서 쇠판처럼 울렸다.

마리안과 이즈는 테스의 이 여행이 그 남편에 관계되는 일인 줄을 아는 탓에 퍽 흥미를 느끼었다. 그들의 하숙은 길을 좀 가 서 있는 농가이었으나 그들은 그한테로 와서 떠나는 것을 도와주었다. 그리고 시부모의 마음에 들도록 아주 곱게 차리고 가야 한다고 자꾸 권하였다. 허나 그는 클레어 노인의 엄격한 칼뱅교의 교리를 아는 탓에 옷차림 같은 것은 관심을 하지 않고 또 의심까지도 하였다. 그의 슬픈 결혼으로부터 벌써 일 년이 지나갔으나 그는 신식 유행을 본뜨지는 않는 순박한 시골 처녀로써 매력 있게 치장을 할 수 있을 만한 옷은 그때 가득 찼던 옷장의 잔해(殘骸)에 아직도 간직하고 있었다.

얼굴과 목의 불그레한 살결을 더 환하게 하는 하얀 크레이프 주름 장식이 달린 회색 털 웃옷에 꺼먼 재킷에 모자에.

"참 분한 일인데 당신의 남편이 이 모양을 못 보는 것은, 당신은 참말 예뻐!" 강철과 같이 창백한 문밖의 별빛과 누런 집안의 촛불과의 사이에 있는 문지방에 선 테스를 물끄러미 바라보는 이즈 휴에트는 이렇게 말했다. 이즈도 관대한 마음으로 자기를 버리고 이 경우에 맞도록 말을 하였다.

마지막으로 이쪽을 당겨보고 닦아보고 저쪽에 가벼이 손질을 하고 하여 그들은 그를 떠나보내었다. 그는 동트는 때의 진줏빛 대기 속에 잠겨버렸었다. 그들은 그가 사폭껏 굳은 길을 타박타박 걸어가는 발소리를 듣고는 이즈도 그가 소원을 이루도록 빌었다. 그리고 별로 자기의 덕을 추는 것이 아니었으나 클레어한테서 한때의 유혹을 받았을 때 자기의 동무에게 나쁜 일을 하지 않고 난 것이 기뻤다.

이즉하여 그는 넓은 낭떠러지의 한쪽 끝에 와 닿았다. 그 아래로는 비토질(肥土質)의 블랙무어의 골짜기가 시방 안개 속에 싸여서 고요히 밝아올 녘에 누워 있었다. 높은 데의 무색한 대기 대신에 아래쪽의 대기는 깊은 푸른빛을 지니고 있었다.

그가 늘 일을 하는 100에이커나 되는 큰 울안의 땅 대신에 그의 발아래는 6에이커 못되는 작은 밭들이 놓였는데 그 수효가 너무 많아서 이 고지에서 보면 마치 그물눈과 같았다. 이곳은 주위의 풍경이 엷은 다색을 띠고 있었다. 아래쪽으로는 프룸 골짜기와 같이 주위의 풍경이 언제나 푸르렀다. 그러나 이 골짜기에서 그의 슬픔은 생긴 것이었다. 그리하여 이제는 예전처럼 그곳을 사랑하지 않았다.

골짜기를 바른쪽에 끼고 그는 서쪽으로 서쪽으로 걸어갔다. 힌톡스 고지의 마을을 지나 셔톤아버스로부터 캐스터브릿지로 가는 큰길가를 직각으로 건너서 악마의 부엌이라고 부르는 작은 골짜기를 그 사이에 낀 도그베리힐과 하이스토이를 돌아갔다. 그대로 올라가는 길을 쫓아가서 그는 크로스인핸드에 닿았다. 그곳에는 어떤 기적, 또는 살인 또는 그 둘이 다 있었다는 곳을 가르치기 위하여 돌기둥이 쓸쓸하게 잠잠하게 서 있었다. 게서 3마일을 더 가서 롱애시레인이라는 로마시대의 곧바른 옛길을 건너갔다. 그러자 곧 이것과 옆으로 횡단하는 소로를 잡아서 언덕을 내려가 에버스헤드라는 작은 거리라기보다는 마을에 들어갔다. 이곳이면 거리의 절반은 온 셈이었다. 그는 이곳에서 잠깐 쉬면서 교회 옆에 있는 어느 농가에서 둘째 번 아침 식사를 배불리 먹었다.

그의 갈 길의 남은 절반은 벤빌레인으로 가는 탓에 전보다 평탄한 지방으로 들어갔다. 그러나 그와 그가 가는 목적지와의 사이에 있는 거리가 점점 줄어지는 데 따라서 테스의 자신도 줄어들고 그의 계획도 더 무섭게 눈앞에 떠올랐다. 그러나 오정 때쯤 되어서 그는 에민스터와 그 목사관이 있는 골짜기의 한 끝에 있는 문 옆에 발길을 멈추었다.

네모난 탑, 그 아래서는 바로 그때 그 목사와 신도들이 모여 있는 줄 그는 알았다. 이 탑은 그의 눈에는 엄격하게 보였다. 어떻게 형편을 지어서라도 보통날에 왔더라면 좋았을 걸 하고 그는 생각하였다. 그런 신앙이 깊은 사람이니까 할 수 없는 그의 경우는 몰라보고 일요일을 골라서 온 여자를 좋게 생각하지 않을지 몰랐다. 그러나 그로써는 지금 갈 수밖에 다른 도리가 없었다. 그는 먼 길을 걸어온 두꺼운 구두를 벗고 가죽이 곱고 가벼운 놈을 갈아 신고는 먼저 벗은 구두를 다시 찾을 수 있게 문 옆 울타리 그늘에 감추어 두고 그 언덕을 내려갔다. 이곳 공기에 닿자 신선해진 얼굴빛은 목사관에 가까이 가는데 따라 자기도 모르는 사이에 점점 엷어져 갔다.

테스는 자기 형편에 이로울 무슨 우연한 일이라도 일어나기를 바랐으나 그런 것은 아무 것도 일어나지 않았다. 목사관 잔디밭에 있는 나무떨기들은 서리 바람에 불려서 쇄쇄하고 불쾌한 소리를 내었다. 그는 어떻게 공상을 달려보아도 이 집의 자기와 가까운 집안사람들의 거처하는 곳이라고는 생각할 수 없었다.

그는 애써 기운을 내어서 회전하는 문을 열고 들어가서 벨을 눌렀다. 내디딘 일이었다. 물러설 수는 없었다. 그러나 그는 울린 벨에 대답하는 사람은 없었다. 용기를 내어서 다시 한 번 울렸다. 이런 행동을 하는 마음의 동요와 15마일을 걸어온 피로가 함께 겹쳐서 그는 기다리는 동안 한손으로 허리를 집고 팔꿈치를 현관 바람벽에 대고 몸을 기대지 않으면 안 되었다.

둘째 번 벨소리는 더 높았으나 누구도 나오지 않았다. 그는 현관을 나와서 문을 열고 밖으로 나섰다. 그리고 그는 또 들어가고나 싶은 듯이 망설이는 태도로 집 정면을 바라보았으나 문을 닫고 난 때에는 안심하는 한숨을 후 내쉬었다. 자기가 누구라는 것이 알려져서 들어서지 못하리라는 명령이 내린 것인지도 모르겠다는 생각이 그에게서 떠나지 않았다.

테스는 집 모롱이로 갔다. 그는 할 수 있는 대로는 다 했다. 그러나 당장의 무서운 것을 피해서 앞날에 고통을 남겨서는 안 되겠다고 결심을 하고 다시 걸음을 돌려서 창이란 창은 죄다 올려다보면서 그 집 앞을 다 지나 보았다.

아, 알 일이 있었다. 그들은 하나 남지 않고 모두 교회로 간 것이다. 아버지는 언제나 하인들도 다 함께 집안사람을 모두 아침 기도회에 참례하게 하는 탓에 집에 돌아오면 자연 식은 음식을 먹게 된다고 남편의 말하던 것이 생각났다. 그러므로 기도가 끝날 때까지 기다리고 있으면 그만이었다. 그는 이곳에서 기다리고 있으면서 사람들의 눈에 띄는 것이 싫었다. 그리하여 그는 교회당을 지나 소로길로 들어가려고 그곳을 떠났다. 그러나 교회 뜰 앞문까지 오자 사람들은 터져 나오기 시작해서 테스는 그 사람들 속에 싸여 버렸다.

에민스터의 회중들은 그를 이곳에서는 볼 수 없는 수상한 여자라고 하는 듯이 바라보았을 뿐이었다. 그는 걸음을 빨리해서 먼저 왔던 길을 올라가서 목사 가족이 점심을 끝낼 때까지 생바주 틈에 숨을 곳을 찾으려고 하였다. 교회에서 헤어져 가는 사람들과는 뚝 떨어져 있었다. 다만 두 청년 같은 사람이 서로 팔을 끼고 그의 뒤를 빠른 걸음으로 따라오고 있었다.

두 사람이 가까이 오는데 따라 그들이 진지하게 토론을 하는 소리를 들을 수 있었다. 그는 그 소리 가운데 자기 남편의 남다른 어조를 민감하니 인정하였다. 이 도보자들은 그 남편의 두 형들이었다. 자기의 모든 계획을 잊어버리고 테스가 오직 하나 무서워한 것은 아직 그들과 마주 설 준비도 되지 않아서 혼란한 상태에 있는 자기를 그들이 따라잡으면 큰일이라고 하는 것이었다. 물론 그들이야 그가 누구인지를 알 리는 없었다. 그는 본능적으로 그들의 눈을 무서워한 것이다. 그들이 잰걸음으로 걸어오면 그도 잰걸음으로 걸어갔다. 그들은 분명히 오랜 기도시간을 내내 걸터앉아 있은 탓에 차디차게 된 사지를 훈훈하니 녹이려고 점심이나 정찬에 집으로 들어가기 전에 급히 잰걸음으로 산보를 하는 것이었다.

다만 한사람이 고개를 올라가는 테스의 앞에 있었다. 좀 고집스럽고 거추장

된 데는 있어도 어딘지 재미있을 듯한 숙녀 같은 젊은 부인이었다. 테스가 거의 다 이 여자를 따라잡은 때 시아주버니들의 걸음이 빨라서 그들은 거의 테스의 뒤에 따라서게 된 탓에 그들의 하는 이야기가 테스에게는 다 들렸다. 그러나 그들은 별로 흥미를 끌 만한 이야기는 하지 않았으나 마침내 아직도 퍽 앞에 있는 부인을 보자 그들 가운데 한사람이 말했다.

"머시 챤트야. 그를 따라잡아요."

테스는 그 이름을 알고 있었다. 그는 에인절의 부모와 또 그 부모들이 에인절의 일생의 동무로 정해놓은 사람으로 만일 자기 같은 방해자만 없었더라면 에인절이 아마 결혼했을는지 모르는 여자였다. 이런 것을 전에 들어 알지 못했다고 해도 조금만 지나면 그만한 것은 테스도 알 수 있었다. 그것은 이 형들 가운데 하나가 먼저 이런 말을 한 탓이다.

"에인절도 가엾어, 나는 저 알뜰한 처녀를 볼 적마다 젖 짜는 여자인지 무엇인지 알지 못할 것한테 반해버린 그의 경솔한 것을 더욱 한하게 되어. 척 생각해도 이상한 일이야. 그 여자가 그와 함께 사는지 어떤지는 몰라. 해도 한 달 전에 그한테서 편지가 왔는데 그때는 같이 안 산다구 했어."

"난 모르겠어. 나한텐 이즈음 아무것도 알리지 않으니까. 그와 내가 서로 소격해지기는 그가 엉뚱한 의견을 가진 데서 시작했는데 생각 없이 한 결혼으로 해서 아주 멀어졌어."

테스는 더욱 빨리 긴 언덕을 올라갔다. 그러나 그들의 주의를 끌지 않고는 그들을 떨어쳐 놓을 수는 없었다. 마침내 그들은 그를 따라 넘고 그 옆으로 지나가버렸다. 아직 앞에 있던 젊은 부인은 두 사람의 발소리를 듣고 돌아섰다. 서로 인사와 악수를 나누고 세 사람은 같이 걸어갔다.

그들은 이즉하야 언덕마루에 닿자 이곳을 그들의 산보의 한계로 하려는 듯이 걸음을 늦추었다. 그리고는 테스가 이때보다 한 시간 전에 그리로 내려가기 전에 먼저 거리의 모양을 살피노라고 잠깐 발길을 멈추었던 문 쪽으로 세 사람은 다 발길을 돌렸다. 이야기를 하는 가운데 성직에 있는 형제의 하나가 양산으로 생울타리를 끈끈히 뒤지더니 무엇인지 밝은데 끌어내었다.

"여기 헌 구두가 하나 있어." 하고 그는 말했다. "거지나 무엇이 버린 게야, 아마."

"맨발로 거리로 들어와서 우리한테 동정을 일으키려고 하는 어떤 앙큼한 것이 한 게지요." 하고 찬트양은 말했다. "그래요, 틀림없어요. 아주 훌륭한 여행 구두인데, 조금도 해지지 않았어요. 참 우멍하기도 해! 누구 없는 사람이나 주게, 내가 집에 가지고 갈 거예요."

구두를 발견한 카스버트 클레어는 자기 지팡이의 구부러진 끝으로 이 여자를 위하여 그것을 집어 올려주었다. 그리하여 테스의 구두는 빼앗겨 버렸다.

이것을 듣고 있던 테스는 털실로 짠 수건으로 얼굴을 가리고 그곳을 지나갔으나 이즉하야 뒤를 돌아본즉 교회에서 돌아오는 일행은 그의 구두를 가지고 문을 지나서 언덕을 내려가고 있었다.

그리하여 테스는 또 걷기 시작하였다. 앞을 가리는 눈물이 뺨을 흘러내렸다. 그는 이 장면이 자기에게 대한 욕이라고 생각하게 되는 것은 전혀 감상과 근거 없는 민감 때문인 줄 알고 있었다. 그런데도 불구하고 이것을 누를 수는 없었다. 다시 목사관으로 돌아갈 생각을 그는 도저히 하지 못하였다. 그가 편협하기는 하지만 이 형들보다는 그렇게 거북스럽지도 모정하지도 않고 그리고 마음이 인자하다는 천품을 충분히 가진 그 아버지를 만나지 않고 그 아들을 만난 것은 얼마큼 불행한 일이었다. 그는 다시 그 먼지 북데기 한 구두를 생각하고는 이 신발이 그들의 비웃음거리가 되었던 것이 어쩐지 가엾었다. 그리고 이 신발 주인의…… 소망도 없는 바람이 느껴지지 않을 수 없었다.

"아!" 하고 테스는 자기를 가엾이 여기는 한숨을 쉬었다. "그이들은 그이가 사준 이 고운 것을 아끼려고 길가 사나운 데를 그 구두를 신고 온 줄 몰라. 그래, 그들은 몰라! 그리고 그들은 이 웃옷의 빛깔도 그이가 골라준 것을 생각하지 못했어. 그랬어, 어떻게 그이들이 알 수 있어? 알았다고 해도 그이들은 별로 대견히 여기지 않았을 거야. 첫째 그이들은 그이를 대수롭게 생각하지 않으니까. 가엾은 일이야!"

그리고 그는 자기의 사랑하는 사람을 위하여 슬퍼하였다. 그리고는 그는 자기 한평생의 가장 큰 불행이 아들을 미루어서 그 아버지를 판단한 때문에 정작 마지막 요긴한 때에 여자답게 약하니 용기를 잃어버린 때문에 오는 것을 모르고 그는 먼저 온 길을 되돌아갔다.

돌아가는 길에는 그는 아무 희망도 없이 있다는 것은 그 일생의 위기가 점점 가까이 오는 것 같은 생각뿐이었다. 그리하여 목사관을 다시 찾아볼 용기가 다시 나기까지는 그는 이 박토인 농장에서 그대로 일을 하고 있을 수밖에는 없었다. 그는 이 돌아가는 길에서는 자기는 머시 찬트 따위는 어림도 없는 얼굴을 하였다고 세상 사람들한테 내어 보이기라도 하는 듯이 자기 자신에 흥미를 느껴서 수건을 벗겨버렸다. 그러나 이것도 슬프게 머리를 내젓는 것밖에 되지 않았다.

"아무것도 아니야, 아무것도 아니야." 하고 그는 말했다. "아무도 사랑하는 사람은 없어. 아무도 보아주는 사람은 없어. 누가 나 같은 낙오자의 용모를 보아줄까!"

돌아가는 길은 행진이라기보다는 방황이었다. 아무 기운도 없고 목적도 없고 다만 타성(惰性)만이 있었다. 벤빌레인의 지루하게 긴 소로길을 따라가면서 그는 피곤한 것을 느끼기 시작하였다. 그리고 문에 기대어도 서고 또 이정표(里程標) 옆에 발을 멈추기도 하였다.

그리고는 7, 8마일쯤 갈 때까지 그는 어느 집에도 들어가지 않았다. 험하고 긴 언덕을 내려가자 에버스헤드 마을이 나왔다. 시방과는 딴판 다른 기대를 가지고 아침 식사를 한 작은 도시였다. 그가 다시 주저앉은 교회당 옆의 농가는 마을의 그쪽 끝으로는 거의 첫째 집이었다. 이집 주부가 식료실로 우유를 가지러 간 사이에 테스는 거리를 내려다보면서 그곳에는 사람 하나도 지나가지 않는 것을 알았다.

"사람들은 다 오후 기도에 갔지요, 아마?" 하고 그는 말했다.

"그런 게 아니라오!" 하고 노파는 말했다. "기도에는 아직 시간이 이르지요, 아직 종도 안 났으니까. 모두들 저쪽 곡간에 설교를 들으려들 갔어요. 무언지 훌륭한 열심 있는 신자라는데 기도 사이사이에 설교를 한다든가 보더군요. 그래도 난 들으러 가지 않소. 설교단에서 또 늘 하는 그 소리를 듣는 것도 난 질색이야."

테스는 얼마 아니하여 마을로 들어갔다. 그 발소리는 죽은 사람들의 땅을 지나가거나 하는 듯이 마을 집들에 울렸다. 그리고 길에서 얼마 멀리 떨어지지 않은 곳에 곡간이 비어서 그곳으로부터 설교자의 말소리가 들려왔다.

그 소리는 맑고 고요한 공기 속에 분명하니 울려서 그는 곡간 뒤에 있어도 그 말귀를 알아들을 수 있다. 그 설교는 극단의 신앙만능파식이었다.

뒤에서 귀를 기울이고 서서 듣고 있는 중에 이 설교자의 교의가 에인절의 아버지의 견해를 좀 더 열렬이 한 것인 줄을 알고 테스는 더욱 흥미를 느끼었다. 그리고 이 설교자가 어떻게 하여 그런 견해를 가지게 되었는가 하는 자기의 정신상의 경험을 자세히 말하기 시작한 때 그의 흥미는 점점 고조되었다. 자기는 가장 큰 죄인이었다고 그는 말했다. 자기는 세상을 조롱하였다. 자기는 부랑자와 방탕자들과 같이 사귀었다. 그러나 눈이 깨는 날이 왔다. 인간적인 의미로서 이것은 주로 어느 한 목사의 감화를 의지해서 온 것이었다. 처음 자기는 이 목사를 심하니 모욕하였으나 목사가 떠나면서 한 말이 자기의 마음에 박혀서 떠나지 않았다. 그리하여 마침내 하느님이 은혜를 받아 그 말이 자기의 마음에 이런 변화를 일으키고 시방 보는 바와 같은 인간이 되었다.

그러나 교의보다도 더 테스를 놀라게 한 것은 그 목소리였다. 있을 수 없는 일같이 생각되었으나 분명한 알렉 더버빌의 목소리였다. 테스의 얼굴에는 심한 불안의 빛이 떠올랐다. 그는 곡간 앞으로 돌아가서 그 앞을 지나갔다. 낮은 겨울 해는 이쪽 커다란 두짝문의 입구에 바로 내려쬐었다. 청중들은 다들 마을 사람들이었으나 그 가운데 한사람 예전 그의 주의는 보리포대를 쌓아 놓은 위에 올라서서 청중과 문을 향하고 있는 복판 사람에게로 쏠리었다. 오후 세시의 해는 그를 정면으로 비추었다. 그리하여 그를 유혹한 놈이 눈앞에 있다는 확신이 분명한 사실이 되어 나타났다.

제6편

개종자

45.

트란트리지를 떠난 뒤로 이때까지 그는 더버빌을 만난 일도 없고 또 소식을 들은 일도 없었다. 그러나 기억이라는 것은 어리석은 물건이어서 더버빌이 과거의 방종한 생활을 슬퍼하면서 개종자(改宗者)로써 드러내놓고 또 분명히 그곳에 서있는 데도 불구하고 테스는 어떤 공포에 눌려서 동작의 자유를 잃고 나아가지도 물러나가지도 못하였다.

테스가 그 전날 마지막으로 그를 보았을 때나 시방 볼 때나 한가지로 깨끗하게 불쾌한 풍채였다. 그래도 시방은 그 꺼먼 코밑수염은 없어지고 잘 손질한 옛날본의 턱밑수염을 기르고 있었다. 그리고 그의 복장은 한 절반 목사본이었다. 이 변화는 그 표정까지도 다르게 하여서 하이칼라티가 그 용모에서 풍겨져 잠깐 동안 그를 같은 사람이라고 믿을 수 없을 만하였다.

처음 잠깐 동안 테스의 듣기에는 저런 입으로 이런 엄숙한 성경의 말씀이 연달아 나온다는 것이 무섭게 어울리지 않는 것 같았다. 아직 사 년이 채 못 된 옛날에는 이 너무나 익숙한 어태는 전연 반대되는 목적을 표현하는 말을 그의 귀에 전했던 탓에 그 대조의 모습은 그는 아주 불쾌를 느끼게 되었던 것이다.

그것은 개심이라기보다는 차라리 변형(變形)이었다. 전날의 유혹적인 곡선은 시방은 신앙의 정열을 말하는 선으로 조절되었다. 유혹적이었든 입모습은 시방은 기원(祈願)을 표하도록 되었다. 어제 날 방탕이라고 보였던 뺨의 광채는 오늘은 경신적(敬神的) 수식의 화려한 빛으로 귀의되었다. 수욕은 광신(狂信)으로 이교주의(異敎主義)는 사도주의로 되었다. 옛날에는 그렇게 힘을 갖고 테스의 자태 위에 번쩍이던 대담한 띠글띠글한 눈은 시방은 거의 무서움에 가까운 신앙의 어마어마한 정력으로 번득번득 빛났다.

그러나 이렇게 용모가 숭고하게 된 것이 틀린 것이고 높이는 것이 낮추는 것으로 보이는 것은 얼마나 이상한 일인가.

이러한 인상이 막연하니 그를 움직이었다. 놀라서 정신없이 서있던 것이 몸을 움직이게 되자 그는 더버빌의 눈이 닿지 않는 데로 지나가 버리려고 하였다. 더버빌은 테스가 역광선의 위치에 있는 탓에 아직 그를 알아차리지 못한 것은 분명하였다.

그러나 그가 다시 움직인 순간에 이 사나이는 그를 보았다. 그의 옛날 애인에게 미친 힘은 온 전기와 같아서 이 사나이의 존재가 그에게 미친 힘보다 더 세었다. 이 사나이의 정열과 웅변조의 우렁찬 울림이 그로부터 사라져 버리는 듯하였다. 그 입술은 그 위에 올라앉는 말의 무게로 해서 꼬불락거리고 떨었다. 그러나 테스가 마주 서있는 동안은 말을 낼 수가 없었다. 그 눈은 한번 그를 흘끔 본 뒤로는 당황하게 그가 있는 쪽을 빼어놓고는 사방으로 떠돌았다. 그러나 이삼 초 동안마다 냉큼 뛰는 듯이 되돌아오곤 하였다. 테스의 기운은 이 사나이의 기운이 빠지는 데 따라 회복되었다. 그리하여 그는 되도록 빨리 곡간을 지나서 앞으로 향하고 가버렸다.

테스가 반성할 수 있게 되자 그들의 처지의 변화에 놀랐다. 그 신세를 망친 사나이는 시방은 성령(聖靈)의 쪽에 서 있다. 그렇지만 그는 아직 다시 살아나지 못한 채로 있다.

그는 뒤도 돌아다보지 않고 자꾸 걸어갔다. 이곳까지 오는 동안 그의 가슴은 하염없는 슬픔으로 무거웠다. 그러나 시방은 근심의 성질이 달라졌다. 그는 처음 생활과 현재의 생활과를 이어놓는 연쇄가 끊어지기를 바랐으나 결국 그것은 끊이지 않았다. 그는 롱애시레인의 북쪽을 다시 직각으로 건너서 얼마 아니하여 고지로 올라가는 하얀 길가가 눈앞에 비쳤다. 이 고지의 가장자리를 쫓아서 그는 아직 남은 길을 가지 않으면 안 되었다. 천천히 이 언덕바지를 올라가는데 뒤에서 발소리가 나는 것을 그는 알아차렸다. 돌아다본즉 그 잘 아는 자태, 감리교도같이 이상하니 차림을 차린 이 세상에서는 단 둘이서 만나지 않기를 원하던 온 세계에서 단 하나의 인물이 가까이 오는 것이었다.

그러나 생각할 시간도 또 피해 달아날 시간도 없었던 탓에 그는 이제는 할 수 없다고 생각하고 되도록 냉정한 태도로 어쩔 수 없이 그가 따라잡는 대로 맡겨두었다. 그는 이 사나이가 대단히 흥분한 것, 그것은 급히 걸어온 때문이 아니고 마음속 감정의 탓인 줄을 알았다.

"테스!" 하고 사나이는 말했다.

그는 걸음을 늦추었으나 돌아다보지 않았다.

"테스!" 하고 사나이는 곱잡아 불렀다. "나요, 알렉 더버빌이요."

그는 이때에야 돌아서서 사나이를 보았다. 그러자 사나이는 곧 그의 곁으로 왔다.

"그렇군요." 하고 그는 쌀쌀하니 대답하였다.

"그래, 그게 다요? 하긴, 나는 이보다 더 바랄 자격은 없어! 물론." 하고 사나이는 거벼이 웃고는 말을 붙였다. "이런 꼴을 하고 있는 나를 보면 당신 눈에는 어쩐지 우습게 보이지요. 해도, 그것도 나는 참지 않아서는 안 되어요…… 나는 당신이 어디 아무도 모르는 곳에 가버렸다구 하는 말을 들었지요. 테스! 내가 이렇게 당신의 뒤를 따라온 것을 이상하니 생각하겠지요?"

"네, 그렇지요. 전 당신이 그렇게 하지 말아 주었으면 하고 마음으로 바랐어요!"

"네—그렇게 말하는 것도 당연하지요." 하고 사나이는 싫어하는 테스와 함께 걸어가면서 빽빽하니 말을 받아 돌렸다. "그러나 나를 오해하지 말아요. 아마 당신은 나를 사기한(詐欺漢)으로 생각할 것이나 나는 이 세상 모든 사람들의 받을 하느님의 노여움으로부터 그들을 건져주는 것이 내 의무이기도 하고 소원이기도 한데 그 가운데서도, 냉소하고 싶으면 해도 좋아요. 내가 너무나 모욕을 준 여자야말로 그 사람이라고 느끼었단 말이오. 나는 단지 그 목적만으로 온 것이오. 그밖에 아무것도 없소."

"당신은 당신 자신을 구원하셨어요? 자선은 먼저 자기로부터 시작한다는데요." 하고 대답하는 테스의 말에는 얼마큼 경멸하는 빛이 있었다.

"나는 그런 일은 별로 하지 않았소!" 하고 사나이는 태연하니 말했다. "내가 청중에게 말한 것과 같이 하느님이 모든 것을 다 하신 것이오. 당신이 아무리 나한테 경멸을 퍼부어도 테스 내가 내 자신에게 퍼부은 경멸에는 도저히 미치지 못하오. 그런데 그것은 이상한 이야기요. 믿거나 안 믿거나 그건 마음대로 할 것이지만 내가 개심하게 된 사정을 말하지요. 그리고 당신도 들을 만한 흥미는 느낄 것이라고 생각하오. 당신은 이때까지 에민스터의 목사의 이름을 들은 적이 있소. 아마 으레 들었을 터인데? 클레어 노목사라고 하지요. 그이의 종파 가운데서는 제일 열심이고 영국국교교회에 몇 사람 남지 않은 열렬한 경신가(敬神家)의 한 사람이지요. 그 목사야말로 당신이 이름을 댈 수 있는 그 어떤 사람보다도 이 나라의 많은 사람의 영혼을 구한 겸손한 일군이 된 사람이라고 나는 굳게 믿으오. 그이 소문을 들은 적이 있소?"

"있어요." 하고 그는 대답했다.

"그이는 어떤 전도 단체를 위하야 설교를 하려 이삼 년 전에 트란트리지에 온 일이 있었지요. 나는 그때 아주 어리석은 놈이어서 그이가 사정(私情)을 떠나서 나한테 도(道)를 말하고 갈 길을 보여 주었을 때 나는 그이를 모욕했어요. 그는 내 행동에 화도 내지 않고 언제 한 번은 당신도 성령의 첫 열매를 받으리라, 비웃으러 온 사람도 때때로 머물러서 기도를 하는 때도 있으리라 하고 말할 뿐이었소. 그의 말 가운데는 이상한 마력(魔力)이 있더군요. 그만 그 말이 내 가슴에 깊이 잠겨 버렸지요. 그런데 어머니를 잃어버린 것이 제일 내 마음에 찔리었소. 이렇게 하야 나는 밝은 햇빛을 보게 된 거요. 그 뒤로부터 나는 참된 생각을 사람들께 전하는 것이 내 소원이었고 그리고 오늘도 그것을 하던 중이었소. 하기는 이 고장에서 설교를 하게 된 것은 최근의 일이지만."

"그런 이야기는 그만두어요!" 사나이한테서 물러나서 길가의 층계 있는 데로 가서 그 위에 몸을 기대이면서 그는 성이 잔뜩 나서 이렇게 부르짖었다. "나는 그런 갑작 것은 믿지 못해요. 당신은 나한테 어떤 죄악을 지었는지 그것을 알면서, 알면서 나한테 그렇게 말을 하는 데는 참 화가 나서 못 견디겠어요? 당신이나 또 당신 같은 사람들은 나와 같은 것의 한평생을 아프게 어둡게 슬프게 하는 것으로 이 세상을 즐거이 살아가는 거예요. 그래 충분히 그런 것을 다한 때에 회개를 해서 이번에는 천국으로 가서 즐거이 지내는 것을 얻으려고 하는 생각은 참 대단히 좋군요! 그따위 것은—난 당신 같은 사람은 믿지 않아요. 그런 건 난 싫어요!"

"테스." 하고 사나이는 부득부득 말을 이었다. "그렇게 말할 것이 아니오! 그 것은 대단히 새로운 생각처럼 내 머리에 떠올랐어! 그래 당신은 나를 믿지 않소? 무엇을 믿지 않는 것이요?"

"당신의 개심을요. 당신의 종교에 대한 생각을요."

"어째서?"

테스는 목소리를 낮추었다. "당신보다 퍽 좋은 사람이 그런 것은 믿지 않으니까요."

"여자들이 붙일 만한 이유지! 그 퍽 좋은 사람이란 누군데?"

"말 못해요."

"그것 참." 하고 그는 그 말 아래 감춘 울분이 금방이라도 튀어나올 것 같은 투로 말을 내었다. "나는 절대로 좋은 사람이라고는 말 못해요. 그리고 나는 그런 것 입 밖에 내지도 않지 않소. 나는 선량한 것에 대해서는 사실 숫내기지요. 해도 새로 온 사람이 때로는 제일 멀리 볼 수도 있으니까요."

"네." 하고 그는 풀 없이 대답하였다. "그래도 난 당신이 회개를 해서 영혼이 새로워졌다고는 믿을 수 없어요. 당신이 느끼는 그런 빛은, 알렉, 오래 가지는 못 할 거예요!"

이렇게 말하면서 그는 기대던 층계에서 몸을 돌이켜 사나이 쪽을 향하였다.

사나이는 그를 물끄러미 바라보았다. 하등인간은 시방 그 안에서 진정이 되었으나 그러나 아직 확실히 뽑아버린 것은 아니고 또 아주 순종을 시켜버린 것도 아니었다.

"그렇게 보지 말아요!" 하고 사나이는 갑자기 말했다.

자기의 동작과 용모에 조금도 정신이 가지 못했던 테스는 얼른 눈길은 움츠리며 얼굴이 빨개져서 말을 더듬으며 "용서하세요!" 하고 말했다.

"천만에 천만에! 용서는 무슨 용서요. 그런데 당신은 그 어여쁜 얼굴을 숨기려고 베일을 썼는데 왜 그걸 벗지 않소?"

테스는 얼른 이런 말을 하면서 베일을 내렸다. "이건 바람을 막느라고 쓴 거예요."

"이렇게 명령을 하는 것은 내가 가혹한 것 같지만." 하고 사나이는 말을 이었다. "나는 너무 자주 당신을 보지 않는 것이 좋아요. 어떻게 될지 모르니까."

"쉬!" 하고 테스는 말했다.

"흥, 여자의 얼굴도 이때까지 너무 나를 지배해서 이제는 무섭지 않아! 전도자가 그런 것 무슨 소용이 있어. 그리고 그것을 생각하면 내가 잊어버리고 싶은 과거가 머리에 떠오르지요!"

그런 뒤로 그들은 이야기가 점점 적어지고 흔글흔글 걸어가면서 때때로 생각난 듯이 한마디씩 말을 하였다. 테스는 이 사나이가 대체 어디까지나 따라오려는가 하고 속으로 의아를 하면서도 분명히 명령을 해서 돌려보내고 싶지도 않았다.

마침내 길은 크로스인핸드라고 부르는 곳에 이르렀다. 바람받이의 황량한 이 고원 가운데서도 이곳이 제일 쓸쓸한 곳이었다. 이곳에는 이 지방 어느 돌 캐는 곳에서도 찾을 수 없는 지층의 거친 돌로 그 위에는 사람의 손모양이 투박하니 새겨진 돌기둥이 서 있었다. 이 고장 이름은 이 돌기둥에서 불려 나온 것이다. 식자들에 따라서는 십자가 밑돌이라고도 하고 경계나 회합의 장소를 가리키는 것이라고도 하였으나 이 유적의 기원이 무엇이든지 이것이 가운데 서 있는 광경은 보는 사람의 기분에 따라서 불길 또는 숭엄한 느낌을 자아내게 하였고 시방도 그러한 것이다.

"이젠 나는 헤어져야 하겠소" 하고 그들이 이 지점에 가까이 온 때 그는 말했다. "나는 이 밤 여섯시에 애봇스서널에서 설교할 것이 있소. 내가 가는 길은 여기서 바른쪽으로 꺾어져가요. 그런데 당신을 만났더니 마음이 좀 이상해졌어. 테스, 어째서 그런지는 나는 말할 수 없고 또 말하고 싶지도 않소. 나는 헤어져 가서 기운을 내어야 하겠소…… 당신은 어떻게 그렇게 유창하니 이야기를 하게 되었을까? 누가 그런 훌륭한 영어를 가르쳐 주었어?"

"고생하는 가운데 여러 가질 다 배웠지요." 하고 그는 말을 흐려버렸다.

"어떤 고생을 하였소?"

그는 첫 번 고생, 이 사나이와 관계있는 오직 하나인 그것을 말했다.

더버빌은 잠자코 있었다. "나는 그것을 아직 것 조금도 모르고 있었소!" 하고 그는 중얼거렸다. "그런 고생을 겪을 때 왜 나한테 알리지 않았어?"

테스는 대답하지 않았다. 그러자 사나이는 이렇게 말을 덧달아서 침묵을 깨뜨렸다. "자, 그럼, 다시 만납시다."

"아뇨." 하고 그는 대답했다. "다시는 나한테 가까이 오지 말아요!"

"생각해 보지요. 허지만 헤어지기 전에 이리로 와요." 사나이는 돌기둥으로 걸어갔다. "이것은 옛날 성(聖) 십자가였소. 유적 같은 것은 내 신조 가운데는 없으나 나는 때때로 당신을 두려워해요—시방 당신이 나를 무서워하지 않을 수 없는 것보다 퍽 더 하오. 그러니까 이 두려움을 없이 하기 위해서 당신 손을 저 돌에 있는 손 위에 놓고 결단코 나를 유혹하지 않는다고 맹세해 주어요. 당신의 아름다움으로나 또는 태도로나."

"참, 어이가 없어라, 왜 그런 도무지 쓸데 있는 일을 하라고 해요! 그런 건 나는 꿈에도 생각지 못해요!"

"그렇지요, 해도 맹세해요."

테스는 한 절반 놀라면서 사나이의 추근추근한 부탁을 쫓아서 손을 돌 위에 놓고 맹세를 하였다.

"당신이 믿는 사람이 아닌 것이 유감이요." 하고 사나이는 말을 이었다. "어느 믿지 않는 사람이 당신을 꺽 붙잡고 당신의 마음을 흔들어 놓을지도 모르겠소. 허나 더 말하지 않겠소. 집이라면 당신을 위해 기도라도 드리련만 참 내 기도는 올리지요. 어떤 일이 일어날지 알겠소? 나는 가오. 잘 있어요!"

더버빌은 울타리 가운데 있는 렵문(獵門) 쪽으로 향하여 다시 테스 쪽에 눈을 돌리지도 않고 그것을 타고 넘고 해서 그 아래 평평한 언덕을 가로질러 애봇스서널 쪽으로 걸어갔다. 그가 걸어가는 것을 보면 그 걸음걸이에는 당황한 것이 보였다. 이즉하여 그는 지난날의 생각에 움직이기나 한 듯이 호주머니에서 작은 수첩을 꺼내었는데 그 가운데는 여러 번 되풀이해 읽어서 겉이 다 닳고 더러워진 접어 넣은 편지가 끼워 있었다. 더버빌은 그 편지를 폈다. 그것은 몇 달 전 날짜가 찍히고 클레어 목사의 서명이 있었다.

그 편지는 처음에 더버빌의 개심을 들은 클레어 목사가 그의 기쁨과 감사를 말하고 또 더버빌의 옛날 행실을 용서한다는 진심으로의 보증과 또 이 청년의 장래 계획에 흥미를 가지고 있다는 말도 있었다.

더버빌은 이 편지를 읽고 또 읽고 하였다. 그것은 자기를 냉소하는 듯이 보였다. 그는 또 걸어가면서 비망록 가운데서 몇 절을 읽었다. 그리하여 이제는 그의 얼굴은 평정해지고 그리고 보면 테스의 환영도 그의 마음을 괴롭히지 않는 것 같았다.

한편으로 테스는 제일 가까운 길이 놓여 있는 언덕 갸녈을 쫓아갔다. 아직 1마일도 오기 전에 그는 혼자 있는 양치는 사람을 만났다.

"시방 내가 지나온 그 오랜 돌은 뭐라는 거예요?" 하고 테스는 물었다. "옛날에는 성(聖)십자가였어요?"

"십자가가, 천만에. 그건 아주 불길한 건데요. 아가씨. 그것은 기둥에 손을 못질한 뒤에 목을 매어 죽인 어떤 죄인의 가족들이 옛날 세운 겁니다. 그 뼈가 그 아래 묻혀 있지요. 무슨 소린지 혼을 악마한데 팔아 넘겼다나 해서 아직도 때때로 나돌아다닌다고 하지요"

테스는 이 뜻밖의 소름이 일도록 무서운 이야기를 듣고는 정신을 잃는 것 같았다. 그리고는 혼자 있는 사나이를 뒤에 남기고 가버렸다.

그가 플린트쿰애시에 가까이 갔을 때 사방은 어두컴컴해졌다. 이 작은 마을로 들어가는 동구의 소로길에서 그는 저쪽이 모르게 한 처녀와 그 애인이 있는 데로 가까이 갔다. 그들은 별로 은밀한 이야기도 하지 않아서 말소리가 찬 대기 속에 퍼졌다. 테스가 가까이 가자 그 처녀는 새치미를 떼고 돌아다보고 그를 알아보았으나 젊은 사나이는 계면쩍어서 달아나 버리었다.

여자는 이즈 휴에트이었다. 그는 테스의 이번 갔던 길에 대한 흥미가 일어나서 자기 자신의 일 같은 것은 여차로 여겼다. 테스는 갔던 길의 결과를 그리 분명히는 설명하지 않았다. 그리고 아주 눈치 빠른 이즈는 바로 시방 테스 눈에 띈 두 사람의 관계를 말하였다.

"그 사람은 앰비 시들링인데 때때로 톨보트헤이즈에 품을 얻어오던 사람이야." 하고 그는 태연하니 설명하였다. "이번에도 일부러 찾아보다가 내가 이곳에 와있는 줄 알고 나를 따라왔어요, 글쎄. 이태 동안이나 나를 사모했다나. 해도 난 잘 대답도 안 해왔어."

46.

헛길을 하고 난 뒤로 며칠이 지나갔다. 테스는 밭에 나가 일을 하였다. 마른 겨울바람이 아직 불었으나 바람을 안고선 곱새 바주가 평풍처럼 되어서 그를 막아주었다. 지붕이 있는 쪽으론 무청 자르는 기계가 놓여서 그 새로 페인트칠한 푸른빛이 번적번적 빛났다. 그 정면 맞은편 쪽으론 초겨울부터 무청뿌리를 저장하는 긴 무덤 같은 움이라는 것이 있었다. 테스는 지붕 없는 한끝에 서서 낫으로 흙과 털을 뿌리마다 깎아내고 그것이 끝나면 뿌리를 기계 속에 던지고 있었다. 사나이가 하나 기계의 줠손을 돌리고 있었는데 그 통으로는 갓 자른 무청이 나와서 누런 빈자리로는 신선한 냄새가 풍기었다.

무청을 다 뽑고 아무 것도 난 것이 없는 갈색의 넓은 경지는 좀 짙은 갈색의 줄이 그어지기 시작하고 그것이 점점 넓어져서 리본과 같이 되었다. 이런 리본마다 그 가에 닿아서 급치도 않게 쉬지도 않고 무엇인지 열 발로 기어 다니며 온 밭을 온통 뒤집고 있었다. 그것은 보습을 사이에 끼운 두 마리 말과 한사람의 사나인데 봄에 씨를 뿌리기 위해서 빈번한 땅을 파 뒤집는 것이었다.

몇 시간이 지나도 이 즐거움 없는 단조한 것을 깨뜨리는 것은 아무 것도 없었다. 그러자 밭을 갈고 있는 말 너머 저 멀리 한 점 무엇인지 꺼먼 것이 보였다. 그것은 틈이 터진 울타리 한 모퉁이로 나와서 고개를 올라 무청 자르는 사람들 쪽으로 오는 모양이었다. 점만하니 크던 것이 구주희(九柱戱)의 기둥과 같은 형상으로 되고 잠깐하여 플린트콤애시 쪽으로부터 오는 꺼먼 옷을 입은 사나이인 것을 알았다. 무청 자르는 기계를 돌리고 있던 사나이는 이 일밖에는 다른데 눈을 팔 데가 없는 터이라 오는 사람을 내내 보고 있었으나 일에 열중한 테스는 다른 동무들이 그 사나이가 가까이 오는 것을 주의시키기 전까지는 그 사나이를 보지 못하였다.

그곳에 온 것은 그 혹독한 감독인 농부 그로비는 아니었다. 그것은 이전에는 자유롭고 평안하던 알렉 더버빌을 다시 나타내는 한 절반 목사의 차림을 한 사나이였다. 설교할 때와 달리 시방 그에게는 열심은 없고 또 무청 자르는 기계 돌리는 사람이 있어서 계면쩍어 하는 듯 보였다. 테스의 얼굴에는 벌써 해쓱한 심통의 빛이 떠올랐다. 그는 차양 달린 두건(頭巾)을 푹 얼굴로 내려당겼다. 더버빌은 가까이로 와서 조용하니 말했다.

"나는 당신한데 좀 이야기 할 것이 있소, 테스"

"당신은 나한데 가까이 오지 않는다는 요전번 내 부탁을 들어주지 않는군요!" 하고 테스는 말했다.

"그렇소. 하지만 거기는 상당한 이유가 있소"

"그래요, 그럼 말하세요."

"당신이 생각할 수 있는 것보다 퍽 중대한 일이오"

다른 사람이 듣지나 않나 하고 더버빌은 사면을 돌아보았다. 두 사람은 기계 돌리는 사나이로부터 좀 떨어져 있었고 기계 소리로 해서 알렉의 말이 다른 사람의 귀에 들어가는 것을 충분히 막았다. 더버빌은 테스가 노동자들한테 보이지 않도록 그쪽으로 등을 돌리고 서있었다.

"사실은 이런 거요." 하고 그는 지나가는 마음으로 후회를 하는 듯이 말을 이었다. "요 전 우리가 만났을 때에는 당신과 나의 영혼에 대해서 생각하노라고 당신의 생활에 대해서 묻는 것을 잊어버렸단 말이요. 당신은 옷도 잘 입고 했기에 나는 그런 것을 생각하지 못했었소. 해도 시방 보니까 고생이라는 것을 알겠소. 그때보다도 더 고생이라는 걸. 당신으로서는 너무 지나치는 고생이요. 그것은 대부분 내 책임이겠지만!"

그는 대답하지 않았다. 그리하여 얼굴을 두건으로 푹 가린 채 머리를 수그리고 다시 무청의 털을 다듬기 시작 했을 때 더버빌은 의아해 하는 듯이 바라보고 있었다. 그는 일을 그대로 하고만 있으면 이 사나이로 해서 자기의 감정이 시달리는 일이 적을 것이라고 생각하였다.

"테스." 하고 그는 불만한 듯한 한숨을 한번 쉬고는 말을 달았다. "내가 이때까지 관계한 가운데 당신의 경우가 제일 나빴어. 당신이 말하기까지는 나는 그런 결과가 되리라고는 생각지 못하였소. 그런 죄 없는 생명을 더럽히다니 나는 참 악한 사람이요. 책임은 다 내게 있었어. 트란트리지에 있을 때의 심상치 않던 사건의 책임은 말이요."

테스는 다만 듣고 있을 뿐으로 자동적으로 규칙적으로 한 구근(球根)을 던져 넣고는 다른 구근을 집어 올리곤 하였다. 그래서 보통 농사짓는 여자들의 침울해 있는 윤곽을 나타내고 있었다.

"그러나 나는 그런 것을 말하러 온 것은 아니요." 하고 더버빌은 말을 계속하였다. "내 처지는 이렇소. 당신이 트란트리지를 떠난 뒤에 어머니가 돌아가시고 그 집은 내 것이 되었소. 그러나 나는 그것을 팔아서 아프리카에서 한 몸을 전도 사업에 바치려고 생각하오. 그 일에 대해서 내가 대단히 부족한 사람인 것은 의심할 것 없지만. 해도 당신한테 청하고 싶은 것은 나의 의무―당신을 농락한 장난에 대해서 내가 할 수 있는 오직 하나인 보상을 내 힘으로 하게 해주지 않으려오? 즉 내 아내가 되어서 나와 같이 가주지 않겠소…… 나는 벌써 이런 요긴한 서류까지 가지고 있소. 이것은 늙은 어머니의 임종의 소원이었소."

사나이는 호주머니에서 한 장의 양피지를 꺼내어서 그것을 넌정스러운 듯이 좀 주물럭거렸다.

"그것은 뭐예요?" 하고 그는 말했다.

"결혼 허가증이요."

"안 되어요, 안 되어요!" 하고 그는 깜짝 놀라 뒤로 물러서면서 급히 말하였다.

"싫다는 말이지요? 어째서 싫어요?"

그리하여 더버빌이 이 질문을 할 때 의무를 다하지 못하는 실망은 전연 아닌 실망이 더버빌의 얼굴을 스치고 지나갔다. 그것은 틀림없이 그에게 대한 옛날의 정욕이 다시 살아난 징조였다. 의무와 욕망이 서로 손을 잡고 달리었다.

"꼭." 하고 그는 좀 더 급하니 다시 말을 시작하고는 무청기계를 돌리는 노동자를 보는 테스도 이곳에서는 의논이 끝이 안 날 줄 생각하고 기계 돌리는 사람보고 이 신사가 자기를 보러 온 탓에 그 사람과 잠깐 같이 다녀오겠다는 말을 하고는 더버빌과 같이 얼룩말처럼 줄 간 밭을 타고 넘어서 가버렸다. 두 사람이 새로 갈아 뒤진 곳에 온 때 사나이는 손을 내밀어 테스가 넘는 것을 도와주려고 하였으나 그는 마치 사나이는 보지도 못한 듯이 이랑 위를 타고 넘어갔다.

"당신은 나와는 결혼하지 않지요, 테스. 그리고 나를 자기 자신을 존경하는 사람으로 만들어 주지 않지요?" 그들이 이랑을 다 넘자 사나이는 되뇌었다.

"나는 못해요."

"해도 어째서?"

"아시다시피 나는 당신께 대해서는 조금도 애정이 없어요."

"그러나 앞으로는 당신도 그것을 느끼게 되겠지요, 당신이 참으로 나를 용서하게 되면 곧."

"아니에요, 결단코!"

"어째 이렇게 완고하오?"

"나는 다른 사람을 사랑해요."

이 말은 사나이를 놀랜 듯하였다.

"그래?" 하고 사나이는 외쳤다. "누구 다른 사람을? 해도 도덕상으로 바르다든가 옳다든가 하는 생각이 당신께는 아무런 힘도 없소?"

"그래요, 그래요, 그래요—그런 말은 그만두어요!"

"좌우간 그럼 이 다른 사나이에 대한 당신의 사랑은 다만 한때의 감정이어서 앞으로 당신이 눌러 버릴 수 있을는지 모르지."

"아녜요, 아녜요."

"그렇지, 그렇지! 어째서 아니요!"

"나는 당신한테 말할 수 없어요."

"당신의 명예를 위해서라도 말해야 하오."

"그럼 말하지요…… 나는 그이와 결혼했어요."

"아!" 하고 더버빌은 부르짖고는 갑자기 우뚝 서더니 테스를 바라보았다.

"나는 말하고 싶지 않았어요, 나는 말하려고 하지 않았던 거예요!" 하고 테스는 변명을 하였다. "그 일은 이곳에서는 비밀로 해두어요. 그렇게까지는 안 간다고 해도 어렴풋이밖에는 몰라요. 그러니까, 참 제발 비니까 이후에 더 풀어 주지 말아요! 그리고 우리들은 시방은 서로 남이라는 것을 잊지 마세요."

"남이라—우리들이? 남이라!"

이 순간 옛날의 빈정대는 투가 그 얼굴에 번듯 빛났다. 그러나 그것을 눌러 버렸다.

"저 사나이가 당신의 남편이오?" 하고 더버빌은 손질로 무청기계를 돌리는 사나이를 가리키며 기계적으로 물었다.

"저 사람이요?" 하고 테스는 의기양양해서 말했다. "아마 그렇지 않겠지요!"

"그럼 누구요?"

"내가 말하고 싶지 않은 것은 묻지 말아주어요!" 하고 그는 빌었다. 그리고 재긴 얼굴과 살눈썹 기름자진 눈으로는 애원하는 빛이 번득이었다.

더버빌은 당황하였다.

"나는 다만 당신을 위해서 물은 거요!" 하고 사나이는 열이 올라서 대답을 하였다. "아, 하느님, 나는 맹세해 말하지만 당신을 위해서 이곳에 온 것이오.

테스, 나를 그렇게 보지 말아요! 나는 고백하지만 당신을 본 뒤로 당신께 대한 내 애정이 눈을 떴소. 나는 다 소멸한 줄로만 믿었던 것이. 그러나 나는 결혼으로 해서 우리 둘은 정화되리라고 생각했던 것이오. '믿지 않는 남편은 아내로 해서 깨끗하게 되고 믿지 않는 아내는 남편으로 해서 깨끗하니 되는 것이다' 하고 나는 혼잣말을 한 것이오. 그러나 내 계획은 내게서 깨져 나갔소. 그리고 나는 이 실망을 참아가야 하게 되었소."

더버빌은 눈을 땅으로 떨어트리고 우울하니 생각에 잠기었다.

"결혼했다. 결혼했다! 그래, 그렇다면." 하고 사나이는 허가증을 천천히 둘로 찢어서 호주머니에 넣으면서 아주 침착하니 말을 달았다. "그래 결혼이 안 되게 되었다면 나는 당신과 어떤 사람이든 간에 당신 남편을 위하여 좋은 일을 하고 싶소. 여러 가지 묻고 싶은 것이 있으나 당신의 소원에 거슬려서까지 그렇게 하고 싶지 않소. 허지만 당신의 남편이 누군지 알면 나는 아주 헐하니 그 사람과 당신의 도움이 될지도 모르지요. 그이는 이 농장에 있소?"

"아뇨." 하고 테스는 송알거렸다. "먼데 갔어요."

"먼데? 당신을 떠나서? 어떤 남편일까, 그 사람이?"

"아, 그이를 나쁘게 말하지 말아요! 이렇게 된 것도 당신 때문이에요! 그이가 다 알았어요."

"아, 그래! 그거 안 되었군요, 테스!"

"네."

"해도 당신을 두고 가, 당신을 이렇게 일을 하게 하고!"

"그이가 나한테 일을 하게 하는 게 아니에요!" 하고 그는 있는 열정을 다 내어서 눈앞에 없는 사람을 보호하려고 뛰어오르며 부르짖었다. "그이는 이런 줄을 조금도 몰라요! 내 임의대로 이렇게 하는 거예요."

"그러면 편지는 와요?"

"난, 난 당신한테는 말할 수 없어요. 남한테 알릴 수 없는 우리 둘 사이의 일이 많아요."

"물론 편지 안 한다는 말이지요. 당신은 버림받은 아내로구려, 응, 테스."

그는 충동을 못 이겨서 갑자기 몸을 돌려 테스의 손을 잡았다. 그러나 그 손에는 물소 가죽 장갑이 끼어 있어서 사나이는 그 속에 있는 손의 생명도 형태도 나타내지 않는 뿌덕뿌덕한 가죽 손가락을 잡았을 뿐이었다.

"못써요, 못써요!" 하고 그는 호주머니에서나 빼듯이 그 손장갑에서 쑥하고 손을 빼고 장갑만 사나이의 손에 쥐여둔 채 그는 무서운 듯이 외쳤다. "아, 가 줘요, 나와 내 남편을 위해서…… 가요, 당신 자신의 예수교의 이름으로 빌어요."

"아, 아, 가지요" 하고 사나이는 불시에 대답을 하였다. 그리고 장갑을 그에게 내밀어 주고는 돌아서서 떠나려고 하다가 다시 얼굴을 돌리고 말하였다. "테스, 하느님이 아시지만, 당신의 손을 잡았다고 해서 당신을 속이려고 한 것은 아니었소!"

자기들의 일에만 정신이 팔려서 아직까지 알아차리지 못하였던 밭 흙을 치는 말발굽 소리가 바로 등 뒤에서 멎었다. 그리고 이런 소리가 테스의 귀에 들렸다.

"대체 자네는 이런 때 일 아니하고 뭐하는 거야?"

농부 그로비는 멀리서 둘의 모양을 보고 밭에서 무엇들을 하고 있나 하고 그것이 알고 싶어서 말을 타고 온 것이다.

"이 여자에게 그런 말버릇을 하지 말아요" 하고 더버빌은 얼굴을 기독교도 같지 않은 어떤 표정으로 흐리우면서 말했다.

"참말로, 서방님! 그런데 감리교의 목사님이 이 여자에게 무슨 일이 있을까요?"

"이 작자가 대체 누구야?" 하고 더버빌은 테스 쪽을 돌아보며 물었다.

테스는 사나이 쪽으로 가까이 갔다.

"가줘요—제발 빕니다!" 하고 그는 말했다.

"어째요! 저런 폭군한테 당신을 맡겨두고? 저 작자가 얼마나 야비한 인종인지 낯바닥에 나돋았어."

"저 사람은 내게 손질은 아니 할 테니까요. 저 사람만은 나를 생각하지 않아요, 나는 고지절에는 이곳을 떠날 수 있어요."

"그래요, 나는 그대로 할 수밖에 다른 자격이 없는 것 같으니까. 해도—그래, 잘 있어요!"

자기를 보호하는 사람이지만 자기를 공경하는 사람보다 더 무서워한 사나이가 가기 싫은 듯이 가버리자 농부는 또 잔꾸중을 계속하였으나 그것은 남녀관계를 떠난 공격인 탓에 테스는 냉정히 그것을 받았다.

한번 경을 친 일이 있고 그 경험으로 농장의 다른 여자들과 달리 자기에게만 심하게 구는 것을 테스는 잘 알았다. 그는 돈 많은 알렉의 아내가 되어달라는 말을 받아들일 경우가 되어 선선히 받아들인다면 그 결과는 어떻게 될 것인가 하고 잠깐 상상하여 보았다. 그렇게 하면 그의 현재의 학대하는 주인에게뿐 아니라 그를 경멸하는 듯이 생각되는 온 세상에 대한 굴종으로부터 완전히 해탈될 것이었다. "해도 안 돼 안 돼!" 하고 그는 숨이 가쁘게 말했다. "시방 그 사람과 결혼할 수는 없어! 내게는 참 싫은 사람이야."

바로 그날 밤 테스는 클레어에게 자기의 괴로운 형편은 숨기고 다만 변하지 않는 애정을 맹세하는 하소연의 편지를 쓰기 시작하였다. 허나 그는 또 자기의 충정을 다 토로하지는 않았다. 그이는 이즈에게 같이 가기를 청한 일이 있다. 그러니 응당 자기는 조금도 생각하지 않는 것이다. 테스는 편지를 상자 안에 넣었다. 그리고 그것이 언제 에인절의 손에 들어갈 수가 있을까 하고 의아하였다.

이런 일이 있은 뒤로 그의 매일하는 일은 여간 고되지가 않았다. 그리하여 농부들에게는 가장 중요한 날—성촉절 장날 칠월 초이튿날이 되었다. 다음 고지절로부터 앞으로 열두 달 동안의 새 계약을 맺는 것은 이 장날이어서 농업 노동자 가운데서도 자기의 일터를 바꿀 생각을 하는 사람은 이 시기를 놓치지 않고 이 장이 열리는 시골 거리로 갔다. 플린트쿰애시 농장의 노동자들의 거의 다가 다 이곳을 뛰어나가려고 하는 탓에 많은 사람들이 일은 아침에 언덕이 연달은 지방을 넘어서 10마일에서 12마일쯤 떨어져 있는 그 거리 쪽으로 떠나갔다. 테스도 봄 지불일(통고절)에는 이곳을 떠나려고 하였으나 그도 몇 사람 안 되는 사람들과 같이 장에 가지 않고 남아 있었다. 그것은 다시 바깥일을 하지 않게 될 무슨 일이 생기지나 않을까 하는 막연한 희망을 가진 탓이었다.

벌써 겨울은 지나갔다고 생각하리만큼 이 철치고는 이상하게도 화창한 이월 어느 날이었다. 그가 저녁을 끝내었을까 말았을까 한때 오늘은 자기 혼자 독차지하고 있는 농가의 창에 더버빌의 그림자가 치었다.

테스는 뛰어 일어섰다. 그러나 이 방문자는 벌써 문을 두드린 뒤라 이제 당하여 달아나는 것은 옳지 못한 것 같았다. 테스는 처음에는 문을 열어주지 않을까 하고 생각하였으나 그러는 것도 어리석은 짓이므로 그는 일어나서 빗장을 들어놓고는 얼른 뒤로 물러섰다. 사나이는 들어서서 그를 보고는 입을 열기 전에 의자 하나에 털썩하고 앉았다. "테스—오지 않고는 못 견디겠어!" 하고 사나이는 흥분이 되어 뻘겋게 된 얼굴을 닦으면서 절망적인 말씨로 말을 꺼내었다. "나는 못해도 당신의 편부만은 물으러 오지 않으면 안 되겠다고 생각했소. 사실 먼젓번 일요일의 모습을 털어버릴 수가 없구려! 착한 여자가 악한 사나이를 해할 수는 없지 않소, 해도 사실은 그렇구려. 만일 당신이 나를 위해 기도라도 올려 주었소, 테스!"

불만한 것을 억지로 누르는 사나이의 태도는 거의 측은할 지경이었으나 그래도 테스는 가엾이 생각하지는 않았다.

"세상을 움직이는 큰 힘이 내 계획을 달리하지 못하리라고 하는데 그런데 이렇게 당신을 위해서 기도를 올릴 수 있어요?"

"당신은 정말 그렇게 생각하시오?"

"네, 그래요, 그렇지 않다고 생각하던 것을 고침을 받았으니까요."

"고침을 받았다? 누구한테?"

"꼭 말해야 한다면 말하지요—내 남편한테요!"

"아— 당신의 남편— 당신의 남편! 참 어이없는 일인데! 언젠가도 당신이 그 비슷한 것을 비친 적이 있는 것을 잊지 않았소. 이런 일에 대해서 당신은 사실로 무엇을 믿고 있소, 테스?" 하고 더버빌은 물었다. "당신은 전연 종교를 가지지 못한 듯이 생각되오— 아마 이것도 나 때문일 것이지만."

"그래도 내게는 종교가 있어요. 비록 초자연적인 것은 아무거나 믿지 않지만."

더버빌은 의심스럽게 그를 쳐다보았다.

"그럼 내가 취한 방침은 다 틀렸다고 생각하는 거요?"

"대부분은."

"흥— 해도 난 확실히 믿거든." 하고 그는 불안하니 말을 하였다.

"나는 산상의 수훈(垂訓)의 정신만은 믿어요. 그리고 내 사랑하는 남편도 역시 믿었어요…… 해도 난 믿지 않아요 저—."

여기서 테스는 자기의 부정설을 내어놓았다.

"사실은." 하고 더버빌은 무뚝뚝하니 말하였다 "당신의 사랑하는 남편이 믿는 것은 아무거나 다 당신도 믿고 그가 아닌 것은 무엇이든가 다 당신도 아니어서 당신 자신으로는 조금도 캐보지도 않고 따져보지도 않은 거지요. 그건 꼭 당신네 여자들의 할 만한 일이오. 당신의 마음은 그 사람의 종이 되어버렸어."

"아, 그이는 아무거나 다 알고 있으니까요!" 하고 테스는 클레어를 어디까지나 믿는 의기양양한 단순한 말투로 말했다.

"그래, 해도 그렇게까지 다른 사람의 부정설을 통으로 받아들여서는 못쓰오. 당신한테 그런 회의주의를 가르쳤으니까 그 사람은 꽤 똑똑한 친구가 분명하군!"

"그이는 내 판단을 억지로 누르거나 한 일은 결코 없었어요! 그이는 이 문제에 대하여 나와 같이 의논하려고는 결코 아니 했어요. 그러나 나는 이 문제를 이렇게 보았어요—교의를 깊이 캐어본 뒤에 그이가 믿게 된 것은 교의를 조금도 들여다보지 않은 내가 믿게 된 것보다는 퍽 옳은 것이라고요."

"그 사람이 늘 어떤 것을 말했소? 무엇을 으레이 말했을 것인데?"

테스는 회상하였다. 그리고 곧 에인절 클레어가 한말을 생각해내고는 그것을 말하는데 그도 역시 신중하게 충실하게 클레어의 말세와 태도를 나타내었다.

"다시 한 번 말해 봐요." 하고 대단히 주의를 하고 듣고 있던 더버빌은 말했다.

그는 그 의논을 되풀이하였다. 더버빌도 그의 뒤를 따라서 생각 깊게 그것을 중얼거려보았다.

"그밖에는 또 없소?" 하고 사나이는 이즉하여 물었다.

"그이는 다른 때에는 또 이런 것을 말했어요." 하고 그는 또 다른 것을 말했는데 그것은 '철학사전'으로부터 헉슬리의 논문집에 이르는 계통의 책 가운데 눈 뜨문히 보이는 것이었다.

"아―참! 당신은 어떻게 그것을 외웠소?"

"나는 그이가 믿는 것을 나도 믿고 싶었어요. 물론 그이는 내가 그렇게 하는 것을 바라지는 않았지만. 그리고 나는 그이에게 잘 굴어서 그이의 하는 생각을 조금 말해주도록 하였어요. 그것을 충분히 안다고는 말할 수 없어도 그래도 그것이 바른 것만은 알아요."

"흠, 당신부터 모르는 것을 나한테 가르칠 수 있다고 생각하는군요!"

사나이는 생각에 잠겼다.

"그래 나는 정신적 운명을 그의 것과 같이 하기로 하였어요." 하고 테스는 다시 말을 이었다. "나는 그것을 따로 따로 하고 싶지 않았어요. 그이에게 좋은 것은 내게도 또한 좋은 것이니까요."

"그 사람은 당신도 그만 못지않은 이단자라는 것을 알아요?"

"아뇨, 나는 한 번도 그이한테 그런 말을 한 적이 없어요. 내가 이단자인지 아닌지."

"그것 참, 결국 오늘로 말하면 당신은 나보다 행복하오! 당신은 내 교의를 설교할 것이라고는 믿지 않는 거지요. 나는 그것을 설교할 것이라고 믿으면서도 오늘은 그것을 갑자기 그만두고 당신에게 대한 정욕에 저버렸소."

"어떻게요?"

"글쎄." 하고 사나이는 뚝뚝하게 말했다. "나는 오늘 먼 길을 당신을 보려 이곳까지 온 것이요! 그러나 집을 떠날 때는 캐스터브릿지로 가려고 했던 거요. 그곳에서 두시 반에 짐수레 위에서 말씀을 설교할 것을 맡았던 탓에. 그리고 이 맘때쯤은 그곳에서 형제들이 모두 나를 기다리고 있지요. 여기 광고가 있소."

사나이는 가슴 호주머니에서 더버빌이 복음을 말할 시일과 회합의 장소를 찍은 한 장의 포스터를 꺼내었다.

"그런데 어떻게 그곳에 갈 수 있어요?" 하고 테스는 시계를 보면서 말했다.

"갈 수 없지요. 이리로 왔으니까."

"뭐예요, 설교하도록 다 정해놓고, 그리고―."

"나는 설교하도록 정해놓고 안 가요. 나는 내가 한때 모욕한 여자를 보고 싶은 불타는 욕망으로 해서―아니 말과 진실에 맹세하여 나는 한 번도 당신을 경멸한 적이 없었소. 만일 그랬다면 이렇게 당신을 사랑할 수 없지 않으오! 내가 당신을 모욕하지 못한 까닭은 무엇보다도 당신이 더럽지 않은 때문이요. 당신은 당신의 입장을 알게 되자 빨리 그리고 단연 나한테서 몸을 빼내었던 것이오. 당신은 내 하고 싶은 대로는 되었지 않았던 것이오. 그래 이 세상에는 어떻게 해도 경멸할 수 없는 여자가 꼭 한사람 있는데 당신이 바로 그 여자요. 그러나 시방은 당신이 나를 경멸할 수 있을 것이오. 나는 산위에서 예배를 보고 있는 줄 생각하고 있었는데 실상은 아직 나무 수풀에서 역사를 하고 있는 것을 알았소! 하하!"

"오, 알렉 더버빌! 그게 무슨 소리예요? 내가 무엇을 했길래!"

"했길래?" 하고 사나이는 이 말에 야비한 냉소를 담아서 말했다. "일부러는 아무것도 하지 않았지. 그러나 당신은 그 소위 타락의 새잡이, 죄 없는 새잡이가 되었지. 나는 참으로 그 '세상의 부패한 것을 피하였다가 다시 이것에 얽히어서 정복을 당한 패덕(敗德)한 종'들 가운데 한 사람일 꺼고, 나 스스로 물어 봤지." 사나이는 테스의 어깨에 손을 얹었다. "테스, 나는 당신을 다시 보기까지는 적어도 사회구제를 향하여 가는 길 위에 있었소!" 하고 사나이는 마치 테스가 어린아이기나 한 듯이 노죽스럽게 그를 흔들면서 말했다. "글쎄 어째서 그때 나를 유혹했소? 나는 그 입과 눈을 다시 보기 전까지는 나는 사나이로써 의지가 꿋꿋한 사람이었소. 참말로 이브의 입이 있은 뒤로는 이렇게 사람을 미치게 하는 입은 없었어!" 그 말소리는 가라앉고 그리고 뜨거워진 사특한 빛이 그 꺼먼 눈에서 튀어나왔다. "이 마성의 계집 테스, 이 밉살스러운 바빌론의 요부, 나는 당신을 다시 보자마자 당신과 떨어질 수가 없이 되었소!"

"당신이 나를 두 번 보게 되는 것을 나도 어떻게 할 수가 없었어요!" 하고 테스는 물레걸음치면서 말하였다.

"그건 나도 알아요. 거듭 말하지만 나는 당신을 나무라지는 않소. 그러나 사실은 그러니까. 그날 당신이 밭에서 학대를 받는 것을 보고 나는 당신을 보호할 법률상의 자격도 없고 또 그 자격을 가질 수 없는 것을 생각하고 또 한쪽 그것을 가진 사람은 전연 당신을 돌보지 않는 것을 생각하고 나는 거의 미칠 뻔했소."

"그이를 나무라지 말아요. 이곳에 없는 이니까!" 하고 테스는 흥분해서 말을 하였다. "정당하니 대우를 해요. 그이가 언제 한번 당신을 해친 적이 있어요! 그이의 바른 이름에 흠을 내일지도 모르는 재미없는 소문이 퍼지기 전에 어서 그이의 아내한테서 물러가세요!"

"갈 테요, 갈 테요." 하고 사나이는 허튼 꿈에서 깨어나는 사람처럼 말했다. "나는 저 장에서 주정뱅이들한테 설교한다는 약속을 깨쳐버렸어. 이렇게 정말로 장난을 한 것은 이번이 처음이오. 나는 갈 테요. 맹세를 하기 위해서—그리고 아, 될 수 있을까! 멀리 떠나 있다는 것." 그리고는 갑자기 "한번 안아 봐요, 테스—한번만! 그저 옛 동무의 정으로."

"내게는 아무런 보호도 없어요, 알렉! 나는 훌륭한 이의 명예를 지키고 있어요. 생각해보세요. 점적해 하세요!"

"흠! 참 그래, 그렇소!"

자기의 무력한 것이 분해서 그는 입술을 악물었다. 그는 망설이면서 나가버렸다. 이 사나이의 지나가는 마음에서 생긴 개종은 그의 이성과는 아무 관계가 없었던 것이다.

사나이는 테스에게서 들은 말을 몇 번이고 거푸 생각하면서 이렇게 혼잣말을 하였다.

"그 꾀쟁이 놈이 제 계집에게 그런 소리를 해서 내가 저 계집한테로 돌아가는 길을 내는 것은 조금도 생각지 못했겠지!"

47.

그것은 플린트쿰애서 농장의 맨 마지막으로 남은 보리 낟가리의 마당질이다. 삼월 아침의 밝아오는 것은 이상하게도 아련하여 동쪽 지평선이 어딘지를 알리는 것도 없다. 보리 낟가리의 사닥다리 형상으로 된 꼭대기가 어두컴컴한데 우뚝 나솟았다. 그것은 겨울 비바람에 씻기고 불리고 해서 쓸쓸하니 그곳에 서 있었다.

이즈 휴에트과 테스가 일터에 닿았을 때에는 벌써 다른 사람들은 먼저 와서 바쁘게 보리 낟가리의 지붕 걷기를 하고 있었다. 그것은 보릿단을 던지기 전에 이엉을 벗기는 일이었다. 이 일을 하는 동안 이즈와 테스는 짙은 다색 앞치마를 두른 다른 여자 일꾼들과 같이 우둘우둘 떨면서 그곳에 서서 기다리고 있었다. 그것은 농부 그로비가 될 수 있으면 이날 어둡도록 이 일을 끝낼 작정으로 이렇게 일찍부터 그들을 이곳에 억지로 오게 한 것이었다.

해가 다 퍼져서는 낟가리는 헐린 때였다. 사나이들은 각각 제자리를 잡고 여자들은 낟가리 위에 올라탔다. 그리하여 일은 시작되었다. 농부 그로비, 아니 그들이 부르는 대로 하면 그것은 벌써 먼저 와 있었다. 이 사나이의 명령으로 테스는 기계의 대 위에, 보리를 먹이는 사나이 옆에 서게 되었다. 그 일이라는 것은 낟가리 위에 서있는 이즈 휴에트로부터 건너오는 보릿단을 하나씩 하나씩 푸는 것이었다. 그러면 먹이는 사람은 이것을 받아서 회전 고륜(鼓輪) 위에 펴놓으면 기계의 힘으로 순식간에 밀알을 탈곡하는 것이었다.

기계는 처음 한두 번 고장이 있어서 평소에 이것을 싫어하는 사람들을 기쁘게 하였으나 곧 전속력으로 진행되었다. 일은 잘 나가서 마침내 아침 식사 때가 되었다. 이때 타곡기(打穀機)는 삼십 분쯤 멈췄다. 식사가 끝나고 다시 기계를 돌리기 시작하자 이 농장의 기계에 붙어 있지 않는 힘은 다 짚더미를 만드는 데로 쏠렸다. 그 짚더미는 보리 낟가리 곁에 높이 올라가기 시작하였다. 다들 제자리에 선 채로 배 바쁘게 간단한 점심을 끝내고 두어 시간쯤 지나자 정말 점심시간이 되었다. 지칠 줄 모르는 수레바퀴는 쉬지 않고 돌아가고 타곡기의 찌르는 듯한 소리는 돌아가는 그물도롱의 옆에 서있는 사람들의 뼛속까지 진동시켰다.

점점 높아지는 짚더미 위에 있는 늙은이들과 보리 낟가리 위에 있는 사람들은 새새 이야기를 하였으나 테스를 비롯하여 기계에 붙어서 땀을 흘리는 사람들은 이야기를 주고받고 해서 말을 허술히 할 수는 없었다. 이렇게 일이 쌓여서 퍽도 고된 탓에 테스는 플린트쿰애시 같은데 오지 않았다면 하고 생각하게 되었다. 보리 낟가리 위에 있는 여자들 더욱이 그 가운데 하나인 마리안은 때때로 일을 멈추고는 주둥이 가는 병으로 맥주나 찬 차를 마시기도 하고 또는 얼굴을 닦든가 옷에 붙은 짚 검불과 짚 껍데기를 털든가 하면서도 허튼 이야기들을 할 수가 있었다. 그러나 테스에게는 조금도 쉴 짬이 없었다. 그것은 고륜(鼓輪)이 한 번도 멎지 않아서 이것에 먹이는 사람도 손을 멈출 수가 없고 따라서 이 사람에게 단을 풀어 대는 테스도 손을 멈출 수 없는 탓이었다. 하기는 단 먹이는 사람으로는 너무 느리다는 그로비의 반대가 있는 데도 불구하고 마리안이 때때로 한 반 시간씩 일을 바꾸는 일은 없었지만.

그로비는 테스를 이 일에 뽑은 동기를 그는 단을 푸는데 힘도 있고 민첩도 하고 또 견디는 힘도 있는 여자 가운데 하나라고 말하였다. 참말 이것은 사실이었는지 모른다. 보리기계의 우퉁 소리는 보리를 대는 것이 일정한 양보다 부족할 때마다 소리를 높여서 울었다. 테스와 보리를 먹이는 사람은 곁눈을 팔 수가 없는 탓에 점심때 조금 전에 한 사나이가 문 쪽으로 밭 안에 소리도 없이 들어와서 둘째 번 낟가리 아래 서서 이 광경을 더욱이 테스를 바라보고 있던 것을 조금도 알아차리지 못하였다. 이 사나이는 유행하는 모직 트위드 양복을 입었고 말쑥한 개홧지팡이를 돌리고 있었다.

"저게 누구야?" 하고 이즈 휴에트가 마리안한테 물었다.

"누구 좋아하는 사람인 게지." 하고 마리안은 간단하게 말했다.

"자 한 기니(돈이름) 걸을까, 분명히 테스를 따라다니는 사람이야."

"아니야, 틀려. 이즈음 그 사람 뒤를 따르는 것은 감리교 목사예요. 저런 하이칼라 상이 아니야."

"그래요, 저게 같은 사람이야."

"그 설교자와 같은 사람? 해도 아주 다르지 않아?"

"그 사람이 꺼먼 웃옷과 흰 넥타이를 벗어 버리고 구레나룻을 깎아 버렸어. 해도 같은 사람이야."

"정말 그렇게 생각해? 그럼 저 사람한테 알려주어야지." 하고 마리안은 말했다.

"그만두어요, 저 사람도 이제 곧 볼 걸, 뭐."

"그런데 설교를 하면서 결혼한 여자를 후리려는 것은 옳은 일 같지는 않은데. 아무리 저사람 남편이 외국에 가서 있어서 한끝 생각하면 과부와 같다고 해도."

"아, 저 사나이가 테스를 어떻게 하지는 못해. 테스의 마음은 아무리 해도 들지 못해요."

점심때가 와서 회전기는 울었다. 그때 테스는 제자리를 떠났으나 기계의 진동 때문에 무르팍이 와들와들 떨려서 걸을 수가 없었다.

"당신도 나처럼 한잔 하면 좋지." 하고 마리안은 말했다. "그러면 그렇게 얼굴이 해쓱해 뵈지는 않아요, 저 봐, 참, 당신 얼굴은 마치 무엇이 붙어서 시달리는 것 같아!"

테스가 너무 지친 탓에 그가 자기를 찾아온 사람을 보면 식욕이 없어질까봐 마음새 의젓한 마리안은 테스를 끌어서 낟가리 저쪽 사다리로 내려가도록 할 생각을 하였다. 바로 그때 그 신사는 이쪽으로 와서 위를 올려다보았다.

테스는 "아유!" 하고 짧은 소리를 질렀다. 그리고 곧 뒤를 이어 급히 말했다. "나는 여기서 점심 먹을 테야. 보리 낟가리 위에서."

농가에서 멀리 떨어져서 일을 할 때에는 그들은 가끔 이렇게 보리 낟가리 위에서 식사를 하였다. 그러나 오늘은 바람이 되게 불어서 마리안과 다른 사람들은 다들 아래로 내려가서 짚 더미 밑에 앉았다.

새로 온 사람은 복장과 모양은 달랐으나 사실 본래 전도자이던 알렉 더버빌이었다. 얼른 보니 타고난 속기(俗氣)가 돌아온 것은 분명하였다. 나이가 서너 살 더 늘었을 뿐이지 전보다 다른 것이 하나도 없었다. 테스는 보리 낟가리에 앉은 채 식사를 시작하였다. 마침내 사다리 위에 발소리가 나더니 알렉이 낟가리 위에 나타났다. 그리고는 보릿단을 타고 넘어와서 아무 말도 없이 그의 맞은편에 앉았다.

테스는 간편한 점심으로 가지고 온 한 조각 두툼한 빵을 먹고 있었다.

"또 왔소." 하고 더버빌은 말했다.

"왜 남을 이렇게 괴롭게 굴어요!" 손가락 끝까지 노해서 테스는 부르짖었다.

"내가 당신을 괴롭혀요? 나는 왜 당신이 나를 괴롭게 구느냐고 묻고 싶은데요."

"참, 나는 언제 한번 당신을 괴롭게 한 일은 없어요."

"당신은 그렇지 않다고 하지요? 해도 당신은 그래요. 당신은 내게로부터 다녀요. 테스, 당신이 우리들의 아이 이야기를 한 뒤부터는 세찬 청교도적 흐름이 되어 흐르는 내 감정이 갑자기 당신 쪽으로 뚫린 길을 발견하고 한꺼번에 콸콸 내려가 버린 것과 같아요. 종교의 길은 그뿐 말라버렸소. 그런데 이렇게 한 것도 당신이요!"

테스는 잠잠히 쳐다보았다.

"뭐요, 당신은 설교를 아주 그만두었어요?" 하고 그는 몰라서 물었다.

일부러 신중하게 해보이며 더버빌은 말을 이었다.

"나는 캐스터브릿지 장날 주정뱅이들한테 설교를 하게 되었던 오후부터 모든 약속을 다 깨쳐버렸소. 그들은 나를 위해 기도하고 울지 모르나, 내 알 바 아니지. 내가 신앙을 잃었는데 어떻게 따라갈 수가 있겠소? 그것이야 말로 가장 비열한 위선이 될 것이요. 당신은 얼마나 훌륭히 원수를 갚았소! 나는 당신이 천진한 것을 보고 속였었소. 사 년 뒤에 당신이 보니 나는 기독교 신자가 되었지요. 그러자 당신은 내 마음을 움직여서 아마 완전히 지옥에 떨어뜨리려는가 봐요! 나는 이렇게 믿소. 독신자인 사도 바울, 나는 그의 대변자로 생각했지만, 그라고 해도 이렇게 어여쁜 얼굴에 유혹을 당하면 나처럼 그 여자를 위하여 보습을 버렸을 것이오."

테스는 무슨 말을 하려고 하였으나 이때 그는 말이 술술 잘 나가지 않았다. 더버빌은 그것은 알은 척도 아니하고 일어서서 좀 더 가까이 다가오며 보릿단 사이에 비스듬히 기대어서 팔고방이에 몸을 실었다.

"요전번에 나는 당신을 만났다 난 뒤로 그 사람이 말했다고 당신이 이야기한 것을 늘 생각하였소. 당신의 남편은 자기의 교의가 자기에게 해를 입힐 것을 조금도 생각 못 한 거요. 하하! 나는 당신이 나를 배신자로 만들어 준 것이 그래도 참 무섭도록 기쁜데! 테스, 나는 이때까지보다 더 당신께 홀리었어, 그리고 또한 당신을 가엾이도 생각하오. 당신이 아무리 감추어도 나는 당신이 시방 어려운 경우에 있고 그리고 당신을 사랑해야 마땅할 사람이 조금도 돌보아주지 않는 것도 나는 잘 알아."

테스 입에 문 음식이 목을 넘어가지 않았다. 입술은 마르고 그리고 숨이 막힐 듯하였다. 보리 낟가리 아래서 먹고 마시고 하는 일꾼들의 말소리와 웃음소리는 마치 4~5야드 저쪽에서 나는 듯이 그에게 들렸다.

"그것은 내게 대해선 혹독해요!" 하고 테스는 말하였다 "어떻게, 어떻게 내게 그런 말을 할 수 있어요, 만일 조금이라도 나를 생각한다면야?"

"옳소, 옳아." 하고 그는 조금 비치우면서 말을 하였다. "나는 내 행동을 가지고 당신을 꾸중하러 온 것은 아니요. 나는, 테스, 당신이 이렇게 일을 하는 것이 좋지 않다는 말을 하려온 것이오. 당신께는 나 아닌 남편이 있다고 하지, 그래, 아마 있겠지. 하지만 나는 그를 만난 적도 없고 또 그 이름도 당신은 아니 가리켜 주지요. 그 사람은 마치 신화 가운데 사람 같소. 하지만 아무리 당신께 남편이 있다 해도 그 사람보다는 내가 더 가까운 것같이 생각되오. 나는 좌우간 당신의 고생을 건져내려는데 그 사람은 그러지 않는군요. 나는 그 엄격한 예언자 호세아의 말이 생각나는군. 당신은 그것을 모르오, 테스─ '그 여자는 그 애인의 뒤를 따르나 믿지 못할 것이요. 찾으나 만나지 못할 것이라, 이때 그 여자는 말하리라, 나는 내 먼저 남편한테로 가리라. 그때 내 신세는 시방보다 나았느니라!'…… 테스, 내 마차는 언덕 바로 밑에서 기다리고 있오, 그리고─사랑하는 나의 사람, 그 사람의 것이 아니고! 그 뒤는 당신이 잘 알지 않겠소"

사나이가 말을 하는 동안 그의 얼굴은 점점 꺼먼 주홍빛으로 타갔다. 그러나 그는 아무 대답을 하지 않았다.

"당신은 내 타락의 원인이었어." 하고 테스의 허리에 팔을 뻗으면서 사나이는 말을 이었다. "당신도 마음 싸게 책임을 져야 하오. 그리고 당신이 남편이라고 부르는 그 고집쟁이 같은 것은 아주 버려버려요."

과자를 먹노라고 아까 무르팍 위에 벗어 놓았던 가죽장갑의 한 짝을 집자 그는 분한감에 사나이의 낯바닥을 곧바로 들어 갈겼다. 전사들이 끼는 듯한 무겁고 두꺼운 장갑은 철썩하고 그 입에 맞겼다. 알렉은 비스듬히 누웠다가 지랄을 하며 일어났다. 테스가 때린 곳에는 새빨간 피가 비치더니 볼 동안에 피는 그 입으로부터 짚 위에 처뚱처뚱 떨어지기 시작하였다. 그러나 사나이는 곧 자기를 억제하고 침착하게 호주머니에서 손수건을 꺼내어서 피나는 입술을 닦았다.

테스도 냉큼 뛰어 올랐으나 도로 펄썩 주저앉았다.

"자 나를 벌해요!" 하고 손에 든 참새가 목을 비틀리기 전에 말뚱말뚱 쳐다보는 때의 절망적인 방향을 보면서 사나이 쪽으로 눈을 주었다. "매를 때려요, 부스러 쳐요, 낟가리 아래 있는 사람들 염려할 것 없어요, 나는 소리치지 않을 테니까. 한번 희생을 당하면 늘 희생이니까요, 그런 법이에요!"

"아, 아니요, 아니요, 테스, 이번 일은 용서해요." 하고 그는 은근하니 말하였으나 얼마 아니하여 속으로는 화가 일어나 그 말투는 거칠어졌다. 사나이는 테스의 옆으로 다가와서 그 두 어깨를 쥐었다. 그때 그는 어깨를 쥐인 채로 떨었다.

"알아둬, 이 양반, 나는 한때는 당신의 주인이었어! 나는 다시 당신의 주인이 될 테야. 비록 당신이 누구의 아내라고 해도 당신은 내꺼야!"

아래서는 보리마당질하는 사람들이 움직이기 시작하였다.

"싸움은 그만하지." 하고 사나이는 그를 놓아주면서 말했다. "시방은 이만하고 헤어지지만, 오후에 당신의 대답을 들으려 또 올 테니까. 당신은 아직 나를 몰라, 해도 나는 당신을 아니까."

테스는 마치 실신한 사람 모양으로 우둑하니 있어서 입을 열지 않았다. 더버빌은 보릿단을 넘어 그곳을 물러나서는 사다리를 내려갔다. 그러자 아래 일꾼들은 일어나서 그들의 팔을 벌리고 그들의 금방 마신 맥주를 흔들어 내렸다. 그러자 보리기계는 새로 돌기 시작하였다. 테스는 다시 짚 스적이는 소리 속에서 우룽우룽 소리를 내이는 고륜의 옆인 제자리에 가서 끝없이 단 또 단을 자꾸 풀었다.

48.

세시쯤 하여 쉴 참의 식사 때가 되어서야 테스는 처음으로 눈을 들고 주위를 흘끔 살펴보았다. 그는 알렉 더버빌이 되돌아와서 문가 울타리 아래 서 있는 것을 보고도 그리 놀라지 않았다. 사나이는 그가 눈을 드는 것을 보고 깍듯이 그쪽으로 손수건을 흔들면서 한편으로 키스를 보내었다. 그것은 싸움은 다 끝났다는 것을 말하였다. 테스는 다시 아래를 내려다보면서 그쪽으로 눈을 보내지 않도록 주의를 하였다.

이렇게 하여 오후는 천천히 늦어갔다. 테스는 상기한 땀에 젖은 얼굴이 보리먼지를 쓰고 이 먼지로 모자를 뿌연히 한 채 자기 자리에 서 있었다. 전신의 섬유란 섬유는 모두 다 끊임없이 진동되는 탓에 그는 마비된 몽환의 상태에 빠져서 그 팔은 의식과는 관계없이 움직이었다.

단을 던지는 사람들과 그것을 먹이는 사람들의 힘으로 시방은 낟가리가 퍽 줄어서 땅 위에 있는 사람들이 그들과 이야기를 할 수 있게 되었다. 테스가 놀란 것은 주인 그로비가 기계 위로 올라와서 그 가까이 오더니 만일 그가 친구한테로 가고 싶으면 일은 더 아니 해도 좋고 누구 다른 사람을 대신 시키겠다고 말했다. 이 친구라는 것은 더버빌인 줄 그는 알았다. 그리고 또 이 양보도 그 친구인지 혹은 원수인지 모를 사람의 요구에 쫓아서 된 것인 줄 그는 알았다. 그는 머리를 흔들고 일을 계속하였다.

그러자 마침내 쥐 잡는 때가 되어서 한동안 개 짖어대는 소리, 사나이들의 떠드는 소리, 여자들의 부르짖는 소리, 욕하는 소리, 발 구르는 소리가 뒤섞이어 법석을 하였다. 이런 가운데 테스는 마지막 보릿단을 풀었다. 고륜은 도는 것이 떠지고 부릉부릉 하는 소리가 멎었다. 그리하여 테스는 기계로부터 땅 위에 내려섰다.

쥐잡이를 보고만 있던 더버빌은 얼른 테스 곁으로 갔다.

"뭐예요— 그렇게까지— 때려서까지 부끄럼을 주었는데, 또" 하고 그는 낮은 소리로 말했다. 너무 지쳐서 더 크게 말을 할 수가 없었다.

"당신의 말에나 또 하는 것에 성을 내는 것은 참말 어리석은 일이니까." 하고 사나이는 트란트리지 시대의 유혹적인 소리로 대답하였다. "저 사지를 떠는 것을 좀 봐! 당신은 피를 흘리는 송아지 같다, 그렇지 않아. 내가 여기 온 뒤로는 아무것도 하지 않아도 좋았어. 당신은 왜 그렇게 고집이요? 해도 난 증기기계의 마당질에 여자를 쓰는 법은 없다고 저 농부에게 말했소. 저건 여자들의 할 일이 아니야. 저 녀석도 잘 알지만 진보한 농장에서는 여자의 일로는 그만둬버린 것이라오. 당신 집까지 바래다주지."

"네 그렇게 하세요. 당신은 내 형편을 모르고 나와 결혼하려고 오신 줄 잘 알아요"

"우리들의 예전관계를 정당하게 할 수는 없다고 해도 나는 당신을 도와드릴 수는 있소. 당신 자신을 위하여 또 당신의 부모와 동생들을 위하여 당신을 고생을 면케 하는데 넉넉한 넉넉하고도 남는 것을 가지고 있으니까. 만일 당신이 내게 신뢰하는 것만 보여주면 나는 모두들 다 평안하도록 해줄 수 있소"

"이즈음 그 사람들을 만났어요?" 하고 테스는 얼른 물었다.

"네, 만났지요. 당신이 어디 있는지 모르더군요. 내가 여기서 당신을 만난 것도 우연이니까."

테스가 임시 머물러 있는 농가의 문 앞에 발을 멈추고 더버빌이 그 옆에 머물러 섰을 때 찬 달은 뜨락 울타리의 작은 나뭇가지 사이로 테스의 피곤한 얼굴을 비껴 보고 있었다.

"어린 동생들 말은 하지 마세요. 저를 풀죽게 하지 마세요." 하고 그는 말했다. "그것들을 구해주시려고 생각하시거든 나한테 말씀하시지 말고 해주세요. 하지만 싫어요, 싫어요! 당신한테서는 아무것도 받고 싶지 않아요, 그들을 위해서나 또 나 자신을 위해서나!"

그는 이 집 가족들과 같이 있는 탓에 방안에서는 은밀한 이야기를 할 수 없으므로 사나이는 더 따라오지 않았다. 테스는 집안에 들어가서 대야에 몸을 씻고 이 집 가족들과 같이 저녁을 끝내고는 깊은 생각에 잠기었다. 그리고는 바람벽 아래 있는 테이블 있는데 물러가서 자기의 작은 램프 불을 의지하여 열심히 편지를 썼다.

　　나의 서방님, 당신을 이렇게 부르도록 해주세요. 저는 이렇게 아니 부를 수 없습니다. ―비록 당신께서 저 같이 보잘것없는 아내를 생각하시고 노여워하신대도, 저는 괴로움 속에서 당신께 하소하지 않을 수 없습니다. 당신밖에 아무도 없으니까. 저는 시방 유혹에 걸렸습니다. 에인절, 저는 그것이 누구인지 무서워서 말씀드릴 수 없고 또 조금이라도 쓰고 싶지 않습니다. 그러나 저는 당신께서 생각하실 수 없는 정도로 당신께 매달립니다! 어떤 무서운 일이 일어나기 전에 당신께서 시방 곧 돌아오실 수는 없습니까? 그렇게 하실 수 없는 것을 저는 잘 압니다. 당신께서는 시방 먼 곳에 가 계시니까! 당신께서 곧 돌아오시든가 또 당신의 곁으로 오라고 불러주시지 않으면 저는 살아갈 수 없습니다. 당신께서 제게 내리신 벌은 당연한 것인 줄 저는 압니다. 그리고 저한테 노여워하신 것도 옳고 바른 것입니다. 그러나 에인절, 제발 너무 이치로만 따지시지 마시고 비록 제가 당신의 친절을 받을 만한 것이 못 된다 해도 꼭 저한테로 돌아오세요. 당신께서 돌아오시면 저는 당신의 팔에 안겨서 죽을 수 있겠습니다. 만일 저를 용서하신다면 참으로 만족해서 그렇게 하겠습니다.

　　에인절, 저는 당신을 위해서만 살고 있습니다. 당신을 극진히 사모하는 저는 당신께서 멀리 가셨다고 나무랄 수 없습니다. 그리고 당신께서 농장을 구하셔야만 할 것도 잘 압니다. 그저 저한테로 돌아만 오세요. 당신이 아니 계시면 저는 쓸쓸합니다. 참으로 쓸쓸합니다. 저는 일을 하지 않아서는 아니 될 것 같은 것은 조금도 싫어하지 않습니다. 다만 당신께서 오직 한줄 "나는 곧 돌아가요." 하고 말씀하신다면 저는 참고 기다리겠습니다. 에인절―아, 참으로 신이 나서!

당신께서는 우리들이 그 낙농장에 있을 때에 당신이 느끼시던 것을 조금이라도 느끼시지 않으십니까. 조금이라도 느끼신다면 어떻게 저를 떠나 계실 수 있겠습니까? 저는 같은 여자입니다. 에인절 당신께서 사랑하시던 바로 그 여자입니다. 제게 대해서는 과거는 이미 죽었습니다. 저는 당신에서 새로운 생명을 가득히 받아 새로운 여자가 되었습니다. 허나 제 마음은 아픕니다. 지난 날 때문이 아니라 오늘 때문에. 생각해 보세요. 그 후로 한 번도 한 번도 당신을 뵈옵지 못하는 이 마음이 좀 아프겠습니까!

만일 당신이 정말로 돌아오실 수 없으면 저를 당신한테로 가도록 해주십시오. 저는 시방 걱정입니다. 정 마음에도 없는 것을 강박당하고 있습니다. 저는 한 치라도 양보하는 것 같은 일은 도저히 있을 수 없는 일이나 어떤 의외의 변이 생길지 알 수 없다고 생각하면 무서워집니다. 그런데 처음 허물 때문에 막을 길이 없습니다. 여기에 대해서는 더 사뢰지 않겠습니다. 너무나 기막힌 일이니까. 그러나 제가 넘어져서 그 어떤 무서운 올무에 떨어지는 때면 이번이야말로 첫 번 경우보다 퍽 더 고약할 것입니다. 아 하느님, 그런 것은 생각도 못합니다. 곧 저를 가게 해주세요, 그렇지 않으면 곧 급한 대로 오세요!

저는 당신의 아내로서 지낼 수가 없으면 당신의 하인으로서 함께 지내는 것으로 만족하겠습니다. 다만 당신의 곁에라도 있을 수 있으면 당신을 바라볼 수도 있고 또 제 서방님이라고 생각할 수도 있으니까요.

하늘에도 땅에도 땅 아래도 당신을 뵈옵고 싶은 한 가지 일만을 저는 바라고 있습니다. 제게로 돌아오세요, 돌아오셔서 저를 위협하는 것에서 건져주세요.

당신의 충실한 애끓는 테스

49.

이 하소는 분명히 그 조용한 목사관의 아침 식사 식탁에 가 닿았다. 에인절이 자기한테 하는 편지는 그 아버지를 거쳐서 보내도록 테스한테 이른 것은 안전을 꾀하기 위해서 한 것이었다. 에인절은 무거운 가슴을 안고 혼자 개척을 하러 떠나간 저쪽 나라에서 이리 저리 변하는 주소를 그 아버지에게는 늘 알렸던 것이다.

"저—." 하고 클레어 노인은 비봉을 읽고 나서 그 부인에게 말했다. "전에도 그렇게 하고 싶다고 말하듯이 내달 그믐께 리오를 떠나서 한번 돌아온다고 할 것 같으면 이 편지는 그의 예정을 급히 하게 할지 모르겠소. 이것은 그 애 아내한테서 온 것이니까." 클레어 노인은 테스의 일을 생각하고 깊은 한숨을 쉬었다. 그리고 이 편지는 곧 에인절한테로 보냈다.

목사 부부는 이 불행한 결혼에 대하여 자기 자신들을 나무랐다. 만일 에인절이 농부가 되지만 않았던들 농사꾼의 딸을 아내로 삼았을 수는 없었을 것이었다. 맨 처음 그들은 아들네 부처가 헤어진 것을 다만 서로 싫증이 나거나 어떻게 해서 된 것으로 생각하고 있었다. 허나 그 아들한테서 이즈음 오는 편지를 보면 그 아내를 데리러 돌아오겠다는 뜻을 비치곤 했기 때문에 이 불화도 그렇게 무망하니 영구적인 것은 아닌 듯하여 그들은 안심하였던 것이다. 에인절은 그 아내가 자기 친척네 집에 있다고 부모에게 말을 하여 두었던 것이다. 그래서 그 부모는 사정을 확실히 모르는 탓에 어떻게 할 수 없는 일에는 관계를 하지 않으려고 하였던 것이다.

테스의 편지에 쏠리었어야 할 눈은 바로 이때 남아메리카 대륙의 내지로부터 해안 쪽으로 그를 태워가던 당나귀의 등에서 끝없이 넓은 대지를 바라보고 있었다. 이 낯선 고장에 와서 그가 겪은 경험은 처참하였다. 닿자마자 걸린 중한 병은 아직 깨끗이 낫지 않았다. 그리하여 그는 이곳에 농장을 내려는 희망은 버리려고 마음을 먹게 되었다. 고국을 떠나 있는 동안에 그는 정신적으로는 십년 이상의 나이를 먹었다. 인생에 가치가 있다는 것으로 그의 마음을 잡고 있는 것은 그 아름다움보다도 차라리 그 정이었다. 그는 도덕상의 낡은 평가를 의심하기 시작하였다. 도덕적 인물이라는 것은 무엇인가? 좀 더 적절하게 말해서 도덕 여성이라는 건 무엇을 말하는 것인가? 품성의 곱고 미운 것은 그 사람의 해온 일에만 있는 것이 아니고 그 사람의 목적과 동기에도 있는 것이다.

그렇다면 테스는 어떤가?

이런 빛에 비추어서 테스를 볼 때 에인절은 자기의 판단이 너무 조급했던 것을 뉘우치기 시작하게 되었다. 그는 영원히 이 여자를 물리쳤던 것인가 아닌가? 그는 이제는 어느 때나 이 여자를 물리칠 수 있다고는 말할 수 없었다. 말하지 못하는 것은 마음으로는 테스를 용서한다는 것을 의미하였다.

앞서 말한 대로 나귀 등에 올라 앉아가는 이 여행에는 다른 한 사나이가 그와 가지런히 말을 몰아갔다. 에인절의 길동무라는 사람도 같은 사명을 띠고 온 영국 사람이었다. 두 사람은 다들 풀이 죽고 힘이 없이 고국에 대한 이야기를 하였다. 두 사람은 먼 곳에 오면 흔히 그렇게 되듯이 서로 믿는 마음에서 에인절은 자기 결혼의 그 무서운 사실을 다 말하였다.

이 낯선 사나이는 에인절보다도 더 많은 고장과 더 많은 사람들 사이에서 생활한 사람이었다. 이 세계주의자(코스모폴리탄)의 마음에는 그런 사회의 상규(常規)에서 벗어난 가정 상의 중대 사실도 지구표면의 골짜기와 산맥의 곡절에 지나지 않았다. 그는 에인절과는 전연 다른 눈으로 이 사건을 바라보았다. 과거의 테스는 이제 앞으로 올 테스에 비기면 가치가 없는 것으로 관찰하고 그에게서 떠나온 것은 떠나온 사람이 잘못이라고 솔직하게 클레어에게 말하였다.

그 다음날 그들은 된 비를 만나 함박 젖었다. 에인절의 길동무는 열병에 걸려서 그 주일 마지막에 그만 죽었다. 클레어는 몇 시간 머물러서 그를 파묻고 그리고 다시 길을 떠났다.

보통 부르는 이름밖엔 아무것도 그에 대해서 아는 것이 없는 이 마음 넓은 낯선 사나이의 지나가는 말로 한 말은 그의 죽음으로 숭고하게 되었다. 그는 자기의 편협한 것을 부끄러워하지 않을 수 없었다. 그의 기억 속에 가라앉지 않은 이즈 휴에트의 말이 생각났다. 그는 이즈에게 자기를 사랑하는가 하고 물었다.

그 여자는 그렇다고 대답하였다. 그 여자는 테스 이상으로 자기를 사랑하였나? 아니라고 그 여자는 대답하였다. 또 테스는 그를 위해서는 목숨까지라니 자기도 바칠 것이라고 그러는 그 이상은 더 못하겠다고. 그는 또 결혼식 날의 테스도 생각하였다.

이 되살아난 사랑은 바로 그때 그 아버지로부터 그한테 돌려보낸 테스의 열성에 찬 편지를 위해 길을 마련하는 것이 되었다. 하기는 이 편지도 그가 멀리 내지에 들어가 있기 때문에 그한테 미치기까지는 오랜 시일이 걸리었다.

한쪽으로 에인절이 이 애원을 들어서 돌아와 주리라는 테스의 기대는 때로는 커지고 때로는 적어지고 하였다. 그러면서도 테스는 에인절이 돌아오면 무엇으로 그를 기쁘게 할까 하고 생각하여 보았다. 그리고는 클레어가 좋아하는 듯하던 노래를 혼자 불러보며 눈물을 흘리곤 하였다.

테스는 자나깨나 이런 꿈같은 생각에 잠겨서 시절이 가는 것도 모르는 것 같았다. 해가 길어진 것도 고지절이 닥쳐온 것도 또 그 계약기한이 끝나는 구력 고지절이 곧 뒤이어 올 것도 다 모르고 지냈다.

그러나 봄철 회계 날이 아직 오기 전에 테스에게는 전연 별다른 근심이 생기었다. 어떤 날 저녁 그는 언제나 마찬가지로 하숙의 가족들과 같이 아래층 방에 있노라니까 누가 문을 두드리며 테스를 찾았다. 그는 문 너머로 키는 어른이 다 되어서도 우지개는 아직 아이 같은 처녀의 자태가 희미해 가는 불빛 속에 뚜렷이 드러나는 것을 보았다. 그러나 이 처녀가 테스하고 부르기까지는 그가 누구인지 테스는 알지 못하였다.

"아나ー 라이자 루 아니야?" 하고 테스는 놀라는 소리로 물었다. 한 일 년 남짓 전에 떠나 올 때는 어린아이던 그의 동생은 갑자기 이렇게 큰 처녀가 되었다.

"그래요. 난 하루 종일 걸었어요, 테스" 하고 루는 별로 흥분도 하지 않고 침착하게 말했다. "언니를 찾느라고요, 그래 아주 지쳤어요."

"집에 무슨 일 있나?"

"어머니가 대단히 중하세요. 의사의 말에 어렵겠다고 해요. 그리고 아버지도 그리 튼튼치 못하시고 그리고도 자기와 같이 훌륭한 집안사람이 하찮은 일에 애를 쓰는 것은 옳지 않다고 하시지요. 우리 둘은 어떻게 할지 모르겠어요."

테스는 라이자 루를 방안으로 들어와 앉으라고 할 것도 잊고 오랫동안 선 채로 생각에 잠기었다. 동생이 차를 먹는 동안 그는 아무리해도 집으로 돌아가야 하겠다는 결심을 하였다. 그의 계약기한은 사월 육일인 구력 고지절이 아니면 끝나지 않으나 그때까지 별로 멀지도 않았으므로 곧 떠나기로 마음을 먹었다.

그날 밤으로 떠나면 열두 시간 일찍 집에 닿을 수 있었다. 그러나 그 동생은 너무 피곤한 탓에 이튿날이 아니면 떠날 수는 없었다. 테스는 이즈와 마리안이 있는 데로 뛰어가서 사정을 말하고 주인 농부에게 되도록 잘 말해달라고 부탁을 하였다. 그리고 돌아와서는 루에게 저녁을 주고 저녁이 끝나자 동생을 자기 침대에 누이고 버들고리에 들어갈 대로 제 물건을 틀어넣고는 루더러 이튿날 아침에 따라오도록 이르고는 떠났다.

50.

시계가 열시를 치자 그는 칼날 같은 별을 이고 15마일의 길에 오르기 위해서 춘분 때의 차디찬 어둠 속에 뛰어 들어갔다. 호젓한 곳에서는 밤은 위험한 것보다도 오히려 수호(守護)가 되는 것을 아는 테스는 낮 같으면 도리어 무서워서 지나가지 못할 샛길을 따라 가장 가까운 길을 잡아갔다.

세시에 그는 시방까지 걸어오던 홀리기 쉬운 소로길이 다하는 모퉁이를 돌아서 말로트로 들어섰다. 도중에서 그는 구락부원의 처녀로서 처음으로 에인절 클레어를 본 벌판을 지나왔다. 그때 클레어가 자기와 같이 춤을 춰주지 않았다는 실망하는 생각은 아직도 그의 마음에 남아있었다. 그는 어머니의 집에서 불빛을 보았다. 집의 윤곽—그가 보낸 돈으로 새로 이엉을 올린, 이 보이게 되자 곧 그것은 테스의 마음에 옛날과 같은 힘으로 미쳐 왔다. 그것은 역시 자기의 몸뚱이와 목숨의 한부분인 것같이 생각되었다.

테스는 아무도 일어나지 않도록 살근히 문을 열었다. 아랫방은 보였으나 자지 않고 그 어머니의 병간호를 하고 있는 이웃집 사람이 계단 위까지 와서 어머니는 시방 잠이 들었으나 조금도 낫지 않는다고 속삭이었다. 테스는 제 손으로 아침 식사를 차려놓고 그리고는 어머니의 방에서 병간호를 하기로 하였다.

아침이 되어서 아이들을 물끄러미 바라볼 때에는 그들은 다들 이상하게도 키가 자란 듯이 보였다. 한 일 년 조금 남짓 떠났었다고는 하나 그들의 성장은 놀랄 만도 하였다. 그리고 그들의 생활을 지탱해가기 위해서 자기가 힘껏 일하지 않으면 안 될 것을 생각하면 그는 자기 자신의 걱정 같은 것은 잊어버리게 되었다.

아버지의 불건강도 역시 같은 상태가 계속되었다. 그리고 여전하니 자기의 의자에 앉아 있었다. 그러나 그가 집에 닿은 이튿날은 전에 없이 아주 유쾌하였다. 그것은 어떤 이치에 맞은 생활방침이 선 탓이었다. 테스는 그것이 무엇인가고 물은데 대해서 그 아버지는 "영국 이 지방 일대에 사는 오랜 고고학자라는 고고학자들한테는 죄다 회장(廻狀)을 돌려서 내가 살아갈 수 있도록 기부금을 청구하려고 생각하는 거야." 하고 대답하였다.

시방은 모를 심고 씨를 뿌리는 철이었다. 마을 사람들의 채마밭과 대부지(貸付地)들은 다들 봄 밭갈이가 끝났으나 더비필드네 채마밭과 대부지는 아직 뒤떨어져 있었다. 이것은 집사람들이 감자 종자를 다 먹어버린 때문인 줄 알고 그는 놀랐다. 그는 어떻게 변통을 해서 되도록 빨리 다른 종자를 손에 넣었다. 그리고는 이삼 일 지나는 가운데 아버지도 테스의 말을 쫓아서 밭일을 할 수 있도록 나왔다. 그리고 한편 테스 자기는 마을에서 200야드나 떨어져 있는 밭 가운데 빌려놓은 대부지를 맡아가지고 일을 하였다. 이때쯤 해서는 그 어머니의 병도 테스의 간호가 없어도 좋을 만큼 나았기 때문에 갇혀 있던 병실을 오랜만에 나온 테스는 이 일을 하는 것이 즐거웠다.

어느 날씨 좋은 날이었다. 테스와 라이자 루는 근처 사람들과 같이 날이 저물도록 대부지에서 일을 하고 있었다. 저녁 빛이 짙어오자 밭에서 일하던 남녀 가운데는 더러 벌써 밤이 되었다고 일을 그만두고 집으로 돌아가는 사람들도 있었으나 대개는 다들 남아서 모심기를 끝내려고 하였다. 테스는 동생만 보내고 자기는 이 사람들과 같이 역시 남아 있었다.

누구 하나 곁에 사람을 거들떠보지 않았다. 파헤친 흙 거죽이 모닥불에 비치어 드러나면 여러 사람의 눈은 일제히 이리로 쏠리었다. 테스는 흙덩이를 파헤치면서 부질없는 노래를 불러보았다. 그는 이러면서 자기의 대부지를 파헤치고 있는 긴 들옷을 입은 사나이를 주의를 하지 않았다면 이 사나이는 아버지가 일을 얼른 하게 하려고 보낸 사람으로만 생각하였을 것이었다. 그러나 이 사나이가 흙을 파헤치면서 이쪽으로 점점 가까이 오는 때 그는 시방보다 더 사나이한 테로 정신이 갔다. 모닥불의 연기가 때로는 두 사람의 사이를 막기도 하였으나 또 때로는 두 사람을 다른 사람들과 갈라놓고 서로 맞보이게 하기도 하였다.

테스는 이 품도 없는 사람에게 말을 걸지 않았다. 이 사람도 그에게 말을 걸지는 않았다. 그는 이 사람이 낮에는 이곳에 있지 않았던 것과 그리고 말로트 촌의 노동자로는 알지 못할 사람이라고밖에 생각하지 않았다. 이 사람은 바로 테스의 옆까지 파온 탓에 모닥불 빛이 테스 쇠스랑에서나 한가지로 사나이의 쇠스랑에서도 번득번득 반사되었다. 테스가 모닥불 쪽으로 가서 마른풀을 한 묶음 던지자 이 사람도 저쪽에서 같이하였다. 불은 왈칵 일어났다. 그리하여 그는 더버빌의 낯을 본 것이다.

뜻밖에 이 사나이가 나타난 것과 그 차림이 이상한 것이 어쩐지 무시무시해서 테스는 몸서리를 쳤다. 더버빌은 낮고 긴 웃음소리를 내었다.

"내가 만일 농담을 한다면 이렇게 말하겠는데, 이것은 마치 낙원이라고!" 하고 머리를 기웃이 하고 테스를 쳐다보면서 말했다.

"어째서요?" 하고 테스는 기운 없이 말했다.

"당신은 이브고 나는 당신을 유혹하러 온 사탄이니까."

"저는 당신을 사탄이라고 말한 적도 없고 생각한 적도 없어요. 당신께 대한 제 생각은 참으로 냉정해요. 그런데 당신은 저 때문에 일부러 이렇게 흙을 파러 오셨어요?"

"그렇고 말구요. 당신을 만나려고. 이 노동복은 이리로 오는 도중에 팔려고 내어 걸렸던 것인데 이것이면 사람의 눈에 띄지 않으려니 하고 생각했지요. 나는 당신이 이렇게 일하는 것을 하지 못하게 하려고 온 것이요."

"그래도 저는 이렇게 일을 하는 것이 좋아요, 아버지를 위해서 하는 것이니까요."

"저쪽 계약은 끝났소?"

"네."

"이번에는 어디로 가려오? 당신의 사랑하는 남편을 따라 가려오?"

테스는 이 모욕하는 말을 참을 수 없었다.

"아—난 몰라요! 난 남편 없는 사람이에요!"

"참말 그렇지, 당신의 말대로. 그러나 당신은 동무가 하나 있어. 그리고 당신께는 미안한 일이지만 나는 당신을 평안히 해드리려고, 마음을 먹고 있소. 당신이 집에 돌아가 보면 알 일이지만 당신께 무엇을 보낸 것이 있소."

"아, 알렉, 나는 당신한테는 아무 것도 받고 싶지 않아요! 당신한테서 받을 수는 없어요! 난 싫어요, 옳지 않은 일이니까!"

"옳아요!" 하고 사나이는 쾌활하게 외쳤다. "나는 이렇게까지 사랑하는 여자가 곤고 당하는 것을 그대로 보고 있을 수 없소."

"그래도 저는 넉넉히 지나가요! 제가 고생하는 것은 저, 저, 살아가는 일에 대한 것은 조금도 아니에요!"

테스는 돌아서서 악이 나서 다시 흙을 파기 시작하였다. 눈물이 쇠스랑 자루와 흙덩이 위에 떨어졌다.

"아이들, 당신의 동생들로 해서지요." 하고 사나이는 또 말을 내었다. "나는 지금까지 그들의 일을 생각했소."

테스의 가슴은 떨렸다. 사나이는 그의 약한 곳을 찌른 것이다. 사나이는 그의 가장 큰 근심을 알아맞힌 것이다. 집에 돌아온 뒤로 그의 혼은 뜨거운 애정을 가지고 이들 아이들께 쏠리었다.

"당신 어머니가 낫지 않으면 누가 대신 그들을 돌보아 주어야 하지 않겠소 당신 아버지는 그렇게 할 수는 없으니까 말이요?"

"제가 도와드리면 아버지라도 할 수 있어요. 아버지가 하지 않으면 안 되니까요!"

"그리고 나도 도와드리면."

"아뇨, 천만에!"

"무슨 쓸데없는 소리야!" 하고 더버빌은 을러댔다. "당신 아버지는 우리가 다 같은 일가라고 생각하고 있어요. 그리고 아주 기뻐해요!"

"그렇게는 생각지 않아요, 내가 속지 않도록 다 밝혀놓았어요."

"어리석기도한데, 당신은."

더버빌은 노해서 테스한테서 물러나 울타리께로 가더니 변장을 하노라고 입었던 노동자복을 벗어서 모닥불에 던지고는 가버렸다.

테스는 더 흙을 파고 있을 수 없었다. 그는 이 사나이가 아버지의 집으로 간 것만 같아서 불안해졌다. 그는 쇠스랑을 들고 집으로 향하였다.

집에서 한 20야드쯤 못 가서 그 동생 하나를 만났다.

"아, 테스, 야단났어! 라이자 루는 막 울고 집에는 사람들이 많이 왔어. 어머니는 퍽 나았으나 사람들이 아버지가 죽었다고들 해!"

아이는 무슨 야단이 난 줄은 알았으나 그것이 슬픈 것인 줄은 몰랐다. 그리고 눈을 동그랗니 하고는 무슨 큰일이나 난 듯이 테스를 쳐다보다가 언니의 낯빛이 달라지는 것을 보고는 이렇게 말하였다.

"어떻게 해, 테스, 이제는 아버지와 이야기도 못해?"

"해도 아버지는 그렇게 되게 않지는 않았어!" 하고 테스는 상심해서 부르짖었다.

라이자 루가 왔다.

"아버지는 이제 숨을 넘기셨어. 어머니를 보려고 왔던 의사가 구할 수가 없다고 해. 심장이 쫄아든 탓이래."

그러하였다. 더버빌 부처는 그 자리를 바꾸었다. 죽어가던 사람이 구해지고 조금 편치 않던 사람이 죽은 것이다. 이 일은 그 아버지가 죽었다는 것보다 더 중대한 것을 의미하였다. 아버지의 생명에는 그 개인의 업적과는 관계없는 가치가 있었던 것이다. 그것은 삼 대 동안의 차지권 계약으로 집과 가대를 빌린 마지막 차지권 승계자였다. 그러므로 한번 차지권의 기한이 끝나면 새로 계속 될 수는 없었다.

이렇게 하여 한때는 더버빌 집이든 더비필드 집은 그들이 이 지방에서도 유력한 집 속에 들던 때 몇 번이나 참혹하니 시방의 그들과 같이 땅을 가지지 못한 사람들의 머리 위에 내렸던 운명이 그들에게 내린 것이었다.

51.

마침내 구력 고지절 전날이 되었다. 농업계는 일 년 중에서도 오늘에만 있는 야단법석이 일어났다. 이날은 모든 것이 이루어지는 날이었다. 오는 일 년 동안 바깥일은 한다고 성촉절(聖燭節)에 맺은 계약이 드디어 실행되게 되는 것이었다. 옛날부터 그들 사이에서 품팔이꾼이라고 불리오는 노동자들로 시방까지 있든 곳에 더 남아 있고 싶어 하지 않는 꾼들은 새로운 다른 농장으로 옮아들 가는 것이었다.

테스의 생애에 그런 어두운 그림자를 준 사건이 일어난 뒤로 더비필드네 집은 그 차지권(借地權)이 끝나면 다만 마을의 풍기 하나를 위해서라도 당연히 마을을 떠나야 될 것이라고 마을 사람들은 생각하고 있었다. 이 가족이 금주라든가 절주라든가 또 정조라든가, 어느 점으로 보든지 결코 모범이 되지 않는 것은 분명한 사실이었다. 그 아버지뿐만 아니라 어머니도 때때로 술에 취하고 어린 아이들은 교회에도 잘 안 가고 그리고 큰딸은 여러 번 이상한 관계를 맺고 하였다. 마을에서는 어떻게 해서라도 풍기를 유지해가지 않아서는 안 되었다. 그리하여 이 제일 고지절에 더비필드네 집은 마을에서 쫓겨나게 되고 그리고 이 집은 넓다고 해서 가족 많은 말 수레꾼을 살게 하였다. 그리하여 과부 존, 그 딸 테스, 그리고 라이자 루, 아들 에이브라함과 그 아래로 어린아이들은 어디 다른 것으로 떠날 수밖에 없었다.

이사하기 전날 밤은 안개비가 내려서 하늘이 컴컴하니 흐린 탓에 예사 때보다 빨리 어두웠다. 그들의 난 고향인 이 마을에서 지나는 것도 마침내 이 밤이 마지막이 된 탓에 어머니와 라이자와 그리고 에이브라함은 몇 집 아는 사람에게 떠난다는 인사를 가고 테스는 집을 보고 있었다.

그는 창문에 얼굴을 대고 창가의 의자에 무릎을 꿇고 앉아서 자기네 집안 처지를 깊이 생각하고는 자기가 나빠서 이렇게 되었다는 것을 알았다. 만일 그가 돌아오지 않았으면 어머니나 아이들은 주일마다 세를 무는 차가인이 되어서 머물러 있었을 것이다. 허나 그는 돌아오자 곧 마을의 유력한 사람들한테 들켰다. 그들은 그가 묘지에서 그 어린아이의 다 잊어버린 무덤을 작은 흙손으로 손질을 하는 것은 보았던 것이다. 그들은 그가 이곳에 살고 있는 것을 아는 탓에 그 어머니는 그를 숨겨둔다고 책망 당하였다. 그러자 더비필드의 마누라도 만만치 않은 소리를 내어서 곧 떠날 터이라고 말해 버렸다. 이 말이 정말로 들려서 이런 결과가 된 것이다.

"나는 집에 돌아오지 않을 것을 그랬어." 하고 그는 슬프게 혼잣소리를 하였다.

그는 이런 생각을 골똘히 하느라고 흰 우비를 입은 사나이가 거리 길로 말을 타고 오는 것을 보았으나 별로 주의를 하지 않았다. 아마 그가 유리창에 바싹 얼굴을 대고 있기 때문이었을 것이다. 사나이는 곧 그를 보고 현관 가까이까지 말을 몰아오고는 말채찍으로 창을 두들겨서야 그는 처음으로 이 사나이에게 정신이 갔다. 비는 멎었었다. 그는 사나이의 손질에 따라 창문을 열었다.

"날 몰라보았소?" 하고 더버빌은 물었다.

"나는 정신을 차리고 있지 않았어요." 하고 그는 말했다. "당신의 오는 소리는 들은 듯해도 마차라고만 생각했어요. 나는 꿈속에 잠겨 있었어요."

"아, 저! 당신은 아마 더버빌 집안의 마차 소리를 들었겠지요. 그 전설을 알겠지요, 아마? 당신이 분명한 더버빌집 사람이라면 나는 말하지 않는 편이 좋겠소"

"자, 말씀 내신 바에는 다 하세요."

"그럼 말하지요. 집안사람 하나가 어떤 어여쁜 부인 하나를 유혹하려고 하였소. 그 부인은 마차에 실려 가는 도중에서 도망을 하려고 하였다는군요. 그래 엉켜들고 야단을 하다가 사나이가 여자를 죽였지요. 아니 여자가 사나이를 죽였다오. 그건 어느 것인지 나는 잊어버렸으나 이것이 전하는 말이지요…… 대야와 빨래통들을 다 싸놓았군요. 여기를 떠나가려 하오?"

"네, 내일─고지절에."

"그런 말을 듣기는 하였으나 정말로 믿지는 않았소, 너무 갑자기 되어서. 왜 그러오?"

"아버지 대까지 집 빌리는 기한이 다하는데 그만 아버지가 돌아가시자 우리들은 여기 더 있을 권리가 없어졌어요. 하기는 매주 집세를 물고 더 있을 수는 있지만─나만 아니라면."

"당신의 일이라는 건 무어요?"

"나는 저, 깨끗한 계집이 아니에요."

더버빌의 낯은 붉어졌다.

"거, 무슨 저주받을 모욕이야! 되지 못한 얼치기 신사놈들 같으니! 그래 쫓겨났단 말이오?" 하고 사나이는 비수를 먹이는 듯한 흥분한 소리로 말하였다.

"꼭 쫓겨났다고 하는 것은 아니지만 우리더러 곧 떠나야 한다고 하니까 모두들 옮아가는 이때가 떠나가는 데는 제일 좋아요. 형편이 좋게 될 수 있으니까요."

"그래 어디로 갈 작정이오?"

"킹스비어요. 벌써 그쪽에 방도 다 빌려놓았어요."

"그러나 당신 어머니의 가족으로는 하숙쯤으론 안 될걸요. 항 그런데다 조그만 구멍 같은 거리에서. 저 트란트리지의 우리 집 딴채로 오면 어떻소? 그 집도 그 뜰 앞도 다 그대로 있으니까 하루 동안이면 칠도 다시 할 수 있지요. 그렇게만 하면 당신 어머니도 평안히 지낼 수 있고 아이들은 내가 좋은 학교에 보내주고 나는 사실 당신을 위해 무엇을 해드려야 할 의무가 있으니까 말이요."

"그래도 벌써 킹스비어에 방을 얻어 놓았으니까요." 하고 테스는 딱 말을 잡아뗐었다. "그리고 게서 기다리고 있으면 좋아요."

"기다린다—무엇을? 아 그렇지 그 거룩한 남편 말이지. 이것! 봐요! 테스, 나는 사나이라는 것이 어떤 것인지 잘 알고 있지만 당신들의 갈라진 원인을 생각해보면 나는 그 사나이가 당신과는 결단코 화해를 하지 않으리라고 단언하오. 저 나도 전에는 당신의 원수이었으나 시방 한편이요. 비록 당신은 그것을 믿지 않는다고 해도. 우리 집으로 와요. 정말로 양계를 합시다 그려. 그러면 당신 어머니도 잘 보살펴 줄 수 있고 아이들은 학교에서도 다닐 수 있고."

테스는 점점 숨이 가빠왔다. 그러나 마침내 말했다.

"당신이 시방 말한 대로 다 해주실는지 어떨는지 어떻게 알 수 있어요? 당신의 마음이 변할는지도 모르지 않아요? 그러면, 우리들은—어머니는—또 집 없이 되지 않아요."

"원—원. 그런 일이 없도록 증서라도 쓰지요, 필요하다면. 잘 생각해 보아요."

테스는 머리를 흔들었다. 그러나 더버빌은 자꾸 주장하였다.

"그럼 내 소원이니 어머니한테 말씀해줘요." 하고 사나이는 말에 힘을 주었다. "이것을 판단하는 것은 그이에게 있어요. 당신은 아니야. 내일 아침 그 집을 활짝 청소를 시키고 칠도 고치게 하고 불도 때여 두지요. 그러면 저녁때까지는 마를 터이니까. 그러면 곧 와도 좋아요. 알았지요, 나는 여러분의 오길 기다릴 테요."

테스는 또 다시 머리를 흔들었다. 그의 목은 헝클린 감정이 치밀어 올라와서 더버빌을 쳐다볼 수가 없었다.

"나는 조금이라도 당신께 내 과거의 품갚음을 할 기회가 와서 기쁘오. 내일은 당신 어머니의 짐 내리는 소리가 들리리라고 생각하오. 자, 약속하는 표로 악수를 해줘요. 자, 어여쁜 테스!"

이렇게 말을 맺자 사나이는 무엇을 중얼거리면서 반쯤 열린 창문으로 한손을 넣었다. 테스는 사나운 눈을 하고 문 걸쇠를 얼른 다그쳐 챘다. 그런 때문에 문과 문과의 짬에 그의 팔이 끼여 버렸다. "이게—너무 지독하지 않아!" 하고 사나이는 팔을 잡아당기면서 말했다. "아니야, 아니야—일부러 하지 않은 것은 알아. 알지, 당신이나 그렇지 않으면 어머니와 아이들이 올 줄로 기다릴 테니까."

"나는 안 가요, 나는 돈이 많아요!" 하고 테스는 외쳤다.

"어디?"

"내 시아버지 댁에요, 내가 달라기만하면."

"달라기만하면 말이지. 하지만 말을 못할 걸. 테스, 나는 당신의 성미를 잘 알아. 당신은 결단코 못 달래요—먼저 굶어죽을걸!"

이 말을 남기고 사나이는 말을 몰아 가버렸다. 바로 길거리 모퉁이에서 페인트 단지를 가지고 다니는 사나이를 만났다. 이 사나이는 같은 종지(宗支)의 동무들을 저버렸는가 하고 물었다.

"허튼 소리 말아!" 하고 더버빌은 말했다.

테스는 그곳에 오랫동안 서 있으면서 자기가 옳지 않은 대우를 받는다는 반항심이 갑자기 일어나서 뜨거운 눈물이 눈에 가득히 고였다. 그의 남편인 에인절 클레어도 다른 사람들과 같이 자기에게 혹독하게 굴었다. 분명히 그렇다! 그는 이때까지 이런 생각을 해본 적이 없었다. 그는 이때까지 한번이라도 잘못 가려고 한 적이 없었다. 그는 그 혼의 밑바닥으로부터 맹세할 수가 있었다. 그러나 이런 가혹한 심판을 받은 것이다. 그의 죄가 무엇이든 그것은 자기가 지으려고 해서 한 것이 아니었다. 그런데 어찌하여 그는 이렇게 지긋지긋 하게도 두고 두고 벌을 받지 않아서는 아니 되는가?

그는 처음으로 손에 닿은 종이 한 장을 획 집어 가지고는 다음과 같은 몇 줄을 적었다.

"아 어쩌면 당신은 제게 이렇게 허누하게 구십니까, 에인절! 제게는 당치 않은 일입니다. 저는 잘 생각해 보았습니다. 저는 결단코 당신을 용서할 수 없습니다. 당신께서도 아시다시피 저는 당신께 욕을 보이려고 한 것은 아니었습니다. 그런데 어찌하여 당신은 제게 이런 욕을 보이십니까? 당신은 혹독하십니다. 참으로 혹독하십니다! 저는 이제부터는 애써서 당신을 잊어버리겠습니다. 당신께서 제게 하시는 일은 다 옳지 않습니다."

그가 물끄러미 편지를 들여다보고 있을 때 우편배달부가 지나가서 그는 이것을 가지고 뛰어나갔다. 그리고는 다시 유리창 안쪽 자리에 맥없이 앉아버렸다.

점점 더 어두워져서 난로의 불빛이 방안을 환히 비췄다. 손아래 아이들 가운데도 큰 것 둘은 그 어머니와 같이 밖에 나가고 없었다. 다른 작은 것들 넷이 다 똑같이 꺼먼 웃옷을 입고 난롯가에 모여서 자기네들의 이야기를 재잘대고 있었다. 테스도 마침내 촛불도 켜지 않고 여럿의 사이에 끼었다.

"저, 여기서 자는 것도 오늘 밤뿐이야, 우리들이 난 이집에서." 하고 그는 얼른 입을 놀리었다. "그러니 잘 생각해야지, 안 그래!"

아이들은 다 잠잠해졌다. 그들은 이때까지 새로운 곳으로 간다고 해서 좋아들 하였으나 이 마지막이라는 말을 듣고는 감동되기 쉬운 나이들이라 금방이라도 울음이 터질 듯하게 되었다. 테스는 말머리를 돌렸다.

"다들 노래해." 하고 그는 말하었다.

"무엇을 해요?"

"아무거나 좋아, 다들 아는 것으로."

얼마 동안 잠잠하였으나 조금 있다가 하나가 먼저 소리를 내자 다음다음 다 합하였다.

테스는 어린것들을 떠나서 다시 창가로 갔다. 그는 어둠 속을 들여다보려는 듯이 유리창에 얼굴을 대었다. 그것은 실상 눈물을 숨기려고 한 것이었다.

젖은 길 그늘에 그는 얼마 아니하여 키 큰 라이자 루와 에이브라함을 데리고 오는 그 어머니의 모양을 보았다. 더비필드 마누라는 나막신을 딸딸 끌면서 문간까지 가까이 왔다. 테스는 문을 열었다.

"문 밖에 말 발자국이 났군." 하고 그 어머니는 말했다. "누가 왔었니?"

"아뇨." 하고 테스가 말했다.

난롯가에 있던 아이들이 힐끔 그 언니를 보았다. 그 가운데 하나가 "저, 말 타고 온 신사!"

"그 사람이 찾아온 게 아니에요." 하고 테스는 말했다. "지나가다 말을 하고 갔어요."

"신사라니 누구 말이냐?" 하고 그 어머니는 물었다. "네 남편이냐?"

"아니에요, 그이는 영영 아니 올 걸요." 하고 테스는 아주 절망하는 투로 말을 하였다.

"그럼 그게 누구냐?"

"물어도 쓸데없어요, 어머니도 전에 본 적이 있고 저도 본 적이 있는 사람이에요."

"아! 그래 그이가 무어라고 말했어?" 하고 어머니는 알고 싶어서 물었다.

"내일 킹스비어의 숙소에 가서 질정하고 다 이야기 할 테예요, 죄 죄다."

남편은 아니라고 그는 말했다. 그러나 육체적으로는 이 사나이만이 자기의 남편이라는 생각이 테스의 마음을 자꾸 무겁게 내리눌렀다.

52.

그 이튿날 아침 서너시쯤 해서는 벌써 이사하는 가족들의 짐을 가지러가는 빈 수레와 말이 시끄럽게 거리로 지나갔다. 테스는 이날 아침 창으로 바깥을 내어다본즉 바람이 불고 하늘은 흐리었으나 비는 아니 오고 짐마차가 벌써 와 있었다.

그 어머니와 라이자 루, 그리고 에이브라함은 눈을 떴으나 어린아이들은 아직 자고 있었다. 네 사람은 희미한 불빛 아래서 아침 식사를 먹는 이사 채비를 하였다.

친절한 이웃 사람들이 한둘 와서 도와도 주고 또 떠날 때에 바래준 사람들도 있었다. 모두들 이들의 평안하기를 빌었으나 마음속으로는 더비필드네 집안사람들은 그들밖에 다른 사람들께는 조금도 해를 입힌 적이 없었으나 그래도 이 집안에 행운이 찾아오리라고는 생각지 않았다. 이즉하여 마차는 높은 등성을 오르기 시작하였다. 그러자 바람은 더욱 매웠졌다.

그날은 사월 초엿새 날이라 더비필드의 짐마차는 짐 꼭대기에 가족들을 태운 여러 대의 다른 짐마차들을 만났다. 많은 가족들 가운데는 즐거워하는 것도 있고 울적해 하는 것도 있었다. 어떤 가족은 길옆 주막 문간에 서 있기도 하였다. 더비필드네 패당도 이곳에 닿자 말에게 여물을 주고 자기들도 목을 축였다.

이 쉬는 동안에 테스도 같은 주막에서 조금 떨어진 곳에 머물러 있는 짐마차의 짐 위에 앉아 있는 한 가족 속에 자기가 잘 아는 사람들이 있는 것을 알았다. 테스는 그 마차 있는 데로 가까이 가서 "마리안, 이즈?" 하고 그는 이 처녀들한테 소리를 쳤다. 지금까지 그들이 하숙을 하고 있던 집에서 이사를 가는데 함께 따라가고 있던 것이 이들이었던 것이다. "당신들도 오늘 이사요?"

그렇다고 그들은 대답하였다. 플린트쿰애시의 생활은 너무나 쓸쓸해서 그로비가 고소를 할 테면 하라고 하고 아무 말도 없이 그들은 나와 버린 것이었다. 그들은 테스에게 가는 곳을 말하고 테스도 그들에게 자기 가는 곳을 알렸다.

마리안은 짐 위로 몸을 굽히고 나직한 소리로 말했다. "당신을 따라다니던 신사가, 누군지 알자—당신이 간 뒤에도 플린트쿰에 당신을 찾아온 줄 알아? 당신이 만나고 싶어 하지 않는 것 우리들이 아니까 당신 있는데 가르쳐주지 않았어."

"그래 해도 난 만났어요!" 하고 테스는 중얼거렸다. "그 사람한테 들켰어."

"그럼 그 사람이 당신 어디 가는지 알아?"

"서방님 돌아왔어?"

"아니."

그는 동무들한테 떠나는 인사를 하였다. 두 대의 짐마차는 정반대의 방향으로 다시 길을 떠났다.

길은 멀어서 그들은 꽤 일찍이 떠났으나 그린힐이라 불리는 고지대의 언덕 중턱을 돌은 것은 오후도 꽤 늦은 시각이었다. 말이 가다가 멎고 오줌을 싸고 숨을 돌리고 하는 동안에 테스는 주위를 둘러보았다. 언덕 아래 바로 그들의 앞에 이 길의 목적지인 작은 도시 킹스비어가 놓여 있었다. 그곳에는 그 아버지가 가슴 아플 정도로 말하고 소리로 부른 조상들이 묻혀 있었다.

사나이가 하나 마을 끝에서 그들 쪽으로 오는 것이 보였다. 그리고 그들의 짐마차의 짐의 모양을 보고는 더욱 걸음을 빨리하였다.

"혹 당신이 더비필드 부인이 아니신가요?" 하고 그 사나이는 테스의 어머니에게 물었다. 그는 앞에 남은 길은 걸어가려고 말에서 내렸다.

테스의 어머니는 고개를 끄덕였다. "제 신분을 말씀드리면 가계 없는 가난한 귀족 존 더버빌 경의 미망인입니다. 시방 조상의 영지로 돌아가는 길입니다."

"아? 그렇습니까, 나는 그런 것은 통 모릅니다. 그러나 만일 당신이 더비필드 부인이시라면 저 당신께서 말씀하신 방은 벌써 찼다고 말씀 전하라고 해서 왔지요. 오늘 아침 편지를 받기까지는 당신네들이 오실 줄 몰랐어요, 그래 이미 늦었는데요. 해도 으레 어디 다른 숙소야 있겠지요."

사나이는 이 말을 듣고 새파랗게 질리는 테스의 얼굴을 보았다. 그 어머니는 낙망하는 듯이 보였다. "자 이젠 어떻게 했으면 좋아, 테스?" 하고 처참하게 말했다. "이게 조상네 땅에 와서 받는 대우야! 어떻게 되었든 좀 더 가봐야지."

그들은 거리로 들어가서 힘껏 찾아보았다. 그 어머니와 라이자 루가 알아보러 다니는 동안 테스는 짐마차에 남아서 아이들 건사를 하였다. 마침내 찾아보는 것도 헛일이 되었다. 말몰이꾼은 말이 한 절반 죽어간다고 오늘밤 길을 얼마큼이라도 돌아가야 하겠다고 짐을 내려놓아야 하겠다고 말을 하였다.

"그럼 여기 내려놓아요." 하고 그 어머니는 말하였다. "어디 잠시 있을 데를 마련할 테니까."

짐마차는 묘지의 담 아래 사람 눈에 띄지 않는 곳으로 바싹 다가갔다. 차부는 기뻐서 세간 그릇을 내려놓았다. 그 어머니가 짐삯을 치르고 나니까 1실링밖에 더 남지 않았다. 차부는 이런 가족과 다시는 관계가 없어진 것을 기뻐하고 그들을 뒤에 남기고 가버렸다. 맑게 갠 밤이라 그들이 큰 고생도 없을 것이라고 생각하였다.

주위에는 한때 공원이었던 두던과 언덕바지가 있었다. 그리고 옛날에는 더버빌 집 저택이 서있던 지점을 가리키는 풀 깊은 토대가 있었다. 또 언제나 그 영지이었던 에그던히스의 벌이 터져 있었다. 바로 그 곁으로 더버빌 측당(側堂)이라는 그곳 교회의 측당이 고요히 사방을 내려다보고 있었다.

"조상의 묘소(墓所)는 우리 집 부동산이 아닐까?" 교회당과 묘지를 한 바퀴 돌고 온 때 테스의 어머니는 말했다. "그거야, 으레 그렇지. 다들 우리 조상님네 땅에 있을 데가 생길 때까지 여기 임시로 막을 치고 살자. 자, 테스, 루, 에이브라함, 다들 좀 도와다오. 아이들에게 잘 자리를 만들어주자. 그리고 다시 한 바퀴 돌아봐야지."

더비필드 마누라는 침대의 주위에 휘장을 둘러쳐서 훌륭한 천막을 만들고는 어린아이들을 그 안에 넣었다. "정말 할 수 없으면 우리도 오늘 밤만은 여기서 잘 수 있지." 하고 그는 말했다. "해도 좀 더 찾아보아야지. 그리고 아이들 무엇 먹을 것을 사다주자! 아, 테스, 그래 신사하고 혼례 장난을 했다 해도 아무 소용 없구나, 우리들을 이렇게 버려둘 바에야!"

그 어머니는 라이자 루와 사내아이를 데리고 또 그 교회당과 거리를 막아놓는 좁은 샛길을 올라갔다. 거리에 나서자마자 한 사나이가 말을 타고 두리번거리는 것을 보았다. "아―나는 당신네를 찾고 있었습니다!" 하고 이 사나이는 그들 곁으로 말을 대어왔다.

그것은 알렉 더버빌이었다. "테스는 어디 있어요?" 하고 그는 물었다.

그 어머니 자신도 알렉을 좋아하지 않은 탓에 냉랭하게 교회 쪽을 가리키고는 갈 길을 갔다. 더버빌은 만일 숙소가 얻어지지 않는 경우에는 다시 보자고 하였다. 그들이 간 뒤에 더버빌은 제 숙소로 말을 달리고는 조금 지나서 도보로 나왔다.

그동안에 테스는 아이들과 같이 침대의 안쪽에 남아서 잠깐 동안 그들과 이야기를 하였으나 이후에 더 그들에게 위안을 줄 수 없는 것을 알고는 어둠이 내려 컴컴하여진 묘지를 이리저리 걸어보았다. 교회의 문은 쇠가 잠기지 않았었다. 그래 테스는 난생 처음으로 그 안에 들어가 보았다.

그 안에는 여러 세기를 내려오는 그 집안 무덤이 있었다. 그것들은 다 뚜껑이 덮이고 제단 모양으로 된 질소한 것들이었다. 조각은 다 닳아지고 깨어지고 하였다.

그는 무슨 글자가 새겨져 있는 거무스름한 돌 쪽으로 가까이 갔다. 그 돌에는 '더버빌 집 묘소의 문'이라고 새겨져 있었다.

테스는 깊은 생각에 잠겨서 그곳을 떠나려고 돌아섰다. 그리하여 그 중에서도 제일 오래된 제단 모양의 무덤 가까이를 지날 때 그 위에 누운 사람을 보았다. 어두운 탓에 이때까지는 그것을 알아차리지 못하였다. 시방만 하더라도 그것이 움직이는 것같이 생각되지 않았다면 역시 이번에도 모르고 지나갔을 것이다. 그는 그 곁에 가자마자 곧 이것이 산 사람인 것을 알았다. 그리고 이때까지 자기 혼자만 이곳에 있던 것이 아닌 줄을 알고 크게 놀랐다. 더욱이 그것이 알렉 더버빌인 줄 알자 정신이 아찔하여 거의 기절할 듯이 넘어지게 되었다.

사나이는 돌판에서 내려와서 그를 부축하였다.

"난 당신이 들어오는 걸 보았다오." 하고 사나이는 히죽 웃으며 말하였다. "그리고 당신의 생각하는 것을 방해하지 않으려고 저 위에 올라가 있었소. 당신은 나를 당신 조상 가운데 어느 누구의 석상이라고만 생각하였을 것이나 그렇지 않았어. 세상은 옛날과 달라졌거든. 가짜 더버빌의 작은 손가락 하나가 땅 아래 있는 진짜를 온통 다 묻어놓은 것보다 당신을 위해서는 퍽 낫단 말이야? 자, 명령을 내려 보아요. 무엇을 할까?"

"저리 가요!" 하고 그는 종알거렸다.

"가지요—당신의 어머니를 찾아야 하겠어." 하고 사나이는 정다이 말했다. 그러나 테스의 옆을 지나가면서 속삭였다. "알아둬요, 당신도 이제 온순해질 걸!"

사나이가 가 버리자 테스는 납골당의 입구에 기대어서 이렇게 말해보았다. "나는 왜 이 문의 딴 쪽에 있나!"

한편 마리안과 이즈 휴에트는 그 농부네 세간과 같이 길을 그냥 계속하였다. 그러나 그들은 오랫동안 어디로 가는지 생각도 아니 하였다. 그들의 이야기는 에인절 클레어와 테스 그리고 테스를 추근추근 따라다니는 사나이에 대한 것이었다.

"그 사나이가 전에 테스를 손아귀에 넣고 있었다면 큰일인데. 만일 그 사나이가 그를 다시 데려간다면 어떻게 해. 클레어씨가 얼마나 테스가 괴로워하고 또 어떤 사나이가 그를 따라다니는지를 알기만하면 자기의 아내를 소중히 할지도 몰라." 하고 마리안은 말했다.

"그이한테 알려 드릴 수 있을까."

그들은 목적지에 갈 때까지 이것을 줄곧 생각하였으나 가놓고 보면 새 고장에 다시 정착하노라고 바빠서 그런 것에 주의가 가지 않았다. 그러나 한 달이 지나서 다 안정이 되자 테스의 일은 그 뒤 어떻게 되었는지 듣지 못하였으나 클레어는 가까이 돌아온다는 소문을 들었다. 이 때문에 새로이 그한테 애착을 느끼었으나 테스한테는 부끄럽지 않은 태도를 취하여 마리안은 그들이 공동으로 쓰는 값싼 잉크병의 마개를 열었다. 그리고 처녀들은 둘이서 짧은 편지를 지었다.

> 배게―당신의 부인이 당신을 사랑하듯이 당신도 부인을 돌보십시오. 부인은 시방 친구같이 보이는 원수한테 고생을 당하고 있습니다. 여보세요, 당신 부인의 곁에서 쫓아내야 할 사람이 있습니다. 여자라는 것은 그 힘으로 견디지 못 할 만큼 고통을 받아서는 아니 됩니다. 물방울도 자꾸 떨어지면 돌은 새로 금강석도 닳아 없어질 것입니다.

> 당신을 위하는 두 사람으로부터.

이 편지는 에민스터 목사관 전교로 해서 에인절 클레어에게 부쳤다. 그 뒤에 둘은 자기들의 취한 관대한 태도를 생각하고 몹시 흥분하고 나중에는 때때로 생각난 듯이 노래를 부르기도 하고 또 동시에 울기도 하였다.

제7편

응보(應報)

53.

에민스터 목사관의 저녁이었다. 목사의 서재에는 언제나 두 개의 촛불이 푸른 갓 아래서 타고 있었으나 목사는 그곳에 앉아 있지 않았다. 때때로 그는 들어와서 점점 더해가는 따사한 봄기운에는 넉넉한 조금 남은 불을 뒤젓고는 다시 나가버렸다. 때로는 현관의 문간에가 보고 응접실에 가보고 또 다시 현관으로 돌아오고 하였다.

현관은 서향이었다. 집안은 어두워졌으나 바깥에는 아직 분명히 물건이 보일 만큼 밝았다. 이때까지 응접실에 앉아 있던 클레어 노부인은 그 영감을 쫓아서 이곳까지 왔다.

"아직 시간이 많이 남았소" 하고 목사는 말하였다. "기차가 시간 맞춰 닿는 대로 초크뉴턴에 여섯시까지 닿을 수는 없지. 그리고 10마일의 촌길에 그도 절반은 크리머크록의 소로길을 지나오는 것이니까, 우리 늙은 말로는 그리 빨리 올 수는 없을 게요."

"그래도 그 말은 우리를 태우고 한 시간 안에 온 일이 있지 않아요, 영감."

"수년 전 일이지."

그들은 이런 쓸데없는 소리를 하면서 누구를 기다렸다.

마침내 소로길에는 희미하게 수레소리가 들리고 작은 말에 끌려 온 낡은 마차가 바로 울타리 밖에 나타났다. 말에서 한 사나이가 내리는 모양을 늙은 부부는 보았다.

클레어 노부인은 어두운 복도를 문 쪽으로 뛰어갔다. 그 영감은 천천히 그 뒤로 왔다.

바로 집안으로 들어가려고 하는 새로운 사람은 고대하던 두 얼굴과 그들의 안경에 반사한 저녁 햇빛을 보았다. 그러나 늙은 부부 쪽에서는 그가 햇빛을 등지고 있어서 그의 모양을 볼 뿐이었다.

"아, 이 애가, 이 애가—마침내 다시 돌아 왔구나!" 하고 클레어 노부인은 부르짖었다.

촛불이 켜 있는 방에 세 사람이 들어가자마자 곧 클레어 노부인은 그 얼굴을 쳐다보았다.

"아, 이건 에인절이 아니로구나—내 아들이 아니로구나—갔던 때의 에인절이 아니야!" 하고 그의 곁을 떠나면서 아주 슬프게 외쳤다.

그 아버지도 그를 보고 크게 놀랐다. 그의 모양은 전과 달라진 것이다. 이 사나이 뒤에는 해골이 그 해골의 뒤에는 거의 망령이 보이는 듯하였다.

"저는 게서 병을 앓았어요." 하고 그는 말했다. "이제는 다 나았습니다."

허나 그 말이 진정이 아닌 것을 증명하듯이 그의 두 다리는 금시라도 넘어질 듯 같았다. 그래서 그는 넘어지지 않으려고 갑자기 앉아버렸다. 이것은 대단치 않은 현기증 때문이었다.

"이즈음 저한테 무슨 편지가 안 왔어요?" 하고 그는 물었다. "요 먼저 보내신 것은 겨우 받았습니다. 그것도 내지에 들어가 있는 탓에 퍽 오래 지체해서 받았습니다. 그렇지 않았다면 좀 더 일찍 왔을 겁니다."

"그것은 네 아내한테서 온 거 같구나."

"그렇습니다."

이밖에는 이즈음에 한 장 온 것이 있는데 그가 곧 돌아온다고 해서 부모는 그한테 보내지 않고 보관하고 있었다.

그는 내어놓은 편지를 급히 뜯었다. 그리하여 그한테 대한 마지막 흘려 쓴 글씨 가운데 나타난 감정을 읽고는 마음이 퍽 산란해져 버렸다.

"이것이 옳아!" 하고 그는 편지를 내어던지며 말하였다. "아마 테스는 다시는 나하고 화해하지 않을게야!"

그는 곧 침실로 물러갔다. 이튿날 아침은 기분이 나빠서 자기 방에 들어박혀서 깊은 생각에 잠기었다. 그는 궁리 끝에 먼저 말로트로 편지를 내어서 자기가 돌아온 것과 또 자기가 영국을 떠나기 전에 마련해 놓은 대로 테스가 아직 그 가족들과 지나리라고 생각한다는 것을 알려서 테스와 그 가족들에게 미리 짐작을 하게 하는 것이 상책이라고 생각하였다. 그는 그날로 조회하는 편지를 내었다. 그 주일이 다 안 가서 더비필드의 마누라로부터 짧은 답회가 왔다. 그러나 그것은 그의 헝클린 심사를 풀어주지 못하였다. 의외에도 그것은 말로트에서 한 편지가 아닌 위에 보낸 사람의 주소가 씌어있지 않았던 것이다.

배복. 내 딸은 시방 집에 있지 않고 또 언제 돌아올지도 모르겠으나 돌아오는 대로 곧 알려드리겠습니다. 그 애가 임시로 가 있는 곳을 나로서는 알려드리기 어렵습니다. 그리고 나와 우리 가족들은 당분간 말로트를 떠나 있습니다.

J. 더비필드

테스가 무사한 것만은 알고 그는 퍽 안심하였다. 그 어머니가 자기 딸의 있는 곳을 굳게 입을 다물고 말하지 않는 것도 언제까지나 그의 마음을 괴롭히지는 않았다. 그는 더비필드 마누라가 그 딸의 돌아오는 것을 알려올 때까지 기다리려고 생각하였다. 이렇게 하루 이틀 지나는 가운데 그의 건강도 조금 더 회복되는 듯하였으나 테스의 어머니한테서는 아무 소식도 없었다.

클레어는 브라질에 있을 때 받은 테스의 편지를 다시 읽어보았다. 처음 읽을 때와 같이 그의 가슴을 치는 것이었다. 그는 이것을 읽고는 아무리 테스가 노여워하거나 말거나 곧 떠나서 찾아보려고 마음을 먹었다.

여행할 준비를 서둘러 하는 가운데 그는 역시 이즈음에 온 간단한 편지—마리안과 이즈 휴에트한테서 온 편지도 보았다.

54.

십오 분쯤 지나 클레어는 집을 나갔다. 그 어머니는 그의 파리한 자태가 길거리에 사라져버리도록 집에서 물끄러미 바라보았다. 그는 그 아버지의 늙은 암말이 집에 없어서는 아니 될 것을 잘 아는 탓에 그것을 빌려 타려고 하지 않았다. 그는 여관으로 가서 작은 마차를 한 대 얻고 마구를 다는 동안도 바빠하였다.

한 시간 반도 채 못 되어서 그는 킹스힌톡의 영지 앞쪽을 돌아 쓸쓸한 크로스인핸드로 올라갔다. 그로부터 그는 다른 힌톡 지방에 걸쳐 있는 고지의 끝을 따라가다 바른쪽으로 꺾어져서 테스의 있는 곳으로 생각한 플린트쿰애시로 들어갔다.

이곳에서 그는 물론 테스를 찾지 못하였다. 그리고 더욱 그를 낙망하게 한 것은 테스라는 본명으로는 사람들이 잘 기억하여도 클레어부인이라는 이름은 마을 사람들이나 농장 주인이나 들은 적이 없다고 하는 것이었다.

그가 들은 것은 테스 더비필드는 당연히 할 이야기도 아니 하고 이곳을 떠나 블랙무어의 저쪽에 있는 아버지의 집으로 갔다고 하는 것이다. 그리하여 이제는 더비필드 마누라를 찾아야만 하게 되었다. 테스의 어머니는 말로트에는 있지 않다고 말해왔으나 그래도 말로트로 가서 찾아볼 수밖에 없었다. 테스에게는 함부로 굴던 농장 주인도 그에게는 상냥히 하고 마부까지 달아서 마차를 빌려주었다.

클레어는 블랙무어 골짜기 기슭까지 와서는 농장주의 마차와 사람을 돌려보내고 그날 밤은 어느 여관에서 묵고 이튿날 아침 걸어서 그리운 테스의 태어난 곳으로 들어갔다.

테스가 아이 시절을 보낸 집에는 그를 알지도 못하는 딴 가족이 살고 있었다. 전에 살던 사람들의 이름조차도 잊어버린 이 새 거주자들에게 물어서 클레어는 존 더비필드가 죽은 것과 그 과부와 아이들은 그 뒤로 킹스비어에 살러 간다고 가기는 갔으나 그러지 않고 이런 이러한 다른 곳에 갔다고 하는 것을 알았다. 그는 테스가 없는 이 집을 한 번도 돌아다보지도 않고 급히 떠나버렸다.

테스네 가족이 가 있다는 곳까지는 걸어가기에는 너무 멀었으나 클레어는 혼자 있고 싶어서 탈 것도 타지 않고 기찻길로 가려고도 하지 않았다. 그러나 샤스톤까지 와서는 아무리 해도 마차를 얻어 타지 않으면 안 될 것을 알았다. 허나 더비필드 마누라가 있는 곳에 닿기는 저녁 일곱시가 되어서였다. 말로트를 떠나서 20마일 남짓한 길을 걸은 것이다.

그 마을은 작았든 탓에 힘들지 않게 더비필드네 마누라의 셋집을 찾을 수 있었다. 그것은 큰 길에서 꽤 떨어진 담을 둘러싼 뜨락 안에 있는 집이었다. 어떤 까닭인지 테스의 어머니는 그가 찾아온 것을 좋아하지 않는 것이 분명하였다. 몸소 문간까지 나온 그 얼굴이 저녁 햇빛에 비쳤던 것이다.

클레어가 테스의 어머니를 만나기는 이것이 처음이었으나 너무도 자기 생각에 골똘한 탓에 이 여자가 상당한 과부다운 차림을 한 어여쁜 여자라는 것밖에는 더 알아보지 못하였다. 클레어는 자기가 테스의 남편이라는 것과 또 이곳에 온 목적 같은 것을 설명하지 않으면 안 되었다.

"저는 어서 그이를 만나고 싶은데요. 편지를 주신다고 하셨지만 아직 받지 못했습니다."

"아직 그 애가 돌아오지 않았군요." 하고 테스의 어머니는 말하였다.

"그이는 잘 있습니까?"

"나는 모르오. 해도 당신이 잘 아실 텐데."

"당연한 말씀입니다. 그이는 시방 어디 있어요?"

만나는 처음부터 테스의 어머니는 한손을 뺨에 대이고 당황한 모양을 보이었다.

"난―, 그 애가 어디 있는지 분명히 모르겠소" 하고 과부는 대답하였다. "―에 있었는데―해도―"

"어디 있었어요?"

"그런데 게도 있지 않는다고요."

사실을 흐려버리려고 과부는 또 잠자코 있었다. 바로 그때 손아래 아이들이 문간에 살근히 다가왔다. 그리고 그 어머니의 치마를 잡아끌면서 제일 나이 어린 것이 나지막이 물었다.

"테스가 이이한테 시집가요?"

"벌써 결혼하셨어." 하고 그 어머니는 속삭였다.

"집안에 들어가 있어."

이 여자가 애써서 숨기려는 것을 알고 클레어는 물었다.

"테스는 제가 애써서 찾는 것을 좋아할는지요? 만일 좋아하지 않는다면, 물론―."

"좋아하지 않을 걸요."

"정말입니까?"

"정말로 좋아하지 않을 거예요."

클레어는 돌아서 가려고 하였다. 이때 그는 테스의 다정한 편지를 생각하였다.

"분명히 기뻐할 것입니다." 하고 그는 흥분해서 말을 되쳤다. "그이는 어머니보다 제가 더 잘 압니다."

"그럴 법도 하지요. 나는 시방까지 참으로 그 애의 일은 모르니까요."

"제발 그이의 주소를 좀 가르쳐주세요. 이 외로운 불쌍한 사나이를 구하시는 줄 아시고."

테스의 어머니는 당황해서 또 손을 펴서 그 뺨을 쓸고 있었으나 그가 대단히 괴로워하는 것을 보고는 마침내 나지막한 소리로 말하였다.

"그 애는 샌드본에 있어요."

"아― 게가 어디입니까. 샌드본은 퍽 크게 되었다는데요."

"나는 그저 샌드본밖에는 더 자세히는 몰라요. 나도 한 번도 가본 일이 없으니까."

이 점으로는 더비필드의 마누라가 진실을 말한 것이 분명하였다. 그리하여 그는 더 강박히 물으려고 하지 않았다.

"무어 군색한 거나 없으십니까?" 하고 그는 은근히 물었다.

"없어요." 하고 과부는 대답하였다. "별로 군색한 거 없이 지내지요."

집에는 들어가지 않고 클레어는 돌아서 떠나왔다. 3마일쯤 떨어진 곳에 정거장이 있었다. 그는 마차꾼한테 삯을 주고는 그곳까지 걸었다. 샌드본으로 가는 막차는 그 뒤 얼마 아니 해서 떠났는데 거기에는 클레어가 타고 있었다.

55.

그날 밤 열한시에 어떤 여관에 닿아서 곧 그 아버지한테 있는 곳을 전보로 알리고는 샌드본의 거리로 산보를 나갔다. 누구를 방문하거나 찾거나 하기에는 너무 늦어서 이튿날 아침까지 목적을 미루었다.

동쪽과 서쪽 정거장과 부두와 솔나무 숲과 산보장과 옥상정원 같은 것이 있는 유행하는 해수욕장은 클레어에게는 선경 같았다. 그는 밤중의 등불을 의지하고 이곳저곳 걸어 다녔다. 그것은 한 집 한 집 떨어져 있는 별장의 거리였다. 영국해협에 임한 지중해식의 유원지였다. 그리고 밤이라 그것은 실제보다 더 훌륭하게 보였다.

바다는 바로 가까이 있었으나 그것은 시끄럽지는 않았다. 희미한 물결 소리를 그는 솔 사이에서 나는 바람 소리로 알았다. 솔나무도 꼭 같은 소리로 울어서 그는 그것을 물소리라고 생각하였다.

농삿집 딸이요 그의 젊은 아내인 테스가 이 부(富)와 유행의 세계의 어느 곳에 있을까? 생각하면 생각하도록 그는 더욱 모르게 되었다. 이곳에도 젖을 짤소가 있을까? 같이할 밭은 분명히 없었다. 테스는 분명히 이런 어느 큰 집에서 무슨 일을 하고 있을 것이었다. 그래 그는 집집의 방방의 창문과 그리로 새어나오는 불빛을 하나씩 하나씩 바라보면서 지향 없이 헤맸다. 그리고 그 어느 것이 테스의 방일까 하고 생각하였다.

억측은 헛된 일이었다. 바로 열두시가 지나서 그는 여관으로 돌아와 자리에 누웠다. 불을 끄기 전에 그는 테스한테서 온 편지를 다시 읽었다. 자기는 시방 그의 가까이 와 있으면서도 그와 멀리 떨어졌다고 생각하면 도저히 잠을 들 수가 없었다.

클레어는 거의 밤을 새운 거나 다름없었다. 아침 일곱시에 일어나서 얼마 아니하여 여관을 나와서는 우편국으로 길을 잡았다. 문어귀에서 아침 배달을 나오는 영민해 보이는 배달부를 만났다.

"클레어부인이라는 이의 주소를 아십니까?" 하고 에인절은 물었다.

우편배달부는 머리를 가로 저었다.

그러자 테스가 아직 처녀 적 이름을 그대로 쓰고 있는 게라고 생각하고 클레어는 말했다.

"그렇지 않으면 더비필드 양이라는?"

"더비필드?"

이것도 역시 배달부에게는 처음 듣는 이름이었다.

"아시다시피 이 거리에는 매일 드나드는 사람이 많아서요." 하고 배달부는 말했다. "집 이름을 모르면 찾을 수 없습니다."

바로 그때 이 배달부의 동료가 급히 나온 탓에 그 이름이 되풀이되었다.

"더비필드라는 이름은 모르겠어도 청로(靑鷺)관에 더버빌이라는 이름은 있지요." 하고 둘째 번 사람이 말하였다.

"그것이요!" 하고 클레어는 테스가 정말 발음으로 돌아온 것이라고 생각하고 기뻐하였다. "청로관이라는 것은 어떤 곳이요?"

"신식 하숙이지요. 이곳에는 모두가 다 하숙집이니까요."

클레어는 그 집으로 가는 길을 알아가지고 우유 배달과 같이 그 집에 닿았다. 청로관은 보통 별장과 같은 집이었으나 그 집만 따로 떨어져 있어서 한정해 보였다. 자기의 추측대로 테스가 이 집에서 일을 한다면 우유배달이 온 탓에 뒷문으로 가리라고 생각하고 자기도 그리로 가려고 하였다. 그러나 의심을 하고 다시 앞문으로 돌아와서 벨을 울렸다.

너무 이른 시간이어서 주인 여자가 몸소 문을 열었다. 클레어는 테레사 더버빌이든가 더비필드라는 사람은 없는가 하고 물었다.

"더버빌 부인 말씀이요?"

"그렇소."

테스는 이때 결혼한 여자로 되어 있었다. 비록 자기의 이름을 쓰지 않는다 해도 그는 기뻐하였다.

"친척 되는 사람이 꼭 좀 만나고 싶어 한다고 말씀해 주세요."

"아직 좀 이른가 보군요. 성함은 뉘시라고 할까요?"

"에인절이라고 해주십시오."

"에인절씨?"

"아닙니다. 그냥 에인절입니다. 이것은 내 세례 이름입니다. 그렇게 말씀하면 알 테니까요."

"눈을 뜨셨는지 어떤지 알아보고 오지요."

클레어는 정면 방—식당—으로 안내를 받았다. 그리고 봄 문 휘장을 통해서 작은 잔디밭과 그곳에 있는 석남화(石楠花)와 그 밖 다른 나무들을 바라보았다. 얼마 아니하여 계단에서 발소리가 나자 그의 심장은 괴롭게 뛰놀아서 온전히 서있을 수가 없을 만하였다. 이윽하여 문이 열리었다.

테스는 문지방에 나타났다. 그가 기대하든 테스와는 전연 다른—사실 어리벙벙하도록 달라진 테스였다. 이 여자의 뛰어난 천성의 아름다움은 옷차림으로 해서 더욱 눈에 띄었다. 테스는 꺼먼 수를 놓은 연회색 캐시미어의 화장 옷을 입고 같은 빛의 슬리퍼를 신고 있었다.

클레어는 두 팔을 내어 밀었으나 그 팔은 그대로 그 옆구리에 내려지고 말았다. 테스는 문지방의 열린 곳에 선 채로 앞으로 나오려하지 않았던 것이다.

"테스!" 하고 그는 쉰 목소리로 말했다. "달아났던 나를 용서해 주려오? 못하겠소, 나한테 돌아와 주지는? 어떻게 해서 이렇게—되었소?"

"너무 늦었어요." 하고 테스는 말하였다. 그 목소리는 날카롭게 방안에 울리고 눈은 부자연하게 빛났다.

"나는 당신을 옳게 생각지 못했었소—참된 당신을 보지 않았던 것이오!" 하고 클레어는 변명을 계속하였다. "그 뒤로 나는 깨달아 알았소, 나의 테스!"

"너무 늦었어요, 너무 늦었어요!" 하고 테스는 몹시 괴로워서 손을 내저으며 부르짖었다.

"내 옆으로 오지 마세요, 에인절! 안 돼요, 오지 마세요, 멀찍이 계세요."

"그럼 당신은 내가 병으로 이렇게 약해진 것이 싫다는 것이로군요? 당신은 그렇게 변덕스럽지는 않을 게요—나는 부러 당신을 찾으러 온 것이오. 어머니나 아버지나 시방은 기뻐서 당신을 맞을 터인데!"

"네—아, 그렇겠지요, 그렇고 말구요! 해도 정말 정말 이미 너무 늦었어요. 저는 당신을 기다리고 또 기다렸어요. 해도 당신은 오시지 않았어요. 저는 그래서 당신한테 편지를 올렸어요. 그래도 당신은 돌아오시지 않았어요! 그 사람은 자꾸 당신은 돌아오시지 않는다고 하고 기다리는 저를 어리석은 여자라고만 했어요. 아버지가 돌아가신 뒤로 그이는 저한테나 어머니한테나 그리고 집안사람들께 모두 친절히 해주었어요. 그이는—"

"내게는 잘 모를 말이군요."

"그 사람은 저를 다시 차지했어요."

클레어는 날카롭게 테스를 바라보았으나 이 말의 뜻을 알게 되자 역병에 걸린 사람처럼 갑자기 기운이 탁 죽어버렸다. 그리고 눈길을 내리쳤다.

테스는 말을 이었다.

"그이는 위층에 있어요. 저는 시방 그 사람이 미워서 못 견디겠어요. 저한테 거짓말을 했으니까요. 당신께서 다시는 돌아오지 않으신다고. 그런데 글쎄 당신은 오셨습니다. 이 옷도 그 사람이 다 해준 것이에요. 저는 그 사람 마음대로 하도록 내버려두었어요. 하지만—가주세요, 에인절, 제발 바랍니다, 그리고 다시 오지 마세요."

그들은 꿈쩍 아니 하고 서있었다. 사랑에 깨어진 그들의 보기에도 측은하고 가엾은 마음을 두 사람의 눈에서 볼 수 있었다.

"아—내 잘못이요!" 하고 클레어는 말하였다.

그러나 그는 말을 더 이어갈 수가 없었다.

몇 순간이 지났다. 그는 테스가 그 자리에 없는 것을 알았다. 그의 얼굴은 더욱 차지고 더욱 비참하게 되었다. 그 뒤로 몇 분이 지난 뒤 그는 지향 없이 걸음을 옮겨놓으며 거리에 나선 자기를 알아차렸다.

56.

청로관(靑鷺館)의 호주요 또 주부인 브룩스 부인은 유별하게 호기심이 많은 여자는 아니었다. 오랫동안 손해와 이익이라는 것만 생각해오는 탓에 하숙인이 될 만한 사람의 호주머니를 떠난 순전한 호기심이라는 것은 가지지 않았다. 그런데 돈 잘 내는 하숙인이라고 생각한 더버빌 부부한테 오늘 아침 에인절 클레어가 찾아온 것은 그의 호기심을 깨우치기에 넉넉하였다. 테스는 식당으로는 들어가지 않고 문간에서 그 남편에게 말을 하였다. 브룩스 부인은 이 가엾은 두 사람의 토막 이야기를 자기 방에서 들었던 것이다. 부인은 테스가 위층으로 올라가는 것을 에인절이 가버리는 것을 그리고 그 등 뒤에서 현관문이 닫히는 것을 들었다. 그리고 바로 머리 위의 방문이 닫히므로 브룩스 부인은 테스가 다시 자기 방으로 들어간 것을 알았다. 이 브룩스 부인은 슬근히 계단을 올라가서 앞쪽 방 문 앞에 서있었다. 뒷방은 잠잠하였으나 응접실로는 무슨 소리가 들리었다.

"오—오—오!"

그리고는 한동안 잠잠하다가 깊은 한숨을 쉬고 그리고는 또—

"오—오—오—"

주부는 쇠 구멍으로 방안을 들여다보았다. 식탁 옆에 놓인 의자에 테스는 얼굴을 묻고 꿇어 엎드려 있었다. 이 절망하는 듯한 웅얼거림은 그 입술로부터 나온 것이었다.

그러자 옆방에서 사나이의 소리가 났다.

"왜 그래?"

테스는 대답도 아니 하고 무슨 넋두리 비슷한 것을 끊지 않았다. 브룩스 부인은 잘 듣지 못하였으나 그것은 사랑하고 위하는 남편이, 아니 오리라는 남편이 왔는데 자기는 몸을 다른 사나이한테 맡겨 버리었다, 이것도 다 자기를 꾀이고 속이고 한 당신의 죄다 사랑하는 남편을 이제는 아주 잃어버리었다. 당신은 내 생애를 망쳐버린 사람이다…… 하는 옆방에 있는 사나이에게 하는 원한에 찬 넋두리인 것은 분명하였다.

이번에는 사나이 쪽에서 좀 더 날카로운 소리로 말을 하였다. 그러자 갑자기 옷 스적이는 소리가 들리었다. 테스가 벌떡 일어선 것이었다. 그러자 브룩스 부인은 얼른 아래로 내려왔다.

그는 귀를 기울였으나 마루를 통해서는 아무런 소리도 들리지 않았다. 아침 식사를 다 끝내고 바느질도 하고 어찌고 하는 동안에 머리 위에서 누가 걸어 다니는지 쿵쿵거리는 소리가 났다. 그러자 테스의 모양이 거리로 나가려고 문 쪽을 향해 가는 것을 보았다. 이곳에 올 때와 같은 부잣집 젊은 귀부인 같은 산보복 차림이었다.

브룩스는 이 두 하숙인이 위층 문간에서 서로 인사가 없는 것을 알고 싸움을 하였는지도 모르겠다고, 또는 늦잠 자는 더버빌이 아직 일어나지 않았는지도 모르겠다고 생각하였다.

이 주부는 특별히 자기 방이라고 정해놓은 뒷방에 들어가서 바느질을 계속하였다. 나간 여자 손님도 돌아오지 않고 위층 신사도 벨을 울리지 않았다. 그는 이런 일들과 또 아침에 찾아왔던 신사가 어떤 사람인가를 생각도 하며 그는 의자에 등을 지대이고 있었다.

이러는 가운데 그의 눈길은 어떻게 하여 천장으로 갔다. 그러자 그 하얀 천장 한가운데 이때까지 보지 못하든 점 하나가 선뜻 그의 눈에 들어왔다. 그것은 처음에는 떡개만 하더니 다음에는 손바닥만 해지고 그리고 그것은 붉은 것이었다. 그는 탁자 위에 올라서서 천장에 생긴 이 점을 손가락으로 만져 보았다. 그것은 축진하였다. 그는 피 흔적이나 아닌가 하고 의심을 하였다.

탁자에서 내려서자 곧 주부는 자기 방을 나와서 머리 위에 있는 그 방에 들어갈 양으로 위층으로 올라갔다. 그러나 마음이 약해져서 문고리를 잡을 생각이 나지 않았다. 귀를 기울인즉 죽은 듯하니 고요한 방안에서는 일정하니 처뚱, 처뚱, 처뚱하는 소리만이 들려왔다.

브룩스는 얼른 아래층으로 내려와서 앞문을 열고 거리로 달려나갔다. 옆 별장에서 일을 하는 아는 사람이 지나가는 것을 붙들고 자기 집 하숙인에게 무슨 변괴가 있는 듯하니 집으로 들어가서 같이 위층으로 좀 올라가 달라고 청을 하였다. 이 일꾼은 그러마하고 브룩스의 뒤를 따라서 계단 중턱까지 왔다.

주부는 응접실의 문을 열고는 뒤로 물러서서 사나이를 먼저 들어가게 하고 자기는 그 뒤에 섰다. 방은 비었다. 커피, 달걀, 냉동 햄 같은 아침 식사는 아까 자기가 가지고 온 그대로 탁자 위에 버려져 있고 다만 고기 베는 칼만이 보이지 않았다. 그는 사나이더러 옆방으로 가보도록 하였다.

사나이는 문을 열고 한두 걸음 들어갔으나 곧 껌껌 죽은 낯을 하고 돌아 나왔다. "야단났습니다. 침대에서 신사가 죽었습니다 그려! 칼로 찔린 모양이군요—마루 위에 피가 많이 흐르는데요!"

경보는 곧 내렸다. 아까까지도 고요하던 이 집에는 많은 사람들의 발소리가 울리고 그 가운데는 외과의사도 섞여 있었다. 상처는 적었으나 칼끝이 심장을 찌른 탓에 단번에 그만 움직이지 못한 듯이 해쓱한 얼굴을 하고 눈이 솟고 숨이 끊어져서 넘어져 있었다. 한 십오 분 지나자 이곳에 놀러왔던 한 신사가 침대 위에서 칼을 맞아 죽었다는 소식이 이 해수욕장의 거리라는 거리, 별장이라는 별장에 쭉 퍼졌다.

57.

한편 에인절 클레어는 처음 온 길을 기계적으로 걸어가서 자기 여관에 들어가자 물끄러미 허공을 바라보면서 아침 식사 식탁을 대하였다. 그는 아무 생각 없이 먹고 마시다가 갑자기 계산서를 청구하였다. 그것을 지불하고는 가지고 온 화장가방을 들고 그곳을 나왔다.

바로 그가 떠나려고 할 즈음에 그는 한 장의 전보를 받았다. 그 어머니한테서 온 짧은 글귀인데 게는 그의 주소를 알아서 모두 기뻐한다는 것과 그 형인 카스버트가 머시 찬트에게 혼인을 청해서 승낙을 받았다는 것을 말하였다.

클레어는 그 전보지를 비벼 버리고는 정거장으로 가는 길을 따라갔다. 정거장에 닿은즉 한 시간 이상 기다려야 한다는 사실을 알게 되었다. 기다리기로 하고 앉아 보았으나 십오 분쯤 지나자 그 이상 더 있을 수가 없는 마음이 들어갔다. 이 고장에서 어서 떠나고도 싶고 하여 그는 하나 앞에 있는 정거장까지 걸어가서 게서 기차를 타려고 생각하였다.

그가 걸어온 큰길가는 널다랗게 터져 있었다. 그것은 조금 가면 곧 골짜기가되어서 그 끝에서 끝까지 길이 난 것을 볼 수 있었다. 그는 이 우묵한 곳을 태반이나 지나와서 서쪽 고개턱을 오르고 있었다. 그때 숨을 들이려고 멈칫하고서서 아무 생각 없이 뒤를 돌아다보았다. 테이프와 같은 길은 눈이 가는 데까지뒤로 점점 가늘어졌다. 그리고 그가 바라보노라니까 그 원경의 하얗니 보인 곳에 한 점 움직이는 것이 침입하였다. 그것은 뛰어오는 사람의 자태였다. 클레어는 누가 자기를 따라 잡으려고 하는 것이라고 기연미연하니 생각하고 기다리고있었다.

고개를 나려오는 자태는 여자였다. 그러나 그의 아내가 뒤를 좇아오리라고는 조금도 생각지 못하였다. 그래 가까이 온 때에도 전과는 딴판으로 차린 테스를 아내라고는 알아볼 수가 없었다. 여자가 정작 가까이 온 때에야 비로소 그것이 테스라고 믿을 수가 있었다.

"저는 당신을 보았어요. 정거장에서 나오시는 것을—제가 그곳에 가닿기 조금 전에―그래 당신의 뒤를 쫓아왔어요."

테스는 해쓱한 낯을 하고 숨이 되게 차서 온몸을 부들부들 떨고 있었다. 클레어는 한 말도 묻지 못하고 그 손을 잡아서 팔 안에 끼고는 데리고 갔다. 지나가는 사람을 만날까봐 그는 큰길을 버리고 전나무 아래를 지나가는 발자국 길로 갔다. 바람에 우는 나뭇가지 사이로 깊이 들어간 때 그는 발길을 멈추고 서서 수상하게 테스를 보았다.

"에인절." 하고 테스는 이것을 기다리기나 한 듯이 말했다. "무엇 때문에 제가 당신을 따라 왔는지 아시겠어요? 그 사나이를 죽인 것을 알려드리려고요!" 이 말을 하는 테스의 얼굴에는 가엾은 쓸쓸한 웃음이 떠올랐다.

"뭐요!" 하고 클레어는 테스의 심상치 않은 모양으로 각 무엇에 달떴다고 생각하면서 말하였다.

"종내 해버렸어요, 어떻게 했는지는 몰라요." 하고 테스는 말을 이었다. "글쎄 당신 때문에나 저 자신 때문에나 그렇게 해야 할 것만 같았어요. 에인절 그 사나이는 우리들의 사이에 들어와서 우리들을 망쳐 놓았어요. 해도 이젠 다시는 그러지 못할 거예요. 저는 당신을 사랑하듯이 조금도 그 사나이를 사랑하지 않았어요, 당신도 이것은 아시겠지요, 네? 당신이 돌아오시지 않으셔서 저는 할 수 없이 그 사나이한테로 도로 가게 된 것입니다. 당신은 제가 그렇게 사랑했는데 왜 가버리셨어요, 해도 저는 그것을 탓하지 않습니다. 그리고 이제는 제가 그 사나이를 죽였으니까 제 허물은 용서해 주시겠지요? 용서해 주실 줄 알아요. 저는 이렇게 해서라도 당신을 돌이키려고 생각했어요. 저는 당신 없이는 조금도 못 견디겠어요. 당신의 사랑 없이 있는 것이 얼마나 괴로운 일인지 당신은 모르세요―자, 저를 사랑한다고 말씀하세요, 네 네, 사랑한다고 말씀하세요, 그 사나이를 죽였으니까요!"

"나는 당신을 사랑해요―테스―아, 사랑하고 말고―다 전대로 되었소!" 클레어는 두 팔로 테스를 힘껏 껴안으며 말하였다. "그러나 무슨 의미요, 그 사나이를 죽였다는 것은?"

"죽여버렸다는 의미에요." 하고 테스는 꿈을 꾸는 듯이 속삭였다.

"뭐, 몸뚱이를? 그는 죽었소?"

"그래요, 제가 당신으로 해서 우는 것을 듣고 저를 막 욕을 하겠지요, 그리고 당신의 욕도 했어요. 저는 아무리 해도 참을 수가 없어서 죽여 버렸어요. 그리고는 옷을 갈아입고 당신을 찾으려 나섰어요."

이것이 사실이라면 무서운 일이었다. 한때의 환각이라면 슬픈 일이었다. 허나 어찌 하였건 여기 그의 버린 아내가 있었다. 그가 으레 보호자가 되어 줄 것을 조금도 의심하지 않고 그한테 매달리는 이 사랑에 빠진 여자가 있다. 그는 그의 핏기 없는 입술로 한없이 테스의 입을 맞추고 그의 손을 잡고 말하였다.

"나는 결단코 당신을 버리지 않을 테요! 힘이 미치는 데까지 어떤 일을 해서라도 당신을 보호할 테요. 당신이 어떤 일을 했든 아니했든 간에!"

그들은 그리고는 나무 아래로 자꾸 걸었다. 테스는 때때로 목을 돌려서는 클레어를 보았다. 그는 파리하고 아름답지 않게 되었으나 테스에게는 용모로나 정신으로나 완전하게만 보였다.

무슨 일이 있을 것 같은 직감에서 클레어는 처음 생각했던 대로 거리를 지나서 첫 번 정거장으로는 가지 않고 이 부근 수 마일에 걸쳐 빽빽이 들어선 전나무 아래로 더 깊숙이 들어갔다. 서로 허리를 끌어안고 누구 하나 짬에 끼우는 사람도 없이 마침내 단둘이 되었다는 생각에서 또 한 사체가 있다는 것도 잊어버리고 어렴풋이 취한 듯이 기분 속에서 그들은 전나무의 마른 잎새가 깔린 위를 헤매어 갔다. 이렇게 그들은 수 마일을 갔을 때 테스는 정신을 차리고 사방을 둘러보면서 무서운 듯이 말하였다—

"우리는 어디 정하고 가는 데가 있어요?"

"나는 몰라, 테스, 왜 그래요?"

"몰라요."

"그렇지, 2-3마일 더 걸어서 저녁이 되면 어느 외진 농가 같은데 들어 자고 가도 좋지. 넉넉히 걷겠소, 테스?"

"걷고말고요! 당신한테 안겨 가면 어디까지나 걸어가겠어요!"

어쩐지 이렇게 하는 것이 좋아보였다. 그리하여 그들은 큰길을 벌이고 얼마큼 북쪽으로 향한 사람 다니지 않는 소로길로 빠른 걸음을 옮기었다. 그러나 그들의 행동에는 실제적이 아닌 방심한 듯한 것이 있었다. 누구 하나 잘 숨으려고 변장을 하려고도 오래 숨어 있으려고도 하지 않았다.

낮때가 되어서 두 사람은 길거리의 여인숙 가까이 왔다. 테스도 그 안으로 들어가려고 하였으나 클레어는 자기가 돌아올 때까지 나무와 풀덤불 속에 남아 있도록 일렀다. 테스가 주막 같은 데라도 들어가 앉으면 사람들의 주의를 끌 것은 분명하였다. 클레어는 곧 여섯 사람 앞은 넉넉히 될 먹을 것과 포도주를 두 병 가지고 돌아왔다. 만일에 무슨 일이 생겨도 하루나 얼마 견디기에는 넉넉하였다.

그들은 마른 나뭇가지에 걸터앉아서 같이 식사를 하였다. 한시와 두시 사이에 그들은 먹다 남은 것을 싸가지고 다시 걷기 시작하였다.

"저는 얼마든지 걸어도 괜찮을 것만 같아요."

"저 좀 더 안쪽으로 깊이 들어가는 것이 좋을 것 같아. 거기서는 숨어 있을 수도 있고 해변 가까운 곳보다 들킬 염려도 적으니까. 그리고 얼마큼 지나서 세상에서 우리들을 잊어버린 때에 어느 항구로 갈 수도 있어."

테스는 아무 대답도 없이 사나이의 손을 더욱 힘을 주어 꼭 쥐었을 따름이었다. 철은 '영국의 오월'이었으나 날씨는 맑고 오후에는 퍽 따뜻하였다. 그들이 걸은 소로길은 두 사람을 신삼림대(新森林帶)의 안쪽으로 깊이 끌어들였다. 저녁때가 되어서 어느 샛길의 모퉁이를 돌자 개울에 놓인 다리 뒤에 큰 게시판이 있는 것을 보았다. 거기에는 흰 페인트로 '살기 좋은 저택, 살림 차린 대로 빌리오.' 하고 씌어 있었다. 문을 들어가니 그 집이 보였다. 그것은 보통 설계로 널찍하게 된 낡은 벽돌집이었다.

"나는 이 집을 알아요." 하고 클레어가 말하였다.

"이것은 브람스허스트코트 장원관(莊園館)이라는 게요. 문이 꼭 닫혀서 진입로에는 풀이 났을 걸."

"창이 더러 열리었어요." 하고 테스가 말했다.

"방안에 바람을 넣노라고 그러는 게지요."

"이 방들은 다 보였는데 우리들은 머리 위에 지붕 하나도 없이!"

"당신은 지치었구려, 테스! 곧 쉽시다." 하고 그는 테스의 슬픈 입술에 입을 맞추고는 다시 인도를 하여갔다. 클레어 또 역시 지쳤다. 그들은 나중에는 다리를 질질 끌고 가지 않으면 안 되게 되었다.

반 시간쯤 뒤에 두 사람은 또 아까와같이 들어가는 문 밖에 서 있었다. 그는 테스 더러 그곳에서 기다리라하고 자기는 집안에 사람이 있는가 보려 들어갔다.

테스는 풀덤불 속에 앉았고 클레어는 집으로 슬근히 들어갔다. 그러한 그가 오랫동안 오지 않아서 테스는 그가 돌아올 때까지 퍽도 애가 달았다.

클레어는 한 소년에게서 이 집을 돌보는 사람은 단지 노파 하나인데 그것도 창을 열고 닫으러 가까운 마을에서 날씨가 좋은 때에만 오는데 지나지 않는다는 것을 알았다. 그 노파는 언제나 날이 저물어서야 닫으러 오는 것이었다. "자 아래쪽 창문으로 들어가요, 거기서 쉬어요." 하고 그는 말하였다.

그들은 집지기가 창문을 닫으러 올 만한 때까지는 아주 고요하게 하고 있었다. 어떻게 해서 그 노파가 시방 두 사람이 있는 방문을 열까봐 미리 전대로 덧문에 빗장을 끼우고 캄캄한 속에 있었다. 노파는 여섯시와 일곱시 사이에 왔으나 두 사람이 있는 방에는 가까이 오지 않았다. 그들은 노파가 창문을 꼭꼭 잘 닫고 문에 쇠를 잠그고 가버리는 것을 들었다. 그러자 클레어는 다시 살근히 창문으로 빛을 끌어들이고 식사를 같이하였다. 그들에게는 어둠을 쫓아버릴 초 한 그루도 없는 탓에 마침내 캄캄한 밤 속에 싸여 버리고 말았다.

58.

이튿날 아침은 비가 오고 안개가 끼었다. 클레어는 집지기가 날씨가 좋은 날에만 와서 창을 열어놓는다는 말을 분명히 들은 탓에 테스가 자는 것을 그대로 두고 몰래 방을 나와서 집을 살펴보았다. 이 집안에는 먹을 것은 조금도 없었으나 물은 있었다. 그래 그는 안개 긴 것을 타서 집을 뛰어나 이 2마일쯤 떨어져 있는 작은 거리에서 차와 빵과 버터와 그리고 연기 안 나고 불이 핀다는 작은 주석 냄비와 알코올 램프를 사왔다. 그가 다시 들어오는 소리에 테스는 깨어났다. 그리하여 두 사람은 그가 사온 것으로 아침 식사를 먹었다.

그들은 밖으로 나가고 싶지 않았다. 그날이 지나서 밤이 되고 그리고 그 다음날이 또 그 다음날이 지나갔다. 그리하여 그들이 모르는 사이에 닷새라는 날이 온전히 숨은 생활 속에서 지나갔다. 그들에게 대한 사건은 날씨가 변하는 것뿐이요, 삼림지대의 작은 새들만이 그들의 동무였다. 클레어가 어서 이 숨어있는 집을 떠나서 사우스햄튼이나 런던으로 가지 않으면 안 될 것을 비칠 때마다 테스는 이상하게도 이곳에서 움직이려 하지 않았다.

"왜 이런, 즐겁고 재미나는 생활을 그만두지 않으면 안 되어요!" 하고 테스는 찬성하지 않았다. "오지 않아서는 안 될 것은 역시 오고야 말거예요." 그리고 덧문 틈새로 밖을 내어다보고는—"밖에는 모든 것이다 괴로운 것뿐이에요. 이 안에는 이렇게 만족인데." 참으로 안에는 사랑과 화락과 용서를 받은 허물이 있었다.

"그리고," 하고 테스는 자기의 뺨을 클레어의 뺨에 대고 말하였다. "당신께서 시방 저를 생각해 주시는 마음이 오래 가지 않을 것만 같아요. 제게 대한 당신의 시방 마음이 없어질 때까지 저는 살고 싶지 않아요. 당신께서 저를 업신여기시게 되는 때쯤 해서는 저는 죽어 묻히는 편이 나아요."

"어떤 일이 있어도 나는 당신을 업신여길 수는 없어요." 하고 클레어는 대답하였다.

그들은 하루 더 묵었다. 밤이 되면서 흐렸던 하늘은 갰다. 이 때문에 집지기 노파는 아침 일찍이 깨어서 전에 없이 기운이 났다. 노파는 이런 날이야 말로 집을 열어 놓고 바람을 쏘이지 않아서는 안 되겠다고 생각하였다. 그래 여섯시 전에 와서 아래 방들을 죄 열어놓고는 위 침실로 올라가서 바로 그들 둘이 자고 있는 방의 문 쥘손을 돌리려고 하였다. 바로 그 순간에 노파는 방안에서 사람의 숨소리가 나는 것같이 생각하였다. 노파는 물러서려고 하다가 다시 귀를 의심하고는 가만히 손잡이를 돌려보았다. 자물쇠는 소용없이 되었으나 문 안쪽에 무슨 세간을 하나 대어놓은 탓에 문은 한, 두 치 밖에 더 열리지 않았다. 아침 햇빛이 덧문의 틈새로 새어 들어와서 한잠이 든 두 사람의 얼굴에 내리쬐었다. 테스의 입술은 클레어의 뺨 바로 가까이 한 절반 벙싯한 꽃같이 벌려 있다. 집지기는 그들의 천진한 외모와 의자에 걸어놓은 테스의 아름다운 옷과 그 옆에 놓인 비단 양말과 고운 파라솔 같은 것을 보고는 아주 놀라서 맨 처음엔 거지나 부랑자들의 염치없는 짓이라고 분개하였으나 보매 신분 높은 사람들의 정 분나서 도망하는 것 같은지라 한때는 동정이 가게 되었다. 노파는 문을 닫고는 이 수상한 발견에 대해서 이웃사람들과 의논을 하러 조용히 가버렸다.

노파가 간 뒤 일 분도 못 지나서 테스가 눈을 떴다. 그리고 클레어도, 두 사람 다 무엇엔지 잠을 솟구친 것같이 느끼었다. 그것이 무엇인지는 모르나 이 때문에 불안한 마음은 자꾸 더해갔다. 클레어는 옷을 다 입고는 두, 세 치되는 덧문 틈새로 뜨락 잔디밭을 자세히 내어다보았다.

"곧 떠나야 할까봐." 하고 그는 말했다. "날이 좋아요, 그런데 누가 집에 있는 것만 같이 마음이 들어. 좌우간 노파는 오늘은 으레 올 테니까."

테스도 다소곳이 승낙을 하였다. 그들은 밖을 나섰다. 둘이 수풀 속으로 들어간 때 테스는 그 집을 마지막으로 돌아다보았다.

"아, 행복스럽던 집—잘 있어요!" 하고 테스는 외쳤다. "내 목숨은 이제로 두세 주일 동안의 문제인데 어째 저 집에 더 있으면 안 되어요?"

"그런 말 말아요, 테스! 우리는 곧 이 지방을 아주 벗어날 테니. 처음 시작했던 대로 곧바로 북으로만 갑시다. 게까지 가면 누구나 우리를 찾으려고 생각할 사람은 없을 게요, 북으로 가서 게서 어느 항구로 나가서 달아나기로 해요."

그들은 북을 향하여 어디까지나 일직선을 나아갔다. 그리하여 오정 때쯤 되어서는 멜체스터 시에 가까이 오게 되었다. 그곳에서 클레어는 오후 동안은 테스를 수풀 속에서 쉬게 하고 밤이 되면 어둠을 타서 길을 가기로 정하였다. 저녁때에는 클레어는 여전히 먹을 것을 샀다. 그리고 그들의 밤중의 행진이 시작되었다. 이렇게 해서 상부 워섹스와 중부 워섹스와의 경계를 지나기는 여덟

시쯤 해서였다.

　도중에 가로놓인 멜체스터의 오랜 도회만은 거리의 다리를 이용해야 큰 강을 건너기 위해서 꼭 통과하지 않을 수 없었다. 그들은 그럭저럭 거리를 벗어나서 2, 3마일 오자 이제는 넓은 벌판에 들어서게 되었다.

　하늘에는 구름이 덮여 있었으나 그 구름 사이를 새어오는 달빛이 이때까지는 얼마큼 그들의 도움이 되었다. 그러나 이제는 그 달도 지고 구름이 바로 머리 위에 뒤덮인 탓인지 밤은 굴속같이 어두웠다. 사방은 널찍이 터진 것이 쓸쓸하고 외졌다. 그 위로 세찬 바람이 불었다.

　그들은 이렇게 어둠 속을 더듬어 2, 3마일 가량 걸어왔을 때 클레어의 바로 눈앞에는 풀밭에 우뚝 서있는 무엇인지 어마 어마하니 큰 건물이 있는 것을 알아차렸다. 하마터면 그들은 이것과 맞쫑을 뻔하였다. 바람은 이 건물에 부딪쳐서 처량한 소리를 내었다. 클레어가 손으로 어루만져 본즉 그것은 돌기둥이었다. 그 옆에도 똑 같은 돌기둥이 있었다. 머리 위에는 이 돌기둥 위에 가로놓인 커다란 들보인 듯한 것이 어두운 하늘을 더욱 어둡게 하였다. 두 사람은 조심을 하면서 이 들보 아래 돌기둥 사이로 들어갔다. 게는 지붕이 없는 탓에 밖에 있는 것과 같았다. 테스는 두려운 듯이 숨을 쉬었다. 에인절도 당황한 듯이 말하였다.

　"이게 대체 무엇일까?"

　다른 쪽으로 더듬어도 역시 탑과 같은 돌기둥에 부딪혔다. 두 사람은 이 밤중의 의지 안으로 더욱 깊이 들어가서 이즉하야 그 한가운데 섰다.

　"스톤헨지로군!" 하고 클레어가 말하였다.

　"이교도(異敎徒)의 전당 말씀이에요?"

　"그렇지, 유사 이전의 것이요. 자, 이렇게 할까 여보, 좀 더 가면 잘 데가 나설 터인데."

　그러나 이때 아주 더 할 수 없이 지친 테스는 바로 옆에 넘어진 길쭉한 돌판 위에 몸을 내던졌다. 돌기둥이 하나 바람을 막아 주었다. 이 돌은 낮에 해가 쬐여서 아직 따사하고 메말랐다.

"저는 더 가기 싫어요, 에인절." 하고 클레어의 손을 찾으려고 제 손을 펴면서 테스는 말하였다. "여기 있을 수는 없어요?"

"좀 좋지 못할 것 같소. 여기는 낮이면 몇 마일 밖에서라도 다 보이니까. 시방은 그렇지도 않아 보이지만."

클레어는 누운 테스의 옆에 꿇어 엎드려 그 입술을 테스의 입술에 대었다 "졸음이 와요? 테스?"

"여기 있고 싶어졌어요." 하고 테스는 낮은 소리로 말하였다. "여기는 어쩌면 이렇게 조용하고 쓸쓸할까―커다란 행복이 있은 뒤에―얼굴 위에는 하늘밖엔 없고, 세상에는 우리들 두 사람밖에는 다른 사람은 없는 것만 같아요. 그리고 정말 없었으면 좋겠어요―라이자 루만은 내어놓고."

클레어는 조금 밝아 올 때까지 테스를 이곳에서 쉬게 하는 것이 좋으리라고 생각하고는 그 위에 자기의 외투를 씌워주고 그리고 그 옆에 앉았다.

"에인절, 제게 무슨 일이 일어나면 당신은 저를 위하는 것으로 알고 라이자 루의 뒤를 돌보아 주시겠어요?" 오랫동안 돌기둥 사이로 불어오는 바람소리에 귀를 기울이고 있다가 테스는 이렇게 물었다.

"그러지요."

"그 애는 참 착하고 천진하고 깨끗해요. 아, 에인절―만일 제가 없어지면―곧 그렇게 되겠지만, 그 애와 결혼해 주세요. 아, 그렇게 해주신다면!"

"당신이 없어지면 아무것도 다 없어지는 것이요! 그리고 그는 내 처제가 아니요?"

"그건 괜찮아요. 말로트 근처에서는 처제와는 잘들 결혼을 하니까요. 라이자 루는 참으로 얌전하고 귀엽고 그리고 점점 예뻐져 가요. 만약 당신께서 그 애를 훈련하고 가르치고 하신다면 그리고 당신의 마음대로 만드신다면! 그 애는 제 나쁜 것은 말고 좋은 것만 다 가지고 있어요. 그리고 만약 그 애가 당신과 같이 된다면 제가 죽어도 우리 두 사람 사이는 떨어지지 않을 듯이만 생각돼요……! 자, 저는 다 말했어요. 이제 다시는 이런 말씀 아니 올리겠어요."

테스는 입을 다물고 깊은 생각에 잠기었다. 멀리 동북쪽을 향하여 돌기둥 짬으로 한줄기 광선이 쭉 건너 맨 것을 볼 수 있었다. 바로 해가 돋아오는 것이었다.

"저, 에인절, 우리들은 죽어서 다시 만나리라고 생각하세요? 저는 알고 싶어요."

클레어는 이런 때라 대답을 피하려고 그의 입을 맞추었다.

"오, 에인절—이렇게 하는 것은 만나지 못한다는 의미예요!" 하고 테스는 겨우 느껴 우는 울음을 참고 말하였다. "저는 얼마나 당신을 만나고 싶어 했는데요…… 얼마나, 얼마나!"

그들은 다시 잠잠하여졌다. 일이 분 지나는 가운데 테스는 잠이 들어버렸다. 이즉하야 밤바람도 멎었다. 그때 동쪽 언덕바지 끝에 무엇인지 움직이기 시작한 것 같았다. 그것은 한낱 점에 지나지 않았다. 그것은 태양석(太陽石)의 저쪽 우묵한 곳으로부터 그들 쪽으로 가까이 오는 한 사나이의 머리였다.

클레어는 어서 앞으로 가고 싶었으나 이렇게 형편이 된 바에는 그대로 가만히 있기로 작정하였다.

클레어는 등 뒤에서 무슨 소리를 들었다. 저벅저벅 하는 발소리였다. 돌아도본즉 넘어진 돌기둥 건너편에 또 하나 사람 모양이 보였다. 그리고 그가 알지 못하는 사이에 바른쪽 바로 가까이 삼석탑(三石塔) 아래 또 한사람, 또 왼쪽에도 한사람 있었다. 이 사람들은 모두 분명한 목적이 있어서 모여드는 것 같았다. 테스의 말이 참말이 되었다. 클레어는 벌떡 일어서서 무기는, 돌멩이는, 도망할 수단은, 아무것이나 하고 주위를 돌라보았다. 이때 벌써 맨 가까이 있는 사나이가 그를 붙잡았다.

"쓸데없소" 하고 그 사나이는 말하였다. "이 벌판에는 우리 패당이 열여섯 사람이나 와 있고 그리고 이 지방이 온통 법석을 하니까."

"깨어나기까지 제발 이 여자를 자게 해주세요!" 하고 클레어는 이 사람들이 주위에 모여든 때 나지막한 소리로 이렇게 간청을 하였다.

그때까지 그들은 테스가 어디 누웠는지 모르고 있었으나 그것을 알고도 아무 반대를 하지 않고 물끄러미 이 여자를 바라보면서 주위의 돌기둥과 같이 고요하게 서 있었다. 클레어는 돌 있는 데로 가서 가엾은 작은 손을 잡으면서 그 위에 허리를 굽혔다. 모두들 점점 밝아오는 빛 속에서 기다리고들 있었다. 돌은 회녹색으로 빛나고 벌판은 아직도 어둠의 덩어리였다. 오래되지 않아 빛은 세어지고 햇살은 아무것도 모르는 테스의 자태를 비추이고 살눈썹 아래로 들여다보고 그의 눈을 뜨게 하였다.

"뭐예요, 에인절?" 하고 테스는 갑자기 일어나면서 말하였다. "저 사람들은 나를 잡으러 왔어요?"

"그렇소, 여보, 그래서들 왔다오."

"으레 그럴 거예요." 하고 테스는 나지막히 말하였다. "에인절, 나는 기뻐요…… 그래요, 기뻐요! 이런 행복이 오래 갈 수는 없어요. 시방까지도 너무 오래되었어요. 나는 만족해요. 이제는 더 살아서 당신한테 업신여겨지지도 않게 되었어요!"

테스는 일어서서 몸을 흔들고는 앞으로 나아갔으나 잡으러 온 사람들은 누구하나 움직이지 않았다.

"저 어서요." 하고 그는 고요하게 말하였다.

59.

옛날 워섹스의 도읍터이던 그 아름다운 낡은 거리 윈턴세스터는 칠월 어느 아침 날 한없이 빛나고 따사한 외기에 싸여서 울툭불툭 기복이 많은 낮은 땅 가운데 놓여 있었다. 박풍(博風) 달린 벽돌이며 기와며 사암으로 된 집들은 이 시절 때문에 이끼의 옷을 다 떨어치었다. 목장 가운데로 흙는 개울은 물이 줄고 '서문(西門)'으로 붙어 중세기의 십자표에 이르기까지 또 그곳으로부터 다리에 이르기까지의 경사가 진 하이스트리트에는 옛날 본인 장날의 앞잡이를 하는 한가한 대소제가 있었다.

이 '서문'으로부터 큰길은 차츰 인가를 뒤로 하고 기다란 꼭 일이 된 고개턱이 되었다. 시내로부터 이 길을 급히 올라가고 있는 두 사람이 있었다. 그들은 이 힘든 고개 같은 것은 마음에도 두지 않는 것 같았다. 그것은 마음에 무엇을 골똘히 생각하는 것이 있는 탓이고 결단코 마음이 들뜬 때문이 아니었다. 그들은 조금 아래 있는 높은 담에 달린 빗장 잠긴 작은 문으로 삐어져서 이 큰길가에 나온 것이었다. 두 사람은 인가와 사람들이 보지 않는 데로 가려고 애를 쓰는 것 같았다. 그리고 맨 가까운 길이 되는 것이 이 길인 듯하였다. 그들은 아직 젊고 어리었으나 고개를 떨어트리고 걸어가는 이 슬픈 걸음을 햇볕은 사정없이 웃고 있었다.

두 사람 가운데 하나는 에인절 클레어였고 또 하나는 키가 크고 테스보다는 호리호리하나 한 가지로 눈이 아름답고 깨끗한 테스라고 할 만한 자태……라이자 루였다. 두 사람은 얼굴이 해쓱해져서 손을 맞잡고 아무 말도 없이 걸어갔다.

그들이 커다란 서쪽 언덕 꼭대기에 닿았을 때 거리의 시계는 여덟시를 쳤다. 이 소리를 듣고 깜짝 놀란 두 사람은 몇 걸음을 더 가서 푸른 풀밭 가에 하얗게 서서 잔디밭을 뒤로 하고 있는 처음 이정표(里程標)에 이르렀다. 그들은 잔디밭으로 들어갔다. 그리고는 갑자기 멈칫 하고 서서 몸을 돌리고는 악몽에나 눌린 사람처럼 불안한 모양을 하고 이정표 옆에서 기다리고 있었다.

이 꼭대기에서는 끝없이 널리 바라볼 수가 있었다. 아래 골짜기에 그들이 시방 바로 떠나온 거리가 있고 그 가운데서도 눈에 띄는 건물 가운데 노르만 본의 창과 엄청나게 긴 측당과 본당이 달린 넓은 가람(伽藍)의 탑도 있고 성(聖) 토마스 사원의 뾰족한 탑도 있고 대학의 낡은 구빈원의 탑 같은 것도 있었다. 거리 뒤로는 성 캐서린 언덕의 둥그스름한 고대가 퍼져 있었다.

더 앞으로는 풍경과 풍경이 서로 겹싸이어서 마침내 지평선은 그 위에 걸려 있는 햇빛 속에 숨어 버리었다.

고아하고 다취다양한 고딕 건축들과는 현저한 대조가 되어서 편편한 잿빛 지붕에 사람을 가두는 것을 말하는 살창 달린 작은 창문이 늘어 있는 커다란 붉은 벽돌 건물이 솟아 있었다. 이 건물은 잣나무와 상록수인 도틀 나무에 가려서 큰길가에서는 잘 보이지 않았으나 이곳에 올라오면 넉넉히 보였다. 아까 두 사람이 나온 작은 문은 이 건물의 담장에 달려 있었다. 이 건물의 중앙으로부터 꼭대기가 편편한 보기 흉한 팔각형의 탑이 동쪽 지평선을 배경으로 하고 서있었다. 이곳에서 보면 광선을 등진 그늘진 쪽이 보이는데 그것은 거리의 미관을 상하게 하는 오점과 같았다. 그러나 마음이 끌려 지켜보는 것은 이 두 사람이 오점 쪽이요 아름다운 쪽이 아니었다.

탑의 사복(蛇腹) 위에는 긴 대가 하나 꽂히었다. 그들의 눈은 이것에 붙어서 떠나지 않았다. 여덟시를 친 지 몇 분 안 지나서 무엇인지 천천히 이 대를 올라가는 것이 있었다. 그것은 바람에 풍겨서 스스로 펼쳐졌다. 그것은 꺼먼 깃발(사형 집행의 표)이었다.

심판의 날이었다. 그리고 아이스킬로스의 말을 빌면 '신의 사자(司者)'는 테스와의 장난을 끝낸 것이었다. 그러나 더버빌 집안의 기사(騎士)나 귀녀(貴女)는 아무것도 모르고 무덤 속에서 잠만 자고 있었다.

잠잠하게 바라보는 두 사람은 마치 기도나 드리듯이 땅에 엎드려서 손끝 하나 움직이지 아니하고 오랫동안 그대로 고요하게 있었다. 깃발은 굴하지 않고 소리 없이 너풀거렸다. 이즉하야 힘을 얻자 그들은 곧 일어서서 다시 손을 맞잡고 걸어갔다.(大尾)

◈ 작가 연보 ◈

1837년 빅토리아 여왕 등극. 디킨즈 「올리버 트위스트」 출간

1840년 6월 2일 도싯 주 하이어복햄턴 마을에서 석공 토마스 하디와 저미마 사이에 장남으로 출생했다. 하디의 아버지와 할아버지는 건설업에 종사했으며, 하디가 건축에 종사하게 된 것도 가업을 계승하는 일이었다. 아버지에게서 음악에 대한 사랑을 배웠으며 어머니에게서 독서와 학문에 대한 사랑을 전수받았다. 영국은 뉴질랜드를 정식으로 영유했으며, 리빙스턴은 아프리카 탐험을 시작함.

1846년 100만 명 이상이 기아로 사망한 아일랜드 감자 기근이 발생하여 아일랜드인들이 미국으로 대거 이민.

1847년 샬롯 브론테의 『제인 에어』와 에밀리 브론테의 『폭풍의 언덕』 출간.

1848년 지방 유지 줄리아 오거스터 마틴이 세운 초등학교에 입학.

1849년 도싯의 수도 도체스터 소재 학교로 옮김.

1856년 고등학교를 졸업하고 도체스터의 건축가 존 힉스의 사무실에 수습사원으로 입사.

1857년 프랑스에서 플로베르의 『마담 보바리』 출간.

1858년 하디의 종교관에 커다란 영향을 준 다윈의 『종의 기원』 출간.

1862년 런던의 건축가 아서 블롬필드의 사무실에서 일함.

영문학 및 고전 문학에 대한 독학을 계속했으며 런던의 극장가와 음악회를 즐김.

1867년 도체스터로 귀향. 힉스 건축사무소에서 교회 보수 업무 전담.

1868년 첫 장편소설『가난한 남자와 귀부인』을 완성하였으나 출판되지 못함.

1869년 웨이머스 소재 크릭메이 건축사무소에서 교회 보수 담당으로 자리를 옮김.

수에즈 운하 개통.

1870년 북부 콘월의 세인트 줄리엇 마을에 교회 보수 일을 하러 갔다가 부인이 될 에마 라비니아 기퍼드를 처음 만남.

1871년 장편소설『절망적 처방』출간.

1872년 장편소설『녹음에서』출간.

1873년 장편소설『푸른 두 눈동자』출간.

1874년 장편소설『미친 군중으로부터 멀리』출간. 이 소설의 성공을 계기로 건축업을 포기하고 문인으로 전업.

에마 기퍼드와 결혼하여 런던 근교의 서비턴에 정착.

1876년 장편소설『에델버타의 손』출간.

1878년 장편소설『귀향』발표. 런던 시내로 이주.『귀향』과『미친 군중으로부터 멀리』의 성공은 소설가로서 하디의 입지를 확고부동하게 하였음.

1879년 노르웨이에서 입센의『인형의 집』출간.

1880년 장편소설『트럼펫 주자』출간.

1882년 장편소설『탑 위의 두 사람』출간.

1883년 도체스터로 이주.

1885년 자신이 설계한 도체스터 교외의 '맥스 게이트'에 정착.

1886년 장편소설『캐스터브리지의 시장』출간.

1887년 장편소설『삼림지대 사람들』출간.

1888년 단편집『웨섹스 이야기들』출간.

1892년 장편소설『테스』출간. 이 소설은 하디의 소설가로서 위치가 크게 격
　　　상되었으나, 다른 한편 혹독한 사회적 비판의 대상이 됨.
　　　단편집『한 그룹의 귀부인들』출간.
1892년 아버지 별세
　　　장편소설『사랑받는 사람들』출간.
1894년 단편집『생의 작은 아이러니』출간.
1895년 장편소설『비운의 주드』출간. 교육제도와 결혼제도에 대한 하디의
　　　공격은 격심한 사회적 물의를 야기했으며 1928년 사거하기까지 소
　　　설 집필을 중단하고 이후 33년 동안 시작에만 전념.
1989년『웨섹스 시편』출간.
　　　부인 에마와 별거함.
1901년 빅토리아 여왕 서거. 에드워드 7세 즉위.
　　　『과거와 현재의 시』출간.
1904년 어머니 저미마 사망.
　　　장편 서사시『패왕』1부 출간.
1905년 플로렌스 더그데일이 하디의 비서로 일을 하게 됨.
1906년『패왕』2부 출간.
1908년『패왕』3부 출간.
1910년 황실에서 훈장을 수여함.
1912년 별거중인 부인 에마 사망. 하디는 에마를 처음 만났던 세인트 줄리엇
　　　과 에마가 탄생한 플리머스를 방문하여 추모시를 씀.
1913년 케임브리지대학에서 명예 문학박사 학위를 수여함.
　　　단편집『변화된 사람과 그 밖의 이야기』출간.
　　　로렌스의『아들과 연인』출간.
1914년 7월 28일 오스트리아가 세르비아에 선전포고를 함으로써 1차 세계대
　　　전 발발.
　　　『시 선집』출간. 제임스 조이스의『더블린 사람들』출간.

비서로 일하던 플로렌스 더그데일과 재혼.

1918년 11월 5일 1차 세계대전 종료.

1920년 옥스퍼드대학에서 명예 문학박사 학위를 수여함.

로렌스의 『사랑하는 여인들』 출간.

1924년 프랑스의 시인이자 비평가 앙드레 브르통 <초현실주의 선언> 발표

1935년 브리스톨대학에서 명예 법학 박사 학위를 수여함.

1928년 1월 16일 맥스 게이트 자택에서 별세. 웨스트민스터 사원의 '시인의 코너'에 묻혔으나 유언에 따라 심장은 고향의 스틴스퍼드 교회에 매장됨.

시집 『겨울 언어』 출간. 사후에 부인 플로렌스의 이름으로 자서전 『토머스 하디의 생애』 출간.

『테스』 난해어 사전

ㄱ

ㄴ려오다 [옛말] '내려오다'의 옛말. ex) 그러자 브룩스 부인은 얼른 아래로 나려왔다.

가녁 [북한어] 1. '가녘'의 북한어. 2. 가장자리(둘레나 끝에 해당되는 부분). ex)한편으로 테스는 제일 가까운 길이 놓여있는 언덕 가녁을 쫓아갔다."

가느슥히 [북한어] 꽤 가느스름하게. ex)한 시를 조금 지나서 한때에는 더버빌 집안의 저택이었던 캄캄한 이 농가 안에서 가느슥히 무엇이 갈리는 듯한 소리가 났다.

가대(家垈) [명사] 1. 집의 터전. 2. 집터와 그에 딸린 논밭, 산림 따위를 통틀어 이르는 말. ex) 그리고 우리 집안의 저택이며 가대는 어디 있을까요.

가름길 [옛말] '갈림길'의 옛말. ex)어느 가름길을 도보로 좀 같이 걷지 않겠느냐고 테스한테 물어보았다.

간새 (북한말) 반찬이나 반찬거리. / (순우리말) 동남풍. ex) 외양간 한쪽 간새를 막고 두어둔 소는 그리 유순하지 않은 소들이었다

감초다 [옛말] '감추다'의 옛말. ex)"그것참." 하고 그는 그 말 아래 감초인 울분이 금방이라도 튀어 나올 것 같은 투로 말을 내었다.

갑삭 [북한어] 1. 고개나 몸을 가볍게 조금 숙이는 모양. 2. 어떤 물건이나 사람이 매우 몹시 가벼운 듯한 모양. ex)곁눈질을 하면서 눈을 갑삭거리면서 뭐라고 할게야.

강구다 [동사][북한어] 주의하여 듣느라고 귀를 기울이다. ex) 이 바람에 그는 곧 몸을 강구었다.

개웃한 얼굴 : 숙인 얼굴, '개웃하다'는 고개나 몸을 한쪽으로 귀엽게 조금 기울이는 것

을 말함 ex) 클레어가 그를 꼭 껴안고 있을 때 햇볕은 창문으로 빗겨 쏘여서 이 사나이의 잔등을 여자의 개웃한 얼골을~비추었다.

거부여우다: 가볍다. ex) 새로운 공기는 맑고 새락하고 거부여웠다

거부여이 [옛말] '거벼이'의 옛말. ex) 사나이는 거부여이 웃고는 말을 붙였다.

거퍼 방언 '거푸'의 방언(함북). <고려대 한국어 대사전> ex)사나이는 테스에게서 들은 말을 몇 번이고 거퍼 생각하면서 이렇게 혼잣말을 하였다.

고교회(高敎會) **파** 종교 개혁 뒤에 생긴 영국 국교회의 한 파. 예배와 성직의 중요성을 강조하였다. ex) 당신은 교회에 아주 규칙적으로 잘 다니지 않아요. 이곳 목사는 고교회(高敎會)의 주의는 따르지 않는다고 하던데.

곡갱이 [방언] '곡괭이'의 방언(강원, 경남). ex) 무청의 위쪽 절반은 가축들이 다 잘라 먹어서 그 아래절반 말하자면 땅속에 든 절반을 이것도 먹을 수 있도록 곡갱이로 파내는 것이 이 두 여자의 일이었다.

곱새 1.[방언] '곱사둥이('척추 장애인'을 낮잡아 이르는 말)'의 방언(강원, 경기, 경상). 2.[북한어] <건설>'용마름(초가의 지붕마루에 덮는 'ㅅ01' 자형으로 엮은 이엉)'의 북한어. ex)마른 겨울바람이 아직 불었으나 바람을 안고선 곱새 바주가 병풍처럼 되어서 그를 막아 주었다.

교모(敎母) [같은 말] 대모3(代母)(영세나 견진 성사를 받을 때에, 신앙의 증인으로 세우는 종교상의 여자 후견인). ex)"그래서 그와 같이 네 교모의 선물을 아버지가 신부한테 보낸거다."

구력(舊曆) [명사] <천문> [같은 말] 태음력(달이 지구를 한 바퀴 도는 시간을 기준으로 만든 역법). ex)오늘 밤 그 대리를 보는 주인 마누라는 테스가 구력(舊曆占知節-三月二十五日)까지 있겠다는 계약을 받고는 두말없이 그를 쓰기로 하였다. ex)

구새 1.[관용구] 구새(가) 먹다. 살아 있는 나무의 속이 오래되어 저절로 썩어 구멍이 뚫리다. 2.[관용구] 구새(가) 먹다. 속이 쓰지 못하게 되었거나 내용이 비게 되다. 3.[북한어]맥을 추지 못하고 실속 없음을 비유적으로 이르는 말. ex) 시방도 오랜 도토리나무 숲에서 또 불규칙한 삼림대(帶)에서 그리고 또 목장을 가리고 있는 많은 구새 먹은 나무들에서 옛날의 자취를 더듬을 수 가 있다.

굻다 [방언] '줄어들다(부피나 분량 따위가 본디보다 작아지거나 짧아지거나 적어지다)'의 방언(전남). ex)깃발은 굻지 않고 소리 없이 너풀거렸다.

궁글은 [형용사] 1.착 달라붙어 있어야 할 물건이 들떠서 속이 비다. 2.단단한 물체 속의 한 부분이 텅 비다. 3.소리가 웅숭깊다. ex) 아직까지 들어 보지 못한 궁글은 고함소리가 "아―저, 저"하는 소리에 연닿어 앞으로부터 들려왔다.

까불어지다 [동사] 1.작은 물건의 운두 따위가 조금 구부러지다. 2.성격이 바르지 않게 되다. ex) 그는 얼굴 빛깔이 거의 시커멓고 붉고 펀펀하나 모양 없이 두툼한 입술 위에 잘 다스린 끝이 빳두룩하니 까불어진 새까만 코 밑 수염을 길렀다.

깨꾸지(북한말) 깻묵. ex) 나가게 해줘요 나는 깨꾸지가 되요!

깨우두룸-하다 [방언] '갸우스름하다(조금 갸울어진 듯하다)'의 방언(평북). ex)그들은 몸을 깨우두룸이 하고 풀숨 같은 밭 가운데로 될 수 있는대로 울타리의 그늘에 대어서서 무거운 발걸음을 옮겨놓으며 갔다.

꺼부러지다 [동사] 1.큰 물체의 높이나 부피 따위가 점점 줄어지다. 2.기운이 빠져 몸이 구부러지거나 생기가 없이 아주 나른해지다. ex) 테스는 얼마큼 가슴속이 떨리는 것을 옆에 잇는 일각문으로 들어가서 차도(車道)가 꺼부러지는 곳까지 오자 정말 몸채집이 보일 때까지는 이것을 저택이라고 생각했다.

꺽꿉다 꺾어져 구부러지다. ex) 이렇게 꺽꿉어서 부르니까 숨이 차서 죽을 지경인데!

께-뚜루다 [방언] '꿰뚫다'의 방언(평북). ex) 더버빌은 울타리 가운데 있는 렵문(獵門) 쪽으로 향하여 다시 테스쪽에 눈을 돌리지도 않고 그것을 타고 넘고 해서 그 아래 평평한 언덕을 께뚤러 지나 애봇스서널 쪽으로 걸어갔다.

이 [부사] 1.물건 따위가 굳어져서 거칠고 단단한 상태로. 2.[북한어]물건이 부드럽지 못하고 뻣뻣한 상태로. ex) 그리고 아침 해가 솟자 프리즘을 보는 것과 같은 무수한 빛깔들이 그리로 부터 반사되었다. 프린스는 고요히 꽷꽛이 가로 누웠다.

꿍제기 [방언] '꾸러미'의 방언(평안). ex) 레러는 상당히 많은 액수의 돈이 들은 꿍제기를 그에게 주었다.

끄나불 1. '끄나풀'의 잘못. 2. [북한어]'끄나풀'의 북한어. ex) "제 상자의 끈아불로 하려고 했어요."

끈터구 [북한어] '끈턱(문제로 삼거나 의지할 만한 조건이나 근거가 되는 요소)'을 낮잡아 이르는 말. ex) 어째서 당신은 나한테 당신의 혈통을 알으켜 주어서 더욱 당신을 경멸할 끈터구를 준 것이오!

ㄴ

나리꽃 백합화(白合花) ex) 처녀들은 나리꽃집에서 춤추는 것을 부끄럽게 여기거든

날새 [방언] '날씨1(그날그날의 비, 구름, 바람, 기온 따위가 나타나는 기상 상태)'의 방언(경북). ex) 어느 날새 좋은 날이었다.

날파람 1. 빠르게 날아가는 결에 일어나는 바람. 2. 바람이 일 정도로 날쌘 움직임이나 등등한 기세를 비유적으로 이르는 말. ex) 테스는 낮 동안 젊은 사람들이 날파람을 부려서 그것을 건너가는 것을 집 창문으로 보았다.

냅뜰성 명랑하고 활발하여 나서기를 주저하지 않는 성질. (냅뜰성 없는 : 조심스러운) ex) 그러나 테스의 단호한 거절은 그의 냅뜰성 없는 마음을 끊어 멈추게 것이다.

널레 [방언] '서까래(마룻대에서 도리 또는 보에 걸쳐 지른 나무)'의 방언(평북). ex) 널레도 새로 깔고 우층 천장도 새로 해야 하겠는데 그것과 먼젓번 금액과 합쳐서 이십 파운드가 된다.

눈-포래 [방언] '눈보라(바람에 불리어 휘몰아쳐 날리는 눈)'의 방언(평안, 함경). ex) 문간에는 부엌에 눈안개가 일만치 눈포래를 세게 하였으나 아직 어두워서 아무 것도 보이지 않았다.

ㄷ

닥채다 [북한어] 다그쳐 채다. ex) 테스는 사나운 눈을 하고 문 걸쇠를 얼른 닥채었다.

닫기다 [북한어] '닫히다'의 북한어. ex) 클레어는 나가면서 문을 조용히 당기었으나 그 닫기는 소리에 테스는 홍수상태에서 깨어났다.

달리개 [북한어] '트래블러(정방기에서, 실에 꼬임을 먹이고 감아 주는 부품)'의 북한어. ex) 어린아이들은 눈앞에 보이지 않고 보니 눈앞에 보일 때 보다 복된 부러울만한 달리개(附屬物)로 생각되었다.

당탁하다 [동사][북한어] 어떤 일에 바야흐로 맞닥뜨리거나 맞부딪치다. ex) 그러나 그는 이제 당탁한 일에서 피할 수도 없이 된 까닭에 마음먹었던 것을 해버리려고 마음을 잔뜩 단단히 먹었다.

도두 생각하다 과대평가하다. '도두'는 '위로 높게'라는 뜻 ex) 생각 밖에 일이지요? 그 렇지-당신은 나를 너무 도두 생각해요.

돌바람 벽 '돌바람'은 평북방언으로 '돌바람란'이라는 식물을 가리킴. 문맥상 '돌바람란 이 자란 벽'이라는 뜻으로 볼 수 있다. ex) 돌바람 벽에 만들어 놓은 경판 위에 실물과 같이 큰 초상화 두 장을 보았다.

동달었다 '동달다'는 '말을 덧붙여서 시작하다'라는 뜻 ex) "참 그래, 그랬으면 좋았을 걸 그랬어." 하고 이즈도 여기 동달었다.

되쳤다 [북한어] 1. '되짚다'의 북한어. 2. '되돌다'의 북한어. ex) "분명히 기뻐할 것 입니다." 하고 그는 흥분해서 말을 되쳤다.

두던 1.[방언]'언덕(1. 땅이 비탈지고 조금 높은 곳)'의 방언(평안). 2.[옛말]두둑01. 언 덕. 두덩. ex) 주위에는 한때 공원이었던 두던과 언덕바지가 있었다.

두두룩한 [형용사] 1.가운데가 솟아서 불룩하다. 2.[북한어]크기가 여럿 가운데서 두드 러지게 크다. 3.[북한어]권세나 지위, 재산 따위가 상당하다. ex) 드디어 그 시각 이 다 되자 여섯 살로 열네살쯤 까지의 아이들의 한패가 드덜기 설렝이의 언덕 두 두룩한 곳에 머리를 드러냈다.

두루가리 : 가리의 방언(경남) 가리는 곡식이나 장작 따위의 더미를 세는 단위. 한 가리 는 스무 단이다. ex) 여기서는 모든 것이 대규모로 되어서 두루가리 같은 것도 열 에이커가 아니라 쉰 에이커나 되고

둥주리 1. 짚으로 크고 두껍게 엮은 둥우리. 예전에, 추울 때 사람이 들어앉아 망을 보 거나, 말에 얹고 그 안에 들어앉아 말을 타고 가는 데 썼다. 2.[방언]'둥우리'의 방 언(경남, 함경, 황해). ex) 그 한 팔에는 빈 달걀 둥주리가 걸리어있었다.

뒤싸다 [북한어] 마구 싸다. ex) "그거야 말할 것도 없지요." 하고 그는 그 아픈 데를 뒤싸는 묘미를 가지고 말했다.

드덜기 [방언] 1. '등걸(줄기를 잘라 낸 나무의 밑동)'의 방언(평북). 2. '딸기1'의 방언 (평안, 함남). ex) 버들은 다 베여서 그 드덜기 너머로 클레어가 테스의 뒤를 쫓으 면서 아내가 되어 달라고 조르던 곳이 보였다.

들놀다 들썩거리며 이리저리 흔들리다. ex) 드놀은 마루의 갈리는 소리에도 사나이는 깨지 않았다.

때끄러운 비단 같이 고운 ex) 그는 한쪽 팔을 땋아 동인 머리위로 쭉 편 탓에 클레어는 그 볕에 그을리지 않은 수자(繻子)같이 때끄러운 살결을 볼 수 도 있었다.

뜨문하다 [방언] '긴성드뭇하다(많은 수효가 듬성듬성 흩어져 있다)'의 방언(평안). ex) 그는 또 다른 것을 말했는데 그것은 '철학사전'으로부터 헉슬리의 논문집에 이르는 계통의 책 가운데 눈 뜨문히 보이는 것이었다.

뜨즉뜨즉 [방언]'띄엄띄엄'의 방언(평북). ex) 더비필드는 잔뜩 몸을 잡어제치고 만족한 듯이 눈을 그느슥히 감고는 머리 위로 손을 내 저으면서 뜨즉뜨즉한 곡조로 노래하듯 지껄이는 것이었다—

ㅁ

마음을 부치다 집중하다 ex) 저는 그곳에서 듣는 이야기에 지금보다 좀 더 꼭 마음을 부쳤으면 좋겠어요

맥하다 묽다 ex) 네가 있는 고장에는 그리 많지 않고 또 있어도 맥하고 시큼한 것밖에 없다는 것을 들은 탓에.

모롱고지 '모롱이(산모퉁이의 휘어 둘린 곳)'의 방언(평북). ex) 그들은 길 모롱고지를 돌아가서 보이지 않게 되었다

모슬린 ([프랑스어] mousseline) 1.레이온 따위로 짠 얇고 깔깔한 편직물. 원래는 명주로 짰었다. 2.소모사를 써서 평직으로 얇고 보드랍게 짠 모직물. ex) 그러는 동안에 모슬린 모양을 입은 한 테스가 그 마차의 옆에 무엇을 망설이면서 우두커니 서 있는 것이 보였다.

문어구 [북한어] 1. '문어귀(문으로 들어가는 목의 첫머리)'의 북한어. 2. 어느 지역으로 들어가는 길의 경계선에 가까운 곳. 3. 어떤 일이나 결과의 시작을 비유적으로 이르는 말. ex) 문어구에서 아침 배달을 나오는 영리할 듯한 배달부를 만났다.

물레걸음 천천히 바퀴를 돌려서 뒷걸음질 치는 걸음 ex) 이제 그를 농장에 혼자 버려둔다는 것은 자기와 보조가 일치된 것을 다시 물레걸음치게 하는 것이었다.

미츳미츳하다 [북한어] 미끈하고 밋밋하게 자라거나 생긴 데가 있다. ex) 사나이의 입술이 그의 뺨에 닿을 때 그것은 마치 주위의 뜰에 난 버섯껍질같이 측은하고 미츳미츳하니 선 듯 하였다.

밀탕수(密糖水) 벌꿀로 만든 술 ex) 그래도 그 밀탕수는 약간 좀 센 놈이어서

ㅂ

바람벽 [명사] <건설> 방이나 칸살의 옆을 둘러막은 둘레의 벽. ex) 뒤쪽 바람벽에는 기괴한 성벽을 가진 여행가들이 잘 그 안에 들어가서 잔다고 하는 승원장의 빈 돌 관이 대어 있었다.

바루 1.[명사][방언] '세로(위에서 아래로 나 있는 방향)'의 평북 방언. 2.[부사][방언] '자못(생각보다 매우)'의 평북 방언. ex) 그러는 동안에 알렉 더버빌은 체이스 수 풀 어느 바루쯤에 자기들이 와있는지 참으로 의심이 되어 이것을 밝히려 언덕바 지를 자꾸 올라가서 마루턱까지 다 달았다.

바주 '바자(대, 갈대, 수수깡, 싸리 따위로 발처럼 엮거나 결어서 만든 물건)'의 방언(평 안, 황해). ex) 그 자리를 떠나서 생바주 뒤에 숨어서 저쪽이 자기의 있는 것을 알 지 못하게 탄주자 쪽으로 가까이 갔다.

배계(拜啓) 절하고 아뢴다는 뜻으로, 편지 첫머리에 쓰는 말. ex) 배계– 당신의 부인이 당신을 사랑하듯이 당신도 부인을 돌보십시오.

배바쁘게 [형용사][방언] '분주하다'의 평북 방언. ex) 사나이가 배바쁘게 도적입을 맞추고 난 뒤의 일이다. 사나이는 딴 쪽으로 내렸다.

배복(拜覆/拜復) 절하고 회답한다는 뜻으로, 흔히 친구 사이에 답장하는 편지 첫머리에 또는 편지 끝머리의 자기 이름 아래에 쓰는 말. ex) 배복. 내 딸은 시방 집에 있지 않고 또 언제 돌아올지도 모르겠으나 돌아오는 대로 곧 알려드리겠습니다.

백악(白堊) 1. <지리>백악계에서 나는 백색이나 담황색의 부드러운 석회질 암석. 2. [같은 말] 백토1(白土)(1. 빛깔이 희고 부드러우며 고운 흙). 3. 석회로 칠한 흰 벽. ex) 테스와 마리안이 캐기 시작한 무청밭은 돌 많은 백아질(白堊質)의 언덕바지 가 된 이 농장가운데서도 제일 높은 땅 한판에 쭉 늘어있는 백 에이커 좀 남짓한 지면이었다.

버룩거리다 [북한어] 입을 크게 벌리고 흡족하게 자꾸 웃다. ex) "난 당신이 들어오는 걸 보았다우." 하고 사나이는 히죽 버룩하며 말하였다.

버지기 1.[명사][방언]'자배기(둥글넓적하고 아가리가 넓게 벌어진 그릇)'의 방언(경 남) 2.[명사][방언]'버치(자배기보다 조금 깊고 아가리가 벌어진 큰 그릇)'의 방언 (경상, 함경). ex) 언제나 마찬가지로 더비필드의 마누라는 앞서도 말한 대로 한

발로는 막내 어린것을 흔들어주느라고 다른 한발로 몸을 지탱하면서 버지기 옆에 서있었다.

벌거지 벌레의 경상도 방언. ex) 그는 치맛자락에 벌거지의 춤을 묻히며 달팽이를 발 아래로 짓밟으며

벌이 벌(곤충)의 경상도 사투리. ex) 아버지는 내일 일찍이 벌이집을 가지고 길을 떠나지 못해요.

보시기 김치나 깍두기 따위를 담는 반찬 그릇의 하나. 모양은 사발 같으나 높이가 낮고 크기가 작다. ex) 식사 때에는 대접 달린 보시기며 대접을 옆으로 붙여놓은 선반 위에 놓고

보십 1. '보습1(쟁기, 극쟁이, 가래 따위 농기구의 술바닥에 끼우는, 넓적한 삽 모양의 쇳조각)'의 잘못. 2. [옛말] '보습(쟁기, 극쟁이, 가래 따위 농기구의 술바닥에 끼우는, 넓적한 삽 모양의 쇳조각)'의 옛말.

부절히 끊이지 아니하고 계속. ex) 부절히 아름답게도 되고 평범하게도 되었다

북데기 1. 짚이나 풀 따위가 함부로 뒤섞여서 엉클어진 뭉텅이. 2. [북한어]벼나 밀 따위의 낟알을 털 때 나오는 짚 부스러기, 깍지, 이삭 부스러기 같은 찌꺼기. 3. [북한어]아무 쓸모 없거나 속이 텅 빈 사람을 비유적으로 이르는 말. ex) 그러나 그는 퍽도 지쳤든 탓에 잠깐 동안 누워있기로 하고 곡간 한 끝에 있는 북데기 더미 우에 기대어 있었다.

불성모양(不成模樣) [명사]1.모양이 제대로 이루어지지 아니함. 2.몹시 가난하여 살림이나 복색 따위가 말이 아님. ex) 날 때부터 누구보다도 제일 불성모양이 아니다.

비봉(秘封) 남이 보지 못하게 단단히 봉함. 또는 그렇게 한 것. ex) "저–" 하고 클레어 노인은 비봉을 읽고 나서 그 부인에게 말했다.

비우 1.[명사][방언] '비위(脾胃)'의 방언(강원, 전남). 2.'비위'의 전라도 사투리 ex) 그런데 이제 한사람이 이렇게 본대를 보이자 아직까지 한사람도 비우를 내어 들어오는 사람이 없을 때에는 바삐 문으로 들어올려고 하지 않던~(중략)~

뻐젓하다 1. 남의 시선을 의식하여 조심하거나 굽히는 데가 없다. '버젓하다'보다 센 느낌을 준다. 2. 남의 축에 빠지지 아니할 정도로 번듯하다. '버젓하다'보다 센 느낌을 준다. ex) 이 말을 듣자 테스는 마음이 어지러워서 짐을 갖고 경마차로 뻐젓하니 집으로 들어갈 결심이 서지 않았다.

ㅅ

사폭(邪幅) 1. 남자의 한복 바지나 고의에서, 허리와 마루폭 사이에 잇대어 붙이는 네 쪽의 헝겊. 큰사폭과 작은사폭의 구별이 있다. 2. [같은 말] 행전3(行纏)(바지나 고의를 입을 때 정강이에 감아 무릎 아래 매는 물건). ex) 그들은 그가 사폭것 굳은 길을 타박타박 걸어가는 발소리를 듣고는 이즈까지라도 그가 소원을 이루도록 빌었다.

살근살근 1.물체가 서로 맞닿아 매우 가볍게 스치며 자꾸 비벼지는 모양./2.힘을 들이지 않고 살그머니 가볍게 행동하는 모양. ex) 살근살근 하시우, 서방님, 살근살근 하세요.

살눈썹 [북한어] '속눈썹(눈시울에 난 털)'의 북한어. ex) 새빨간 입술이고 눈썹과 살눈썹은 까맣고 머리털은 굵은 닻줄과 같이 탐스럽고 자줏빛에 푸른빛에 꺼먼빛을 한 큼직한 눈을 하였다고.

살외다 [방언] '사뢰다(웃어른에게 말씀을 올리다)'의 방언(제주). ex) 여기 대해서는 더 사뢰지 않겠습니다— 너무나 기막힌 일이니까

새라각설 쓸데없이 지껄이는 말. ex) 이런 새라각설로 하는 인사법은 좀 군것같이 생각되었다

새락 새록새록. ex) 새로운 공기는 맑고 새락하고 거부여웠다

석남화 [石南花] 철쭉꽃(철쭉나무의 꽃) ex) 그리고 봄 문 휘장을 통해서 적은 잔디밭과 그곳에 있는 석남화(石楠花)와 그 밖 다른 나무들을 바라보았다.

성어서 독해서 ex) 밀탕수는 알콜분이 대단히 성어서

소격한 마음 이질감, 서먹함 ex) 그의 사각으로 된 본질이 그들을 위하여 준비된 동그란 구멍에는 맞지 않는다는 것을 아는 탓에 소격한 마음이 늘었던 탓이었다.

술가리 [명사][방언] '언저리'의 평안도 방언. ex) 맨 나이가 위인 청년은 하얀 목도리에 목까지 올라오는 조끼에 술가리가 엷은 모자에, 부목사(副牧師)의 정모요, 다음 청년은 순전한 대학생이었다.

숡 [방언] '솔기(옷이나 이부자리 따위를 지을 때 두 폭을 맞대고 꿰맨 줄)'의 방언(평북) ex) 그리고 그 어머니의 치마 숡을 잡아끌면서 제일 나이 어린 것이 나지막이 물었다.

숨굴막질 1. [명사]'숨바꼭질'의 잘못. 2.'숨바꼭질'의 평안도 사투리. ex) ~(중략)~ 인간에게는 이 사랑이라는 숨굴막질이 아주 몸 고단한 장난이 되어 버리고 마는 것이다.

숭굴어치는 움츠러드는 ex) 클레어는 바로 그때 외양간에서 돌아와서 출입문 문턱에서 이 사나이와 마주쳐서 이 말을 듣고 또 테스가 흠칫하고 숭굴어치는 것을 보았다.

슬근히 [북한어 1. 행동이 은근하고 거볍게. 2. 물건 따위의 움직임이 질지지 않고 거볍게. ex) 이 브룩스 부인은 슬근히 층층대를 올라가서 앞쪽 방 문 앞에 서있었다. 뒷방은 잠잠하였으나 응접실로는 무슨 소리가 들리었다.

심뇌 마음속으로 괴로워함. 또는 그렇게 겪는 괴로움. ex) 그런 신분 있는 방면으로 심뇌가 온 것이었다.

싱갱이 [북한어] 1. '승강이(서로 자기주장을 고집하며 옥신각신하는 일)'의 북한어. 2. 경쟁이나 경기에서 서로 지지 않으려고 기를 씀. ex) 그런 말 말아요, 테스, 싱갱이는 그만 두어요,

ㅇ

아취(雅趣) [명사] 고아한 정취, 또는 그런 취미. ex) 이렇게 하는데 당해서 그는 한때 아주 영리한 장사꾼이었던 자기의 본색이 얼른 들어나지 않을 만한 그리고 또 본래 있던 멋없고 뚝뚝한 이름보다는 좀 아취(雅趣)가 있는 이름을 가지고 다시 나서볼 필요를 느꼈다.

안확 [같은 말] 눈구멍1(1. 눈알이 박혀 있는 구멍). ex) 엔젤 클레어의 아내는 손을 이마에 대고 그 곡선과 부드러운 피부아래 만져지는 안확의 숲을 닷쳐 보았다.

애오라지 [부사] 1.'겨우'를 강조하여 이르는 말. 2.'오로지'를 강조하여 이르는 말. ex) 그가 애오라지 생각하는 것은 인간이라는 것 ~(중략)~

얄굴리기대 : 당구대. ex) 한없이 넓은 얄굴리기대 위에 붙은 한 마리 파리같이 산으로 둘러싸인 넓다란 시퍼런 벌판에 우두커니 서 있었다

어둑시근하다 1. [방언]'어스레하다(빛이 조금 어둑하다)'의 방언(경상, 전라, 평북, 함북). 2. [북한어]무엇을 똑똑히 가려볼 수 없을 만큼 어느 정도 어둑하다. 3. [북한

어](속되게) 통제 밖에 있어 질서가 없거나 뒤떨어진 상태에 있다. ex) 곡간 안의 어둑시근한 광선은 더욱 어두워졌다.

어방없이 [부사][북한어] '어림없이'의 북한어. ex) 그리하여 그들은 천천히 걸어갔으나 문득 그는 그들이 어방없이 오랫동안 걸어 오는 것 ~(중략)~

얼골 도래 얼굴을 이룬 둥근 윤곽 ex) 한 사람은 길쭉하고 뾰족한 얼골 도래에 작은 눈과 지어 웃는 웃음이 사정없이 간교한 것을 나타내고

얼싸하다 1. '그럴싸하다'의 잘못. 2. [북한어]'그럴싸하다'의 북한어. ex) 그 농가 안에서는 그의 가족들이 그를 아주 얼싸하게 거들어 줄 신세로 만들라고 하는 상당히 돈이 많은 사람과 그가 먼 곳에 신혼여행을 갔으리라고 생각하고 있었다.

연닿다 [동사] 잇닿다(서로 이어져 맞닿다) ex) ~ (중략) ~ 블랙무어라고도 하는 골짜기에 연닿은 말로트 마을로 가는 한 중년사나이가 있었다.

올롱한 [형용사][북한어] 유별나게 회둥그렇다. ex) 그 모양에는 이렇게 야만풍의 기맥이 있었으나 그 신사로써의 얼굴과 그 대담한 올롱한 눈에는 이상한 힘이 있었다.

완목(腕木) [명사] 1.전선을 매기 위하여 전봇대의 위쪽 부분에 가로 대는 나무토막. 2. 신호기의 한 부분. 꼭대기 부분에 가로 달려 있어서 내려졌다 올려졌다 한다. ex) 수확기계의 완목(腕木)은 느릿느릿 돌면서 마차 전체가 밭 한쪽을 따라 나갔다.

외축하다 [동사] 두려워서 몸을 움츠리다. ex) 그 앞에서 외축하였다.

요정 결판을 내어 끝마침. (요정이 나다 : 결판을 내다, 상황이 바뀌다) ex) 모든 것은 이 손을 놓는 데서 요정이 났다.

우멍하다 1. 물건의 바닥이나 면 따위가 납작하고 우묵하다. 2. [방언] '의뭉하다(겉으로는 어리석은 것처럼 보이면서 속으로는 엉큼하다)'의 방언(평북). ex) 참 우멍하줏도 해! 누구 없는 사람이나 주게, 내가 집에 가지구 갈 테예요,

우줄이다 [동사][북한어] 1.물체가 가볍게 율동적으로 움직이다. 2.눈에 뜨일 정도로 빨리 자라거나 높아지다. 3.사람이 몸이나 어깨를 흔들다. ex) "쉬, 그렇게 너무 젠 척하지 말아" 하고 좀 우줄없는 처녀가 이렇게 말했다.

우지개 [북한어] 1. '우죽1'을 구어적으로 이르는 말. 2. 사람의 윗도리를 비유적으로 이르는 말. ex) 그는 문 너머로 키는 어른이 다 되어서도 우지개는 아직 아이 같은 처녀의 자태가 희미해 가는 불빛 속에 뚜렷이 드러나는 것을 보았다.

울장 울타리에 박은 긴 말뚝 ex) 기다란 풀깃은 소가 건너가는 것을 막으려고 박아놓은 울장에 걸려 있었다.

음전하다 말이나 행동이 곱고 우아하다. 또는 얌전하고 점잖다. ex) 그래도 전과 같이 테스는 자기가 결혼한 이 음전한 사나이의 마음속에 나타난 굳은 결심

이분자(異分子) [명사] 한 단체나 집단 안에 있으면서 그곳의 주된 주의, 사상, 성질, 종류와는 다른 것을 가지고 있는 사람. ex) ~(중략)~ 그러나 자기 자신을 대단한 이분자(異分子)라고 생각하는 환경에 통용되는 법칙은 조금도 깨뜨리지 못하였다.

입청 '입버릇'을 속되게 이르는 말 ex) 얼굴만 보아도 알듯이 이 처녀는 늘 입청은 좋았으나 술 종류라고는 실링 삐루 밖에는 손에 댄 적도 없다고 알려졌었지요.

ㅈ

자래우다 [북한어] 기르다 ex) 이 이름 높은 착유장의 풀을 기르고 소를 자래우는 강까지도 블레이크모어의 흐름과는 달랐다.

자로-ㅈ로 [옛말] 1. '자주1(같은 일을 잇따라 잦게)'의 옛말. 2. 재게. ex) 나는 그이한테 자로 자로 편지를 했어야 옳을 게야.

작간 1.[명사]간악한 꾀를 부림, 또는 그런 것. 2.[북한말] 농간. ex) 더비필드의 마누라는 테스와 헤어진 뒤에 이쪽으로 급히 걸어와서 앞문을 열고 아주 캄캄한 아래층 방을 지나 그리고는 마치 문빗장의 작간을 잘 아는 손 임자처럼 층층대의 문을 열었다.

장감 [명사][북한어] '장거리(장에 가서 팔아 돈을 마련할 물건)'의 북한어. ex) 그는 그 어머니가 산 잡화며 자기의 천감이며 그밖에 한주일 지나갈 다른 장감들이 들은 등나무 채롱이를 들었었다.

저교회(低敎會)**파** 성직의 특권, 교회의 정치조직, 성찬설(聖餐說), 세례 따위를 비교적 가볍게 보는 영국교회의 한 파. ex) 그는 그 아버지가 속해있는 완전한 저교회(低敎會)파인지 아닌지는 별로 말하지 않았으나 그 점에 대해서는 쉽게 가슴을 열고 신앙을 받아들일 것이라는~말도 하였다.

저절이든 것 그를 따르기만 하던 것 ex) 이때까지는 그렇게도 저절이든 것 자기의 중한 보배를 잃어버려 버려서는 안 되겠다고 갑자기 덤비며 놀라하였다.

주룬히 나란히(방언). ex) 길쭉한 납통들이 주룬히 놓였다

줄손 1. 어떤 물건을 들 때에, 손으로 쥐는 데 편리하게 된 부분. 2. 어떤 일을 하는 도구

나 수단을 비유적으로 이르는 말. ex) 사나이가 하나 기계의 철손을 돌리고 있었는데 그 통으로는 갓 자른 무청이 나와서 누런 빈자리로는 신선한 냄새가 풍기었다.

진두머리 '진딧물'의 방언(평북). ex) 살가죽에 닿으면 피와 같은 자국을 남기는 진두머리를 팔에서 털어버리며 이 잡초 속을 고양이와 같이 몰래 나아갔다

질소한 조촐한, 꾸밈이 없고 순수한 ex) 앞에는 질소한 식은 음식이 놓였다

질정하다(質定--) 갈피를 잡아서 분명하게 정하다. ex) 내일 킹스비어의 숙소에 가서 질정하고 다 이야기 할 테예요– 죄 죄다.

집것 밑 방 지붕 꼭대기 방 ex) 그날 밤 두 사람은 층층대에서 섭섭하니 헤어져 클레어는 자기의 집것 밑 방으로 올라갔다.

집오래 [북한어] 집에서 가까운 부근. ex) 그런데 누가 집오래에 있는 것만 같이 마음이 들우. 좌우간 노파는 오늘은 으레이 올 테니까.

집지체 집안 출신 ex) 저와 같이 지금이나 장래에나 상된 일을 하는 사람의 아내에게 집지체라는 것이 무슨 소용이 됩니까?

째이다 1.'짜이다'의 잘못. 2.[북한어]'짜이다'의 북한어. ex) 밭은 말을 먹이는 울안같이 자그맣게 씩 째이어서 山위에서면 울타리를 이루는 ~(중략)~

쯔봉 ([프랑스어] jupon) '양복바지(양복의 아랫도리)'의 잘못 ex) 그는 말쑥한 캡을 쓰고 담갈색 웃옷을 입고 같은 빛깔의 쯔봉에 흰 넥타이선 칼라, 그리고 갈색의 운전용 손 장갑을 꼈다.

ㅊ

차대(車臺) 기차 따위의 차체(車體)를 받치며 바퀴에 연결되어 있는 철로 만든 테. ex) 마차는 팽이처럼 우룽우룽 울고 차대(車臺)는 좌우로 뒤 흔들리고 차축(車軸)은 전진하는 금에 대해서 조금 기울어졌다.

차타자 간식의 일종 ex) 그들은 차타자를 싸고 앉아서 착유장 주인이 어두워지기 전에 보내준다고 한 짐이 닿기를 기다리고 있었다.

채롱 껍질을 벗긴 싸릿개비나 버들가지 따위의 오리를 결어서 함(函) 모양으로 만든 채 그릇. 안팎에 종이를 바르기도 한다. ex) 수풀이 무성한 곳으로 들어가서 채롱이에서 가장 오랜 들옷을 한 벌 꺼내었다.

채포(菜圃) [같은 말] 채원2(菜園)(전문적으로 채소를 심어 가꾸는 규모가 큰 밭). ex) 그리고는 이삼일 지나는 가운데 아버지도 테스의 말을 쫓아서 채포의 일을 할 수 있도록 나왔다.

축진하다 [북한어] 물기가 많이 있어 눅눅하고 끈끈하다. ex) 그것은 축진하였다. 그는 피 흔적이나 아닌가고 의심을 하였다.

치레가락 [북한어] 치레로 덧붙이는 춤 동작. ex) 넓다란 잔디밭에는 치레가락으로 천막을 쳐 놓았는데 그 들어가는 문이 테스 있는 데로 향해있다.

치마귀 [명사][북한말]'치맛귀(치마의 모서리 부분)'의 북한말. ex) 그는 새끼끌을 모두 어서 단을 묶는 동안에 그 위에 무릎을 꿇고 때때로 살랑 바람에 너풀거리는 치마귀를 바로 여미고 여미고 한다.

ㅌ

태티듯 [북한말] 애달프게 ex) 그것은 당신을 태티듯 구불덕시게 할 것이오

통요문 쪽문. '통용문(通用門)'의 오기. ex) 통요문으로 나가면서 그는 주인과 그 마누라와 악수를 하고 그들의 후대에 대한 마지막 고맙다는 인사를 하였다.

투둥하다 : 약간 통통하게 살이 찌고 부드럽다. ex) 마리안의 투둥하니 살찐 몸이 제일 크게 한숨을 쉬었다

틀지다 겉모습이 당당하고 위엄이 있다. ex) 테스는 본래부터 좀 다른 데가 있었지만 아직도 점잖은 이의 틀진 신부 같지는 않아요.

ㅍ

판장 1.[명사][북한어]'판사이층(머리뼈에서 두 뼈판 사이에 끼어 있는 얇은 해면질)'의 북한어. 2.[명사][북한어]널판장(널판지로 친 울타리) ex) ~(중략)~ 마당 울타리에 쇠줄로 붙잡아 매여서 마치 선반같이 된 넓이 여섯 자 길이 두자의 적은 나무 판장에, 꼭 정해져 있었다.

팔고방 [방언] '팔꿈치(팔의 위아래 마디가 붙은 관절의 바깥쪽)'의 방언(평안). ex) 좀

더 가까이 다가오며 보릿단 사이에 비스듬히 기대어서 팔고방이에 몸을 실었다.

팔대 [명사][북한어] 팔의 뼈대라는 뜻으로, '팔뚝'을 이르는 말. ex) 먼지 드덜기 그림자 위로 앞선 말의 이마에 번듯거리는 놋별이 보이고 그 다음에는 빛나는 팔대가, 그리고는 기계 전체가—

편편하다 1. 물건의 표면이 높낮이가 없이 매우 평평하고 너르다. 2. 얼굴이나 몸이 살이 올라 부하다. 3. [북한어]싹 쓸어 버린 듯이 아무것도 없다. ex) 충분히 생활비를 받았건만 그의 주머니는 점점 편편해갔다.

평풍 '병풍2'(屛風)의 변한말. ex) 마른 겨울바람이 아직 불었으나 바람을 안고선 곱새 바주가 평풍처럼 되어서 그를 막아 주었다.

피평적 : 객관적 ex) 그들의 위치는 방관적이고 또 피평적이었다.

ㅎ

하울치다 물결지다. ex) 이놈의 상판대기를 하울처 줘야지

함칫 [북한어] 몸을 옴츠리며 갑작스럽게 놀라는 모양. ex) 테스는 사나이를 처다보지 않았으나 함칫 놀래었다.

허텅 [방언] '헛간(막 쓰는 물건을 쌓아 두는 광)'의 방언(평북). ex) 곧 두 사람은 램프를 끄고 제각기 맨 두터운 두건(頭巾)을 쓰고 털목도리를 감고 허텅으로 갔다.

혼글혼글하다 [형용사] (정신이)들었다가 나갔다가 하여 얼떨떨하고 어지럽다. <고려대 한국어 대사전> ex) 그런 뒤로 그들은 이야기가 점점 적어지고 혼글 혼글 걸어가면서 때때로 생각난 듯이 한 마디씩 말을 하였다.

휘어스럼하다 조금 휘어져 뒤로 자빠질 듯 비스듬하다. ex) 그들은 빛깔이 뒤섞인 이상한 휘어스럼한 어둠 속을 소가 있는 곳까지 같이 걸어갈 때면 클레어는 때때로 예수 부활의 시각을 생각하게 되었다

휘염 [방언] '헤엄'의 방언(경기) ex) ~(중략)~ 그의 휘염한 입술로 획 지나가는 것을 볼 수도 있는 것이다.

흐지마지 흐지부지. ex) 여자들이 들어올 때에는 흐지마지 잠이 들었다

흑납장(黑臘腸) 까만 푸딩 ex) 앞에는 질소한 식은 음식이 놓였다. 엔젤은 크릭부인이 준 흑납장(黑臘腸)을 찾으며 돌아갔다.

백석의 『테스』 번역에 담긴 의미

방민호(서울대 국문과 교수)

1. 「남신의주유동박시봉방」과 백석의 『테스』 번역

백석의 번역소설 『테쓰』(조광사, 1940)에 대해서, 나는 먼저 이 소설과 백석의 시 「남신의주유동박시봉방(南新義州柳洞朴時逢方)」의 관련성을 검토해 보고자 한다. 이것은 백석의 번역작 『테스』를 통독하는 과정에서 「남신의주유동박시봉방」의 시구를 떠올리게 하는 대목을 발견했기 때문이다. 그 대목은 다음과 같다.

「테쓰—오지 않구는 못견디겠서!」 하고 사나이는 흥분이 되어 뻙엏게 된 얼골을 닦으면서 절망적인 말세로 말을 꺼내었다. 「나는 못해도 당신의 편부만은 물으려 오지 않으면 안되겠다고 생각했수. 사실 몬졌번 일요일 당신을 보기 전에는 당신을 생각해 본 길이 없었소. 허나 시방 당해서는 아무리 애를 써야 당신의 모습을 털어버릴 수가 없구려! 착한 여자가 악한 사나이를 해할 수는 없지 않소, 해도 사실 은 그렇구려. 만일 당신이 나를 위해 기도라도 올려주었으면, 테식」

불만한 것을 억지로 눌으는 사나이의 태도는 거이 측은할 지경이었으나 그래도

「테쓰」는 가엾이 생각하지는 않았다.

「세상을 움지기는 큰 「힘」이 내 계획을 달리하지 못하리라고 하는데 그런데 이렇게 당신을 위해 기도를 올릴 수 있어요?」

「당신은 정말로 그렇게 생각하우?」

「네, 그래요, 그렇지 않다고 생각하는 것을 고침을 받았으니까요」

「고침을 받었다? 누구한테?」

「꼭 말해야 한다면 말하지요―내 남편한테요!」

「아―당신의 남편―당신의 남편! 참 어이없는 일인데! 언젠가도 당신이 그 비슷한 것을 비치운 적이 있는 것을 잊지 않었수. 이런 일에 대해서 당신은 사실로 무엇을 믿고 있소, 「테쓰?」」 하고 「떠버빌」은 물었다. 「당신은 전연 종교를 갖이지 못한 듯이 생각되우―아마 이것도 나 때문일 것이지만」

「그래두 내게는 종교가 있어요. 비록 초자연적인 것은 아무거나 믿지 않지만」1)

내가 백석의 『테쓰』 번역을 그의 시 「남신의주유동박시봉방」에 연결짓고자 하는 단서는 위의 밑줄 그은 문장 때문이다. 이 문장은 다음과 같은 백석의 시구,

이때 나는 내 뜻이며 힘으로, 나를 이끌어가는 것이 힘든 일인 것을 생각하고,
이것들보다 더 크고, 높은 것이 있어서, 나를 마음대로 굴려가는 것을 생각하는
것인데,2)

를 연상시킨다.

백석의 이 시를 아는 사람 누구도 그럴 것이라 생각한다. 물론 비슷한 표현이 있다고 해서 두 작품을 상호텍스트적이라고 밀어붙이는 것만이 능사는 아닐 것이다.

---

1) 토마스 하디, 『테쓰』, 백석 옮김, 조광사, 1940, 498~499쪽.
2) 이동순·김문주·최동호 엮음, 『백석문학전집1―시』, 서정시학, 2012, 186쪽.

2. 백석의 만주행과 '내 뜻이며 힘보다 크고 높은 것'

백석의 「남신의주유동박시봉방」은 『학풍』 1948년 10월호에 수록된 작품이다. 이 무렵에 백석은 남쪽으로 내려오지 않고 북쪽에 있었으므로 이 작품이 어떤 경위로 이 잡지에 실리게 되었는가는 분명치 않다. 다만, 짐작은 가능하다.

이 무렵에 발표된 「적막강산」(『새한민보』, 1947.12), 「마을은 맨천 구신이 돼서」(『신세대』, 1948.5), 「칠월백중」(『문장』, 1948.10) 등은 모두 백석의 친우였던 소설가 허준이 제공한 것이었다. 그렇다면 별다른 표시는 없지만 「남신의주유동박시봉방」도 허준이 제공했을 것이라 생각하는 것이 자연스럽다. 비슷한 시기에 발표된 「산」(『새한민보』, 1947.11)도 그런 작품의 하나일 것이다.

「남신의주유동박시봉방」은 「흰 바람벽이 있어」와 더불어 백석의 후기시를 대표하는 명편 중의 명편이다. 해방 후에 자신은 북쪽에 있으면서 남의 손을 빌려 발표되기에 이른 이 시를 백석은 도대체 어느 때쯤 쓴 것일까 하는 의문이 생기지 않을 수 없다.

백석이 『문장』 1940년 11월에 발표한 「허준」을 통해서 이를 추론해 볼 수 있다. 이 시의 화자는 허준을 가리켜 "그 맑고 거룩한 눈물의 나라에서 온 사람", "그 따사하고 살뜰한 볕살의 나라에서 온 사람"이라고 부르고 있다.[3] 이는 허준이 슬픔 많으면서도 다정다감한 사람임을 시사해 준다.

평북 용천 태생 허준과 정주 태생 백석은 두 살 차이다. 허준이 위다. 허준은 아오야마대학에서 영어교육을 전공한 백석과 비슷한 시기에 일본 호세대학에 유학하기도 했다. 두 사람 다 조선일보사에서 재직했다. 허준은 자신이 만주로 본격 이주하기 전인 1940년경의 어느 무렵에 만주에 있는 백석을 방문해서 병들어 누워 있던 백석의 안위를 무척이나 세심하게 보살펴 주었던 모양이다. 백석은 1940년 1월에 만주국 수도 신경에 거처를 마련하고 만주에서의 방랑적 생활을 시작했었다. 「허준」은 그러한 백석과 그를 방문한 허준의 막역한 관계를

---

3) 이동순·김문주·최동호 엮음, 『백석문학전집1—시』, 서정시학, 2012, 156쪽.

보여준다.

이 시의 화자는 시 속에서의 허준이 "추운 겨울밤 병들어 누운 가난한 동무의 머리맡에 앉아/ 말없이 무릎 우 고양이의 등만 쓰다듬"[4)고 있었노라고 노래하고 있다. 이 병들어 누운 동무는 백석 자신이었을 가능성이 높다.

「허준」이 발표된 시기를 감안하면 이 시는 허준이 본격적인 만주 이주를 하기 전에 쓴 것이다. 허준은 백석이 만주로 이주한 후인 1941년 2월에 신경으로 옮겨갔다는 기록이 있다.[5) 그러나 서재길은 허준이 만주로 본격 이주한 것은 1944년 봄이라고 한다.[6) 이것은 허준이 남긴 글 「민족의 감격」(『민성』, 1946.8)에 따른 것이다.

또 다른 논문도 허준이 1941년경 『조선일보』 기자직을 사임하고 고향 용천과 경성을 오가는 생활을 했으며, 1944년부터 만주 통화로 이주한 것으로 정리해 놓고 있다.[7) 송준은 허준이 만주로 간 백석을 그리워하여 솔가하여 백석의 지척에 자리를 잡고 살았다고 했으나 그것은 시 「허준」의 내용에 기댄 것으로 더 확실한 근거가 밝혀져 있지 않다.[8) 그러나 허준과 만주 관련성, 그의 만주행에 대해서는 좀더 상세한 고찰이 필요할 것이다.

만주에서 백석이 발표한 시들 가운데 「남신의주유동박시봉방」과 창작방법상의 유사성이 가장 돋보이는 것은 「흰 바람벽이 있어」다.[9) 이를 감안하면 「남신의주유동박시봉방」은 허준이 만주로 온 직후에 백석의 손에서 허준의 손으로 넘어갔을 가능성이 높다. 만약 허준이 1944년 이전에는 만주에 여러 번 방문만을 했을 뿐이고 이주 생활을 한 적이 없다면 백석의 시 「남신의주유동박시봉방

---

4) 위의 책, 같은 쪽.
5) 왕염려, 「백석의 만주 시편 연구」, 인하대학교 한국학과 석사학위논문, 2010, 59쪽, 참조.
6) 서재길, 「허준의 생애와 작품세계」, 『허준전집』, 현대문학사, 2009, 573쪽, 참조.
7) 이건지, 「허준론」, 『조선학보』, 168집, 87쪽, 참조.
8) 송 준, 『시인 백석-만인의 연인 쓸쓸한 영혼』 2, 흰당나귀, 2012, 406쪽, 참조.
9) 백석이 만주에 있으면서 발표한 시로는 「수박씨 호박씨」(『인문평론』, 1940.6), 「고독」(『만선일보』, 1940.7.14), 「북방에서」(『문장』, 1940.7), 「허준」(『문장』, 1940.11), 「귀농」(『조광』, 1941.4), 「국수」(『문장』, 1941.4), 「흰 바람벽이 있어」(『문장』, 1941.4), 「촌에서 온 아이」(『문장』, 1941.4), 「조당에서」(『인문평론』, 1941.4), 「두보나 이백 같이」(『인문평론』, 1941.4), 「당나귀」(『매신사진순보』, 1942.8.11) 등이 있다.

」은 「흰 바람벽이 있어」를 발표하던 시기에 쓰였을 가능성이 더 높아진다.

처음에 백석은 만주 신경에 정착해서 만주국 정무원 경제부에서 일하면서 문단과도 관련을 맺었던 듯, 「슬픔과 진실」(『만선일보』, 1940.5.9~10), 「조선인과 요설―서칠마로 단상의 하나」(『만선일보』, 1940.5.25~26) 같은 평론이나 산문을 발표하기도 한다.

그러나 「조선인과 요설」이 보여주듯 백석은 만주에서의 조선인들의 행태에 지극히 비판적인 생각을 품게 되었고 9월에는 관직에서도 물러나고 만다.[10] 이후 백석이 만주에서 어디에 머물면서 어떤 일을 했는가는 정확히 알려져 있지 않다. 「귀농」에 나오는 "백구둔(白狗屯)"이 만주 신경에 있는 마을 이름이었음을 감안하면 그는 신경에서 금방 떠나지는 않았을 수도 있다.

하지만 「남신의주유동박시봉방」의 존재는 그가 한 곳에만 머무르지 않고 떠돌아다녔음을 시사한다. 남신의주라면 당시의 만주국 땅 안동, 즉 지금의 단동과 접해 있는 곳이다. 이곳에서 그는 식구들, 아내와 헤어져 방랑적인 삶을 이어가고 있는 자신의 슬프고도 쓸쓸한 내면세계를 아름답게 표현하고 있다. 다음은 이 시의 전문이다.

> 어느 사이에 나는 아내도 없고, 또,
> 아내와 같이 살던 집도 없어지고,
> 그리고 살뜰한 부모며 동생들과도 멀리 떨어져서,
> 그 어느 바람 세인 쓸쓸한 거리 끝에 헤매이었다.
> 바로 날도 저물어서,
> 바람은 더욱 세게 불고, 추위는 점점 더해 오는데,
> 나는 어느 목수(木手)네 집 헌 삿을 깐,
> 한 방에 들어서 쥔을 붙이었다.
> 이리하여 나는 이 습내 나는 춥고, 누긋한 방에서,

---

10) 왕염려, 앞의 논문, 26~30쪽, 참조.

낮이나 밤이나 나는 나 혼자도 너무 많은 것같이 생각하며,

딜옹배기에 북덕불이라도 담겨오면,

이것을 안고 손을 쬐며 재 위에 뜻 없이 글자를 쓰기도 하며,

또 문 밖에 나가지두 않고 자리에 누워서,

머리에 손깍지베개를 하고 굴기도 하면서,

나는 내 슬픔이며 어리석음이며를 소처럼 연하여 쌔김질하는 것이었다.

내 가슴이 꽉 메어올 적이며,

내 눈에 뜨거운 것이 핑 괴일 적이며,

또 내 스스로 화끈 낯이 붉도록 부끄러울 적이며,

나는 내 슬픔과 어리석음에 눌리어 죽을 수밖에 없는 것을 느끼는 것이었다.

그러나 잠시 뒤에 나는 고개를 들어,

허연 문창을 바라보든가 또 눈을 떠서 높은 천장을 쳐다보는 것인데,

<u>이때 나는 내 뜻이며 힘으로, 나를 이끌어가는 것이 힘든 일인 것을 생각하고,</u>

<u>이것들보다 더 크고, 높은 것이 있어서, 나를 마음대로 굴려가는 것을 생각하는</u>

<u>것인데,</u>

이렇게 하여 여러 날이 지나는 동안에,

내 어지러운 마음에는 슬픔이며, 한탄이며, 가라앉을 것은 차츰 앙금이 되어 가

라앉고,

외로운 생각만이 드는 때쯤 해서는,

더러 나줏손에 쌀랑쌀랑 싸락눈이 와서 문창을 치기도 하는 때도 있는데,

나는 이런 저녁에는 화로를 더욱다가 끼며, 무릎을 꿇어보며,

어니 먼 산 뒷옆에 바우 섶에 따로 외로이 서서,

어두어오는데 하이야니 눈을 맞을, 그 마른 잎새에는,

쌀랑쌀랑 소리도 나며 눈을 맞을,

그 드물다는 굳고 정한 갈매나무라는 나무를 생각하는 것이었다.[11]

---

11) 이동순·김문주·최동호 엮음, 『백석문학전집1—시』, 서정시학, 2012, 185~186쪽.

정든 나라와 식구들로부터 떠나와 있는 고단한 여정과 참담한 고독을 곱씹어 새로운 삶의 이정표를 마련하고자 하는 시인의 내면적 가치 지향이 잘 어우러져 있는 이 시는 앞에서 언급했던 『테쓰』의 한 대목을 연상케 한다.

절망과 슬픔과 고독의 절정에서 이 시의 화자는 "내 뜻이며, 힘으로, 나를 이끌어가는 것이 힘든 일인 것"을 생각한다. '내 뜻이며 힘보다 크고 높은 것'이 '나'를 마음대로 굴려간다고 생각한다.

그런데 이렇게 자기를 마음대로 굴리는 이것을 가리켜 우리는 운명이라고 말할 수 있을 것이다. 내가 생각하기에 운명에는 적어도 세 가지 종류의 것이 있다. 첫째는 역사적 운명, 둘째는 자연사적 운명, 셋째는 개인사적 운명이다. 만약 '내' 나라가 전란에 휩싸인다면 '나'는 역사적 운명에 노출된 것이다. 만약 '내'가 아프리카 여행 중에 말라리아에 걸려 죽게 된다면 '나'는 자연사적 운명에 휘말린 것이다. 또한 '내'가 먼 나라를 여행하던 중 아름다운 여인을 만나 사랑에 빠지게 된다면 '나'는 운명적으로 그녀를 만난 것이 된다.

「남신의주유동박시봉방」은 정든 곳, 사람들을 떠나 방랑적인 삶을 영위해야 하는 화자의 운명 의식을 보여준다. 운명은 내 힘과 의지로 좌우할 수 없는 삶의 길이다. 백석은 이 시에서 그와 같은 운명에 노출된 화자의 심경 세계를 노래하고 있다.

3. 테스 더비필드의 파멸과 백석의 방랑적 운명

『테스』의 비극적 여주인공 테스와 고국과 식구를 등지고 만주로 떠나야 했던 백석의 운명을 비교하는 것은 어떻게 가능할까?

먼저 『테스』의 이야기 줄거리를 훑어보자. 테스 더비필드는 참으로 불행한 여인이었다. 그녀의 아버지는 어떤 기회에 자기 집안이 옛날에는 어엿한 귀족이었다는 것을 알게 된다. 그러자 가난한 집안 형편을 어떻게든 좋게 만들어 보려고 좀 멀리 떨어진 곳의 같은 성을 가진 집에 테스를 보내게 된다. 테스는 거기서 그녀의 인생을 파멸로 몰고간 알렉 더버빌을 만나게 된다.

더비필드와 더버빌은 본래는 같은 성이었다고 한다. 그러나 테스의 집안이 몰락한 귀족 가문이었던 것과 달리 더버빌 집안은 사실은 우리나라에서 돈을 모은 사람들이 족보를 사듯 귀족의 성을 산 사람들이었다. 그곳에서 테스는 알렉에게 겁탈을 당하고 집으로 돌아와 아이를 낳게 된다. 이 아이가 죽어버리자 테스는 고향에서 멀리 떨어진 착유장에 가서 젖을 짜는 일을 하게 된다. 그리고 거기서 그녀는 또 다른 운명의 남자 엔젤 클레어를 만나게 된다. 목사 집안의 셋째 아들인 이 남자는 완고한 종교적 사고에 염증을 느낀 나머지 농사 일에 종사할 생각으로 농장 같은 곳을 떠돌며 견습을 하는 중이었다. 테스를 열렬히 사랑하게 된 엔젤은 청혼을 하는데 테스에게는 고백해야 할 과거가 있다. 우여곡절과 고민 끝에 결혼하게 된 테스는 자신의 과거를 고백하게 되고, 이것은 엔젤을 '멘붕' 상태에 빠뜨리고 만다.

테스의 과거를 용납하지 못한 나머지 엔젤은 멀리 브라질로 떠나버리고 또 다시 혼자가 된 테스는 목사가 된 알렉 더버빌의 눈에 뜨이게 된다. 테스의 삶을 파탄으로 몰고간 이 파렴치한은 테스의 미모에 여전히 매력을 느끼면서 자신이 회개했노라고, 결혼해 달라고 끈질기게 간청한다. 물론 테스는 이를 받아들이지 않으려 한다. 그러나 남편이 돌아오지 않을 것이라는 이 남자의 회유와 편지를 해도 소식 없는 남편으로 인해 절망한 나머지 테스는 결국 이 남자를 받아들이게 된다.

앞에서 인용했던 『테스』의 장면은 이 파렴치한이 테스에게 다시 달라붙고자 한 에피소드의 일부다. 이 장면을 『테스』의 새로운 번역 판본은 이렇게 옮겨놓고 있다.

"테스, 어쩔 수 없었어요." 그는 손으로 상기된 얼굴을 닦으면서 절망적인 목소리로 말했다. 그의 얼굴이 흥분으로 홍조를 띠고 있었다. "테스가 어떻게 지내고 있는지 적어도 찾아와 보기라도 해야겠다는 생각이 들었어요. 분명히 말해 두지만 그날 일요일 만날 때까지는 테스 생각을 전혀 하지 않았어요. 그러나 지금은 아무리 애를 써도 테스 모습을 지울 수가 없네요. 착한 여자가 나쁜 남자에게 해를 끼치는 것은 상상할 수가 없어요. 그렇지만 그게 사실이에요. 테스, 나를 위해 기도라도 해 주면 좋겠네요."

마음이 편안하지 않은 것을 억지로 누르고 있는 그의 태도는 거의 가엾어 보일 정도였으나 테스는 그를 가엾게 생각하지 않았다.

"<u>어떻게 기도를 해요?</u>" 그녀가 말했다. "<u>세상을 움직이는 거대한 힘이 나를 위해 그의 계획을 변경한다는 것을 믿지 않게 되었는데요.</u>"

"정말 그렇게 믿어요?"

"그래요. 달리 생각하던 내 믿음을 고치게 되었거든요."

"고치다니? 누가 고쳤어요?"

"꼭 말해야 한다면, 우리 남편이에요."

"아, 당신의 남편, 당신의 남편이라! 아주 이상하게 들리는군! 요전날 그 비슷한 소리를 하는 걸 듣기는 했지만. 테스, 이런 문제에 있어서 무엇을 정말로 믿는 건가요?" 그가 물었다. "테스에게는 종교가 없는 것 같은데 혹시 나 때문에 그런 건가요?"

"종교가 있지요. 초자연적인 것은 어떤 것도 믿지 않지만요."[12]

이 현대판 번역은 백석이 번역한 것과 밑줄 그은 부분에서 해석상의 차이가 있음을 보여준다. 이 밑줄 그은 부분에 해당하는 영어 원문은 다음과 같다.

"How can I pray for you?" she said, "when I am forbidden to believe that the great Power who moves the world would alter his plans on my account"[13]

이 문장은 노튼 비평판 『테스』에서 가져온 것으로, 민음사 현대역 판이 이를

---

12) 토마스 하디, 『테스』 2, 정종화 옮김, 민음사, 2009, 169~170쪽.
13) Tomas Hardy, *Tess of the D'urbervilles*, W. W. Norton & Company, 1991, 251쪽.

더 충실하게 옮긴 듯한 인상을 준다. 이에 따르면 '세상을 움직이는 위대한 힘' 은 내가 원하는 것과 상관없이 자신의 의지를 관철시킨다.

이에 비하면 백석의 번역, "「세상을 움직이는 큰 「힘」이 내 계획을 달리하지 못하리라고 하는데 그런데 이렇게 당신을 위해 기도를 올릴 수 있어요?」"라는 문장은 '세상을 움직이는 큰 힘'이라 해도 테스 자신의 계획을 변경시키지 못할 것이라는 뜻이 되어 테스 자신의 의지를 강조한 것처럼 보인다. 그러나 이것은 다른 한편으로 테스 자신은 알렉을 위해 기도하지 않겠다는 강한 의사를 표명한 것으로, 백석이 편의상 의역을 취한 것으로 간주해 볼 수도 있다. 『테스』 번역 전체를 놓고 볼 때 백석이 영어에 서툴러서 번역을 잘못한 것으로 보기는 어렵다고 보면, 이 대목은 독자들의 간명한 이해를 돕기 위한 것이었다고도 해석해 볼 수 있을 것이다. 이에 관해서는 장을 옮겨 다시 논의할 것이다.

여기서 다시 작품 줄거리로 돌아와 보자. 이제 샌드본이라는 곳으로 새로운 사랑의 마음을 품고 그녀를 찾아온 엔젤 클레어와 조우하게 된다. 알렉 더버빌이 힘주어 그녀를 절대로 찾아오지 않으리라고 잔인하게 그녀를 설득했던 그가 테스를 찾아온 것이다. 이 돌발적인 상황 속에서 테스는 마침내 이성을 잃고 알렉 더버빌을 살해함으로써 그의 악행의 대가를 치르게 한다. 그녀는 자신의 행위를 엔젤에게 고백한다. 두 사람은 멀리 스톤헨지가 있는 곳까지 도피 여행을 한다. 엔젤은 스톤헨지 제단 위에 그녀를 눕게 한다. 이것은 어떤 상징적인 의미가 있다. 작가는 당시 영국의 보수적이면서도 편견에 사로잡힌 기독교와 달리 태양숭배 의미를 가진 스톤헨지에 그녀를 눕게 함으로써 절망적인 상황에 빠진 그녀로 하여금 삶을 주재하는 어떤 새로운 원리와의 만남을 주선한다. 그러나 때는 이미 너무 늦었다. 그녀는 엔젤이 그녀의 동생 라이자 류('리자 · 류')를 새로운 아내로 맞이할 것을 부탁한다.[14] 테스는 자신이 죽어서 엔젤을 다시 만나기를 절박하게 원하지만 엔젤은 그녀에게 만족할 만한 답을 주지 못한다.

---

14) 이것은 마치 채만식의 『탁류』(『조선일보』, 1937.10.12~1938.5.17)에서 가난한 의학도 남승재가 초봉이와의 다 못 맺은 인연을 그녀의 동생 계봉과의 새로운 인연을 통해서 이어간 것을 상기시킨다. 두 작품 사이의 연관성을 논증할 수는 없다. 다만 채만식은 서구 소설의 플롯이나 모티프를 새롭게 만드는 데 익숙한 작가였다.

마침내 잡혀간 테스는 사형을 당하고 만다.

　이러한 테스의 생애는 기구하기 짝이 없다. 그것은 폭력적인 운명에 휘말려, 사냥꾼의 총에 맞아 신음하는 가엾은 새처럼 비참한 말로에 직면한다. 작가가 보여주는 테스의 여정은 자신의 삶을 자신의 뜻대로 만들어 갈 수 없는 비극적인 운명을 타고 태어났기 때문에 어쩔 수 없이 짊어지지 않을 수 없는 생애의 부담을 상징적으로 보여준다. 그녀는 자신이 태어난 곳, 성장한 곳에서 안온하게 살 수 없으며, 남성들과 기독교의 위압, 사람들의 시선과 편견에 휘말려 피신하듯 떠돌다 생애를 마치지 않을 수 없다. 이러한 나쁜 운명의 힘을 작가는 서술자의 목소리를 빌려 이 작품의 5장에서 다음과 같이 예견해 놓고 있다.

　　이렇게 해서 일은 시작되었다. 「테쓰」가 만일 오늘 이 만났든 의미를 알았다면 그는 혼자 생각에 웨 자기는 오늘 모든 점으로 보아 옳고 소망되는 사람이 아니고 옳지 못한 사람에게 뵈여지고 탐내여지였든가 하고 반문할 것이다.

　　사랑할 사람은 좀해서는 사랑할 시간과 일치하지 못하는 것이다. 서로 맞나보면 행복하니 될 때도 자연은 그의 가엾은 인간들에게 「맞나보아라」 하고 하는 때가 드믈고 또 인간이 「어데서?」 하고 물을 때에도 「예서」 하고 대답하는 길도 별로 없는 탓에 인간에게는 이 사랑이라는 숨굴막질이 아주 몸 고단한 작난이 되여 벌이고 마는 것이다.

　　현재의 경우도 다른 수많은 경우와 같이 이렇게 아조 좋은 때에 서로 맞난 것은 완전한 인격의 두 반신이 아니고 이제는 벌서 다 늦었다고 할 때가 되도록 어리석게 우둔하게 서로 각각 헤여저서 이 땅웋을 방황해 다니든 서로 짝을 잃어벌인 사람들끼리 맞난 것이라고 하면 그만이다. 이 미욱한 지체(遲滯)에서 근심과 실망과 놀람과 재난과 뜻밖의 운명이 튀여 나오는 것이다.[15]

이 부분을 가리켜 많은 논자들이 이야기하는 토마스 하디의 비극적 운명관

---

15) 토마스 하디, 『테쓰』, 백석 옮김, 조광사, 1940, 61~62쪽.

이 표현된 것으로 이해할 수도 있을 것이다. 물론 토마스 하디의 운명적인 비극은 "확립된 인습의 성벽을 두른 안전과 그 상대적 감금 상태를 떠나서 자유로운 행동을 위해 황야로 도피했던 인물들이 모두 삶의 파국을 맞이한다는 것으로, 조금 더 심층적인 의미를 가지고 있으며, 하디 소설의 주인공들은 한정된 인간 사회의 일원으로서보다는 인간의 세계보다 더 크고 생생한 세계를 배경으로 자신들의 운명이 연출되는 특징을 갖는다고 한다.16)

테스는 자신의 의지와는 관련 없는 나쁜 운명에 빠져 완고한 인습과 종교적 편견에 사로잡힌 세계로부터 도피의 여정을 펼치다 끝내 파멸해 버리고 만다. 그녀는 그녀의 힘이나 의지로 변경시킬 수 없는 세계의 나쁜 기운에 노출된 나머지 불행한 생애를 파국적으로 끝내게 된다.

이러한 테스의 여정에서 백석은 아마도 자신의 운명을 엿보았을지도 모른다. 『테스』 번역본이 조광사에서 출간된 1940년 9월 백석은 이미 만주 신경으로 떠나 있는 상황이었다. 만주로 떠나기 전 그는 이미 여러 번의 결혼에 실패하고 애인이었던 김자야와도 헤어질 수밖에 없는 상황에 놓여 있었다. 개인사적으로 그는 사랑을 이룰 수 없었고, 이에 더하여 1939년 12월에 내려온 『조선일보』와 『동아일보』의 폐간 결정은 백석의 만주행을 재촉했다.17) 그는 낭만적인 사랑과 문학을 추구하는 인간이자 동시에 사회적 억압에 대한 강렬한 비판의식을 가진 시인이었다. 「남신의주유동박시봉방」이 정확히 언제 쓰였는가는 특정하기 어렵다. 그러나 이 시에는 분명 일찍이 토마스 하디에 심취했고, 그의 시를 닮은 시풍을 추구했으며, 『테스』까지 번역해 낸 백석 자신의 나쁜 운명에 대한 자의식이 투영되어 있다고 말할 수 있다.18)

---

16) 백낙청, 「『테스』의 현재성」, 『현상과 인식』 6권 1호, 1982, 26~27쪽, 참조.
17) 송준, 『시인 백석-만인의 연인 쓸쓸한 영혼』 2, 흰당나귀, 2012, 306~307쪽, 참조.
18) 위의 책, 51쪽, 참조. "토마스 하디가 또한 백석 선생님의 시 스타일이다. 페시미즘으로는 하디가 최고인데 하디로 인하여 기독교가 영국에서 쇠퇴하였을 정도였다." 이현원의 이와 같은 증언은 함흥 영생고보 영어교사 시절의 백석이 이미 토마스 하디에 심취해 있었음을 알려준다. 이는 백석 시와 토마스 하디 시의 상관성에 대한 연구가 필요함을 시사해 준다.

4. 더 쉽고, 더 생생하게—백석『테스』번역의 태도와 방법

앞에서 논의한 백석의『테스』번역 태도와 관련해서, 그가 이 작품을 조금 더 쉽고 대중적인 책으로 번역하기 위해 고려한 흔적이 여기저기에 나타나 있음을 볼 수 있다.

먼저 최소한의 생략이다. 그것은 원작에 간헐적으로 등장하는 시구나 민요 같은 부분을 옮기지 않은 것이나 몇몇 부분에서 독자들이 굳이 알지 않아도 원작의 내용을 이해하는 데 큰 무리는 없으리라고 생각되는 부분을 옮겨놓지 않은 것으로 나타난다. 이중 후자의 예를 살펴보면, 이 작품 41장의 한 부분을 중심으로 백석 번역본과 현대 번역본은 다음과 같은 차이가 있다.

(가)

그런 곳에서 청하는 잠은 자연히 단속적일 수밖에 없었다. 그녀는 이상한 소리를 들었다고 생각했다. 그러나 바람 소리 때문이라고 자신에게 타일렀다. 자신은 이런 추운 곳에 웅크리고 있지만 남편은 지구 저쪽 기온이 따뜻한 땅 어딘가에 있을 것을 생각해 보았다. 세상에 자신만큼 비참한 사람이 또 있을까? 하고 스스로에게 물었다. 자신의 인생이 낭비된 것을 생각하면서 "모든 것이 헛되도다."라고 되뇌었다. <u>이 말을 기계적으로 되풀이하다가 그것이 현대에는 가장 어울리지 않는 말이라는 생각이 들었다. 솔로몬은 2000여 년 전에 이미 그렇게 생각했다. 자신은 철학자들의 반열에 서 있는 사람이 아니지만 이 점에서만은 솔로몬보다 더 앞서 있었다.</u> 만약 모든 것이 그냥 헛되기만 하다면 누가 불평을 하겠는가? 불행이도 모든 것은 헛된 것 이상으로 허무했다. 인생은 불의와 형벌과 강탈과 죽음으로 만연해 있는 것이다. 에인절 클레어의 아내는 손을 이마에 얹고 굴곡진 부분을 더듬어 보았다. 부드러운 피부 아래에서 눈두덩 가장자리가 느껴졌다. 그녀는 그렇게 어루만지면서 언제인가 뼈만 앙상해지는 날이 오는 시간을 생각했다. "그런 날이 차라리 지금 왔으면 좋겠네."라고 그녀는 혼자 중얼거렸다.19)

(나)

　이곳에서 자는 잠은 자연 깨였다 말었다 하게 되었다. 그는 무슨 이상한 소리를 들었으나 그것은 바람 소리라고 생각하였다. 그는 자기는 이렇게 추운데 있지만 어덴지 분명치 않은 지구 저쪽의 따뜻한 기후 속에 있을 자기 남편을 생각하였다. 이 세상에 자기처럼 불상한 것이 또 있을까 하고 그는 자신에게 물어보았다. 그리고 자기의 헛되이 보낸 인생을 생각하고 「모든 것은 헛되다」 하고 말했다. 허나 모든 것이 다 헛되다고 하면 누가 이것을 마음에 둘 것인가. 아—생각하면 모든 것이 헛된 이상으로 나쁜 것이다.—불의, 벌, 강제, 죽엄. 「엔젤 클레어」의 안해는 손을 이마에 대이고 그 곡선과 부드러운 피부 아래 만저지는 안확의 숡을 닷처보았다. 그리고 이렇게 하면서 그는 이 뼈가 들어날 때가 앞으로 오리라고 생각하였다. 「그것이 지금이라면 좋으렸만」 하고 그는 말했다.20)

　위의 (가)와 (나) 두 번역을 비교해 보면, 백석은 솔로몬에 관련된 부분을 누락시켰음을 알 수 있는데, 이것은 의도적이다. 아마도 백석은 당대 독자의 맥락에 비추어 굳이 솔로몬에 관한 서술을 옮길 필요까지는 없다고 생각했을 것이다. 이것은 기독교를 넘어선 종교사상의 경지를 구축해 나갔던 토마스 하디의 세계인식의 맥락에 비추어 용납할 만한 것이기도 하다. 토마스 하디는 나중에 불교에까지 심취했던 사람이었고, 심지어는 그의 시를 노장사상에 연결시켜 해석하려는 시도까지 있을 정도로 그의 종교사상적 경향은 기독교를 넘어선 면모를 가지고 있었다.21) 실제로 작중에서 테스가 현재에 있어 직면해 있는 불행은 먼 옛날 더버빌 가문이 저지른 악행에 대한 대가를 치르는 것으로, 인과적으로 처리되고 있음을 살펴볼 수 있다. 이것은 토마스 하디의 사유가 불교사상에 접

19) 토마스 하디, 『테스』 2, 정종화 옮김, 민음사, 2009, 95쪽.
20) 토마스 하디, 『테쓰』, 백석 옮김, 조광사, 1940, 498~499쪽.
21) 백원기, 「토마스 하디의 시: 우주적 자비(metta)의 실천」, 『현대 영미시 연구』, 2000, 윤천기, 「토마스 하디와 노장사상」, 『영어영문학 연구』, 28권 1호, 2002, 참조.

맥되어 있음을 시사한다.

그러나 백석은 분명 『테스』를 의도적으로 생략한 부분들 외에는 거의 원작의 모습에 가깝게 번역하고 있으며, 이런 가운데 불필요하다고 생각한 서양 기독교 역사상의 인물이나 교리 내용이 담긴 부분들에 한해서 때로 생각하기도 하는 융통성을 발휘하고 있다. 이러한 맥락에서 그 의도적 생략이 가장 크게 나타나는 부분은 이 작품의 51장 앞부분, 즉 테스네 가족이 고향 마을을 떠날 수밖에 없는 상황을 영국 경제사의 맥락에서 설명한 현대번역본 약 두 쪽 분량에 해당하는 부분이다. 또한 이 책의 183쪽, 187쪽 부분을 비롯한 몇몇 곳에서 그와 같은 생략이 부분적으로 나타난다.

백석이 『테스』를 어떤 태도로 번역했는가 하는 문제는 더 많은 논의를 필요로 할 것이다. 그런데 이와 같은 백석의 번역 태도를 조금 더 넓은 시각에서 살펴볼 수 있게 하는 선행 연구가 있음을 간과할 수 없다. 한 논문은 국내 『테스』 번역본 다섯 종을 비교 검토하고자 하면서 문학 번역에 있어서 가독성 문제를 다음과 같은 시각에서 논의한다.

> 그러나 번역자는 원문 텍스트의 정확성을 바탕으로 한 충실성과 번역문 텍스트 독자의 이해를 높이는 가독성의 문제를 제고하여 가장 충실한 번역—즉 겉모습이 아름다우면서도 충실한 여인의 모습—을 창조해 내려는 노력을 해야 한다.
>
> 번역자는 번역시에 "의미 변화를 수용하느냐 수용하지 않느냐의 정도는 맥락 내의 의미 변화의 중요성에 달려 있다. 정확성은 번역에 있어서 의심의 여지없이 중요한 목적이 된다. 그러나 번역문 텍스트 독자에게 친숙한 보편적인 목표언어 유형을 사용하는 것 역시 의사소통 채널을 열어놓는데 중요한 역할을 수행한다는 것도 중시해야만 한다"는 베이커의 주장을 기억할 필요가 있다. 즉, 번역자는 독자에게 친숙한 목표언어에 맞는 자연스러움을 가미한 번역을 통해서 번역문 독자를 위한 가독성을 극대화해야 하는 임무도 소홀히 해서는 안 된다.22)

---

22) 김명균·손중선, 「문학 번역의 가독성 연구: 토마스 하디 『더버빌 가의 테스』를 중심으로」, 『현대 영어영문학』 55권 4호, 2011, 29~30쪽.

즉, 번역자는 원문 텍스트의 의미를 정확히 전달해야 하지만 그 못지않게 가독성, 즉 독자들이 읽어낼 수 있어야 한다는 점, 이해할 수 있어야 한다는 점을 중시해야 한다는 것이다. 문학 번역 평가 범주의 하나로서 가독성이란 일반적으로 충실성과 대립되는 개념으로서 "번역하는 언어권 문화의 독자가 읽기 편하도록, 번역하는 언어의 어법과 용법, 그리고 그 문화적 쓰임새에 최대한 맞게 번역할 것을 요구하는 것"[23])을 의미한다.

그러나 번역에 관한 다른 하나의 척도로 논의되는 충실성이라는 것이 가독성과 완연하게 대립되는 의미망만을 갖는 것으로는 이해되지 않는다. 충실성은 때로는 원문에 충실하는 것과 더불어 역어와 그 문화적 맥락에 맞도록 번역하는 것을 함께 아우르는 뜻을 가지기도 한다. 또 달리는 저자의 의도에 대한 충실성, 역어에 대한 충실성, 독자에 대한 충실성을 함께 요청하는 번역상의 덕목이다.[24]) 이러한 맥락에서 보면 가독성은 독자에 대한 충실성을 기하기 위한 덕목으로 이해될 수도 있을 것이다.

참고할 만한 논문들은 이러한 가독성을 충족시킬 수 있는 방법을, 적절성(appropiateness), 친숙하게 하기(naturalizing), 번역자가 숨겨지는 현상(invisibility) 등의 세 가지로 요약해서 제시한다.[25]) 여기서 표현의 적절성이란 표현의 적절성과 문장 길이의 적절성으로 요약된다. 친숙하게 하기는 원문에 충실하지 않더라도 독자가 이해하기 쉽게 번역하는 것을 의미한다. 번역자가 숨겨지는 현상이란 원문 텍스트 문화권의 낯선 상황을 친숙한 토착어의 상황으로 번역하여 마치 번역물이 번역자의 소산이 아닌 듯한 양상을 띠는 것을 말한다.[26])

이러한 맥락에서 살펴보면 백석의 『테스』 번역은 충실성도 충실성이지만 그

---

23) 위의 논문, 25쪽.
24) 이은숙, 「문학번역 평가의 문제: 충실성과 가독성을 중심으로」, 『통역과 번역』 제10권 2호, 2008, 88쪽.
25) 위의 논문, 92쪽.
26) 김명균·손중선, 앞의 논문, 30~31쪽.

러한 개념을 구성하는 덕목의 하나라고 할 수 있는 가독성을 최대한 끌어올리고자 한 번역 태도의 소산이라고 할 수 있다. 다음은 테스가 작품 4장에서 새벽에 수레를 끌고 가다 마차 사고를 일으킨 장면으로 그 한 예를 제공할 수 있을 듯하다.

「테스」는 어찌할 줄을 몰으고 뛰어날였다. 그리고 무서운 사실을 발견하였다. 아까 그 아퍼하든 소리는 그 아버지의 가엾은 말 「프린쓰」가 지른 것이었다. 소리 없는 두 박퀴 달린 아츰 우편마차가 이때도 언제나 마찬가지로 화살같이 이 오솔길을 달려오다가 불도 없이 뜨즉뜨즉 가는 「테스」의 짐수레에 부닥처 벌인 것이다. 뾰죽한 수레채는 마치 칼과 같이 불행한 「프린쓰」의 가슴에 바키여 있었다. 그리고 그 상처로는 생명의 피가 내를 지어 풍풍 쏟아지는 속에 씩씩 소리를 내이며 길바닥에 나가 넘어저 있었다.[27]

이 부분에 해당하는 원작 원문은 다음과 같다.

In consternation Tess jumped down, and discovered the dreadful truth. The groan had proceeded from her father's poor horse Prince. The morning mail-cart, with its two noiselesswheels, speeding along these lanes like an arrow, as it always did, had driven into her slow and unlighted equipage. The pointed shaft of the cart had entered the breast of the unhappy Prince like a sword; and from the wound his life's blood was spouting in a stream, and falling with a hiss into the road.[28]

그런데 이 원문을 편의상 예의 현대번역본이 어떻게 옮겼는지 살펴보면 다

---

27) 토마스 하디, 『테쓰』, 백석 옮김, 조광사, 1940, 43쪽.
28) Tomas Hardy, *Tess of the D'urbervilles*, W. W. Norton & Company, 1991, 22쪽.

음과 같다.

> 깜짝 놀라 마차에서 뛰어내린 테스는 이내 무서운 사실을 알게 되었다. 신음소리는 아버지의 말 프린스가 내는 소리였다. 새벽 우편 마차가 소리 나지 않는 바퀴 두 개를 달고 늘 하는 대로 이 좁은 길을 화살처럼 달려오다가 테스의 느리고 불 꺼진 마차와 충돌한 것이었다. 우편마차 앞에 튀어나와 있던 뾰족한 막대가 대검처럼 불쌍한 프린스의 가슴을 꿰뚫고 들어간 것이었다. 막대에 찔린 구멍에서 생명이 약동하는 피가 냇물처럼 솟아나 길 위로 콸콸 쏟아졌다.[29]

이 번역문은 단순 비교할 수는 없으나 백석 번역의 특징을 잘 드러내주는 이점이 있다. 이 현대번역본에 비해 백석의 번역은 우선 한 문장 길이가 비교적 짧다. 또한 구어적인 느낌이 확연하다. 마지막으로, 이러한 느낌을 주는 데는 생동감 있는 위의 인용문에 밑줄 그은 단어들처럼 의성어, 의태어를 사용한 것이 큰 기여를 하고 있다. 이와 같은 연장선상에서 다음과 같은 한 문장을 다시 비교해 보일 수도 있다.

> (가) 그들은 이렇게 흥글흥글 걸어서 얼마동안 시간을 보내었다.[30]
> (나) 두 사람은 딱히 하는 일 없이 한동안 시간을 보냈다.[31]

마지막으로 하나의 경우만을 더 살펴보자.

> (가) 사람들이 사생화가나 리발사의 하라는 대로 하듯이 그는 또 앞서 같이 순순히 머리를 돌렷다. 이리하야 이쪽에도 입을 맞후었다. 사나이의 입술이 그의 뺨에 닿을 때 그것은 마치 주위의 끝에 난 버섯껍질 같이 축은하고 미츳미츳하니 선듯하

---

29) 토마스 하디, 『테스』 1, 정종화 옮김, 민음사, 2009, 57쪽.
30) 토마스 하디, 『테쓰』, 백석 옮김, 조광사, 1940, 59쪽.
31) 토마스 하디, 『테스』 1, 정종화 옮김, 민음사, 2009, 73쪽.

였다.32)

(나) 화가나 미용사기 시키는 대로 하듯 그녀는 이번에는 똑같이 수동적으로 머리를 반대쪽으로 돌렸다. 그의 입술이 근처 들판에 나 있는 버섯 껍질처럼 촉촉하고 매끄럽게 싸늘한 그녀의 뺨에 와 닿았다.33)

위의 문장들이 보여주듯이 백석의 문장은 개념이나 관념을 전달하는 방식을 취하기보다는 생생한 느낌을 선사하는 쪽으로 완연하게 기울어져 있으며, 여기서 더 나아가 상황에 적합한 어휘를 세심하게 고르고 있다는 느낌을 준다. 알렉 더버빌이 테스에게 추근대면서 키스를 한다면 순수한 여인 테스에게 그의 입술이 주는 느낌은 아무래도 추근하고, 미츳미츳하고, 선듯하다고 표현하는 것이 더 생생한 느낌을 줄 수 있지 않을까? 물론 이것은 번역상의 태도와 방법에 관련되어 있기 때문에 어떤 우열을 측정하고자 함은 아니다. 이와 같은 방법으로 백석은 자갈길을 "돌설렝이길"34)이라고 표현하고, 덧문에 난 틈새를 "덧문짬"35)이라고 옮겼으며, 백작과 백작부인이라는 백합꽃 봉오리는 "나리님 아씨라고 불으는 꽃의 봉오리"36)로 바꾸었다. 한낮의 눈부신 대기 속에서 말을 타고 간 것은 "쇠리쇠리하니 빛나는 한낮의 대기 속을"37) 간 것으로 표현된다. 한마디로 백석은 백석은 『테스』 원작을 우리말의 감칠맛, 구어적인 느낌을 잘 살려 생생하게 번역하고자 했고, 이 의도가 번역 문장 전체를 통해 잘 구현되어 있다.

이러한 백석의 『테스』 번역은 우리 번역문학의 장에서 매우 중요한 사건이 아닐 수 없다. 토마스 하디가 1928년 1월 12일에 88세를 일기로 세상을 떠났을 때 한국문단은 이미 그의 존재를 잘 알고 있었다. 김광섭은 『테스』를 소개하는

---

32) 토마스 하디, 『테쓰』, 백석 옮김, 조광사, 1940, 125쪽.
33) 토마스 하디, 『테스』 1, 정종화 옮김, 민음사, 2009, 142쪽.
34) 토마스 하디, 『테쓰』, 백석 옮김, 조광사, 1940, 135쪽.
35) 위의 책, 137쪽.
36) 위의 책, 199쪽.
37) 위의 책, 265쪽.

장문의 글을 연재했고,[38] 박화성은 자신이 토마스 하디를 사숙했노라고 했다.[39] 이효석 문학은 확실히 토마스 하디에서 데이비드 로렌스로 연결되는 자연생명주의, 여성의 생명력에 대한 찬미 경향과 밀접한 연관을 맺고 있다. 백석은 이와 같은 영문학 취향의 지적 풍토를 가장 훌륭하게 소화하고 있던 시인이었으며, 이러한 면모를 『테스』 번역을 통해서 유감없이 발휘했다.

또한 이러한 번역은 그의 시창작과도 밀접한 연관을 맺고 있었음을 밝히는 것이 이 글의 중요한 목적 가운데 하나였다. 그는 테스의 생애라는 거울을 통해서 자신의 운명을 비춰보았던 것이리라. 「남신의주유동박시봉방」의 시구는 바로 그것을 시사해 준다. 이 시가 보여주는 절절한 운명의식은 『테스』에 나타난 토마스 하디의 비극적 운명의 사상과 깊은 교감을 이루고 있다.

---

38) 김광섭, 「하-듸의 명작 더버빌가의 테스」, 『조선일보』, 1934.10.31~11.4.
39) 박화성, 「내가 사숙하는 내외작가-토마스 하디 옹과 쇠롯 부론테 여사」, 『동아일보』, 1935.7.14~18.

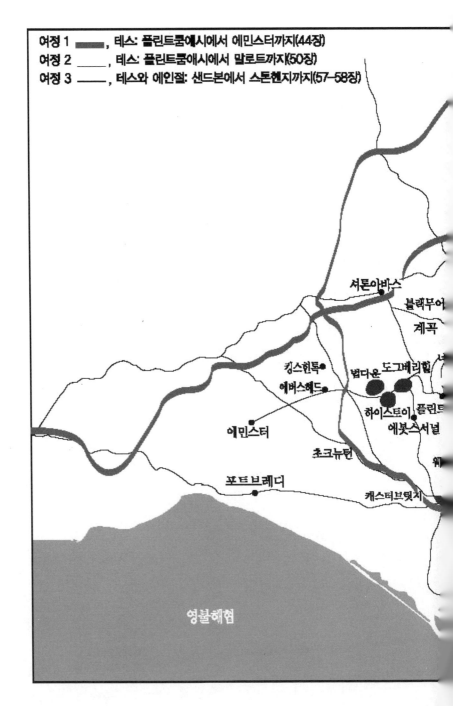

여정 1 ━━━ , 테스: 플린트쿰애시에서 에민스터까지(44장)
여정 2 ____ , 테스: 플린트쿰애시에서 말로트까지(50장)
여정 3 ──── , 테스와 에인절: 샌드본에서 스톤헨지까지(57–58장)

셔튼아바스

블랙무어
계곡

킹스힌톡
에버스헤드

법다운
도그베리힐

하이스토이
에봇스서널
플린트

에민스터

초크뉴턴

포트브레디

캐스터브릿지

영불해협

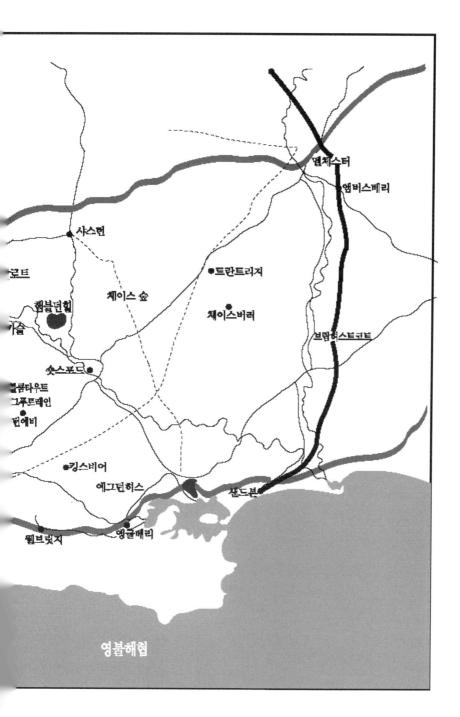

영불해협